古今诗文双优靓评

王同书 于平 著

东南大学出版社
SOUTHEAST UNIVERSITY PRESS

·南京·

图书在版编目(CIP)数据

古今诗文双优靓评/王同书,于平著. — 南京：东南大学出版社,2020.6
 ISBN 978-7-5641-8716-3

Ⅰ.古… Ⅱ.①王… ②于… Ⅲ.①文学评论-中国 Ⅳ.①I206

中国版本图书馆CIP数据核字(2019)第296529号

古今诗文双优靓评
Gujin Shiwen Shuangyou Liangping

著　　者	王同书　于　平
出版发行	东南大学出版社
出 版 人	江建中
责任编辑	张丽萍
社　　址	南京市四牌楼2号
邮　　编	210096
网　　址	http://www.press.seu.edu.cn
经　　销	全国各地新华书店
印　　刷	南京京新印刷有限公司
开　　本	700 mm×1000 mm　1/16
印　　张	20.5
字　　数	425千字
版　　次	2020年6月第1版
印　　次	2020年6月第1次印刷
书　　号	ISBN 978-7-5641-8716-3
定　　价	48.00元

(本社图书若有印装质量问题,请直接与营销部联系。电话:025-83791830)

前　言

于　平

　　写诗的是诗人，写散文的是散文家。中国文学史上，优秀的诗人、散文家，都尽心追求诗作意境上佳、韵律美好，散文隽永绮丽、语言凝练。能诗文兼而有成的，则被誉为双优大家。其作品精神、格调高度一致，审美意识相互借鉴，焕发着一种交相辉映的文体趣味，脍炙人口，惠泽千古。"诗文双优"是作者妙手偶得的创造。渊源于中国文学的优秀传统，印证了中国文学传承改革和不断发展的过程。

　　古代中国诗文不分家。所谓"文"，包含诗，韩愈"李杜文章在"的"文章"就是说的诗作。诗文的发展虽各有脉络，但总体目标、效益则始终如一，交融互映，升华精神，扩大效益，从而成为文苑奇葩、国之瑰宝。屈（原）、宋（玉）以来，阮（籍）、陶（潜）相继，李（白）、杜（甫）相沿，苏（轼）、李（清照）传承，明清的徐（渭）、张（岱）、龚（自珍）、郑（板桥）不让前贤，正是代有名作，各树高峰。

　　诗文分界，始于宋代。学者钱穆《杂论唐代古文运动》将韩愈"以文为诗"说法一转，标明"以诗为文"之新说。"以诗为文"增强了散文的抒情性，丰富了散文的表现技巧，使散文比兴寄托，形象鲜明，舒卷灵动，韵味悠长，意境深远，极大地丰富了散文的文学与美学价值。"以诗为文"，配合"以文为诗"，使诗文之实用性转趋活泼，诗文之艺术性更为精妙；使诗、文两大领域同时扩大，意境同时提升，面貌同增繁富：是中国散文诗歌发展史上的一件大事，为后来苏轼的诗文创作提供了灵韵的启示，对以后中国诗文的发展产生了深远的影响。

　　"诗文双优"开拓了诗文的新领域，丰富了诗文的艺术表现手法；韩愈之后代有继者，有着绵延不绝的历史；历经不同朝代的传递与嬗变，占据了主流正统的位置。"双优传统"不断生成、发展、成熟。

　　令人兴奋、惊喜的是现当代也不乏名家继优传统。

　　"五四"新文化运动的兴起，打破了文言一统天下的局面，白话散文因其语言和内容更贴近现实生活,逐渐获得人们认可。但白话散文毕竟是新生事物,许多新文学作家成就了白话散文"或描写,或讽刺,或委曲,或缜密,或劲健,或绮丽,或洗练,或流动,或含蓄"的局面,风生水起,名家辈出。胡适、鲁迅、冰心、徐志摩、闻一多、朱自清、郁达夫等等,凭借诗文修养高富,都随手春风,珠玑闪烁,创造了大量的堪比前贤的佳作,耸起了一座座新的"双优"高峰。中国文坛涌现出无数精彩纷呈、独具魅力的散文、诗歌双优名家。

"诗文双优"的成就值得借鉴和探究。所来何处?贡献何在?佳在何处?如此探究,趣味无穷。

古今大文人多在叙事文体夹带诗词,或沾染诗词的格调、氛围。也因为研习诗歌的功课是"发蒙",能诗善书是基本技能,所以,起跑的文人多有诗才,在创文之时,不觉信手拈来,掺入诗词。中国文学"诗文双优"现象,受不同时代传统形态的影响,得益于历史潮流的推动,形成了一种文学创新的良性冲击力,如火车之煤、电,大力推动了中国文学的列车。

"双优诗文"古色古香,新韵新味,让人如步山阴径路,目不暇接,如闻海雨天风,目眩神夺。不由让人欣然击键,愿将此情此境与天下人共享。特遴选历代30位作家的散文诗歌作品——文50余篇、诗100余题,篇后撰写短评,以期与读者共读共悦,共同品味。

不当之处,方家指正。

编者寄语

一、中国文人大多诗文皆善,只是诗文皆佳者不多,诗文双优、同脍炙人口者,则少之又少。诗文双优之作家作品是中华文化的奇葩瑰宝,应汇集为艺苑留光,世代共享。因编此"双优靓评"。

二、入选上卷的为汉魏至明清的作家作品。下卷为现当代作家作品。共30位作家。

三、每位选入文章1~3篇,诗作1~5篇(个别例外)。共文50余篇、诗100余题。

四、每位作者附有简介,每篇作品附有简评,文字古奥者适当简注。简评称靓评者是赞原作,兼自勉而已。

五、本书旨在弘扬优秀文化,为创建更优强文化参考。编者学识浅陋,选或未当,评或未准,谬误缺失,敬祈读者补正。

目 录
Contents

上 卷

002/曹　操　让县自明本志令　短歌行　观沧海　龟虽寿

010/曹　植　洛神赋　野田黄雀行二首(其二)　七步诗

018/鲍　照　芜城赋　梅花落　拟行路难(其四)

025/陶　潜　归去来兮辞　桃花源记　闲情赋并序　饮酒二十首(其五)
　　　　　　归园田居五首(其三)　杂诗十二首(其一)　移居二首(其一)

033/王　勃　滕王阁序　送杜少府之任蜀川

037/李　白　与韩荆州书　春夜宴诸从弟桃李园序　月下独酌(其一)　听蜀僧濬弹琴
　　　　　　将进酒　丑女来效颦(古风第三十五)　流夜郎赠辛判官

050/韩　愈　师说　原毁　马说　晚春　左迁至蓝关示侄孙湘

056/柳宗元　捕蛇者说　钴鉧潭西小丘记　江雪　渔翁

064/杜　牧　阿房宫赋　金谷园　泊秦淮　山行

068/刘禹锡　陋室铭　酬乐天咏老见示　酬乐天扬州初逢席上见赠
　　　　　　杨柳枝词九首(其一)　秋词二首(其一)　乐天见示伤微之、敦诗、晦
　　　　　　叔,三君子皆有深分,因成是诗以寄

075/范仲淹　岳阳楼记　苏幕遮·怀旧　御街行·秋日怀旧　渔家傲·秋思

081/欧阳修　醉翁亭记　秋声赋　戏答元珍　南歌子　蝶恋花

090/王安石　读孟尝君传　伤仲永　示长安君　桂枝香·金陵怀古　登飞来峰

096/苏　轼　记承天寺夜游　前赤壁赋　后赤壁赋　饮湖上,初晴后雨二首(其二)
　　　　　　题西林壁　和子由渑池怀旧　水龙吟·次韵章质夫杨花词
　　　　　　水调歌头

112/李清照　金石录后序　醉花阴　武陵春　声声慢

120/文天祥　指南录后序　扬子江　金陵驿　过零丁洋

127/徐　渭　自为墓志铭　题墨葡萄

131/张　岱　西湖七月半　自为墓志铭　岳王坟

139/龚自珍　病梅馆记　己亥杂诗（其六十五）　己亥杂诗（其五）　己亥杂诗（其一八三）　己亥杂诗（其一二五）　《己亥杂诗》中的一组忧国诗

145/郑　燮　家书两封　花品跋　扬州竹枝词序　潍县署中画竹呈年伯包大中丞括　题竹石　道情十首

下　卷

152/冰　心　山中杂记（七）——说几句爱海的孩气的话　寄小读者（通讯二十三）　寄小读者（通讯二十九）　春水（节选）　繁星（节选）

163/郭沫若　月蚀　瓶（第31）　别离　炉中煤——眷念祖国的情绪　天上的街市　夕暮　天狗

180/徐志摩　伤双栝老人　沙扬娜拉一首——赠日本女郎　半夜深巷琵琶　再别康桥　雪花的快乐　去吧　月下雷峰影片　沪杭车中　偶然

198/朱自清　荷塘月色　匆匆　背影　绿　细雨　现代诗四首　旧诗四首

209/闻一多　最后一次演讲　死水　春光　黄昏　一个观念　发现　一句话　忠告　红烛　旧诗两首

231/鲁　迅　藤野先生　夜颂　秋夜纪游　秋夜　梦　我的失恋——拟古的新打油诗　赠邬其山　悼杨铨　惯于长夜过春时　题《彷徨》

248/郁达夫　故都的秋　我的梦，我的青春！　毁家诗纪（节选）　离乱杂诗十一首

265/俞平伯　桨声灯影里的秦淮河　清河坊　《冬夜》收录诗作四首　孤山听雨

287/何其芳　秋海棠　黄昏　雨前　秋天　回答　我为少男少女们歌唱　预言　生活是多么广阔　旧诗六首

305/余光中　我的四个假想敌　深山听夜　等你，在雨中　乡愁

317/**后记**

曹 操

曹操(155—220):字孟德,小名阿瞒,谯县(今安徽亳州)人。东汉末年著名的政治家、军事家、诗人。建安元年(196),迎献帝都许县(今河南许昌东)。后用其名义发号施令,逐渐统一了中国北部,为丞相,封魏王。子曹丕称帝,追尊其为武帝。用人唯才,打破世族门第观念,罗致地主阶级中下层人物。存诗20余首,用乐府旧题,抒发政治抱负,描写战乱给人民带来的苦难,苍凉悲壮,气势雄伟,史称"建安风骨"。与其子曹丕、曹植并称"三曹"。有《曹操集》。

让县自明本志令

孤始举孝廉①,年少,自以本非岩穴知名之士,恐为海内人之所见凡愚,欲为一郡守,好作政教,以建立名誉,使世士明知之。故在济南②,始除残去秽,平心选举,违迕③诸常侍。以为强豪所忿,恐致家祸,故以病还。

去官之后,年纪尚少,顾视同岁④中,年有五十,未名为老。内自图之:从此却去二十年,待天下清,乃与同岁中始举者等耳。故以四时归乡里,于谯⑤东五十里筑精舍⑥,欲秋夏读书,冬春射猎,求底下之地,欲以泥水自蔽⑦,绝宾客往来之望。然不能得如意。

后征为都尉,迁典军校尉,意遂更欲为国家讨贼立功,欲望封侯作征西将军⑧,然后题墓道言"汉故征西将军曹侯之墓",此其志也。而遭值董卓之难⑨,兴举义兵。是时合兵能多得耳,然常自损,不欲多之;所以然者,多兵意盛,与强敌争,倘更为祸始。故汴水之战数千,后还到扬州更募⑩,亦复不过三千人,此其本志有限也。

后领兖州⑪,破降黄巾⑫三十万众。又袁术⑬僭号于九江,下皆称臣,名门曰建号门,衣被皆为天子之制,两妇预争为皇后。志计已定,人有劝术使遂即帝位,露布天下,答言"曹公尚在,未可也"。后孤讨禽其四将⑭,获其人众,遂使术穷亡解沮⑮,发病而死。及至袁绍据河北,兵势强盛,孤自度势,实不敌之。但计投死为国,以义灭身,足垂于后。幸而破绍,枭⑯其二子。又刘表⑰自以为宗室,包藏奸心,乍前乍却,以观世事,据有当州,孤复定之,遂平天下。身为宰相,人臣之贵已极,意望已过矣⑱。

今孤言此,若为自大,欲人言尽,故无讳耳。设使国家无有孤,不知当几人称帝,几人称王!或者人见孤强盛,又性不信天命之事,恐私心相评,言有不逊之志,妄相忖度,每用耿耿。齐桓、晋文所以垂称至今日者,以其兵势广大,犹能奉事周室也。《论语》云:"三分天下有其二,以服事殷,周之德可谓至德矣。"⑲夫能以大事小也。昔乐毅走赵㉑,赵王㉑欲与之图燕。乐毅伏而垂泣,对曰:"臣事昭王,犹事大王;臣若获戾,放在他国,没世然后已,不忍谋赵之徒隶,况燕后嗣乎!"胡亥之杀蒙恬也,恬曰:"自吾先人及至子孙,积信于秦三世㉒矣;今臣将兵三十余万,其势足以背叛,然自知必死而守义者,不敢辱先人之教以忘先王也。"孤每读此二人书,未尝不怆然流涕也。孤祖、父㉓以至孤身,皆当亲重之任,可谓见信者矣,以及子桓兄弟,过于三世矣。

孤非徒对诸君说此也,常以语妻妾,皆令深知此意。孤谓之言:"顾我万年之后,汝曹皆当出嫁,欲令传道我心,使他人皆知之。"孤此言皆肝鬲之要㉔也。所以勤勤恳恳叙心腹者,见周公有《金縢》之书以自明,恐人不信之故。然欲孤便尔委捐所典兵众,以还执事,归就武平侯国㉕,实不可也。何者?诚恐己离兵为人所祸也。既为子孙计,又已败则国家倾危,是以不得慕虚名而处实祸,此所不得为也。前,朝恩封三子为侯,固辞不受,今更欲受之,非欲复以为荣,欲以为外援,为万安计。

孤闻介推之避晋封,申胥之逃楚赏㉖,未尝不舍书而叹,有以自省也。奉国威灵㉗,仗钺征伐,推㉘弱以克强,处小而禽大。意之所图,动无违事,心之所虑,何向不济,遂荡平天下,不辱主命。可谓天助汉室㉙,非人力也。然封兼四县,食户三万,何德堪之!江湖未静,不可让位;至于邑土,可得而辞。今上还阳夏、柘、苦三县户二万,但食武平万户,且以分损㉚谤议,少减孤之责也。

【注释】

① 孝廉:汉代从武帝开始,规定地方长官按期向中央推举各科人才,分孝廉、贤良方正等科目,听候使用,曹操被举为孝廉时才20岁。② 在济南:曹操于中平元年(184)为济南相,职位相当于太守。济南辖境在今山东济南一带。③ 违迕(wǔ):违背、触犯。④ 同岁:同一年被举为孝廉的人。⑤ 谯(qiáo):今安徽亳州,曹操的故乡。⑥ 精舍:古代集生徒讲学读书之所。⑦ 泥水自蔽:意谓老于荒野,不求闻达。⑧ 征西将军:东汉时授征西将军的有四人,他们对东汉王朝都立过功劳。曹操借此述志,表示愿做东汉王朝的功臣。⑨ 董卓之难:董卓原是凉州(今甘肃、宁夏一带)豪强,灵帝时任并州(今山西太原)牧。中平六年(189),汉灵帝死,少帝刘辩即位,外戚何进为了消灭宦官,召董卓领兵入洛阳。董卓废少帝,立献帝刘协,自封太尉和相国,操纵朝政。各州郡起兵反对,成立讨卓联军。曹操也在陈留郡己吾县(今河南省商丘市宁陵县西南)招募五千人起兵讨董。董卓挟持献帝和数十万居民从洛阳迁都长安,沿路死人无数,洛阳被焚。初平三年(192),董卓被王允、吕布所杀。⑩ 扬州更募:曹操汴水战败后,与夏侯惇等到扬州重新招募兵丁。⑪ 兖(yǎn)州:东汉十三州之一,辖今山东西南部和河南东部。⑫ 破降黄巾:初平三年(192),青州黄巾农民军起义攻入兖州,杀刺史刘岱。济北相鲍信与兖州官吏迎曹操为兖州牧。曹操领兵攻黄巾军于寿张(今山东省东平县西南),追至济北,黄巾军

被迫投降。⑬ 袁术：字公路，袁绍的异母弟，九江郡太守，东汉末年江淮一带世族豪强大军阀。⑭ 禽其四将："禽"同"擒"。建安二年(197)九月，袁术攻陈(今河南省周口市淮阳区)，曹操引兵击之，大胜，擒斩袁术的四个部将桥蕤(ruí)、李丰、梁纲、乐就。⑮ 解沮(jǔ)：瓦解崩溃。⑯ 枭(xiāo)：即枭首，斩首而悬之示众。⑰ 刘表：字景升，汉皇族鲁恭王刘余的后代，东汉末豪强军阀。献帝初平(190—193)中任荆州刺史。⑱ "人臣"二句：建安十三年(208)，汉献帝为了表彰曹操平定三郡乌桓的功绩，废太尉、司徒、司空三公，恢复西汉的丞相和御史大夫制度，任曹操为丞相。⑲ "《论语》云"三句：曹操借用《论语》中的话，表示自己拥护东汉王朝，并无夺取帝位之心。⑳ 乐毅走赵：乐毅为战国燕昭王时名将，曾率赵、楚、韩、魏、燕五国军队破齐，攻下齐国七十余城，被封为昌国君。昭王死，惠王立，中了齐将田单的反间计，让骑劫代乐毅为将，乐毅恐被害，投奔赵国。㉑ 赵王：赵惠文王。㉒ 三世：蒙恬祖父蒙骜、父亲蒙武，连自己共三代，均为秦国名将。㉓ 祖、父：指曹操的祖父曹腾和父亲曹嵩。曹腾在汉桓帝时任中常侍、大长秋(管理皇宫事宜的官)，封费亭侯；养夏侯氏的孩子为子，即是曹嵩，汉灵帝时官至太尉。曹嵩生曹操。㉔ 肝鬲(gé)之要：出自内心的至要之言。鬲同"膈"。㉕ 武平侯国：建安元年(196)，献帝以曹操为大将军，封武平侯。武平，在今河南鹿邑县西。㉖ 申胥之逃楚赏：申胥即申包胥，春秋时楚国大夫。伍子胥率吴军伐楚，攻下郢都。申包胥求救于秦，痛哭七日，终于感动了秦哀公，求得救兵，击退吴军。楚昭王回到郢都，赏赐功臣。他避而逃走，不肯受赏。㉗ 威灵：指汉皇室祖宗的威武神灵。㉘ 推：指挥。㉙ 天助汉室：曹操表示不居功的客气话。㉚ 分损：减少，平息。

【靓评】

　　本文又名《述志令》，是反映曹操思想和经历的一篇带有自传性质的重要文章，是一篇很重要的政治表白。本文写于建安十五年(210)，曹操56岁时。当时，他完成统一北方大业后，想统一全国；但是孙权、刘备两大势力是他的巨大威胁。孙、刘他们除军事联盟外，政治上则抨击曹操"托名汉相，其实汉贼""欲废汉自立"(《三国志·吴书·周瑜传》)。在这种形势下，曹操发布了这篇令文，借退还皇帝加封三县之名，表明自己的本志，反击了朝野谤议。文中概述了曹操统一中国北部的过程，表达了作者以平定天下、恢复统一为己任的政治抱负，坦白直率，气势磅礴，充满豪气，表现出政治家的气度和见识。曹操今传文赋中，此文最具这种特色，值得后人借鉴。

　　在《让县自明本志令》中曹操坦陈自己无心篡位，但是自己绝不会放弃权力。失去权力如乐毅、蒙恬等个人死亡、家族覆灭。他并不掩饰自己，也不唱高调，因为直白而更加真实，让人觉出他的可爱。

　　杰出的政治家很少成为杰出的文人，杰出的文人也很少能成为杰出的政治家。

因前一种角色需要理性,后一种角色需要感性,矛盾冲突。司马相如作得一手好赋,但一生最大的政绩不过是出使西南。李白的诗狂放不羁,仙才横溢,为官却很差劲,职业最高峰也只是御用文人。而曹操不同,挟天子以令诸侯,败董卓,平袁绍,一连串的政治军事行动精彩纷呈;治理天下,何等繁忙,却还能吟诗作赋,可见不是凡人能比。

短歌行

对酒当歌,人生几何?譬如朝露,去日苦多①。慨当以慷②,忧思难忘。何以解忧?唯有杜康③。青青子衿④,悠悠我心。但为君故,沉吟至今。呦呦鹿鸣,食野之苹。我有嘉宾,鼓瑟吹笙⑤。明明如月,何时可掇⑥?忧从中来,不可断绝。越陌度阡,枉用相存。契阔谈䜩,心念旧恩。月明星稀,乌鹊南飞。绕树三匝,何枝可依?山不厌高,海不厌深。周公吐哺,天下归心。

【注释】

① 去日苦多:可悲的是逝去的日子甚多。慨叹人生短暂。② 慨当以慷:应当激昂慷慨地唱歌。③ 杜康:相传是最早造酒的人,代指酒。④ 青青子衿(jīn):出自《诗经·郑风·子衿》。原写姑娘思念情人,这里比喻渴望得到有人才。子,对对方的尊称。衿,古式衣领。青衿,周代读书人的服装,指代有学识的人。⑤ "呦(yōu)呦"四句:出自《诗经·小雅·鹿鸣》。呦呦,鹿叫的声音。苹,艾蒿。鼓,弹。⑥ 何时可掇(duō):什么时候可以摘取呢?另解:掇读 chuò,通"辍",即停止。

【靓评】

《短歌行》是汉乐府的旧题,属于《相和歌辞·平调曲》。乐府里收集有24首,最早的是曹操的这首。唐代吴兢《乐府古题要解》引证曹丕《燕歌行》"短歌微吟不能长"和晋代傅玄《艳歌行》"咄来长歌续短歌"等句,认为"长歌""短歌"是指"歌声有长短"。《短歌行》古辞失传。"拟乐府"就是运用乐府旧曲来补作新词,曹操传世的《短歌行》共两首,这是第一首。

这首《短歌行》的主题非常明确,就是作者希望有大量人才来为自己所用。大力强调"唯才是举",为此而先后发布了"求贤令""举士令""求逸才令"等;而《短歌行》实际上就是一曲"求贤歌",又正因为运用了诗歌的形式,含有丰富的抒情成分,所以就能起到独特的感染作用,有力地宣传了他所坚持的主张,配合了他所颁发的政令。《短歌行》原来有"六解"(即六个乐段),按照诗意分为四节来读。

"对酒当歌,人生几何?譬如朝露,去日苦多。慨当以慷,忧思难忘。何以解忧,唯有杜康。"

在这八句中,作者愁的是什么呢?是苦于得不到众多的"贤才"来同他合作,建功立业。试想连曹操这样位高权重的人都居然在那里为"求贤"而发愁,那该有多大的宣传作用!真正有才或自以为有才的许许多多人,就很有可能向他"归心"了。"对酒当歌"八句,猛一看很像《古诗十九首》中的消极调子,而其实大不相同。这里讲"人生几何",不是叫人"及时行乐",而是要及时地建功立业。又从表面上看,曹操是在抒个人之情,发愁时间过得太快,恐怕来不及有所作为。实际上却是在巧妙地感染广大"贤才",提醒他们人生就像"朝露"那样易于消失,岁月流逝已经很多,应该赶紧拿定主意,到"我"这里来施展抱负。这样积极的目的而故意要用低沉的调子来发端,这固然表明曹操真有他的愁思,所以才说得真切;但正是这样的调子才更能打开处于下层、多历艰难又急于寻找出路的人士的心扉。所以说用意和遣词既是真切的,也是巧妙的。在这八句诗中,主要的情感特征就是一个"愁"字,"愁"到需要用酒来消解("杜康"相传是最早造酒的人,这里就用他的名字来做酒的代称)。能够评价"愁"的只是这种情感的客观内容,也就是为什么而"愁"。为着某种有进步意义的目的而愁,那就成为一种积极的情感。清人陈沆在《诗比兴笺》中说:"此诗即汉高祖《大风歌》思猛士之旨也。'人生几何'发端,盖传所谓古之王者知寿命之不长,故并建圣哲,以贻后嗣。"这可以说基本上懂得了曹操发愁的含意;不过曹操当时考虑的是要在他自己这一生中结束战乱,统一全中国,与汉高祖唱《大风歌》是既有相通之处,也有不同之处的。

  青青子衿,悠悠我心。但为君故,沉吟至今。呦呦鹿鸣,食野之苹。我有嘉宾,鼓瑟吹笙。

  这八句情味更加缠绵深长了。"青青"二句原来是《诗经·郑风·子衿》中的话,原诗是写一个姑娘在思念她的爱人,曹操在这里引用这首诗,而且还说自己一直低低地吟诵它,这实在是太巧妙了。他说"青青子衿,悠悠我心",固然是直接比喻了对"贤才"的思念;但更重要的是他所省掉的两句话:"纵我不往,子宁不嗣音?"由于曹操不可能一个一个地去找那些"贤才",所以他便用这种含蓄的方法来提醒他们:"就算我没有去找你们,你们为什么不主动来投奔我呢?"由这可以看出,他那"求才"的用心实在是太周到了,的确具有感人的力量。他这种深细婉转的用心,在《求贤令》之类的文件中当然无法尽情表达;而《短歌行》作为一首诗,就能抒发政治文件所不能抒发的感情,起到政治文件所不能起的作用。紧接着他又引用《诗经·小雅·鹿鸣》中的四句,描写宾主欢宴的情景,意思是说:只要你们到"我"这里来,"我"是一定会待以"嘉宾"之礼的,"我们"是能够欢快融洽地相处并合作的。这八句仍然没有明确地说出"求才"二字,因为曹操所写的是诗,所以用了典故来作比喻,这就是"婉而多讽"的表现方法。同时,"但为君故"这个"君"字,在曹操的诗中也具有典型意义。本来在《诗经》中,"君"只是指一个具体的人;而在这里则具有了广泛的意义：在当时凡是读到曹操此诗的"贤士"，都可以自认为他就是曹操为之沉吟《子衿》一诗的思念对象。正因为这样，此诗流传开去，才会起到巨大的社会作用。

> 明明如月，何时可掇？忧从中来，不可断绝。越陌度阡，枉用相存。契阔谈䜩，心念旧恩。

这八句是对以上十六句的强调和照应。以上十六句主要讲了两个意思，即为求贤而愁，又表示要待贤以礼，是全诗中的两个"主题旋律"；而"明明如月"八句就是这两个"主题旋律"的复现和变奏，因此使全诗更有抑扬低昂、反复咏叹之致，加强了抒情的浓度。再从表达诗的文学主题来看，这八句也不是简单重复，而是含有深意的。那就是说"贤才"已经来了不少，"我们"也合作得很融洽；然而"我"并不满足，"我"仍在为求贤而发愁，希望有更多的"贤才"到来。天上的明月常在运行，不会停止；同样，"我"的求贤之思也是不会断绝的。说这种话又是用心周到的表现，因为曹操不断在延揽人才，那么后来者会不会顾虑"人满为患"呢？所以曹操在这里进一步表示，他的求贤之心就像明月常行那样不会终止，人们也就不必要有什么顾虑，早来晚来都一样会受到优待。这里承上启下，起到过渡与衬垫的作用。

> 月明星稀，乌鹊南飞，绕树三匝，何枝可依？山不厌高，海不厌深，周公吐哺，天下归心。

"月明"四句既是准确而形象的写景笔墨，同时也有比喻的深意。清人沈德潜在《古诗源》中说："月明星稀四句，喻客子无所依托。"这说明他看出了这四句是比喻，但光说"客子"未免空泛；实际上这是指那些犹豫不定的人才，他们在三国鼎立的局面下一时无所适从。所以曹操以乌鹊绕树、"何枝可依"的情景来启发他们，不要三心二意，要善于择枝而栖，赶紧到自己这一边来。这四句诗生动刻画了那些犹豫彷徨者的处境与心情，然而作者不仅丝毫未加指责，反而在浓郁的诗意中透露着对这些人的关心和同情。这恰恰说明曹操是以通情达理的姿态来吸引和争取人才的。而像这样一种情味，也充分发挥了诗歌所特有的感染作用。最后四句画龙点睛，明明白白地披肝沥胆，希望人才都来归"我"，确切地点明了此诗的主题。"周公吐哺"的典故出于《韩诗外传》，说周公一沐三握发，一饭三吐哺，犹恐失天下之士。这个典故用在这里突出地表现了作者求贤若渴的心情。"山不厌高，海不厌深"二句也是通过比喻极有说服力地表现了人才越多越好，绝不会有"人满之患"。

总起来说，《短歌行》它那政治内容和意义完全熔铸在浓郁的抒情意境之中，准确而巧妙地运用了比兴手法，寓理于情，以情感人。"唯才是举"有进步意义，应得到历史的肯定。爱纳贤才的有很多，用诗句来招揽人才的却独他一个。殷殷求才之心,跃然纸上。殷切又意态壮阔,语含悲凉,丝毫不见猥琐。脱自诗经,意境又远在原诗之上。读之就让人喜欢。

观沧海

东临碣石①,以观沧②海③。水何澹澹,山岛竦峙。树木丛生,百草丰茂。秋风萧瑟,洪波涌起。日月之行,若出其中;星汉灿烂,若出其里。幸甚至哉④,歌以咏志。

【注释】

① 碣(jié)石:山名。碣石山,一说在现在山东省滨州市无棣县。公元207年秋天,曹操征乌桓时经过此地。另有说法,一在河北昌黎县北;二在今河北乐亭县西南。② 沧:通"苍",青绿色。③ 海:渤海。④ 幸甚至哉:真是庆幸。

【靓评】

《观沧海》选自《乐府诗集》,是乐府诗《步出夏门行》中的第一章。

"水何澹澹,山岛竦峙"是望海初得的大致印象,有点像绘画的粗线条。在这水波"澹澹"的海上,最先映入眼帘的是那突兀耸立的山岛,它们点缀在平阔的海面上,使大海显得神奇壮观。这两句写出了大海远景的一般轮廓,下面层层深入描写。

"树木丛生,百草丰茂。秋风萧瑟,洪波涌起。"前两句具体写竦峙的山岛:虽然已到秋风萧瑟、草木摇落的季节,但岛上树木繁茂,百草丰美,给人诗意盎然之感。后二句则是对"水何澹澹"一句的进一步描写:秋风萧瑟中的海面竟是洪波巨澜,汹涌起伏。虽是秋天的典型环境,却无半点萧瑟凄凉的悲秋意绪。这种新的境界,新的格调,正反映了他"老骥伏枥,志在千里"的胸襟。

"日月之行,若出其中;星汉灿烂,若出其里。"前面的描写,是从海的平面去观察的,这四句则联系廓落无垠的宇宙,纵意宕开大笔,将大海的气势和威力凸显在读者面前:茫茫大海与天相接,空蒙浑融;在这雄奇壮丽的大海面前,日、月、星、汉(银河)都显得渺小了,它们的运行,似乎都由大海自由吐纳。这里描写的大海,既是眼前实景,又融进了自己的想象和夸张,展现出一派吞吐宇宙的宏伟气象,大有"五岳起方寸"的势态。这种"笼盖吞吐气象"是诗人"眼中"景和"胸中"情交融而成的艺术境界。没有宏伟的抱负,没有建功立业的雄心壮志,没有对前途充满信心的乐观气度,那是无论如何也写不出这样壮丽的诗境来的。过去有人说曹操诗歌"时露霸气"(沈德潜语),指的就是《观沧海》这类作品。

从诗的体裁看,这是一首古体诗;从表达方式看,这是一首写景抒情诗。"观"字起到统领全篇的作用,体现了这首诗意境开阔、气势雄浑。前八句描写沧海景象,有动有静,如"秋风萧瑟,洪波涌起"与"水何澹澹"写的是动景,"树木丛生,百草丰茂"与"山岛竦峙"是静景。

龟虽寿

神龟①虽寿,犹有竟时。腾蛇乘雾,终为土灰②。老骥伏枥,志在千里;烈士暮年,壮心不已③。盈缩之期,不但在天;养怡之福,可得永年④。幸甚至哉!歌以咏志。

【注释】

① 神龟:古以龟为通灵而长寿,神龟是最灵的一种,据说体长一尺二寸,甲纹作山川日月星辰的形状。② "腾蛇"二句:是说腾蛇即使能乘雾升天,但终究不免死亡,化为土灰。腾蛇,龙类,传说能够腾云驾雾。③ "老骥"四句:是说老了的千里马,伏在马槽上吃草,志向仍是日行千里;刚烈之士即便到了晚年,其雄壮之心不会消亡。④ "盈缩"四句:人的寿命长短,不只是由天;修养得法,也可享长寿。

【靓评】

这首诗写于建安十二年(207),曹操时年53岁。这年春夏间他又北征乌桓,至秋获胜,写下了这首诗。诗中既描写河朔一带的风土景物,也抒发了个人的雄心壮志。他在为自己建功立业踌躇满志、乐观自信的同时,也必然想到了人的生命有限的问题。

开头四句,用比兴手法,以"神龟""腾蛇"尽管长寿但终有尽时,来寓意人的生命也必有终点。这是他对生命必死的感慨。秦汉以来的一些雄主们,如秦皇汉武,都梦想求长生不死之药,曹操的可贵认识高于他们很多。他认识到了自然规律的不可违抗。更可贵之处还在于,他认识到了人生必死之后,并没有像秦汉以来的一些人去哀叹生命的短暂,去追求及时行乐。相反,慷慨激昂地高唱:"老骥伏枥,志在千里;烈士暮年,壮心不已。"他用千里马形体衰老却不忘千里之志来作比,抒发了自己作为壮志有为之人,即使到了晚年,一颗勃勃雄心也绝不会消沉停止的高贵情操,表明了他对建功立业理想的执着追求。

"盈缩"四句,更进一步表现了曹操对生命认识的可贵。他认识到人之必死,这是天(自然)的规律决定的,但又不完全消极地取决于天,人只要注重身心的修养,也可以延年益寿。这里的"养怡之福",并非是闲坐静养,无所事事,而是要乐观奋发,积极进取,有理想、有追求地去保持精神上的青春状态,永远充满朝气。这是对上四句中积极进取精神在生命中的意义以及同生命的关系的进一步阐发,具有辩证思想。

诗中的"老骥"四句,有着巨大的震撼人心的力量,历来为许多英雄志士、有为豪杰所赞颂、引用、高唱。毛泽东在《浪淘沙·北戴河》一诗中说的"往事越千年,魏武挥鞭,东临碣石有遗篇",正是对曹操这种积极进取精神的赞美和宣扬。

曹 植

曹植(192—232):字子建,沛国谯(今安徽亳州)人,魏文帝曹丕同母弟。建安文学的代表人物。曾封为陈王,谥号"思",世称"陈思王"。能诗善文,才思敏捷,甚得曹操喜爱,终因任性而行失宠。前期创作主要抒写政治抱负,后期主要揭露当权者对自己的残酷迫害,抒发解救国难、同情人民疾苦,以及建功立业的宏愿。构思缜密,感情真挚,辞藻华丽,婉转动人。重视炼字和声律,对五言诗的发展起了重要推动作用。有《曹子建集》。

洛神①赋

黄初②三年,余朝京师,还济洛川。古人有言,斯水之神,名曰宓妃。感宋玉对楚王神女之事,遂作斯赋。其辞曰:

余从京域,言归东藩。背伊阙③,越轘辕④,经通谷⑤,陵景山⑥。日既西倾,车殆马烦。尔乃税驾乎蘅皋⑦,秣驷乎芝田,容与乎阳林,流眄乎洛川。于是精移神骇,忽焉思散。俯则未察,仰以殊观,睹一丽人,于岩之畔。乃援御者而告之曰:"尔有觌⑧于彼者乎?彼何人斯?若此之艳也!"御者对曰:"臣闻河洛之神,名曰宓妃。然则君王所见,无乃是乎?其状若何?臣愿闻之。"

余告之曰:其形也,翩若惊鸿,婉若游龙⑨。荣曜秋菊,华茂春松。仿佛兮若轻云之蔽月,飘飖兮若流风之回雪⑩。远而望之,皎若太阳升朝霞;迫而察之,灼若芙蕖出渌波。秾纤得衷,修短合度。肩若削成,腰如约素。延颈秀项,皓质呈露。芳泽无加,铅华弗御⑪。云髻峨峨,修眉联娟。丹唇外朗,皓齿内鲜,明眸善睐,靥辅承权。瑰姿艳逸,仪静体闲。柔情绰态,媚于语言。奇服旷世,骨像应图。披罗衣之璀粲兮,珥瑶碧之华琚。戴金翠之首饰,缀明珠以耀躯。践远游之文履⑫,曳雾绡之轻裾。微幽兰之芳蔼兮,步踟蹰于山隅。于是忽焉纵体,以遨以嬉⑬。左倚采旄,右荫桂旗⑭。攘皓腕于神浒兮⑮,采湍濑之玄芝⑯。

余情悦其淑美兮,心振荡而不怡⑰。无良媒以接欢兮,托微波而通辞⑱。愿诚素之先达兮,解玉佩以要之。嗟佳人之信修,羌习礼而明诗。抗琼珶以和予兮,指潜渊而为期⑲。执眷眷之款实兮,惧斯灵⑳之我欺。感交甫之弃言兮,怅犹豫而狐疑㉑。收和颜而静志兮,申礼防以自持。

于是洛灵感焉,徙倚彷徨。神光离合,乍阴乍阳㉒。竦轻躯以鹤立,若将飞而未翔。践椒涂之郁烈,步蘅薄㉓而流芳。超长吟以永慕兮,声哀厉而弥长㉔。

尔乃众灵杂遝,命俦啸侣,或戏清流,或翔神渚,或采明珠,或拾翠羽。从南湘之二妃,携汉滨之游女㉕。叹匏瓜之无匹兮,咏牵牛之独处㉖。扬轻袿之猗靡兮㉗,翳修袖以延伫。体迅飞凫,飘忽若神,凌波微步,罗袜生尘。动无常则,若危若安。进止难期,若往若还。转眄流精㉘,光润玉颜。含辞未吐,气若幽兰㉙。华容婀娜,令我忘餐。

于是屏翳收风,川后静波㉚。冯夷鸣鼓,女娲清歌。腾文鱼以警乘,鸣玉鸾以偕逝㉛。六龙俨其齐首,载云车之容裔,鲸鲵踊而夹毂㉜,水禽翔而为卫。

于是越北沚。过南冈,纡素领,回清阳㉝,动朱唇以徐言,陈交接之大纲。恨人神之道殊兮,怨盛年之莫当。抗罗袂以掩涕兮,泪流襟之浪浪㉞。悼良会之永绝兮,哀一逝而异乡。无微情以效爱兮,献江南之明珰。虽潜处于太阳,长寄心于君王㉟。忽不悟其所舍,怅神宵而蔽光。

于是背下陵高,足往神留,遗情想像,顾望怀愁。冀灵体㊱之复形,御轻舟而上溯。浮长川而忘返,思绵绵督。夜耿耿而不寐,沾繁霜而至曙。命仆夫而就驾,吾将归乎东路。揽騑辔以抗策,怅盘桓而不能去。

【注释】

① 洛神:传说古帝伏羲氏之女溺死洛水而为神,故名洛神,又名宓妃。② 黄初:魏文帝曹丕年号,公元220~226年。③ 伊阙:山名,又称阙塞山、龙门山,在河南洛阳南。④ 镮(huán)辕:山名,在今河南偃师市东南。⑤ 通谷:山谷名。在洛阳城南。⑥ 陵:登。景山:山名,在今偃师市南。⑦ 税驾:停车。税,舍、置。驾,车乘总称。蘅皋:生着杜衡的河岸。蘅,杜衡,香草名。皋,岸。⑧ 觌(dí):看见。⑨ "翩若"二句:翩然若惊飞的鸿雁,婉蜒如游动的蛟龙。翩,鸟疾飞的样子,此处指飘忽摇曳的样子。惊鸿,惊飞的鸿雁。婉,蜿蜒曲折。这两句是写洛神的体态轻盈宛转。⑩ "仿佛"二句:不论远远凝望还是靠近观看,洛神都是姿容绝艳。⑪ "芳泽"二句:既不施脂,也不敷粉。泽,润肤的油脂。铅华,粉。古代烧铅成粉,故称铅华。不御,不施。御,用。⑫ 践:穿,着。远游:鞋名。文履:饰有花纹图案的鞋。⑬ "于是"二句:忽然又飘然轻举,且行且戏。纵体,身体轻举貌。遨,游。⑭ 桂旗:以桂木做旗杆的旗,形容旗的华美。⑮ 攘:此指挽袖伸出。神浒:为神所游之水边地。浒,水边泽畔。⑯ 湍濑:石上急流。玄芝:黑色芝草,相传为神草。⑰ "余情"二句:"我"喜欢她的淑美,又担心不被接受,不觉心旌摇曳而不安。⑱ "无良媒"二句:没有合适的媒人去通接欢情,就只能借助微波来传递话语。微波,一说指目光。⑲ "指潜渊"句:指深水发誓,约期相会。潜渊,深渊,一说指洛神所居之地。期,会。⑳ 斯灵:此神,指宓妃。㉑ 狐疑:疑虑不定。因为想到郑交甫曾经被仙女遗弃,故此产生了疑虑。㉒ "神光"二句:洛神身上放出的光彩忽聚忽散,忽明忽暗。㉓ 蘅薄:杜衡丛生地。㉔ "超长吟"二句:怅然长吟以表示深沉的思慕,声音哀婉而悠长。㉕ 汉滨之游女:汉水之女神,即前注中郑交甫所遇之神女。㉖ "叹匏瓜"二句:

为匏瓜星的无偶而叹息,为牵牛星的独处而哀咏。匏瓜,星名,又名天鸡,在河鼓星东。无匹,无偶。牵牛,星名,与织女星各处天河旁。相传每年七月七日才得一会。㉗袿(guī):妇女的上衣。猗(yī)靡:随风飘动貌。㉘"转眄"句:转眼顾盼之间流露出奕奕神采。流精,形容目光流转而有光彩。㉙"气若"句:形容气息香馨如兰。㉚屏翳:传说中的众神之一,司职说法不一,或以为是云师,或以为是雷师,或以为是雨师,在此篇中被曹植视作风神。川后:传说中的河神。㉛"腾文鱼"二句:飞腾的文鱼警卫着洛神的车乘,众神随着叮当作响的玉鸾一齐离去。腾,升。文鱼,神话中一种能飞的鱼。警乘,警卫车乘。玉鸾,鸾鸟形的玉制车铃,动则发声。偕逝,俱往。㉜毂(gǔ):车轮中用以贯轴的圆木,这里指车。㉝"纤素领"二句:洛神不断回首顾盼。㉞"抗罗袂"二句:举起罗袖掩面而泣,止不住泪水涟涟沾湿了衣襟。㉟"虽潜"二句:虽然幽居于神仙之所,但将永远怀念着君王。潜处,深处,幽居。太阴,众神所居之处。君王,指曹植。㊱灵体:指洛神。

【靓评】

　　曹植诗歌和辞赋有杰出成就,其赋继承两汉以来抒情小赋的传统,又吸收楚辞的浪漫主义精神,开辟新的境界。《洛神赋》通过梦幻的境界,描写人神之间的真挚爱情,因"人神殊道"无从结合惆怅分离。大美惊心,至情感仙,缘尽分手,情美永盛。

　　作品以行路—初见(惊艳)—通情—接纳—倾诉(尝缘)—分离为线索,写人与神仙之倾心与悲离之情。开始描写了作者与侍从们离开京城到达洛滨时的情景。当时"日既西倾,车殆马烦",一片静谧,作者神思恍惚,远眺洛水。奇迹出现:一个瑰姿艳逸的女神站立在对面的山崖上。作者惊愕万分,拉住御者,急切地问道:"彼何人斯,若此之艳也!"山边水畔落日前的优美景色衬托出发现人物的意外惊喜,创造了引人入胜的意境。

　　接下去御者的回答也十分巧妙,以"臣闻""无乃"等猜测的口吻,郑重其事地提出洛神宓妃,这在有意为下文对洛神的描绘留下伏笔的同时,又给本已蹊跷的邂逅蒙上了一层神秘的色彩。洛神宓妃,相传为远古伏羲氏的女儿,溺死于洛水而为水神。屈原在《天问》和《离骚》中都曾提及。以后司马相如和张衡,又对她做了这样的描绘:"若夫青琴宓妃之徒,……芬芳沤郁,酷烈淑郁;皓齿灿烂,宜笑的皪;长眉连娟,微睇绵藐"(《上林赋》);"召洛浦之宓妃。……增娉眼而蛾眉。……离朱唇而微笑兮"(《思玄赋》)。

　　作品与前人描写不同,首先以一连串生动奇逸的比喻,对洛神初临时的情状做了精彩纷呈的形容:"其形也,翩若惊鸿,婉若游龙。荣曜秋菊,华茂春松。仿佛兮若轻云之蔽月,飘摇兮若流风之回雪。远而望之,皎若太阳升朝霞;迫而察之,灼若芙蕖出渌波。"其形象之鲜明,色彩之艳丽,令人目不暇接。其中"翩若惊鸿,婉若游龙",尤为传神地展现了洛神飘然而至的风姿神韵。它与下面的"轻云之蔽月"和"流风之回雪",都从姿态方面,给人以轻盈、飘逸、流转、绰约的动感;而"秋菊""春松"与"太阳升朝霞"和"芙蕖出渌波",则从容貌方面,给人以明丽、清朗、华艳的色感。这种动感与色感彼此交错和互相浸淫,织成了一幅流光溢彩的神奇景象,它将洛神的绝丽至艳突出地展现在人们的面前。作者进一步使用传统手法,对洛神的体态、容貌、服饰和举止进行了细致的刻画。这位伏氏之女身材适中,丽质天生,不假粉饰;她云髻修眉,唇齿鲜润,明眸隐靥,容光焕发;加之罗衣灿烂,佩玉凝碧,明珠闪烁,轻裾拂动,更显得"瑰姿艳逸,仪静体闲"。作者的这些描绘,使人联想起《诗经》对庄姜的赞美:"手如柔荑,肤如凝脂,领如蝤蛴,齿如瓠犀,螓首蛾眉,巧笑倩兮,美目盼兮"(《卫风·硕人》);也使人联想起宋玉对东邻女的称道:"增之一分则太长,减之一分则太短,著粉太白,施朱太赤。"(《登徒子好色赋》)

但是作者比前人更重视表现人物的动态美。他着重描写了洛神天真活泼的举止:"践远游之文履,曳雾绡之轻裾。微幽兰之芳蔼兮,步踟蹰于山隅。于是忽焉纵体,以遨以嬉。"至此,洛神的形象已神态兼备,呼之欲出了。"余情悦其淑美兮,心振荡而不怡",作者为眼前这位美貌的女神深深打动了。他初为无以传递自己的爱慕之情而苦闷,继而"愿诚素之先达","解玉佩以要之"。在得到宓妃的应和,"执眷眷之款实"之后,他又想起郑交甫汉滨遗佩之事,对她的"指潜渊而为期"产生了怀疑。这种感情上的一波三折的变化,形象地反映出他当时内心的微妙状况。与其相应,洛神也感动了。对她一系列行动的精细刻画,表现出激荡在她内心的炽热的爱,以及这种爱不能实现的强烈的悲哀。

她"徙倚彷徨。神光离合,乍阴乍阳",一会儿耸身轻举,似鹤立欲飞而未起;一会儿从椒涂蘅薄中经过,引来阵阵浓郁的芳香;一会儿又怅然长啸,声音中回荡着深长的相思之哀……当洛神的哀吟唤来了众神,"或戏清流,或翔神渚,或采明珠,或拾翠羽"时,她虽有南湘二妃、汉滨游女陪伴,但仍不免"叹匏瓜之无匹兮,咏牵牛之独处",站在那里出神。刹那间,她又如迅飞的水鸟,在烟波浩渺的水上徘徊飘忽,行踪不定。只有那转盼流动、含情脉脉的目光,以及欲言还止的唇吻,似乎在向作者倾吐内心的无穷眷恋和哀怨。作者对洛神或而彷徨,或而长吟,或而延伫,或而飘忽的这种描写,就好似一幕感情激烈、姿态优美的舞剧,以变化不定、摇曳多姿的舞步,展现了内心的爱慕、矛盾、惆怅和痛苦。尤其是"体迅飞凫,飘忽若神,凌波微步,罗袜生尘。动无常则,若危若安。进止难期,若往若还"一段,更将这幕舞剧推向了高潮,人物的心理矛盾、感情波澜在此得到了最充分的表现。正当作者与洛神相对无语、两情依依之时,离别的时刻到了。

这是一个构想奇逸、神采飞扬的分别场面:屏翳收风,川后静波。在冯夷、女娲的鼓乐声中,由六龙驾驭的云车载着宓妃出发了。美丽的洛神坐在渐渐远去的车上,还不断地回过头来,向作者倾诉自己的一片衷肠。"悼良会之永绝兮,哀一逝而异乡",深深的哀怨笼罩着这个充满神话色彩的画面。在陈述了"恨人神之道殊兮,怨盛年之莫当"之后,洛神还信誓旦旦地表示:"长寄心于君王。"最后,洛神的艳丽形象终于消失在苍茫的暮色之中,而作者却依然站在水边,怅然地望着洛神逝去的方向,惘然若失。他驾着轻舟,溯川而上,希望能再次看到神女的倩影。然而,烟波渺渺,长夜漫漫,更使他情意悠悠、思绪绵绵。天亮后,作者不得不"归乎东路"了,但仍"揽騑辔以抗策,怅盘桓而不能去"。这段文字洋溢着浓厚的抒情气氛,勾魂摄魄,它把洛神的形象烘托得更加突出,更加完美。

此赋的主要特点有三:特点一,想象丰富。作者在洛川之边,停车饮马,在阳林漫步之时,看到了洛神,这就是想象。她摇曳飘忽像惊飞的大雁,婉曲轻柔像是水中的游龙,姣如朝霞,纯洁如芙蓉,风华绝代。随后他对她产生爱慕之情,托水波以传意,寄玉佩以定情。洛神终被他的真情所感动,与之相见倾情。但终因人神殊途,与之惜别。想象绚烂,浪漫凄婉之情淡而不化,这想象并不离奇。特点二,辞藻华丽而不浮躁,清新之气四逸,令人神爽。讲究排偶、对仗、音律,语言整饬、凝练、生动、优美。取材构思汉赋中无出其右。此赋起笔便是平中蕴奇的氛围创造。开头平平的叙述,正与陶渊明《桃花源记》叙武陵人的行舟之始一样,奇境显现,刹那间目睹了一幕终生难忘的景象:一位俏丽的女子即洛神现身。接着作者像要与宋玉笔下的巫山神女争辉似的着力描摹洛神的神采姣容以及痛苦情状。然后写洛神率众离去,与屈原《离骚》抒写主人公悲怆远逝异曲同工。特点三,传神的描写刻画,兼之与比喻、烘托共用,错综变化巧妙得宜,给人一种浩而不烦、美而不惊之感,使人感到就如在看一幅绝妙丹青,个中人物有血有肉,而不会使人产生一种虚无之感。在对洛神的体形、五官、姿态等描写时,给人传递出洛神的沉鱼之貌、落雁之容。同时,又有"清水出芙蓉,天然去雕饰"的清新高洁,使人感到斯人浮现于眼前,风姿绰约。而对于洛神与其分手时的描写,一切都是这样美好,人去心留,情思不断,洛神的倩影和相遇相知时的情景历历在目,浪漫而苦涩,心神为之不宁,徘徊于洛水之间不忍离去。

对《洛神赋》的思想、艺术成就前人都曾予以极高的评价,最明显的是常把它与屈原的《九歌》和宋玉的《神女》诸赋相提并论。其实,曹植此赋兼二者而有之,它既有《湘君》《湘夫人》那种浓厚的抒情成分,同时又具宋玉诸赋对女性美的精妙刻画。此外,它的情节完整、手法多变和形式隽永等妙处,又为以前的作品所不及。

野田黄雀行二首(其二)

高树多悲风,海水扬其波。利剑①不在掌,结友何须多!不见篱间雀,见鹞②自投罗。罗家得雀喜,少年见雀悲。拔剑削罗网,黄雀得飞飞。飞飞摩苍天③,来下谢少年。

【注释】

①利剑:比喻权力。②鹯:比鹰小一点的一种非常凶狠的鸟类。③摩苍天:飞得很高。摩,接触。

【靓评】

全诗可分两段。前四句为一段。"高树多悲风,海水扬其波"两句以比兴发端,出语惊人。谚曰:"树大招风。"则高树之风,其摧折破坏之力可想而知。"风"前又着一"悲"字,更加强了这自然景观所具的主观感情色彩。大海无边,波涛山立,风吹浪涌,楫摧樯倾,它和首句所描绘的恶劣自然环境,实际是现实政治气候的象征,曲折地反映了宦海的险恶风涛和政治上的挫折所引起的内心悲愤与忧惧。正是在这样一种政治环境里,在这样一种心情支配下,作者痛定思痛,满怀悲愤地喊出了"利剑不在掌,结交何须多"。没有权势便不必交友,这真是石破天惊之论!无论是从传统的观念,还是从一般人的生活实际,都不能得出这样的结论来。儒家一向强调"有朋自远方来,不亦乐乎"(《论语·学而》),强调"四海之内皆兄弟"(《论语·颜渊》)。从《诗经·伐木》的"嘤其鸣矣,求其友声"到今天民间流传的"在家靠父母,出门靠朋友",都是强调朋友越多越好。然而,植诗正是由于它的不合常情常理,反而有了更加强烈的震撼力量,更加深刻地反映了内心的悲愤。从曹植集中《赠徐幹》"亲交义在敦"、《赠丁仪》"亲交义不薄"、《送应氏》"念我平生亲"、《箜篌引》"亲友从我游"等等诗句来看,作者是一个喜交游、重友情的人。这样一个风流倜傥的翩翩佳公子,如今却大声呼喊出与自己本性完全格格不入的话来,不但用以自警,而且用以告诫世人,则其内心的悲苦激烈、创巨痛深,不言可知。

"不见篱间雀"以下为全诗第二段。无权无势就不必交友,是在特殊情况下所发出的悲愤至极的牢骚。这个观点既无法被读者接受,作者也无法引经据典加以论证。因此他采用寓言手法,用"不见"二字引出了持剑少年救雀的故事。这个故事从表面看,是从反面来论证"利剑不在掌,结交何须多"这一不易为人所接受的观点,而实际上却是紧承上段,进一步抒写自己内心的悲愤情绪。

黄雀是温驯的小鸟,加上"篱间"二字,更可见其并无冲天之志,不过在篱间嬉戏度日而已。然而就是这样一只于人于物都无害的小鸟,竟也不能见容于世人——设下罗网,放出鹯鹰,必欲驱捕逐得而后快。为罗家驱雀的鹯鹰何其凶恶,见鹯投罗的黄雀何其可怜,见雀而喜的罗家何其卑劣。作者虽无一字褒贬,而感情已深融于叙事之中。对掌权者的痛恨,对无辜被害的弱小者的同情,均不难于词句外得之。

作者又进而想象有一手仗利剑的少年,抉开罗网,放走黄雀。黄雀死里逃生,直飞云霄,却又从天空俯冲而下,绕少年盘旋飞鸣,感谢其救命之恩。显然,"拔剑削罗网"的英俊少年实际是作者想象之中自我形象的化身;黄雀"飞飞摩苍天"所表现的轻快、愉悦,实际是作者在想象中解救了朋友急难之后所感到的轻快和愉悦。这只是作者的幻想而已。在现实中无能为力,只好在幻想的虚境中求得心灵的解脱,其情亦可悲矣。然而,在这虚幻的想象中,也潜藏着作者对布罗网者的愤怒和反抗。

曹植诗歌的特点,钟嵘《诗品》的"骨气奇高,辞采华茂"八个字最为确评。但就这首《野田黄雀行》而言,"骨气"(思想内容)确实是高的,而辞采却说不上"华茂"。更具有汉乐府民歌的质朴风味。受汉乐府民歌中许多带寓言色彩的作品的影响。西汉《铙歌》十八曲中《艾如张》一曲有"山出黄雀亦有罗,雀已高飞奈雀何"之句,对此篇构思的启发,更是显然。此诗的词句也多质朴无华。"罗家得雀喜,少年见雀悲"这种句式完全是纯粹的口语,"黄雀得飞飞""飞飞摩苍天"二句中的叠字及顶真修辞手法也都是乐府民歌中常见的。这些朴实的词句和诗歌所要表现的内容正相适应,如果有意雕琢,其感人的力量也许倒反而会减退了。于此可见曹植这个才高八斗的作家向民歌学习所取得的成就。

七步诗

煮豆持作羹,漉豉以为汁①。萁②在釜下燃,豆在釜中泣。本是同根生,相煎何太急?

【注释】

① "漉豉"句:意谓过滤煮好的豆,淋为浆汁。漉(lù),过滤。豉(chǐ),豆豉,用煮熟的大豆发酵制成,这里指豆。② 萁(qí):豆秸,豆茎。

【靓评】

曹丕当上皇帝后,担心三弟曹植威胁他的帝位,就想把曹植害死。一天,曹丕命曹植七步之内作出一首诗来,否则就要将他处死。曹植忍悲含愤,在七步之内一气吟成这首诗。诗中以豆喻己,以萁喻丕,借釜中之豆泣诉:"你我本是同根所生,为什么要如此急迫地加害于我呀?"以此表示对兄弟相残的愤懑和痛心,曹丕听了深有愧色,免其一死。

事情虽已过去将近两千年,这首诗却一直流传至今,在广袤的中华大地家喻户晓,妇孺皆知。"本是同根生,相煎何太急"成了人们劝阻兄弟阋墙、自相残杀的经典用语。皖南事变发生后,周恩来满怀悲愤,挥毫疾书"千古奇冤,江南一叶。同室操戈,相煎何急!"痛斥国民党极右派残害共产党人、拘捕叶挺将军的卑劣行径,用的就是这个典故。今天虽然时代不同了,可燃萁煮豆之事并没有根绝。家族之内,同仁之间,为权为名为利而明争暗斗,拳脚相加,甚至行凶杀人的事时有发生;对历史的负面教训更未有深刻的认知、凛遵! 这证明,在广大人民群众中,尤其在青少年一代中,培养中华同胞兄弟之间和谐、友善的社会主义核心价值观是多么重要。

这首诗之所以能弥久常新,还在于它珍贵的艺术价值。它巧妙地运用了比兴手法,语言浅显,寓意明畅,比喻贴切生动,与双关结合,更显魅力,感情沉郁激愤,读了叫人经久难忘。

这首诗原本六句,经历史淘洗变为四句:"煮豆燃豆萁,豆在釜中泣。本是同根生,相煎何太急?"流誉至今,几淹原作。由此,也可见历史对文艺的影响,约定俗成,启人深思。

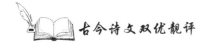

鲍 照

鲍照(416? —466):字明远,东海郡(今属山东)人,中国南朝宋杰出的文学家、诗人。宋元嘉中,临川王刘义庆"招聚文学之士,近远必至",鲍照以辞章之美而被看重,遂为"佐史国臣"。大明八年出任前军参军,故世称"鲍参军"。泰始二年刘子顼起兵反明帝失败,鲍照死于乱军中。

鲍照与颜延之、谢灵运同为宋元嘉时代的著名诗人,合称"元嘉三大家",其诗歌注意描写山水,讲究对仗和辞藻。他长于乐府诗,其七言诗对唐代诗歌的发展起了重要作用,世称"元嘉体",现有《鲍参军集》传世。鲍照和庾信合称"南照北信"。

芜城赋

沵迤①平原,南驰苍梧涨海②,北走紫塞③雁门。柂以漕渠,轴以昆岗④。重关复江之隩,四会五达之庄。当昔全盛之时,车挂轊,人驾肩。廛闬扑地⑤,歌吹沸天。孳货盐田⑥,铲利铜山⑦,才力雄富,士马精妍。故能侈秦法,佚周令⑧,划崇墉⑨,刳浚洫⑩,图修世以休命。是以板筑雉堞之殷⑪,井干烽橹之勤⑫,格高五岳⑬,袤广三坟⑭,崪若断岸⑮,矗似长云。制磁石以御冲,糊赪壤以飞文。观基扃之固护⑯,将万祀而一君。出入三代,五百余载,竟瓜剖而豆分。泽葵⑰依井,荒葛罥涂。坛罗虺蜮⑱,阶斗麏鼯⑲。木魅山鬼,野鼠城狐。风嗥雨啸,昏见晨趋。饥鹰厉吻,寒鸱吓雏。伏暴藏虎,乳血餐肤。崩榛塞路,峥嵘古馗㉑。白杨早落,寒草前衰。棱棱霜气,蔌蔌风威。孤蓬自振,惊沙坐飞。灌莽杳而无际,丛薄纷其相依。通池既已夷,峻隅㉒又以颓。直视千里外,唯见起黄埃。凝思寂听,心伤已摧。若夫藻扃黼帐㉓,歌堂舞阁之基。璇渊㉔碧树,弋林钓渚之馆。吴蔡齐秦之声㉕,鱼龙爵马㉖之玩。皆薰歇烬灭,光沉响绝。东都妙姬,南国佳人,蕙心纨质㉗,玉貌绛唇,莫不埋魂幽石,委骨穷尘。岂忆同辇之愉乐,离宫之苦辛哉?天道如何,吞恨者多。抽琴命操㉘,为芜城之歌。歌曰:"边风急兮城上寒,井径灭兮丘陇残㉙。千龄兮万代,共尽兮何言。"

【注释】

① 沵(mǐ)迤(yǐ):地势相连渐平的样子。② 苍梧:汉置郡名。治所即今广西梧州市。涨海:即南海。③ 紫塞:指长城。④ 柂(duò):沟通。漕渠:古时运粮的河道。句中指古邗沟,夫差所开,自今江都西北至淮安三百七十里的运河。轴:车轴。昆岗:亦名阜岗、昆仑岗、广陵岗。句谓昆岗横贯广陵城下,如车轮轴心。⑤ 廛(chán)闬(hàn)扑地:遍地是密匝匝的住宅。廛,市民居住的区域。闬,间;里

门。扑地,即遍地。⑥ 孳:繁殖。货:财货。盐田:《史记》记西汉初年,广陵为吴王刘濞所都,刘曾命人煮海水为盐。⑦ 铲利:开采取利。铜山:产铜的山。刘濞曾命人开采郡内的铜山铸钱。⑧ 侈:超过。佚:超越。此两句谓刘濞据广陵,一切规模制度都超过秦、周。⑨ 划崇墉(yōng):谓建造高峻的城墙。划,剖开。⑩ 刳(kū)浚(jùn)洫(xù):凿挖深沟。刳,凿。浚,深。洫,沟渠。⑪ 板筑:以两板相夹,中间填土,然后夯实的筑墙方法。这里指修建城墙。雉堞:女墙。城墙长三丈高一丈称一雉;城上凹凸的墙垛称堞。殷:大;盛。⑫ 井干(hán):原指井上的栏圈。此谓筑楼时木柱木架交叉的样子。烽:烽火。古时筑城,以烽火报警。橹:望楼。此谓大规模地修筑城墙,营建烽火望楼。⑬ 格:格局,这里指高度。五岳:指东岳泰山、西岳华山、南岳衡山、北岳恒山、中岳嵩山。⑭ 袤(mào)广:南北间的宽度称袤,东西的广度称广。三坟:说法不一。此似指《尚书·禹贡》所说兖州土黑坟、青州土白坟、徐州土赤埴坟。坟为"隆起"之意。土黏曰"埴"。以上三州与广陵相接。⑮ 崒(zú):危险而高峻。⑯ 基扃(jiǒng):即城阙。扃,门上的关键。固护,牢固。⑰ 泽葵:苔藓一类植物。⑱ 虺(huǐ):毒蛇。蜮(yù):相传能在水中含沙射人的动物,形似鳖,一名短狐。⑲ 麕(jūn):獐,似鹿而体形较小。鼯(wú):鼯鼠,长尾,前后肢间有薄膜,能飞,昼伏夜出。⑳ 木魅:木石所幻化的精怪。㉑ 馗(kuí):同"逵",大路。㉒ 峻隅:城上的角楼。㉓ 藻扃:彩绘的门户。黼(fǔ)帐:绣花帐。㉔ 璇渊:玉池。璇,美玉。㉕ 吴蔡齐秦之声:谓各地聚集于此的音乐歌舞。㉖ 鱼龙爵马:古代杂技的名称。爵,通"雀"。㉗ 蕙:兰蕙,开淡黄绿色花,香气馥郁。蕙心:芳心。纨:丝织的细绢。纨质:丽质。㉘ 抽:取。命操:谱曲。命,名。操,琴曲名。作曲当命名。㉙ 井径:田间的小路。丘陇:坟墓。

【赏评】

　　这篇抒情小赋,通过对广陵城昔日繁盛、今日荒芜的渲染夸张和铺叙对比,抒发了作者对历史变迁、王朝兴亡的感慨,真实地反映了当时严酷的社会现实。作者立足于时空的高度,从自己对人生的体验出发,在五百年历史长河的潮起潮落中,描绘了一幅广陵兴盛图、一幅广陵衰败图,在两幅图画的对比中,解构了生命的个体对世界的无奈,即变幻是永恒的,美好的终极可能是毁灭。

　　作者描绘广陵的第一幅图画是刘濞时期的巨丽繁华图。以气势磅礴的雄壮笔墨勾画了全盛的广陵。地势的平坦广阔。"沵迤平原,南驰苍梧涨海,北走紫塞雁门。"先声夺人用笔豪放。"南驰""北走"这两个动词,好像是屹立在时空的高端,点化一头鲜活的宇宙巨兽,摇头摆尾,一伸一曲中展示雄风。"昆岗"是坚不可摧的脊梁,漕渠是永不止息而汹涌流淌的新鲜血脉。这座城是一个鲜活的朝气蓬勃的强大生命。读者不但看到作者对广陵优越的地理环境的赞美,更看到了作者对广陵强大富有的夸张,在它的铁骨铮铮的身上充满无限的生命张力。"重关复江之隩,四会五达之庄。"这是一个被巍峨重山拥抱,滚滚江河环绕的地势险峻、易守难攻的城市,也是一座四通八达的繁华都市。"车挂辀,人驾肩,廛闬扑地,歌吹沸天。"人烟稠密,街道纵横,热闹非凡。作者以夸张的笔墨写出了广陵安居乐业、歌舞升平的昌盛。"孳货盐田,铲利铜山。"当年刘濞曾经在这里利用海水煮盐,利用铜矿铸钱,所以这里"财力雄富,士马精妍"。即国家富强,兵强马壮。在建设规模上也"侈秦法,佚周令"。"侈"字,表示的不只是大于秦法,而且是能够轻松地装得下秦的规模。"佚"字,表示不只是仅仅超过,而且是远远地超过。"划崇墉,刳浚洫"进一步说明国力的强大。把高大的山搬来做雄伟的城墙,好像是用刀子把高山割开搬来安在城外一样,挖深沟城壕,好像是用刀子劈开一个瓜一样。举世罕见的大工程,说得如此轻而易举,可见国力之强了。"图修世以休命。"为了永久美好的国运,所以刘濞不惜巨资,建设国防工程。"是以板筑雉堞之殷,井干烽橹之勤,格高五岳,袤广三坟,崒若断岸,矗似长云。"这是对广陵雄壮险峻的防御工程极致的夸张描写,其规模上下超过五岳,宽广覆盖了九州的三分之一。其险峻似巍峨的高山,而陡峭又像河岸的断壁,远远望去,又像是矗入天空的长云。"制磁石以御冲,糊赪壤以飞文。""御冲"指抵御重兵或者寇贼袭击的门,相传秦代阿房宫就是以磁石做门的。磁石就是吸铁石,能防止怀刃进入城门的人。可见城门不但雄壮坚固,而且防御功能极强,一般人未经允许携带武器是进不了城门的。与坚固城门相映生辉的是流光溢彩的涂有赤色花纹的城墙。刘濞在这里建立了奇伟壮观的城池,高大坚固的城墙,固若金汤的城阙,规模宏大的瞭望楼,繁多的烽火台,希望"万祀而一君",即希望刘姓的江山万世相传,永远不败。

但是世事难料,仅仅"出入三代,五百余载,竟瓜剖而豆分"。即只经过了汉、魏、晋三代,时隔不过五百年,竟然就瓜剖豆分地被彻底破坏了!毁坏成什么样子?作者浓墨重彩地为广陵绘制了第二幅图画——战后广陵破败不堪,荒凉凄惨,令人毛骨悚然的衰败图。

"泽葵依井,荒葛罥途。"井上长满了苔藓,分不出井来,路上葛蔓横爬竖绕,寻不出路来,可见此地早已是荒无人烟了。"坛罗虺蜮,阶斗麇鼯。"堂前不但成堆的毒蛇爬来爬去,而且还有成群的短狐窜来窜去,台阶上聚合的獐子与结伙的鼯鼠嘶咬打斗,真是一个荒芜的可怕世界。"木魅山鬼,野鼠城狐,风嗥雨啸,昏见晨趋。"又是妖魔鬼怪的乐园,狐狸老鼠成精的摇篮,这些怪物或作法刮起阴风呼来恶雨,或发出怪异的狼嚎鬼叫声。夜里现身,凌晨隐去。这是一个令人胆战心惊的恐怖世界。"饥鹰厉吻,寒鸱吓雏。伏暴藏虎,乳血餐肤。"饥饿的老鹰不停地剔嘴磨牙,阴冷的鹞子正凶恶地对着发颤的小鸟,埋伏的猛兽正在喝血吞毛,隐藏的老虎正在撕皮吃肉,这是一个充满血腥的残暴世界。"崩榛塞路,峥嵘古馗。白杨早落,寒草前衰。"多年的榛子壳新陈累积成堆成山地堵塞了道路,古道深邃莫测阴森可怖。

在榛莽的阴影笼罩下,杨树提前败落,小草在颓毁坍塌的城墙上提前枯萎。这是一个荒凉悲哀的世界。"棱棱霜气,蔌蔌风威。孤蓬自振,惊沙坐飞。"严寒冰冷的阵阵霜气像刀子一样地袭来,把万物扼杀,劲疾凌厉的狂风把无数的蓬草突然卷起,在空中旋转。昔日深邃的城池,早已被黄沙填平,昔日高峻的城墙的一点遗角,在视线中很快地坍塌。迷茫中抬起头"直视千里外,唯见起黄埃"。在这由蛮野、荒芜、鬼怪、可怖、血腥、阴森混杂组合的世界中,"凝思"永固的城阙化为土,"寂听"黄风漫卷沙尘哭:"心伤已摧",无人诉!

作者借写景以抒怀,把诸多带有深厚内蕴的意象编制组合成宏观的两大巨幅对比图,在图中挥毫泼墨铺陈了昔日繁华的广陵与战后荒凉的广陵,抒发了自己对于人性野蛮残忍的隐痛与愤慨,展现了作者在冷酷世界中追寻美好的孤独心灵。

接着文章进一步叙述了昔日吴王刘濞时广陵的没落豪奢生活。"若夫藻扃黼帐,歌堂舞阁之基。璇渊碧树,弋林钓渚之馆。吴蔡齐秦之声,鱼龙爵马之玩。皆薰歇烬灭,光沉响绝。"那些美丽的雕花门窗,那些精美的罗帏绣帐,那些气势恢宏的歌台舞阁,那些汉白玉池边成荫的绿树,那些射鸟钓鱼的馆所,还有那些来自吴国蔡国齐国秦国的美妙的音乐与歌声,以及那些高超奇妙的戏法杂技,都早已化为灰烬没了香气,绝了音讯没了光彩。"东都妙姬,南国佳人,蕙心纨质,玉貌绛唇,莫不埋魂幽石,委骨穷尘。岂忆同辇之愉乐,离宫之苦辛哉!"妙龄美姬,才女佳人,如纨肢体,洁白玉貌,早已不复存在,难免掩埋魂魄于幽石下,埋葬骨肉于尘埃中,一抔黄土掩风流的她们还会记起与吴王同坐一车的宠幸与快乐,或者会想起被打入冷宫的痛苦与悲哀吗?

作者从楼堂宫馆、声色歌舞、妙姬佳人的烟消云散,说明毁灭是美的必然归宿,不管是美物还是佳人,不管是权力还是财富,人世间的一切,都逃不出死亡和消逝的结局。往事悠悠如朝露,盛极必衰不会永存。"天道如何,吞恨者多。"这就是天的规律不可逆转。"抽琴命操,为芜城之歌。"

"边风急兮城上寒,井径灭兮丘陇残。千龄兮万代,共尽兮何言。"千头万绪,千言万语,千愁万恨,化成一首人生无常歌:歌已尽而情未尽,辞已终而恨不平。全文至"天道如何,吞恨者多"才点出主题,而这首歌又把主题推向了高潮,道尽了诗人伤逝怜人的缠绵深情,全文也因此升华为对人世间最终结局的普遍广泛的哀叹,表达了作者终极的悲观主义和伤逝情怀。至此已顿悟,此赋的主题思想不止于感发思古的幽情,也不止于感叹盛衰的交替,诗人通过一个城市的变化,抒发了对人类终极结局的深深哀叹惋惜。尽管人的天性中有追求美的特质,可谁也无法挽留世界美好事物的消失,就像人们一生下来就为生存而努力,但最终的结局还是死亡,谁也无法逃脱,仅有的差别只是时间的迟早。

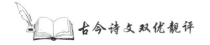

梅花落

　　中庭多杂树,偏为梅咨嗟。问君何独然?念其霜中能作花,露中能作实①。摇荡春风媚春日,念尔零落逐风飙,徒有霜华无霜质②。

【注释】

　　① 其:指梅。作花:开花。作实:结实。此二句是诗人的回答,是说梅花能在霜中开花,露中结实,不畏严寒。尔:指杂树。霜华:霜中的花。华,同"花"。这三句是说杂树只能在春风中摇曳,在春日下盛开,有的虽然也能在霜中开花,却又随寒风零落而没有耐寒的品质。

【靓评】

　　《梅花落》原为汉乐府"横吹曲"。鲍照沿用乐府旧题,创作了这首前所未见的杂言诗。

　　对这首诗,历来有两种意见:其一,拿杂树和梅树作比,赞扬"梅花"的精神。其二,以"梅花"的"落",叹息梅树也有"双重人格"。这里,我们采用第一种说法。诗的起句开门见山:"中庭多杂树,偏为梅咨嗟。"这里的"杂树"和"梅"含有象征意义。杂树,"亦指世间悠悠者流",即一班无节操的士大夫;梅,指节操高尚的旷达贤士。庭院中各种树木,诗人最赞赏的是梅花,观点十分鲜明。

　　下面是诗人与杂树的对话。"问君何独然?"为什么单单赞赏梅花呢?诗人答道:"念其霜中能作花,露中能作实。摇荡春风媚春日,念尔零落逐风飙,徒有霜华无霜质。""念其"之"其",谓梅花;"念尔"之"尔",谓杂树。全句意为,因梅花不畏严寒,能在霜中开花,露中结实,而杂树只能在春风中摇曳,春日下盛开,有的虽然也能在霜中开花,却又随寒风零落而没有耐寒的品质。在此,诗人将杂树拟人,并将它与梅花放在一起,用对比的方式加以描绘,通过对耐寒梅花的赞美,批判了杂树的软弱动摇。两者得到鉴别、强化,可谓相得益彰。

　　本诗是托讽之辞,采用杂言,音节顿挫激扬,富于变化。其一褒一贬,表现了诗人鲜明的态度。这与作者个人经历关系密切。鲍照"家世贫贱"(鲍照《拜侍郎上疏》),在宦途上饱受压抑。他痛恨门阀士族制度,对刘宋王朝的统治深为不满,因此,他那质朴的诗句明确表示了对节操低下的士大夫的蔑视和对旷达之士的赞扬。这里还包含着寒士被压抑的义愤和对高门世族垄断政权的控诉。诗歌以充沛的气势、强烈的个性、明快的语言,给读者以震撼。

拟行路难(其四)

　　泻水置平地,各自东西南北流。人生亦有命,安能行叹复坐愁?酌酒以自宽,举杯断绝歌路难①。心非木石岂无感,吞声踯躅不敢言②。

【注释】

① "举杯"句：这句是说《行路难》的歌唱因饮酒而中断。断绝，停止。② 吞声：声将发又止。踯躅(zhí zhú)：徘徊不前。从"吞声""踯躅""不敢"见出所忧不是细致的事。

【靓评一】

　　这首诗是鲍照《拟行路难》中的第四篇，抒写诗人在门阀制度重压下，深感世路艰难，激发起的愤慨不平之情，其思想内容与原题妙合。

　　诗歌起笔陡然，入手便写水泻地面，四方流淌的现象。既没有波涛万顷的壮阔场面，也不见澄静如练的幽美意境。然而，就在这既不神奇又不玄妙的普通自然现象里，诗人却顿悟出了与之相似相通的某种人生哲理。作者以"水"喻人，那流向"东西南北"不同方位的"水"，比喻社会生活中不同处境下高低贵贱的人。"水"的流向是地势造成的，人的处境是门第决定的，形象地揭示出了现实社会里门阀制度的不合理性。诗人借水"泻"和"流"的动态描绘，造成了一种令读者惊疑的气势。正如清代沈德潜所说："起手万端下，如黄河落天走东海也。"这种笔法，正好曲折地表达了诗人由于激愤不平喷涌而出的悲愤抑郁心情。

　　接下四句，诗人转向自己的心态剖白。他并没有直面人间的不平去歌呼呐喊，而是首先以"人生亦有命"的宿命论观点，来解释社会与人生的错位现象，并渴望借此从"行叹复坐愁"的苦闷之中求得解脱。"安能行叹复坐愁"运用了互文的写法来宽慰自己。继而又以"酌酒以自宽"来慰藉心态失去的平衡。然而，举杯消愁愁更愁，就连借以倾吐心中悲愤的《行路难》歌声，也如鲠在喉而"断绝"了。诗人有意回避了正面诉说自己的悲哀苦闷和郁积的块垒，无法借酒浇愁，便着笔于如何从怅惘中求解脱，在烦忧中获宽慰。这种口吻和这笔调，愈加透露出作者深沉浓重、愁苦悲愤的情感，蕴藉深厚。

　　诗的结尾，作者才吐出真情："心非木石岂无感"，人心不是草木，不可能没有感情，诗人面对社会的黑暗，遭遇人间的不平，不可能无动于衷，无所感慨。写到这里，诗人心中的愤懑已郁积到最大的密度，达到了随时都可能喷涌的程度。尽情宣泄，放声歌唱，已不足以倾吐满怀的愁苦了。然而出人意料的是，下面出现的却是一声低沉的哀叹：到了嘴边的呼喊，却突然"吞声"强忍，"踯躅"克制住了。社会政治的黑暗，残酷无情的统治，窒息着人们的灵魂。社会现实对于寒微士人的压抑，让诗人敢怒而不敢言、徘徊难进。有许许多多出身寒微的人，也只能像他那样忍气吞声，默默地把愤怒和痛苦强咽到肚里，这正是人间极大的不幸。前文中"人生亦有命"的话题，只是诗人在忍气吞声和无可奈何之下所倾吐的愤激之词。

　　这首诗托物寓意，比兴遥深，而又明白晓畅，启人思索，耐人品味。全篇构思迂曲婉转，蕴藉深厚。明代王夫之评论此诗说："先破除，后申理，一俯一仰，神情无限。"清代沈德潜评价说:"妙在不曾说破。"准确地指明了这首诗的艺术特点。五言、七言诗句错落有致地相互搭配,韵脚由"流""愁"到"难""言"的灵活变换,自然形成了全诗起伏跌宕的气势格调。

【靓评二】

赋陈比兴　各有千秋
——鲍照《拟行路难(其四)》《梅花落》品赏

《拟行路难(其四)》和《梅花落》是鲍诗代表,一直脍炙人口。这两首诗都是抒发的不平之鸣,表现手法却大不一样。前者如河堤决口,奔涌喷泻,又如高山放歌,纵情豪唱;后者如雾里看花,隐隐约约,又如深山探览,移步换景。

《拟行路难(其四)》先以泻水置地,各自分流,引出人生有命(运),不必行叹坐愁(也会各有出路)。这是聊以自宽,实际叹、愁仍在,因而饮酒唱歌以排遣。可是举杯消愁愁更愁,愁仍无法排遣,叹也无法出声(达意),心非木石,能无感触?只因是如磐重压,一言不慎,随时遭祸,所以只有忍气吞声了!正是于无声处听惊雷!说自己吞声不言,正是在大声疾呼!叹愁之重,在"却道天凉好个秋"式中倾泻而出。这首诗整个倾向是赋陈倾泻,但有曲折,正如急流遇到岩阻,虽冲不过去,但立即激起万朵浪花!对人们的心灵更具冲击力。

品赏《梅花落》,既要看到梅花在寒风中绽放,又要看到它在春风中零落。《梅花落》似在吟花咏草,显示闲情逸致,其实是借咏梅花抒发志士的不平之鸣。全诗采取问答式,先设问,庭中树木很多,为何偏对梅花发出"咨嗟"(感叹、问询)?下文就此作答:一是因为梅花能不畏风霜,开花、结果,助长春色。二是又觉得梅花挡不住寒风摧残,随风飘零。虽有如霜之花,而无霜雪恒久不变的资质,实在太遗憾了!这个答案,先扬后抑,先褒后贬,褒实为叹,贬实为褒,都是为梅花残败鸣不平,都是说的才高命蹇的国士遭遇。咏花,正是咏人,扬抑并举,褒贬双提,使诗更增厚度,更添情趣、波澜。

读了鲍照这两首或多赋陈,或多比兴而各有千秋的诗,可悟到同一主题有多种表现手法。

陶 潜

陶渊明(约365—427):名潜,字元亮,又字渊明,号五柳先生,私谥靖节。浔阳柴桑(今江西九江西南)人。晋代大诗人。年轻时,胸怀壮志,曾任江州祭酒、镇军参军、彭泽令等职共十余年。因不满当时士族政权的黑暗现实,41岁时去职归隐,过着自食其力的田园生活。长于诗文辞赋,诗多描绘自然景色及农村生活情景,不少作品隐寓对统治集团的憎恶,不愿同流合污,表现出了高尚的情操。有《陶渊明集》。

归去来兮辞

归去来兮,田园将芜,胡不归?既自以心为形役,奚惆怅而独悲!悟已往之不谏,知来者之可追。实迷途其未远,觉今是而昨非。舟摇摇以轻飏,风飘飘而吹衣。问征夫①以前路,恨晨光之熹微。乃瞻衡宇,载欣载奔。僮仆欢迎,稚子候门。三径就荒,松菊犹存②。携幼入室,有酒盈樽。引壶觞以自酌,眄庭柯以怡颜③。倚南窗以寄傲,审容膝之易安④。园日涉以成趣,门虽设而常关。策扶老以流憩⑤,时矫首而遐观。云无心以出岫,鸟倦飞而知还。景翳翳以将入⑥,抚孤松而盘桓。

归去来兮,请息交以绝游。世与我而相违,复驾言兮焉求⑦!悦亲戚之情话,乐琴书以消忧。农人告余以春及,将有事于西畴。或命巾车⑧,或棹孤舟⑨。既窈窕以寻壑,亦崎岖而经丘。木欣欣以向荣,泉涓涓而始流。善万物之得时,感吾生之行休。

已矣乎!寓形宇内复几时,曷不委心任去留⑩?胡为乎遑遑欲何之?富贵非吾愿,帝乡不可期⑪。怀良辰以孤往⑫,或植杖而耘耔⑬。登东皋以舒啸,临清流而赋诗。聊乘化以归尽⑭,乐夫天命复奚疑⑮!

【注释】

① 征夫:行人而非征兵之人。② 三径就荒,松菊犹存:院子里的小路快要荒芜了,松菊还长在那里。三径,院中小路。③ 眄(miǎn)庭柯以怡颜:看看院子里的树木,觉得很愉快。眄,斜看。这里是"随便看看"的意思。④ 审容膝之易安:觉得住在简陋的小屋里也非常舒服。审,觉察。⑤ 策扶老以流憩(qì):拄着拐杖出去走走,随时随地休息。⑥ 景翳(yì)翳以将入:阳光黯淡,太阳快落下去了。景,日光。翳翳,阴暗的样子。⑦ 世与我而相违,复驾言兮焉求:世事与我所想的相违背,还能努力探求什么呢?⑧ 或命巾车:有时叫上一辆有帷的小车。或,有时。巾车,有车帷的小车。⑨ 或棹(zhào)孤舟:有时划一艘小船。棹,本义船桨。这里名词做

动词,意为划桨。⑩ 寓形宇内复几时,曷(hé)不委心任去留:活在世上能有多久,何不顺从自己的心愿,管它什么生与死呢? ⑪ 帝乡不可期:仙境到不了。帝乡,仙境。期,希望,企及。⑫ 怀良辰以孤往:爱惜美好的时光,独自外出。⑬ 或植杖而耘耔:有时扶着拐杖除草培土。植,立,扶着。一说"植杖",指把手杖插在田边。耔,培土。⑭ 聊乘化以归尽:姑且顺其自然走完生命的路程。聊,姑且。乘化,随顺大自然的运转变化。归尽,到死。⑮ 乐夫天命复奚疑:乐安天命,还有什么可疑虑的呢?

【靓评】

乐天诙谐,归隐意识情趣的高峰

晋时社会极为黑暗混乱,正直之士立足多难,更谈不上施展抱负。经过十余年官场坎坷,陶渊明终于认清这一点,弃官归隐。

这篇抒情辞体是陶渊明一生转折点的标志,亦是中国文学史上表归隐意识的创作高峰。全文描述作者在回乡路上和到家的情形,设想日后的隐居生活,表达了作者对官场厌恶和对农村生活的向往,也流露出一种"乐天知命"的思想。

辞前有序,亦是优秀小品。辞体的源头是《离骚》《楚辞》境界,是热心用世而难为世用的悲剧。有志难行,只好避世归田,明哲保身,不同流合污!陶渊明是将归隐作真实、明智、深刻、全面表达的第一人。《归去来兮辞》在文学史上、思想史上的重要意义,即在于此。

《归去来兮辞》也是"苟全性命于乱世"的继承,只是以田园多乐,掩盖不与当权者同污之情。"归去来"成为后世高尚、美丽、快乐的辞官词。

桃花源记

晋太元①中,武陵②人捕鱼为业。缘溪行,忘路之远近。忽逢桃花林,夹岸数百步,中无杂树,芳草鲜美,落英缤纷。渔人甚异之,复前行,欲穷其林。

林尽水源③,便得一山。山有小口,仿佛若有光。便舍船,从口入。初极狭,才通人。复行数十步,豁然开朗。土地平旷,屋舍俨然④,有良田、美池、桑竹之属。阡陌交通,鸡犬相闻。其中往来种作,男女衣着,悉如外人。黄发垂髫⑤,并怡然自乐。

见渔人,乃大惊,问所从来,具答之。便要还家,设酒杀鸡作食。村中闻有此人,咸来问讯。自云先世避秦时乱,率妻子⑥邑人来此绝境⑦,不复出焉,遂与外人间隔。问今是何世,乃不知有汉,无论魏、晋。此人一一为具言所闻,皆叹惋。余人各复延至其家,皆出酒食。停数日,辞去。此中人语云:"不足为外人道也。"

既出,得其船,便扶向路⑧,处处志之。及郡下,诣太守说如此。太守即遣人随

其往,寻向所志,遂迷,不复得路。

南阳⑨刘子骥,高尚士也。闻之,欣然规往。未果,寻病终。后遂无问津⑩者。

【注释】

① 太元:东晋孝武帝司马曜的年号(376—396)。② 武陵:古代郡名,现在湖南常德一带。③ 林尽水源:林尽于水源,桃花林在溪水发源的地方就没有了。尽,完,没有了。④ 俨(yǎn)然:整齐的样子。⑤ 黄发垂髫:指老人和小孩。黄发,旧说是长寿的特征,所以用来指老人。垂髫,垂下来的头发,用来指小孩。(借代修辞)髫,小孩垂下的短发。⑥ 妻子:指妻子、儿女。(古今异义)⑦ 绝境:与外界隔绝的地方。(古今异义)⑧ 便扶向路:就顺着旧的路(回去)。扶,沿,顺着。向,从前的、旧的。⑨ 南阳:郡名,治所在现在河南南阳。⑩ 问津:问(通往桃花源的)路。

【靓评】

猛志固常在,心远地自偏

全文以武陵渔人进出桃花源为线索,把发现桃花源、在桃花源的所见所闻、离开桃花源后再寻桃花源的情形贯串起来,虚构了一个与黑暗现实社会相对立的美好境界,寄托了自己的理想,反映了广大人民的意愿。

年轻时的陶渊明本有"大济苍生"之志,可他生活的时代正是晋宋易主之际,国家濒临崩溃。东晋王朝承袭门阀旧制,陶渊明这样的知识分子更没有施展才能的机会。所以他坚决辞去县令,归隐田园,躬耕僻野。桃花源虽是虚构,但虚景实写,给人感觉确是一个真实的存在! 桃花源景色优美,土地肥沃,资源丰富,风俗淳朴,没有压迫。桃花源是远古"大同"世界和近代欧洲"乌托邦"的形象化! 陶渊明是理想社会最早最美的设计师。没有战乱,社会平等,和平安宁,魅力无限。这,才正是作者脑海里真正的理想社会!

这篇小文值得赞赏的还有这是一首诗的序言,如此"序胜正文"的妙举,陶潜当属冠军,"咳唾成珠玉"信然。

"桃花源"千百年来成为中华典故,成为中华人民追求和平生活的象征。

闲情赋并序

初,张衡作《定情赋》①,蔡邕作《静情赋》②,检逸辞而宗淡泊,始则荡以思虑,而终归闲正。将以抑流宕③之邪心,谅有助于讽谏。缀文之士,奕代④继作;因并触类,广其辞义。余园闾多暇,复染翰为之;虽文妙不足,庶不谬作者之意乎。

夫何瑰逸之令姿,独旷世以秀群。表倾城之艳色,期有德以传闻。佩鸣玉以比洁,齐幽兰以争芬。淡柔情于俗内,负雅志于高云。悲晨曦之易夕,感人生之长勤;同一尽于百年,何欢寡而愁殷! 褰⑤朱帏而正坐,泛清瑟以自欣。送纤指之余好,攘皓袖之缤纷。瞬美目以流眄,含言笑而不分。

曲调将半,景落西轩。悲商叩林,白云依山。仰睇天路,俯促鸣弦。神仪妩媚,举止详妍。激清音以感余,愿接膝以交言。欲自往以结誓,惧冒礼之为愆;待凤鸟以至辞,恐他人之我先。意惶惑而靡宁,魂须臾而九迁。

愿在衣而为领,承华首之余芳;悲罗襟之宵离,怨秋夜之未央!愿在裳而为带,束窈窕之纤身;嗟温凉之异气,或脱故而服新!愿在发而为泽,刷玄鬓于颓肩;悲佳人之屡沐,从白水而枯煎!愿在眉而为黛,随瞻视以闲扬;悲脂粉之尚鲜,或取毁于华妆!愿在莞而为席,安弱体于三秋;悲文茵之代御,方经年而见求!愿在丝而为履,附素足以周旋;悲行止之有节,空委弃于床前!愿在昼而为影,常依形而西东;悲高树之多荫,慨有时而不同!愿在夜而为烛,照玉容于两楹;悲扶桑之舒光,奄灭景而藏明!愿在竹而为扇,含凄飙于柔握;悲白露之晨零,顾襟袖以缅邈⑥!愿在木而为桐,作膝上之鸣琴;悲乐极以哀来,终推我而辍音!

考所愿而必违,徒契契以苦心。拥劳情而罔诉,步容与于南林。栖木兰之遗露,翳青松之余阴。傥行行之有觌⑦,交欣惧于中襟;竟寂寞而无见,独悁想以空寻。

敛轻裾以复路,瞻夕阳而流叹。步徙倚以忘趣,色惨惨而矜颜。叶燮燮⑧以去条,气凄凄而就寒。日负影以偕没,月媚景于云端。鸟凄声以孤归,兽索偶而不还。悼当年之晚暮,恨兹岁之欲殚。思宵梦以从之,神飘摇而不安。若凭舟之失棹,譬缘崖而无攀。

于时毕昴盈轩,北风凄凄,㤎㤎不寐,众念徘徊。起摄带以伺晨,繁霜粲于素阶。鸡敛翅而未鸣,笛流远以清哀。始妙密以闲和,终寥亮而藏摧。意夫人之在兹,托行云以送怀。行云逝而无语,时奄冉而就过。徒勤思以自悲,终阻山而滞河。迎清风以祛累,寄弱志于归波。尤《蔓草》之为会,诵《邵南》之余歌。坦万虑以存诚,憩遥情于八遐⑨。

【注释】

① 定情赋:东汉张衡的赋作,仅存《艺文类聚》所录九句。② 静情赋:东汉蔡邕(yōng)的赋作,仅存残句,见《艺文类聚》。③ 宕(dàng):同"荡"。④ 奕(yì):重叠。奕代:累代。⑤ 褰(qiān):拉开。⑥ 缅邈(miǎo):遥远。⑦ 觌(dí):相见。⑧ 燮(xiè)燮:落叶声。⑨ 八遐(xiá):遥远的八方。

【靓评】

怀念佳偶,追寻理想

《闲情赋》原是陶渊明为死去的妻子而作,然真正用意却寄托着对政治理想的追求。无论风格还是思想内容,此篇都非常独特。它不仅一反陶渊明的惯常风格,而且所表现的思想也不同于陶集中的其他作品。作者日夜悬想绝色佳人,幻想与

她日夜相处,形影不离,甚至变成各种器物,附着在美人身上。先极尽夸饰之能事描摹其容貌品行;后写欲亲近美人又顾虑重重的复杂心态;再由美人不可求回到平生志愿之志不得遂上来。亦是屈宋美人香草关切国运之意。

全赋沿用了比兴手法,情思缭绕,逐层生发,辞藻华丽,变化自然,既写出美女的姿色,又写出美人良好的品德和高雅的志趣。曾为"道学家"视为陶文污笔,但更多评论家思想家却十分赞赏,有人赞曰:"如奇峰突起,秀出天外,词采华茂,超越前哲。"

本篇实际是继承了《诗经》《楚辞》的"美人香草",借物喻人喻世,明志抒情,另一种"春秋笔法"。

饮酒二十首(其五)

结庐在人境,而无车马喧。问君何能尔?心远地自偏。采菊东篱下,悠然见南山。山气日夕佳,飞鸟相与还。此中有真意,欲辨已忘言。

【靓评】

弗洛伊德等西方精神分析学派认为,人的心灵深处有一个"本我",还有一个"超我"。"本我",就是老子的归根反本,它摆脱了异化与扭曲,如婴儿自然而和谐的生命,它接近于西方哲学所标举的生命的本真状态。"超我"则是社会文化塑造,特立而成自我,是存在于社会现实中,充当种种特定的社会角色,按照群体规范和要求行动的自我。"本我"和"超我"是一对矛盾,和谐地统一在人的灵魂深处。一时"本我"占据上风,一时"超我"表现明显。"超我"和"本我"的交错呈现,显示了人在不同时期里的不同行为表现甚至整个人生追求。放眼封建时代,许多文人在妥协世俗、扩展生命以用世,努力追求"超我"的同时,其实内心深处也时时流露出对险恶官场及叵测社会的厌弃,在竭尽心机地回归"本我",力所能及地体念生命的本真状态,如竹林七贤、谢灵运、陶渊明、李白、王维、苏轼等,但其中在追求"本我"道路上走得最远的,对这一状态体验得最真切的,要数陶渊明。陶氏敢想,敢做,而且做得那么彻底。这一出世心态在《饮酒》系列中发挥到了极致。

本诗是陶渊明诗歌意象的顶峰。在这首诗中,"本我"摆脱了"超我"的纠缠,澄明无碍地存在于诗歌意象中。"结庐在人境,而无车马喧。问君何能尔?心远地自偏",这种"远"与"静"的境界是"本我"战胜"超我"后才可能出现的。"心远"并不仅仅是因为"地偏",还是陶氏在心灵上的真正忘世,倘若心为物役,尘根未了,则即使身处"无车马喧"的偏地,也仍然会为凡事俗情所羁绊,像唐朝王维辈那样像模像样地隐居终南,但他心里图的依然是那条加官晋爵的捷径。对于王维,"本我"仅仅是追求"超我"的手段。而陶渊明"本我"即生命的本真已呈现出一种完完全全的展开状态。这个时候,不管形体在田园还是在闹市,"心远地自偏",这种澄明无碍、自由自在的心灵使万物都展现出宁静悠远的情韵。

"采菊东篱下，悠然见南山。山气日夕佳，飞鸟相与还。"至此，诗人与"本我"融为一体。采菊的陶渊明，已是解脱了各种尘世纷扰，以生命本真状态呈现的陶渊明了。他心灵的悠然空明，投射在菊花与南山的意象中。他的整个身心已融入山气和美丽的夕阳之中，又似乎化作了飞鸟在大自然的怀抱中翱翔。如此心平气和、心无旁骛地与大自然相承合，体味着大自然本身无穷的韵味。在这种观照中，物是原态的，心是宁静的，心物交汇在内心里，在和谐意识中，认认真真地进入了一种物我同一的"忘我"状态。

前四句，诗人摆脱"超我"从世俗回归自然；中间四句，诗人又以一种超脱虚静的心态，真切地体验着生命的本真状态；最后两句，诗人则更似乎进入了一种神情恍惚、虚无缥缈的仙幻之境。"此中有真意，欲辨已忘言"，所谓的"真意"即是对回归生命本真的体验与感受。古人说得好，"得意必忘言"，已然得了"真意"的陶氏，合情合理地"忘言"，绝不是故作高深，只是这种感受确实只可意会，不可言传。

这首诗中无酒，诗人却将其归入《饮酒二十首》，且成为其中冠冕，原因就在于其意象的捕捉与构成具有直觉无意识的酒神精神的特点。诚如古人所说："这首诗意象构成中景与意会，全在一偶然无心上。东篱有菊，偶然采之，而南山之见，亦是偶尔凑趣。山中飞鸟，为日夕而归，亦偶凑之趣也。其一点'真意'，乃千圣不传之秘，即道书千卷，佛经完万叶，犹不能尽厥蕴，故但以'欲辨已忘言'五字喝断'此中有真意'之间。虽然，固已言之矣，不曰'采菊东篱'云乎？""偶尔之兴味"，即审美的直觉无意识状态。从此状态中蜕化而出的诗歌意象，才能获得"境在寰中，神游象外"的悠远不尽的意味。这偶然无心的情与景会，正是诗人生命自我敞亮之时其空明无碍的本真之境的无意识投射。这里，相与归还的鸟儿和悦欣慰，它们没有了彷徨，没有了迷茫，也没有了离群之悲伤。它们投射着诗人摆脱"超我"的孤独迷惘后，精神获得巨大归属和依托感，从而呈现出自由而宁静欢畅的心情。

对生命本真状态的真心体验是本诗真意所在，也是《饮酒》诗及陶渊明诗的终极目标。

归园田居五首（其三）

种豆南山①下，草盛豆苗稀。晨兴理荒秽②，带月荷锄归③。道狭草木长，夕露沾我衣。衣沾不足惜，但使愿无违。

【注释】

① 南山：指庐山。② 晨兴：早起。理荒秽：除杂草。③ 带月：头戴月亮。带，通"戴"。荷(hè)：扛。

【靓评】

这首诗从字面上看,描述的是田园劳作之乐,其实隐含着深刻的内涵:在污浊混乱的社会中,洁身自好,忘情世外,躬耕田园,表现了诗人在离开自己所厌恶的官场后,安贫乐道,怡然田园的生活态度。

"种豆南山下,草盛豆苗稀。"宛若一位老农的闲谈,给人以亲切感。草盛就得锄,所以一大早就下地了。这是纪实。"理荒秽"亦包含了其决心远离混乱的名利场,回归自然,过自耕自食的生活之意。"带月荷锄归",说明起早摸黑干了整整一天,在月光下,扛着锄头沿着田间小路往家走。"道狭"两句,写夜幕下,小路两侧的草叶上已经凝结了点点露珠,以致走过时沾湿了衣裤。"衣沾不足惜",写辞官隐居后自耕自食,生活虽然艰难得多,也将长期持续下去。"但使愿无违"是全诗的归结和主旨。"愿"就是坚持不同流合污,坚持自食其力的做人理念和人生信念。一天的劳苦艰辛和露水沾衣,与"愿无违"相比,皆显得微不足道,自己确实做到了隐居田园,自食其力。不与世俗同流合污,值得欣赏。

杂诗十二首(其一)

人生无根蒂,飘如陌上尘①。分散逐风转,此已非常身。落地为兄弟②,何必骨肉亲!得欢当作乐,斗酒聚比邻③。盛年不重来,一日难再晨。及时当勉励,岁月不待人。

【注释】

① 蒂(dì):瓜、果等与枝、茎相连的部分。陌:东西的路,泛指路。这两句是说人生在世没有根蒂,漂泊如路上的尘土。②"落地"句:世人都应当视同兄弟。③ 斗:酒器。比邻:近邻。

【靓评】

死亡在人生中是绝对无可避免的。与时间的永恒相比,人的一生极为短暂。人生相对于永恒,是微不足道的。在诗人眼里,这微不足道的生命和人生与路上的灰尘没有什么区别:毫无分量、毫无依恃,只要一阵风来,就全不存在了。很多东西近乎没有意义。比如说骨肉之情,还有什么呢?只要一阵风就可以改变一切了!

在这一阵风前,有两条路可供选择。

一条是放纵。既然一切都是如此微不足道,那么就索性什么也不在意。另一条则是珍重。既然一切都是如此不足道,那么就要好好珍惜所拥有的一切。这是截然对立的两条路,陶潜选择的是后者。骨肉之情都没有什么,那又何必拘泥于骨肉之爱呢?同样作为灰尘,只要能一同落地就已经很不容易了,就应该像兄弟一样友爱啊!"盛年不重来,一日难再晨",人生一过,就什么也没有了。那么,"得欢当作乐,斗酒聚比邻",好好地珍惜这人间短暂的生活吧!这是陶潜的看法。认识到人生的短暂与虚无,短暂与虚无之后主张及时行乐的看法也不是从陶渊明开始的。曹丕在认识到"人生如枯枝"、随时会断裂,就说"何不披纨服,饮美酒"。但曹丕是一种自我的放纵行为,而陶渊明的"斗酒聚比邻"则更多地是向往获得的融融欢情。认识到终极的虚无,直面它,然而好好地珍惜拥有的一切,最后"纵浪大化中,不喜亦不惧",这就是陶渊明的选择。这种选择,从思想源头上说,来自《庄子》,又超越了《庄子》:它显示出对生命中人情的珍惜。

移居二首(其一)

昔欲居南村,非为卜其宅①。闻多素心人②,乐与数晨夕③。怀此颇有年,今日从兹役。敝庐何必广,取足蔽床席。邻曲时时来,抗言谈在昔④。奇文共欣赏,疑义相与析。

【注释】

① 非为:不是因为。卜其宅:用占卜来测问住宅的吉凶。② 素心人:心地朴素的人。③ "乐与"句:是说喜欢和他们朝夕相处。数(shuò),屡次。一说"数(shǔ)晨夕",数着晨与夕,指朝夕相处。④ "抗言"句:是说热烈地谈论往事。抗言,高谈阔论。昔,往昔,此指过去的事。

【靓评】

晋安帝义熙元年(405)陶渊明弃彭泽令返回柴桑故里。义熙六年(410)搬到南里的南村居住,这首诗就写于此时。

前六句写诗人欲居南村的原因和夙愿终得实现的欣喜。自己欲居南村,不是因为房屋吉祥,而是这里有许多心地朴素的人,自己乐与为邻,与他们晨夕相处。陶渊明能在到处是追逐名利、尔虞我诈的黑暗年代,择善为邻,卜友求居,反映了他清高情志和洁身自好的人格。

后六句写在新居与邻里交往的生活乐趣。诗人说虽然敝庐很小,仅蔽床席,但能与邻人时时来往,高谈阔论,共话当年,同忆往事,更能学海泛舟,共赏奇文,相析疑义,共同探讨书中的疑点和难题,以探学问之本源,更求书中之理趣,追求真理的高远精神境界。

"奇文共欣赏,疑义相与析"两句诗,千百年来广为传诵,对后人有极大的启示。

王 勃

王勃(约650—约676):字子安,绛州龙门(今山西河津)人。初唐著名诗人,散文家。未成年即被赞为神童。乾封初年(666)被沛王李贤征为王府侍读,后被高宗逐出,随即出游巴蜀。往交州探父途中,溺水受惊而亡。其诗语言质朴清新,感情真挚动人,从内容到形式都突破了六朝宫体诗的束缚,对近体诗格律的成熟起了重要作用。与杨炯、卢照邻、骆宾王齐名,并称"王杨卢骆",亦称"初唐四杰"。有《王子安集》。

滕王阁序

豫章故郡,洪都新府。星分翼轸①,地接衡庐。襟三江而带五湖②,控蛮荆而引瓯越。物华天宝,龙光射牛斗之墟③;人杰地灵,徐孺下陈蕃之榻④。雄州雾列,俊彩星驰。台隍枕夷夏之交,宾主尽东南之美。都督阎公之雅望,棨戟遥临;宇文新州之懿范,襜帷暂驻⑤。十旬休暇⑥,胜友如云;千里逢迎,高朋满座。腾蛟起凤⑦,孟学士之词宗;紫电青霜⑧,王将军之武库。家君作宰,路出名区;童子何知,躬逢胜饯。

时维九月,序属三秋。潦水尽而寒潭清,烟光凝而暮山紫。俨骖騑于上路,访风景于崇阿。临帝子之长洲,得仙人之旧馆。层台耸翠,上出重霄;飞阁流丹⑨,下临无地。鹤汀凫渚,穷岛屿之萦回;桂殿兰宫,列冈峦之体势。披绣闼,俯雕甍⑩,山原旷其盈视,川泽盱其骇瞩。闾阎扑地,钟鸣鼎食之家;舸舰迷津,青雀黄龙之舳⑪。虹消雨霁,彩彻区明。落霞与孤鹜齐飞,秋水共长天一色⑫。渔舟唱晚,响穷彭蠡之滨;雁阵惊寒,声断衡阳之浦。

遥襟俯畅,逸兴遄飞。爽籁发而清风生,纤歌凝而白云遏。睢园绿竹,气凌彭泽之樽⑬;邺水朱华,光照临川之笔。四美具⑭,二难并。穷睇眄于中天⑮,极娱游于暇日。天高地迥,觉宇宙之无穷。兴尽悲来,识盈虚之有数。望长安于日下,指吴会于云间。地势极而南溟深,天柱高而北辰⑯远。关山难越,谁悲失路之人?萍水相逢,尽是他乡之客。怀帝阍而不见,奉宣室以何年?

嗟乎!时运不齐,命途多舛!冯唐易老,李广难封⑰。屈贾谊于长沙,非无圣主;窜梁鸿于海曲,岂乏明时⑱?所赖君子安贫,达人知命。老当益壮,宁移白首之心?穷且益坚,不坠青云之志。酌贪泉而觉爽⑲,处涸辙而犹欢。北海虽赊,扶摇可接。东隅已逝,桑榆非晚⑳。孟尝㉑高洁,空怀报国之情;阮籍猖狂,岂效穷途之哭!

勃,三尺微命,一介书生㉒。无路请缨,等终军之弱冠;有怀投笔,慕宗悫之长风㉓。舍簪笏於百龄,奉晨昏于万里。非谢家之宝树,接孟氏之芳邻㉔。他日趋庭,叨陪鲤对。今辰捧袂,喜托龙门㉕。杨意不逢,抚凌云而自惜。钟期既遇,奏流水以何惭㉖?

呜呼!胜地不常,盛筵难再。兰亭㉗已矣,梓泽邱墟。临别赠言,幸承恩于伟饯;登高作赋,是所望于群公。敢竭鄙诚,恭疏短引。一言均赋,四韵俱成㉘。请洒潘江,各倾陆海云尔㉙。

【注释】

① 星分翼轸:古人习惯以天上星宿与地上区域对应,称为"某地在某星之分野"。② 襟:以……为襟。三江:太湖的支流松江、娄江、东江,泛指长江中下游的江河。带:五湖在豫章周围,如衣束身。五湖:一说指太湖、鄱阳湖、青草湖、丹阳湖、洞庭湖,皆在鄱阳湖周围。③ 物华天宝:地上的宝物焕发出天上的宝气。龙光射牛斗之墟:龙光,之宝剑的光辉。牛、斗,星宿名。墟,域,所在之处。④ 人杰地灵,徐孺下陈蕃之榻:徐孺,徐孺子的省称。徐孺子名稚,东汉豫章南昌人,当时隐士。⑤ 宇文新州:复姓宇文的新州(在今广东境内)刺史,名未详。懿范:好榜样。襜帷:车上的帷幕,这里代指车马。⑥ 十旬休暇:唐制,十日为一旬,遇旬日则官员休沐,称为"旬休"。⑦ 腾蛟起凤:宛如蛟龙腾跃、凤凰起舞,人很有文采。⑧ 紫电清霜:《古今注》"吴大皇帝(孙权)有宝剑六,二曰紫电。"⑨ 飞阁流丹:飞檐涂饰红漆。⑩ 披:开。绣闼:绘饰华美的门。雕甍:雕饰华美的屋脊。⑪ 舸:《方言》"南楚江、湘,凡船大者谓之舸。"迷:通"弥",满。青雀黄龙:船的装饰形状。舳:船尾把舵处,代指船只。⑫ 落霞与孤鹜齐飞,秋水共长天一色:化用庾信《马射赋》"落花与芝盖同飞,杨柳共春旗一色。"彩霞自上而下,孤鹜自下而上,好似齐飞。青天碧水,天水相接,上下浑然一色。⑬ 睢园绿竹:睢园,即汉梁孝王菟园,梁孝王曾在园中聚集文人饮酒赋诗。彭泽:代指陶潜,曾官彭泽县令。⑭ 四美:指良辰、美景、赏心、乐事。另一说,四美指音乐、饮食、文章、言语之美。⑮ 穷睇眄于中天:放眼长天。睇眄,看。⑯ 北辰:北极星,比喻国君。⑰ 冯唐易老:冯唐在汉文帝、汉景帝时不被重用,汉武帝时被举荐,已是九十多岁。李广难封:李广,汉武帝时名将,多次与匈奴作战,军功卓著,却始终未获封爵。⑱ 屈贾谊于长沙:贾谊在汉文帝时被贬为长沙王太傅。梁鸿:东汉人,作《五噫歌》讽刺朝廷,因此得罪汉章帝,避居齐鲁、吴中。明时:泛指圣明的时代。⑲ 酌贪泉而觉爽:贪泉,在广州附近的石门,传说饮此水会贪得无厌,吴隐之喝下此水操守反而更加坚定。⑳ 北海虽赊,扶摇可接:语意本《庄子·逍遥游》。东隅已逝,桑榆非晚:东隅,日出之处,表示早晨,引申为"早年"。桑榆,日落处,表示傍晚,引申为"晚年"。㉑ 孟尝:据《后汉书·孟尝传》,孟尝字伯周,东汉会稽上虞人。曾任合浦太守,以廉洁奉公著称,后因病隐居。㉒ 三尺:古

时服饰制度规定,士所穿礼服束带的下垂部分长度为三尺。微命:即"一命",周朝官阶制度是从一命到九命,一命是最低级的官职。㉓ 终军:据《汉书·终军传》,终军字子云,汉代济南人。武帝时出使南越,自请"愿受长缨,必羁南越王而致之阙下"。宗悫:据《宋书·宗悫传》,宗悫字元干,南朝宋南阳人,年少时向叔父自述志向,云"愿乘长风破万里浪"。㉔ 非谢家之宝树:指谢玄,比喻好子弟。接孟氏之芳邻:"接"通"结",结交。见刘向《列女传·母仪篇》。据说孟轲的母亲为教育儿子而三迁择邻,定居于学宫附近。㉕ 喜托龙门:《后汉书·李膺传》"膺以声名自高,士有被其容接者,名为登龙门。"㉖ 杨意不逢,抚凌云而自惜:杨意,杨得意的省称。凌云,指司马相如作《大人赋》。据《史记·司马相如列传》,司马相如经蜀人杨得意引荐,方能入朝见汉武帝。钟期既遇,奏流水以何惭:钟期,钟子期的省称。㉗ 兰亭:在今浙江省绍兴市附近。晋穆帝永和九年(353)三月三日上巳节,王羲之与群贤宴集于此,行修禊礼,袚除不祥。㉘ 恭疏短引:恭敬地写下一篇小序,在此指本文。一言均赋:每人都写一首诗。四韵俱成:(我的)四韵一起写好了。四韵,八句四韵诗,指王勃此时写下的《滕王阁诗》。㉙ 请洒潘江,各倾陆海云尔:钟嵘《诗品》"陆(机)才如海,潘(岳)才如江。"这里形容宾客的文采。

【靓评】

倾全力写登阁之景,空前警后

滕王阁是滕王李元婴主建。李元婴是唐太宗的弟弟,虽无政绩可言,但他精通歌舞,善画蝴蝶,很有艺术才情。上元二年(675),阎伯玙为洪州牧,重修,完工,聚宴,为阁作序。王勃时年十四,省父,路过,邀宴,并作此。相传阁早命女婿做准备,见勃揽,盛怒离席,命侍从报王落笔状况,至"落霞""秋水"二句,惊叹"天才"!留饮尽欢。这是神童的得意笔墨。后绝无仅有。

滕王阁,这座江南名楼建于唐朝繁盛时期,又因王勃一篇《滕王阁序》而很快出名。

《滕王阁序》写景颇有特色,千古绝唱。作者精心勾画,苦苦经营,运用灵活多变的手法描写山水,体现了一定的美学特征。比如"落霞与孤鹜齐飞,秋水共长天一色"两句在句式上是"当句对",特具王勃骈文的亮点。"老当益壮,宁移白首之心?穷且益坚,不坠青云之志"能引起千古之士共鸣,是全文最富思想意义的警语,堪称文眼。

文学史上、传说中许多诗人、文士聚会常有即席命笔作诗文。其实这种"即席"多是假的,要作的诗文,早就打好腹稿,当时背诵默写而已。真正事先无准备,当场即挥毫的很少,当场写出又能胜出的更少。王勃此文正是"更少"中的精英。一篇写出,千古拜仰。

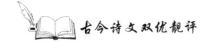

送杜少府之任蜀川①

城阙辅三秦②,风烟望五津③。与君离别意,同是宦游人。海内存知己,天涯若比邻。无为在歧路,儿女共沾巾⑤。

【注释】

① 少府:官名,在唐代指县尉。蜀川:泛指蜀地。② "城阙"句:意谓长安城雄踞在关中的三秦之地。城阙,皇宫门前的望楼,代表京都。三秦,这里泛指秦岭以北、函谷关以西的广大地区。③ "风烟"句:意谓遥望蜀川的岷江五津烟尘迷茫。五津,指岷江的五个渡口白华津、万里津、江首津、涉头津、江南津。④ "无为"句:意谓不要在分手的路口。歧路,岔路,古人送行常在大路分岔处告别。⑤ "儿女"句:像青年男女那样哭得泪水沾湿佩巾。

【靓评】

这是一首著名的送别诗。"海内存知己,天涯若比邻",一洗往昔送别诗中悲苦缠绵之态,体现出高远的志趣和旷达的胸怀,成为远隔千山万水的朋友之间表达深厚情谊的不朽名句,千古传诵,有口皆碑。

首联,写关中一带的茫茫大野护卫着长安城,远远望去,但见四川一带风尘烟霭、苍茫无际,同时说明杜少府要去的处所。因为朋友要从长安远赴四川,举目千里,无限依依,送别的情意自在其中了。

颔联,写彼此离别的意味如何。同是为求官漂游在外的人,离乡背井,已有一重别绪,彼此在客居中话别,又多了一重别绪,但都是年青求仕,满腔豪情,不必伤感!

颈联,写远离分不开、伤不了真正的知己,只要同在四海之内,就是天涯海角也如同近旁邻居一样。诗句气象阔达,诗人志趣高远,表现真正的友谊不受时间的限制和空间的阻隔,既是永恒的,也是无所不在的,所抒发的情感是乐观豁达的。

尾联,写在这即将分手的岔路口,不要同那小儿女一般挥泪告别啊!这是对朋友的叮咛,也是自己情怀的吐露。

虽为送别诗,但全诗却无伤别之情,诗人的胸襟开朗,语句豪放清新,委婉亲切,体现了友人间真挚深厚的感情。今天我们在送别朋友时,常用"海内存知己,天涯若比邻"来作为临别赠言,激励双方。同时,这句诗也是国际间道义交友的最高境界。

李 白

李白(701—762):字太白,号青莲居士。唐代杰出的浪漫主义大诗人。祖籍陇西成纪(今甘肃秦安),幼时随父迁居绵州昌隆(今四川江油)青莲乡。少年即显露才华,吟诗作赋,博学广览。从24岁起离川,长期在各地漫游。因吴筠等推荐,天宝初供奉翰林。不久即触忤权贵,赐金放还。安史之乱中,曾为永王李璘幕僚,因璘败牵累,流放夜郎,中途遇赦东还。晚年漂泊困苦,卒于当涂(今属安徽省)。其诗对当时政治的腐败做了尖锐的批判;对人民的疾苦表示同情;对安史叛乱势力予以斥责。善于描绘壮丽的自然景色,表达对祖国山河的热爱。诗风雄奇豪放,想象丰富,语言流转自然,是屈原以来积极浪漫主义诗歌的新高峰。有"诗仙""诗侠""酒仙""谪仙人"等美称。有《李太白集》。

与韩荆州书

白闻天下谈士相聚而言曰①:"生不用封万户侯,但愿一识韩荆州。"何令人之景慕,一至于此耶!岂不以有周公之风,躬吐握之事,使海内豪俊,奔走而归之。一登龙门②,则声价十倍!所以龙蟠凤逸之士,皆欲收名定价于君侯。愿君侯不以富贵而骄之、寒贱而忽之,则三千之中有毛遂,使白得颖脱而出③,即其人焉。

白,陇西④布衣,流落楚、汉。十五好剑术,遍干诸侯⑤。三十成文章,历抵卿相⑥。虽长不满七尺,而心雄万夫。皆王公大人许与气义。此畴曩心迹,安敢不尽于君侯哉!

君侯制作侔神明,德行动天地,笔参造化,学究天人⑦。幸愿开张心颜,不以长揖见拒。必若接之以高宴,纵之以清谈,请日试万言,倚马可待⑧。今天下以君侯为文章之司命,人物之权衡⑨,一经品题,便作佳士。而君侯何惜阶前盈尺之地⑩,不使白扬眉吐气,激昂青云耶?

昔王子师为豫州,未下车,即辟荀慈明,既下车,又辟孔文举⑪;山涛作冀州,甄拔三十余人,或为侍中、尚书⑫,先代所美。而君侯亦荐一严协律,入为秘书郎,中间崔宗之、房习祖、黎昕、许莹之徒⑬,或以才名见知,或以清白见赏。白每观其衔恩抚躬⑭,忠义奋发,以此感激,知君侯推赤心于诸贤腹中⑮,所以不归他人,而愿委身国士⑯。傥急难有用,敢效微躯。

且人非尧舜,谁能尽善?白谟猷筹画,安能自矜?至于制作,积成卷轴⑰,则欲尘秽视听⑱;恐雕虫小技⑲,不合大人。若赐观刍荛⑳,请给纸墨,兼之书人,然后退扫闲轩㉑,缮写呈上。庶青萍、结绿,长价于薛、卞之门㉒。幸惟下流㉓,大开奖饰,唯君侯图之㉔。

【注释】

① 谈士：言谈之士。见孔融《与曹操论盛孝章书》中"天下谈士，依以扬声"。② 龙门：在今山西河津西北黄河两岸，峭壁对峙，形如阙门。传说江海大鱼能上此门者即化为龙。东汉李膺有高名，当时士人有受其接待者，名为登龙门。③ 颖脱而出：喻才士若获得机会，必能充分显示其才能。④ 陇西：古郡名，始置于秦，治所在狄道（今甘肃临洮）。李白自称十六国时凉武昭王李暠之后，李暠为陇西人。⑤ 干：干谒，对人有所求而请见。诸侯：此指地方长官。⑥ 历：逐一，普遍。抵：拜谒，进见。卿相：指中央朝廷高级官员。⑦ 参：参与。造化：自然的创造化育。天人：天道和人道。南朝梁钟嵘《诗品序》"文丽日月，学究天人。"⑧ 倚马可待：喻文思敏捷。东晋时袁宏随同桓温北征，受命作露布文（檄文、捷书之类），他倚马前而作，手不辍笔，顷刻便成，而文极佳妙。⑨ 司命：原为神名，掌管人之寿命。此指判定文章优劣的权威。人物之权衡：权，秤锤。衡，秤杆。此指品评人物的权威。⑩ 惜阶前盈尺之地：意即不在堂前接见我。⑪ 王子师：东汉王允字子师，灵帝时豫州刺史（治所在沛国谯县，今安徽亳州市），征召荀爽（字慈明，汉末硕儒）、孔融（字文举，孔子之后，汉末名士）等为从事。全句原出西晋东海王司马越《与江统书》。⑫ 山涛：字巨源，西晋名士，竹林七贤之一。为冀州（今河北高邑西南）刺史时，搜访贤才，甄拔隐屈。侍中、尚书：中央政府官名。⑬ 严协律：名不详。协律，协律郎，属太常寺，掌校正律吕。秘书郎：属秘书省，掌管中央政府藏书。崔宗之：李白好友，开元中入仕，曾为起居郎、尚书礼部员外郎、礼部郎中、右司郎中等职，与孟浩然、杜甫亦曾有交往。房习祖：不详。黎昕：曾为拾遗官，与王维有交往。许莹：不详。⑭ 抚躬：犹言抚膺、抚髀，表示慨叹。抚，拍。⑮ 推赤心于诸贤腹中：语出《后汉书·光武本纪》"萧王（刘秀）推赤心置人腹中。"⑯ 国士：国中杰出的人。⑰ 卷轴：古代帛书或纸书以轴卷束。⑱ 尘秽视听：请对方观看自己作品的谦语。⑲ 雕虫小技：西汉扬雄称作赋为"童子雕虫篆刻"，"壮夫不为"。此处是作者自谦之词。⑳ 刍荛（chú ráo）：割草为刍，打柴为荛，刍荛指草野之人。此作者用以谦称自己的作品。㉑ 闲轩：静室。㉒ 青萍：宝剑名。语出陈琳《答东阿王笺》"君侯体高世之才，秉青萍、干将之器。"结绿（lù）：美玉名。语出《战国策·秦策三》"臣闻周有砥厄，宋有结绿，梁有悬黎，楚有和璞。此四宝者，工之所失也，而为天下名器。"薛：薛烛，春秋时越国人，善相剑，见《越绝书外传·记宝剑》。卞：卞和，古代善识玉者；此指韩朝宗。㉓ 惟：念，一作"推"。下流：指地位低的人。㉔ 奖饰：奖励称誉。唯：句首语气词，表示希望。

【靓评】

生不用封万户侯,但愿一识韩荆州

我在高校讲课看到一些毕业生的求聘自荐书,就想起李白这文章。我让学生写自荐书要像李白的一样,有珠玑在胸,堪当大任的豪气,而无点滴阿附的谀辞。这才是才俊的自荐。李白《与韩荆州书》是李白写给韩荆州的求职信,希望韩荐自己当官。

《与韩荆州书》开篇赞美了韩朝宗谦恭下士、识拔人才;接着毛遂自荐,介绍自己的才能和气节。按说这是一封求荐信,有求于别人,文气大体上应以谦抑为好,然而李白却将自己放在与对方平等的地位上,文气纵横恣肆,气概凌云。尽管他也故意写了韩荆州的超凡入圣,但他几乎忘了自己的目的,不经意将自己纯真无邪的诗人气质暴露无遗。

看到这篇个性十足的文章,我们经常会有两个心思交换互跳跃,一个是李白写自荐信的心思;一个是韩荆州读信时的心思。李白的求荐之心不能说不诚恳,但他的文字内容呢?直欲凌驾于众人(包括韩)之上。不似麻雀求识展雁飞,而似凤凰求孔雀推荐,自才盖世,咄咄逼人,这就是李白风格!

《与韩荆州书》与唐朱庆馀《近试上张水部》诗中的"画眉深浅入时无"一样,是唐时干禄时尚,显示"艺高人胆大",毫无鄙视自己的"妾妇"之态,充满自信、自豪,实在是唯李白能作此文,唯李白敢作此文。

春夜宴诸从弟桃李园序①

夫天地者,万物之逆旅也。光阴者,百代之过客也。而浮生若梦,为欢几何?古人秉烛夜游,良有以也!况阳春召我以烟景,大块假我以文章②。会桃李之芳园,序天伦之乐事。群季俊秀,皆为惠连③。吾人咏歌,独惭康乐。④幽赏未已,高谈转清。⑤开琼筵以坐花,飞羽觞而醉月⑥。不有佳咏,何伸雅怀?如诗不成,罚依金谷酒数⑦。

【注释】

① 桃李园,疑在安陆兆山桃花岩。从:堂房亲属。从弟:堂弟。② 大块:大地,大自然。假:赐予的意思。文章:这里指绚丽的文采。古代以青与赤相配合为文,赤与白相配合为章。③ 惠连:谢惠连,南朝诗人,早慧。这里以惠连来称赞诸弟的文才。④ 咏歌:吟诗。康乐:南朝刘宋时山水诗人谢灵运,袭封康乐公,世称谢康乐。⑤ "幽赏"二句:谓一边欣赏着幽静的美景,一边谈论着清雅的话题。⑥ 羽觞(shāng):古代一种酒器,作鸟雀状,有头尾羽翼。醉月:醉倒在月光下。⑦ 金谷酒数:金谷,园名,晋石崇于金谷涧(在今河南洛阳西北)中所筑,他常在这里宴请宾

客。其《金谷诗序》"遂各赋诗,以叙中怀,或不能者,罚酒三斗。"后泛指宴会上罚酒三杯的常例。

【靓评】

兄弟豪情,借酒放歌

李白的《春夜宴诸从弟桃李园序》大约作于唐开元二十一年(723),地点是湖北安陆桃花园白兆山桃花岩。这是李白为与众堂弟在春夜宴饮赋诗所作的序文。这篇骈体抒情小品收在《古文观止》之中。文章短小,言简意长,却色浓景深,韵味深远。该文既有动人美景的描绘,又有隐含哲理的思索,还有真情实感的流露。文采俊逸,脍炙人口,音韵和谐,风格清新,犹如珠滚玉盘,是一首美奂至极的抒情散文诗。

李白在安陆十年娶妻生子,面对安陆的美好风光,曾写下"桃花流水杳然去,别有天地非人间"的动人诗句,极具抒情。他总是把进取精神和生活激情融入手足亲情中去抒发,便显得格外真挚而亲切。

月下独酌(其一)

花间一壶酒,独酌无相亲。举杯邀明月,对影成三人。月既不解饮,影徒随我身。暂伴月将①影,行乐须及春。我歌月徘徊,我舞影零乱。醒时同交欢,醉后各分散。永结无情游②,相期邈云汉③。

【注释】

① 将:和,共。② 无情游:月、影没有知觉,不懂感情,李白与之结交,故称"无情游"。③ 相期邈(miǎo)云汉:约定在天上相见。这里指遥天仙境。

【靓评】

潇洒人生　随地春风

李白这首诗是代表他诗风、诗艺的一首妙作,妙在紧紧扣住题目,摆弄着想象和联想两个彩球,飞迸出令人眼花缭乱的漫天花雨。

开头两句,平常之极,略识"之、无"的孩童也可以说出。三、四两句"举杯邀明月,对影成三人",神来之笔。有着"五侯七贵同杯酒""风流肯落他人后"经历的诗人极喜热闹,想不到对此美景美酒却独自一人,如此"独酌"岂不有负良宵!于是忽发奇想,邀月邀影,由一化三,佳友天成。本是一人喝闷酒,现在三人聚会,不仅可以酒逢知己,开怀畅饮,而且这二位还是颇解人意的舞伴,正可乘兴起舞,载歌载舞。"我歌月徘徊,我舞影零乱",像武林中的"醉拳"一样,既有歌舞,更含醉态。冷寂的独酌,化为热闹的舞会,真是天才!仙才!紧接着写舞者心态,以"醒""醉"二字,写曲终人散之必然,又以"永结无情游,相期邈云汉"写舞会虽"散"而友情永存。

"无情"用得妙,看似"无情"悖理,实则合情合理。在深情人的感召下,心目中,月也好,影也好,皆具深情了。可见今日独酌,既不是借酒浇愁,也不是酗酒颓放,而是诗酒双胜,自得其乐。

解剖诗中纵览古今、横系六合的想象、联想,可以看到多重组合。有天(邀月)地(花间)结合,有动(舞)静(坐)结合,有今天(独酌)与未来(相期)结合,有叙述(饮、歌)与比拟(月、影为人)结合,有写实(饮酒)与心理(月不解饮)结合等,沿着"独—不独""不独—独""独—不独"的线索,三起三落,写尽题旨。写出酒仙、诗仙之言行,倔强放达,笑对孤寂,处处有乐趣,随地皆春风,飘然诗艺,潇洒人生!令人叹,令人喜!

听蜀僧濬①弹琴

蜀僧抱绿绮②,西下峨眉峰③。为我一挥手,如听万壑松④。客心洗流水⑤,余响入霜钟。不觉碧山暮,秋云暗几重。

【注释】

① 蜀僧濬:即蜀地一位名叫濬的僧人。② 绿绮(qǐ):琴名。③ 峨眉峰:山名,在今四川省峨眉山市西南,有两山峰相对,望之如蛾眉,故名。④ 万壑(hè)松:形容琴声如无数山谷中的松涛声。琴曲有《风入松》。壑,山谷。⑤ "客心"句:谓琴心优美如流水,一洗诗人客中郁结的情怀。语意双关,又暗用了伯牙善弹的典故。

【靓评】

声色流美　淡雅清心

李白曾称赞别人的诗为"清水出芙蓉,天然去雕饰",这两句也可移评于李白自己的诗,这首诗就是很好的例子。

这首诗除了自然清新之外还有诸多美质。

一、色彩之美

诗中先用"绿绮",后用"碧山",明点色彩。值得注意的是"绿绮"之绿,是借用古代名琴之名,而非真的绿色,但与气势恢弘、层峦叠嶂的峨眉山一衬,依然唤起人们眼前一片青碧,自然营造一片层次分明的绿色世界,让人悦目赏心。

二、音响之美

诗中明写琴声之美的有"如听万壑松"和"余响入霜钟"。

前句是一个比喻,后句写"余响",但两句又都"就地取材"(山松、风霜、寺钟)并暗用"琴典"("松风""霜钟")写琴声之美妙和余音袅袅,声绕林木。寥寥十字,开"大珠小珠落玉盘"(白居易《琵琶行》)、"是风清月朗鹤唳空"(王实甫《西厢记》)等描摹声响的妙作的先河,让人悦耳萦心。

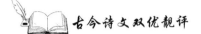

三、流动之美

流动之美,从一开始"下"字就显示出来,紧接着"挥"字、"洗"字、"入"字、"暗"字,一步步展示,又不仅是展示琴声的流淌,还展示听者的心潮涌动;如潺潺细流,如涓涓清泉,组成美妙的音乐之波;流向听者,流向群山,流向浩渺的太空,并穿越时代,响彻每个读者心上。

四、淡雅之美

全诗色彩清纯,音响清澈,用典(流水、伯牙、子期"高山流水"之典)雅切,感受清高,让听者沉浸在一派美妙谐雅、清正脱俗的气氛中,不觉时间流逝,已日暮云暗。吟诵诗篇,令人去鄙祛俗,淡化名利,心境舒朗。

将进酒①

君不见黄河之水天上来②,奔流到海不复回!君不见高堂明镜悲白发,朝如青丝暮成雪③!人生得意须尽欢,莫使金樽空对月。天生我材必有用,千金散尽还复来。烹羊宰牛且为乐,会须一饮三百杯。岑夫子,丹丘生④,将进酒,杯莫停。与君歌一曲,请君为我倾耳听。钟鼓馔玉不足贵⑤,但愿长醉不复醒。古来圣贤皆寂寞,唯有饮者留其名。陈王昔时宴平乐,斗酒十千恣欢谑⑥。主人何为言少钱⑦,径须沽取对君酌⑧。五花马,千金裘,呼儿将出换美酒,与尔同销万古愁。

【注释】

①将进酒:属乐府旧题。将(qiāng),请。②君不见:乐府中常用的一种夸语。天上来:黄河发源于青海,因那里地势极高,故称。③高堂:高大的厅堂。青丝:黑发。此两句意为在高堂上的明镜中看到了自己的白发而悲伤。④岑夫子:岑勋。丹丘生:元丹丘。二人均为李白的好友。⑤钟鼓:富贵人家宴会中奏乐使用的乐器。馔(zhuàn)玉:形容食物如玉一样精美。⑥陈王:指陈思王曹植。平乐:观名,在洛阳西门外,为汉代富豪显贵的娱乐场所。恣:纵情任意。谑(xuè):戏。⑦言少钱:一作"言钱少"。⑧径须:干脆,只管。沽:买。

【靓评一】

这首诗非常形象地表现了李白桀骜不驯的性格:一方面对自己充满自信,孤高自傲;另一方面在政治前途出现波折后,又流露出纵情享乐之情。在这首诗里,他演绎庄子的乐生哲学,表示对富贵、圣贤的藐视。而在豪饮行乐中,实则深含怀才不遇之情。全诗气势豪迈,感情奔放,语言流畅,具有很强的感染力,李白"借题发挥"借酒浇愁,抒发自己的愤激情绪。

时光流逝,人生苦短,看朝暮间青丝白雪;生命的渺小似乎是个无法挽救的悲剧,能够解忧的唯有金樽美酒。这便是李白式的悲哀:悲而能壮,哀而不伤,极愤慨而又极豪放。表是在感叹人生易老,里则在感叹怀才不遇。诗篇开头是两组排比长句,如挟天风海雨向读者迎面扑来,气势豪迈。李白此时在颖阳山,距离黄河不远,登高纵目,所以借黄河来起兴。黄河源远流长,落差极大,如从天而降,一泻千里,东走大海。景象之壮阔,并不是肉眼可见,此情此景是李白幻想的,言语中带有夸张。上句写大河之来,势不可挡;下句写大河之去,势不可回。一涨一消,形成舒卷往复的咏叹味,是短促的单句所没有的。紧接着,"君不见高堂明镜悲白发,朝如青丝暮成雪",恰似一波未平,一波又起。前二句为空间范畴的夸张,这二句则是时间范畴的夸张。悲叹人生短促;而不直接说出自己感伤生命短暂而人一下就会变老,却说"高堂明镜悲白发",显现出一种对镜自照,手抚两鬓,却无可奈何的情态。将人生由青春至衰老的全过程说成"朝""暮"之事,把本来短暂的说得更短暂,与前两句把本来壮阔的说得更壮阔,是"反向"的夸张。于是,开篇的这组排比长句既有比喻——以河水一去不返喻人生易逝;又有反衬作用——以黄河的伟大永恒衬出生命的渺小脆弱。这个开端可谓悲感已极,却不堕纤弱,可说是巨人式的感伤,具有惊心动魄的艺术力量。诗有所谓大开大阖者,此可谓大开。

  悲感虽然不免,但悲观却非李白性分之所近。在他看来,只要"人生得意"便无所遗憾,当纵情欢乐。五六两句便是一个逆转,由"悲"而翻作"欢""乐"。从此直到"杯莫停",诗情渐趋狂放。"人生达命岂暇愁,且饮美酒登高楼"(《梁园吟》),行乐不可无酒,这就入题。但句中没有直写杯中之物,而用"金樽""对月"的形象语言来突出隐喻,更将饮酒诗意化了;未直写应该痛饮狂欢,而以"莫使""空"的双重否定句式代替直陈,语气更为强调。"人生得意须尽欢",这似乎是宣扬及时行乐的思想,然而只不过是现象而已。诗人此时郁郁不得志。"凤凰初下紫泥诏,谒帝称觞登御筵"(《玉壶吟》),奉诏进京、皇帝赐宴的时候似乎得意过,然而那不过是一场幻影。再到"弹剑作歌奏苦声,曳裾王门不称情"(《行路难·其二》),在长安李白希望"平交王侯",而权贵们并不把他当一回事,李白借冯谖的典故比喻自己的处境。这时又似乎并没有得意,有的是失望与愤慨。但并不就此消沉。诗人于是用乐观好强的口吻肯定人生,肯定自我:"天生我材必有用。"这是一个令人击节赞叹的句子。"有用"而"必",非常自信,简直像是人的价值宣言,而这个人"我"是须大写的。"千金散尽还复来。"这又是一个高度自信的惊人之句,能驱使金钱而不为金钱所使,真足令一切凡夫俗子咋舌。诗如其人,想诗人"曩者(过去)游维扬,不逾一年(不到一年),散金三十余万"(《上安州裴长史书》),是何等豪举。故此句深蕴在骨子里的豪情,绝非装腔作势者可得其万一。与此气派相当,作者描绘了一场盛筵,整头地"烹羊宰牛",不喝上"三百杯"决不甘休。筵宴中展示的痛快气氛,诗句豪壮。至此,狂放之情趋于高潮,诗的旋律加快。诗人那眼花耳热的醉态跃然纸上,恍然使人如闻其高声劝酒:"岑夫子,丹丘生,将进酒,杯莫停。"几个短句忽然加入,不但使诗歌节奏富于变化,而且写来毕肖席上声口。既是生逢知己,又是酒逢对手,不但"忘形到尔汝"，诗人甚而忘却是在写诗，笔下之诗似乎还原为生活，他还要"与君歌一曲，请君为我倾耳听"。以下八句就是诗中之歌了。这着是奇之又奇，纯系神来之笔。

"钟鼓馔玉"富贵生活，诗人以为"不足贵"，说富贵"不足贵"，乃出于愤慨。以下"古来圣贤皆寂寞"二句亦属愤语。李白曾喟叹"自言管葛竟谁许"，称自己有管仲之才、诸葛亮之智却没人相信，所以说古人"寂寞"，同时表现出自己"寂寞"。因此才情愿醉生梦死长醉不醒了。这里，诗人已是用古人酒杯浇自己块垒了。

说到"唯有饮者留其名"，便举出"陈王"曹植做代表。这与李白一向自命不凡分不开，他心目中树为榜样的是谢安之类的高级人物，而这类人物中，"陈王"与酒联系较多。这样写便有气派，与前文极度自信的口吻一致。三国诗人曹植在《名都篇》中描写洛阳饮宴时说："归来宴平乐，美酒斗十千。"曹植被称为才高八斗，尽管身怀利器，抱负不凡，却受到来自亲哥哥曹丕的打击，郁郁不得志。激起诗人的同情。一提"古来圣贤"，二提曹植，满纸不平之气。此诗开始似只涉人生感慨，而不染政治色彩，其实全篇饱含一种深广的忧愤和对自我的信念。诗情所以悲而不伤，悲而能壮。

刚露一点深衷，又回到说酒了，酒兴更高。以下诗情再入狂放，而且愈来愈狂。"主人何为言少钱"，既照应"千金散尽"句，又故作跌宕，引出最后一番豪言壮语：即便千金散尽，也当不惜将出名贵宝物"五花马"（毛色作五花纹的良马）、"千金裘"来换取美酒，一醉方休。这结尾之妙，不仅在于"呼儿"与尔"，口气甚大；而且具有一种作者一时可能觉察不到的将宾作主的放诞情态。须知诗人不过是被友招饮的客人，此刻他却高踞一席，气使颐指，提议典裘当马，几令人不知谁是"主人"。浪漫色彩极浓。快人快语，非不拘形迹的豪迈知交断不能出此。诗情至此狂放至极，令人嗟叹咏歌。诗已告终，突然又迸出一句"与尔同销万古愁"，与开篇之"悲"关合，而"万古愁"的含义更其深沉。这"白云从空，随风变灭"的结尾，显见诗人奔涌跌宕的感情激流。通观全篇，真是大起大落，非如椽巨笔不办。

《将进酒》篇幅不算长，却五音繁会，气象不凡。它笔酣墨饱，情极悲愤而作狂放，语极豪纵而又沉着。诗篇具有震动古今的气势与力量，表现豪迈诗情，同时，又不给人空洞浮夸感，其根源就在于它那充实深厚的内在感情，那潜在酒话底下如波涛汹涌的郁怒情绪。此外，全篇大起大落，诗情忽翕忽张，由悲转乐、转狂放、转愤激，再转狂放，最后结穴于"万古愁"，回应篇首，如大河奔流，有气势，亦有曲折，纵横捭阖，力能扛鼎。其歌中有歌的包孕写法，又有鬼斧神工、"绝去笔墨畦径"之妙，既不是刻意刻画和雕凿能学到的，也不是草率就可达到的境界。通篇以七言为主，而以三、五、十言句"破"之，极参差错综之致；诗句以散行为主，又以短小的对仗语点染（如"岑夫子，丹丘生""五花马，千金裘"），节奏疾徐尽变，奔放而不流易。

【靓评二】

明珠有瑕需省识
——李白《将进酒》再议

李白《将进酒》这首诗的思想和艺术，可以从两方面解读。

一、旧题出新，抨击时弊，磅礴精工

"将进酒"是汉魏以来的乐府旧题，《唐诗三百首》王琦注："汉鼓吹铙歌十八曲，有将进酒。"原题意是盛宴佐酒。李白喜用旧题显新意，诗作多篇用乐府旧题。如"长干行""行路难""长相思""子夜吴歌"等，这篇"将进酒"是其中佼佼者。

《将进酒》诗写于天宝十一年（752）（两年后，755年，就发生唐朝大灾难"安史之乱"），李白被赶出长安后，漫游中遇到好友岑勋、元丹丘，痛饮狂歌，借古题，唱新词，吐郁闷！

李白的《将进酒》特美之处在于开拓了原调的空间，将佐酒词演成人才遭遇不公、关系社会兴衰的大篇，提升了旧题的内涵。

李白苦学成才，"十五好剑术，遍干诸侯。三十成文章，历抵卿相。虽长不满七尺，而心雄万夫"（《与韩荆州书》）。"自言管葛竟谁许"，称自己有管仲之才，诸葛亮之智，获征召时，"仰天大笑出门去，我辈岂是蓬蒿人"。充满自豪与自信，以为一去京师，立登高位，抱负可展。到了京师，皇帝接见，立擢翰林，奉旨写作，文朋诗友宴会赋诗，众皆让先。"昔在长安醉花柳，五侯七贵同杯酒。气岸遥凌豪士前，风流肯落他人后。""天子呼来不上船，自称臣是酒中仙。"可谓春风得意，荣耀以极。可是，好景不长，时世变迁，唐朝此时已失去贞观盛况，玄宗在位已30年，昏庸腐朽，纵情声色，"珠玉买歌笑，糟糠养贤才！"任用李林甫、杨国忠等，排斥忠贤，滥施征伐，加剧外患内忧，民不聊生，国将不国。李白有志不受重用，更被谗毁，失去皇帝欢心，742年"赐金放还"，被赶出朝廷，功名富贵，转眼消失，牢骚、愤慨、忧心交织翻腾于胸中。遇好友，痛饮狂歌，倾吐自己怀才不遇，抨击奸臣当道，才俊忠良被逐的时弊。

李白"将进酒"写得气势磅礴而瑰丽精工。先以两个"君不见"的长句示自然永恒，人生短促，再用多个长短夹杂的警句，以酒为线索，酒的功能、乐趣、饮者掌故贯串，多处"夸张"响鼓重锤一样展开诗篇，倾泻心头"瀑布"。大起大落，忽弇忽张，由悲转乐、转狂放、转愤激，再转狂放，最后结穴于"同销万古愁"，李白这个"愁"是怀才不遇之愁，是不能缓解君昏、国危、民苦之愁。笔酣墨饱，情极悲愤而作狂放，语极豪纵而又沉着，具有震动古今的气势与力量。

全篇如大河奔流，有气势，有曲折，急管繁弦，纵横捭阖，气势磅礴，疑是银河落九天；句式错落，如"大珠小珠落玉盘"，充分展示了李白的"白也诗无敌"的精彩，博得时人和后人的推崇赞美。杜甫赞李白的诗才"笔落惊风雨,诗成泣鬼神",韩愈说李、杜作品"光芒万丈长"。《将进酒》得到后人赞许,名副其实。

二、倡扬及时行乐,纵酒对待挫折

"将进酒"消极负面因素是在惊叹人生易老之后,不是"及时当勉励,岁月不待人",而是呼吁及时行乐,大把花钱。这些牢骚、愤慨、消极、伤感,是因为他此时被奸臣谗言,皇帝对他"赐金放还",赶出了京城,心有委屈牢骚,有太多的不平不快!

诗中的"得意须尽欢",虽是愤激之词,但客观上确有一些消极影响。这点对一些意志薄弱的,对这首诗不深入理解实情的人来说,确实是会产生一定的负面影响。这些思想不仅与儒家的"入世""修身齐家治国平天下""立德立功立言"相违背,更与当前倡扬的社会主义核心价值观格格不入。应该批评与摒弃。

每个人的生命历程总会有坎坷,不如意之时,"不如意事常八九",有志者坚强,笑对挫折,自强奋进,终达目标;而不是一蹶不振,借酒浇愁,消极颓废度日。"将进酒"却是一遭委屈就消极伤感,要及时行乐。

从以上解读看来,这首诗的诗意、诗情、诗艺完完全全体现了李白的抱负、个性、才艺和当时的境遇,是李诗的精品,许多优点值得赞赏和继承,但也显露了李白内心的弱点——遇到挫折就消极,倡扬"及时行乐",以酒浇愁等。虽然事出有因,可以理解,但不该不知,更不能倡扬。

《将进酒》存在消极负面因素的问题,早在上世纪60年代教育部编发的中小学教科书的参考资料就指出了,可惜的是,几十年来的宝贵提示被人们淡忘了。

需要注意的是,我们在赞赏前人作品时,一定要赞其该赞,而不能赞不该赞的,更不能为不足而大唱赞歌。像这首《将进酒》中的"人生得意须尽欢""但愿长醉不复醒"这些诗句,含有消极意味,仅字面而言,就示人要及时行乐,长居醉乡,不思进取。可以确信,涉世不深,不能深刻领会诗意的人,读了会有一定的负面影响,特别是对青少年的心灵和成长也会有所损害。所以,每个关注时世的人,关注孩子教育的人,都不能不对此无动于衷,更不能不对此慨然发声!

在重提和梳理对"将进酒"的议论时,我还想到:对《将进酒》的评议,关涉对古典作品的认知与继承。这是个古老而又新鲜的话题,早在鲁迅写且介亭杂文和在延安文艺座谈会上,都谈到对文学遗产的精华与糟粕的取舍。取其精华,弃其糟粕,早已成为共识。对具体的取、弃,则需按时代的需求,需从作家作品的具体实际出发,结合人们的认知来考虑。左了,伤善伤美;右了,纵恶扬丑。批评了不该批评的,宣扬了不该宣扬的,都不能正确地继承优秀文化传统。

2014年9月11日,习近平主席号召我们"学古诗文经典,把中华民族优秀传统文化不断传承下去"。我们要做好继承优秀传统,必须继续坚持,以历史的眼光透视古作,以当代的胸怀、理念理解熔铸古作。不要拔高,也不要矮化;不要溢美,也不要贬低。对它的消极因素,我们应该理解,可以同情,但不必赞美,更不应弘扬。赞其长,不护短。只有如此,才能做到得古作精华,获创新能量。

丑女来效颦(古风第三十五)

丑女来效颦,还家惊四邻①。寿陵失本步,笑杀邯郸人②。一曲斐然子,雕虫丧天真③。棘刺造沐猴,三年费精神④。功成无所用,楚楚且华身。大雅思文王,颂声久崩沦⑤。安得郢中质,一挥成风斤⑥?

【注释】

①"丑女"二句:语出《庄子·天运》"西施病心而颦(皱眉),其里之丑人见而美之(认为这样很美),归亦捧心而颦。其里之富人见之,坚闭门而不出,贫人见之,携妻子而逃。"②"寿陵"二句:即邯郸学步。语出《庄子·秋水》"子独(难道)不闻夫寿陵余子(未应丁夫者)之学行于邯郸与?未得国能,又失其故行矣,直匍匐而归耳。"③"一曲"二句:谓以生硬的方法,费尽功夫,完成一篇形式华丽浮靡的小作品,失去文章的自然本性。斐然,有文采的样子。子,小貌。雕虫,即雕虫小技,比喻微小的技能。④"棘刺"二句:语出《韩非子·外储说左上》"燕王好微巧,卫人曰:'能以棘刺之端为母猴。'燕王悦之,养以五乘之奉。王曰:'吾试观客为棘刺之母猴。'客曰:'人主欲观之,必半岁不入宫,不饮酒食肉。雨霁日出,视之晏阴(晴天阴处)之间,而棘刺之母猴乃可见也。'燕王因养卫人,不能观其母猴。郑有台下之冶者,谓燕王曰:'臣,削者也。诸微物必以削削之,而所削必大于削,今棘刺之端不能容其锋,难以制棘刺之端。王试观客之削,能与不能可知也。'王曰:'善。'谓卫人曰:'客为棘刺之端以削,吾欲观见之。'客曰:'臣请之舍取之。'因逃。"⑤"大雅"二句:痛惜雅颂风骨沦丧,亟望诗风能复古道。⑥"安得"二句:语出《庄子·徐无鬼》"庄子送葬,过惠子之墓,顾谓其从者曰:'郢人垩漫(用白泥涂饰)其鼻端,若蝇翼。使匠石斫之,匠石运斤(挥动斧子)成风,听(任随)而斫之,尽垩而鼻不伤,郢人立不失容。'"

【靓评】

李白《古风》组诗共五十九首,这是其中的第三十五首。此诗针对科举的诗赋取士,辛辣地批评了只重视形式,不注重诗歌社会责任的现象和风气,并批评在这种风气驱使下,诗歌创作方法矫揉造作,所产生的作品华丽浮靡,背离雅颂之风,于是呼吁诗歌创作回归正道。这也是李白不参加任何科举的理由之一。

另外,此诗也道出了创作诗歌的诀窍:一定要有自己的风格,模仿就是死亡,要根据自己的性格特征,不事雕琢,天然而成。此诗前四句用丑女效颦、邯郸学步两个典故讽刺矫揉造作的创作方法。中六句用棘刺造猴的故事批评求仕进、取荣华的创作目的。末四句呼吁诗歌创作回归正道,志同道合的诗人能够出现。

流夜郎赠辛判官

昔在长安醉花柳,五侯①七贵②同杯酒。气岸遥凌豪士前,风流肯落他人后?夫子红颜我少年,章台③走马著金鞭。文章献纳麒麟殿④,歌舞淹留玳瑁筵⑤。与君自谓长如此,宁知草动风尘起。函谷忽惊胡马来,秦宫桃李向明开。我愁远谪⑥夜郎去,何日金鸡⑦放赦回?

【注释】

① 五侯:语出《汉书·元后传》"河平二年,上悉封舅谭为平阿侯,商成都侯,立红阳侯,根曲阳侯,逢时高平侯,五人同日封,故世谓之五侯。"侯(hóu),爵位名。② 七贵:吕、霍、上官、赵、丁、傅、王。③ 章台:汉时长安城有章台街,当时妓院集中之处,后人以章台代指妓院赌场等场所。④ 麒麟殿:汉代宫殿名。⑤ 玳瑁筵:指华贵的筵席。玳瑁(dài mào),有花纹的海龟,其壳可镶制家具。⑥ 谪(zhé):封建时代特指官吏降职,调往边外地方。⑦ 金鸡:古代颁布赦诏时所用的仪仗。后用作大赦之典。

【靓评】

前面八句描绘了诗人春风得意时的生活景象。开头两句写诗人醉眠花柳,与当朝权贵们开怀畅饮,显示出诗人当时的生活之奢华。后面四句则表现出诗人当时的心态。那时候,诗人风华正茂,豪气干云。手握金鞭,走马章台,流连琼筵,出入宫掖,睥睨权豪。花红酒绿时纵情喝酒,歌舞声中尽情享受。随后两句凸显出皇帝对诗人的宠信,诗人能够在宫殿中为皇帝呈献文章,在酒席上流连忘返,表现出诗人在朝廷上的地位之高。

中间两句是转折句,起承上启下的作用。诗人原本以为这种同赴侯门、走马章台、献赋金宫、醉卧酒筵的得意生活会永远持续下去,谁知好景不长,平地风雷,安史之乱爆发了。"函谷忽惊胡马来",叛军攻陷潼关,占领东西两京。一个"忽"字表现出这次战乱的出乎意料,忽然之间,平静的生活就这样被打乱了,诗人再也无法过以前那种无忧无虑的生活了。

最后四句是对诗人战乱爆发后的生活的描述。敌人已经占领函谷关了,许多昔日同僚因兵兴之际,被朝廷越次擢用,好像桃花李花在阳光下盛开。最后一句或为诗人对当朝统治者的谴责,诗人眼见国家罹难,生民涂炭,欲为国效力而不可得,故而生发哀怨之情。最终诗人独自远谪夜郎,漂泊天涯,只能期待能够等到朝廷大赦天下的时候,才能够有机会重新回归朝廷,为国家尽一份力。最后两句含蓄地表达了诗人希望辛判官能够施以援手,使自己能够早日回归的心情。此诗回忆昔日在长安的得意生活,对长流夜郎充满哀怨之情,通过今昔对比,写出他此时此刻企盼赦还。诗中今昔处境的强烈对比,自然有博取辛判官同情之心,也暗含有期待援引之意。由于对当年得意生活颇有炫耀之意,不无俗态,所以历来不少读者认为它非李白所作,即使肯定其豪迈气象,也显得极为勉强。不过穷苦潦倒之时,落魄失意之后,人们都不免会对当年春风得意的生活充满眷念,尤其在一个陷入困境、进入晚年依靠回忆来支撑自己的诗人身上,这种眷念更会牢牢地占据他的心灵。

此诗使读者看到了诗人凡俗的一面,看到诗人失去繁华与功名的痛苦。只是诗人凡俗的这一面并没有主导他的精神生活。在更多的痛苦与不称意中,诗人将自己的精神放飞在大自然中,放飞在睥睨一切的狂放与飘逸中。

韩 愈

韩愈(768—824):字退之,河南河阳(今河南孟州)人,自称"郡望昌黎",世称"韩昌黎"。唐代文学家、哲学家。谥"文",世又称"韩文公"。贞元八年(792)进士,曾任监察御史等职。因上书极论宫市之弊,并请缓征京畿灾民租税及因谏佛骨事,多次被贬。散文反对六朝骈俪文风,倡导古文运动,为"唐宋八大家"之首。诗与柳宗元并称"韩柳"。诗歌继承李、杜的优良传统,开"以文为诗"的先声。有《韩昌黎集》,存诗370余首。

师 说

古之学者①必有师。师者,所以传道受业解惑也。人非生而知之者,孰能无惑?惑而不从师,其为惑也,终不解矣。生乎吾前,其闻道也固先乎吾,吾从而师之;生乎吾后,其闻道也亦先乎吾,吾从而师之。吾师道也,夫庸知其年之先后生于吾乎?是故无贵无贱,无长无少,道之所存,师之所存也。

嗟乎!师道之不传也久矣,欲人之无惑也难矣。古之圣人,其出人也远矣,犹且从师而问焉;今之众人,其下圣人也亦远矣,而耻学于师。是故圣益圣,愚益愚②。圣人之所以为圣,愚人之所以为愚,其皆出于此乎?爱其子,择师而教之;于其身也,则耻师焉,惑矣!彼童子之师,授之书而习其句读者,非吾所谓传其道解其惑者也。句读之不知,惑之不解,或师焉,或不焉,小学而大遗,吾未见其明也。

巫医、乐师、百工之人,不耻相师。士大夫之族,曰师曰弟子云者,则群聚而笑之。问之,则曰:"彼与彼年相若也,道相似也!位卑则足羞,官盛则近谀③。"呜呼!师道之不复可知矣。巫医、乐师、百工之人,君子不齿。今其智乃反不能及,其可怪也欤!

圣人无常师。孔子师郯子、苌弘、师襄、老聃④。郯子之徒,其贤不及孔子。孔子曰:"三人行,则必有我师。"是故弟子不必不如师,师不必贤于弟子。闻道有先后,术业有专攻,如是而已。

李氏子蟠⑤,年十七,好古文,六艺经传皆通习之⑥,不拘于时,学于余。余嘉其能行古道⑦,作《师说》以贻之。

【注释】

① 学者:求学的人。② 是故圣益圣,愚益愚:因此圣人更加圣明,愚人更加愚昧。③ 位卑则足羞,官盛则近谀:以地位低的人为师就感到羞耻,以高官为师就近乎谄媚。④ 郯(tán)子:春秋时郯国(今山东省郯城县境)的国君,相传孔子曾向他请教官职。苌(cháng)弘:东周敬王时候的大夫,相传孔子曾向他请教古乐。师

襄:春秋时鲁国的乐官,名襄,相传孔子曾向他学琴。老聃(dān):即老子,姓李名耳,春秋时楚国人,思想家,道家学派创始人。相传孔子曾向他学习周礼。聃是老子的字。⑤李氏子蟠(pán):李家的孩子名蟠。李蟠,韩愈的弟子,唐德宗贞元十九年(803)进士。⑥六艺经传(zhuàn)皆通习之:六艺的经文和传文都普遍地学习了。六艺,指六经,即《诗》《书》《礼》《乐》《易》《春秋》六部儒家经典。《乐》已失传,此为古说。经,两汉及其以前的散文。传,古称解释经文的著作为传。⑦余嘉其能行古道:赞许他能遵行古人从师学习的风尚。

【靓评】

道之所存,师之所存也

韩愈《师说》是孔子后最完备的"师学",文中阐明了任何人都可以做自己的老师,从学者不应因地位贵贱或年龄差别,就不肯虚心学习。并以孔子言作证,求师重道自古已然,时人实不应背弃。文章批判了当时社会上"耻学于师"的陋习,表现出非凡的勇气和斗争精神,也表现出作者不顾世俗、独抒己见的精神。

本文写作特点是运用对比,反复论证,并辅之以感叹句来加强说服力。韩愈是唐代力倡"古文",反对陈言骈文的人。他主张"文以载道",文必清畅。无论在文学理论还是在创作实践上都有力地促成了"古文运动"。《师说》也是新古文的样本,它的流布,鼓舞和吸引了很多青年后学,也招致了更多顽固的"士大夫之族"的反对。所以《师说》是韩愈提倡"古文"的一个庄严宣言!

尊师是中华文化、中华民族的历史悠久的优良传统,孔夫子以来,大思想家、大政治家,无不如此。最早、最系统论说"师道"的,则是韩愈。《师说》是中华教育史上的一座丰碑。"传道,授业,解惑","弟子不必不如师,师不必贤于弟子,闻道有先后,术业有专攻",成为家喻户晓、妇孺皆知的经典。苏轼的"匹夫而为百世师""一言而为天下法",就是对韩愈的最当评价。

原 毁

古之君子,其责己也重以周,其待人也轻以约①。重以周,故不怠;轻以约,故人乐为善。

闻古之人有舜者,其为人也,仁义人也。求其所以为舜者,责于己曰:"彼,人也;予,人也。"②彼能是,而我乃不能是!"早夜以思,去其不如舜者,就其如舜者。闻古之人有周公者,其为人也,多才与艺人也。求其所以为周公者,责于己曰:"彼,人也;予,人也。彼能是,而我乃不能是!"早夜以思,去其不如周公者,就其如周公者。舜,大圣人也,后世无及焉;周公,大圣人也,后世无及焉。是人③也,乃曰:"不如舜,不如周公,吾之病也。"是不亦责于身者重以周乎! 其于人也,曰:"彼人也,能有是,是足为良人矣;能善是,是足为艺人矣。"取其一,不责其二;即其新,不究其旧:恐恐然惟惧其人之不得为善之利。一善易修也,一艺易能也,其于人也,乃曰:"能有是,是亦足矣。"曰:"能善是,是亦足矣。"不亦待于人者轻以约乎?

今之君子则不然。其责人也详,其待己也廉。详,故人难于为善;廉,故自取也少。己未有善,曰:"我善是,是亦足矣。"己未有能,曰:"我能是,是亦足矣。"外以欺于人,内以欺于心,未少有得而止矣,不亦待其身者已廉乎?

其于人也,曰:"彼虽能是,其人不足称也;彼虽善是,其用不足称也。"举其一,不计其十;究其旧,不图其新:恐恐然惟惧其人之有闻也。是不亦责于人者已详乎?

夫是之谓不以众人待其身,而以圣人望于人,吾未见其尊己也。

虽然,为是者,有本有原,怠与忌之谓也。怠者不能修,而忌者畏人修。吾尝试之矣,尝试语于众曰:"某良士,某良士。"其应者,必其人之与也;不然,则其所疏远不与同其利者也;不然,则其畏也。不若是,强者必怒于言,懦者必怒于色矣。又尝语于众曰:"某非良士,某非良士。"其不应者,必其人之与也,不然,则其所疏远不与同其利者也,不然,则其畏也。不若是,强者必说于言,懦者必说于色矣。

是故事修而谤兴,德高而毁来。呜呼!士之处此世,而望名誉之光,道德之行,难已!

将有作于上者,得吾说而存之,其国家可几而理欤!

【注释】

① 古之君子,其责己也重以周,其待人也轻以约:出自《论语·卫灵公》"躬自厚而薄责于人。"重以周,严格而且全面。重,严格。轻以约,宽容而简少。② 彼:指舜。予:同"余",我。③ 是人:指上古之君子。

【靓评】

不怠不忌,毁谤便无从产生

本文探究和论述毁谤产生的原因。指明士大夫之间毁谤之风盛行,是一种道德败坏的表现,其根源在于"怠"和"忌"。即怠于自我修养且又妒忌别人。如果官员都能不怠不忌,毁谤便无从产生。文章着重阐述儒家为人处世之道。先从正面开导,说明一个人应该具备君子之德、君子之风,对己不怠,对人不忌。然后对照写出不符合这个行为准则的危害性。行文严肃恳切,句式整齐有变化,语言生动形象,并在不平之鸣中道出一个真理:只有育养人才,爱护人才,尊重人才,方能使人"乐于为善",有所成就。

通篇采用的是对比手法,且行文严肃恳切,语言生动形象。刻画士风,"怠者不能修,而忌者畏人修",警语中的,可谓入木三分。

《原毁》是诊治人类心理痼疾的特效药!

马 说

世有伯乐①,然后有千里马。千里马常有,而伯乐不常有。故虽有名马,祇辱于奴隶人②之手,骈死③于槽枥之间,不以千里称也。

马之千里者④,一食或尽粟一石⑤。食⑥马者,不知其能千里而食也。是马也,虽有千里之能,食不饱,力不足,才美不外见,且欲与常马等不可得,安求其能千里也?

策之不以其道⑦,食之不能尽其材⑧,鸣之而不能通其意,执策而临之,曰:"天下无马!"呜呼!其真无马邪?其真不知马也!

【注释】

① 伯乐:春秋时期秦穆公时人,本名孙阳,擅长相马。现指能够发现人才的人。② 奴隶人:古代也指仆役,这里指喂马的人。③ 骈(pián)死:并列而死。骈,两马并驾。④ 马之千里者:马(当中)能行千里的。⑤ 一食(shí):吃一次食物。或:有时。⑥ 食(sì):通"饲",喂养。以下除"食不饱"的"食"念shí,其余的"食"都念sì。⑦ 策之不以其道:策,鞭打。之,指千里马,代词。以其道,用(对待)它的办法。⑧ 尽其材:发挥它的全部才能。材,同"才",此指行千里的才能。

【靓评】

吟诗的情调　说理的韵味

韩愈《杂说》四篇都是嘲讽社会现状的杂文,格局严整,层次分明;比喻巧妙,寄慨深远;构思奇特,锋芒毕露。《马说》写得最好,写得太像一首诗了。主要特点是形象思维,比兴为主。伯乐姓孙名阳,是春秋时代秦国人,会给马看相,善于识别千里马。这原在《战国策·楚策》中一个名叫汗明的对春申君黄歇讲的故事里。可能是古代传说,也可能就是艺术虚构手法创造出来的寓言。

伯乐的典故曾几次被韩愈引用(见他所作的《为人求荐书》《送温处士赴河阳序》),可见由于韩愈本人命运坎坷,他对伯乐能识别千里马的故事很有感情。后来就演变成谚语"千里马常有,而伯乐不常有",流传至今,引人深思。

晚 春

草木知春不久归,百般红紫斗芳菲。杨花榆荚无才思①,惟解漫天作雪飞②。

【注释】

① 杨花:指柳絮。榆荚(jiá):榆树的果实。初春时先于叶而生,连缀成串,形似铜钱,俗呼榆钱。才思:才气和思致。② 惟解:只知道。漫天:满天。

【靓评】

这是一首用拟人化的手法描绘晚春繁丽景物的诗,寄寓着人们应乘时而进,抓紧时机去创造有价值的东西。"草木"本属无情物,竟然能"知"能"解"还能"斗",而且还有"才思"高下有无之分。想象之奇,实为诗中所罕见。诗人通过"草木"有"知"、惜春争艳的场景描写,反映的其实是自己对春天大好风光的珍惜之情。面对晚春景象,诗人一反常见的惜春伤感之情,变被动感受为主观参与,情绪乐观向上,很有新意。你看,"杨花榆荚"不因"无才思"而藏拙,不畏"班门弄斧"之讥而为"晚春"添色,这就给人以启示:一个人"无才思"并不可怕,要紧的是珍惜光阴,不失时机,"春光"是不负"杨花榆荚"这样的有心人的。榆荚杨花虽缺乏"红花、紫花"的"才思",但只要为晚春景色的装点尽了力,这种精神就是值得赞扬的。

左迁至蓝关示侄孙湘①

一封朝奏九重天②,夕贬潮州路八千。欲为圣明除弊事,肯将衰朽惜残年!云横秦岭家何在?雪拥蓝关马不前。知汝远来应有意③,好收吾骨瘴江边④!

【注释】

① 左迁:降职,贬官,指作者被贬到潮州。蓝关:在蓝田县南。据《地理志》,"京兆府蓝田县有蓝田关"。湘:韩愈的侄孙韩湘,字北渚,韩愈之侄,韩老成的长子,长庆三年(823)进士,任大理丞。韩湘此时 27 岁,尚未登科第,远道赶来送韩愈南迁。② 一封:指一封奏章,即《论佛骨表》。朝(zhāo)奏:早晨送呈奏章。九重天:指朝廷、皇帝。③ 汝(rǔ):你,指韩湘。应有意:应知道"我"此去凶多吉少。④ "好收"句:意思是自己必死于潮州,向韩湘交代后事。瘴(zhàng)江:指岭南瘴气弥漫的江流。瘴江边:指贬所潮州。

【靓评】

首联写因"一封(书)"而获罪被贬,"朝夕"而已,可知龙颜已大怒,一贬便离京城八千里之遥,何异于发配充军?

颔联直书"除弊事",申述自己忠而获罪和非罪远谪的愤慨,韩愈之刚直胆魄可见一斑。目的明确,动机纯正,后果怎样,终亦不顾。此联有表白,有愤慨,而表达却颇为含蓄。"肯将衰朽惜残年",大有为匡正祛邪义无反顾的勇气。

颈联即景抒情,既悲且壮。谪贬赴任,"其后家亦谴逐,小女道死,殡之层峰驿旁山下",可谓悲极。前瞻茫茫,雪拥蓝关,马也踟蹰起来。"马不前"抑或"人不前"呢?李白在天宝三年(744)因玄宗疏远而上疏求去,曾作《行路难》述志,其中就有"欲渡黄河冰塞川,将登太行雪满山"一联,亦写仕途险恶,不过,韩愈比之李白,境遇更为惨烈。韩愈仿此联所作,有异曲同工之妙。本联借"秦岭""蓝关"之自然景色表达了自己的愁苦悲戚心绪,同时也蕴含为上表付出的惨痛代价。这两句,一顾

一瞻,顾者为长安,因云横秦岭,长安已不可见,"龙颜"难以再睹;瞻者乃潮州,奈何为蓝关大雪所阻,前程曲折坎坷,不敢多想,"马"固不能"前","人"却能"前"乎?英雄失路,于此可知!

尾联很有"虽九死而不悔"的态度,也含有蹇叔哭师的悲切,抒英雄之志,表骨肉之情,悲痛凄楚,溢于言表。

全诗熔叙事、写景、抒情为一炉,诗味浓郁,感情真切,对比鲜明,是韩诗中的精品。

柳宗元

柳宗元(773—819):字子厚,汉族,河东(现在山西运城一带)人,唐宋八大家之一,唐代文学家、哲学家、散文家和思想家,世称"柳河东""河东先生",因官终柳州刺史,又称"柳柳州"。柳宗元与韩愈并称为"韩柳",与刘禹锡并称"刘柳",与王维、孟浩然、韦应物并称"王孟韦柳"。柳宗元一生留诗文作品600余篇,其文的成就大于诗。骈文有近百篇,散文论说性强,笔锋犀利,讽刺辛辣。游记写景状物,多所寄托,有《河东先生集》,代表作有《溪居》《江雪》《渔翁》。柳宗元遗族所建柳氏民居,现位于山西晋城市沁水县文兴村,为国家4A级景区。

捕蛇者说

永州①之野产异蛇,黑质而白章②。触草木,尽死;以啮人,无御之者。然得而腊之③以为饵,可以已大风、挛踠、瘘疠,去死肌,杀三虫④。其始太医以王命聚之,岁赋其二⑤。募有能捕之者,当其租入。永之人争奔走焉。

有蒋氏者,专其利三世矣。问之,则曰:"吾祖死于是,吾父死于是,今吾嗣为之十二年,几死者数矣。"言之,貌若甚戚者。余悲之,且曰:"若毒之乎?余将告于莅事者,更若役,复若赋,则何如?"蒋氏大戚,汪然出涕曰:"君将哀而生之乎?则吾斯役之不幸,未若复吾赋不幸之甚也!向吾不为斯役,则久已病矣。自吾氏三世居是乡,积于今六十岁矣。而乡邻之生日蹙,殚其地之出,竭其庐⑥之入,号呼而转徙,饥渴而顿踣⑦。触风雨,犯寒暑,呼嘘毒疠⑧,往往而死者相藉也。曩与吾祖居者,今其室十无一焉;与吾父居者,今其室十无二三焉;与吾居十二年者,今其室十无四五焉。非死则徙尔,而吾以捕蛇独存。悍吏之来吾乡,叫嚣乎东西,隳突乎南北,哗然而骇者,虽鸡狗不得宁焉。吾恂恂⑨而起,视其缶,而吾蛇尚存,则弛然而卧。谨食之,时而献焉。退而甘食其土之有,以尽吾齿。盖一岁之犯死者二焉。其余则熙熙而乐,岂若吾乡邻之旦旦有是哉?今虽死乎此,比吾乡邻之死,则已后矣。又安敢毒邪?"

余闻而愈悲。孔子曰:"苛政猛于虎也!"吾尝疑乎是,今以蒋氏观之,犹信。呜呼!孰知赋敛之毒,有甚是蛇者乎!故为之说,以俟夫观人风⑩者得焉。

【注释】

① 永州:位于湖南省西南部,湘江经西向东穿越零祁盆地(永祁盆地),潇水由南至北纵贯全境;两水汇于永州市区(零冷城区)。② 黑质而白章:黑色的身体,白色的花纹。指蛇的身体。章,花纹。③ 得而腊(xī)之:抓到并把它的肉晾干。

④ 已：止，治愈。大风：麻风病。挛踠（luán wǎn）：手脚弯曲不能伸展。瘘（lòu）：脖子肿。疠（lì）：毒疮、恶疮。三虫：泛指人体内的寄生虫。⑤ 岁赋其二：岁，每年。赋，征收、敛取。其，这种蛇。二，两次。⑥ 庐：简陋的房屋。⑦ 顿踣（bó）：（劳累地）跌倒在地上。⑧ 疠：这里指疫气。⑨ 恂恂：小心谨慎的样子；提心吊胆的样子。⑩ 人风：即民风。唐代避李世民讳，用"人"代"民"字。

【靓评】

蛇毒与苛政，谁毒？

《捕蛇者说》是柳宗元的散文名篇。抓住蛇毒与苛政之毒的联系，巧用对比，通过捕蛇者与毒蛇之毒来衬托赋税之毒，从各层面揭示了当时社会的黑暗现实。柳宗元在唐顺宗时期，曾参与以王叔文为首的永贞革新运动。革新运动失败后，被贬为永州司马。在永州十年期间，他接触大量下层人民，目睹当地百姓的悲惨景象，感到有责任用笔来反映横征暴敛、民不聊生的社会现实，希望统治者能借此体察民情，推行善政。此篇笔锋犀利，文情并茂，是"苛政猛于虎"的唐代图解，千百年来一直广为传诵。

笔锋奇异，写蛇，饰之以"异"，使人醒目动心，便于为下文决口导流。写蛇之"异"，由外及内，从形到质。写性之异，一为有剧毒："触草木，尽死；以啮人，无御之者。""尽死""无御"极言蛇毒之烈。一为大利：可以去毒疗疮治病。

写性异，分出相对立的大毒、大利两支，再以"赋"将这两支扭结起来。因有大利，才会造成"太医以王命聚之"。蛇能治病，为医家所重，为太医所重，更见其功效之大。正因为被皇家的医官重视，才会"以王命聚之"。"王命聚之"，不仅说明蛇有大用，也反映了蛇有剧毒，一般地求之不得，买之不能，非以最高权力的"王命"不可。

可是，虽令出于帝王，也不过"岁赋其二"，仍然不容易得到，这更显示了人们害怕毒蛇的程度。正因为皇家既要蛇，又不易得到蛇，才迫使官府采取"当其租入"的办法。

租，是王室赖以活命之本；蛇，乃王室借以保命之物。纳租，属于王事；征蛇，出于王命。由于蛇和租在王家的利益上一致，这才出现了"当其租入"的措施，将两种本来毫不相关的事物联结起来。这一联结，也就为永州人冒死捕蛇埋上了伏线，为将蛇毒与赋毒比较立下了伏笔。

由异蛇引出异事，由异事导出异理——由蛇写到捕蛇，由捕蛇者写到捕蛇者说，先事后理，因前果后，脉络清晰，层层递进。作者以"蛇毒"为陪衬，通过反复对比揭示主题。

作者在艺术手法上善用衬托与对比以突出重点；表达方式以叙事为主，辅以议

论点明中心,以抒情强化感染力。

文章从多角度进行对比,从各层面揭示了严重的社会问题。死亡与生存的对比:文章以其乡邻60年来由于苛赋之迫而"非死则徙"的遭遇与蒋氏"以捕蛇独存"的状况做对比,触目惊心地表明"赋敛之毒,有甚是蛇者"。乡邻的痛苦是"旦旦有是";而蒋氏"一岁之犯死者二焉"。诸多对比有力地突出了文章主题。

钴鉧潭西小丘记

得西山后八日,寻山口西北道二百步,又得钴鉧潭。西二十五步,当湍而浚者为鱼梁①。梁之上有丘焉,生竹树。其石之突怒偃蹇②、负土而出、争为奇状者,殆不可数。其嵚然③相累而下者,若牛马之饮于溪;其冲然角列而上者,若熊罴之登于山。

丘之小不能一亩,可以笼而有之。问其主,曰:"唐氏之弃地,货而不售。"问其价,曰:"止四百。"余怜而售之。李深源、元克己时同游,皆大喜,出自意外。即更取器用,铲刈秽草,伐去恶木,烈火而焚之。嘉木立,美竹露,奇石显。由其中以望,则山之高,云之浮,溪之流,鸟兽之遨游,举熙熙然④回巧献技,以效兹丘之下。枕席而卧,则清泠之状与目谋,潆潆⑤之声与耳谋,悠然而虚者与神谋,渊然而静者与心谋。不匝旬⑥而得异地者二,虽古好事之士,或未能至焉。

噫!以兹丘之胜致之沣、镐、鄠、杜,则贵游之士争买者,日增千金而愈不可得。今弃是州也,农夫渔父过而陋之,贾四百,连岁不能售。而我与深源、克己独喜得之,是其果有遭乎!

书于石,所以贺兹丘之遭也。

【注释】

① 鱼梁:用石砌成的拦截水流、中开缺口以便捕鱼的堰。② 突怒:形容石头突出隆起。偃蹇(yǎn jiǎn):形容石头高耸的姿态。③ 嵚(qīn)然:山势高峻的样子。④ 熙熙然:和悦的样子。⑤ 潆潆(yíng yíng):象声词,水回旋的声音。⑥ 匝(zā)旬:满十天。匝,周。旬,十天为一旬。

【靓评】

偏居荒芜,别具洞天

永州是个偏僻的山沟,柳宗元在此住了整整十年。其间,发愤读书,随遇感怀,寄情山水,创作了大量的诗歌散文;著名的《永州八记》就是柳宗元此时写成的。山水游记《钴鉧潭西小丘记》为其中第三篇。作品语言简约精练、清丽自然,有极高的艺术感染力。其利用托物言志、融情于景等写作手法,巧妙将被贬永州的愤慨与兹丘的遭遇融汇在一起 。

柳文第一段，写小丘的基本情况。"得西山后八日，寻山口西北道二百步，又得钴鉧潭。西二十五步，当湍而浚者为鱼梁。"介绍发现小丘的时间及小丘的方位。"梁之上有丘焉，生竹树。"此句后的一段内容，写小丘的景物。钴鉧潭的形势主体是水，小丘的形势主体则是石。作者仅用"生竹树"三字概括其一般景物，而把重点放在写山石的奇特上。着重描写石的"奇"，主要运用了拟人的手法。"突怒偃蹇"，不仅写出了石的形状，更写出了石的神态；"负土而出"的"出"字，又写出了石的动作；"争为奇状者"的"争"字突出了山石不甘心被埋在泥土中，顽强地抗争逆境的品格，不甘心被埋在泥土中，也可看作是作者自身品格的写照。石的奇状既多到殆不可数，作者无法写尽，于是举出其中的两组作为代表，"其嵚然相累而下者，若牛马之饮于溪；其冲然角列而上者，若熊罴之登于山"既是对偶，又运用比拟的方法，形象地将一堆堆静止的无生命的石头描绘成了一群群虎虎有生气的牛马和猛兽，生动细致，联想奇妙，下笔传神，可谓"词出意表，而刻画无上"。

第二段，写小丘的遭遇和小丘带给自己的享受。小丘美好奇特却被主人抛弃，作者自然萌生购买的念头。作者被贬到永州，怀才不遇，同样是被遗弃，和小丘的命运非常相似。含着作者被无辜贬低的愤慨。得到小丘后，"即更取器用，铲刈秽草，伐去恶木，烈火而焚之"。这番去除务尽的行动，是对自然界秽草恶木的憎恶，又传达出作者对社会邪恶势力的深恶痛绝，指桑骂槐而已。"立""露""显"三个动词，准确地表现了作者除去秽草恶木的成果，暗含作者锄奸扶良、改革朝政的主张和理想。"山之高，云之浮，溪之流，鸟兽之遨游，举熙熙然回巧献技，以效兹丘之下"，可见新生的小丘恢复了它天然幽美的风姿，主要写外部景致，把静物寓于动态之中。"枕席而卧，则清泠之状与目谋，瀯瀯之声与耳谋，悠然而虚者与神谋，渊然而静者与心谋"这一段排比句写作者的感受，其所描绘的境界同开头有明显不同：开头写被弃山石的姿态，抒发了作者愤世疾时的愤慨；此时写在整修后的小丘上所感受到的暂时的怡适和宁静，既显示了小丘的价值，也表现作者得到两处奇异的地方，而感到由衷欣慰。

最后一段，作者直抒胸臆。被弃置的小丘彻底地改变了命运。如此前写小丘之胜，后写弃掷之感，高兴之余顿处凄清，转折之中独见幽怜，名为小丘，实为作者。"而我与深源、克己独喜得之，是其果有遭乎"一句表明了小丘遭人鄙视的原因。"果有遭"一是说小丘被"我"喜而得之，是它有了好的际遇，得到了赏识；二是说自己的遭遇同小丘一样；正如宋人洪迈所说："士之处世，遇与不遇，其亦如是哉！"最后说明写此文的目的，字面上是祝贺小丘得到赏识，真正的用意是为自己被贬谪的不公平待遇而气恼和忧伤，通过"贺兹丘之遭"来发泄胸中的积郁。

在柳宗元描绘前，永州山水并不为世人所知。但在柳宗元的笔下，这些偏居荒芜的山水景致却表现出别具洞天的审美特征，极富艺术生命力。正如清人刘熙载

《艺概·文概》所说:"柳州记山水,状人物,论文章,无不形容尽致;其自命为'牢笼百态',固宜。"

柳宗元笔下的山水,总能以小见大,都具有他所向往的高洁、幽静、清雅的情趣,也有他诗中孤寂、凄清、幽怨的格调。在同病相怜的情况下,能够努力发掘、欣赏这遗弃的美好风景的只有柳宗元,而能够安慰孤苦受辱的柳宗元的也就是这些山水了。

江 雪

千山鸟飞绝①,万径人踪灭②。孤舟蓑笠翁,独钓寒江雪。

【注释】

①绝:无,没有。②万径:虚指,指千万条路。人踪:人的脚印。

【靓评】

山山是雪,路路皆白。飞鸟绝迹,人踪湮没。遐景苍茫,迩景孤冷。意境幽僻,情调凄寂。渔翁形象,精雕细琢,清晰明朗,完整突出。诗采用入声韵,韵促味永,刚劲有力。历代诗人无不交口称绝。千古丹青妙手,也争相以此为题,绘出不少动人的江天雪景图。

柳宗元笔下的山水诗有个显著的特点,那就是把客观境界写得比较幽僻,而诗人的主观的心情则显得比较寂寞,有时甚至不免过于孤独,过于冷清,不带一点人间烟火气。这首《江雪》正是这样,诗人只用了二十个字,就描绘了一幅幽静寒冷的画面:在下着大雪的江面上,一叶小舟,一个老渔翁,独自在寒冷的江心垂钓。诗人向读者展示的是这样一些内容:天地之间是如此纯洁而寂静,一尘不染,万籁无声;渔翁的生活是如此清高,渔翁的性格是如此孤傲。其实,这正是柳宗元由于憎恨当时那个一天天在走下坡路的唐代社会而创造出来的一个幻想境界,比起陶渊明《桃花源记》里的人物,恐怕还要显得虚无缥缈,远离尘世。为了突出主要的描写对象,诗人不惜用一半篇幅去描写它的背景——浩瀚无边。背景越广大,主要的描写对象就越显得突出。首先,诗人用"千山""万径"这两个词,目的是给下面两句的"孤舟"和"独钓"的画面做陪衬。没有"千""万"两个字,下面的"孤""独"两个字也就平淡无奇,没有什么感染力了。其次,山上的鸟飞,路上的人踪,这本来是极平常的事,也是最一般化的形象。可是,诗人却把它们放在"千山""万径"的下面,再加上一个"绝"和一个"灭"字,这就把最一般化的动态,一下子给变成极端的寂静、绝对的沉默。下面两句原来是属于静态的描写,由于摆在这种绝对幽静、绝对沉寂的背景之下,倒反而显得玲珑别透,有了生气,活跃起来了。这好像拍电影,用放大了多少倍的特写镜头,把属于背景范围的每一个角落反映得一清二楚。写得越具体细致,就越显得概括夸张。而后面的两句,本来是诗人有心要突出描写的对象,结果却使用了远距离的镜头,反而把它缩小了许多,给读者一种空灵剔透、可见而不可即的感觉。只有这样写,才能表达作者所迫切希望展示给读者的那种摆脱世俗、超然物外的清高孤傲的思想感情。至于这种远距离感觉的形成,主要是作者把一个"雪"字放在全诗的最末尾,并且同"江"字连起来所产生的效果。

在这首诗里,笼罩一切、包罗一切的东西是雪,山上是雪,路上也是雪,而且"千山""万径"都是雪,才使得"鸟飞绝""人踪灭"。就连船篷上、渔翁的蓑笠上,当然也都是雪。可是作者并没有把这些景物同"雪"明显地联系在一起。相反,在这个画面里,只有江,只有江心。江,当然不会存雪,不会被雪盖住,而且即使雪下到江里,也立刻会变成水。然而作者却偏偏用了"寒江雪"三个字,把"江"和"雪"这两个关系最远的形象联系到一起,给人以一种比较空蒙、比较遥远、比较缩小了的感觉,这就形成了远距离的镜头。这就使得诗中主要描写的对象更集中、更灵巧、更突出。因为连江里都仿佛下满了雪,连不存雪的地方都充满了雪,这就把雪下得又大又密、又浓又厚的情形完全写出来了,把水天不分、上下苍茫一片的气氛也完全烘托出来了。至于上面再用一个"寒"字,固然是为了点明气候;但诗人的主观意图却是在想不动声色地写出渔翁的精神世界。在这样一个寒冷寂静的环境里,那个老渔翁竟然不怕天冷,不怕雪大,忘掉了一切,专心地钓鱼,形体虽然孤独,性格却显得清高孤傲,有点凛然不可侵犯。这个被幻化了的、美化了的渔翁形象,实际正是柳宗元本人的思想感情的寄托和写照。可见"寒江雪"三字正是"画龙点睛",它把全诗前后两部分有机地联系起来,不但形成了一幅凝练概括的图景,也塑造了渔翁完整突出的形象。

艺术表现上,除虚实相生、动静相成外,该诗还有一个特点,就是用仄韵,取得了意想不到的效果。"绝""灭""雪"因为逼仄造成的冷峻刻削之感,正好与雪境的氛围相合,体现出柳诗峭拔的骨力,与清冷色调紧相糅合的特色,比较典型地代表了柳诗的基本风格。

这首诗的结构安排至为精巧。诗题是"江雪"。但是作者入笔并不点题,先写千山万径之静谧凄寂。鸟不飞,人绝迹。然后笔锋一转,推出正在孤舟之中垂钓的蓑翁形象。一直到结尾才着"寒江雪"三字,正面破题。读至结处,倒头再读全篇。豁然开朗。

渔 翁

渔翁夜傍西岩宿①,晓汲清湘燃楚竹②。
烟销日出不见人,欸乃一声山水绿③。
回看天际下中流④,岩上无心云相逐⑤。

【注释】

①傍:靠近。西岩:当指永州境内的西山。②汲(jí):取水。湘:湘江之水。楚:西山古属楚地。③欸(ǎi)乃:象声词,一说指桨声,一说是人长呼之声。唐时湘中棹歌有《欸乃曲》(见元结《欸乃曲序》)。④下中流:由中流而下。⑤无心:表示物我两忘的心灵境界。

【靓评】

这首诗取题渔翁,渔翁是贯串全诗首尾的核心形象。但是,诗人并非孤立地为渔翁画像,作品的意趣也不唯落在渔翁的形象之上。构成诗篇全境的,除了辛劳不息的渔翁以外,还有山水天地,这两者在诗中留下了按各自的规律特点而发展变幻的形迹。又把两者浑然融化,渔翁和自然景象结成不可分割的一体,共同显示着生活的节奏和内在的机趣。由夜而晨,是人类活动最丰富的时刻,是万物复苏、生机勃勃的时刻,本诗即以此为景色发展的线索。渔翁不断变换的举止和自然景色的变幻便有了共同的时间依据,极为和谐统一。

全诗共六句,按时间顺序,分三个层次。"渔翁夜傍西岩宿,晓汲清湘燃楚竹。"这是从夜到拂晓的景象。渔翁是这两句中最引人注目的形象,以忙碌的身影形象地显示着时间的流转。伴随着渔翁的活动,诗人的笔触又自然而然地延及西岩、清湘、楚竹,西岩即永州西山,西山高峻,居山之巅,流经山下的湘水"至清,虽深五六丈,见底"(《太平御览》卷六十五)。诗中的"清"字正显示了湘水的这一特点。再加以永州盛产湘竹,于是,山、水、竹这些仿佛不经意地出现在诗句中的零星物象,分明在读者脑海中构成了清新而完整的画面:轻纱般的薄雾笼罩着高山、流水、湘竹,一个秀丽悦目的空间画面,夜幕初启、晨曦微露这样流动引出了对日出的描述,可以说在时空两方面奠定了全诗活跃而又清逸的基调。

"烟销日出不见人,欸乃一声山水绿。"这是最见诗人功力的妙句,是全诗的精华,这两句既描写了自然景色:烟销日出,山水顿绿;又写了渔翁的行踪:渔船离岸而行,空间传来一声橹响。然而,诗人却从自我感受出发,交错展现两种景象,更清晰地表现了发生于自然界的微妙变异。前一句中"烟销日出"和"不见人",一是清晨常见之景,一是不知渔船何时悄然离去的突发意识,两者本无必然的联系,但如今同集一句,却唤起了人们的想象力:仿佛在日出的一刹那,天色暗而忽明,万物从朦胧中忽而显豁,这才使人猛然发觉渔船已无踪影。"不见人"这一骤生的感受成为一个标志,划开了日出前后的界限,日出过程得到艺术的强化,以一种夸张的节奏出现在读者眼前。紧接着的"欸乃一声"和"山水绿"更使耳中所闻之声与目中所见之景发生了奇特的依存关系。清晨,山水随着天色的变化,色彩由黯而明,这是一个渐变的过程,但在诗中,随着划破静空的一下声响,万象皆绿,这一"绿"字不仅呈现出色彩的功能,而且给人一种动态感。这不禁使人想起"春风又绿江南岸"之著名诗句。柳宗元则借声响的骤起,不仅赋以动态,而且赋以顷刻转换的疾速感,生动地显现了日出的景象,令人更觉神奇。柳宗元没有静止地去表现日出的壮丽辉煌,或去描摹日出后的光明世界,他正是充分发挥语言艺术的特长,抓住最有活力、最富生气的日出瞬间,把生活中常见的自然景象表现得比真实更为美好,给人以强大的感染力。苏东坡论此诗道:"诗以奇趣为宗,反常合道为趣,熟味此诗,有奇趣。"(《冷斋诗话》)这是恰如其分的评语。

杜 牧

杜牧(803—约852):字牧之,号樊川居士,京兆万年(今陕西西安)人。唐代杰出的诗人、散文家。唐文宗大和二年(828)进士。曾任监察御史、黄州、池州刺史等职。晚年居长安南樊川别墅,世称"杜樊川"。诗以七言绝句著称,内容以咏史抒怀为主,在晚唐成就颇高。世称"小杜",以别于杜甫(大杜)。与李商隐并称"小李杜"。有《樊川文集》。

阿房宫赋①

六王毕,四海一。蜀山兀,阿房出②。覆压三百余里③,隔离天日。骊山北构而西折,直走咸阳④。二川溶溶,流入宫墙。五步一楼,十步一阁;廊腰缦回,檐牙高啄⑤。各抱地势,钩心斗角⑥。盘盘焉,囷囷焉⑦,蜂房水涡,矗不知其几千万落。长桥卧波,未云何龙?复道行空,不霁何虹?高低冥迷,不知西东。歌台暖响,春光融融;舞殿冷袖,风雨凄凄。一日之内,一宫之间,而气候不齐。

妃嫔媵嫱⑧,王子皇孙,辞楼下殿,辇来于秦。朝歌夜弦,为秦宫人。明星荧荧,开妆镜也⑨;绿云扰扰,梳晓鬟也。渭流涨腻,弃脂水也;烟斜雾横,焚椒兰也。雷霆乍惊,宫车过也;辘辘远听,杳不知其所之也。一肌一容,尽态极妍,缦立远视,而望幸焉。有不得见者,三十六年。燕、赵之收藏,韩、魏之经营,齐、楚之精英,几世几年,剽掠其人,倚叠如山。一旦不能有,输来其间。鼎铛玉石,金块珠砾,弃掷逦迤,秦人视之,亦不甚惜。

嗟乎!一人之心,千万人之心也。秦爱纷奢,人亦念其家。奈何取之尽锱铢,用之如泥沙?使负栋之柱,多于南亩之农夫;架梁之椽,多于机上之工女;钉头磷磷,多于在庾之粟粒;瓦缝参差,多于周身之帛缕;直栏横槛,多于九土之城郭;管弦呕哑,多于市人之言语。使天下之人,不敢言而敢怒。独夫之心,日益骄固。戍卒叫,函谷举⑩,楚人一炬⑪,可怜焦土!

呜呼!灭六国者,六国也,非秦也。族秦者,秦也,非天下也。嗟夫!使六国各爱其人,则足以拒秦;使秦复爱六国之人,则递三世可至万世而为君,谁得而族灭也?秦人不暇自哀,而后人哀之。后人哀之而不鉴之,亦使后人而复哀后人也!

【注释】

① 阿(ē)房(páng)宫:秦始皇所建宫殿,遗址在今西安市西阿房村。② 蜀山兀,阿房出:四川的山光秃了,阿房宫出现了。③ 覆压三百余里:(从渭南到咸阳)覆盖了三百多里地(此处里是面积单位,不是长度单位。古代五户为一邻,五邻为一里),宫殿楼阁占地极广。④ 骊山北构而西折,直走咸阳:(阿房宫)从骊山北边

建起,折而向西,一直通到咸阳。⑤ 廊腰缦回:走廊长而曲折,好像人的腰部。缦,萦绕。檐牙高啄:(突起的)屋檐(像鸟嘴)向上撅起。檐牙,屋檐突起,犹如牙齿。⑥ 各抱地势,:各随地形。楼阁各随地势的高下向背而建筑。钩心斗角:宫室结构参差错落,精巧工致。钩心,各建筑物都向中心区攒聚。斗角,屋角互相对峙。⑦ 盘盘焉,囷(qūn)囷焉:形容楼宇众多。⑧ 妃嫔媵(yìng)嫱(qiáng):统指六国王侯的宫妃。她们各有等级(妃的等级比嫔、嫱高)。媵是陪嫁的侍女,也可成为嫔、嫱。下文的"王子皇孙"指六国王侯的女儿,孙女。⑨ 明星荧荧,开妆镜也:(光如)明星闪亮,是(宫人)打开梳妆的镜子。⑩ 函谷举:刘邦于公元前206年率军先入咸阳,推翻秦朝统治,并派兵守函谷关。举,被攻占。⑪ 楚人一炬:指项羽(楚将项燕后代)也于公元前206年入咸阳,并焚烧秦的宫殿,大火烧了三个月。

【靓评】

前事不忘,后事之师

杜牧《阿房宫赋》作于唐敬宗宝历元年,即公元825年。作者预感到唐王朝的黑暗现实与危险局势,写就这篇赋,表面上写秦因修建阿房宫挥霍无度,贪色奢侈,劳民伤财,终至亡国,实则是借秦之故事讽唐之今事,规劝唐朝的当政者,要以古为鉴,不能哀而不鉴,最终只能落得"后人而复哀后人也"的结局。

赋是一种铺陈辞藻、描绘,讲究铺张叙事,重视辞藻押韵的文体,本文体现了赋的特点。作者以夸张的艺术手法,不仅写出了阿房宫宏伟壮丽,而且生动地揭露了秦始皇的腐败、荒淫。

杜牧文武双全,思为世用却抱负难展。《阿房宫赋》里"楚人一炬,可怜焦土""后人而复哀后人也",这些句子意蕴深厚,启示后人,前事不忘,后事之师。作者的不安与忧愤溢于言表。

本篇短峭深美,以丰富的想象,再现废墟的古建筑群,楼宇鳞次栉比,人物活动精彩。"后人哀之而不鉴之,亦使后人而复哀后人也!"这一警世通言,永垂不朽,常读常新。

金谷园

繁华事散逐香尘,流水无情草自春。日暮东风怨啼鸟,落花犹似坠楼人①。

【注释】

① 坠楼人:典出《晋书·石崇传》"石崇有妓曰绿珠,美而艳。孙秀使人求之,不得,矫诏收崇。崇正宴于楼上,谓绿珠曰:'我今为尔得罪。'绿珠泣曰:'当效死于君前。'因自投于楼下而死。"

【靓评】

杜牧过金谷园,即景生情,写下了这首咏春吊古之作。面对荒园,首先浮现在诗人脑海的,是金谷园繁华的往事,随着芳香的尘屑消散无踪。"繁华事散逐香尘"这一句蕴藏了多少感慨。王嘉《拾遗记》谓:"石季伦(崇)屑沉水之香如尘末,布象床上,使所爱者践之,无迹者赐以真珠。"此即石崇当年奢靡生活之一斑。"香尘"细微飘忽,去之迅速而无影无踪。金谷园的繁华,石崇的豪富,绿珠的香消玉殒,亦如香尘飘去,云烟过眼,不过一时而已。正如苏东坡诗云:"事如春梦了无痕。"可叹乎?亦可悲乎?还是观赏废园中的景色吧:"流水无情草自春。""流水"指东南流经金谷园的金水。不管人世间的沧桑,流水照样潺湲,春草依然碧绿,它们对人事的种种变迁似乎毫无感触。这是写景,更是写情,尤其是"草自春"的"自"字,与杜甫《蜀相》中"映阶碧草自春色"的"自"字用法相似。

傍晚,正当诗人对着流水和春草遐想的时候,忽然东风送来鸟儿的叫声。春日鸟鸣,本是令人心旷神怡的赏心乐事。但是此时——红日西斜,夜色将临;此地——荒芜的名园,再加上傍晚时分略带凉意的春风,在沉溺于吊古之情的诗人耳中,鸟鸣就显得凄哀悲切,如怨如慕,仿佛在表露今昔之感。日暮、东风、啼鸟,本是春天的一般景象,着一"怨"字,就蒙上了一层凄凉感伤的色彩。此时此刻,一片片惹人感伤的落花又映入诗人的眼帘。诗人把特定地点(金谷园)落花飘然下坠的形象,与曾在此处发生过的绿珠坠楼而死之事联想到一起,寄寓了无限情思。一个"犹"字渗透着诗人多少追念、怜惜之情!绿珠,作为权贵们的宠物,她为石崇而死是无价值,但她不能自主的命运不是同落花一样令人可怜吗?诗人的这一联想,不仅因"坠楼"与"落花"外观上有可比之处,而且揭示了绿珠这个人和"花"在命运上有相通之处。比喻贴切自然,意味隽永。

一般怀古抒情的绝句,都是前两句写景,后两句抒情。这首诗则是句句写景,景中寓情,四句蝉联而下,浑然一体。

泊秦淮①

烟笼寒水月笼沙,夜泊秦淮近酒家。商女②不知亡国恨,隔江犹唱《后庭花》③。

【注释】

① 秦淮:即秦淮河,发源于南京溧水东北,穿过南京城流入长江。② 商女:以卖唱为生的歌妓。③ 江:这里指秦淮河水。后庭花:《玉树后庭花》。南朝最后一个王朝陈朝的末代皇帝陈叔宝创制的舞曲,并为之制词,词甚哀怨,时人以为亡国之音。

【靓评】

杜牧生活在晚唐衰世。藩镇割据、宦官专政、朋党之争,这三大祸患使得唐朝政治黑暗,国事日非。朝廷上下的豪门权贵、官僚、士大夫却多纵情享乐,沉湎酒色,所在皆然,令一些关心国运的士人深为忧心。当时金陵(今南京)秦淮河畔酒楼歌馆林立,灯红酒绿,纸醉金迷。杜牧常常往来于金陵扬州一带,多次经过秦淮河,有感而发,写下此诗。

前两句写所见。描绘了月光下的秦淮河景色,月光淡淡,水烟轻轻,笔墨轻淡却意态朦胧。接着扣题点事:夜泊秦淮。时间地点都自然点出。因"夜泊"而"近酒家",十分自然。

后两句写所闻。商女酒家夜唱,隔江犹闻,可见其喧闹之态。唱的不是别的,是被称为亡国之音的"后庭花"。诗写到此处戛然而止,却余音袅袅,令人回味,发人深省。《玉树后庭花》是亡国之音,而金陵恰是当年陈后主的亡国之地。此地此歌此境,恍若历史重演,自会让诗人触景生情。商女卖唱,她们不知这是亡国之音,但来此买醉的达官贵人何尝不知?知而偏点此歌,真正不知亡国恨的不正是座中寻欢作乐的达官贵人吗?他们不以国事为怀,却以这种亡国之音寻求感官刺激,其昏庸腐朽与没落、抑郁、衰颓的心态可见一斑!后人诵读"商女不知亡国恨,隔江犹唱《后庭花》"这两句,都是把它当作律言警句来读的,有警钟长鸣的现实意义。

山 行

远上寒山石径斜①,白云生处有人家。停车坐爱枫林晚②,霜叶红于二月花。

【注释】

① 寒山:深秋季节的山。石径斜:石头小路蜿蜒盘曲。② 车:这里指轿子。坐:因为。

【靓评】

这首诗描绘作者行经山麓时所见到的深秋美丽的景色。诗中山路、人家、白云、红叶,构成一幅和谐统一的画面,展现出一幅迷人的山林秋色图。首句写一条蜿蜒曲折的山路伸向山头。一个"远"字写出山路的绵长,而"斜"字则与"上"字相呼应,写出了高而缓的山势。次句写诗人在登临途中,顺着逶迤的山路向上望去,在白云生发浮动的地方,有几处山上人家。"人家"照应了上句的"石径",这条山间石径,就是人家上山下山的通道。两句承接自然而紧密,把两种景物有机地联系在了一起。"停车坐爱枫林晚",写诗人惊喜之情难以抑制,竟然不顾时间已晚,停下来领略这山林风光。一个"晚"字,活现了诗人留恋美景的心情,精妙无比。前三句蓄势已足,于是引出第四句,点明喜爱枫林的原因:"霜叶红于二月花",把第三句补得天衣无缝,且和盘托出。诗人通过这一片红色,看到了秋天像春天一样,山林呈现一派热烈的、生机勃勃的景象。

这首诗构思新颖,布局精巧,炼字精绝,于萧瑟秋风中摄取绚丽秋色,与春光争胜,令人赏心悦目,精神焕发。兼之语言明畅,音韵和谐,写到绝妙处戛然而止,余味无穷,堪称秋景绝唱。"霜叶红于二月花",是写景妙笔,又有秋色胜春、老有所为之感,不愧为千古名句!

刘禹锡

刘禹锡(772—842):字梦得,洛阳(今属河南)人,一说彭城(今江苏徐州)人,自称汉代中山(今河北境内)王后裔。唐朝著名文学家、哲学家、诗人。贞元年间擢进士第,登博学宏辞科。曾授监察御史,因参加王叔文领导的政治改革失败,被贬朗州司马、连州刺史。后被裴度荐任太子宾客,加检校礼部尚书,世称"刘宾客"。诗歌多表现爽朗、开阔的襟怀,风格通俗清新,深得民歌的优点。有《刘梦得文集》。存诗800余首。

陋室铭①

山不在高,有仙则名;水不在深,有龙则灵。斯是陋室,惟吾德馨②。苔痕上阶绿,草色入帘青。谈笑有鸿儒,往来无白丁。可以调素琴③,阅金经④。无丝竹⑤之乱耳,无案牍⑥之劳形。南阳诸葛庐,西蜀子云亭⑦。孔子云:"何陋之有?⑧"

【注释】

① 陋室:简陋的屋子。铭:古代刻在器物上用来警诫自己或称述功德的文字,后来就成为一种文体。② 惟吾德馨(xīn):只因为住屋的人品德好就不感到简陋了。③ 调(tiáo)素琴:弹奏不加装饰的琴。调,调弄,指弹(琴)。④ 金经:现今学术界仍存在争议,有学者认为是指佛经(《金刚经》),也有人认为是儒家经典。金,珍贵的。⑤ 丝竹:琴瑟、箫管等乐器的总称,这里指奏乐的声音。丝,指弦乐器。竹,指管乐器。⑥ 案牍(dú):官府的公文,文书。⑦ 南阳诸葛庐,西蜀子云亭:南阳有诸葛亮的草庐,西蜀有扬子云的亭子。⑧ "孔子云"一句:《论语·子罕》有"君子居之,何陋之有?"作者在此去掉君子居之,体现了谦虚的品格。

【靓评一】

人品高尚,满室生香

这篇不足百字的室铭,含而不露地表现了作者安贫乐道、洁身自好的高雅志趣和不与世事沉浮的独立人格。它向人们揭示了这样一个道理:尽管居室简陋、物质匮乏,但只要居室主人品德高尚,时有嘉宾,生活充实,那就会满屋生香,处处可见雅趣逸志,自有一种超越物质的神奇精神力量。虽为陋室,实是仙居。

本篇以山水起兴:山不在于高,有了神仙就出名。水不在于深,有了龙就显得有了灵气。借山水的平凡托仙龙的灵秀,那么陋室当然也可借道德品质高尚之士播撒芬芳。此种借力发力之技,实为绝妙,也可谓作者匠心独具!后人室联"室雅

何须大,花香不在多"亦承此而来。

【靓评二】

"陋室铭"对当代住房的参悟

日前应朋友之邀游览安徽和县的"陋室公园",参拜了素所敬仰心仪的唐朝"诗豪"刘禹锡塑像,重温了刘诗豪的妙品《陋室铭》。在与碑铭合影时,想起了刘公这则妙铭内蕴丰盈,可为当今知识分子住房难题提供了高端解困参照。当今"房老虎"吓人,房价飞高,公务员都难买得起称心住房,多数难有二室一厅,有的一家四五口蜗居在人均面积不足20平方米的小屋里。心里烦恼,可想而知。细读刘公《陋室铭》,深觉其有如一股清风能吹散"房难"乌云。试细品之。

《陋室铭》是刘禹锡因拥"新政",被贬到和州(今和县)当"知州"时所写,借写居室,抒发心志。前四句是两个比喻,物有奇件,则有灵异。隐含"我"写之陋室有不陋之秘。再下两句,说明"德"是根本,有德则胜。再下八句,是自己陋室景观。最后四句,以古代名人故居为例,点明陋室不陋,在于所居为高人。《陋室铭》点醒、安慰了今日许多不安窄居者。

刘诗人好聪明,一千多年前就预言了今天人们的心事。古代人是"吃饭问题最大",现在人是"住房问题最大",一日不安居,一日不乐业,吃不好饭,做不好事。古人的安居是什么样的? 做过县官的大文豪陶渊明说:"审容膝之易安。"(《归去来兮辞》)"容膝"大概是20平方米,看陋室公园所列刘禹锡的"陋室"也不过20多平方米,当时他是个"知州"(相当今厅级地委书记),虽有个小院子,但起居室也只有这么一点,可见当时普通人和公职人员的房子,也不可能比他大了。刘禹锡还为公职人员的业余生活做了示范。"无丝竹之乱耳,无案牍之劳形",是说不听庸俗歌曲,不看空泛公文,优化"八小时以外"的生活。

刘公的"陋室"虽小但雅,能让人小中觉宽,陋中见雅,雅使人高,让人惊喜、深思、仿效。刘公《陋室铭》启示我们,陋室变优,关键在个"雅"字。古人说"室雅何须大,花香不在多"。"雅"的内容是哪些? 刘禹锡告诉你:"苔痕上阶绿,草色入帘青",居室环境绿化不可少,尽量种点花草,案头窗台皆可以安盆景,养花草,既赏心悦目,怡情养性,又能改变空气,吸氮释氧,减少污染。

最重要的是室内要清静,让主人潜心向学,提高素养,"调素琴,阅金经",让主人喜结师友,"谈笑有鸿儒,往来无白丁",广结善缘,开阔眼界,这样,虽身居小小陋室,也会心飞大千世界。刘禹锡不仅以身作则,显示居陋室之养,还举了两个榜样:一个是诸葛亮,一个是扬子云(汉朝大文豪扬雄)。诸葛亮为历代名相之一,扬子云文倾朝野,使国富兵强,二位都是身居陋室,心怀天下,积学精艺,震惊千秋万代的大名人。所以一切身居陋室者,不必自卑,更不必自伤。而应陋室出高人,人高室

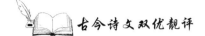

不陋!

体悟《陋室铭》,日日艳阳天!

酬乐天咏老见示①

人谁不顾老,老去有谁怜。身瘦带频减,发稀冠自偏。废书缘惜眼,多灸为随年。经事还谙事,阅人如阅川②。细思皆幸矣,下此便翛然。莫道桑榆晚③,为霞尚满天。

【注释】

① 酬:回赠。见示:给我看。白居易《咏老赠梦得》的原诗是:"与君俱老矣,自问老何如?眼涩夜先卧,头慵朝未梳。有时扶杖出,尽日闭门居。懒照新磨镜,休看小字书。情于故人重,迹共少年疏。唯是闲谈兴,相逢尚有余。"诗显然有悲观的情绪。② "阅人"句:是说阅历人生犹如大川集水,无有穷尽,阅历愈长愈多愈好。陆机《叹逝赋》:"川阅水以成川,水滔滔而日度;世阅人而为世,人冉冉而行暮。"阅人,经历人生。③ 桑榆:西方二星名。喻指人的晚年。

【靓评】

刘禹锡、白居易是中唐时期两位要好的诗友,互相常有诗词唱和。到了晚年,因都患有眼疾、足疾等,看书行走不便。这在诗友之情上,又增加了一层同病相怜的情感。面对晚景,白居易写了《咏老赠梦得》诗,刘读了白诗后,写了这首诗回赠。

开头"人谁"两句是说:人,谁不顾虑、害怕自己老呢!老了又有谁会怜惜你呢?这明显是对白诗的咏老表示同情,首先就有了心灵的沟通。接下来"身瘦"四句,在同情白诗时也描写了他自己的老态:身体消瘦,衣带不断地向里缩减;头发越来越稀疏,帽子常自动滑向一边,戴不正;为了爱惜保护眼睛,书也很少看了;为了能延年益寿,不得不常请医生调理、治疗。这几句对老态的描写,正是回应白的咏老情怀,表示对老有相似的感受。这就更进一步沟通了感情,为后面要说的话做好了铺垫。刘禹锡一生多次遭受贬谪,这反而磨炼了他积极乐观的心态。这次,为了对老友进行更深一层的安慰,他一反老友诗中有些悲观、消沉的情绪,"经事"之后六句,虽然仍紧紧承前,但诗情却突然振起,用积极的态度描写了"老"的长处,他向老友表达了自己对老的更深一层的看法:人老,经历的事多,对社会人事也就有了更深刻透彻的认识,看人也就像看河川一样,清楚明白,贤愚善恶,一目了然。细细回顾生命历程,老对自己也是一种有幸之事;一切皆可释然,便会感到无拘无束,自由自在。因此,不要认为到了桑榆晚景之时就没有意义了,撒出去的晚霞,照样可以映红整个天空。结尾两句形象生动地说明了,老,仍可以老有所为!最后六句是全诗的振奋之语,也是他历经多次坎坷不幸遭遇之后的大彻大悟之语,有一种独立不

移、坚毅高洁的人格力量和情怀。既表达了他豁达乐观、积极有为的人生态度,也是对老友的真情关爱和诚恳劝勉。"莫道桑榆晚,为霞尚满天",已为千古传诵,令一般人感奋,令老年人振作,令人百读不厌。

刘禹锡还有一首与"为霞尚满天"相辅相成者,录此供读者鉴识。

岁夜咏怀

弥年不得意,新岁又如何。念昔同游者,而今有几多。以闲为自在,将寿补蹉跎。春色无情故,幽居亦见过。

酬乐天扬州初逢席上见赠

巴山楚水凄凉地①,二十三年弃置身②。怀旧空吟闻笛赋③,到乡翻似烂柯人④。沉舟侧畔千帆过,病树前头万木春⑤。今日听君歌一曲⑥,暂凭杯酒长精神。

【注释】

① 巴山楚水:指四川、湖南、湖北一带。② 二十三年:从唐顺宗永贞元年(805)刘禹锡被贬为连州刺史,至宝历二年(826)冬应召,约 22 年。因贬地遥远,到第二年才能回到京城,所以说 23 年。③ 怀旧:怀念故友。闻笛赋:三国曹魏末年,向秀的朋友嵇康、吕安因不满司马氏篡权而被杀害。后来,向秀经过嵇康、吕安的旧居时,听到邻人吹笛,悲从中来,作《思旧赋》。④ 烂柯人:指晋人王质。据南朝梁代作家任昉《述异记》所载,晋人王质上山砍柴,看见两个童子下棋,便停下观看。等到棋局终了,发现手中的斧柄(柯)已经朽烂。回到村里,才知已过了一百年。同代人都已亡故。这里是比说自己回来恍如隔世,许多老朋友都死了,只能吟诵《思旧赋》表示悼念。⑤ 沉舟、病树:这是诗人以沉舟、病树自况,感慨世事的变迁。⑥ 歌一曲:指白居易的《醉赠刘二十八使君》。

【靓评】

唐敬宗宝历二年(826),刘禹锡罢和州刺史,与此同时,大诗人白居易亦罢苏州刺史,便结伴返回洛阳。两人初逢于扬州时,白居易在宴席上作诗赠予刘禹锡,刘写这首诗作答。首联以简洁低沉的笔触叙写诗人贬官来到荒凉偏远的巴楚之地,在漫长的流放岁月里历尽种种磨难,感伤凄婉中不失沉雄苍劲。颔联感叹旧友凋零,今非昔比。"闻笛赋""烂柯人",化用典故,寄慨深沉。"竹林七贤"之一的向秀经过嵇康、吕安的旧居,因听闻邻人吹笛怀念故友而创作《思旧赋》,刘借此怀念已死去的旧友王叔文、柳宗元等人,有为亡友鸣不平之意。设想回到故乡,已无人能识,苍茫回顾,情何以堪!颈联"沉舟侧畔千帆过,病树前头万木春"表示了由久谪归朝,看到朝中"长江后浪推前浪,一代新人换旧人",不能不有光阴虚度、蹉跎岁月的感叹。尾联点题,回应白居易的赠诗:听了你的吟咏,既感动,又感慨,让我们共同畅饮,提起精神,努力奋斗,前程还大有奔头。诗人虽然遭贬二十三年,但他精神并不颓唐。

"沉舟侧畔千帆过,病树前头万木春"是全诗的精华,感慨良深,富于哲理。刘禹锡把自己比作"沉舟""病树",固然带有不少惆怅情绪。二十三年,自己和故友遭受贬谪,而一些新贵登上政坛,弹冠相庆,因而这两句诗中有自谦,有感慨,有讽刺,也有叹息。但从诗人塑造的形象来看,还是相当达观的:沉舟侧畔,千帆竞发,前途无量;病树前头是万木争荣,蓬勃向上。表达了诗人对新人出现替代自己充分肯定的态度;反映了诗人思想境界之高,胸襟之宽广,艺术之精湛,使人肃然起敬。这两句又富有深刻的哲理含义,说明在自然和社会中总是新旧事物交错并存,激烈竞争,新事物终将取胜,取代旧事物。或者说明:时代在前进,新生事物层出不穷,茁壮成长,表现了昂扬奋发的精神状态,鼓舞人们前进。

杨柳枝词九首(其一)①

塞北梅花羌笛吹②,淮南③桂树小山词。请君莫奏前朝曲,听唱新翻《杨柳枝》。

【注释】

① 杨柳枝词:是乐府旧曲《折杨柳》翻新过来的。② 塞北:关塞以北,这里泛指北方。梅花:指汉乐府横曲中的《梅花落》,用笛子吹奏。③ 淮南:淮河以南,这里泛指南方。

【靓评】

这首诗首先肯定旧乐府曲《梅花落》《招隐士》曾有的影响,它们虽然是西汉时期的作品,但一直被后人推崇,长久留传于世,到了唐代仍然被人们吟唱传诵。诗人虽然很重视这两篇作品的历史地位和深远影响,但本着创新改革的精神,仍对乐府旧曲予以翻新,开创了唐诗新篇章。"请君莫奏前朝曲,听唱新翻《杨柳枝》"两句,是说请你们不要再奏唱前朝的曲子了,听听唱唱新翻的杨柳枝词吧。这两句诗,不仅是诗人创新精神和愿望的高度表达,而且可以给推陈出新的人们借以抒发自己的胸怀和意志,给墨守成规的人予以规劝和鞭策,意义含蓄深远,对我们今天充满改革创新的时代,仍富有启迪。按照事物发展的客观规律,不断创造新天地。因而这两句成为千古广为引用的名句。

秋词二首(其一)

自古逢秋悲寂寥,我言秋日胜春朝。晴空一鹤排云上,便引诗情到碧霄。

【靓评】

古今咏秋两强音
——刘禹锡《秋词》、毛泽东《采桑子·重阳》品赏

刘禹锡在唐朝诗人中,虽不如陈子昂、王勃、李白、杜甫他们的诗名,但在白居

易、元稹、杜牧、李商隐这一层次的诗人中堪称佼佼者,政治上、艺术上都极具创新意识。"沉舟侧畔千帆过,病树前头万木春""马思边草拳毛动,雕盼青云睡眼开""请君莫奏前朝曲,听唱新翻《杨柳枝》""长恨人心不如水,等闲平地起波澜""近来时世轻先辈,好染髭须事后生""万户千门成野草,只缘一曲后庭花""旧时王谢堂前燕,飞入寻常百姓家""东边日出西边雨,道是无晴却有晴""花红易衰似郎意,水流无限似侬愁"……或吐志士热盼革除弊政的情愫,或述恋人对真挚情爱的向往,至理真情,超越时空,后世广为称引,至今不衰。

《秋词》是他创新代表作之一。唐朝以前诗文中,"秋"多是与"悲"连在一起的,"少女怀春,壮士悲秋。""秋风萧瑟天气凉,草木摇落露为霜。""悲哉!秋之为气也。"官府对死刑犯也多在"秋后处决","悲秋"已成为"定律"。刘禹锡诗第一句"自古逢秋悲寂寥"就对此做了总结。可是,这只是总结,而不是认同,甚至是为了立一个"靶子",所以紧接着就旗帜鲜明亮出自己的意见:"我言秋日胜春朝。"在刘禹锡看来,不仅秋天也如春天一样令人欢乐,还胜过春天,超过春天的早晨,这是秋胜于春,一翻旧案。下面两句用一幅饱含诗情画意的动画片来形象地回答"秋日胜春朝"的理由。碧天如洗,一鹤排云而上,人们的诗情诗意也随之直飞云霄,弥漫天际,谱写着秋美的颂歌,这就将"胜春朝"三个字写满写足。一下子推倒了"悲秋",另创了一个"欢秋"的新定律!刘诗主要从清秋美景,天高气爽,鹤飞九天,引动诗情,以自然景观中含人的生机勃勃来赞美秋日。毛泽东的秋颂则是从社会景观(革命战争胜利)为自然景观增加美感,以显示秋日"胜似春光"。

毛泽东词先述人生易老而蓝天长青,马上疾转入清秋佳节重阳,以"战地黄花分外香"点染战场秋色,充满昂扬奋发之气,与下阕"劲"字呼应。最后大笔一挥,以大幅万里霜天图作结,气吞万里,浩气升腾,令人胸襟开阔,比刘诗更为壮美!正是革命诗人奇情壮采的展示!

这两首推陈出新的佳作,刘诗以优美来赞美秋天,毛词以壮美来赞美秋天,可称古今咏秋两强音!

附:

采桑子·重阳(一九二九年十月)

人生易老天难老,岁岁重阳。今又重阳,战地黄花分外香。　　一年一度秋风劲,不似春光。胜似春光,寥廓江天万里霜。

乐天见示伤微之、敦诗、晦叔,三君子皆有深分,因成是诗以寄①

吟君叹逝双绝句,使我伤怀奏短歌。世上空惊故人少,集中惟觉祭文多。芳林新叶催陈叶,流水前波让后波。万古到今同此恨,闻琴泪尽欲如何②。

【注释】

① 元稹(字微之,官至宰相)、崔群(字敦诗,官至吏部尚书)、崔玄亮(字晦叔,官至监察御史)相继去世,白居易写了两首绝句给刘禹锡,刘禹锡写了这首诗酬答。深分:深厚的情分。② 闻琴泪尽:听到琴声而流尽眼泪。这里作者借此表示对亡友的悼念。但是即使听到琴声,流尽了眼泪,又有什么作用呢?

【靓评】

这首诗从读到白居易寄来的两首绝句写起,有感于诗友纷纷离世,抒发伤痛无奈的感慨。首联交代写作缘由:写读了白居易的两首悼亡诗,勾引了自己对死者的深切怀念,唯"奏短歌",以寄托哀思。颔联颇为沉痛,抒发了作者对老友故交一个个谢世,翻阅自己的诗文书稿,那些祭奠文字竟赫然增多,感到震惊和哀恸,感到孤寂和悲怆。颈联最能体现诗人乐观豁达的人生观和辩证统一的哲学思想,成为千古名句。春天里生机勃勃的树林新长出的叶子,不停催换着老叶,江河奔腾不息的流水,总是前浪退让给后起的波浪。诗人以最为常见的自然景象作喻,劝慰开导白居易不要为好友的逝去而过于伤感,也不要为自己的年老体弱而颓唐消沉。最后两句呼应首联,仍承续上两句的意脉。从古至今有谁能摆脱失友的悲痛呢?即使"闻琴泪尽"也无济于事。劝慰白居易明白此理,从沉痛中振拔出来,同时也以此再行表示对老友谢世的怀念和哀悼。

诗中"芳林新叶催陈叶,流水前波让后波"两句,特别为人们所称道。它形象地说明了新陈代谢是自然规律,形象鲜明,通俗易懂,用字准确、精到。一个"催"字既写出了更换之快,给人以紧迫急遽之感;同时又显示出新芽嫩叶脱颖而出,茁壮成长,有一种冲破阻力的精锐之气。一个"让"字,一方面描述后波奋勇向前,必然取代前波的历史趋势,另一方面也表现了前波有意退让,承认、接纳后波的豁达胸怀。诗人这种明达事理,乐观对待生死问题,对待新生事物的态度,体现了朴素的唯物主义思想。这在一千多年前是十分难能可贵的,在今天仍然有着深刻的教益。新陈代谢是自然界和人类社会发展的普遍规律,不以人的意志为转移。人们应当顺应自然的法则,合理地利用其规律,事物总是不断发展,后来居上是必然。

范仲淹

范仲淹(989—1052):字希文,谥号文正,世称范文正公。吴县(今江苏苏州)人。北宋著名思想家、政治家、军事家、文学家。幼年孤贫,刻苦好学。为官清廉,治军严明,关心民生疾苦。名言"先天下之忧而忧,后天下之乐而乐"表现了崇高的思想境界。诗词风格雄浑豪放,意境开阔,突破晚唐五代绮靡之风,开拓了兼有婉约、豪放风格的新境界。有《范文正公集》。

岳阳楼记

庆历①四年春,滕子京谪守巴陵郡②。越明年③,政通人和④,百废具兴⑤,乃重修岳阳楼,增其旧制,刻唐贤、今人诗赋于其上,属予作文以记之。

予观夫巴陵胜状,在洞庭一湖。衔远山,吞长江,浩浩汤汤,横无际涯。朝晖夕阴,气象万千⑥。此则岳阳楼之大观也,前人之述备矣。然则北通巫峡,南极潇湘,迁客骚人,多会于此。览物之情,得无异乎⑦?

若夫霪雨霏霏,连月不开,阴风怒号,浊浪排空,日星隐曜⑧,山岳潜形;商旅不行,樯倾楫摧⑨;薄暮冥冥,虎啸猿啼。登斯楼也,则有去国怀乡,忧谗畏讥⑩,满目萧然,感极而悲者矣。

至若春和景明,波澜不惊,上下天光,一碧万顷,沙鸥翔集,锦鳞游泳,岸芷汀兰,郁郁青青。而或长烟一空,皓月千里,浮光跃金,静影沉璧,渔歌互答,此乐何极!登斯楼也,则有心旷神怡,宠辱偕忘,把酒临风,其喜洋洋者矣。

嗟夫!予尝求古仁人之心,或异二者之为,何哉?不以物喜,不以己悲⑪。居庙堂之高,则忧其民⑫;处江湖之远,则忧其君⑬。是进亦忧,退亦忧。然则何时而乐耶?其必曰"先天下之忧而忧,后天下之乐而乐⑭"乎!噫!微斯人,吾谁与归!

【注释】

① 庆历:宋仁宗赵祯的年号。② 滕子京谪(zhé)守巴陵郡:滕子京降职任岳州太守。滕子京,名宗谅,子京是他的字,范仲淹的朋友。谪,把被革职的官吏或犯了罪的人充发到边远的地方。③ 越明年:有三说,其一指庆历五年;其二指庆历六年,此"越"为经过、经历;其三指庆历七年,针对作记时间庆历六年而言。④ 政通人和:政事顺利,百姓和乐。这是赞美滕子京的话。⑤ 百废具兴:各种荒废的事业都兴办起来了。百,不是确指,形容其多。废,这里指荒废的事业。具,通"俱",全,皆。⑥ 朝晖夕阴,气象万千:或早或晚(一天里)阴晴多变化。朝,在早晨,名词做状语。晖,日光。气象,景象。万千,千变万化。⑦ 览物之情,得无异乎:看到自然

景物而引发的情感,怎能不有所不同呢? ⑧ 日星隐曜(yào):太阳和星星隐藏起光辉。曜(不为耀,古文中以此当作日光),光辉,日光。⑨ 樯(qiáng)倾楫(jí)摧:桅杆倒下,船桨折断。樯,桅杆。楫,船桨。⑩ 去国怀乡,忧谗畏讥:离开国都,怀念家乡,担心(人家)说坏话,惧怕(人家)批评指责。⑪ 不以物喜,不以己悲:不因为外物好坏和自己得失而或喜或悲,为互文。⑫ 居庙堂之高,则忧其民:在朝中做官就担忧百姓。居庙堂之高,意为在朝中做官。庙堂,指朝廷。下文的"进",指"居庙堂之高"。⑬ 处江湖之远,则忧其君:处在僻远的地方做官就为君主担忧。⑭ 先天下之忧而忧,后天下之乐而乐:在天下人担忧之前先担忧,在天下人享乐之后才享乐。先,在……之前。后,在……之后。

【靓评】

庆历新政失败后,范仲淹贬居邓州。昔日好友滕子京从湖南来信,要他为重新修竣的岳阳楼作记,并附上《洞庭晚秋图》。范仲淹一口答应,但是范仲淹其实没有去过岳阳楼。庆历六年六月(即1046年6月),他挥毫撰写的著名的《岳阳楼记》一文,都是看图写的。

文章开头即切入正题,叙述事情的本末缘起。以"庆历四年春"点明时间起笔,格调庄重雅正;说滕子京为"谪守",已暗喻对仕途沉浮的悲慨,为后文抒情设伏。下面仅用"政通人和,百废具兴"八个字,写出滕子京的政绩,引出重修岳阳楼和作记事,为全篇文字的导引。

第二段,格调振起,情辞激昂。先总说"巴陵胜状,在洞庭一湖",设定下文写景范围。以下"衔远山,吞长江"寥寥数语,写尽洞庭湖之大观胜概。一"衔"一"吞",有气势。"浩浩汤汤,横无际涯",极言水波壮阔;"朝晖夕阴,气象万千",概说阴晴变化,简练而又生动。前四句从空间角度,后两句从时间角度,写尽了洞庭湖的壮观景象。"前人之述备矣"一句承前启后,并回应前文"唐贤、今人诗赋"一语。这句话既是谦虚,也暗含转机,"然则"一转,引出新的意境,由单纯写景,到情景交融来写"迁客骚人"的"览物之情",从而构出全文的主体。

三、四两段是两个排比段,并行而下,一悲一喜,一暗一明,像两股不同的情感之流,传达出景与情互相感应的两种截然相反的人生情境。

第三段写览物而悲者。以"若夫"起笔,意味深长。这是一个引发议论的词,又表明了虚拟的情调,而这种虚拟又是对无数实境的浓缩、提炼和升华,颇有典型意义。"若夫"以下描写了一种悲凉的情境,由天气的恶劣写到人心的凄楚。这里用四字短句,层层渲染,渐次铺叙。淫雨、阴风、浊浪构成了主景,不但使日星无光,山岳藏形,也使商旅不前;或又值暮色沉沉,令过往的"迁客骚人"有"去国怀乡"之慨、"忧谗畏讥"之惧、"感极而悲"之情。

第四段写览物而喜者。以"至若"领起,打开了一个阳光灿烂的画面。音节上已变得高亢嘹亮,格调上变得明快有力。下面的描写,虽然仍为四字短句,色调却为之一变,绘出春风和畅、景色明丽、水天一碧的良辰美景。更有鸥鸟在自由翱翔,鱼儿在欢快游荡,连无知的水草、兰花也充满活力。作者以极为简练的笔墨,描摹出一幅湖光春色图,读之如在眼前。值得注意的是,这一段的句式、节奏与上一段大体相仿,却也另有变奏。"而或"一句就进一步扩展了意境,增强了叠加咏叹的意味,把"喜洋洋"的气氛推向高潮,而"登斯楼也"的心境也变成了"宠辱偕忘"的超脱和"把酒临风"的挥洒自如。

第五段是全篇的重心,以"嗟夫"开启,兼有抒情和议论。作者在列举了悲喜两种情境后,笔调突然激扬,道出了超乎这两者之上的一种更高的理想境界,那就是"不以物喜,不以己悲"。感物而动、因物悲喜虽然是人之常情,但并不是做人的最高境界。古代的仁人,就有坚定的意志,不为外界条件的变化动摇。无论是"居庙堂之高"还是"处江湖之远",忧国忧民之心不改,"进亦忧,退亦忧"。这似乎有悖于常理,有些不可思议。作者也就此拟出一问一答,假托古圣立言,发出了"先天下之忧而忧,后天下之乐而乐"的誓言,曲终奏雅,点明了全篇的主旨。"噫!微斯人,吾谁与归"一句结语,"如怨如慕,如泣如诉",悲凉慷慨,一往情深,令人感喟。

全文将记叙、写景、抒情、议论融为一体,动静相生,明暗相衬,文辞简约,音节和谐,用排偶章法做景物对比,成为杂记中的创新。

文如其人,《岳阳楼记》表现了作者虽身居江湖,心忧国事,虽遭迫害,仍不放弃理想的顽强意志,同时也是对被贬战友的鼓励和安慰。《岳阳楼记》的著名,是因为它的思想境界崇高。和范仲淹同时的另一位文学家欧阳修在为他写的碑文中说,他从小就有志于天下,常自诵曰:"士当先天下之忧而忧,后天下之乐而乐也。"可见《岳阳楼记》末尾所说的"先天下之忧而忧,后天下之乐而乐",是范仲淹一生行为的准则。孟子说:"穷则独善其身,达则兼善天下"。这已成为封建时代许多士大夫的信条。范仲淹写这篇文章的时候正贬官在外,"处江湖之远",本来可以采取独善其身的态度,落得清闲快乐,但他提出正直的士大夫应立身行一的准则,认为应将个人的荣辱升迁应置之度外,勉励自己和朋友,这是难能可贵的。这两句话所体现的精神,那种吃苦在前、享乐在后的品质,无疑仍有教育意义。

苏幕遮①·怀旧

碧云天,黄叶地,秋色连波,波上寒烟翠。山映斜阳天接水,芳草无情,更在斜阳外②。　　黯乡魂③,追旅思④,夜夜除非,好梦留人睡。明月楼高休独倚。酒入愁肠,化作相思泪。

【注释】

① 苏幕遮:原唐教坊曲名,来自西域,后用作词牌名。又名"云雾敛""鬓云松

令"。②"芳草"二句:意思是,草地绵延到天涯,似乎比斜阳更遥远。"芳草"常暗指故乡,因此,这两句有感叹故乡遥远之意。③ 黯乡魂:语出江淹《别赋》"黯然销魂者,唯别而已矣。"④ 追旅思:撇不开羁旅的愁思。

【靓评】

这首词抒写了羁旅乡思之情,题材基本上不脱传统的离愁别恨的范围,但意境阔大,开辟词体、词艺新境界:婉约中有豪迈,闺情中有雄烈。为这类词所少有。

上片写秾丽阔远的秋景,暗透乡思。起首"碧云天,黄叶地"两句,即从大处落笔,浓墨重彩,展现出一派长空湛碧、大地橙黄的高远境界,而无写秋景经常出现的衰飒之气。

"秋色连波,波上寒烟翠"两句,从碧天广野到遥接天地的秋水。秋色,承上指碧云天、黄叶地。这湛碧的高天、金黄的大地一直向远方伸展,连接着天地尽头的森森秋江。江波之上,笼罩这一层翠色的寒烟。烟霭本呈白色,但由于上连碧天,下接绿波,远望即与碧天同色而莫辨,如"秋水共长天一色",所以说"寒烟翠"。"寒"字突出了这翠色的烟霭给人的秋意感受。两句境界悠远,与前两句高广的境界互相配合,构成一幅极为辽阔多彩的秋色图。

"山映斜阳天接水,芳草无情,更在斜阳外。"傍晚,夕阳映照着远处的山峦,碧色的遥天连接这秋水绿波,萋萋芳草,一直向远处延伸,隐没在斜阳映照不到的天边。这三句进一步将天、地、山、水通过斜阳、芳草组接在一起,景物自目之所及延伸到想象中的天涯。芳草未必有明确的象喻意义,但确可引发有关的联想。自从《楚辞·招隐士》写出了"王孙游兮不归,春草生兮萋萋"以后,在诗词中,芳草就往往与乡思别情相联系。这里的芳草,同样是乡思离情的触媒。它遥接天涯,远连故园,更在斜阳之外,使瞩目望乡的客子触目伤怀,它却不管人的情绪,所以说它"无情"。这里,方由写景隐逗出乡思离情。

御街行①·秋日怀旧

纷纷坠叶飘香砌②。夜寂静,寒声碎。真珠帘卷玉楼空,天淡银河垂地。年年今夜,月华如练,长是人千里。　　愁肠已断无由醉,酒未到,先成泪。残灯明灭枕头敧③,谙尽④孤眠滋味。都来此事,眉间心上,无计相回避。

【注释】

① 御街行:词牌名,又名"孤雁儿"。此词双调七十八字,前后段各七句、四仄韵。② 香砌:有落花的台阶。③ 明灭:忽明忽暗。敧(qī):倾斜。④ 谙(ān)尽:尝尽。

【靓评】

此词是一首怀人之作,其间洋溢着一片柔情。上片描绘秋夜寒寂的景象,下片抒写孤眠愁思的情怀,由景入情,情景交融。

写秋夜景象,作者只抓住秋声和秋色,便很自然地引出秋思。一叶落知天下秋,到了秋天,树叶大都变黄飘落。树叶纷纷飘坠香砌之上,不言秋而知秋。夜,是秋夜。夜寂静,并非说一片阒寂,声还是有的,但是寒声,即秋声。这声音不在树间,却来自树间,原来是树上飘来的黄叶坠于阶上,沙沙作响。

这里写"纷纷坠叶",主要是诉诸听觉,借耳朵所听到的沙沙声响,感知到叶坠香阶。"寒声碎"这三个字,不仅明说这细碎的声响就是坠叶的声音,而且点出这声响是带着寒意的秋声。由沙沙响而感知落叶声,由落叶而感知秋时之声,由秋声而感知寒意。这个"寒"字下得极妙,既是秋寒节候的感受,又是孤寒处境的感受,兼写物境与心境。

"真珠帘卷玉楼空",空寂的高楼之上,卷起珠帘,观看夜色。这段玉楼观月的描写,感情细腻,色泽绮丽,有花间词人的遗风,更有一股清刚之气。

这里写玉楼之上,将珠帘高高卷起,环视天宇,显得奔放。"天淡银河垂地",评点家视为佳句,皆因这六个字勾画出秋夜空旷的天宇,实不减杜甫"星垂平野阔"之气势。因为千里共月,最易引起相思之情,以月写相思便成为古诗词常用之意境。"年年今夜,月华如练,长是人千里",写的也是这种意境,其声情顿挫,骨力遒劲。珠帘、银河、月色都写得奔放雄壮,深沉激越。

下片以一个"愁"字写酌酒垂泪的愁意,挑灯倚枕的愁态,攒眉揪心的愁容,形态毕肖。古来借酒解忧解愁成了诗词中常咏的题材。范仲淹写酒化为泪,不仅反用其意,而且翻进一层,别出心裁,自出新意。他在《苏幕遮》中就说:"酒入愁肠,化作相思泪。"这首词里说:"愁肠已断无由醉,酒未到,先成泪。"肠已愁断,酒无由入,虽未到愁肠,已先化泪。比起入肠化泪,又添一折,又进一层,愁更难堪,情更凄切。

渔家傲·秋思

塞下秋来风景异,衡阳雁去无留意①。四面边声连角起。千嶂里,长烟落日孤城闭②。　　浊酒一杯家万里③,燕然未勒④归无计。羌管⑤悠悠霜满地。人不寐,将军白发征夫泪。

【注释】

① "衡阳"句:是说大雁南飞衡阳,没有留恋西北边塞之意。衡阳雁去,即雁去衡阳。② 长烟:指暮色。闭:关闭。宋代各地为保治安,多实行宵禁,除节日外,夜间关闭城门。边城更是如此。③ "浊酒"句:意谓举起一杯浊酒,不由想起万里之外的家乡,想起家中的妻儿,重重乡愁盘踞心头。④ 燕然未勒:是说还未能在燕然山上刻石纪功,意即还没击溃敌人,收复失地。燕然山即今蒙古国的杭爱山。⑤ 羌管:即羌笛,管乐器。笛子源出于羌族,故称羌笛。

【靓评】

宋仁宗宝元元年(1038)西夏元昊(hào)称帝,并多次派大军发动对宋战争。范仲淹于康定元年(1040)八月任陕西经略安抚招讨副使兼知延州(治所在今陕西延安),庆历元年(1041)四月又调耀州(治所在今陕西铜川市耀州区)知州,抗击西夏。任上他改革军制,精选士卒,严明军纪,加强训练,筑堡建城,指挥得宜,屡挫西夏兵锋,稳定了西北边防,西夏人称他"胸中自有甲兵数万"。守边四年,作了《渔家傲》数首,惜仅存此一首。

全词写将士们渴望立功报国的爱国激情,以及挥之不去的浓重乡思。格调苍凉,沉雄激楚,但主调是希望驱除敌寇,永靖边陲,勒石燕然,建功立业,是北宋早期词坛的名篇。这首词已摆脱了绮罗香泽之态,开苏东坡、辛弃疾豪放词派之先河,在文学史上有重要地位。

善于勾画环境,烘托人物是这首词在写作上的一大特色。如上片用雁去、边声、千嶂、长烟、落日、孤城等意象勾勒出边塞的孤寂荒凉,透露出环境的艰苦寂寞,从而有力烘托出不畏艰难、卫国戍边的将士们的英雄形象。

善用细节烘托人物,衬托人物内心世界,也是这首诗的一大特色。边关将士与常人一样也会思念家乡,思念亲人,但他们心知"燕然未勒",功业未就,责任未完,因而毅然坚守边塞。正是"将军白发""征夫泪"这样的细节使边关将士的形象变得更加高大,有血有肉,增强了作品的感染力。

活用典故是这首词作的第三个特色。词作明用了勒石燕然这个典故,写出了边关将士胸怀壮志、忠于职守的精神状态,又言简意赅,含蓄凝练,耐人寻味。而"霜满地"虽是实写,却很容易勾起人们对李白"床前明月光,疑是地上霜"的联想,可谓暗用典故而不着痕迹。

与盛唐昂扬奋发的边塞诗比较起来,范仲淹的这首以边塞为题材的词,感情有些悲凉、低沉。这是不同的时代精神使然。尽管如此,这首词仍不失为一篇优秀的爱国主义作品,词中所表达的抵御外患、报国立功的价值观是后人应该继承和弘扬的。

欧阳修

欧阳修(1007—1072):字永叔,号醉翁、六一居士。北宋著名文学家,史学家。天圣八年(1030)中进士。曾任枢密副使、参知政事等职。谥号"文忠"。早年支持范仲淹,要求在政治上有所改良。晚年趋于保守,曾上疏指陈青苗法之弊。主张文章应"明道"、致用,是北宋古文运动的领袖,"唐宋八大家"之一。王安石、苏洵、苏轼、曾巩均出其门下。散文说理畅达,抒情委婉。诗风与其散文近似,语言流畅自然。其词婉丽,承袭南唐余风。曾与宋祁合修《新唐书》,并独撰《新五代史》。有《欧阳文忠集》。

醉翁亭记

环滁①皆山也。其西南诸峰,林壑尤美。望之蔚然而深秀者,琅琊也②。山③行六七里,渐闻水声潺潺,而泻出于两峰之间者,酿泉④也。峰回路转,有亭翼然⑤临于泉上者,醉翁亭也。作亭者谁?山之僧智仙也。名之者谁?太守自谓也。太守与客来饮于此,饮少辄醉,而年又最高,故自号曰"醉翁"也。醉翁之意不在酒,在乎山水之间也。山水之乐,得之心而寓之酒也。

若夫日出而林霏⑥开,云归而岩穴暝,晦明变化者,山间之朝暮也。野芳发而幽香,佳木秀而繁阴,风霜高洁,水落而石出者,山间之四时也。朝而往,暮而归,四时之景不同,而乐亦无穷也。

至于负者歌于途,行者休于树,前者呼,后者应,伛偻提携⑦,往来而不绝者,滁人游也。临溪而渔,溪深而鱼肥;酿泉为酒,泉香而酒洌;山肴野蔌,杂然而前陈者,太守宴也。宴酣之乐,非丝非竹⑧,射⑨者中,弈者胜,觥筹交错,起坐而喧哗者,众宾欢也。苍颜白发,颓然乎其间⑩者,太守醉也。

已而夕阳在山,人影散乱,太守归而宾客从也。树林阴翳,鸣声上下,游人去而禽鸟乐也。然而禽鸟知山林之乐,而不知人之乐;人知从太守游而乐,而不知太守之乐其乐也。醉能同其乐,醒能述以文者⑪,太守也。太守谓谁?庐陵⑫欧阳修也。

【注释】

① 环滁:环绕着滁州城。② 蔚然而深秀者,琅琊也:树木茂盛,又幽深又秀丽的,是琅琊山。③ 山:名词做状语,沿着山路。④ 酿泉:泉的名字。因水清可以酿酒,故名。⑤ 翼然:四角翘起,像鸟张开翅膀的样子。⑥ 林霏:树林中的雾气。霏,原指雨、雾纷飞,此处指雾气。⑦ 伛偻(yǔ lǚ):腰背弯曲的样子,这里指老年人。提携:小孩子被大人领着走,这里指小孩子。⑧ 竹:管乐器的代称。非丝非竹:不

是音乐。⑨射：这里指投壶，古人宴饮时的一种游戏，把箭向壶里投，投中多的为胜。⑩颓然乎其间：醉醺醺地坐在宾客中间。颓然，醉醺醺的样子。⑪醉能同其乐，醒能述以文者：醉了能够同大家一起欢乐，醒来能够用文章记述这乐事的人。⑫庐陵：古郡名，庐陵郡，宋代称吉州，今江西省吉安市。欧阳修先世为庐陵大族。

【靓评一】

醉翁之意不在酒，在乎山水之间也

宋仁宗庆历五年，参知政事范仲淹等人遭谗离职，欧阳修上书替他们分辩，被贬到滁州做知州。他内心抑郁，但还能发挥"宽简而不扰"的作风，取得了某些政绩。写在这个时期的《醉翁亭记》，描写了滁州一带朝暮四季自然景物不同的幽深秀美，滁州百姓和平宁静的生活，特别是作者在山林中与民一齐游赏宴饮的乐趣。

全文贯穿一个"乐"字，包含着复杂曲折的内容。作者醉在两处：一是陶醉于山水美景之中，二是陶醉于与民同乐之中。一则暗示出一个封建地方长官能"与民同乐"的情怀；一则在寄情山水背后也隐藏着难言的苦衷。正当四十盛年，却自号"醉翁"，经常出游，"饮少辄醉""颓然乎其间"的种种表现，都表明欧阳修是以酒浇愁和借山水之乐来排遣谪居生活的苦闷。

本文句句有"也"，层层翻新，独具一体，别有情趣。

【靓评二】

《醉翁亭记》作于宋仁宗庆历六年（1046），当时欧阳修正任滁州太守。欧阳修是庆历五年被贬官到滁州来的。被贬前曾任太常丞知谏院、右正言知制诰、河北都转运按察使等职。被贬官的原因是他一向支持韩琦、范仲淹、富弼等人推行新政，而反对保守之流。韩范诸人早在庆历五年一月之前就已经先后被贬，到这年的八月，欧阳修又被加了一个亲戚中有人犯罪、与之有牵连的罪名，落去朝职，贬放滁州。

欧阳修在滁州实行宽简政治，发展生产，使当地人过上了一种和平安定的生活，年丰物阜，而且又有一片令人陶醉的山水，这是使欧阳修感到无比快慰的。但是当时整个北宋王朝政治昏暗，奸邪当道，一些有志改革图强的人纷纷受到打击，眼睁睁地看着国家的积弊不能消除，衰亡的景象日益增长，这又不能不使他感到沉重的忧虑和痛苦。这是他写作《醉翁亭记》时的心情，这两方面是融合一起、表现在他的作品里的。

《醉翁亭记》写得格调清丽，富有诗情画意。这篇散文写了两部分内容：第一部分，重点是写亭；第二部分，重点是写游。而贯穿全篇的却是一个"乐"字。为了领悟这醉翁之意，就让我们来共同观赏一下醉翁亭的山水之美吧。

文章一开头是"环滁皆山也"，浓荫蔽日；秋天，风霜高洁；冬天，水落石出。四季变幻,奇景叠山。欣赏醉翁亭的山景,乐趣是无穷无尽的。

观赏醉翁亭变幻的山景,固然其乐无穷,但在醉翁亭观看人们行游,并在那里宴饮,更是别有一番乐趣。背着东西的,边走边唱;走累了的,在树下休息,怡然自得。人们前呼后应,老人小孩,往来不绝。这里有静有动,有声有态,描绘了一幅生动的滁人游乐图。接着又写到肥鱼泉酒、山肴野蔌的太守宴,以及夹杂在众人一片欢乐之中的"苍颜白发,颓然乎其间"的太守醉态。在极写欢乐时,把太守复杂的心境也微妙地表达出来了。

最后作者从禽鸟之乐、宾客之乐及太守之乐的不同内容和感情的对比中,推论出"禽鸟知山林之乐,而不知人之乐;人知从太守游而乐,而不知太守之乐其乐也"。醉了,能与民同乐;醒了,能写《醉翁亭记》一文的,就是太守欧阳修。笔墨简练含蓄,寓意深远。

《醉翁亭记》确是一篇风格清新、摇曳生姿、优美动人的抒情散文。作者对滁州优美山水风景的讴歌,对建设和平安定、与民同乐的理想社会的努力和向往,尤其是作者委婉而含蓄地所吐露的苦闷,这对宋仁宗时代的昏暗政治,无疑在客观上是一种揭露,这些自然都闪烁着思想光芒。尤其是这篇文章的语言,准确、鲜明、生动、优美,句式整齐而有变化,全文重复运用"……者……也"的句式,并且连用21个"也"字,增强文章特有的韵律。这些方面,都是可资借鉴的。

《醉翁亭记》用了25个"而"字,位置不同,句子结构节奏也随之产生变化,不显得呆板。文中第三、四小节是描写山间朝暮、四时不同的景色和人们游山之乐的,共分六层。除第一层和第六层用"……者……也"句式做结束句外,中间四层都用"……而……者,……也"句式做结束句。每一层最后一句的句式基本一致,但句子长短参差不一,结束句中都用了"而"字,显得整齐中有错落,节奏略有变化。

《醉翁亭记》读来朗朗上口,娓娓动听,这与25个"而"字的运用也是分不开的。"而"字恰到好处的运用,使文章舒缓从容,把作者欣赏"山水之乐得之心"的闲情雅致充分表现出来了。如"朝而往,暮而归",若去掉"而",成"朝往,暮归",就显得紧迫短促,有早上匆匆而去傍晚急急而归之感,插入两个"而"字,就把游玩者欣赏山水之乐的从容之态、欢乐之情、优雅之兴全表现出来了。文中不少句子由于用了"而"字,语气轻重分明,诵读时极富抑扬顿挫之致。如"临溪而渔"句,重音在谓语"渔"上,读重些、长些,作为状语的"临溪"则读轻些、短些。若不用"而",成"临溪渔",不仅别扭滞涩,而且语气轻重不分明。"临溪而渔,溪深而鱼肥;酿泉为酒,泉香而酒洌。"读来真使人感到有内在的类似诗歌的那种韵律美。

秋声赋

欧阳子①方夜读书,闻有声自西南来者,悚然②而听之,曰:"异哉!"初淅沥以萧飒,忽奔腾而砰湃③。如波涛夜惊,风雨骤至。其触于物也,鏦鏦铮铮④,金铁皆鸣。又如赴敌之兵,衔枚⑤疾走,不闻号令,但闻人马之行声。予谓童子:"此何声也?汝出视之。"童子曰:"星月皎洁,明河在天,四无人声,声在树间。"

予曰:"噫嘻悲哉!此秋声也,胡为乎来哉?盖夫秋之为状也,其色惨淡,烟霏云敛;其容清明,天高日晶;其气栗冽,砭人肌骨;其意萧条,山川寂寥。故其为声也,凄凄切切,呼号愤发。丰草绿缛而争茂,佳木葱茏而可悦。草拂之而色变,木遭之而叶脱。其所以摧败零落者,乃其一气之余烈。

"夫秋,刑官⑥也,于时为阴;又兵象也,于行用金,是谓天地之义气,常以肃杀而为心。天之于物,春生秋实。故其在乐也,商声主西方之音,夷则为七月之律。商,伤也,物既老而悲伤;夷,戮也,物过盛而当杀。

"嗟夫,草木无情,有时飘零。人为动物,惟物之灵。百忧感其心,万事劳其形。有动于中,必摇其精。而况思其力之所不及,忧其智之所不能。宜其渥然丹者为槁木,黟然黑者为星星⑦。奈何以非金石之质⑧,欲与草木而争荣?念谁为之戕贼⑨,亦何恨乎秋声!"

童子莫对,垂头而睡。但闻四壁虫声唧唧,如助余之叹息。

【注释】

① 欧阳子:作者自称。② 悚然:惊惧的样子。③ 砰湃:同"澎湃",波涛汹涌的声音。④ 鏦鏦(cōng)铮铮:金属相击的声音。⑤ 衔枚:古时行军或袭击敌军时,让士兵衔枚以防出声。枚,形似竹筷,衔于口中,两端有带,系于脖上。⑥ 刑官:执掌刑狱的官。《周礼》把官职与天、地、春、夏、秋、冬相配,称为六官。秋天肃杀万物,所以司寇为秋官,执掌刑法,称刑官。⑦ 星星:鬓发花白的样子。⑧ 非金石之质:指人体不能像金石那样长久。⑨ 戕贼:残害。

【靓评】

秋从心出——《秋声赋》赏析

秋是什么?秋声又是什么?前者已令人捉摸不定,后者更令人难以捉摸。古人曾云:山之精神写不出,以烟霞写之;春之精神写不出,以草木写之。那么,又如何写出秋之精神?又如何写出秋声之精神?也许在欧阳修的《秋声赋》里能寻到答案。

秋声应该是怎样的一种声音呢?

秋声像淅淅沥沥的雨声夹杂着萧萧飒飒的风声,又像奔腾澎湃的河流在汹涌,

又像暴风雨骤然来临;如金属相撞击时的铿锵之声,又如开赴敌阵的士兵,口中衔枚疾走,听不到任何号令,只有人马的脚步声。在欧阳修的笔下,秋声由远而近,由小到大,凭虚而来撞击物体的动态过程,再现了秋声变化的急剧和来势的猛烈。

秋声又有怎样一个形态呢?

颜色惨淡,烟云密集;容貌清明,天高日亮,刺人肌骨;意态萧瑟,山川寂寥。秋风所过之处,繁茂的绿草改变颜色,青翠的树木开始凋零。欧阳修运用了赋的骈偶句式和铺张渲染的传统手法,抓住了烟云、天日、寒气、山川等景物,分别就秋的色、容、气、意,描绘了秋状的四幅具有不同特色的鲜明图画。

草木是没有感情的,秋天来了也会飘零。树犹如此,人何以堪? 欧阳修又有怎样一颗"秋心"呢?

入仕二十多年,真可谓历尽宦海的波涛,欧阳修本来就体弱多病,四十岁就白发萧疏,现在五十多岁了,身体、心态更是进入了人生的秋天。因此,一年四季有风声,他对秋声特别敏感;秋天又各样色彩,他独独看到"惨淡"的颜色。不禁叹道:为何要拿自己并非金石般坚固的身体,去和草木争荣斗盛呢? 应该考虑究竟是谁给自己带来这么多磨难,又何必去怨恨那秋声呢?

正是由于欧阳修对秋有一种特殊的感受,发而为文,便秋怀满纸,秋思遥深。不仅遣词造句上富有音乐美,而且用了铺陈排比、骈词俪句及设为问答的形式特征,呈现出活泼流动的散体倾向,并且增加了赋体的抒情意味,所以在散文的发展史上也占有重要的一席之位。

戏答元珍①

春风疑不到天涯,二月山城②未见花。残雪压枝犹有橘,冻雷惊笋欲抽芽。夜闻归雁生乡思,病入新年感物华③。曾是洛阳花下客④,野芳虽晚不须嗟。

【注释】

① 元珍:丁宝臣,字元珍,常州晋陵(今江苏常州市)人,时为峡州(治所在今湖北宜昌)军事判官。② 山城:指欧阳修当时任县令的峡州夷陵县(今湖北宜昌)。夷陵面江背山,故称山城。③ "夜闻"二句:一作"鸟声渐变知芳节,人意无聊感物华"。归雁,春季雁向北飞,秋天南归,故云,又传说它能为人传信,古时常用作思乡怀归的象征物。隋薛道衡《人日思归》:"人归落雁后,思发在花前。" ④ "曾是"句:宋仁宗天圣八年(1030)至景祐元年(1034),欧阳修曾任西京(洛阳)留守推官,洛阳以牡丹花著称,欧阳修领略了当地牡丹盛况,写过《洛阳牡丹记》。《洛阳牡丹记·风俗记》:"洛阳之俗,大抵好花。春时,城中无贵贱皆插花,虽负担者亦然。花开时,士庶竞为游遨。"

【靓评】

这首《戏答元珍》是欧阳修的名作,以浅近自然的语言写景抒情,但琢磨很细,意脉完足,有一种亲切流畅的风格。一联紧接一联,意脉含蓄而绵细。唐人律诗多用平列的意象、断续或跳跃的衔接,欧阳修则力图将八句诗构成流动而连贯的节奏,这无疑是一条新路。

此诗作于宋仁宗景祐三年(1036)。此年欧阳修因事左迁峡州夷陵(今湖北宜昌)县令,与峡州军事判官丁宝臣(字元珍)交好。丁曾有诗赠欧阳修,欧阳修乃于此年作诗以答。欧阳修在这样一首普通的诗中表达了决不屈服的昂扬之志,道出了作者哲理性的人生思考。正是在这一点上,欧阳修的这首诗体现了宋诗注重理趣的革新特征。

此诗一本题为《戏答元珍花时久雨之什》。题目冠以"戏"字,是声明此篇不过是游戏之作,其实这正是他受贬后政治上失意的掩饰之辞。全诗先是描写荒远山城的凄凉春景,接着抒发自己迁谪山乡的寂寞情怀及眷眷乡思,最后则自作宽慰之言,看似超脱,实是悲凉,表现出作者平静的表面下更深沉的痛苦。写景清新自然,抒情一波三折而真切诚挚,感人至深。开头二句起得超妙,欧阳修自己也颇为自得,他曾说:"若无下句,则上句不见佳处。并读之,便觉精神顿出。"(蔡眪《西清诗话》)起句不凡,下面又环环相扣,故方回《瀛奎律髓》说:"以后句句有味。"陈衍《宋诗精华录》说:"结韵用高一层意自慰。"

首句写夷陵山城的恶劣环境。二月时分在其他地方早就应该花开满眼、香气逼人了,但在此地却遍地荒凉。诗人表面上是写自然环境的恶劣,但实际上是写政治环境的不善,言下之意是朝廷的关怀怎么就不再远渡天涯,光顾一下这小城的官员呢?残雪压枝,但夷陵还有鲜美的柑橘可以品味,意即尽管如此,但在山城该怎么生活就怎么生活着,并且还要品出美味,打破生活的寂寞;冻雷初响,惊醒熟睡的竹笋,它亦积蓄着力量,正要冒出新生的嫩芽,突破严厉的压制。"夜闻归雁"与"病入新年"两句反映出诗人心里的苦闷,流放山城兴起乡思之情在所难免,而这乡思之情又变成乡思之病,面对新年又至物华更新,不免要感慨时光的流逝和人生的短暂。

诗末两句诗人虽然是自我安慰,但却透露出极为矛盾的心情,表面上说他曾在洛阳做过留守推官,见过盛盖天下的洛阳名花名园,见不到此地晚开的野花也不须嗟叹了,但实际上却充满着一种无奈和凄凉,不须嗟实际上是大可嗟,故才有了这首借"未见花"的日常小事生发出对人生乃至于对政治的感慨。

此诗之妙,就妙在它既以小孕大,又怨而不怒。它借"春风"与"花"的关系来寄喻君臣、君民关系,是历代以来以"香草美人"来比喻君臣关系的进一步拓展,在他的内心中,他是深信明君不会抛弃智臣的,故在另一首《戏赠丁判官》七绝中说"须

信春风无远近,维舟处处有花开",而此诗却反其意而用之,表达了他的怀疑,也不失为一种清醒。但在封建朝政中,君臣更多的是一种人身依附、政治依附的关系,臣民要做到真正的人生自主与自择是非常痛苦的,所以他也只能以"戏赠""戏答"的方式表达一下他的怨怼而已,他所秉承的也是中国古典诗歌的"怨而不怒"的风雅传统。据说欧阳修很得意这首诗,原因恐怕也就在这里。

南歌子①

凤髻金泥带②,龙纹玉掌梳③。走来窗下笑相扶,爱道画眉深浅入时无④?
弄笔偎人久,描花试手初。等闲妨了绣功夫,笑问鸳鸯两字怎生书?

【注释】

① 南歌子:唐教坊曲名,后用为词牌名。又名"南柯子""风蝶令"。② 凤髻:状如凤凰的发型。金泥带:金色的彩带。③ 龙纹玉掌梳:图案作龙形如掌大小的玉梳。④ 画眉深浅入时无:语出唐朱庆馀《近试上张水部》。入时无,赶得上时兴式样吗?时髦吗?

【靓评】

近代陈廷焯《词坛丛话》云:"欧阳公词,飞卿之流亚也。其香艳之作,大率皆年少时笔墨,亦非近、后人伪作也。但家数近小,未尽脱五代风味。"与宋代曾慥《乐府雅词》和陈振孙《直斋书录解题》把欧阳修的一些香艳之词和鄙亵之语,想当然地归为"仇人无名子所为"不同,陈廷焯对欧公这一类词的评价要显得中肯和客观得多。而云欧词风格迫近五代风味,这首《南歌子》便是最贴切的证明。花间词的古锦纹理、黯然异色,同样可以从这一类词中深深感受到。

这首词以雅俗相间的语言、富有动态性和形象性描写,突现出一个温柔华俏、娇憨活泼、纯洁可爱的新婚少妇形象,表现了她的音容笑貌、心理活动,以及她与爱侣之间的一往情深。上阕写新娘子精心梳妆的情形。起首二句,词人写其发饰之美,妙用名词,对仗精巧。次三句通过对女子连续性动作、神态和语言的简洁描述,表现新娘子娇羞、爱美的情态、心理以及她与郎君的两情依依、亲密无间。下阕写这位新嫁娘在写字绣花,虽系写实,然却富于情味。过片首句中的"久"字用得极工,非常准确地表现了她与丈夫形影不离的亲密关系。接下来一句中的"初"字与前句中的"久"字相对,表新娘在郎君怀里撒娇时间之长。结尾三句,写新娘耽于闺房之戏,与夫君亲热笑闹、相互依偎太久,以至于耽误了针线活,只好停下绣针,拿起彩笔,问丈夫"鸳鸯"二字怎样写。此三句活灵活现地表现出新娘子的娇憨及夫妻情笃的情景。笑问"鸳鸯"两字,流露出新娘与郎君永远相爱、情同鸳鸯的美好愿望。

这首词在内容上重点描写新娘子在新郎面前的娇憨状态,在表现技巧上采用民间小词习见的白描和口语,活泼轻灵地塑造人物形象,读来令人耳目一新。

明代沈际飞《草堂诗余别集》卷二曾用"前段态,后段情"来概括其结构特征。上阕以描写女子的装束和体态为主,下阕则叙写夫妇亲密的生活情趣。起句写少妇头饰,十字中涵盖凤髻、金泥带、龙纹、玉掌梳四种意象,彼此互相衬托,层层加码,雍容华贵之态即由头饰一端尽显无遗。这与温庭筠《菩萨蛮》词如"小山重叠金明灭",实是同出一辙,且绮丽有过。陈廷焯许之为"飞卿之流亚也",或正当从此处细加体会。但欧公手笔当然不啻是模仿而已。温庭筠虽然也多写绮丽女子,但情感基调一般是凄苦伤痛的,所以表现的也是一种美丽的忧伤。说白了,温词中的女子多少有些因哀而"酷"的意味,给读者的感觉有些沉重。欧公借鉴了温词,而情感基调则转而上扬。华贵女子的表情不再黯然,而是笑意盈盈。此观上阕之"笑相扶"和下阕之"笑问"可知。女子之温情可爱遂与其华丽头饰相得益彰,这是欧词明显区别于温词之处。欧、温之不同还可以从另一点看出。温词中的女子表现更多的是凄婉的眼神与懒缓机械的动作,她的所思所想,只是露出一点端倪,让你费尽思量,却未必能洞察心底;而欧词则多写轻柔之动作和活泼之话语,其亮丽之心情,昭昭可感。如"走来窗下笑相扶""弄笔偎人久"之"相扶""偎人"的动作,都描写得极有神韵。而"爱道画眉深浅入时无"和"笑问鸳鸯两字怎生书"两句,不仅问的内容充满柔情机趣,而且直把快乐心情从口中传出。这种轻灵直率都是温词所不具备的,即此可见欧词的独特风味。

词中的女子是华丽温柔的,其动作和言语也不无性爱的意味。拿它和柳永的《定风波》做一对比,其香艳程度明显是超过的。读者固然应对欧词对花间词的超越表示钦赏,但也不应忘了柳永所受到的无端冤楚。

蝶恋花

庭院深深深几许?杨柳堆烟①,帘幕无重数。玉勒雕鞍游冶处,楼高不见章台路。　　雨横②风狂三月暮,门掩黄昏,无计留春住。泪眼问花花不语,乱红③飞过秋千去。

【注释】

① 堆烟:形容杨柳浓密。② 雨横:指急雨、骤雨。③ 乱红:这里形容各种花片纷纷飘落的样子。

【靓评】

上片开头三句写"庭院深深"的境况,"深几许"于提问中含有怨艾之情,"堆烟"状院中之静,衬人之孤独寡欢,"帘幕无重数",写闺阁之幽深封闭,是对大好青春的禁锢,是对美好生命的戕害。"庭院"深深,"帘幕"重重,更兼"杨柳堆烟",既浓且密——生活在这种内外隔绝的阴森、幽邃环境中,女主人公身心两方面都受到压抑与禁锢。叠用三个"深"字,写出其遭封锁,形同囚居之苦,不但暗示了女主人公的孤身独处,而且有心事深沉、怨恨莫诉之感。因此,李清照称赏不已,曾拟其语作"庭院深深"数阕。显然,女主人公的物质生活是优裕的。但她精神上的极度苦闷,也是不言自明的。

俞陛云《唐五代两宋词选释》:此词帘深楼迥及"乱红飞过"等句,殆有寄托,不仅送春也。或见《阳春集》。李易安定为六一词。易安云:"此词余极爱之。"乃作"庭院深深"数阕,其声即旧《临江仙》也。毛先舒《古今词论》:永叔词云"泪眼问花花不语,乱红飞过秋千去。"此可谓层深而浑成。何也?因花而有泪,此一层意也;因泪而问花,此一层意也;花竟不语,此一层意也;不但不语,且又乱落,飞过秋千,此一层意也。人愈伤心,花愈恼人,语愈浅而意愈入,又绝无刻画费力之迹,谓非层深而浑成耶?"玉勒雕鞍"以下诸句,逐层深入地展示了现实的凄风苦雨对其芳心的无情蹂躏:情人薄幸,冶游不归,意中人又无可奈何。

下片前三句用狂风暴雨比喻封建礼教的无情,以花被摧残喻自己青春被毁。"门掩黄昏"四句喻韶华空逝,人生易老之痛。春光将逝,年华如水。结尾二句写女子的痴情与绝望,含蕴丰厚。"泪眼问花",实即含泪自问。"花不语",也非回避答案,正讲少女与落花同命共苦,无语凝噎之状。"乱红飞过秋千去",不是比语言更清楚地昭示了她面临的命运吗?"乱红"飞过青春嬉戏之地而飘去、消逝,正是"无可奈何花落去"也。在泪光莹莹之中,花如人,人如花,最后花、人莫辨,同样难以避免被抛掷遗弃而沦落的命运。"乱红"意象既是下景实摹,又是女子悲剧性命运的象征。这种完全用环境来暗示和烘托人物思绪的笔法,深婉不迫,曲折有致,真切地表现了生活在幽闭状态下的贵族少妇难以明言的内心隐痛。

当然,溯其渊源,此前,温庭筠有"百舌问花花不语"(《惜春词》)句,严恽也有"尽日问花花不语"(《落花》)句,欧阳修结句或许由此脱化而来,但不独语言更为流美,意蕴更为深厚,而且境界之浑成与韵味之悠长,也远过于温、严原句。

王安石

王安石(1021—1086):字介甫,号半山,谥文,封荆国公,世称王荆公。临川(今江西抚州)人。北宋政治家、文学家。仁宗庆历二年(1042)进士,初知鄞县(今浙江宁波),有政声。他目睹时弊,慨然有矫时匡世之志,曾上万言书,主张改革政治。神宗即位,以知制诰知江宁府,召为翰林学士兼侍讲。熙宁二年(1069)擢升参知政事,前后两度为相。晚年退居金陵。散文力主"以适用为本",文风峭拔,为"唐宋八大家"之一。诗长于说理,精于修辞,亦偶有情韵深婉之作,风格遒劲有力。有《王临川集》。

读孟尝君传

世皆称孟尝君①能得士②,士以故归之。而卒赖其力,以脱于虎豹之秦。

嗟呼!孟尝君特鸡鸣狗盗③之雄耳,岂足以言得士?不然,擅齐之强,得一士焉,宜可以南面而制秦,尚何取鸡鸣狗盗之力哉?夫鸡鸣狗盗之出其门,此士之所以不至也。

【注释】

① 孟尝君:姓田名文,战国时齐国公子(贵族),封于薛(今山东省滕州市东南)。② 士:士人,指品德好、有学识或有技艺的人。③ 鸡鸣狗盗:孟尝君曾在秦国为秦昭王所囚。他的食客中有个能为狗盗的人,就在夜里装成狗混入秦宫,偷得狐白裘,贿赂昭王宠妃,孟尝君得以被放走。可是他逃至函谷关时,正值半夜,关门紧闭,按规定要鸡鸣以后才能开关放人出去,而追兵将到。于是他的食客中会学鸡叫的人就装鸡叫,结果群鸡相应,终于及时赚开城门,逃回齐国。后成为孟尝君能得士的美谈。

【靓评】

"鸡鸣狗盗"之中,亦有奇士!

《读孟尝君传》是北宋文学家王安石创作的一篇驳论,也是中国历史上的第一篇驳论文。作者别出新见,采取以子之矛攻子之盾的论证手法,通过对"士"的标准的鉴别,驳斥了"孟尝君能得士"的传统观点,无可辩驳地把孟尝君推到"鸡鸣狗盗"之徒的行列。

文中对"士"的这一独特理解和对传统之说的断然否定,从侧面反映出作者自许自负的态度和睥视世俗的胸襟。作者议论精警,妙在不觉牵强附会。且全文转折有力,严劲紧束,体现了笔力之绝。全篇只有四句话、八十八字却有四五处转折。此文议论脱俗,结构严谨,用词简练,气势轩昂,名为读后感,实则借题发挥,以表达自己对人才的看法。

今天看来,文多偏见。孟门客亦有良士。如众人所周知冯谖就是。又,门客有鸡鸣狗盗者,可见孟之宽容和善用。王论可警世,但不能推演。

伤仲永

金溪①民方仲永,世隶耕。仲永生五年,未尝识书具,忽啼求之。父异焉,借旁近与之,即书诗四句,并自为其名。其诗以养父母、收族为意,传一乡秀才观之。自是指物作诗立就,其文理皆有可观者。邑人奇之,稍稍宾客其父,或以钱币乞之。父利其然也,日扳仲永环谒于邑人②,不使学。

余闻之也久。明道③中,从先人还家④,于舅家见之,十二三矣。令作诗,不能称前时之闻。又七年,还自扬州,复到舅家问焉。曰:"泯然众人矣⑤。"

王子⑥曰:仲永之通悟,受之天也。其受之天也,贤于材人远矣。卒之为众人,则其受于人者不至也。彼其受之天也,如此其贤也,不受之人,且为众人;今夫不受之天,固众人,又不受之人,得为众人而已耶⑦?

【注释】

① 金溪:地名,今在江西金溪,是王安石外祖父吴玫的家乡。② 日:每天。扳(pān):通"攀",牵,引。环:四处,到处。谒:拜访。③ 明道:宋仁宗赵祯年号。④ 从:跟随。先人:指王安石死去的父亲。⑤ 泯(mǐn)然众人矣:完全如同常人了。泯然,消失,原有的特点消失了。众人,常人。⑥ 王子:王安石的自称。⑦ 已:停止。耶:表示反问,相当于"吗""呢"。

【靓评】

废学是对天才的最大"伤"害

文题为"伤仲永",文中却未见一个"伤"字,然而全篇写的正是一个"伤"字。这篇文章以方仲永的事例,说明人受之于天虽异,但还得受之于人,否则天才仍旧平庸。临川先生列举了一个神童"方仲永",因后天父亲不让其学习而被当作"造钱工具"而沦落到无才庸人的故事。告诫人们决不可单纯依靠天资而不去学习新知识,必须注重后天的学习,强调了教育和学习对成才"保才"的重要性。

作者认为在现实生活中,资质平常的人总是多数。方仲永这一典型事例的意义主要不在于说天赋好的人不学习会造成什么后果,而在于说明后天教育对一个人成长的决定意义。这篇议论文先叙后议,在事实叙述的基础上立论,事实成为立论的依据。全文仅二百字,叙事之简洁,说理之透彻,安石散文风格在此已露出端倪。

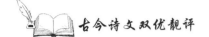

本篇天下父母均应熟读,引以为戒。关爱天才,教好子女。

示长安君①

少年离别意非轻,老去相逢亦怆情。草草杯盘供笑语,昏昏②灯火话平生。自怜湖海三年隔,又作尘沙万里行。欲问后期何日是,寄书应见雁南征。

【注释】

① 示长安君:写给长安君看。长安君,王淑文,是作者的大妹妹,受到了长安县君的封号。② 昏昏:昏暗,光线暗淡。

【靓评】

诗以议论起,用递进法展开。先说自己是个很重感情的人,在年轻时就对离别看得很重,到了年老,即使是会面,也引起心中的伤悲。对句有两层意思,一是说年老了,会一次少一次,所以相见时充满感伤;一是有会必有别,对离别的感伤,就对会面也感到心情沉重起来。

毕竟,与别相比,会还是快乐的。第二联写会面时的亲情。兄妹俩随意准备了些酒菜,只是为了把酒谈话,话很多,一直到夜间,还在昏暗的灯光下说着。这两句很形象地刻画了兄妹俩的感情,眼前实事组织进诗,十分亲切,成为传诵的名句。宋吴可《藏海诗话》云:"七言律一篇中必有剩语,一句中必有剩字,如'草草杯盘供笑语,昏昏灯火话平生',如此句无剩字。"赞赏用语稳妥,浑成一气。同时,王安石的诗以善用叠字闻名,这联中两个叠字也用得很成功。"草草",说出了兄妹俩的感情至深,相会已是最大的满足,描绘了和睦温暖的家庭气氛。"昏昏",写两人说了又说,灯油已快干,灯火已昏暗,仍顾不上休息。

下半四句写别,呼应首联。刚刚在叹息已经三年没有见面,知心话说不完,眼下自己马上又要到万里外的辽国去,诗便自然而然地转入惆怅,话题也就引入别后。于是,妹妹挂念地问:"后会在什么日子?"兄长只能含糊地回答:"见到大雁南飞,我就会从北国带回消息了。"其实,诗人自己不能预料会面的日子。诗就在无可奈何的气氛中结束,留下了一丝安慰、一个悬念。

这首诗没有用一个典故,把人所习见的家庭生活细节拣选入诗,而以传神的语言表达出来,是那么地质朴自然,因而成为王安石七律中的名作。

"相见时难别亦难",这是怎样的人生况味呢?少年时代,离别之情今犹在,那分沉重,那分惦念,卸不下,挥不去。盼聚首,聚首时竟然一双白头人,何等凄怆,何等悲凉?"杯盘"本该丰盛却"草草",匆促使然也,更秘隐隐之憾。"笑语",彼此互慰也,更添缕缕无奈。"话平生",除却"去日儿童皆长大,昔年亲友半凋零",还有什么呢?宦海沉浮、鞍马劳顿,仕途奔波,壮志未酬,"话"与"不话"何异?惹人滂沱抛泪者,本诗结句也。"明朝又是孤舟别",命运弄人,总把聚会当成一次离别,此一别,何日是归期?"寄书应见雁南征",果真如是乎?否也,托词也。但怕他日重聚时,"问姓惊初见,称名忆旧容",最怕"天长地久有时尽,此恨绵绵无绝期"!

桂枝香·金陵怀古①

登临送目,正故国晚秋,天气初肃。千里澄江似练②,翠峰如簇③。征帆去棹④残阳里,背西风,酒旗斜矗。彩舟云淡,星河鹭起⑤,画图难足。　念往昔,繁华竞逐。叹门外楼头⑥,悲恨相续。千古凭高对此,谩嗟荣辱。六朝旧事随流水,但寒烟衰草凝绿⑦。至今商女⑧,时时犹唱,后庭遗曲⑨。

【注释】

① 桂枝香:词牌名,又名"疏帘淡月",首见于王安石此作。② 千里澄江似练:形容长江像一匹长长的白绢。语出谢朓《晚登三山还望京邑》:"余霞散成绮,澄江静如练。"③ 如簇:这里指群峰好像丛聚在一起。簇,丛聚。④ 征帆去棹:往来的船只。棹,划船的一种工具,形似桨,也可引申为船。⑤ "彩舟"二句:意谓结彩的画船行于薄雾迷离之中,犹在云内;华灯映水,繁星交辉,白鹭翩飞。这两句转写秦淮河,"彩舟"系供人玩乐的河上之船,与江上"征帆去棹"的大船不同。又与下片"繁华"相接,释为秦淮河较长江为妥。星河,天河,这里指秦淮河。鹭,白鹭,一种水鸟。一说指白鹭洲(长江与秦淮河相汇之处的小洲)。⑥ 门外楼头:指南朝陈亡国惨剧。语出杜牧《台城曲》:"门外韩擒虎,楼头张丽华。"韩擒虎是隋朝开国大将,统兵伐陈,他已带兵来到金陵朱雀门(南门)外,陈后主尚与他的宠妃张丽华于结绮阁上寻欢作乐。陈后主、张丽华被韩俘获,陈亡于隋。门,指朱雀门。楼,指结绮阁。⑦ "六朝"二句:意谓六朝的往事像流水般消逝了,如今只有寒烟笼罩衰草,凝成一片暗绿色,而繁华无存了。六朝,指三国吴,东晋,南朝宋、齐、梁、陈六个朝代,都建都金陵。⑧ 商女:酒楼茶坊的歌女。⑨ 后庭遗曲:指歌曲《玉树后庭花》,传为陈后主所作,哀怨绮靡,后人将它看成亡国之音。

【靓评】

这是一首金陵怀古之词。上片写金陵之景,下片写怀古之情。一开头,用"登临送目"四字领起,表明以下所写为登高所见。映入眼帘的是晚秋季节特有的白练般清澈的江水和连绵不断翠绿的山峰。船帆飘动,酒旗迎风,云掩彩舟,白鹭腾空。这图画难述其美的江天景色使诗人极为赞赏也极为陶醉,同时也引起他深深的思考。换头之后写怀古:在金陵建都的六朝帝王,争奇斗胜地穷奢极欲,演出一幕幕触目惊心的亡国悲剧。千百年来,人们只是枉自嗟叹六朝的兴亡故事。但空叹兴亡,又有何益?诗人在这里表现了政治家深邃的思想和雄伟的气概。不仅批判了六朝亡国之君的荒淫误国,也批判了吊古者的空叹兴亡。六朝的往事都随水逝去,空余寒烟芳草。可悲的是,有些人如商女一般,不顾国家兴亡,还沉溺于享乐,吟唱着《后庭花》这样的亡国之曲。作为政治家的王安石反对"谩嗟"六朝兴废,在北宋这积贫积弱的现实面前,要汲取历史教训,从政治上进行改革,以免奢华靡费导致国力衰竭,重蹈六朝覆辙。

本词以壮丽的山河为背景,历述古今盛衰之感,立意高远,笔力峭劲,体气刚健,豪气逼人。多处化用前人诗句,不着痕迹,显示了作者深厚的功底。

此词抒发金陵怀古之情,为作者别创一格、非同凡响的杰作,大约写于作者再次罢相、出知江宁府之时。词中流露出王安石失意无聊之时移情自然风光的情怀。

全词开门见山,写作者南朝古都金陵胜地,于一个深秋的傍晚,临江览胜,凭高吊古。他虽以登高望远为主题,却是以故国晚秋为眼目。"正""初""肃"三个字逐步将其主旨点醒。以下两句,借六朝谢家名句"解道'澄江静如练',令人长忆谢玄晖"之意,点化如同己出。即一个"似练",一个"如簇",形胜已赫然而出。然后专写江色,纵目一望,只见斜阳映照之下,数不清的帆风樯影,交错于闪闪江波之上。细看凝眸处,却又见西风紧处,那酒肆青旗高高挑起,因风飘拂。帆樯为广景,酒旗为细景,而词人之意以风物为导引,而以人事为着落。一个"背"字,一个"矗"字,用得极妙,把个江边景致写得栩栩如生,似有生命在其中。

写景至此,全是白描,下面有所变化。"彩舟""星河"两句一联,顿增明丽之色。然而词拍已到上片歇处,故而笔亦就此敛住,以"画图难足"一句,抒赞美嗟赏之怀,颇有大家风范。"彩舟云淡",写日落之江天;"星河鹭起",状夕夜之洲渚。

下片另换一种笔墨,感叹六朝皆以荒淫而相继亡覆的史实。写的是悲恨荣辱,空贻后人凭吊之资;往事无痕,唯见秋草凄碧,触目惊心而已。"门外楼头",用杜牧《台城曲》句加以点染,亦简净有力。

词至结语,更为奇妙,词人写道,时至今日,六朝已远,但其遗曲,往往犹似可闻。此处用典。"商女不知亡国恨,隔江犹唱《后庭花》!"此唐贤小杜于"烟笼寒水月笼沙,夜泊秦淮近酒家"时所吟之名句,词人复加运用,便觉尺幅千里,饶有余味不尽之情致,而嗟叹之意,千古弥永。

登飞来峰

飞来峰上千寻塔,闻说鸡鸣见日升。不畏浮云遮望眼,自缘身在最高层。

【靓评】

同是登塔　志异情移
——王安石《登飞来峰》、郑清之《咏六和塔》品赏

这两首诗说的是几乎在同一地点,登同一高物,可是读了以后却一个令人精神振奋,勇往直前,一个令人心灰意冷,退缩回窝。

这种"不同"在诗中表现在三个方面:

1. 为何登高

王诗说"闻说鸡鸣见日升",听说早晨到塔上可以看到日出的奇观。登塔是有明确的目的的。这个"日升",既是事实,又开朗、光华而富有积极意义。郑诗说为何想登塔,因为多次经过塔下,"每恨无因到上头"。只是遗憾从来没有上去过。所以他这次登塔并无远大、重要目的,只是为了夙愿而登。因而在"为何而登"上,郑诗显然低于王诗。

2. 登塔所思

王诗交代登上塔后,不仅看到日出,还看云起云散,浮云蔽日,又云开日出,令他思绪腾飞,不由想起"总为浮云能蔽日,长安不见使人愁""会当凌绝顶,一览众山小""欲穷千里目,更上一层楼"这些脍炙人口的名诗,也自然想起自己身居高位,锐意改革,可是阻力重重,难以推进。禁不住心潮激荡,自然发出自己的声音"不畏浮云遮望眼,自缘身在最高层"。郑诗则是登上塔后,"恐高症"更加发作。从前只是心里"恐高",想不到身临其境,比听说的、原先想的还要可怕,"今日始知高处险",赶快回老家过点安稳日子吧!这种见高觉险、连忙思退的心理,是怯懦的本性,远不如陶潜的归去来兮!因为陶潜是不愿同流合污,而不是怯懦!

3. 襟怀不同

王安石之所以勇于攀登,不辞高位,是为了"致君尧舜上,再使风俗淳"(杜甫诗),是为了推行新政,富民强国,所以不管阻力多大,"明知山有虎,偏向虎山行"正因有此襟怀抱负,又秉性坚毅,所以能不畏高处之险危,能不畏浮云遮眼,看清险阻,看到光明,坚定信心。这种襟怀抱负根源是一个"公"字!

郑清之,从诗里看,并不是不想登高,而是多次想登而没有登上。换个说法,不是淡于名利,而是多次求名求利,没有求到。这次登上了高塔,可是胆小软弱的他一下子暴露出惧怕高处风险的恐惧,"爬高跌重"惊吓了他,立即要退下回家,这正是名利之心未除,怯懦之性高涨的显露,其根源则是一个"私"字!

所以虽是同一写登塔的诗章,郑清之远逊于"不为五斗米折腰"的登高思退的篇章,既被人讥讽,又很快被人遗忘。而王安石与"不识庐山真面目"齐辉的登高促进的雄篇,将永垂史册,成为激扬奋进者的旌旗!

附:

咏六和塔

郑清之

经过塔下几春秋,每恨无因到上头。今日始知高处险,不如归卧旧林邱。

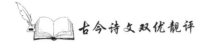

苏 轼

苏轼(1037—1101):字子瞻,号东坡居士,眉山(今四川眉山市)人,宋代杰出的文学家。宋仁宗嘉祐二年(1057)进士。神宗时,因反对王安石新法而求外职,知密州、徐州、湖州等。后因"乌台诗案"贬谪黄州团练副使。哲宗时曾出知杭州等地,官至礼部尚书。后又贬谪惠州、琼州。徽宗即位,遇赦北归,卒于常州。与其父苏洵、弟苏辙皆为"唐宋八大家"之一。散文与欧阳修并称"欧苏"。诗歌与黄庭坚齐名,并称"苏黄"。词的成就更大,题材广泛,风格豪放,开一代词风,为豪放派词人的重要代表,与辛弃疾并称"苏辛"。有《东坡集》,存诗2800余首,词350余首。

记承天寺①夜游

元丰六年②十月十二日夜,解衣欲睡,月色入户③,欣然起行。念无与为乐者,遂至承天寺,寻张怀民。怀民亦未寝,相与步于中庭。庭下如积水空明④,水中藻荇⑤交横,盖竹柏影也。何夜无月?何处无竹柏?但少闲人⑥如吾两人者耳。

【注释】

① 承天寺:故址在今湖北黄冈市城南。② 元丰六年:公元1083年。元丰,宋神宗赵顼年号。当时作者因乌台案被贬黄州已经四年。③ 户:一说指堂屋的门,又一说指窗户。这里指门。④ 空明:形容水的澄澈。在这里形容月色如水般澄净明亮的样子。⑤ 藻荇(xìng):均为水生植物,这里是水草。藻,水草的总称。荇,一种多年生水草,叶子像心脏形,面绿背紫,夏季开黄花。⑥ 闲人:这里是指不汲汲于名利而能从容流连光景的人。苏轼这时被贬为黄州团练副使,这是一个有职无权的官,所以他十分清闲,自称"闲人"。

【靓评】

文章"美",情意"真",语言"纯"

《记承天寺夜游》是东坡先生的一篇短小美文,选自《东坡志林》卷一,写于宋神宗元丰六年。当时作者正因"乌台诗案"被贬谪到黄州任职。他对月夜景色所做的美妙描绘,真实地记录了作者生活的片段。

游记之"美",来自内容之"真";游记之"美",来自语言之"纯";游记之"美",来自结尾之"精"。冬月朗照,激发了作者的游兴,错觉生趣,触动了作者的情感。月夜处处有,却只有情趣高雅的人才能欣赏。此篇游记以真情实感为主干,毫无雕饰造作之意。信笔写过来,起于当起,止于当止,于无技巧中见技巧,已经达到"一语

天然万古新,豪华落尽见真淳"的境界。文中还表达了苏轼壮志难酬的苦闷,自解、自慰、自遣;同时表现了苏轼旷达乐观的人生态度。本文可与朱自清《荷塘月色》对读,心性相通之处多多。

前赤壁赋

壬戌①之秋,七月既望②,苏子与客泛舟游于赤壁之下。清风徐来,水波不兴。举酒属客,诵明月之诗③,歌窈窕之章④。少焉,月出于东山之上,徘徊于斗牛之间。白露横江,水光接天。纵一苇之所如,凌万顷之茫然。浩浩乎如冯虚御风⑤,而不知其所止;飘飘乎如遗世独立,羽化而登仙⑥。

于是饮酒乐甚,扣舷而歌之。歌曰:"桂棹兮兰桨,击空明兮溯流光。渺渺兮予怀,望美人⑦兮天一方。"客有吹洞箫者,倚歌而和之。其声呜呜然,如怨如慕,如泣如诉,余音袅袅,不绝如缕。舞幽壑之潜蛟⑧,泣孤舟之嫠妇。

苏子愀然,正襟危坐而问客曰:"何为其然也?"客曰:"'月明星稀,乌鹊南飞',此非曹孟德之诗乎?西望夏口,东望武昌,山川相缪,郁乎苍苍,此非孟德之困于周郎者乎?方其破荆州,下江陵,顺流而东也⑨,舳舻千里,旌旗蔽空,酾酒临江,横槊赋诗,固一世之雄也,而今安在哉!况吾与子渔樵于江渚之上,侣鱼虾而友麋鹿,驾一叶之扁舟,举匏樽以相属。寄蜉蝣于天地,渺沧海之一粟。哀吾生之须臾,羡长江之无穷。挟飞仙以遨游,抱明月而长终。知不可乎骤得,托遗响于悲风。"

苏子曰:"客亦知夫水与月乎?逝者如斯,而未尝往也;盈虚者如彼⑩,而卒莫消长也。盖将自其变者而观之,则天地曾不能以一瞬;自其不变者而观之,则物与我皆无尽也。而又何羡乎?且夫天地之间,物各有主,苟非吾之所有,虽一毫而莫取。惟江上之清风,与山间之明月,耳得之而为声,目遇之而成色,取之无禁,用之不竭。是造物者之无尽藏也⑪,而吾与子之所共食(适)⑫。"

客喜而笑,洗盏更酌。肴核既尽,杯盘狼藉。相与枕藉乎舟中,不知东方之既白。

【注释】

① 壬戌(rén xū):元丰五年,岁次壬戌。古代以干支纪年,该年为壬戌年。② 既望:农历每月十六。农历每月十五日为"望日",十六日为"既望"。③ 属(zhǔ):倾注,引申为劝酒。明月之诗:指《诗经·陈风·月出》。④ 窈窕(yǎo tiǎo)之章:《陈风·月出》诗首章为"月出皎兮,佼人僚兮,舒窈纠兮,劳心悄兮"。"窈纠"同"窈窕"。⑤ 冯(píng)虚御风:乘风腾空而遨游。冯虚,凭空,凌空。冯,通"凭",乘。虚,太空。御,驾驭。⑥ 羽化:传说成仙的人能像长了翅膀一样飞升。登仙:登上仙境。⑦ 美人:比喻心中美好的理想或好的君王。⑧ 幽壑:深谷,这里指深渊。此句意谓:潜藏在深渊里的蛟龙为之起舞。⑨ "方其"三句:指建安十三年刘

琮率众向曹操投降，曹军不战而占领荆州、江陵。方，当。荆州，辖南阳、江夏、长沙等八郡，今湖南、湖北一带。江陵，当时的荆州首府，今湖北县名。⑩盈虚者如彼：指月亮的圆缺。⑪是：这。造物者：天地自然。无尽藏（zàng）：无穷无尽的宝藏。⑫食：享用。《释典》谓六识以六人为养，其养也谓之食，目以色为食，耳以声为食，鼻以香为食，口以味为食，身以触为食，意以法为食。清风明月，耳得成声，目遇成色。故曰"共食"。易以"共适"，则意味索然。当时有问轼"食"字之义，轼曰："如食吧之'食'，犹共用也。"轼盖不欲以博览上人，故权词以答，古人谦抑如此。明代版本将"共食"改为"共适"，误。

【靓评】

此赋通过月夜泛舟、饮酒赋诗引出主客对话的描写，既从客之口中说出了吊古伤今之情感，也从苏子所言中听到矢志不移之情怀，全赋情韵深致、理意透辟，实是文赋中之佳作。

第一段，写夜游赤壁的情景。作者"与客泛舟游于赤壁之下"，投入大自然怀抱之中，尽情领略其间的清风、白露、高山、流水、月色、天光之美，兴之所至，信口吟诵《诗经·月出》首章"月出皎兮，佼人僚兮。舒窈纠兮，劳心悄兮。"把明月比喻成体态娇好的美人，期盼着她的冉冉升起。与《月出》诗相回应，"少焉，月出于东山之上，徘徊于斗牛之间"，并引出下文作者所作的歌云："望美人兮天一方"，情感、文气一贯。"徘徊"二字，生动、形象地描绘出柔和的月光似对游人极为依恋和脉脉含情。在皎洁的月光照耀下白茫茫的雾气笼罩江面，天光、水色连成一片，正所谓"秋水共长天一色"（王勃《滕王阁序》）。游人这时心胸开阔、舒畅，无拘无束，因而"纵一苇之所如，凌万顷之茫然"，乘着一叶扁舟，在"水波不兴"浩瀚无涯的江面上，随波漂荡，悠悠忽忽地离开世间，超然独立。浩瀚的江水与洒脱的胸怀，在作者的笔下腾跃而出，泛舟而游之乐，溢于言表。这是此文正面描写"泛舟"游赏景物的一段，以景抒情，融情入景，情景俱佳。

第二段，写作者饮酒放歌的欢乐和客人悲凉的箫声。作者饮酒乐极，扣舷而歌，以抒发其思"美人"而不得见的怅惘、失意的胸怀。这里所说的"美人"实际上乃是作者的理想和一切美好事物的化身。歌曰："桂棹兮兰桨，击空明兮溯流光。渺渺兮予怀，望美人兮天一方。"这段歌词全是化用《楚辞·少司命》"望美人兮未来，临风恍兮浩歌"之意，并将上文"诵明月之诗，歌窈窕之章"的内容具体化了。由于向往美人而不得见，已流露了失意和哀伤情绪，加之客吹洞箫，依其歌而和之，箫的音调悲凉、幽怨，"如怨如慕，如泣如诉，余音袅袅，不绝如缕"，竟引得潜藏在沟壑里的蛟龙起舞，使独处在孤舟中的寡妇悲泣。一曲洞箫，凄切婉转，其悲咽低回的音调感人至深，致使作者的感情骤然变化，由欢乐转入悲凉，文章也因之波澜起伏，文气一振。

第三段,写客人对人生短促无常的感叹。此段由赋赤壁的自然景物,转而赋赤壁的历史古迹。主人以"何为其然也"设问,客人以赤壁的历史古迹作答,文理转折自然。但文章并不是直陈其事,而是连用了两个问句。首先以曹操的《短歌行》问道:"此非曹孟德之诗乎?"又以眼前的山川形胜问道:"此非孟德之困于周郎者乎?"两次发问使文章又泛起波澜。接着,追述了曹操破荆州、迫使刘琮投降的往事。当年,浩浩荡荡的曹军从江陵沿江而下,战船千里相连,战旗遮天蔽日。曹操志得意满,趾高气扬,在船头对江饮酒,横槊赋诗,可谓"一世之雄"。如今他在哪里呢?曹操这类英雄人物,也只是显赫一时,何况是自己?因而如今只能感叹自己生命的短暂,羡慕江水的长流不息,希望与神仙相交,与明月同在。但那都是不切实际的幻想,所以才把悲伤愁苦"托遗响于悲风",通过箫声传达出来。客的回答表现了一种虚无主义思想和消极的人生观,这是苏轼借客人之口流露出自己思想的一个方面。

第四段,是苏轼针对客之人生无常的感慨陈述自己的见解,以宽解对方。客曾"羡长江之无穷",愿"抱明月而长终"。苏轼即以江水、明月为喻,提出"逝者如斯,而未尝往也;盈虚者如彼,而卒莫消长也"的认识。如果从事物变化的角度看,天地的存在不过是转瞬之间;如果从不变的角度看,则事物和人类都是无穷尽的,不必羡慕江水、明月和天地。自然也就不必"哀吾生之须臾"了。这表现了苏轼豁达的宇宙观和人生观,他赞成从多角度看问题而不同意把问题绝对化,因此,他身处逆境中也能保持豁达、超脱、乐观和随缘自适的精神状态,并能从人生无常的怅惘中解脱出来,理性地对待生活。而后,作者又从天地间万物各有其主、个人不能强求予以进一步的说明。江上的清风有声,山间的明月有色,江山无穷,风月长存,天地无私,声色娱人,作者恰恰可以徘徊其间而自得其乐。此情此景乃缘于李白的《襄阳歌》"清风朗月不用一钱买,玉山自倒非人推",进而深化之。

第五段,写客听了作者的一番谈话后,转悲为喜,开怀畅饮,"相与枕藉乎舟中,不知东方之既白"。照应开头,极写游赏之乐,而至于忘怀得失、超然物外的境界。

这篇赋在艺术手法上有如下特点:

"情、景、理"融合。全文不论抒情还是议论始终不离江上风光和赤壁故事,形成了情、景、理的融合。通篇以景来贯串,风和月是主景,山和水辅之。作者抓住风和月展开描写与议论。文章分三层来表现作者复杂矛盾的内心世界:首先写月夜泛舟大江,饮酒赋诗,使人沉浸在美好景色之中而忘怀世俗的快乐心情;再从凭吊历史人物的兴亡,感到人生短促,变动不居,因而跌入现实的苦闷;最后阐发变与不变的哲理,申述人类和万物同样是永久的存在,表现了旷达乐观的人生态度。写景、抒情、说理达到了水乳交融的程度。

"以文为赋"的体裁形式。此文既保留了传统赋体的那种诗的特质与情韵,同时又吸取了散文的笔调和手法,打破了赋在句式、声律的对偶等方面的束缚,更多是散文的成分,使文章兼具诗歌的深致情韵,又有散文的透辟理念。散文的笔势笔调,使全篇文情郁郁顿挫,如"万斛泉涌"喷薄而出。与赋的讲究对偶不同,它相对更为自由,如开头的一段"壬戌之秋,七月既望,苏子与客泛舟游于赤壁之下",全是散句,参差疏落之中又有整饬之致。以下直至篇末,大多押韵,但换韵较快,而且换韵处往往就是文意的一个段落,这就使本文特别宜于诵读,并且极富声韵之美,体现了韵文的长处。

意象连贯,结构严谨。景物的连贯,不仅在结构上使全文俨然一体,精湛缜密,而且还沟通了全篇的感情脉络,起伏变化。起始时写景,是作者旷达、乐观情状的外观;"扣舷而歌之"则是因"空明""流光"之景而生,由"乐甚"向"愀然"过渡;客人寄悲哀于风月,情绪转入低沉消极;最后仍是从眼前的明月、清风引出对万物变异、人生哲理的议论,从而消释了心中的感伤。景物的反复穿插,丝毫没有给人重复拖沓的感觉,反而在表现人物悲与喜的消长的同时再现了作者矛盾心理的变化过程,最终达到了全文诗情画意与议论理趣的完美统一。

后赤壁赋

是岁十月之望,步自雪堂①,将归于临皋②。二客从予,过黄泥之坂③。霜露既降,木叶尽脱。人影在地,仰见明月。顾而乐之,行歌相答。已而叹曰:"有客无酒,有酒无肴,月白风清,如此良夜何?"客曰:"今者薄暮,举网得鱼,巨口细鳞,状如松江之鲈。顾安所得酒乎?"归而谋诸妇④。妇曰:"我有斗酒,藏之久矣,以待子不时之需。"于是携酒与鱼,复游于赤壁之下。江流有声,断岸千尺,山高月小,水落石出。曾日月之几何,而江山不可复识矣⑤!

予乃摄衣而上,履巉岩⑥,披蒙茸⑦,踞虎豹⑧,登虬龙⑨,攀栖鹘⑩之危巢,俯冯夷之幽宫⑪,盖二客不能从焉。划然长啸,草木震动,山鸣谷应,风起水涌。予亦悄然而悲,肃然而恐,凛乎其不可留也。反而登舟,放乎中流,听其所止而休焉⑫。

时夜将半,四顾寂寥。适有孤鹤,横江东来,翅如车轮,玄裳缟衣⑬,戛然长鸣,掠予舟而西也。须臾客去,予亦就睡。梦一道士,羽衣蹁跹,过临皋之下。揖予而言曰:"赤壁之游乐乎?"问其姓名,俯而不答。"呜呼噫嘻!我知之矣!畴昔之夜⑭,飞鸣而过我者,非子也邪?"道士顾笑,予亦惊寤。开户视之,不见其处。

【注释】

① 步自雪堂:从雪堂步行出发。雪堂,苏轼在黄州所建的新居,离他在临皋的住处不远,在黄冈东面。堂在大雪时建成,画雪景于四壁,故名"雪堂"。② 临皋:亭名,在黄冈南长江边上。苏轼初到黄州时住在定惠院,不久就迁至临皋亭。③ 黄泥之坂:黄冈东面东坡附近的山坡叫"黄泥坂"。坂,斜坡,山坡。④ 谋诸妇:谋之于妻,找妻子想办法。⑤ 曾日月之几何,而江山不可复识矣:才过了几天啊,

眼前的江山明知是先前的江山,而先前的景象再不能辨认了。这话是联系前次赤壁之游说的。前次游赤壁在"七月既望",距离这次仅仅三个月,时间很短,所以说"曾日月之几何"。⑥履巉岩:登上险峻的山崖。履,践,踏。巉岩,险峻的山石。⑦披蒙茸:分开乱草。蒙茸,杂乱的丛草。⑧踞:蹲或坐。虎豹:指形似虎豹的山石。⑨虬龙:指枝柯弯曲、形似虬龙的树木。虬,龙的一种。⑩栖鹘:睡在树上的鹘。栖,鸟宿。鹘,意为隼,鹰的一种。⑪俯冯夷之幽宫:低头看水神冯夷的深宫。冯夷,水神。幽,深。⑫听其所止而休焉:任凭那船停止在什么地方就在什么地方休息。⑬玄裳缟衣:下服是黑的,上衣是白的。玄,黑。裳,下服。缟,白。衣,上衣。仙鹤身上的羽毛是白的,尾巴是黑的,所以这样说。⑭畴昔之夜:昨天晚上。此语出于《礼记·檀弓》上篇"予畴昔之夜"。畴,语首助词。昔,昨。

【靓评一】

空灵奇幻中,寄托超尘绝俗之想

《后赤壁赋》当然是前赋的姊妹篇,但却似二八大姐与四岁小妹,后赋篇幅只有前者的四分之一,可是其含金量却不相上下。后赋描绘了"山高月小,水落石出"的冬夜江岸及其寥落幽峭的气氛,与《前赤壁赋》不同的是,前赋表现了开朗的胸襟和达观的生活态度,后赋却表现出了独自登高引起的悲戚情绪。最后以白鹤道士的虚幻梦境作结,于空灵奇幻中寄托超尘绝俗之想。笔调迷离惝恍,逗人遐思。

前、后《赤壁赋》又像劲松与灵芝。虽长短悬殊,但都是诗情与哲理的完美结合。艺术上的高品位,主要体现在景、情、理的高度融合,诗情到哲理的升华和凝聚,文学与哲学的完美结合。

【靓评二】

《赤壁赋》前后两篇,珠联璧合,浑然一体。文章通过同一地点(赤壁)、同一方式(月夜泛舟饮酒)、同一题材(大江、高山、清风、明月),反映了不同的时令季节,描绘了不同的大自然景色,抒发了不同的情趣,表达了不同的主题。字字如画,句句似诗,诗画合一,情景交融,真是同工异曲,各有千秋。

《后赤壁赋》是《前赤壁赋》的续篇,也可以说是姐妹篇。前赋主要是谈玄说理,后赋却是以叙事写景为主;前赋描写的是初秋的江上夜景,后赋则主要写江岸上的活动,时间也移至孟冬;两篇文章均以"赋"这种文体写记游散文,一样的赤壁景色,境界却不相同,又都具诗情画意。前赋是"清风徐来,水波不兴""白露横江,水光接天",后赋则是"江流有声,断岸千尺,山高月小,水落石出"。不同季节的山水特征,在苏轼笔下都得到了生动、逼真的反映,都给人以壮阔而自然的美的享受。

全文分为三个层次,第一层次写泛游之前的活动,包括交代泛游时间、行程、同行者以及为泛游所做的准备。写初冬月夜之景与踏月之乐,既隐伏着游兴,又很自然地引出了主客对话。面对着"月白风清"的"如此良夜",又有良朋、佳肴与美酒,再游赤壁已势在必行,不多的几行文字,又写了景,又叙了事,又抒了情,三者融为一体,至此已可转入正文,可东坡却"节外生枝"地又插进"归而谋诸妇"几句,不仅给文章增添生活气息,而且使整段"铺垫"文字更呈异彩。

第二层次乃是全文重心,纯粹写景的文字只有"江流有声"四句,却写出赤壁的崖峭山高而空清月小、水溅流缓而石出有声的初冬独特夜景,从而诱发了主客弃舟登岸、攀崖游山的雅兴。这里,作者不吝笔墨地写出了赤壁夜游的意境,安谧清幽、山川寒寂,"履巉岩,披蒙茸,踞虎豹,登虬龙,攀栖鹘之危巢,俯冯夷之幽宫",奇异惊险的景物更令人心胸开阔、境界高远。可是,当苏轼独自一人临绝顶时,那"划然长啸,草木震动,山鸣谷应,风起水涌"的场景又不能不使他产生凄清之情、忧惧之心,不得不返回舟中。文章写到这里,又突起神来之笔,写了一只孤鹤的"横江东来""戛然长鸣"后擦舟西去,于是,已经孤寂的作者更添悲悯,文章再起跌宕生姿的波澜,还为下文写梦埋下了伏笔。

最后,在结束全文的第三层,写了游后入睡的苏子在梦乡中见到了曾经化作孤鹤的道士,在"揖予""不答""顾笑"的神秘幻觉中,表露了作者本人出世入世矛盾思想所带来的内心苦闷。政治上屡屡失意的苏轼很想从山水之乐中寻求超脱,结果非但无济于事,反而给他心灵深处的创伤又添上新的哀痛。南柯一梦后又回到了令人压抑的现实。结尾八个字"开户视之,不见其处"相当迷茫,但还有双关的含义,表面上像是梦中的道士倏然不见了,更深的内涵却是苏子的前途、理想、追求、抱负又在哪里呢?

文是"句句如画、字字似诗",通过夸张与渲染,使人有身临其境之感。文中描写江山胜景,色泽鲜明,带有作者个人真挚的感情。巧用排比与对仗,又增添了文字的音乐感,读起来更增一分情趣。但总的来说,后赋思想和艺术都不及前赋。神秘色彩、消沉情绪与"赋味较淡"、"文"气稍浓是其逊色于前篇的主要原因。

饮湖上,初晴后雨二首(其二)

水光潋滟①晴方好,山色空蒙②雨亦奇。欲把西湖比西子③,淡妆浓抹总相宜。

【注释】

① 潋滟(liàn yàn):形容水波相连,在阳光下荡漾闪光。② 空蒙:形容雨中雾气迷茫、似有若无。③ 西子:西施,春秋时著名美女。

【靓评】

杭州西湖,因位于杭州城的西面而得名;而别名西子湖,则得之于这首诗。前两句描写晴天的水、雨天的山,从两种地貌、两种天气表现西湖山水风光之美和晴雨多变的特征,如同淡妆浓抹那样,写得具体、传神,具有高度的艺术概括力。有人

评论:古来多少写西湖的诗全被这两句兜揽一空。后两句是比喻:天地之间,人类最灵;人类之中,西子最美。诗人把西湖比作美女西施,说它和西施一样同为天下灵与美的极致,何况又经过或淡妆或浓抹的精心打扮呢!然而,这还不是该诗的全部奥妙。西子除了灵秀美丽,还和西湖有两点独特的契合:一是西子家乡离西湖不远;二是西子、西湖,头上都有一"西"字,叫起来自然天成。正缘于此,苏轼的这个比喻,博得了后人的称道,西湖也就被称作"西子湖"了。正所谓景因诗名,湖因诗传,人为诗美呀!

西湖是苏、杭二州冠冕上的明珠,赢得了古往今来无数中华儿女、友邦佳客的热爱和讴歌。

题西林壁①

横看成岭侧成峰,远近高低各不同。不识庐山真面目,只缘身在此山中。

【注释】

① 题西林壁:题写在西林寺墙壁上。西林寺位于庐山西麓。题:写。

【靓评】

宋神宗元丰七年(1084)五月,苏轼由黄州(今湖北黄冈)贬赴汝州(今河南临汝)任团练副使,经过九江时,顺道登临庐山,本想搁笔休闲,却难禁山水迷人,促使他写下多首庐山记游诗。这首诗是游览之后的总结,没想到竟成了传诵千载的佳作。

前两句写景,概括游览庐山所见风景的总印象。起句写自己从广览角度观赏庐山的画面;承句进一步实写庐山移步换形、千变万化的景象。这既交代了"横看成岭侧成峰"的缘由,更将庐山谷峰起伏、气象万千的"远近高低各不同"的特色做了概括而形象的描写。

后两句即景议论,写几日游山的总感受。他不落前人写景抒情的窠臼,在第三句中出人意料地独辟蹊径,笔锋一转地大写"不识庐山真面目"。既然他已从各个方面、各个角度、各个地位、各个景点写出他真实的观感,为什么还要说终究不能识别清楚庐山的真相呢?令人大惑不解,忍不住急于阅读下文。作者果然集聚全副的笔力,写出"只缘身在此山中"的结句,奇思勃发,耐人寻味,成为振起全篇、脍炙人口的警语格言。

全诗之妙,的确就在结尾两句。妙就妙在这不仅是紧承游山抒发自身独特的感受——因为置身大山之中,只能在某一特定的景点观赏其一丘一壑、一景一物;而且这是人们认识客观事物的常理,但诗人能化常为奇,提出如何能从这些具体的观察中正确全面地认识世间人事的问题,启示人们:不能局限于某一狭小的范围、特定的地位或眼前的现象去认识、判别万事万物的真相和全貌,必须全面地整体把握,高瞻远瞩,才有可能防止主观片面、认识偏差的缺陷。

诗作即景说理,浑然一体,语言晓畅,极富理趣,教人要善于从各种不同的角度,全面正确地认识事物的哲理和思想方法,因此成为人类宝贵的智慧财富。

和子由渑池怀旧①

人生到底知何似②?应似飞鸿踏雪泥。泥上偶然留指爪,鸿飞那复计东西。老僧③已死成新塔,坏壁④无由见旧题。往日崎岖还记否?路长人困蹇驴⑤嘶。

【注释】

① 此诗作于苏轼经渑池(今属河南),忆及苏辙《怀渑池寄子瞻兄》一诗,从而和之。子由:苏轼弟苏辙字子由。② "人生"句:此是和作,苏轼依苏辙原作中提到的雪泥引发人生之感。③ 老僧:即指奉闲。④ 坏壁:指奉闲僧舍。嘉祐元年(1056),苏轼与苏辙赴京应举途中曾寄宿奉贤僧舍并题诗僧壁。⑤ 蹇(jiǎn)驴:腿脚不灵便的驴子。蹇,跛脚。

【靓评】

苏轼赠和子由诗的意境,有很多和一般诗人的不同,它不是融情志于某一个能够寄托诗人心灵的客观事物,不是像"仁者乐山,智者乐水"样反复吟味,而是从不同的角度取景,构成统一的独特的意境。他常常将大千世界林林总总的山川、草木、牛羊、鸾凤、白发、青衣等事物信手拈来,通过主观感情的熔化,造成诗中的意境,他在《答谢民师书》中说谢的文章:

> 如行云流水,初无定质,但常行于所当行,常止于不可不止,文理自然,姿态横生。

这就像李白称赞别人的诗为"清水出芙蓉,天然去雕饰"一样,实质上是自己的艺术实践,是"夫子自道"。"行云流水""姿态横生"说明了苏轼赠和子由诗的意境独特处。如《和子由渑池怀旧》,苏轼自注:往岁马死于"二陵",骑驴至渑池;子由诗注:昔于子瞻应举,过宿县中寺舍,题老僧"奉闲"之壁。

读注之后,全诗便无难懂之处了,全是家常话、口头语,一气呵成,一片神行。提一个问题,自己打个比方来解答,然后发挥一下,再记下当年实事,戛然而止。行所当行,止所当止,而人生哲理、兄弟情谊,却十倍百倍于这区区八句。这首含蕴丰富、诗情沉郁、垂髫易熟、白首难穷的诗,以不可估量的魅力打动着近千年来的亿万读者。"雪泥鸿爪"一经苏轼拈出已成为雅士俗人习用的口碑俗谚。这种如行云流水、姿态横生的特点,不仅上举的一首诗有,其他如《追和子由去岁试举人洛下所寄诗五首,暴雨初晴,楼上晚景》《次韵子由绿筠堂》《次韵答邦直、子由四首》《和子由木山引水二首》等也都不是常见的先描绘景物然后抒情、托物起兴、即景抒怀的传

统方法,而是豪放自在,不拘一格,熔写景、抒情、叙事、议论于一炉,自然而来,飘然而去。这种独特意境的造成,完全来自诗人的真情实感,来自诗人对客观物境的深刻观察。

旷达超脱的襟怀、丰富浪漫的想象、浓烈深沉的感情同客观的人事景物交融为一体,借助巧妙的比喻、精辟的议论、贴切的典故表现出来,是构成苏轼赠和子由诗独特意境的另一重要手段。如上举的渑池诗就是抓住"雪泥鸿爪"的比喻来反复发挥,一层是人生似鸿爪雪泥;二层是遗迹似泥上爪痕;三层是逝者似鸿飞难计。这首诗就是这样形象而又逐层深入地回答了"人生何似"的问题,其实是指诗人难以自控的坎坷人生到底像什么的问题,苏轼的"人生如梦""古今如梦"的感慨通过这一颇含哲理的比喻深刻地表达出来。这首诗独特意境的核心构思就是借助美好的比喻反复发挥。苏善用比喻,前人早已指出,但苏轼诗中巧用比喻造成意境的特点还是值得探讨的。如《次韵答子由》《送子由使契丹》《狱中寄子由二首》四句《和子由论书》等诗篇,除去一些并不生僻的典故外,都是明白如话的,像一泓清水,一目了然。或以近况而频频相告,或因远使而殷殷嘱勉,或身陷囹圄而依依托付,或面对案几而从容论书,都是一气流走,珠圆玉润,连起承转合都不易使人觉察。令人注目的是诗中表达自己感情的一连串的比喻,如"妙语似珠穿一一,妄心似膜退重重""梦绕云山心似鹿,魂飞汤火命如鸡。眼中犀角真吾子,身后牛衣愧老妻",都是以精美贴切的比喻表现不同的内心境界,正如钱钟书先生说的,"莎士比亚式的比喻,把一连串五花八门的形象来表达一件事物的一个方面或一种状态"。苏轼的比喻还有另一个特点,就是常和议论、典故糅合在一起。如雪泥鸿爪就和人生何似的议论连在一起。上举几首诗中"凤鳞""牛衣"等既是典故,也有比喻的意味。当然苏轼诗中的议论和用典不是都依附于比喻的,苏诗中更多的是典故和议论的世界。苏轼是用议论、典故写诗的圣手。《和子由论书》可称为诗体的论文,论点精辟,充满辩证意味,却又显得十分优美,富有抒情性。至于上述诗中"扬子""元龙""宛鸿""武陵""中朝第一人""犀角"等典故,不仅必不可少,而且真是"妙语如珠穿一一"。苏轼这组赠、和诗的"行云流水、姿态横生"的散文美正是由这些化合成的,并且由此构成了诗的意境美。当然,苏诗中有些用典和议论未必尽善尽美,前人对此也间有微词,有趣的是论者的那些指责却极少见于苏轼赠、和子由的诗篇。说明这组诗在苏诗中的价值是代表着苏诗的优点而极少其弱点的。这也是这组诗的可贵处之一。

苏轼的比喻、用典和议论还常常表现出诗人特有的幽默,这幽默是从诗人的旷达、睿智的胸怀深处凝练迸发出来的,它深化了诗的意境,苏轼在作楚囚时,不作绝望的悲鸣,寄希望于"眼中犀角真吾子",而"魂飞汤火命如鸡",就带有幽默的叹息。至于"簿书颠倒""引睡文书""喙三尺""宛鸿满台阁",幽默感就更跃然纸上了,"明日无晨炊,倒床作雷鸣"(《初别子由》),"谷鸟惊棋响,山蜂识酒香"(《次韵子由绿筠堂》),"醉倒自谓吾符神"(《和子由踏青》)等妙句则更是令人忍俊不禁的幽默语。

一般说,幽默来自旷达。苏轼一向是"好大世界,无遮无碍"式的人物,深受庄子影响。但东坡的旷达却与庄子的旷达不尽相同。他的旷达不仅未导致他对人生、社会的彻底否定,而且往往在旷达中表现出严于律己的精神,在赠、和子由诗中常有诗人自嘲自责的诗句。

毫无疑问,他的诗是我们伟大祖国艺术宝库里的瑰宝。仅从赠、和子由诗来看,其思想与艺术都是值得学习研究的。同时,从这组诗还可以看北宋那时"忽剌剌大厦倾"的风云变化。所以,苏轼赠、和子由的这组诗堪称是他的时代和他的诗心的剪影。

水龙吟①·次韵章质夫②杨花词

似花还似非花,也无人惜从教坠。抛家傍路,思量却是,无情有思③。萦损柔肠④,困酣娇眼,欲开还闭。梦随风万里,寻郎去处,又还被莺呼起⑤。　　不恨此花飞尽,恨西园、落红难缀。晓来雨过,遗踪何在?一池萍碎。春色三分⑥:二分尘土,一分流水。细看来,不是杨花,点点是离人泪。

【注释】

① 水龙吟:词牌名。又名"龙吟曲""庄椿岁""小楼连苑"。② 章质夫:即章楶(jié),建州浦城(今属福建)人。时任荆湖北路提点刑狱,常与苏轼诗词酬唱。③ 无情有思:言杨花看似无情,却自有它的愁思。④ 萦:萦绕、牵念。柔肠:柳枝细长柔软,故以柔肠为喻。用唐白居易《杨柳枝》诗:"人言柳叶似愁眉,更有愁肠如柳枝。"⑤ "梦随"三句:用唐金昌绪《春怨》诗"打起黄莺儿,莫教枝上啼。啼时惊妾梦,不得到辽西"。⑥ 春色:代指杨花。

【靓评】

苏东坡贬谪黄州时,其好友章质夫曾写《水龙吟》一首,内容是咏杨花的。因为该词写得形神兼备、笔触细腻、轻灵生动,达到了相当高的艺术水平,因而受到当时文人的推崇赞誉,盛传一时。苏东坡也很喜欢章质夫的《水龙吟》,并和了这首《水龙吟·次韵章质夫杨花词》寄给章质夫,还特意告诉他不要给别人看。章质夫慧眼识珠,赞赏不已,也顾不得苏东坡的特意相告,赶快送给他人欣赏,才使得这首千古绝唱得以传世。

这首词的上阕主要写杨花飘忽不定的际遇和不即不离的神态。

"似花还似非花,也无人惜从教坠。"开头一韵,非同凡响,道出了杨花的性质和际遇。"似花还似非花":杨花即柳絮。看着柳絮像花又毕竟不是花。艺术手法上显得很"抽象",但仔细品味琢磨,这"抽象"超出了具体形象,一语道出了柳絮的性质。这一句与欧阳修的"环滁皆山也"可谓异曲同工。一般来讲,艺术要求用形象反映事物。而苏东坡却"反其道而行之",匠心独运,以"抽象"写出了非同凡响的艺术效果。因此,在艺术描写上,"抽象"有"抽象"的妙用。"也无人惜从教坠",则言其际遇之苦,没有人怜惜这像花又毕竟不是花的柳絮,只有任其坠落,随风而去。"无人惜"是诗人言其飘零无着、不被人爱怜的际遇,也正说明了唯独诗人惜之。一个"惜"字,实在是全篇之"眼",妙不可言。

"抛家傍路,思量却是,无情有思。"这一韵承接上一韵中的"坠"字展开,赋予柳絮以人的性情。"抛家傍路"说杨花的飘忽无着,仔细思量,那柳絮坠离枝头,"抛家"而去,不是很无情吗?可是柳絮"傍路"飘零,却又依依难舍,恋"家"之情跃然纸上。真是"道是无情却有情"!"有思"言其不忍离别的愁思和痛苦。其实,这是诗人的想象,"思量"是"惜"的进一步深入,使杨花飘忽不定的形态具有了人的情感。

"萦损柔肠,困酣娇眼,欲开还闭。"这一韵承接上一韵的"有思",采用拟人的手法,以极其细腻独到的笔致,尽写柳絮飘忽迷离的神态,让人柔肠百转,思绪万千,叹为观止。从上阕"无情有思"开始,诗人便展开想象的羽翼,把杨花比喻为一个思亲少妇,将"有思"具体化、形象化,活脱脱地展示出她的完整形象。这里,"有思"成为思亲少妇的"愁思"。因"愁思"而"萦损柔肠",因"愁"而"柔",因"柔"而"损";"愁思"煎熬则"困","困"则"娇眼""欲开还闭"。思亲少妇的情态被诗人描写、刻画得极其细腻,从而把柳絮随风而坠、时起时落、飘忽迷离、勾魂摄魄的形态,生动地呈现在我们面前,真乃神来之笔。

"梦随风万里,寻郎去处,又还被莺呼起。"少妇"有思","有思"的情态也描摹出来。那么少妇为何而思?上阕的最后一韵做了回答:她在思念远方的夫婿。这一韵化用了"打起黄莺儿,莫教枝上啼。啼时惊妾梦,不得到辽西"的诗意。"梦随风万里"既写少妇之梦,又关合柳絮飘忽迷离,轻盈若梦。愁中入梦,梦里与远在万里的君郎相逢,却被莺儿的啼声惊醒,怎不让人愁更愁,简直让人恼恨了!

纵观上阕是以人状物,虽然是在咏柳絮,却叫人难分诗人是在写柳絮还是写思妇。柳絮与思妇达到了"你中有我,我中有你",水乳交融、貌似神合的境界,不禁令人想起庄子做过的一个梦:"昔者庄周梦为蝴蝶,栩栩然蝴蝶也。不知周之梦为蝴蝶,蝴蝶之梦为周与?周与蝴蝶,则必有分矣。此之谓'物化'。"

词的下阕与上阕相呼应,主要是写柳絮的归宿,感情色彩更加浓厚。

"不恨此花飞尽,恨西园、落红难缀。"在上阕"惜"和"愁"的情绪基础上,诗人下阕的头一韵直抒胸臆,"愁"化作"恨",倾注惜春之情,也是在更深的层次上写柳絮"也无人惜从教坠"的际遇。这一韵应和上阕首韵"似花还似非花,也无人惜从教坠"。表面上看,因为柳絮像花又毕竟不是花,所以不必去"恨",应该"恨"的是西园遍地落英,"零落成泥碾作尘",春去无奈,最可怜惜。然而,细细斟酌,"落红难缀"更反衬出柳絮

"无人惜"的遭际,诗人用这种手法进一步写出了对柳絮独"惜"的情愫。

"晓来雨过,遗踪何在?一池萍碎。"拂晓的一场春雨过后,那随风飘舞、"抛家傍路"却"无人惜"的柳絮上哪儿去了呢,为何无踪无影,荡然无存了?"一池萍碎"即是回答。看到满池细碎的浮萍,诗人蓦然清醒——原来那沸沸扬扬、满天的飞絮都化作了水上的浮萍。这里,"遗踪何在"是问题,"一池萍碎"是结果,而"晓来雨过"是柳絮化为浮萍的客观条件。柳絮化为了浮萍,用现在的科学观点来看,是不可能的。但诗人"惜"柳絮又不忍看到它凭空消逝的伤感却得到慰藉。何况柳絮坠落,化为浮萍也是当时的"公认"。"遗踪何在"一句写得极好,把诗人对春雨过后,柳絮消失的心理情态尽写出来,又起到了"承上启下"的作用,实属难得。

"春色三分:二分尘土,一分流水。"这一韵从柳絮的"遗踪"荡然无存生发,以简洁洗练的句子写出了春光易逝的伤感。虽然花落无情,好景不长,然而春去有"归":一部分归为尘土,一部分归为流水。即使如此,也是"无可奈何花落去",柳絮不复存在,大好的春光也随着柳絮的消失一去不复返了。"惜"柳絮,进而"惜"春光,诗人的情感袒露无遗。"春色三分"一句很是别出心裁。许多骚人墨客写下了不少类似的句子,如"天下三分明夜月,二分无赖是扬州""三分春色两分愁,更一分风雨"等都是经典。但是我们仔细玩味,不难看出,上述名句都不如苏东坡的语意蕴藉、含蓄、巧妙。

"细看来,不是杨花,点点是离人泪。"这最后一韵,是具有归结性的震撼全篇的点睛之笔。那沸沸扬扬、飘忽迷离的柳絮在诗人的眼里竟然"点点是离人泪"!这一韵照应了上阕"思妇""愁思"的描写,比喻新奇脱俗,想象大胆夸张,感情深挚饱满,笔墨酣畅淋漓,蕴意回味无穷,真是妙笔神功!

前人对苏东坡的这首"和词"与章质夫的"原唱"孰优孰劣,曾有过争执。归纳起来,观点有三。一说"原唱"优,"曲尽杨花妙处";二说"和词"优,"幽怨缠绵,直是言情,非复赋物";三说"均为绝唱","不容轩轾"。究竟如何?我们先来看看章质夫的"原唱"。词曰:

>燕忙莺懒芳残,正堤上杨花飘坠。轻飞乱舞,点画青林,全无才思。闲趁游丝,静临深院,日长门闭。傍珠帘散漫,垂垂欲下,依前被风扶起。　　兰帐玉人睡觉,怪青衣,雪沾琼缀。绣床渐满,香球无数,才圆却碎。时见蜂儿,仰黏轻粉,鱼吞池水。望章台路杳,金鞍游荡,有盈盈泪。

面对一件艺术珍品,每个人都有自己的审美观点,不同的审美观点获得不同的审美享受,这是正常的。但是有了一个审美价值比较问题,有个孰优孰劣的评价和选择问题,章质夫的这首《水龙吟》形神兼备,笔触细腻,轻灵生动,是一篇难得的佳作。然而,只要与苏东坡的这首"和词"加以比较,章质夫的"原唱"就相形见绌了。

大凡诗词,"言气质,言神韵,不如言境界。有境界,本也。气质、神韵,末也。有境界而二者随之"。因此,只做到形神兼备还不够,还必须做到"有境界"。观章质夫的"原唱",虽然描写细腻生动,气质神韵不凡、"潇洒喜人",但终归是"织绣功夫","喜人"并不感人。苏东坡的"和词""先乎情","以性灵语咏物,以沉着之笔达出",不仅写了杨花的形、神,而且写景"言情",在杨花里倾注了自己的深挚情感,产生了强烈的艺术感染力,达到了高超的艺术境界,从而获得了永恒的艺术生命。这是"原唱"望尘莫及的。

"和词"胜于"原唱",也突出表现在艺术构思上。"原唱"在总体上没有跳出咏物写景的园囿,而"和词"却别有洞天,采用拟人的艺术手法,把咏物与写人有机地、巧妙地结合起来,栩栩如生地刻画出一个完整的思妇形象,写柳絮的际遇,绾合着思妇的际遇,情景交融,物我一体。这也是"原唱"无法相比的。

在语言艺术特色上,"原唱"虽然精巧灵动,但也不过是"大珠小珠落玉盘",令人惊奇和感动的好句子不多。而"和词"的语言却新颖别致,舒放自如,好句比比皆是。如"似花还似非花""无情有思""萦损柔肠,困酣娇眼,欲开还闭""春色三分:二分尘土,一分流水""点点是离人泪"等,都可圈可点、令人称颂。

王国维在《人间词话》中说:"东坡杨花词,和韵而似元唱;章质夫词,元唱而似和韵。"步韵填词,从形式到内容,必然受到原唱的约束和限制,尤其是在"原唱"已经达到了很高的艺术水平的情况下,"和韵"要超越"原唱"实属不易。但苏东坡却举重若轻,写出了这首"和韵而似元唱"的杰作,真可谓旷世奇才。

水调歌头①

丙辰②中秋,欢饮达旦③,大醉,作此篇,兼怀子由。

明月几时有?把酒问青天。不知天上宫阙④,今夕是何年。我欲乘风归去,又恐琼楼玉宇⑤,高处不胜寒。起舞弄清影,何似在人间! 转朱阁,低绮户,照无眠⑥。不应有恨,何事长向别时圆?人有悲欢离合,月有阴晴圆缺,此事古难全。但⑦愿人长久,千里共婵娟⑧。

【注释】

① 水调歌头:词牌名。② 丙辰:熙宁九年(1076)。③ 达旦:至早晨。④ 天上宫阙:指月中宫殿。阙,古代城墙后的石台。⑤ 琼楼玉宇:美玉砌成的楼宇,指想象中的仙宫。⑥ 转朱阁,低绮户,照无眠:月儿转过朱红色的楼阁,低低地挂在雕花的窗户上,照着没有睡意的人。朱阁,朱红的华丽楼阁。绮户,雕饰华丽的门窗。⑦ 但:只。⑧ 千里共婵娟:虽然相隔千里,也能一起欣赏这美好的月光。共,一起欣赏。婵娟,指月亮。

【靓评】

神来妙笔　顶峰绝唱
——苏轼中秋词新赞

近年来，每当月圆之夜，尤其是中秋之夜，都常想起苏轼的咏中秋词。"人有悲欢离合，月有阴晴圆缺。"这样的名句，全世界凡有华人地方，多是耳熟能详的，我的父辈、孙辈都能倒背如流，赞美有加。可是我有时追思一下，这首词应赞在何处？美在何处？又觉有点茫然。最近养病，又临中秋，就想解此"茫然"，就想对此做一探讨。近日我反复思考，初步认为此词有四大特色，值得点赞！

一是集前人之优，树后人难以逾越的高峰。

苏轼之前写月亮的，写中秋的，名列前茅的是李白、杜甫等唐诗：

"青天有月来几时？""月下飞天镜。""永结无情游，相期邈云汉。"（李白）

"月是故乡明。""昨夜月同行。""月涌大江流。""环佩空归月夜魂。"（杜甫）

"天秋月又满，城阙夜千重。"（戴叔伦）

"海上生明月，天涯共此时。"（张九龄）

"野旷天低树，江清月近人。"（孟浩然）

"秦时明月汉时关，万里长征人未还。"（王昌龄）

"烟笼寒水月笼沙。""二十四桥明月夜。"（杜牧）

"多情只有春庭月，犹为离人照落花。"（张泌）

"沧海月明珠有泪。""夜吟应觉月光寒。"（李商隐）

"云边雁断胡天月，陇上羊归塞草烟。"（温庭筠）

"孤灯闻楚角，残月下章台。"（韦庄）

"月黑雁飞高，单于夜遁逃。"（卢纶）

"回乐峰前沙似雪，受降城外月如霜。"（李益）

……

将月儿的美姿靓态，异样时空，悲喜故事，写得尽善尽美。再来细细品味苏轼词。苏轼这首词和李白的"床前明月光""举杯邀明月"诗作一样，已融入中华民族的血脉，成为老少咸宜，妇孺耳熟能详的绝妙好词。词的小序点明"兼怀子由"（轼弟辙，字子由）。他俩文学齐名，政见相同，遭遇相类，而又相互关爱，所以该词既有"高处不胜寒"之感伤，更多"但愿人长久"之祝愿。

词写中秋月色，人在月色中的浪漫遐想，"起舞弄清影"正是李白的"我歌月徘徊，我舞影凌乱"（《月下独酌》）之意境，而"不应有恨，何事长向别时圆？"这一幼稚痴语正是以哲人智慧吐心头感慨，比石曼卿的"月如无恨月长圆"更有针对性。而"人有悲欢离合……千里共婵娟"几句，情理、祝愿比翼齐飞，舒展了千千万万人的离别惆怅,寄托了千千万万人的良好祝福。一声扬起,天下共唱,一言而出,天下共鸣!百载无逊色,千年有知音!像唐朝张若虚的《春江花月夜》一样脍炙人口,成为咏中秋的绝唱!

再细细品味,会自然感到苏轼词像一个聚宝盆,前人珍宝,月的形、神、引申、展望之美,圆月、残月、映水笼纱之月、伴歌近人之月、寒月珠泪相伴、如霜的边月……前人众美,欢聚跃动在苏词中。又再细想,苏词像是个造宝机,万能的妙手,做出了令人难仿的宝物。形的变化更为完备("阴晴圆缺""起舞弄清影"),神的升华更为新进("此事古难全""又恐琼楼玉宇,高处不胜寒"),引申展望更为丰富华彩("但愿人长久"),从而让这首写中秋月情的千古绝唱,令人顶礼膜拜,只能"高山仰止",无法逾越!

二是点燃了各阶层的亲情,对亲人、爱人的思念、关爱、企盼、祝福……

人们一想起苏轼这首词,一读起苏轼这首词,会从不同角度、不同时地、不同心境,涌出当时情感,或不觉潸然,或低回唏嘘,或浩歌吟唱,或挥洒疾书。这首词像星火燎原一样,点燃了人们的感情思亲之火。

虽然苏轼词里侧重的是兄弟之情,可是人们感受到的却是席卷而来的思念父母、妻儿、文朋诗友等多阶层人士的感情。正像燎原之火既已燃烧,这原上的灵芝、蒿莱、蒲草、花木,皆被点燃,一发不可收遏。

三是给后人开阔更多创新的想象、联想的空间。

苏轼中秋词并不是此词一出,后皆束手,而是此词一出,众皆欢呼、惊叹,誉之为此题的巅峰之作,又觉其并非"关门",而是不断为后人开拓创新之路,给后人提供更多的想象、联想的空间。中国诗坛,李白可以说是当之无愧的咏月圣手,他的月亮诗是盖世无双的!可是在咏中秋月的诗作中,不得不让"后来居上"!这就是创新的延续,创新道路的新设,让人一想到此,不觉茅塞顿开,神清气朗,迸发"我亦能之"的启示。

四是妙手偶得的难以伦比之美。

苏轼中秋词,是一种妙手偶得的神来之笔,是天才作家的天才之最。

不经意的开头,自然的衔接,举首低头,描月色,念嫦娥,思亲人,叹遭遇,恨不得插翅欲飞,却又面对无奈的现实,只能就美月发痴问"人有悲欢离合,月有阴晴圆缺",说绝了人间相思,托美月传递祝福。真正罗前人惊艳众美,启后人无尽靓思!

你朗读也好,默诵也好,低吟也好,或是看录像、听名家载歌载舞的演唱——今人许多歌星,多曾为演唱此词者,有的古调今弹,有的另谱新曲——皆尽美善,一样闻声销魂,都一经入览入耳,就美感纷来,兴味盎然,感到心神俱醉,陶醉在美的意象中、美的氛围中,真要像古人讲的:连连浮白,拊掌称快!

张若虚《春江花月夜》孤篇压全唐,苏东坡《水调歌头》孤篇压唐宋。

李清照

李清照(1084—1155)：号易安居士，山东济南人。南宋杰出女文学家。靖康之变后，她与丈夫、金石学家赵明诚避乱江南。丈夫病死后，她独自漂流于杭州、越州、金华一带，度过了凄苦孤寂的晚年。诗、词、文、赋方面都有成就，而以词最著名。主张"词别是一家"，反对以诗文之法作词。善于以清新奇特的艺术形象抒发情感，语言新颖明快，艺术上有独创性，是婉约词派的代表作家。有《李清照集》。

金石录后序①

右②金石录三十卷者何？赵侯德父③所著书也。取上自三代④，下迄五季⑤，钟、鼎、甗、鬲、盘、彝、尊、敦之款识⑥，丰碑、大碣⑦，显人晦士之事迹，凡见于金石刻者二千卷，皆是正伪谬，去取褒贬，上足以合圣人之道，下足以订史氏之失者，皆载之，可谓多矣。

呜呼，自王播⑧、元载之祸，书画与胡椒无异；长舆、元凯之病⑨，钱癖与传癖何殊。名虽不同，其惑一也。

余建中辛巳，始归赵氏。时先君⑩作礼部员外郎，丞相⑪时作吏部侍郎。侯年二十一，在太学作学生。赵、李族寒，素贫俭。每朔望谒告出，质衣，取半千钱，步入相国寺⑫，市碑文果实。归，相对展玩咀嚼，自谓葛天氏⑬之民也。后二年，出仕宦，便有饭蔬衣练，穷遐方绝域，尽天下古文奇字⑭之志。日就月将，渐益堆积。丞相居政府，亲旧或在馆阁，多有亡诗、逸史，鲁壁、汲冢所未见之书，遂力传写，浸觉有味，不能自已。后或见古今名人书画，一代奇器，亦复脱衣市易。尝记崇宁⑮间，有人持徐熙⑯牡丹图，求钱二十万。当时虽贵家子弟，求二十万钱岂易得耶。留信宿⑰，计无所出而还之。夫妇相向惋怅者数日。

后屏居乡里十年，仰取俯拾，衣食有余。连守两郡，竭其俸入，以事铅椠。每获一书，即同共勘校，整集签题。得书、画、彝⑱、鼎，亦摩玩舒卷，指摘疵病，夜尽一烛为率。故能纸札精致，字画完整，冠诸收书家。余性偶强记，每饭罢，坐归来堂⑲烹茶，指堆积书史，言某事在某书、某卷、第几叶、第几行，以中否角胜负，为饮茶先后。中即举杯大笑，至茶倾覆怀中，反不得饮而起。甘心老是乡矣。故虽处忧患困穷，而志不屈。收书既成，归来堂起书库大橱，簿甲乙，置书册。如要讲读，即请钥上簿⑳，关出卷帙。或少损污，必惩责揩完涂改，不复向时之坦夷也。是欲求适意，而反取僇栗。余性不耐，始谋食去重肉㉑，衣去重采㉒，首无明珠、翠羽之饰，室无涂金、刺绣之具。遇书史百家，字不刓缺㉓，本不讹谬者，辄市之，储作副本。自来家传周易、左氏传,故两家者流,文字最备。于是几案罗列,枕席枕藉,意会心谋,目往神授,乐在声色狗马之上。

至靖康丙午岁㉔,侯守淄川㉕,闻金寇犯京师,四顾茫然,盈箱溢箧,且恋恋,且怅怅,知其必不为己物矣。建炎丁未㉖春三月,奔太夫人㉗丧南来。既长物不能尽载,乃先去书之重大印本者,又去画之多幅者,又去古器之无款识者,后又去书之监本㉘者,画之平常者,器之重大者。凡屡减去,尚载书十五车。至东海㉙,连舻渡淮,又渡江,至建康。青州故第,尚锁书册什物,用屋十余间,期明年春再具舟载之。十二月,金人陷青州㉚,凡所谓十余屋者,已皆为煨烬矣。

建炎戊申㉛秋九月,侯起复㉜知建康府。己酉㉝春三月罢,具舟上芜湖,入姑孰㉞,将卜居赣水上。夏五月,至池阳㉟。被旨知湖州,过阙上殿㊱。遂驻家池阳,独赴召。六月十三日,始负担,舍舟坐岸上,葛衣岸巾㊲,精神如虎,目光烂烂射人,望舟中告别。余意甚恶,呼曰:"如传闻城中缓急,奈何?"戟手㊳遥应曰:"从众。必不得已,先弃辎重,次衣被,次书册卷轴,次古器,独所谓宗器者,可自负抱,与身俱存亡,勿忘也。"遂驰马去。途中奔驰,冒大暑,感疾。至行在,病痁。七月末,书报卧病。余惊怛,念侯性素急,奈何病痁㊴;或热,必服寒药,疾可忧。遂解舟下,一日夜行三百里。比至,果大服柴胡、黄芩㊵药,疟且痢,病危在膏肓㊶。余悲泣,仓皇不忍问后事。八月十八日,遂不起。取笔作诗,绝笔而终,殊无分香卖履之意。

葬毕,余无所之。朝廷已分遣六宫,又传江当禁渡。时犹有书二万卷,金石刻二千卷,器皿、茵褥,可待百客,他长物称是㊷。余又大病,仅存喘息。事势日迫。念侯有妹婿,任兵部侍郎㊸,从卫在洪州㊹,遂遣二故吏,先部送㊺行李往投之。冬十二月,金寇陷洪州,遂尽委弃。所谓连舻渡江之书,又散为云烟矣。独余少轻小卷轴书帖、写本李、杜、韩、柳集㊻,《世说》《盐铁论》㊼,汉唐石刻副本数十轴,三代鼎鼐十数事,南唐写本书数箧,偶病中把玩,搬在卧内者,岿然独存。

上江㊽既不可往,又虏势叵测,有弟迒,任敕局删定官㊾,遂往依之。到台,守已遁。之剡,出陆,又弃衣被。走黄岩,雇舟入海,奔行朝㊿。时驻跸章安,从御舟海道之温,又之越。庚戌㉛十二月,放散百官,遂之衢㉜。绍兴辛亥㉝春三月,复赴越,壬子,又赴杭。

先侯疾亟时,有张飞卿学士,携玉壶过,视侯,便携去,其实珉也。不知何人传道,遂妄言有颁金㉞之语。或传亦有密论列者。余大惶怖,不敢言,遂尽将家中所有铜器等物,欲走外廷投进㉟。到越,已移幸四明。不敢留家中,并写本书寄剡。后官军收叛卒,取去,闻尽入故李将军家。所谓岿然独存者,无虑十去五六矣。惟有书画砚墨,可五七簏,更不忍置他所。常在卧榻下,手自开阖。在会稽,卜居土民钟氏舍。忽一夕,穴壁负五簏去。余悲恸不已,重立赏收赎。后二日,邻人钟复皓出十八轴求赏,故知其盗不远矣。万计求之,其余遂不可出。今知尽为吴说㊱运使贱价得之。所谓岿然独存者,乃十去其七八。所有一二残零不成部帙书册,三数种平平书帙,犹复爱惜如护头目,何愚也耶。

今日忽阅此书,如见故人。因忆侯在东莱静治堂⑰,装卷初就,芸签缥带,束十卷作一帙。每日晚更散,辄校勘二卷,跋题一卷。此二千卷,有题跋者五百二卷耳。今手泽如新,而墓木已拱。悲夫!

昔萧绎江陵陷没,不惜国亡,而毁裂书画㊳;杨广江都倾覆,不悲身死,而复取图书㊴。岂人性之所著,死生不能忘之欤?或者天意以余菲薄,不足以享此尤物耶?抑亦死者有知,犹斤斤爱惜,不肯留在人间耶?何得之艰而失之易也。

呜呼!余自少陆机作赋之二年,至过蘧瑗知非之两岁㊵,三十四年之间,忧患得失,何其多也!然有有必有无,有聚必有散,乃理之常。人亡弓,人得之,又胡足道!所以区区记其终始者,亦欲为后世好古博雅者之戒云。

绍兴二年玄黓岁壮月朔甲寅,易安室题。

【注释】

① 这是李清照为其夫赵明诚所著《金石录》一书所写的后序。作于绍兴四年。② 右:以上。后序在书末故云。③ 赵侯德父:唐时以州、府长官称侯,赵明诚曾任莱州、淄州、建康府及湖州长官。德父,赵明诚之字。④ 三代:夏、商、周三朝。⑤ 五季:即五代后梁、后唐、后晋、后汉、后周。⑥ 钟:青铜铸乐器。鼎:青铜铸炊具。款识:铭刻在金石器物上的文字。⑦ 丰碑、大碣:古以长方形刻石为碑,圆形刻石为碣。丰,大。⑧ 王播:唐文宗时人。此为李清照笔误,应是王涯,唐文宗时人,酷爱收藏。甘露之变时为宦官所杀,家产被抄没,所藏书画,尽弃于道。⑨"长舆、元叙"句:典出《晋书·杜预传》"预常称(王)济有马癖。武帝闻之,谓预曰:'卿有何癖?'对曰:'臣有《左传》癖。'"⑩ 先君:指作者父亲李格非。⑪ 丞相:指赵明诚父,曾官至尚书右仆射(相当于丞相)。⑫ 相国寺:北宋时汴京(今河南开封)最大的寺庙。⑬ 葛天氏:传说中远古时代的帝王,其时民风淳朴,安居乐业。⑭ 古文奇字:指秦汉碑版刻石之文字。⑮ 崇宁:宋徽宗年号。⑯ 徐熙:五代时南唐著名画家。⑰ 信宿:两夜。⑱ 彝:青铜制祭器。⑲ 归来堂:赵李二人退居青州时住宅名,取陶渊明《归去来辞》意。⑳ 请钥:取钥匙。上簿:登记。㉑ 重肉:两样荤菜。㉒ 重采:两件绸衣。㉓ 刓缺:缺落。㉔ 靖康丙午岁:宋钦宗靖康元年(1126)。㉕ 淄川:即淄州,今山东淄博。㉖ 建炎丁未:宋高宗建炎元年(1127)。㉗ 太夫人:指赵明诚之母。㉘ 监本:国子监刻印的版本。㉙ 东海:即海州,今江苏连云港一带。㉚ 青州:今山东青州。㉛ 建炎戊申:建炎二年(1128)。㉜ 起复:居丧未满期而被任用。㉝ 己酉:建炎三年(1129)。㉞ 姑孰:今安徽当涂。㉟ 池阳:今安徽贵池。㊱ 过阙上殿:指朝见皇帝。㊲ 葛衣岸巾:穿葛布衣,戴露额头巾。㊳ 戟手:举手屈肘如戟状。㊴ 痁(shān):疟疾。㊵ 柴胡、黄芩:两味退热的中药。㊶ 膏肓:典

出《左传·成公十年》"在肓之上,膏之下,攻之不可,达之不及,药不至焉,不可为也。"㊷ 他长物称是:其余用物与此数相当。㊸ 兵部侍郎:兵部副长官。㊹ 从卫:担任皇帝的侍从、警卫。洪州:今江西南昌。㊺ 部送:押送。㊻ 李、杜、韩、柳集:唐代著名文学家李白、杜甫、韩愈、柳宗元的作品集。㊼《世说》:即《世说新语》。《盐铁论》:汉桓宽著。㊽ 上江:指今安徽一带,以其在今江苏上游故名。㊾ 敕局删定官:负责编辑皇上诏令的官员。㊿ 行朝:同"行在"。(51) 庚戌:建炎四年(1130)。(52) 衢:衢州,治所在今浙江衢县(2001 年撤销)。(53) 绍兴辛亥:宋高宗绍兴元年(1131)。(54) 颁金:分取金银财物。(55) 外廷:同"行朝"。投进:进献。(56) 吴说:宋代著名书法家。时任福建路转运判官,故称运使。(57) 东莱:即莱州。静治堂:当为赵、李之书斋名。(58)"昔萧绎"三句:梁元帝,名绎字世诚,自号金缕子。西魏伐梁,江陵陷没,他"聚图书十余万卷尽烧之"。(59)"杨广"三句:唐颜师古撰传奇《南部烟花录》载,其死后显灵将生前所珍爱的书卷尽数据为己有。(60) 过蘧瑗知非之两岁:指五十二岁。蘧瑗,字伯玉,春秋时卫国大夫。

【靓评】

《金石录后序》是一篇带有自传性的而又抒情性极强的文学散文。

这篇《金石录后序》(以下简称《后序》),是李清照为故夫赵明诚的金石学名著《金石录》一书所作的序言。在《金石录》编撰过程中,赵明诚曾写过一篇《〈金石录〉序》。宋徽宗政和七年(1117),赵明诚又再三请河间刘跂为《金石录》前三十卷撰序。刘跂于同年九月完成好友赵明诚所嘱,其文题作《〈金石录〉后序》(以下简称"刘序")。李清照所撰《后序》,虽与"刘序"的题目相同,但她是在赵明诚逝世、由她继续完成丈夫的未竟之业后写下的。同样是为《金石录》作序,李清照的《后序》,与赵明诚的自序和"刘序"大不相同。后二者系就书论书,只谈与《金石录》直接相关的事,文字简洁平实,是两篇很典型的书序。李清照的《后序》却是匠心独运,在剪裁、叙事、抒情等方面迥别于一般书序,具有很强的艺术感染力。她所结撰的重点是放在叙述金石书画的"得之艰而失之易"上,在我国散文史上占有不可替代的位置,理所当然地受到人们极大的关注和很高的评价,南宋的洪迈、近人浦江清评说得当。洪迈是就《后序》的叙事旨归而建言,他说:"其妻易安居士,平生与之同志,赵殁后,愍悼旧物之不存,乃作后序,极道遭变故本末。"(《容斋四笔》卷五)言简意赅,准确地道出了洋洋两千言《后序》的叙事脉络,其更大的贡献还在于为后世留下了亲眼所见宋版《后序》所云之撰署日期为绍兴四年(1134)。这就极有力地说明了明抄本的"绍兴二年"之误。因为"绍兴二年"对李清照来说是一个多事之秋:这年的春夏她得了重病,又因与张汝舟的离异诉讼吃官司、坐牢……在这种情况下,她哪里会有心思去整理《金石录》并撰写《后序》? 而"绍兴四年"则正是赵明诚逝世五周年,是时痛定思痛而作《后序》,顺理成章!

而浦江清则从另外的角度道出了《后序》的价值所在:此文详记夫妇两人早年之生活嗜好,及后遭逢离乱,金石书画由聚而散之情形,不胜死生新旧之感。一文情并茂之佳作也。赵、李事迹,《宋史》失之简略,赖此文而传,可以当一篇合传读。故此文体例虽属于序跋类,以内容而论,亦同自叙文。清照本长于四六,此文却用散笔,自叙经历。其晚境凄苦郁闷,非为文而造情者,故不求其工而文自工也。

醉花阴①

薄雾浓云愁永昼②,瑞脑销金兽③。佳节又重阳④,玉枕纱厨⑤,半夜凉⑥初透。东篱⑦把酒黄昏后,有暗香⑧盈袖。莫道不销魂⑨,帘卷西风⑩,人比黄花瘦⑪。

【注释】

① 醉花阴:词牌名,又名"九日",双调小令。② 云:一作"雾",一作"阴"。永昼:漫长的白天。③ 瑞脑:一种薰香名。又称龙脑,即冰片。消金兽:香炉里香料逐渐燃尽。金兽,兽形的铜香炉。④ 重阳:农历九月九日为重阳节。⑤ 纱厨:即防蚊蝇的纱帐。见宋周邦彦《浣溪沙》:"薄薄纱厨望似空,簟纹如水浸芙蓉。"厨,一作"窗"。⑥ 凉:一作"秋"。⑦ 东篱:泛指采菊之地。"东篱"亦成为诗人惯用之咏菊典故。⑧ 暗香:这里指菊花的幽香。⑨ 销魂:形容极度忧愁、悲伤。见南朝江淹《别赋》:"黯然销魂者,惟别而已矣。"销,一作"消"。⑩ 帘卷西风:秋风吹动帘子。西风,秋风。⑪ 比:一作"似"。黄花:指菊花。《礼记·月令》:"鞠有黄华。"鞠,本用菊。唐王绩《九月九日》:"忽见黄花吐,方知素节回。"

【靓评】

历来欣赏这首词总是说到《琅嬛记》中赵明诚废寝忘食三昼夜得五十首杂易安作以示友人,友人赞叹易安最后三句绝佳的故事,或只品赏"瘦"字之为词眼,而探讨全篇之意境则比较少。这首词与王维的《九月九日登高忆山东兄弟》可谓异曲同工之作。王以登高遥望,想象飞驰,抒发"每逢佳节倍思亲"的感情;李清照从幽闺辗转,独度佳节生出浓烈的离愁。它依然保持着清照词早期的柔润、细腻,并且回响着早年那种敏感的心灵颤音;但细味之后,却与早期词有迥然不同处,它已不再有"浓睡不消残酒"的醉态与娇态了,相反换上了孤寂的心情和憔悴的面影,已是后期"寻寻觅觅"哀音的前奏。同婉约派另一词人秦观取材相似的词比较,更可看出李清照这一时期词的意境。

大千世界,林林总总,李清照为什么那么钟爱黄花、兽香,同为一物,为什么突出那流水的汩汩、黄花的清瘦;同为举杯,为什么要表现不同的体态?这又说明清照词优美意境的形成,不但与客观的描写对象的性质有关,更与李清照的主观思想和艺术情趣有关,也就是李清照词意境的优美性质是她的艺术个性所决定的。风格就是人,就是艺术个性。从带醉的海棠,到清瘦的黄花,到哀声嘹唳的孤雁,是她

独特的艺术个性、艺术风格的概括,也是她创造的优美意境的三个不同侧面的剪影。

武陵春①

风住尘香②花已尽,日晚③倦梳头。物是人非事事休,欲语泪先流。　　闻说双溪春尚好④,也拟泛轻舟。只恐双溪舴艋舟,载不动许多愁。

【注释】

① 武陵春:词牌名。② 尘香:落花触地,尘土也沾染上落花的香气。③ 日晚:《花草粹编》作"日落",《词谱》《词汇》、清万树《词律》作"日晓"。④ 闻说:清叶申芗辑《天籁轩词选》作"闻道"。双溪:水名,在浙江金华,是唐宋时有名的风光佳丽的游览胜地。

【靓评】

《武陵春》展现了李清照晚年生活的缩影,是血泪写成的。昔时"终日凝眸"的少女,如今已成了风霜浸透、以泪洗面的断肠人。虽然词中只有暮春的凄婉,只身飘零的形象,但它呈现的意境弥漫着时代的风云。"物是人非事事休,欲语泪先流","只恐双溪舴艋舟,载不动许多愁",这不仅是孀居独处的哀伤,而且代表了一代人的沦落之苦与亡国之痛。然而,时代的悲歌决定了词人的悲歌。"醉里插花花莫笑,可怜春似人将老",词人并非伤春之将逝,而是哀国之将亡,岂止"永夜恹恹欢意少",其实是心灵在鸣咽,决不单单是个人凄惨不幸的心声,同时也交响着时代的哀音和妇女的呼号;不仅充满着悼亡之痛和漂泊之苦,而且蕴结着对"中州盛日"的思念,渗透了对故国的怀念。它以"眼前景,口头语"倾诉生离死别、国破家亡之恨,以"弦外音,味外味"造成具有感染力的意境,常常唤起人们的今昔之感和爱国情思。

清照词总是以自己的生活为基础,以洗练朴素的语言,以铺叙与白描相结合的手法,塑造丰满而深刻的艺术形象,婉曲而晓畅地抒发个人的悲欢离合,而人民的流离和时代的痛苦也就从词人的命运中不同程度地折射出来。清照词的意境不仅属于优美的范畴,而且也总是以清婉为主,早年倾心于"境",注重景物描绘;晚年追求于"意",偏重情感的流泻。前期由于追随范仲淹,自然产生过"星河欲转千帆舞"的豪放之作。后期由于时代的动乱、生活的坎坷,词境一方面由清婉转为凄厉,另一方面又不可避免地带有她曾非议过的"亡国之音哀以思"的李煜词的痕迹。她的"满地黄花堆积,憔悴损,如今有谁堪摘"(《声声慢》),与李煜的"独自莫凭阑!无限关山,别时容易见时难"(《浪淘沙》),一样融情于景,绮思凄婉,哀痛莫名。所以前人说,"男中李后主,女中李易安,极是当行本色",主要是从词的意境中品味出来的。

声声慢

寻寻觅觅,冷冷清清,凄凄惨惨戚戚。乍暖还寒时候,最难将息。三杯两盏淡酒,怎敌他、晚来风急!雁过也,正伤心,却是旧时相识。　　满地黄花堆积,憔悴损,如今有谁堪摘?守着窗儿,独自怎生得黑!梧桐更兼细雨,到黄昏、点点滴滴。这次第,怎一个愁字了得!

【靓评一】

李清照在国破家亡、流离失所后写下的《声声慢》受到历代人的赞赏,被推崇为"卓绝千古"的佳作(《词律》)。但他们赞赏的大都是这首词中双声叠韵字的抒情作用和音乐美,说这十四个叠字是"公孙大娘舞剑手"(《贵耳集》),"是锻炼出来,非偶然拈得也"(《介存斋词选序论》),堪为词家叠字的典范,而对这词的意境及在风格上的变化论及较少。这首词标志着清照词的一个突破,风格由凄清婉丽变为凄厉深婉了。《声声慢》这首词与《醉花阴》写的时序相同,都突出了黄花,但意境截然不同。《醉花阴》开头兽香袅袅似浓云薄雾,词人忍受着孤独悲凉,然而心中还是蕴藏着希望。虽然愁有永昼之长,却无绝望之痛。《声声慢》一开头气氛就是异样的,十四叠字是笼罩全篇的。寻寻觅觅,是从梦幻中寻找失去的爱情,而非期待远离的征人;是在剧烈创痛中产生的恍惚迷离的心理与神情。李清照这时已是民族矛盾中的牺牲者,所以她的呼喊也不再是个人的而是有一定的时代意义了。从这里明显地看出,李清照婚后不久特别是后期,由于现实生活的冶炼,使她的词不仅富有早期对人生的敏感,而且直接颤动着时代的敏感。她的灵敏的心弦,不单在弹奏个人的悲哀,而且和时代的脉搏联结在一起。词的意境较前更为开拓、深远,具有更加强烈感人的艺术力量。

【靓评二】

"声声慢"词　字字血泪
——李清照《声声慢》品赏

中国女词(诗)人中李清照该是首屈一指的,在李清照的词作中《声声慢》该又是名列前茅的。这首词是李清照悲苦的生活写照,破碎的心灵造影,为她赢得了词坛的不朽地位。这首词一直被誉为绝唱,但绝在何处,则仁智不一。笔者以为这首词,十四叠字,四重悲情,六根苦线,纵横交织,组成了中国词苑的圣手绝唱。略述如下:

一、十四叠字

前人已多论述,但笔者看来,值得称美的一是难度,二是创造性。李清照被美誉为词中的公孙大娘舞剑手,就由此而来。在一首词中,开篇就一连下十四个叠词,在诗词史上实在是绝无仅有,不仅空前,绝对绝后。其营造的气氛与内容契合,又暗含下文发展的契机,就像一个力气特大的人,又灵巧,不仅能举起别人无法举起的重量,且能举着这个超重之物(杠铃),跳着精美绝伦的舞蹈,这个超重的杠铃就像连在她手上的两条绣花彩带,让作者被包围在花团锦簇之中,令人叹为观止。

二、四重悲情

李清照作此词时,正是夫逝、家亡、国破之时,这三重悲情,已压得她喘不过气来了。

可是人们意想不到的是,在李的心上还有一重悲情,那就是她是一个大知识分子,大才女。智者先哲云:"有多大的智慧,就有多大的烦恼和痛苦。"因而李清照这四重悲情,是无与伦比的。

三、六根苦线

李清照在发出十四声叹息后,又紧接着甩出六根苦线:秋日难度,晚风难敌,雁过伤心,菊落伤情,窗边独守,梧桐细雨,纵横交织,编织成一张悲苦网络,不断发出悲苦信息。值得注意的是这六根悲苦之线,又都丝丝缕缕,隐隐约约牵连着前面的十四叠字,或是寻觅而得,或是冷清所见,或是凄惨所感,并且这六根悲线又不断抽紧着凄惨的心境,加强着网络效应,增加着悲苦强度。

最后"怎一个愁字了得"的"愁"字,是像辛弃疾所讲的,"而今识尽愁滋味"之"愁"是浸透苦情的重磅愁弹,也是自己感情火山的集中爆发,又是结束悲歌的一声重锤!先是低低抽泣,再是哀哀叹息,最后放声一哭,引得千百年来千万读者同声叹息,同声痛哭!《声声慢》词,字字血泪!

文天祥

文天祥(1236—1283):字宋瑞,又字履善,号文山,吉州庐陵(今江西吉安)人。南宋政治家,民族英雄,爱国诗人。宝祐四年(1256)状元。曾任右丞相等职。宋恭帝德祐元年(1275),元兵南侵,以全部家产充当军费,带兵赴首都临安(今浙江杭州)"勤王"。景炎元年(1276)率兵一度收复江西州县多处。后兵败俘获,被押往元大都(今北京)。元世祖忽必烈亲自劝降,遭坚拒。1283年从容就义。诗文多抒发强烈的爱国之情和誓死不屈的英雄气概,慷慨悲壮,感人至深。有《文山先生文集》。

指南录后序①

德祐二年正月十九日,予除右丞相,兼枢密使②,都督诸路军马。时北兵③已迫修门外,战、守、迁皆不及施。缙绅、大夫、士萃于左丞相④府,莫知计所出。会使辙交驰,北邀当国者⑤相见,众谓予一行,为可以纾祸。国事至此,予不得爱身;意北亦尚可以口舌动也。初,奉使往来,无留北者,予更欲一觇北,归而求救国之策。于是辞相印不拜,翌日,以资政殿学士行⑥。

初至北营,抗辞慷慨,上下颇惊动,北亦未敢遽轻吾国。不幸吕师孟构恶于前,贾余庆⑦献谄于后,予羁縻不得还,国事遂不可收拾。予自度不得脱,则直前诟虏帅失信,数吕师孟叔侄为逆,但欲求死,不复顾利害。北虽貌敬,实则愤怒,二贵酋名曰"馆伴"⑧,夜则以兵围所寓舍,而予不得归矣。

未几,贾余庆等以祈请使⑨诣北。北驱予并往,而不在使者之目。予分当引决,然而隐忍以行。昔人云:"将以有为也。"⑩

至京口⑪,得间奔真州,即具以北虚实告东西二阃⑫,约以连兵大举。中兴机会,庶几在此。留二日,维扬帅下逐客之令⑬。不得已,变姓名,诡踪迹,草行露宿,日与北骑相出没于长淮间。穷饿无聊,追购又急,天高地迥,号呼靡及。已而得舟,避渚洲⑭,出北海,然后渡扬子江,入苏州洋⑮,展转四明、天台,以至于永嘉。

呜呼!予之及于死者,不知其几矣!诋大酋当死;骂逆贼当死;与贵酋处二十日,争曲直,屡当死;去京口,挟匕首以备不测,几自到死;经北舰十余里,为巡船所物色,几从鱼腹死;真州逐之城门外,几彷徨死;如扬州,过瓜洲扬子桥,竟使遇哨,无不死;扬州城下,进退不由,殆例送死;坐桂公塘⑯土围中,骑数千过其门,几落贼手死;贾家庄⑰几为巡徼所陵迫死;夜趋高邮,迷失道,几陷死;质明,避哨竹林中,逻者数十骑,几无所逃死;至高邮,制府檄下,几以捕系死;行城子河,出入乱尸中,舟与哨相后先,几邂逅死;至海陵,如高沙,常恐无辜死;道海安、如皋,凡三百里,北与寇往来其间,无日而非可死;至通州,几以不纳死;以小舟涉鲸波⑱出,无可奈何,而死固付之度外矣。呜呼!死生,昼夜事也。死而死矣,而境界危恶,层见错出,非人世所堪。痛定思痛,痛何如哉!

予在患难中,间以诗记所遭,今存其本不忍废。道中手自抄录。使北营,留北关外,为一卷;发北关外⑲,历吴门、毗陵,渡瓜洲,复还京口,为一卷;脱京口,趋真州、扬州、高邮、泰州、通州,为一卷;自海道至永嘉、来三山⑳,为一卷。将藏之于家,使来者读之,悲予志焉。

呜呼!予之生也幸,而幸生也何为?所求乎为臣,主辱,臣死有余僇;所求乎为子,以父母之遗体行殆而死,有余责。将请罪于君,君不许;请罪于母,母不许;请罪于先人之墓,生无以救国难,死犹为厉鬼以击贼,义也;赖天之灵,宗庙之福,修我戈矛,从王于师,以为前驱;雪九庙之耻,复高祖之业㉑,所谓誓不与贼俱生,所谓鞠躬尽力,死而后已,亦义也。嗟夫!若予者,将无往而不得死所矣。向也使予委骨于草莽,予虽浩然无所愧怍,然微以自文于君亲,君亲其谓予何!诚不自意返吾衣冠㉒,重见日月㉓,使旦夕得正丘首㉔,复何憾哉!复何憾哉!

是年夏五,改元景炎㉕,庐陵文天祥自序其诗,名曰《指南录》。

【注释】

①《指南录》:文天祥诗集。宋恭帝德祐二年(1276),元军进逼南宋首都临安,文天祥赴元营谈判,他把出使被扣和逃归途中所写的诗结集,命名为"指南录"。作者写这篇序之前,已经为诗集写了《自序》,故本篇称为"后序"。这篇《后序》追叙了作者抗辞犯敌,辗转逃亡,九死一生的历险经历。②枢密使:宋朝所置掌管军事的最高长官,位与宰相等。③北兵:即元兵。④左丞相:当时吴坚任左丞相。⑤当国者:指宰相。⑥以资政殿学士行:以资政殿学士的身份前往。⑦贾余庆:官同签书枢密院事。知临安府,后代文天祥为右丞相,时与文天祥同出使元营。⑧馆伴:接待外国使臣的人员。⑨祈请使:奉表请降的使节。⑩"昔人"二句:作者在这里引用韩愈《张中丞传后叙》之语,意谓自己暂时隐忍,保全性命,以图有所作为。⑪京口:今江苏省镇江市,当时为元军占领。⑫东西二闉:城郭门限,这里代指在外统兵将帅。⑬维扬帅:指淮东制置使李庭芝。维扬,扬州,当时为淮东制置使所驻之地。下逐客之令:文天祥到真州后,与真州安抚使苗再成计议,约李庭芝共破元军。李庭芝因听信逸言,怀疑文天祥通敌,令苗再成将其杀死,苗再成不忍,放文天祥脱逃。⑭渚洲:指长江中的沙洲;时已被金兵占领。⑮苏州洋:今上海市附近的海域。⑯桂公塘:地名,在扬州城外。⑰贾家庄:地名,在扬州城北。⑱鲸波:指海中汹涌的大浪。涉鲸波:指出海。⑲北关外:指临安城北高亭山,文天祥出使元营于此。⑳三山:即今福建省福州市,因城中有闽山、越王山、九仙山,故名"三

山"。代国家。㉑高祖:指宋太祖赵匡胤。㉒返吾衣冠:回到我的衣冠之乡,即回到南宋。㉓日月:指皇帝和皇后。㉔使旦夕得正丘首:传说狐狸死时,头必朝向出生时的山丘。作者用典故表明不忘故国的情怀。㉕夏五:即夏五月。改元景炎:由于宋恭帝为元兵掳去,德祐二年五月,文天祥等人在福州立赵昰为帝,是为端宗,改元景炎。

【靓评一】

《指南录》是文天祥写从被扣元营到返回温州的战斗经历的一部诗集。本文是他为诗集写的后序,叙述出使元军、被驱北行、中途逃脱、辗转回到永嘉的艰险遭遇,表现出作者坚贞不屈的爱国精神。

本文的语言十分讲究。从句法上看,骈散结合、灵活多变;从词法上看,大量同义动词的运用和"死"字的22次重复出现,准确地表现了作者颠沛流离的艰辛和遭遇困厄的苦况。

结合叙述进行抒情、议论是本文的特点。如先写他临危受命,时"欲一觇北,归而求救国之策";再写他被迫北上,本应自杀,因"将以有为",才"隐忍以行";然后写他逃出敌营,奔走救国,历尽艰险的悲惨遭遇,以叙为主,寓情于叙;随后以抒情为主结合叙事,又间断插入议论,使叙事、抒情、议论浑然一体,凸显了作者威武不屈的浩然正气和面对山河破碎的亡国之痛。

【靓评二】

南宋末年,激烈的民族矛盾激发了许多人的爱国感情,写出了一些爱国主义的作品。本文就是这样的作品。它记叙了作者出使元营与敌抗争的情况及脱逃南归的艰险经历,表达了作者坚强不屈的民族气节和万死不辞的爱国主义精神。本文和《指南录》中的一些诗被人们广泛传诵,多少年来成为许多爱国志士坚持斗争的思想武器。本文的艺术特色,表现在两方面:

一、记叙、说明、抒情相结合

就全篇看,第一部分(1~4自然段)侧重记叙,第三部分(6~7自然段)以说明为主,第二部分(第5自然段)则突出抒情。事实上三者往往融为一体,很难截然分开,而三者结合的方式又不一样。有的在记叙的基础上抒情。如第2自然段记叙"初至北营""予羁縻不得还"及"北驱予并往"三个阶段不同形式的斗争之后,接着写"予分当引决,然而隐忍以行"。这两句反映了作者矛盾的心情:既想以一死报国,又想以有生之年继续求救国之策。"昔人云:'将以有为也'"一句,包含的思想感情尤为复杂:有对含笑就义的"昔人"南霁云的缅怀,有对自己的策励,有中兴宋王朝的热望,也有为此而忍辱含垢的沉痛,并且说明了"隐忍以行"的原因。有时在叙事的前后,都用具有强烈感情色彩的词句直接抒情。如第二部分开头的"呜呼!予之及于死者不知其几矣!"结尾的"呜呼!死生,昼夜事也,死而死矣……痛定思痛,痛何如哉?"等,都直接抒发了百感交集的情思。而这种情思又是因追忆南奔途中"非人世所堪"的艰险遭遇引发出来的。中间记叙的种种面临死地的情景,是这种情思赖以产生的基础。两者紧密结合,相得益彰。有时将感情融入叙事。如第4自然段的"得间,奔真州,……日与北骑相出没于长淮间。穷饿无聊,追购又急,天高地迥,号呼靡及"这几句,记叙的是当时由中兴有望到无可投奔的处境,同时反映出作者由兴奋而悲愤的急剧变化的感情。

二、语言丰富多彩

1. 句式多变。全篇以散行为主,适当运用了排比与对偶。如第二部分,除了开头结尾为散行句,中间连用了18个排比句,每句长短不一,有5字的,有6字的,最长的22字,各句的结构也不相同,但每一句都勾勒出一幅场景,反映一番斗争,倾注作者一捧血泪,将"层见错出"的危恶境界一一展现在读者面前,并且生动地表达出作者"痛定思痛"时复杂而强烈的感情。第4自然段的"不得已,变姓名,诡踪迹,草行露宿,日与北骑相出没于长淮间",其中第二、三两句为对偶,第四句虽属散行,但又当句成对,配上前面另一个三字句,后面一个长句,使句式错落有致,既适应了表达内容的需要,又增强了语言的节奏感。

2. 用词准确多样,特别是动词。篇中表行踪的动词,共用了约20个,其中有表离开某地的,如"去(京口)";有表前往某地的,如"如(扬州)""(夜)趋(高邮)";有表到达某地的,如"至(海陵)""来(三山)";有表经由某处的,如"过(瓜洲扬子桥)""道(海安、如皋)""历(吴门、毗陵)";有表现地理条件、交通工具特点的,如"渡(长江)""涉(鲸波)"。即使是同一个"行"字,具体含义也有区别:有表"走一趟"之意的,如"众谓予一行,为可以纾祸"的"行";有表"前往"之意的,如"以资政殿学士行"的"行";有表"航行"之意的,如"行城子河"的"行"。再如"出入(乱尸中)""(日与北骑相)出没(于长淮间)"等,不仅表明行踪,还反映了环境的险恶,表现了作者一行为逃出险境的用心之苦。特别是"奔真州"的"奔"字,具有多种表意作用:表现了作者一行的行色匆遽,反映了情况的危急,而作者因逃出魔掌而产生的脱网之鱼的喜悦与担心元军追捕而不无惊弓之鸟的余悸,以及由这种忧喜交织而产生的忐忑不安的心情,也都可以从中领会得出。

扬子江①

几日随风北海②游,回从③扬子大江头。臣心一片磁针石④,不指南方⑤不肯休。

【注释】

① 扬子江:长江在南京一带称扬子江。② 北海:这里指北方。③ 回从:曲意顺从。④ 磁针石:即指南针。⑤ 南方:指南宋王朝。

【靓评】

《尧典》中说："诗言志,歌咏言。"诗,一向是表达人的思想感情和志向的。诗人运用比兴手法,触景生情,抒写了自己心向南宋,不到南方誓不罢休的坚强信念,真实地反映了作者对祖国的坚贞和热爱。

诗的首二句纪行,叙述他自镇江逃脱,绕道北行,在海上漂流数日后,又回到长江口的艰险经历。首句的"北海游"指绕道长江口以北的海域。次句"回从扬子大江头",指从长江口南归,引起三、四两句。末二句抒情,以"磁针石"比喻忠于宋朝的一片丹心,表明自己一定要战胜重重困难,回到南方,再兴义师、重整山河的决心。"臣心一片磁针石,不指南方不肯休",表现了他不辞千难万险,赶到南方去保卫南宋政权的决心。忠肝义胆,昭若日月。

全诗语言浅近,比喻贴切,字里行间表现出坚定不移的爱国主义精神。

金陵驿①

草合离宫②转夕晖,孤云飘泊复何依。山河风景元无异,城郭人民半已非!满地芦花和我老,旧家燕子③傍谁飞?从今别却江南路,化作啼鹃带血④归。

【注释】

① 驿:古代官办的交通站,供来往官吏休憩。这里指文天祥抗元兵败被俘,由广州押往元大都路过金陵。② 离宫:即行宫,皇帝出巡时临时居住的地方。③ 旧家燕子:化用刘禹锡《乌衣巷》"旧时王谢堂前燕,飞入寻常百姓家"诗意。④ 啼鹃带血:用蜀王死后化为杜鹃鸟啼带血的典故,暗喻北行以死殉国,只有魂魄归来。

【靓评】

祥兴二年(1279),抗元兵败被俘的文天祥被押解北上燕京,途经金陵(近江苏南京)时,诗人触景伤情,写下了两首七律,题目就叫作《金陵驿》,这是第一首。此时离南宋主体政权灭亡已经四年,离陆秀夫背着八岁的小皇帝跳海也已经半年有余了。

诗的首联摹写作者途经金陵时看到的景色。夕阳之下,丛生的野草已经遮掩了离宫,天边的孤云飘来飘去,不知要飘到哪里。寥寥数笔,为我们描绘了一幅满目疮痍、凄楚迷离的夕照离宫图。离宫,就是行宫,宋代的时候金陵是陪都,所以建有行宫。只是面对昔日富丽堂皇的行宫,如今只见荒烟蔓草、颓云残阳,教人怎能不产生今昔之感?怎能不让人想起诗经中那首著名的《黍离》?次句诗人更是融情入景,将自己孤苦无依的荒凉心境融入天边孤云的形象之中,云的形象也就成为诗人的形象了。"转"字极见锤炼之功,勾画出诗人久久伫立、痴痴凝望的形象,苍凉无比,为下一联的抒情蓄势、张本。

颔联以今昔作比,描写了山河沦丧给广大人民带来的巨大灾难。诗人举目四望,山川河流依旧,而昔日街市繁华、人烟阜盛的金陵,百姓死的死,逃的逃,如今早已是"半已非"了。这里诗人用山川与人事作比,对比鲜明之极,表现出诗人无比沉痛的爱国爱民的情怀。需要特别指出的是,此联出句用了《世说新语》"新亭对泣"的典故:"风景不殊,正自有山河之异";对句则用了《搜神后记》丁令威化鹤的典故:"去家千岁今始归,城郭如故人民非。"此二句用典,以简驭繁,用语凝练而感慨极深。

"满地芦花"是眼中之景,"和我老"则是诗人心中之痛。诗人满怀愁苦,所以看什么都是愁苦的,首联次句的"云",在他看来是孤苦无依的,这里看到芦花、燕子,也无不带上了诗人主观的情感。唐代诗人刘禹锡《乌衣巷》中有"旧时王谢堂前燕,飞入寻常百姓家"的句子,诗人这里巧妙翻出新意:这些昔日的"堂前燕"如今究竟要往哪里飞呢?宋王朝灭亡了,它昔日的臣子,有的牺牲了,有的做贰臣了,有的归隐山林了……作者呢?要往哪里去?写到这里,作者推出自己的答案也就是水到渠成的事情了。

"从今却别江南路,化作啼鹃带血归。"诗人自知此去绝难幸免,离别故土,不但已经抱着必死的决心,而且誓言即使死了化作杜鹃鸟也要南归。据《华阳国志·蜀志》载,古蜀国望帝杜宇死后,化为子规,子规就是杜鹃。杜鹃啼声凄厉,能动旅人归思。诗人用此典故表现了他对故国无比眷恋、无比思念的深情,体现了他高尚的民族气节和忠贞不贰的爱国精神。诗人是这么说的,也是这么做的。此后的四年里,文天祥遇到了数不完的折难,面对了他人难以拒绝的诱惑,受到过无数次的威胁,但他始终没有低下自己高贵的头颅,真正做到了"富贵不能淫,贫贱不能移,威武不能屈",用生命和鲜血践行了自己的誓言,堪称中华民族历史上真正的男子汉、大丈夫。

笔者以为,多用典故、善用典故是本诗的一大特色。以诗人的特殊身份,在路过金陵这一特定的时间、地点、背景下,妙用这些典故,最是贴切不过,其包孕的情感甚至远远超过原典本身。其颔联,出句用《世说新语》典,对句用《搜神后记》典,也堪称斤两悉敌。笔者所说的这些用典技巧之类,虽说是小道末技,然为诗者不可不知也。

过零丁洋①

辛苦遭逢起一经②,干戈寥落四周星③。山河破碎风飘絮,身世浮沉雨打萍。惶恐滩头说惶恐④,零丁洋里叹零丁。人生自古谁无死,留取丹心照汗青⑤。

【注释】

① 零丁洋:又作伶仃洋,在今广东珠江口,北起虎门,南达香港、澳门。② 起一经:缘起于儒家的一系列经典。③ 四周星:四年。文天祥于恭帝德祐初年(1275)

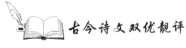

起兵抗元,到宋末帝祥兴元年(1278)被俘,首尾正四年。④ 惶恐滩:在江西万安县赣江中。赣江由万安到赣州共十八滩,以此滩为最险恶。惶恐:景炎二年(1277),文天祥在吉水兵败,妻妾及一子二女均落入元军之手,唯母亲曾夫人与长子道生得脱,经赣江惶恐滩退往汀州。文天祥写此诗时回忆起这一往事仍觉惶恐不安。⑤ 照汗青:照耀史册。汗青,古代无纸张时,文字书写于竹简上。竹简要放火上烤使其水分(称竹汗)出尽,既便于书写,又防虫蛀,叫作"汗青",后世便以"汗青"为史册的代称。

【靓评】

1278年,文天祥在广东海丰五坡岭遭元军突袭,自杀未成被捕。元汉军都元帅张弘范亲自劝降,文天祥不为所动。张弘范又要他写信给据守厓山的张世杰劝降,又遭其拒绝,并写下这首诗作答。

首联说,我艰难困苦的遭遇是缘起于一部儒家经书,经历战事已有四个年头。以"辛苦遭逢"概括自己在时危世乱、干戈四起的大时代下动荡的一生,总领全诗。颔联说祖国已山河破碎,像风中飘散的柳絮,自己的身世沉浮不定,像被雨打的水上浮萍。一句写国之大势,一句写个人命运,把个人命运与国家的命运紧紧联系起来。颈联说想起当年的惶恐滩,至今仍觉惶恐不安。此时身为囚俘,被押经零丁洋,自不免叹息自己的孤独无依。上一句写过去,下一句写当下,由地名联想到个人的经历、处境与心境。前六句是对自己一生的回顾,可谓国破家亡,蹈危历险,艰难奋战,颠沛流离,但绝不会投降。经前面三联的充分蓄势,尾联直抒心怀:"人生自古谁无死,留取丹心照汗青",奏出了个人生命的最强音,也是一个时代的最强音,表达了在强敌面前宁可杀身成仁也决不屈节投降的坚定立场,真可谓视死如归,表现了凛然不可侵犯的人格尊严与民族气节,体现了崇高的爱国主义精神。这两句诗铮铮铁骨,掷地有声,激发了千百年来许多仁人志士,成为一代又一代中华儿女临危不苟、坚守不渝的铮铮誓言,传递着民族精神的正能量。

这是一首用自己的全部生命浇铸出来的绝命诗。诗人回顾了自己国破家亡、飘零转战的经历,发出了视死如归的豪迈誓言,格调由悲愤到悲壮,由压抑而昂扬。"人生自古谁无死,留取丹心照汗青"两句诗之所以彪炳千秋,是由于它发自诗人的内心深处,来自他对理想信念的坚信,来自他对国家民族的无限忠诚。"惶恐滩头说惶恐"二句借用地名写自己的心情,更见巧思,体现了深厚的艺术功力。

徐 渭

徐渭(1521—1593):字文长;初字文清,别号田水月、天池山人、青藤道士,山阴(今浙江绍兴)人。九岁能文,二十岁成生员,屡应乡试不中。胡宗宪总督浙江,召至幕府,得到器重。胡宗宪被捕,他一度发狂,数次自杀未遂。后因杀继室入狱,被张元忭等援救出狱。晚年穷困潦倒,抑郁而死。

徐渭是一位多才多艺的文学艺术家,他自己说:"吾书第一,诗二,文三,画四。"其文为唐宋派作家唐顺之、茅坤所赏服,也被公安派作家袁宏道称为"一扫近代芜秽之习"。此外,他还是一位戏曲作家,他的《四声猿》为汤显祖所激赏。

自为墓志铭

山阴徐渭者,少知慕古文词,及长益力。既而有慕于道,往从长沙公究王氏宗①。谓道类禅,又去扣于禅,久之,人稍许之,然文与道终两无得也。贱而懒且直,故悍贵交似傲,与众处不浼袒裼②似玩,人多病之,然傲与玩,亦终两不得其情也。

生九岁,已能为干禄文字,旷弃者十余年,及悔学,又志迂阔,务博综,取经史诸家,虽琐至稗小,妄意穷及,每一思废寝食,览则图谱满席间。故今齿垂四十五矣,藉于学宫者二十有六年,食于二十人中③者十有三年,举于乡者八而不一售,人且争笑之。而己不为动,洋洋居穷巷,傲数椽储瓶粟者十年。一旦为少保胡公④,罗致幕府,典文章,数赴而数辞,投笔出门。使折简以招,卧不起,人争愚而危之,而己深以为安。其后公愈折节,等布衣,留者盖两期,赠金以数百计,食鱼而居庐,人争荣羡而安之,而己深以为危,至是,忽自觅死。人谓渭文士,且操洁,可无死。不知古文士以入幕操洁而死者众矣,乃渭则自死,孰与人死之。渭为人度于义无所关时,辄疏纵不为儒缚,一涉义所否,干耻诟,介秽廉,虽断头不可夺。故其死也,亲莫制,友莫解焉。尤不善治生,死之日,至无以葬,独余收数千卷,浮磬二,研剑图画数,其所著诗若文若干篇而已。剑画先托市于乡人某,遗命促之以资葬,著稿先为友人某持去。

渭尝曰:余读旁书,自谓别有得于《首楞严》《庄周》《列御寇》若《黄帝素问》诸编倘假以岁月⑤,更用绎紬,当尽斥诸注者缪戾,摽其旨以示后人。而于《素问》一书,尤自信而深奇。将以比岁昏子妇,遂以母养付之,得尽游名山,起僵仆,逃外物,而今已矣。渭有过不肯掩,有不知耻以为知,斯言盖不妄者。

初字文清,改文长。生正德辛巳⑥二月四日,夔州府同知讳鏓庶子也。生百日而公卒,养于嫡母苗宜人者十有四年。而夫人卒,依于伯兄讳淮者六年。为嘉靖庚子⑦,始籍于学。试于乡,蹶。赘于潘,妇翁薄也,地属广阳江。随之客岭外者二年。归又二年,夏,伯兄死;冬,讼失其死业。又一年冬,潘死。明年秋,出僦居,始立学。又十年冬,客于幕,凡五年罢。又四年而死,为嘉靖乙丑⑧某月日,男子二:潘出,曰枚;继出,曰杜,才四岁。其祖系散见先公大人志中,不书。葬之所,为山阴木栅,其日月不知也,亦不书。铭曰:

　　杼全婴⑨,疾完亮,可以无死,死伤谅。兢系固⑩,允收邕⑪,可以无生,生何凭。畏溺而投早嗤渭⑫,即髡而刺迟怜融⑬。孔微服,箕佯狂⑭。三复《蒸民》⑮,愧彼"既明"。

【注释】

　　① 长沙公:季本,字明德,号彭山,曾任长沙府,为王阳明门人。王氏宗:指王阳明学说。② 不浼祖裼:典出《孟子·公孙丑上》"尔为尔,我为我,虽祖裼裸裎于我侧,尔焉能浼我哉?"浼(měi),污染、玷污。祖裼(xī),赤身露体。③ 食于二十人中:徐渭被录取为山阴县学生员。山阴县学有廪膳生员二十人。④ 少保胡公:即胡宗宪,明嘉靖年间浙江巡抚,因抗击倭寇有功,被加右都御史衔,后获罪下狱死。⑤《首楞严》:佛经名,全称《大佛顶如来密因修证了义诸菩萨万行首楞严经》,省称《楞严经》。《黄帝素问》:古医书名。⑥ 正德辛巳:1521年(明武宗正德十六年)。⑦ 嘉靖庚子:1540年(明世宗嘉靖十九年)。⑧ 嘉靖乙丑:1565年(明世宗嘉靖四十四年)。⑨ 杼全婴:杼,崔杼,是说崔杼成全了晏婴的志节。⑩ 兢系固:兢,种兢。固,班固(32—92),东汉扶风安陵(今陕西咸阳东北)人,字孟野,著名史学家、文学家。⑪ 允收邕:允,王允;邕,蔡邕。均后汉人。⑫ 渭:未详,疑即作者自称。⑬ 既髡而刺迟怜融:融,马融,东汉人。《后汉书·马融传》:"先是融有事忤大将军梁冀旨,冀讽有司奏融在郡贪浊,免官,髡徙朔方。自刺不殊,得赦还。"⑭ 孔微服:孔,孔子。微服,为隐蔽身份而更换平民衣服,使人不识。箕佯狂:箕,箕子,殷纣王的伯叔父,另一说为纣王的庶兄。《史记·宋微子世家》:"纣为淫泆,箕子谏,不听。人或曰:'可以去矣。'箕子曰:'为人臣谏不听而去,是彰君之恶而自说于民,吾不忍为也。'乃被发佯狂而为奴。"⑮《蒸民》:即《诗经·大雅·烝民》。周宣王命樊侯仲山甫筑城于齐,尹吉甫作诗送行。诗有"既明且哲,以保其身",谓仲山甫既明白事理,又有智慧,以保全他的一生。徐渭再三诵此诗句,自愧不能做到。

【靓评】

　　"墓志铭"是汉唐以来的一种文体,是官员富豪士绅丧葬所用,所重,其内容多为逝者歌功颂德,并勉扬后代,荣耀乡里。一般多是请当时名家撰写,自己生前就为自己写好是极少的,像徐渭这样,写自己坎坷经历,并发泄自己愤世嫉俗,抨击当政昏朽的,就更少了。徐渭此举是开风气之先的! 这是类似元时睢景臣《高祖还乡》似的作品。旧体翻新,内容出格,借题发挥,嬉笑怒骂,皆成文章,是其特点。

徐渭《自为墓志铭》的铭文,前两句便进入对生死的拷问:崔杼成全不杀晏婴,庾亮以疾病之由去官免死,都是为了节志而选择避开死亡;种兢逮捕班固,是因为班固的靠山窦宪失去势力;而王充治罪蔡邕,蔡邕因知遇恩人董卓被诛而陪葬,这时可以选择不要生命,因为生命中的依凭已经不在。徐渭的书陈,完全出自自身的纠葛。徐渭的知遇恩人是胡宗宪,而胡宗宪是奸党严嵩的重要成员。严嵩被治罪,胡宗宪下狱,徐渭作为胡曾经的书记,与之交往密切,此后便度日维艰。他因心图报恩"可以无死",发癫发狂,自杀多次未遂,却因恩人与奸党为伍,既非大义,连坦诚言明自杀之由都不可,从而陷入挣扎与矛盾。他将自己写成想溺水却投河投早了不成功,如同准备刺杀却错过时间的马融。其中自怨自悲,可见一斑。铭文末句,徐渭称自己是微服的孔子,假装癫狂的箕子,想要通过伪装获得一分安宁。徐渭三诵《蒸民》,自愧不能像仲山甫那样既明白事理,又有智慧,以保全一身。

徐渭的铭文从头至尾都是一种漩涡般的心态,他对自己做出生、死两样的剖析,深刻而直达内心,却不能帮助他哪怕一丝一毫的消解。后来的张岱也有类似的《自为墓志铭》,内容、风格、特点多相似,只文字更为考究。如果说张岱的《自为墓志铭》铭文是积极而独立的自我建构,那么徐渭的《自为墓志铭》则是悲剧而复杂的自我解构。一粟一世界,一文一心曲。

题墨葡萄

半生落魄已成翁①,独立书斋啸晚风。笔底明珠无处卖②,闲抛闲掷野藤中。

【注释】

①"翁",诗人晚年苍凉,孤苦伶仃。②"明珠"指葡萄。借葡萄画无处卖,抒发壮志未酬的感慨。

【靓评】

第一、二句刻画了诗人晚年苍凉,孤苦伶仃,从"翁""独立""啸"可以看出。"明珠"就是指葡萄,作者借葡萄画无处卖,抒发了自己无人赏识、壮志未酬的无限感慨和年老力衰、孤苦伶仃的凄凉之情。诗人运用反复手法,突出"闲"字,旨在表现诗人一生飘零、寂寞孤苦的境遇,表达了诗人"英雄无用武之地"的怅惘与不平。本该一展抱负,却遭"闲抛闲掷",各种遗憾与愤懑,均借这一"闲"字言出来了。

徐渭的这首《题墨葡萄》,是他自己的一幅自画像。"独立书斋啸晚风"句,仿佛画出了一个一生怀才不遇、落魄失意的倔强老人,在面对命运的多次捉弄后,仍不失傲骨,不肯向命运低头的形象。尽管已是白发苍苍,却仍要在书斋前,夕阳西下的晚风中,独立啸傲。

这一"啸",是作者对自己多舛命运的无尽悲叹。这一"啸",也是作者对自己一

生落寞命运的发抒。这一"啸",还减缓了自己与这个世界的冲突。自古有才气的文人,大多心比天高,可命却都如纸般薄。李白如此,苏轼如此,徐渭也一样。

遇上"胸中小不平"时,文人大都"可以酒浇之",以求得心理的平衡。可当遇到"世间大不平"时,酒已无法消了。对每个个体的人来说,世间的大不平,不是别的,是自己遭遇的不公与无尽坎坷的命运。若是还年轻,可以拔剑四顾,指向不平,哪有不平哪有我。心若在,梦就在。与命运抗争的机会还多。可如今,白发萧萧,"一事无成人渐老",你还能做什么?只能是"独立书斋啸晚风"了。可叹千古失意文人,到了晚年,都只堪做侠客梦了。

徐渭的那一"啸"中,想必也曾隐藏着这样的一个梦吧?

徐渭这类借物咏情、空灵深婉的诗作是明代诗艺的高峰,怀才不遇者多以之述志、抒情、排忧、解愤。如王冕的《墨梅》:"我家洗砚池头树,个个花开淡墨痕。不要人夸颜色好,要留清气满乾坤!"

张 岱

张岱(1597—1679?):字宗子,又字石公,号陶庵,浙江山阴(今绍兴)人,客居杭州。清军南下后,他避居山中潜心著述。有《琅嬛文集》《西湖梦寻》等。

西湖七月半

西湖七月半①,一无可看,止可看看七月半之人。看七月半之人,以五类看之:其一,楼船箫鼓,峨冠盛筵,灯火优傒②,声光相乱,名为看月而实不见月者,看之;其一,亦船亦楼,名娃③闺秀,携及童娈,笑啼杂之,环坐露台,左右盼望,身在月下而实不看月者,看之;其一,亦船亦声歌,名妓闲僧,浅斟低唱,弱管轻丝,竹肉相发④,亦在月下,亦看月而欲人看其看月者,看之;其一,不舟不车,不衫不帻,酒醉饭饱,呼群三五,跻入人丛,昭庆⑤断桥,嚣呼嘈杂,装假醉,唱无腔曲⑥,月亦看,看月者亦看,不看月者亦看,而实无一看者,看之;其一,小船轻幌⑦,净几暖炉,茶铛⑧旋煮,素瓷静递⑨,好友佳人,邀月同坐,或匿影树下,或逃嚣里湖,看月而人不见其看月之态,亦不作意看月者,看之。

杭人游湖,巳出酉归,避月如仇。是夕好名,逐队争出,多犒门军酒钱,轿夫擎燎,列俟岸上。一入舟,速舟子急放断桥,赶入胜会。以故二鼓以前,人声鼓吹⑩,如沸如撼,如魇如呓,如聋如哑⑪,大船小船一齐凑岸,一无所见,止见篙击篙,舟触舟,肩摩肩,面看面而已。少刻兴尽,官府席散,皂隶喝道去;轿夫叫,船上人怖以关门,灯笼火把如列星,一一簇拥而去。岸上人亦逐队赶门,渐稀渐薄,顷刻散尽矣。

吾辈始舣舟近岸。断桥石磴始凉,席其上⑫,呼客纵饮。此时月如镜新磨,山复整妆,湖复颒面,向之浅斟低唱者出,匿影树下者亦出,吾辈往通声气⑬,拉与同坐,韵友⑭来,名妓至,杯箸安,竹肉发。月色苍凉,东方将白,客方散去。吾辈纵舟酣睡于十里荷花之中,香气拍人,清梦甚惬。

【注释】

① 七月半:农历七月十五,又称中元节。② 优傒(xī):优伶和仆役。③ 娃:美女。④ 弱管轻丝:谓轻柔的管弦音乐。竹肉:指管乐和歌喉。⑤ 昭庆:寺名。⑥ 无腔曲:没有腔调的歌曲,形容唱得乱七八糟。⑦ 幌:窗幔。⑧ 铛(chēng):温茶、酒的器具。⑨ 素瓷静递:雅洁的瓷杯无声地传递。⑩ 鼓吹:指鼓、钲、箫、笳等打击乐器、管弦乐器奏出的乐曲。⑪ 如聋如哑:指喧闹中震耳欲聋,自己说话别人听不见。⑫ 席其上:在石磴上摆设酒筵。⑬ 往通声气:过去打招呼。⑭ 韵友:风雅的朋友,诗友。

【靓评一】

西湖赏月绝品

《西湖七月半》选自《陶庵梦忆》,是张岱创作的追忆明末杭州风习,勾画人情世态,怀有国破家亡的悲愤的一篇妙文。它构思别出心裁,寓意愤世嫉俗。主要写"看月"之人,借他们的情态,示自己胸怀。文章先描绘了达官贵人、名娃闺秀、名妓闲僧、慵懒之徒四类看月之人;与这些附庸风雅的世俗之辈形成鲜明对比的是最后一类,即作者的好友及家人。其观景赏月时行为的持重高雅、情态气度与西湖的优美风景和谐一致。五类人,基本上涵盖了社会上形形色色的不同类别,从达官贵人到市井无赖,游湖的繁华,其实也是社会的繁华。湖上是"篙击篙,舟触舟,肩摩肩,面看面",拥挤不堪;耳畔则"如沸如撼,如魇如呓,如聋如哑",喧闹难耐。俗人看月只是"好名",其实全然不解其中雅趣的旨意。作者对五类人的描述,字里行间不见褒贬之词,然孰优孰劣、孰雅孰俗则昭然若揭。文章表面写人,又时时不离写月,看似无情又蕴情于其中,完美而含蓄地体现了作者抑浅俗、颂高雅的主旨。它写得构思新奇,文笔简洁,形象生动,而寓意含蓄,隽永耐读。作者的情趣表现得淋漓尽致。《西湖七月半》面世以来即为众激赏,被选入多种选本,奥秘何在? 主要是立意新、构思新、语言新,灵变谐趣,一读难忘、常读常新! 是张岱的压卷之作,令人叹服。

今诗人卞之琳有诗曰:"你站在桥上看风景,/看风景的人在楼上看你。/ 明月装饰了你的窗子,/ 你装饰了别人的梦。"神似张文。

【靓评二】

在晚明文学发展进程中,小品文的创作占据着一席重要的地位,它代表了晚明散文所具有的时代特色。小品文在晚明时期趋向兴盛。晚明小品文内容题材上的一个显著特点是趋于生活化、个人化,渗透着晚明文人特有的生活情调。对后世产生了很大影响,在现代作家文学观念和创作中都有所表现。其中袁宏道、张岱的作品历来为人所称好。

小品文之为小品文,除掉短小,一是要有散文的品格,一是要有高尚的品位。比诸一般的散文,小品文的质量标准显然要求得更高。如果没有值得品味和赏鉴的意义,而只有取悦于人的特点,便算不上真正的小品文。张岱的《西湖七月半》是小品文的典范,其内容、思想和艺术多有特色。

张岱游山玩水,观赏自然风光和人文美景,还不忘观察游山玩水之人。《西湖七月半》主要描写的,不是自然风光的美丽,反而侧重刻画赏景之人。文章专注于游人,把他们的情态刻画得生动逼真。这里表现的已经不是自然山水,而是人文山水。

在作者看来,七月半看月之人有五类:达官贵人;名娃闺秀;名妓闲僧;市井之徒;文人雅士。这五类人都成了作者眼中的风景。

一般人游西湖,都是选择在白天,"巳出酉归,避月如仇"。只有那些附庸风雅之人,才在夕阳西斜的时候出城。这些人也多是达官贵人,他们成群结队,急于参加盛会。因此二鼓以前人声和鼓乐声恰似水波涌腾、大地震荡,又如梦魇和呓语;在喧闹中,人像聋哑了一样,既听不到别人的说话声,又无法让别人听到自己说话;大船小舟一起靠岸,什么也看不见,只看到船篙与船篙相撞,船与船相碰,肩膀与肩膀相摩擦,脸和脸相对而已。这种热闹是暂时的,待他们尽兴以后,便散得灰飞烟灭。前四类人都是不会赏月的故作风雅的人,真正赏月的,在人群散去的时候,才停舟靠岸,"呼客纵饮"。此时月亮仿佛刚刚磨过的铜镜,光洁明亮,山峦重新整理了容妆,湖水重新整洗面目。原来慢慢喝酒、曼声歌唱的人出来了,隐藏树荫下的人也出来了,我们这批人去和他们打招呼,拉来同席而坐。风雅的朋友来了,出名的妓女也来了,杯筷安置,歌乐齐发……直到月色灰白清凉,东方即将破晓,客人刚刚散去。我们这些人放船在十里荷花之间,畅快地安睡,花香飘绕于身边,清梦非常舒适。

月色、青山、湖水、荷花,一切宁静而美好,在这样的环境中品茶赏月,才是真名士追求的情趣啊!庸俗和高雅,喧哗与清寂,前后做了鲜明的对照。

张岱中年经历明朝的覆亡,家境也随之败落,所以他的小品文中常暗含家国之痛与沧桑之感。中国传统是在八月中秋赏月,七月半赏月,无论是风雅还是热闹程度都不及八月半。我们知道,七月半在民间也被称为鬼节,是祭祀先人的日子。晚明时,杭州西湖的各大寺院这天晚上都要举行盂兰盆佛会,为信徒们诵经拜忏,以超度其祖先亡灵。所以,七月半晚上,杭州人去西湖夜游的也有很多。《西湖七月半》是追忆过往之作,作者是文雅之士,不写八月赏月,却写七月,其实也是其心情的写照。

【靓评三】

张岱生活在明末清初。他的家世颇为显贵的。高祖张天复嘉靖廿六年进士,官至太仆卿;曾祖张元汴,隆庆五年状元,官至左谕德侍经筵;祖张汝霖,万历二十三年进士,视学黔中时,得士最多;父张耀芳,为鲁藩长史司右长史,鲁王好神仙,他却精导引术,君臣之间,甚是契合。张岱一生,以甲申年(1644)为界限,迥然划分为两个阶段。在前则为纨绔子弟,"极爱繁华。好精舍,好美婢,好娈童,好鲜衣,好美食,好骏马,好华灯,好烟火,好梨园,好鼓吹,好古董,好花鸟,兼以茶淫橘虐。书囊诗魔"。声色之好,耳目之娱,无所不用其极。生活的鲜活乐趣,生命的切肤欢娱,他以身自任,糜不知返。在后则为亡国之民,破家之子,"山厨常断炊,一日两接淅",凄风苦雨,飘零人间四十年。

他一生坎坷放荡,不羁之中却自有真性情,高格调。综观其书其文,少有夸饰语,更少伪词,少惺惺恶态。他交友主张"人无癖不可与交,以其无深情也,人无癖不可与交,以其无真气也"。作文更不会如附庸风雅之徒,沽名钓誉之辈,故作惊人语。明末,他和王思任、祁彪佳,并称晚明"三才子",不但才气相类,而且私从甚密,人格相伯仲。张岱还与祁家兄弟多人堪称莫逆。明王朝灭亡之后,王思任誓不朝清,绝食而死;祁彪佳于清军破山阴后,留下"含笑入九泉,浩气留天地"的《遗诗》,投水身亡。昔日的挚友已成阴间之鬼,只有他一人苟活于世,七月半,其实也含缅怀故人之情。

张岱钟情于山水而无意于政治,七月半游湖,而且选择在人尽散去的二鼓以后,就表现了张岱不入世俗,对熙熙攘攘的社会和变化无常的士人的冷淡甚至厌恶,他追求的是一种冷寂的孤高。他对世人的冷眼旁观,体现了他对世俗民情的关注,这虽然没有政治性的目的,更多是禅性的感悟,具有浓郁的生活气息,夹杂着作者醉心于昔日繁华生活的怀旧情绪。

张岱的语言雅俗结合,颇见功底。这篇小品,寓谐于庄,富有调侃意味。诸如"名为看月而实不见月者""月亦看,看月者亦看,不看月者亦看"等语,饶舌一般,富有韵味。"轿夫擎燎,列俟岸上""速舟子急放断桥,赶入胜会"等语句,含带调侃嘲讽口气。前者以轿夫之恪尽职守,认真其事,反讽其侍奉的主人实乃"好名"而已;后者则可以从"少刻兴尽,官府席散,皂隶喝道去"的描述中,见出"速舟子急放断桥",不过是赶凑热闹,对于"看月"并不真正在意。三言两语中,便点画出了这些人的庸俗。张岱拓展了小品文的表现领域,各种题材、各种文体到他手中无不各臻其妙,而且获得一种表达的自由。

自为墓志铭

蜀人张岱,陶庵其号也。少为纨绔子弟,极爱繁华,好精舍,好美婢,好娈童,好鲜衣,好美食,好骏马,好华灯,好烟火,好梨园,好鼓吹,好古董,好花鸟,兼以茶淫橘虐①。书蠹诗魔。劳碌半生,皆成梦幻。年至五十,国破②家亡,避迹山居,所存者破床碎几,折鼎病琴,与残书数帙,缺砚一方而已。布衣蔬莨,常至断炊。回首二十年前,真如隔世。

常自评之,有七不可解:向以韦布③而上拟公侯,今以世家而下同乞丐。如此则贵贱紊矣,不可解一;产不及中人,而欲齐驱金谷④,世颇多捷径,而独株守于陵⑤,如此则贫富舛矣,不可解二;以书生而践戎马之场,以将军而翻文章之府,如此则文武错矣,不可解三;上陪玉帝而不谄,下陪悲田院⑥乞儿而不骄,如此则尊卑溷矣,不可解四;弱则唾面而肯自干,强则单骑而能赴敌,如此则宽猛背矣,不可解五;争利夺名,甘居人后,观场游戏,肯让人先,如此缓急谬矣,不可解六;博弈樗蒲⑦,则不知胜负,啜茶尝水,则能辨渑淄⑧,如此则智愚杂矣,不可解七。有此七不可解,自且不解,安望人解? 故称之以富贵人可,称之以贫贱人亦可;称之以智慧人可,称之以愚蠢人亦可;称之以强项人可,称之以柔弱人亦可;称之以卞急人可,称之以懒散人亦可。学书不成,学剑不成,学节义不成,学文章不成,学仙学佛,学农学圃皆不成,任世人呼之为败家子,为废物,为顽民,为钝秀才,为瞌睡汉,为死老魅也已矣。

初字宗子,人称石公,即字石公。好著书,其所成者有《石匮书》《张氏家谱》《义烈传》《琅嬛文集》《明易》《大易用》《史阙》《四书遇》《梦忆》《说铃》《昌谷解》《快园道古》《傒囊十集》《西湖梦寻》《一卷冰雪文》行世。

生于万历丁酉⑨八月二十五日卯时,鲁国相大涤翁之树子也⑩。母曰陶宜人。幼多痰疾,养于外大母马太夫人者十年。外太祖云谷公⑪宦两广,藏生牛黄丸盈数簏,自余囡地以至十有六岁,食尽之而痰疾始瘳。六岁时,大父雨若⑫翁携余之武林,遇眉公⑬先生跨一角鹿,为钱塘游客,对大父曰:"闻文孙善属对,吾面试之。"指屏上李白骑鲸⑭图曰:"太白骑鲸,采石江边捞夜月。"余应曰:"眉公跨鹿,钱塘县里打秋风。"眉公大笑起跃曰:"那得灵隽若此,吾小友也。"欲进余以千秋之业,岂料余之一事无成也哉?

甲申⑮以后,悠悠忽忽,既不能觅死,又不能聊生,白发婆娑,犹视息人世。恐一旦溘先朝露,与草木同腐,因思古人如王无功、陶靖节、徐文长皆自作墓铭⑯,余亦效颦为之。甫构思,觉人与文俱不佳,辍笔者再。虽然,第言吾之癖错,则亦可传也已。曾营生圹于项王里之鸡头山⑰,友人李研斋题其圹曰:"呜呼,有明著述鸿儒陶庵张长公之圹。"伯鸾高士,冢近要离⑱,余故有取于项里也。明年,年跻七十,死与葬,其日月尚不知也,故不书。

铭曰:

穷石崇⑲,斗金谷。盲卞和,献荆玉⑳。老廉颇,战涿鹿㉑。赝龙门,开史局㉒。馋东坡,饿孤竹㉓。五羖大夫㉔,焉肯自鬻。空学陶潜,枉希梅福㉕。必也寻三外野人㉖,方晓我之衷曲。

【注释】

① 茶淫橘虐:意即喜爱品茶和下象棋。淫、虐都是指过分地喜爱。② 国破:指1644年明朝覆灭。③ 韦布:韦带布衣。韦带为古代贫贱之人所系的无饰皮带。布衣指平民所穿的粗陋衣服。这里指平民身份。④ 金谷:代指石崇。⑤ 于陵:战国时齐国的城邑,在今山东省邹平县东南。齐国的陈仲子曾经隐居此地。作者用以比喻自己隐居的生活。⑥ 悲田院:也写作卑田院。佛教以施贫为悲田,所以称救济贫民的机构为悲田院,后来又用以指乞丐聚居的地方。⑦ 博弈樗蒲:博,六博,古代的一种棋戏。弈,围棋。博弈,泛指下棋。樗蒲,博戏名,以掷骰决胜负。后泛

称赌博为樗蒲。⑧ 渑淄：两条河的名字。这两条河均在山东省，传说水味不同，难以辨别，惟春秋时齐国的易牙能分辨。⑨ 万历丁酉：1597年（明神宗万历二十五年）。⑩ 鲁国相：鲁，明藩王所封国名。国相，汉代的藩国，有国相这一官职负责该国的行政事务。张岱的父亲曾任鲁献王的右长史，其职务相当于汉朝的国相，故说。大涤翁：张岱的父亲，名张耀芳，字尔弢，号大涤。树子：妻所生的儿子，区别于妾所生的儿子。⑪ 外太祖：外曾祖父。云谷：张岱的外曾祖父陶某的字或别号。⑫ 雨若：张岱祖父张汝霖的字。⑬ 眉公：陈继儒（1558—1639），字仲醇，号眉公，华亭（今上海松江）人，明代的文学家、书画家。⑭ 李白骑鲸：传说李白曾骑着鲸鱼远游海外仙岛。⑮ 甲申：1644年（明思宗崇祯十七年）。这一年李自成领导的农民起义军攻进北京，明王朝覆灭；后清兵入关，夺取了政权。⑯ 王无功：王绩（585—644），字无功，隋唐之际的诗人，有《自作墓志文》。徐文长：字文长，明代文学家、书画家，有《自为墓志铭》。⑰ 生圹：生前预造的墓穴。项王里：即项里山，在绍兴西南三十里，传说项羽曾避仇于此，下有项羽祠。⑱ 伯鸾：东汉的梁鸿，字伯鸾，博学有气节，隐居不仕。他很崇敬春秋时的刺客要离，所以要死后埋葬在要离的坟墓附近。⑲ 穷石崇：张岱自比。⑳ "盲卞和"二句：卞和，春秋时楚国人。他在荆山中得到一块璞，献给楚厉王，厉王说是石头，以欺君罪砍掉了卞和的左脚。后来楚武王即位，卞和再次献璞，又按欺君之罪砍了右脚。等到楚文王即位，卞和抱璞而哭，直哭到眼中流血。文王让玉工将璞剖开，果然得到宝玉。㉑ 涿鹿，今河北涿鹿县，相传是当年黄帝消灭蚩尤的地方。㉒ "赝龙门"二句：赝，假。龙门，地名，在今山西省河津市。司马迁出生在这里。㉓ "馋东坡"二句：东坡，苏轼的号。相传苏轼好吃，所以称他为馋东坡。㉔ 五羖大夫：即百里奚，春秋时虞国人，晋灭虞，被俘。秦穆公用五张羖羊的皮把他买来，相秦七年，使秦成为诸侯的霸主。人称五羖大夫。㉕ 梅福：字子真，西汉末寿春（今安徽寿县）人。王莽专权，他弃家出走后成了仙。㉖ 三外野人：南宋诗人郑思肖在宋亡后隐居吴下，自称三外野人。

【靓评】

明清时期的文人，张岱与徐渭是颇有渊源的。张岱上辈与徐渭交游很深，有着生活环境的熏陶，而彼时，张扬个性、书写性灵已是势不可挡的思想潮流，徐渭的激进与独立深深影响了张岱。徐渭先作《自为墓志铭》，张岱后作，无不随性恣肆、书陈一生，可以想见这其中的继承关系。然而细读两篇文章的铭文，却发现张岱与徐渭的自我表达完全不同。

张岱《自为墓志铭》铭文看似在抒怀壮志：想同石崇斗金谷；想学习卞和献美玉；想如廉颇一般战沙场；想如司马迁成就一代史话。让人联想到他心中郁郁的心结，正是由于自己"穷""盲""老""赝"，不得志而自嘲：自己不过是个好吃的苏东坡，却像孤竹君一样饿死；根本就是五羖大夫，养不了自己。这段自我忏悔的铭文更体现出自我的建塑。张岱论及自身,虽"穷"且"盲",但心中依然有金玉之追求、著史之心愿。这其实是对处世心态的陈述:有所向往,有所不及,却适得其所。陶潜、梅福,均为世外高人。张岱在明清交接之际,隐居山林,却终究不能同这两位一般完全超脱俗世,他既留恋前朝繁华,又在清世之中心灵挣扎,所言"空学""柱希",一点也不虚伪。这番叙述中,张岱用的典故,无一不是世上令人尊崇的名人佳士,只添上一系列贬损的形容词,变成了他自己的心情,这样反用典故,充满矛盾,正强烈地表达出了自我真心与性情。这段铭文,并非张岱的自贬自损,反而是他的自我建构,建构起一个"三外野人"才能"晓我之衷曲"的特立独行之人。

岳王坟

西泠①烟雨岳王宫,鬼气②阴森碧树丛。
函谷金人③长堕泪,昭陵④石马自嘶风。
半天雷电金牌冷,一族风波夜壑⑤红。
泥塑岳侯铁铸桧,只令千载骂奸雄。

【注释】

① 西泠:桥名,亦称"西陵桥",在杭州孤山西北尽头处。② 鬼气:亦作"鬼炁"。旧时谓人疾病死亡,常因一种邪气侵袭所致,称之为鬼气。③ 函谷:函谷关。金人:铜铸的人像。④ 昭陵:在陕西省礼泉县城,唐太宗之墓,以山为陵,为全国重点文物保护单位。⑤ 夜壑:《庄子·大宗师》载"夫藏舟于壑,藏山于泽,谓之固矣。然而夜半有力者负之而走,昧者不知也。"后用"夜壑"比喻事物的变化。

【靓评】

明清易代之际,是一个风云变幻的时代。生活在沧桑巨变里的张岱,其诗歌艺术也有着极高的成就,但因人生经历曲折,他的诗歌作品多数散佚,从未刊出,所以没能像他的小品文那样受到应有的重视。

岳飞,南宋初抗金主要将领,被秦桧、张俊等人以"莫须有"的罪名陷害至死,岳王庙是纪念爱国英雄的追思之地。历代诗人凭吊之时无不哀怜痛惜,曾写下许多优秀篇章。张岱的《岳王坟》是一首七律。

开篇交代了事由背景:像烟雾一样的蒙蒙细雨罩住了天子的宫殿,带有鬼怪气氛的恶人气焰嚣张。第二句起用"函谷金人""昭陵石马"的典故,借喻死者德高望重,百姓望其碑而落泪。第三句是说等了很长时间,英雄终于得以安葬。最后一句追述岳飞被封侯,秦桧下跪谢罪,被百姓唾骂,大快人心的景况。张岱的诗歌喜用典故,比如"函古金人常堕泪",李白诗中也有"收兵铸金人,函谷正东开"一句,是说秦始皇一统天下后,为了巩固自己的地位,收集了天下民间兵器,塑造了十二个金人来消除反抗力量。至此,秦和东方交通的咽喉函谷关便敞开了。张岱是个很执着的人,《岳王坟》正是他的悲愤心曲,如同他在另一首诗《岳坟柱铭》中所写:"此冤未雪,常闻石马哭昭陵。"特殊的经历、特殊的生活背景和奇特的性格早已融入了创作之中,含而不露的历史观借古人杯酒,浇自家心中块垒。这对他的作品产生了极大的影响。

张岱追求的诗境是平白如话,妇孺皆知。他说徐渭写诗的偶像是李贺,自己写诗的老师是白居易。他对唐诗、宋词颇有研究,能够兼收并蓄,博采众长。他的诗歌受到大小李杜、香山、王维、东坡、放翁、徐渭、钟谭等人的影响,风格多样,自成一家。他的诗长于叙事,语言清丽,风格悲怆,极富真情和理趣。而内容上则以反映遗民心史见长,真实地表现出了明末清初的社会历史现实和遗民这一特殊人群的悲怆感慨,具有较高的艺术成就和研究价值。

也许是张岱的小品文成就过于耀眼,遮盖了其诗歌的光彩,向来元明清的诗词选集中无其身影。他的数百首诗少被人留意,直到近年才收录于新版《琅嬛文集》中,其诗歌的整理文集《张岱诗文集》已由夏咸淳先生点校,上海古籍出版社出版。

龚自珍

龚自珍(1792—1841):字璱人,号定庵,浙江仁和(今杭州)人。清代杰出的思想家、文学家。出生于一个世代奉儒的官僚家庭,27岁中举,38岁中进士;由内阁中书官至礼部祠祭司行走、主客司主事,"一生困厄下僚"。48岁辞官南归,50岁暴卒于江苏丹阳云阳书院。他的思想带有极大的叛逆性,文学极富于创造性。所作诗文,极力提倡"更法""改图",揭露清王朝统治的腐朽,洋溢着爱国热情。有《龚自珍全集》。

病梅馆记

江宁①之龙蟠②,苏州之邓尉③,杭州之西溪④,皆产梅。或曰:"梅以曲为美,直则无姿;以欹为美,正则无景;以疏为美,密则无态。"固也。此文人画士,心知其意,未可明诏大号以绳天下之梅也;又不可以使天下之民斫直、删密、锄正,以夭梅、病梅⑤为业以求钱也。梅之欹、之疏、之曲,又非蠢蠢求钱之民能以其智力为也⑥。有以文人画士孤癖之隐明告鬻梅者:斫其正,养其旁条;删其密,夭其稚枝;锄其直,遏其生气,以求重价,而江浙之梅皆病。文人画士之祸之烈至此哉!

予购三百盆,皆病者,无一完者。既泣⑦之三日,乃誓疗之:纵之顺之⑧,毁其盆,悉埋于地,解其棕缚⑨;以五年为期,必复之全之⑩。予本非文人画士,甘受诟厉,辟病梅之馆以贮之。

呜呼!安得使予多暇日,又多闲田,以广贮江宁、杭州、苏州之病梅,穷予生之光阴以疗梅也哉!

【注释】

① 江宁:今江苏南京。② 龙蟠:龙蟠里,在今南京清凉山下。③ 邓尉:山名。在今江苏苏州西南。④ 西溪:地名。⑤ 夭梅、病梅:摧折梅,把它弄成病态。夭,使……摧折(使……弯曲)。病,使……成为病态。⑥ 蠢蠢:无知的样子。智力:智慧和力量。⑦ 泣:为……哭泣。⑧ 纵:放纵。顺:使……顺其自然。⑨ 棕缚:棕绳的束缚。⑩ 复:使……恢复。全:使……得以保全。

【靓评】

作者通过谴责人们对梅花的摧残,形象地揭露和抨击了清王朝统治阶级束缚人民思想,压制、摧残人才,表达了改革政治、追求个性解放的强烈愿望。

本文篇幅短小,结构严谨,寓意深刻。全文一共三段。第一段,揭示产生病梅的根源。文章起笔先简要叙述梅的产地:"江宁之龙蟠,苏州之邓尉,杭州之西溪,皆产梅。"然后笔锋一转,引出一段有些人评价梅的美丑,用"固也"一语轻轻收住。接着,作者开始详细分析病梅产生的缘由。原来,在"文人画士"的心目中,梅虽然"以曲为美""以欹为美""以疏为美"。但一"未可明诏大号";二不能让人"以夭梅、病梅为业以求钱";三从客观上说,又不能"以其智力为也"。所以,他们只好通过第四个途径了。于是,他们暗通关节,让第三者来转告"鬻梅者",斫正,删密,锄直,以投"文人画士孤癖之隐"。在这样的情况下,"江南之梅皆病"也就无可避免了。"文人画士之祸之烈至此哉!"一句感叹,道出了作者的无尽愤慨,也为下文"誓疗之"蓄足了情势。第二段,写作者疗梅的行动和决心。"予购三百盆"而"誓疗之",可见其行动的果断;"以五年为期,必复之全之",可见其成功的誓言;"甘受诟厉,辟病梅之馆",可见其坚持到底的决心。疗梅的举动和决心,写尽了作者对封建统治阶级压制人才、束缚思想的不满和愤慨,表达了对解放思想、个性自由的强烈渴望。第三段,写作者辟馆疗梅的苦心。这一段,作者慨叹自己暇日不多,闲田不多,疗梅的力量有限,也就是慨叹自己的力量不足以挽回人才受扼杀的黑暗的政局。事实上,作者一生在仕途上很不得意,只做过小京官,而且受到权贵的歧视和排挤,自己的才能都无法施展,更不要说解除全国人才所遭受的扼制了。因此,他只能以感叹作结。但是,虽为感叹,他渴望"广贮江宁、杭州、苏州之病梅,穷予生之光阴以疗梅",也充分表现了他坚持战斗的意志。

　　本文表面上句句说梅,实际上却是以梅喻人,字字句句抨击时政,寓意十分深刻。作者借文人画士不爱自然健康的梅,而以病梅为美,致使梅花受到摧残,影射统治阶级禁锢思想、摧残人才的丑恶行径。"有以文人画士孤癖之隐明告鬻梅者",暗示的正是那些封建统治者的帮凶,他们根据主子的意图,奔走效劳,以压制人才为业。斫正、删密、锄直,这夭梅、病梅的手段,也正是封建统治阶级扼杀人才的恶劣手段;他们攻击、陷害那些正直不阿、有才能、有骨气、具有蓬勃生气的人才,要造就的只是"旁条"和生机窒息的枯干残枝,亦即屈曲、邪佞和死气沉沉的奴才、庸才。作者"购三百盆","泣之三日",为病梅而泣,正是为人才被扼杀而痛哭,无限悲愤之中显示了对被扼杀的人才的深厚同情。"纵之顺之,毁其盆,悉埁于地,解其棕缚",就是说要破除封建统治阶级对人才的束缚、扼制,让人们的才能获得自由发展。"必复之全之",一定要恢复梅的本性,保全梅的自然、健康的形态。这正反映了作者要求个性解放,"不拘一格降人才"的迫切心情。由此可见,本文表面写梅,实际是借梅议政,通过写梅来曲折地抨击社会的黑暗,表达自己的政治理想。

己亥杂诗①(其六十五)

　　文侯端冕听高歌,少作精严故不磨。诗渐凡庸人可想,侧身天地我蹉跎。

【注释】

① 《己亥杂诗》编年始自嘉庆丙寅,终于道光戊戌。勒成二十七卷。《己亥杂诗(其六十五)》是作者编辑自己诗集时的自我批评。

【靓评】

诗渐凡庸人可想

"诗渐凡庸人可想",是清朝大诗人龚自珍的名句。原诗为:

文侯端冕听高歌,少作精严故不磨。诗渐凡庸人可想,侧身天地我蹉跎。

一讲自己作诗严肃认真;二述少作尚佳;三感觉自己诗作越来越差是与思想有关;四感叹自己蹉跎岁月。"诗渐凡庸人可想"确是佳句,其佳处在:

第一,揭出诗虽由人写,却"不以人的意志为转移",绝不是官大、名大诗就好,每首诗须"独立"观其价值论,确是未经人道。

第二,诗凡庸是由于人凡庸。江郎才尽绝非生花笔为人梦中取,而是思想境界(包括学习)每况愈下。这就将"孬诗"可能逃避谴责、聊以解嘲的借口都塞住了。

第三,"渐"字最传神,深刻说明"孬诗"不是偶然,而是必然的过程,这是作者思想痼疾所结之果。这就把那些"这只是偶尔的败笔"的自我安慰歌和喇叭调"彻底砸烂"了。

当然,这句话也不是绝对"放之四海而皆准"的,纷繁的诗苑中是既有诗虽平庸而人尚佳的,也有诗虽佳而人不佳。但是,这句诗确是揭示出"诗人"十分忌讳又无法摆脱的一个规律,可以说是"缪斯"手中的"惊堂木"!愚意以为:将"诗渐凡庸人可想"书置座右,也许"藏拙"者会超过"率尔操觚"和以名卖钱者的。

己亥杂诗①(其五)

浩荡离愁白日斜,吟鞭东指即天涯②。落红③不是无情物,化作春泥更护花。

【注释】

① 己亥杂诗:己亥年所作杂感诗。己亥,己亥年。清道光十九年(1839)四月,龚自珍辞官南归,后又北上接取眷属,当年十二月抵家。他于京杭往返途中,以七言绝句写成大型组诗,共315首,题为《己亥杂诗》。这里所选为第五首。杂诗,古人不受流传惯例的约束,遇事即兴而发,写成诗篇,由于内容芜杂,难以归类,于是统称为"杂诗",即杂感诗的意思,相沿成为一种诗体。② 吟鞭:手中的马鞭,边挥着鞭子边吟咏,故称"吟鞭"。东指:指向东方的故乡。③ 落红:落下的花、花叶。因花以红色居多且尊贵,故称落红。

【靓评】

这首诗抒发了诗人辞职离开京都时的复杂情感和志向。诗以"浩荡离愁"开篇,真实地记录了作者当时难以尽言的万千愁绪,又配以"白日斜",更显其只身离京的孤寂情境。龚自珍生活在鸦片战争前夕的清代,在京城不被重用,许多正确建议无人理睬,做了20年无足轻重的小官。他认识到自己所生活的是一个一切聪明才智都被扼杀的时代。在这样的心境下,他写下了这首诗。

首句写"离愁"。第二句"吟鞭东指"写车的去向,即人要去的是东南家乡。用一"吟"字,显出了他在"愁"中的洒脱情怀:离去,面对故友,往事如烟,自然会有许多愁绪,但回乡是自愿的,而且从此可以逃出那个受人桎梏的樊笼。诗人不说自己离开之处是"天涯",却说要回去的家乡是"天涯",这正意味着从此到了天涯海角,远远离开那个"樊笼",心情当然也是轻松愉快的。

前两句诗把诗人当时这种互相矛盾、互相纠缠、互相映衬的复杂心绪、丰富情感,写得形象逼真,深切感人。后两句笔锋一转,写出了旷世的经典名句:"落红不是无情物,化作春泥更护花。"诗人以落红有情自比,表达自己虽然脱离官场,逃出樊笼,但并不逃避责任,依然更加关心国家民族的命运,永不忘报国之志,并做奉献,这就道出了诗人的诚挚情怀和高尚的道德情操。

全诗构思精巧,抒情议论,跌宕起伏,形象贴切,寓意深刻。尤其是由前两句复杂情感烘托而出的后两句报效国家民族的热忱之心,比喻形象,读后令人感奋,为我们今天弘扬社会主义核心价值观提供了极为丰富的精神养分。

己亥杂诗(其一八三)

抚心消息过江淮①,红泪淋浪避客揩。千古知言汉武帝②,人难再得始为佳。

【注释】

①抚(fǔ)心:以手捶打胸口,表示哀痛或悲愤,形容内心极其痛苦。江淮:长江和淮河。②知言:知道和言说。也指有见识的话或知音。汉武帝:即刘彻。相传曾创作《秋风辞》和《落叶哀蝉曲》,以怀念李夫人。

【靓评】

这首七绝是诗人追悼其心爱的女子的。有人考证是龚自珍的表妹。当诗人听到心爱的女子病逝消息后,痛苦不已,热泪长流,也只能避开他人偷偷擦拭,足见诗人用情至深,哀恸之至。第三、四句借用汉武帝怀念逝去的李夫人的典故"宁不知倾城与倾国,佳人再难得",表达世间的美好感情和事物,只有真正失去了才感到无比珍贵的心绪。

诗句"人难再得始为佳",现在一般用来形容优秀杰出不可再得的人才。

己亥杂诗(其一二五)

九州生气①恃风雷,万马齐喑究可哀。我劝天公重抖擞,不拘一格降人才。

【注释】

① 九州:这里代指整个国家。生气:生机蓬勃的景象。

【靓评】

龚自珍积极宣传变革,终因"动触时忌",于道光十九年己亥(1839)辞官南归,在路经镇江时,应道士之请而写下了这首祭神诗。

诗人想象奇瑰,以祈祷天神的口吻,呼唤着风雷般的变革,以打破清王朝束缚思想、扼杀人才造成的死气沉沉的局面。"我劝天公重抖擞,不拘一格降人才",表达了作者解放人才、变革社会、振兴国家的愿望。毛泽东曾经多次引用此诗,《七律·和郭沫若同志》开篇即有"一从大地起风雷"之句。

在今天这个开放多元的社会,大刀阔斧地破除偏见,雷厉风行地进行变革,杜绝腐败,反对任人唯亲,以平等包容的心态"不拘一格"地使用人才,显得尤为重要,应该给那些有梦想的年轻人更多的机会一展所长,再也不能故步自封,致使"万马齐喑"的悲剧重演。

《己亥杂诗》中的一组忧国诗

十四

颓波难挽挽颓心,壮岁曾为九牧箴。钟簴苍凉行色晚,狂言重起廿年瘖。

四十四

霜毫掷罢倚天寒,任作淋漓淡墨看。何敢自矜医国手,药方只贩古时丹。

八十六

鬼灯队队散秋萤,落魄参军泪眼荧。何不专城花县去,春眠寒食未曾醒。

二十

消息闲凭曲艺看,考工古字太丛残。五都黍尺无人校,抚摸尘间一饱难。

八十七

故人横海拜将军,侧立南天未蒇勋。我有《阴符》三百字,蜡丸难寄惜雄文。

九十六

少年击剑更吹箫,剑气箫心一例消。谁分苍凉归棹后,万千哀乐集今朝。

【靓评】

龚自珍是清朝爱国诗人,更是一位大思想家、大改革家,鸦片战争前夕,在京城做小官,看到国家危机四伏,险象丛生。写了很多诗文,向当局提建议,倡改革,结果"忠不见用",反被排挤退职。回乡途中,百感交集,以诗写心,汇成名著《己亥杂诗》,他的诗曾被誉为"三百年间第一流",上面六首,可见一斑。

第一首写社会腐败,风气恶劣,难以挽回,只能做挽救颓唐的人心的考虑。回想壮年时就陈述过治理国家的建议,现在看着象征国家的钟与钟架,和自己旅途一样,都黯然失色,日薄西山,忍不住又大声疾呼,要打破二十年来的沉寂。

第二首写自己当年金殿应试,回答如何治理国家的问题时,一挥而就。并不敢自夸医国有方,只是像宋朝王安石一样坚持改革,将变弱国为强国。"古时丹"是指古代的爱国精神,而不是"复古"。

第三首写大官的助手、副官们都是些"瘾君子",鸦片烟瘾来时眼泪、鼻涕一大串,成群结队提着灯笼上烟馆,像一群幽灵。作者讽刺他们怎不到专门产鸦片的地方去整天"春眠"吸烟呢!

第四首写社会的兴旺衰败从一些小事就可"见微知著",倒不必去烦琐考证古代来类比,就像眼下市场上尺秤升斗,长短大小,都不一样,充满欺诈,政府也不管理纠正,因而市面乱哄哄的,想好好吃一顿饱饭都困难。

第五首写知道老友林则徐在广州禁烟,虽是辛苦勤劳,小心翼翼,却很难奏效,而自己既不能亲自去帮忙,也没法将克敌制胜的办法写信告诉他。

第六首写自己被排挤丢官,感慨万千。回想少年时,既能舞剑,又能吹箫,现在这些技能、抱负都搁置丢了。谁能体会自己这次被排挤回乡,千万种悲怆和快乐,一下子都奔涌到心头呢!

《己亥杂诗》共 315 首,是龚自珍的旅途随笔。也是对前半生的总结,可以说是热心医国却报国无门。从上述六首诗也可以"尝一脔而知一镬之味,一鼎之调"。第一,对现实的深刻洞察。当时清帝及当权者还在做着乾嘉盛世的迷梦,盲目自大而且荒淫腐败,吸毒成风,兵疲民穷。龚自珍能从"盛世"看到危机,特别是祸国殃民的鸦片已使官员的助手们(龚不好讲包括官员)像一队队孤魂野鬼,丛聚吸食。忠正之士或受限制,或受排挤。市场一片混乱,民不聊生。一派大厦将倾的局势。第二,爱国家,盼兴旺,倡改革,不屈服的意志、激情,一气贯注。在朝廷慷慨陈词,救国家根治民心,安百姓先整吏治,受排挤终不屈服。作者胸怀大志,腹有良谋,丹心报国,九死不悔的形象历历在目。第三,奇思妙构,生动传神。如"鬼灯队队散秋萤,落魄参军泪眼荧""五都黍尺无人校,抚攘尘间一饱难",寥寥两句,烟鬼丑态、市场混乱跃然纸上。再如用"侧立"两个字就将忠心耿耿、小心翼翼的林则徐虽身为钦差,全权处理广州事,但却处处受钳制,而难以成功的处境,刻画得栩栩如生,如异军突起,奇光闪耀,使人震动。

这还只是就一斑而言的,如果细读《己亥杂诗》全集,就更会体会到他的诗"如神龙游空,不拘一格,而精神骏发,血肉饱满,光辉通彻,变化出奇。形式和内容结合圆满",显出多彩而又新鲜。这是龚自珍"博采熔铸古今诗家之长,运以个人深厚的才情与广博的学问,尽文字之美,抒一家之言",才开辟出的这一新境界。当然,诗作之所以具有震撼人心的力量,首先是诗中闪烁的批判腐朽、呼唤光明的革新破旧的爱国精神。

郑 燮

郑燮(1693—1766):字克柔,号理庵、板桥,人称板桥先生,兴化(今江苏兴化市)人。乾隆元年(1736)进士。曾任范县(今河南范县)、潍县(今山东潍坊市)知县。因岁饥为民请赈,得罪上司及豪门,以病乞归,寄居扬州,买画自给。能诗善画,亦工书法,为"扬州八怪"之一。其诗深刻反映了当时社会的黑暗及民间的疾苦。诗风清新流畅,真实感人,不为当时风气所囿,自成一格。有《板桥全集》。

家书两封

潍县署中寄舍弟①墨第一书

读书以过目成诵为能,最是不济事。眼中了了,心下匆匆,方寸无多,往来应接不暇,如看场中美色,一眼即过,与我何与也!千古过目成诵,孰有如孔子者乎?读《易》至韦编三绝②,不知翻阅过几千百遍来,微言精义③,愈探愈出,愈研愈入,愈往而不知其所穷。虽生知安行④之圣,不废困勉下学之功也。东坡读书不用两遍,然其在翰林读《阿房宫赋》至四鼓⑤,老吏苦之,坡洒然⑥不倦。岂以一过即记,遂了其事乎!惟虞世南、张睢阳、张方平,平生书不再读,迄无佳文。且过辄成诵,又有无所不诵之陋。即如《史记》百三十篇中,以《项羽本纪》为最,而《项羽本纪》中,又以巨鹿之战、鸿门之宴、垓下之会为最。反覆诵观,可欣可泣,在此数段耳。若一部《史记》,篇篇都读,字字都记,岂非没分晓的钝⑦汉!更有小说家言,各种传奇恶曲,及打油诗词⑧,亦复寓目不忘,如破烂厨柜,臭油坏酱悉贮其中,其龌龊⑨亦耐不得。

潍县寄舍弟墨第四书

凡人读书,原拿不定发达。然即不发达要不可以不读书,主意便拿定也。科名不来,学问在我,原不是折本的买卖。愚兄而今已发达矣,人亦共称愚兄为善读书矣,究竟自问胸中担得出几卷书来?不过挪移借贷,改窜添补,便尔钓名欺世。人有负于书耳,书亦何负于人哉!昔有人问沈近思侍郎,如何是救贫的良法?沈曰:读书。其人以为迂阔,其实不迂阔也。东投西窜,费时失业,徒丧其品,而卒归于无济,何如优游书史中,不求获而得力在眉睫间乎!信此言,则富贵,不信,则贫贱,亦在人之有识与有决并有忍耳。

【注释】

① 舍弟,谦称自己的弟弟。② 韦编三绝:相传孔子晚年很爱读《周易》,翻来覆

去地读,使穿连《周易》竹简的皮条断了好几次。韦,皮革。③ 微言精义:精微的语言,深刻的道理。④ 生知安行:生,出生。知,懂得。安,从容不迫。行,实行。即"生而知之"(不用学习而懂得道理)、"安而行之"(发于本愿,从容不迫地实行)。这是古人以为圣人方能具有的资质。⑤ 翰林:皇帝的文学侍从官。这里指翰林院,翰林学士供职之所。四鼓:四更,凌晨1~3时。⑥ 洒然:畅快的样子。⑦ 钝:迟钝,愚笨。⑧ 打油诗词:通俗诙谐、不拘平仄韵律的旧体诗词;相传唐朝张打油所创,因而得名。⑨ 龌龊(wò chuò):不干净,品位低俗。

【靓评】

郑板桥的散文,可分两大类,一类叙事说理,一类描绘说理(抒情)。前者如本文所举家书两封,讲读书积学之道,"读书"的作用,要着眼大处和长远,而不能像解渴急需饮水。"读书"进可增能为国,退可修身齐家。全篇家常话、口头语,以说理、告诫、嘱托为主,理必归圣贤,文必切日用,新颖深刻,不亚孔、孟、辛、陆和英国培根,值得参立家风。

花品跋

仆江南逋客,塞北羁人。满目风尘,何知花月;连宵梦寐,似越关河。金樽檀板,入疏篱密竹之间;画舸银筝,在绿荇红蕖之外。痴迷特甚,惆怅绝多。偶得乌丝,遂抄《花品》。行间字里,一片乡情;墨际毫端,几多愁思。书非绝妙,赠之须得其人;意有堪传,藏者须防其蠹。雍正三年十月十九日,板桥郑燮书于燕京之忆花轩。

扬州竹枝词序

秋云再削,瘦漏如文;春冻重雕,玲珑似笔。挟荆轲之匕首,血濡缕而皆亡;燃温峤之灵犀,怪无微而不照。招尤惹谤,割舌奚辞;识曲怜才,焚香恨晚。盖广陵风俗之变,愈出愈奇;而董子调侃之文,如铭如偈也。更有失路名流,抛家荡子,黄冠缁素,皂隶屠沽,例得载于诗篇,并且标其名目。譬夫酿家纪叟,青莲劝问于黄泉;乐部龟年,杜甫伤心于江上。琵琶商妇,白老歌行;石鼎轩辕,昌黎序次。修翎已失,犹怜好鸟之音;碧叶虽凋,忍弃名花之本。酒情跳荡,市上呼驴;诗兴颠狂,坟头拉鬼。于嬉笑怒骂之中,具萧洒风流之致。身轻似叶,原不借乎缙绅;眼大如箕,又何知夫钱房。

乾隆五年九月朔日,楚阳板桥居士郑燮题。

【靓评】

这两篇是郑板桥描绘说理(抒情)类散文代表,精炼优美,活泼清新,结构严谨,字字珠玑,像精美的诗篇,像幽玄的哲理,读之眼亮,思之心明,可列散文名作之林。开卷一读,清新隽永,正是晚明清初张岱、归有光的风神,满纸灵秀之气,且多自然

韵味,让人读之忘倦。这是又一类风格的散文,细细品味,精彩纷呈,琳琅满目。板桥散文虽不如诗词数量之多,但含金量绝不少。

板桥此类散文有时寓在题跋题画之中,如:

掀天揭地之文,震电惊雷之字,呵神骂鬼之谈,无古无今之画,原不在寻常眼孔中也。未画之前,不立一格,既画之后,不留一格。

——《题〈兰竹石图〉》

这是郑板桥的一段气壮山河、横扫古今、目空四海的自我宣言,也是一段对自己作品激动而自豪的评论。他创作时,忽然兴至风雨来,挥毫落纸如云烟,前贤规矩、自然法则都不存在了。他的"无古无今独逞"的情怀跃然纸上!令人震撼!

潍县署中画竹呈年伯包大中丞括①

衙斋卧听萧萧竹②,疑是民间疾苦声。些小③吾曹州县吏,一枝一叶总关情④。

【注释】

① 潍县:今山东潍坊市。年伯:科举时代称同年的父辈或父亲的同年为年伯。包大中丞括:即包括,时任山东布政使,署理巡抚。中丞,清代对巡抚的雅称。② 衙斋:官衙中的书斋。萧萧:风吹竹枝摇晃发出的声响。③ 些小:卑微。或称县令是"芝麻官"。④ 一枝一叶:指民生大情小事。总关情:都应关心。

【靓评】

郑板桥任山东潍县知县时画了一幅《风竹图》,赠送给他的上司包括,这首诗就是题写在这幅画上的。包括是一位勤政爱民的好官,与郑板桥品行相近。所以,在大饥荒中处于困难境地时,郑板桥向这位上司赠画题诗,借题发挥,既是对眼前困境的呼吁,也是对自己救灾行为遭到非难的悲诉。

诗人藉竹发端,从窗外的萧萧竹声联想到百姓的疾苦声,进而想到自己为官的责任,表达了对民瘼的深切关心,对职业操守的惕厉敬畏。郑板桥因为灾民请赈而"忤大吏",于乾隆十七年辞官归隐。郑板桥离潍之日,想起过去自己捐银放赈,饥民的借据尚在署中,便关照将所有借券一起烧掉。消息传出,士民大为感动。郑板桥离开潍县时,只有三头毛驴,一头书童坐,一头驮书筐,一头自坐。

"些小吾曹州县吏,一枝一叶总关情"两句,畅述胸怀。前句既是写自己,也是写包括,可见为民解忧的应该是所有的"父母官",拓宽了诗的内涵。后一句既照应了竹画和诗题,又寄予了深厚的情感,认为老百姓的点点滴滴都与"父母官"们紧紧联系在一起。一个封建官吏,对劳动人民能有如此深厚的感情,确实是十分可贵的。

习近平《在兰考县委常委班子专题民主生活会时的讲话》等文中多次引用这首诗。2013年1月26日在菏泽座谈时,习近平还特意给在场的市、县委书记念了副对联:"得一官不荣,失一官不辱,勿道一官无用,地方全靠一官;穿百姓之衣,吃百姓之饭,莫以百姓可欺,自己也是百姓。"并说,封建时代官吏尚有这样的认识,我们共产党人应该比这个境界高得多。

题竹石

咬定青山不放松①,立根原在破岩中。千磨万击还坚劲②,任尔东西南北风。

【注释】

① 咬定:根扎得结实,像咬住青山不松口一样。② 万击:各种打击。坚劲:坚定有韧性。

【靓评】

这是一首托物言志诗。诗人自己善画竹,对竹的特性有深刻认识,所画的竹子栩栩然如活竹一般。竹是"岁寒三友"之一,因它有节,常绿,可寓意为有节操。郑板桥爱竹、画竹本身,就有自己的某种寄托在里面。

起首两句,描写竹坚定自身的顽强形态。"咬定青山不放松",首句首字的"咬"字,形象而又拟人化地把竹顽强地努力坚定自己的形态刻画了出来。"立根原在破岩中",仔细一看,原来它的根是立在破岩中的。"破岩","青山"上岩石中有裂缝之处,这正是竹根可以立住,也就是可以"咬定"的地方。这两句总写竹立根坚牢的形态,为后两句进一步写竹的精神提供了坚实的基础。

后两句,写竹面对外力打击所表现出来的顽强精神,是前两句的进一步升华。"千磨万击还坚劲","千""万"极言其多,即不管多少磨难、挫折、打击,由于它有坚牢的根基,它仍坚定有力地挺立着,从不屈身失节。"任尔东西南北风"句,进一步申述、强化上一句的"千磨万击",就是不管你是从四面八方的什么地方来的邪恶之风,也不管什么样恶劣的环境,它仍旧铁骨铮铮顽强地挺立着。

全诗语言通俗流畅而意味深长。表面上是写竹、颂竹,实际上是要"言志",即抒发自己的志趣。诗中竹的形象和精神,寓含着诗人自己正直不阿、坚贞不屈、面对任何艰难困苦,不折不弯、决不向任何恶势力屈服、决不与黑暗势力同流合污的高尚情操和品格,这也正是今天的人们应该学习和所应具有的品格。

道情十首①

开场白:

枫叶芦花并客舟,烟波江上使人愁;劝君更尽一杯酒,昨日少年今白头。

自家板桥道人是也。我先世元和公公,流落人间,教歌度曲。我如今也谱得《道情十首》,无非是唤醒痴聋,销除烦恼。每到山青水绿之处,聊以自遣自歌。若遇争名夺利之场,正好觉人觉世。这也是风流事业,措大生涯。不免将来请教诸公,以当一笑。

　　老渔翁，一钓竿，靠山崖，傍水湾；扁舟来往无牵绊。沙鸥点点轻波远，荻港萧萧白昼寒，高歌一曲斜阳晚。一霎时波摇金影，蓦抬头月上东山。

　　老樵夫，自砍柴，捆青松，夹绿槐；茫茫野草秋山外。丰碑是处成荒冢，华表千寻卧碧苔，坟前石马磨刀坏。倒不如闲钱沽酒，醉醺醺山径归来。

　　老头陀，古庙中，自烧香，自打钟；兔葵燕麦闲斋供。山门破落无关锁，斜日苍黄有乱松，秋星闪烁颓垣缝。黑漆漆蒲团打坐，夜烧茶炉火通红。

　　水田衣，老道人，背葫芦，戴袱巾；棕鞋布袜相厮称。修琴卖药般般会，捉鬼拿妖件件能，白云红叶归山径。闻说道悬岩结屋，却教人何处相寻？

　　老书生，白屋中，说唐虞，道古风，许多后辈高科中。门前仆从雄如虎，陌上旌旗去似龙，一朝势落成春梦。倒不如蓬门僻巷，教几个小小蒙童。

　　尽风流，小乞儿，数莲花，唱竹枝；千门打鼓沿街市。桥边日出犹酣睡，山外斜阳已早归，残杯冷炙饶滋味。醉倒在回廊古庙，一凭他雨打风吹。

　　掩柴扉，怕出头，剪西风，菊径秋；看看又是重阳后。几行衰草迷山郭，一片残阳下酒楼，栖鸦点上萧萧柳。揩几句盲辞瞎话，交还他铁板歌喉。

　　邈唐虞，远夏殷，卷宗周，入暴秦。争雄七国相兼并。文章两汉空陈迹，金粉南朝总废尘，李唐赵宋慌忙尽。最可叹龙盘虎踞，尽销磨燕子、春灯。

　　吊龙逢，哭比干。美庄周，拜老聃。未央宫里王孙惨。南来薏苡徒兴谤，七尺珊瑚只自残。孔明枉作那英雄汉；早知道茅庐高卧，省多少六出祁山。

　　拨琵琶，续续弹；唤庸愚，警懦顽；四条弦上多哀怨。黄沙白草无人迹，古戍寒云乱鸟还，虞罗惯打孤飞雁。收拾起渔樵事业，任从他风雪关山。

尾白
　　风流家世元和老，旧曲翻新调；扯碎状元袍，脱却乌纱帽，俺唱这道情儿归山去了。

跋语：

是曲作于雍正七年，屡抹屡更。至乾隆八年，乃付诸梓。刻者司徒文膏也。

【注释】

①《道情十首》作于雍正七年，改削十年，后付梓问世。是板桥重要诗作，也是艺苑珍品。鲁迅先生在《怎么写？》一文中说，他宁可看《红楼梦》也不愿意读《黛玉日记》，紧接着说："《板桥家书》我也不喜欢看，不如读他的《道情》。"

【靓评】

《道情十首》以激动的语言写旷达的襟怀，显世道之不公，寓胸中的愤慨。这是主旋律，不同的时期则又给以不同的点染。这次是勉友"勿忘寒士家风"，并不讳言贫穷时发牢骚。

道情，原为道士所歌，多为歌唱离尘绝俗。相传渊源唐代的道曲和法曲，现在所见大多为近代的遗存。郑板桥在《道情十首》序言中说："自家板桥道人是也。我先世元和公公，流落人间，教歌度曲。我如今也谱得《道情十首》，无非是唤醒痴聋，销除烦恼。每到山青水绿之处，聊以自遣自歌。若遇争名夺利之场，正好觉人觉世。"

《道情十首》前六首分别写了渔翁、樵夫、道人、头陀、书生、乞儿，主要表现作者关心民间疾苦，感慨人世机阻和社会生活的艰难。后面四首偏重于历代兴亡，劈开历史的面纱看破世情，赞成清静无为。

郑板桥有强烈的民族意识，他尊奉儒家修身、齐家、治国、平天下的信条，关注民生疾苦。在表面繁荣而矛盾纷繁的时代，不可否认，他的退隐思想也表现得十分突出。"吊龙逢，哭比干。羡庄周，拜老聃，未央宫里王孙惨。南来薏苡徒兴谤，七尺珊瑚只自残。孔明枉作那英雄汉；早知道茅庐高卧，省多少六出祁山。"（其九）原来应该做的现在不屑做，人生的价值尺度变了，这在作者思想深处是痛极了的，但无可奈何。

在《道情十首》的后面说"扯碎状元袍，脱却乌纱帽，俺唱这道情儿归山去了"。他辞官归里，在穷困潦倒中死去。他以他的怪，给后人带来快乐，没有人骂他是贪赃枉法、鱼肉百姓的贪官污吏。

《道情十首》的价值既显示了大文人对民间文学的关注，又显示了郑板桥身体力行，推动诗歌改革，还体现了民间文学是诗歌发展的不可缺少的营养。

这十首《道情》，我小时候在轮船上、火车上听艺人唱过，渔鼓一拍，竹板一打，人群鸦雀无声，静听艺人演唱。真正的雅俗共赏。

冰 心

　　冰心(1900—1999)：福建长乐人，出生于福州一个海军军官家庭。原名谢婉莹，笔名冰心，取"一片冰心在玉壶"之意。被称为"世纪老人"。现代著名女作家、儿童文学家、诗人、翻译家。她歌颂母爱、童真、自然，非常爱小孩，把小孩看作"最神圣的人"。深受人民的敬仰。1919年8月的《晨报》上，冰心发表了第一篇散文《二十一日听审的感想》和第一篇小说《两个家庭》。

山中杂记(七)——说几句爱海的孩气的话

　　白发的老医生对我说："可喜你已大好了，城市与你不宜，今夏海滨之行，也是取消了为妙。"

　　这句话如同平地起了一个焦雷！

　　学问未必都在书本上。纽约、康桥、芝加哥这些人烟稠密的地方，终生不去也没有什么，只是说不许我到海边去，这却太使我伤心了。

　　我抬头张目地说："不，你没有阻止我到海边去的意思！"

　　他笑道："是的，我不愿意你到海边去，太潮湿了，于你新愈的身体没有好处。"

　　我们争执了半点钟，至终他说："那么你去一个礼拜罢！"

　　他又笑说："其实秋后的湖上，也够你玩的了！"

　　我爱尉冰，无非也是海的关系。若完全的叫湖光代替了海色，我似乎不大甘心。

　　可怜，沙穰的六个多月，除了小小的流泉外，连尉冰都看不见！山也是可爱的，但和海比，的确比不起，我有我的理由！

　　人常常说："海阔天空。"只有在海上的时候，才觉得天空阔远到了尽量处。在山上的时候，走到岩壁中间，有时只见一线天光。即或是到了山顶，而因着天末是山，天与地的界线便起伏不平，不如水平线的齐整。

　　海是蓝色灰色的。山是黄色绿色的。拿颜色来比，山也比海不过，蓝色灰色含着庄严淡远的意味，黄色绿色却未免浅显小方一些。固然我们常以黄色为至尊，皇帝的龙袍是黄色的，但皇帝称为"天子"，天比皇帝还尊贵，而天却是蓝色的。

　　海是动的，山是静的；海是活泼的，山是呆板的。昼长人静的时候，天气又热，凝神望着青山，一片黑郁郁的连绵不动，如同病牛一般。而海呢，你看她没有一刻静止！从天边微波粼粼的直卷到岸边，触着崖石，更欣然地溅跃了起来，开了灿然万朵的银花。

四围是大海,与四围是乱山,两者相较,是如何滋味,看古诗便可知道。比如说海上山上看月出,古诗说:"南山塞天地,日月石上生。"细细咀嚼,这两句形容乱山,形容得极好,而光景何等臃肿,崎岖,僵冷,读了不使人生快感。而"海上生明月,天涯共此时",也是月出,光景却何等妩媚,遥远,璀璨!

原也是的,海上没有红白紫黄的野花,没有蓝雀红襟等等美丽的小鸟。然而野花到秋冬之间,便都萎谢,反予人以凋落的凄凉。海上的朝霞晚霞,天上水里反映到不止红白紫黄这几个颜色。这一片花,却是四时不断的。说到飞鸟,蓝雀红襟自然也可爱,而海上的沙鸥,白胸翠羽,轻盈地漂浮在浪花之上,"凌波微步,罗袜生尘"。看见蓝雀红襟,只使我联忆到"山禽自唤名",而见海鸥,却使我联忆到千古颂赞美人,颂赞到绝顶的句子,是"婉若游龙,翩若惊鸿"!

在海上又使人有透视的能力,这句话天然是真的!你倚阑俯视,你不由自主地要想起这万顷碧琉璃之下,有什么明珠,什么珊瑚,什么龙女,什么鲛纱。在山上呢,很少使人想到山石黄泉以下,有什么金银铜铁。因为海水透明,天然地有引人们思想往深里去的趋向。

简直越说越没有完了,总而言之,统而言之,我以为海比山强得多。说句极端的话,假如我犯了天条,赐我自杀,我也愿投海,不愿坠崖!

争论真有意思!我对于山和海的品评,小朋友们愈和我辩驳愈好。"人心之不同,各如其面",这样世界上才有个不同和变换。假如世界上的人都是一样的脸,我必不愿见人。假如天下人都是一样的嗜好,穿衣服的颜色式样都是一般的,则世界成了一个大学校,男女老幼都穿一样的制服。想至此不但好笑,而且无味!再一说,如大家都爱海呢,大家都搬到海上去,我又不得清静了!

【靓评】

用孩子般的天真,谈"海""山"之变之美

冰心非常爱儿童,把小孩看作"最神圣的人"。她的散文总能创造一种近似抒情诗和风景画的美感;母爱和童真的内容占重要地位。《山中杂记(七)》就是用孩子般的天真、固执、极端的语气,用"海"与"山"做比较,从颜色、动静、视野、透视力等方方面面力比,争取"海比山强得多",甚至迸出誓言:"假如我犯了天条,赐我自杀,我也愿投海,不愿坠崖!"

文笔轻情灵活,清新隽丽。对颜色的感受与思索都很成熟。颜色议论里包含了哲学的、历史的,乃至心理学的丰富内容。由此而产生的审美意识、审美评价完全是现代的。文中描写"海"的文字,最能显示冰心的散文艺术个性。在自然之美中寓哲理,在无道理中寓真理。真正大师风范!

寄小读者(通讯二十三)

冰季小弟：

这是清晨绝早的时候，朝日未出，朝露犹零，早餐后便又须离此而去。我以黯然的眼光望着白岭，却又不能不偷这匆匆言别的一早晨，写几个字给你。

只因昨夜在迢迢银河之侧，看见了织女星，猛忆起今天是故国的七月七夕，无数最甜柔的故事，最凄然轻婉的诗歌，以及应景的赏心乐事，都随此佳节而生。我远客他乡，把这些都暌违了，……这且不必管他。

我所要写的，是我们大家太缺少娱乐了。无精打采的娱乐，绝不能使人生润泽，事业进步。娱乐至少与工作有同等的价值，或者说娱乐是工作之一部分！

娱乐不是"消遣"。"消遣"两字的背后，隐隐地站着"无聊"。百无聊赖的时候，才有消遣；镑傺疾病的时候，才有消遣！对于国事，对于人生，灰心丧志的时候，才有消遣！试看如今一般人所谓的娱乐，是如何地昏乱，如何地无精打采？我决不以这等的娱乐为娱乐！真正的娱乐是应着真正的工作的要求而发生的，换言之，打起精神做真正的工作的人，才热烈地想望，或预备真正地娱乐！

当然的，中国人要有中国人的娱乐，我们有四千多年的故事、传说和历史。我们娱乐的时地和依据，至少比人家多出一倍。从新年说起罢，新年之后，有元宵。这千千万万的繁灯，作树下廊前的点缀，何等灿烂？舞龙灯更是小孩子最热狂最活泼的游戏。三月三日是古人修禊节，也便是我们绝好的野餐时期，流觞曲水，不但仿古人余韵，而且有趣。清明扫墓，虽不焚化纸钱，也可训练小孩子一种恭肃静默的对先人的敬礼；假如清明植树能名实相副，每人每年在祖墓旁边，种一棵小树，不到十年，我们中国也到处有了葱蔚的山林。五月五是特别为小孩子的节期，花花绿绿的香囊，五色丝，大家打扮小孩子。一年中只这几天，觉得街头巷尾的小孩子，加倍喜欢！这天又是龙舟节，出去泛舟，或是两个学校间的竞渡，也是极好的日子。七月七，是女儿节，只这名字已有无限的温柔！凉夜风静，秋星灿然。庭中陈设着小几瓜果，遍延女伴，轻悄谈笑，仰看双星缓缓渡桥。小孩子满握着煮熟的蚕豆，大家互赠，小手相握，谓之"结缘"。这两字又何其美妙？我每以为"缘"之意想，十分精微，"缘"之一字，十分难译，有天意，有人情，有死生流转，有地久天长。苏子瞻赠他的弟弟子由诗，有"与君世世为兄弟，更结来生未了因"。小弟弟，我今天以这两语从万里外遥赠你了！

八月十五中秋节，满月的银光之下，说着蟾蜍玉兔的故事，何其清切？九月九重阳节，古人登高的日子，我们正好有远足旅行，游览名胜。国庆日不必说，尤须庆祝一下子，只因我觉得除却政治机关及商店悬旗外，家庭中纪念这节期的，似乎没有！

往下不再细说了。翻开古书看一看,如《帝京景物志》之类,还可找出许多有意思可纪念的娱乐的日子来。我觉得中国的节期,都比人家的清雅,每一节期都附以温柔、高洁的故事,惊才绝艳的诗歌,甚至于集会时的食品用器,如五月五的龙舟、粽子,七月七的蚕豆,八月十五的月饼,以及各节期的说不尽的等等一切……我们是一点不必创造。招集小孩子,故事现成,食品现成,玩具现成,要编制歌曲,供小孩的戏唱,也有数不尽的古诗、古文、古词为蓝本。古人供给我们这许多美好的材料,叫我们有最高尚的娱乐,如我们仍不知领略享受,真是太对不起了!

【靓评】

同情和爱是最高尚的娱乐

冰心在1923～1926年间写给小读者的通讯共二十九篇,大部分是她赴美留学期间写成。作者用通讯的形式,采取和小朋友谈天的亲切口气,赞美自然、祖国和母爱,抒发她对祖国、对故乡的热爱和思念之情,同时记述海外的风光和奇闻逸事。主题满满溢出自然和童真,恰到好处地显现了冰心创作的思想内核。她的文笔清丽优雅,语言灵动委婉,处处洋溢着对生活、生命的热忱。冰心"爱的哲学",在《寄小读者》中得到充分表现,影响了一代代少年儿童。

这篇通信从新年说起,奉劝冰弟,一定谨记中国"有四千多年的故事、传说和历史。我们娱乐的时地和依据,至少比人家多出一倍","这千千万万的繁灯,作树下廊前的点缀,是何等的灿烂",发自冰心内心的喜悦,说得世人异代同心,人人赞许!

寄小读者(通讯二十九)

最亲爱的小读者:

我回家了!这"回家"二字中我迸出了感谢与欢欣之泪!三年在外的光阴,回想起来,曾不如流波之一瞥。我写这信的时候,小弟冰季守在旁边。窗外,红的是夹竹桃,绿的是杨柳枝,衬以北京的蔚蓝透彻的天。故乡的景物,一一回到眼前来了!小朋友!你若是不曾离开中国北方,不曾离开到三年之久,你不会赞叹欣赏北方蔚蓝的天!清晨起来,揭帘外望,这一片海波似的青空,有一两堆洁白的云,疏疏地来往着,柳叶儿在晓风中摇曳,整个的送给你一丝丝凉意。你觉得这一种"冷处浓"的幽幽的乡情,是异国他乡所万尝不到的!假如你是一个情感较重的人,你会兴起一种似欢喜非欢喜、似怅惘非怅惘的情绪。站着痴望了一会子,你也许会流下无主、皈依之泪!

在异国,我只遇见了两次这种的云影天光。一次是前年夏日在新汉寿(New Hampshire)白岭之巅。我午睡乍醒,得了英伦朋友的一书,是封充满了友情别意,并描写牛津景物写到引人入梦的书。我心中杂糅着怅惘与欢悦,带着这信走上山巅去，猛然见了那异国的蓝海似的天！四围山色之中，这油然一碧的天空，充满了一切。漫天匝地的斜阳，酿出西边天际一两抹的绛红深紫。这颜色须臾万变，而银灰，而鱼肚白，倏然间又转成灿然的黄金。万山沉寂，因着这奇丽的天末的变幻，似乎太空有声！如波涌，如鸟鸣，如风啸，我似乎听到了那夕阳下落的声音。这时我骤然间觉得弱小的心灵被这伟大的印象，升举到高空，又倏然间被压落在海底！我觉出了造化的庄严，一身之幼稚、病后的我，在这四周艳射的景象中，竟伏于纤草之上，呜咽不止！

还有一次是今年春天，在华京(Washington D. C.)之一晚。

我从枯冷的纽约城南行，在华京把"春"寻到！在和风中我坐近窗户，那时已是傍晚，这国家妇女会(National Women's Party)舍，正对着国会的白楼。半日倦旅的眼睛，被这楼后的青天唤醒！海外的朋友友！请你们饶恕我，在我倏忽地惊叹了国会的白楼之前，两年半美国之寄居，我不曾觉出她是一个庄严的国度！

这白楼在半天矗立着，如同一座玲珑洞开的仙阁。被楼旁的强力灯逼射着，更显得出那楼后的青空。两旁也是伟大的白石楼舍。楼前是极宽阔的白石街道。雪白的球灯，整齐地映照着。路人行人，都在那伟大的景物中，寂然无声。这种天国似的静默，是我到美国以来第一次寻到的。我寻到了华京与北京相同之点了！

我突起的乡思，如同一个波澜怒翻的海！把椅子推开，走下这一座万静的高楼，直向大图书馆走去。路上我觉得有说不出的愉快与自由。杨柳的新绿，摇曳着初春的晚风。熟客似的，我走入大阅书室，在那里写着日记。写着忽然忆起陆放翁的"唤作主人原是客，知非吾土强登楼"的两句诗来。细细咀嚼这"唤"字和"强"字的意思，我的意兴渐渐地萧索了起来！

我合上书，又洋洋地走了出去。出门来一天星斗。我长吁一口气。——看见路旁一辆手推的篷车，一个黑人在叫卖炒花生粟子。我从病后是不吃零食的，那时忽然走上前去，买了两包。那灯下黝黑的脸，向我很和气地一笑，又把我强寻的乡梦搅断！我何尝要吃花生粟子？无非要强以华京作北京而已！

写到此我腕弱了，小朋友。我觉得不好意思告诉你们，我回来后又一病逾旬，今晨是第一次写长信。我行程中本已憔悴困顿，到家后心里一松，病魔便乘机而起。我原不算是十分多病的人，不知为何，自和你们通讯，我生涯中便病忙相杂，这是怎么说的呢！

故国的新秋来了。新愈的我，觉得有喜悦的萧瑟！还有许多话，留着以后说罢，好在如今我离着你们近了！

你热情忠实的朋友，在此祝你们的喜乐！

冰心一九二六年八月三十一日，圆恩寺。

【靓评】

回家,让我迸出感谢与欢欣之泪

《寄小读者》是中国近现代较早的儿童文学作品,冰心也因此成为中国儿童文学的奠基人。著名文学家郁达夫评价道:冰心女士对父母之爱,对小弟兄、小朋友之爱,以及对异国的弱小儿女、同病者之爱,使她的笔底有了像温泉水似的爱情。

本文一开篇,冰心欣呼:"我回家了!这'回家'二字中我迸出了感谢与欢欣之泪。三年在外的光阴,回想起来,曾不如流波之一瞥。"接着,她谆谆告知小朋友们:"你若是不曾离开中国北方,不曾离开到三年之久,你不会赞叹欣赏北方蔚蓝的天!""这一种'冷处浓'的幽幽的乡情,是异国他乡所万尝不到的!"作者的爱国爱乡之情早已跃然纸上。

冰心散文的成功得力于其爱心、高品、学贯中西、清晰文思和清新多彩的文学语言。

春水(节选)

自序

母亲呵!/这零碎的篇儿,/你能看一看么?/这些字——/在没有我以前,/已隐藏在你的心怀里。

一

春水!/又是一年了/还这般地微微吹动。/可以再照个影儿么?/春水温静地答谢我说:"我的朋友!/我从来没留下一个影子/不但对你是如此。"

二十

山头独立/宇宙便一个人占有了么?

三三

墙角的花!/你孤芳自赏时/天地便小了。

九零

聪明人!/在这漠漠的世上/只能提着"自信"的灯儿/进行在黑暗里。

一一二

浪花愈大/凝立的磐石/在沉默的持守里/快乐也愈大了。

一三四

命运如同海风——/吹着青春的舟/飘摇地/曲折地/渡过了时间的海。

一三七

沉默着罢!/在这无穷的世界上/弱小的我/原只当微笑/不应放言。

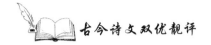

繁星(节选)

一

繁星闪烁着——/深蓝的太空/何曾听得见它们对话?/沉默中/微光里/它们深深地互相颂赞了。

一六

青年人呵!/为了后来的回忆/小心着意地描你现在的图画。

四九

零星的诗句/是学海中的一点浪花罢:/然而它们是光明闪烁的/繁星般嵌在心灵的天空里。

五一

常人的批评和断定,/好像一群瞎子,/在云外推测着月明。

五三

我的心呵!/觉醒着/不要卷在虚无的漩涡里!

一零七

我的朋友!/珍重些罢/不要把心灵中的珠儿/抛在难起波澜的大海里。

一零八

心是冷的/泪是热的:/心——凝固了世界/泪——温柔了世界。

一零九

漫天的思想/收合起来罢!/你的中心点/你的结晶/要作我的南针。

一一四

"家"是什么/我不知道;/但烦闷——忧愁/都在此中融化消灭。

一三七

聪明人/抛弃你手里幻想的花罢!/她只是虚无缥缈的/反分却你眼底春光。

【靓评一】

"有了爱,便有了一切"

冰心受到泰戈尔《飞鸟集》的启发,写下了《繁星》《春水》。用冰心自己的话来说,是将一些"零碎的思想"收集到一本诗集里。《繁星》共包含164首小诗,在这些灵动委婉、含蓄隽永的诗歌中,处处体现着冰心的创作信仰"有了爱,便有了一切"。《春水》是《繁星》的姊妹篇,由182首小诗组成。在这部诗集中,冰心女士虽然仍以歌颂亲情、赞美母爱、颂扬童心为主,但是,她却用了更多的文字和感情,来表述她本人和她那一代青年知识分子的苦恼。她用忧愁而又温柔的笔调,诉说着心中的感受,同时也在探索着生命的意义。这两本诗集是冰心生活、感情、思想的自然酿

造,在中外享有很高的声誉。两部诗集虽然发表的时间不同,但主题都是母爱、自然、童真。这样的主题构筑了冰心作品的思想内核——"爱的哲学"。

《繁星》《春水》中的诗歌大多小巧玲珑,构思新颖奇特,充满诗情画意,语言明丽清新,富含生活哲理。读这些诗,你会为它的新颖构思所叹服,你会为它的深刻哲理所感动。

《繁星》之九八

青年人!
相信自己罢!
只有你自己是真实的,
也只有你能创造自己。

你,可以"创造自己"

诗重在劝诫青年人要树立自信心。要相信自己,战胜自己,超越自己,不怕人生路上的艰难坎坷,不畏生活中的风霜雨雪。不要遇到一点困难就鸣金收兵,不要受到一点挫折就灰心丧气,不要经受一点委屈就意志消沉,不要遭到一点打击就萎靡不振。还是《国际歌》唱得好,"从来就没有什么救世主,全靠我们自己"。朋友,"相信自己罢","只有你能创造自己",只有你自己才能在世人面前亮出自己亮丽的风采,展现一个全新的自我。

《繁星》之一一零

青年人啊!
你要和老年人比起来,
就知道你的烦闷,
是温柔的。

青年人,每一天都是崭新

这是劝勉青年人要树立正确的人生观、处世观的哲理诗。青年人要正确对待困难和挫折,也就是要正确地去对待生活中的"烦闷"。人生在世,要生活,要学习,要工作,就必定要与人相处。在与人相处中,就一定会遭遇困难和挫折,因此,就一定会产生"烦闷"。我们不能回避,也无法回避。只有从容豁达地去面对,勇敢乐观地去迎接。古人就曾说过,"天将降大任于斯人也,必先苦其心志,劳其筋骨,饿其体肤,空乏其身,行拂乱其所为,所以动心忍性,曾益其所不能",就是讲的这个道理。只有在困难和挫折中你才能增长智慧,增长才干。有圣人说:"困难是人生的一笔财富。"真是精辟精彩。青年人不像老年人那样饱经沧桑,饱经忧患,有时一回想往事,就难免心有余悸,痛苦不堪。青年人面对的每一天都是崭新的。青年人没有生活负担,没有家庭拖累,没有太多的杂事羁绊,一般来说,不会有太大的生存危机。因此,即使有一点"烦闷",比起老年人来,也是"温柔的"。

《春水》之三

青年人!
你不能像风般飞扬,
便应当像山般静止,
浮云似的,
无力的生涯,
只做了诗人的资料呵!

立身养性的哲理

这是一首非常精彩的哲理诗。诗人以风儿飞扬、云儿飘浮和高山静止巧妙设喻,对比比照,告诉我们立身养性的真谛。诸葛亮曾在《诫子书》中谆谆告诫其子诸葛瞻:"静以修身,俭以养德。非淡泊无以明志,非宁静无以致远。夫学须静也,才须学也。"可见神静气定,戒除浮躁,对于我们修身养性是多么重要啊!

《春水》之八七

青年人!
只是回顾么?
这世界是不住地前进呵。

诗歌,催人奋进的力量

什么是诗?艾青说:"诗是一个心灵的活的雕塑。"什么是好诗?艾青说:它"不仅使人从那里感触了它所包含的,同时还可以由它而想起一些更深更远的东西"。冰心的这首小诗就是这样的一首好诗。她将自己"心灵的活的雕塑"栩栩如生地展现在青年人面前,她不但让我们从诗中"感触了它所包含的",而且还让我们"由它而想起一些更深更远的东西"。诗歌告诫青年人不要取得了一点成绩、有了一点进步就沾沾自喜,妄自尊大,停步不前,不要老是沉浸在幸福的"回顾"中,要戒骄戒躁,不断创新,不断前进,因为"这世界是不住地前进呵"。诗歌真具有催人奋进的力量!

《春水》之一三一

青年人!
觉悟后的悲哀,
只深深地将自己葬了。
原也是微小的人类呵!

埋了,错误和挫折

　　这首诗和《繁星》之一一零一样,也是告诫青年人要正确对待错误和挫折的抒情诗。这首诗写得稍微难于理解些。但只要我们懂得了读诗要注意其跳跃和省略的特点,那么这首诗就容易理解了。这里,我们只要稍稍将诗人的思路做一个梳理,它就成了:青年人!要正确对待错误和挫折,觉悟后还悲哀,就只会深深地将自己葬了。这原本是微小的人类的致命弱点呵!

　　诗歌精短而警策,如醍醐灌顶,足以使那些昏聩的头颅猛醒。

《春水》之一七四

青年人!

珍重地描写罢,

时间正翻着书页,

请你着笔!

人生勤勉需努力

　　这是一首极富哲理的劝勉诗。诗歌开篇用呼告手法,采用倒装句式,劝勉青年人勤奋努力地学习,去"珍重地描写"自己的人生诗篇。不要懈怠,不要蹉跎。然后,用一拟人兼比喻的修辞手法点明原因,催人上进:因为"时间正翻着书页,请你着笔"!诗歌与岳飞的"莫等闲,白了少年头,空悲切"有着异曲同工之妙。读到此,我们耳畔会油然响起古代那位哲人振聋发聩的警语:"逝者如斯夫,不舍昼夜。"从而扬鞭催马自奋蹄,勤勉地去抒写辉煌的人生。

【靓评二】

讴歌"理想的"人生

　　《繁星》《春水》的内容是冰心平时随时随地记下的"感想和回忆",含蓄隽永、富于哲理,很受欢迎,因此成了教育部《中学语文教学大纲》指定书目。

　　冰心的诗,常将自己从生活里获得的新鲜感受生动形象地表现出来,自然含蓄,又富有哲理,给人以无尽的回味和思想的启迪。她不愿描绘苦难的人生,赚取人们的"泪珠",而选择了"理想的"人生,作为讴歌的对象。在她理想的人世间里,只有同情和爱恋,只有互助与匡扶。所以,母爱、童真,和对自然的歌颂,就成了她的主旋律。

　　她这两本小诗集,拨动了人们已沉默的心弦。让人读懂了人世间几乎所有美好的事物,坠入凉静的安闲的境界,会想到人生是多么有意义呀。

　　母爱是博大无边、伟大无穷的。当她在一个雨天看到一张大荷叶遮护着一枝红莲,触景生情而写下:"母亲啊!你是荷叶,我是红莲。心中的雨点来了,除了你,

谁是我在无遮拦天空下的荫蔽?"母亲,在她的心目中,是人生唯一可靠的避难所。

与对母亲的颂扬相联系的,便是对童真的歌咏,以及对一切新生、初萌的事物的珍爱。儿童是纯真的,也最伟大,草儿是弱小的,世界的欢容却须赖它装点。她放情地赞美纯真的童心和新生事物,表现了她的纯真与纤弱,对真、善、美的崇仰和坚强的自信心与奋斗精神。

她亦有独特的审美情趣,歌咏自然,描绘自然之美:"晚霞边的孤帆,在不自觉里,完成了'自然'的图画。""春何曾说话呢?但她那伟大潜隐的力量,已这般地,温柔了世界了!"不施浓墨重彩,没有夸饰与渲染,只是用轻淡的笔墨将自然的本色美显示出来。她崇尚自然的美学观和娴静温柔的性情,也已经表现在这短短的诗行中了。

"阳光穿进石隙里,和极小的刺果说:借我的力量伸出头来罢,解放了你幽囚的自己!树干儿穿出来了,坚固的盘根,裂成了两半了。"有一些小诗,表现了她面对黑暗的社会现实,勇于反抗的精神,和对于未来所抱的必胜的信念。这温婉的诗句,固然表现了她"自我为中心的宇宙观、人生观",然而,又何尝不是对革命的新生力量的信任与鼓励呢。

郭沫若

郭沫若(1892—1978)：幼名文豹，原名开贞，字鼎堂，号尚武，是中国新诗的奠基人之一、中国历史剧的开创者之一、甲骨学四堂之一，古文字学家、考古学家、社会活动家，第一届中央研究院院士。1926年参加北伐，1927年参加南昌起义，1928年2月因被国民党政府通缉，流亡日本。1958年9月兼任中国科学技术大学校长。著有《中国古代社会研究》《甲骨文字研究》等重要学术著作，主编作品有《中国史稿》和《甲骨文合集》，全部作品编成《郭沫若全集》38卷。1952年4月9日郭沫若获得"加强国际和平"斯大林国际奖。

月 蚀

8月26日夜，六时至八时将见月蚀。

早晨我们在报纸上看见这个预告的时候，便打算到吴淞去，一来想去看看月亮，二来也想去看看我们久别不见的海景。

我们回到上海来不觉已五个月了。住在这民厚南里里面，真真是住了五个月的监狱一样。寓所中没有一株草木，竟连一杯自然的土面也找不出来。游戏的地方没有，空气又不好，可怜我两个大一点的儿子瘦削得真是不堪回想。他们初来的时候，无论什么人见了都说是活泼肥胖；如今呢，不仅身体瘦削得不堪，就是性情也变得很乖僻的了。儿童是都市生活的 barometer，这是我此次回上海来得的一个唯一的经验。啊！但是，是何等高价的一个无聊的经验呢！

几次想动身回四川去，但又有些畏途。想到乡下去过活，但是经济又不许可。呆在上海，连市内的各处公园都不曾引他们去过。我们与狗同运命的华人，公园是禁止入内的。要叫我穿洋服我已经不喜欢，穿洋服去是假充东洋人，生就了的狗命又时常向我反抗。所以我们到了五个月了，竟连一次也没有引他们到公园里去过。

我们在日本的时候，住在海边，住在森林的怀抱里，真所谓清风明月不用一钱买，回想起那时候的幸福，倍增我们现在的不满。我们跑到吴淞去看海，——这是我们好久以前的计划了，但只这么邻近的吴淞，我们也不容易跑去，我们是大为都市所束缚了。今天我要发誓：我们是一定要去的，无论如何是一定要去的了，坐汽车去罢？坐火车去罢？想在午前去，但又怕热，改到午后。

小孩子们听说要到海边，他们的欢喜真比得了一本新买的画本时还要加倍。从早起来便预想起午后的幸福，一天只是跳跳跃跃的，中午时连饭都不想吃了。因为我说了要到五点钟才能去，平常他们是全不关心时钟的，今天却时时去瞻望，还没到五点！还没到五点！长的针和短的针动得分外慢呢！

好容易等到了五点钟，我们正要准备动身的时候，突然来了一个朋友，我们便约他同去。我跑到静安寺旁边汽车行里去问问车价。

不去还好了，跑了一趟去问，只骇得我抱头鼠窜地回来。说是单去要五块！来回要九块！本是穷途人不应该妄想去做邯郸梦。我们这里请的一位娘姨辛辛苦苦做到一个月，工钱才只三块半呢！五块！九块！

我跑了回来，朋友劝我不要去。他说到吴淞去没有熟人，坐火车去的时候把钟点错过了是很麻烦的，况且又要带着几个小孩子，上车下车很够当心。要到吴淞时，顶小的一个孩子万万不能不带去。

啊，罢了，罢了！我们的一场高兴，便被这五块九块打得七零八碎了！可怜等了一天的两个小儿，白白受了我们的欺骗。

朋友走的时候，已经将近七点钟了。

没有法子，走到黄浦滩公园去罢，穿件洋服去假充东洋人去罢！可怜的亡国奴！可怜我们连亡国奴都还够不上，印度人都可以进出自由，只有我们华人是狗！……

满肚皮的愤慨没处发泄，但想到小孩子的分上也只好忍忍气，上楼去披件学西洋人的鬼皮。

我们先把两个孩子穿好，叫他们到楼下去等着。出了一身汗，套上一件狗穿洞的衬衫。我的女人在穿她自己手制的中国料的西装。

——"为什么，不穿洋服便不能去吗？"她问了我一声。

——"不行。穿和服也可以，穿印度服也可以，只有中国衣服是不行的。上海几处的公园都禁止狗与华人入内，其实狗倒可以进去，人是不行，人要变成狗的时候就可以进去了。"

我的女人她以为我是在骂人了，她也助骂了一声："上海市上的西洋人怕都是些狼心狗肺罢！"

——"我单看他们的服装，总觉得他们是一条狗。你看，这衬衫上要套一片硬领，这硬领下要结一条领带，这不是和狗颈上套的项圈和铁链是一样的么？"——我这么一说，倒把我的女人惹笑了。

哈哈，新发现！在我的话刚好说完的时候，我的心中突然悟到了一个考古学上的新发现。我从前在什么书上看过，说是女人用的环镯，都是上古时候男子捕掳异族的女人时所用的枷镣的蜕形；我想这硬领和领带的起源也怕是一样，一定是奴隶的徽章了。弱族男子被强族捕掳为奴，项带枷锁；异日强弱易位，被支配者突然成为支配者，项上的枷锁更变形而为永远的装饰了。虽是这样说，但是你这个考古的见解，却只是一个想象，恐怕真正的考古专家一定不以为然。……然不然我倒不管,好在我并不想去作博士论文,我也不必兢兢于去求出什么实证。

在我一面空想,一面打领带结子的时候,我的女人比我先穿好,两个小孩儿在楼下催促得什么似的了。啊,究竟做狗也不容易,打个结子也这么费力!我早已出了几通汗,领带结终竟打不好,我只好敷敷衍衍地便带着他们动身。

走的时候,我的女人把第三的一个才满七个月的儿子交给娘姨,还叮咛了一些话。

我们从赫德路上电车,车到跑马厅的时候,月亮已经现在那灰青色的低空了。因为初出土的缘故,看去分外地大,颜色也好像落日一样作橙红色,在第一象限上有一部分果然是残缺了。

二儿最初看见,他便号叫道:"Moon! Crescent moon!"他还不知道是月蚀,他以为是新月了。

小时候每逢遇着日月蚀,真好像遇着什么灾难的一样。全村的寺院都要击钟鸣鼓,大人们也叫我们在家中打板壁作声响。在冥冥之中有一条天狗,想把日月吃了,击钟鸣鼓便是想骇去那条天狗,把日月救出。这是我们四川乡下的俗传,也怕是我们中国自古以来的传说。小时读的书上,据我所能记忆的说:《周礼》《地官》《鼓人》救日月则诏王鼓,春官太仆也赞王鼓以救日月,秋官庭氏更有救日之弓和救月之矢。《谷梁传》上也说是天子救日陈五兵五鼓,诸侯三兵三鼓,大夫击门,士击柝。这可见救日月蚀的风俗自古已然。北欧人也有和这绝相类似的神话,他们说:天上有二狼,一名黑蹄(Hati),一名马纳瓜母(Managarm),黑蹄食日,马纳瓜母食月,民间作声鼓噪,以望逐去二狼救出日月。

这些传说,在科学家看来,当然会说是迷信;但是我们虽然知道月蚀是由于地球的掩隔,我们谁又能把天狗的存在否定得了呢?如今地球上所生活着的灵长,不都是成了黑蹄和马纳瓜母,不仅在吞噬日月,还在互相啮杀么?

啊呵,温柔敦厚的古之人!你们的情性真是一首好诗。你们的生命充实,把一切的自然现象都生命化了。你们互助的精神超越乎人间以外,竟推广到了日月的身上去。可望而不可即的古之人,你们的鼓声透过了几千万重的黑幕,传达到我耳里来了!

啊,我毕竟昧了我科学的良心,对于我的小孩子们说了个天大的谎话!我说:"那不是新月,那是有一条恶狗要把那圆圆的月亮吃了。"

二儿的义愤心动了,便在电车上叱咤起来:"狗儿,走开!狗儿!"

大的一个快满六岁的说:"怕是云遮了罢?"

我说:"你看,天上一点云也没有。"

——"天上也没有狗啦。"

啊,我简直找不出话来回答了。

车到了黄浦滩口,我们便下了车。穿过街,走到公园内的草坪里去,两个小孩子一走到草地上来,他们真是欢喜得了不得。他们跑起来了,跳起来了,欢呼起来了。我和我的女人找到一只江边上的凳子坐下,他们便在一旁竞跑。

月亮依然残缺着悬在浦东的低空,橙红的颜色已渐渐转苍白了。月光照在水面上亮晶晶的,黄浦江的浑水在夜中也好像变成了青色一般。江心有几只游船,满饰着灯彩,在打铜器,放花炮,游来游去地回转,想来大约是救月的了。啊,这点古风万不想在这上海市上也还保存着,但可怜吃月的天狗,才就是我们坐着望月的地球,我们地球上的狗类真多,铜鼓的震动,花炮的威胁,又何能济事呢?

两个孩子跑了一会,又跑来挨着我们坐下:

——"那就是海?"指着黄浦江同声问我。

我说:"那不是海,是河。我们回上海的时候就在那儿停了船的。"

我的女人说:"是扬子江?"

——"不是,是黄浦江,只是扬子江的一条小小的支流。扬子江的上游就在我们四川的嘉定叙府等处,河面也比这儿要宽两倍。"

——"唉!"她惊骇了,"那不是大船都可以走吗?"

——"是啦,是可以走。大水天,小火轮可以上航至嘉定。"

大儿又指着黑团团的浦东问道:"那是山?"

我说:"不是,是同上海一样的街市,名叫浦东:因为是在这黄浦江的东方。你看月亮不是从那儿升上来的吗?"

——"哦,还没有圆。……那打锣打鼓放花炮呢?"

——"那就是想把那吃月的狗儿赶开的。"

——"是那样吗? 吓哟,吓哟,……"

——"赶起狗儿跑罢! 吓哟,吓哟,……"

两人又同声吆喝着向草地上跑去了。

电灯四面辉煌,高昌庙一带有一最高的灯光时明时暗,就好像在远海中望见了灯台的一样。这时候我也并没有什么怀乡的情趣,但总觉得我们四川的山灵水伯远远在招呼我。

——"我们四川的山水真好,"我便自言自语地说了起来,"我们不久大概总可以回去吧。巫峡中的奇景恐怕是全世界中所没有的。江流两岸对立着很奇怪的岩石,有时候真如像刀削了的一样,山顶常常戴着白云。船进了峡的时候,前面看不见去路,后面看不见来路,就好像一个四山环拱着的大湖,但等峡路一转,又是别有一洞天地了。人在船上想看山顶的时候,仰头望去,帽子可以从背后落下。我们古时的诗人说那山里面有美好绝伦的神女,时而为暮雨,时而为朝云,这虽然只是一种幻想,但人到那个地方总觉得有一种神韵袭人,在我们的心眼间自然会生出这么一种暗示。"

"啊啊,四川的山水真好,那儿西部更还有未经跋涉的荒山,更还有未经斧钺的森林,我们回到那儿,我们回到那儿去罢!在那儿的荒山古木之中自己去建筑一椽小屋,种些芋粟,养些鸡犬,工作之暇我们唱我们自己作的诗歌,孩子们任他们同獐鹿跳舞,啊啊,我们在这个亚当与夏娃做坏了的世界当中,另外可以创造一个理想的世界。……"

我说话的时候,我的女人凝视着我,听得有几分入神。

——"啊,我记起来了。"她突然向我说道,"我昨晚上做了一个很奇怪的梦。"

——"什么梦呢?"

她说:"我们前几天不是说过想到东京去吗?我昨晚上竟梦见到了东京。我们在东京郊外找到一所极好的房子,构造就和我们在博多湾上住过的抱洋阁一样,是一种东西洋折中式的。里面也有花园,也有鱼池,也有曲桥,也有假山。紫荆树的花开满一园,中间间杂了些常青的树木。更好是那间敞豁的楼房,四面都有栏杆,可以眺望四方的松林,所有与抱洋阁不同的地方,只是看不出海罢了。我们没有想出在东京郊外竟能寻出那样的地方。房金又贱,每月只要十五块钱。我们便立刻把行李搬了进去。晚上因为没有电灯,你在家里守小孩们,我便出去买洋烛。一出门去,只听楼上有什么东西在晚风中吹弄作响,我回头仰望时,那楼上的栏杆才是白骨做成,被风一吹,一根根都脱出白来,在空中打击。黑洞洞的楼头只见不少尸骨一上一下地浮动。我骇得什么似的急忙退转来,想叫你和小孩们快走,后面便跟了许多尸骨进来踞在厅上。尸骨们的腭骨一张一合起来,指着一架特别瘦长的尸骨对我们说,一种怪难形容的喉音。他们指着那位特别瘦长的说:这位便是这房子的主人,他是受了鬼祟,我们也都是受了鬼祟。他们叫我们不要搬。说那位主人不久就要走了。只见那瘦长的尸骨把颈子一偏,全身的骨节都在震栗作声,一扭一拐地移出了门去。其余的尸骨也同样地移出了门去。两个大的小孩子骇得哭也不敢哭出来。我催你赶紧搬,你才始终不肯。我看你的身子也一刻一刻地变成了尸骸,也吐出一种怪声,说要上楼去看书。你也一扭一拐地移上楼去了。我们母子只骇得在楼下暗哭,后来便不知道怎么样了。"

——"啊,真好一场梦!真好一场意味深长的梦!像这上海市上垩白砖红的华屋,不都是白骨做成的吗?我们住在这儿的人不都是受了鬼祟的吗?不仅我一个人要变成尸骸,就是你和我们的孩子,不都是瘦削得如像尸骸一样了吗,啊,我们一家五口,睡在两张棕网床上,我们这五个月来,每晚做的怪梦,假使一一笔记下来,在分量上说,怕可以抵得上一部《胡适文存》了呢!"

——"《胡适文存》?"

——"是我们中国的一个'新人物'的文集,有一寸来往厚的四厚册。"

——"内容是什么?"

——"我还没有读过。"

——"我昨晚上也梦见宇多姑娘。"

——"啊,你梦见了她吗?不知道她现刻怎么样了呢?"

我们这么应答了一两句,我们的舞台便改换到日本去了。

1917年,我们住在日本的冈山市内一个偏僻的小巷里。巷底有一家姓二木的邻居,是一位在中学校教汉文的先生。日本人对于我们中国人尚能存几分敬意的只有两种人。一种是六十岁以上的老人;一种便是专门研究汉文的学者了。这位二木先生人很孤僻,他最崇拜的是孔子。周年四季除白天上学而外,其余都住在楼上,脚不践地。

因为是汉学家的家庭,又因为我的女人是他们同国人的原故,所以他家里人对于我们特别地另眼看待。他家里有三女一男。长女居孀,次女便名宇多,那时只有十六岁,还有个十三岁的幼女。男的一位已经在东京的帝国大学读书了。

宇多姑娘她的面庞是圆圆的,颜色微带几分苍白,她们取笑她便说是"盘子"。她的小妹子尤为调皮,一想挖苦她,便把那《月儿出了》的歌来高唱,歌里的意思是说:

> 月儿出了,月儿出了,
> 出了,出了,月儿呀。
> 圆的,圆的,圆圆的,
> 盘子一样的月儿呀!

这首歌凡是在日本长大的儿童都是会唱的,他们蒙学的读本上也有。

只消把这首歌唱一句或一字,或者把手指来比成一个圆形,宇多姑娘的脸便要涨得绯红,跑去干涉。她愈干涉,唱的人愈要唱,唱到后来,她的两只圆大的黑眼水汪汪地含着两眶眼泪。

因为太亲密了的缘故,他们家里人——宇多姑娘的母亲和孀姐——总爱探问我们的关系。那时我的女人才从东京来和我同居,被她们盘诘不过了,只诳说是兄妹,说是八岁的时候,自己的父母死在上海,只剩了她一个人,是我的父亲把她收为义女抚养大了的。宇多姑娘的母亲把这番话信以为真了,便时常对人说:要把我的女人做媳妇,把宇多许给我。

我的女人在冈山从正月住到三月便往东京去读书去了,宇多姑娘和她的母亲便常常来替我煮饭或扫地。

宇多姑娘来时,大概总带她小妹子一道来。一个人独自来的时候也有,但手里总要拿点东西,立不一刻她就走了。她那时候在高等女学也快要毕业了。有时她家里有客,晚上不能用功的时候,她得她母亲的许可,每每拿起书到我家里来。我们对坐在一个小桌上,我看我的,她看她的。我如果要看她读的是什么的时候,她总十分害羞,立刻用双手来把书掩了。我们在桌下相接触的膝头有一种温暖的感觉交流着。结局两个人都用不了什么功,她的小妹妹又走来了。

只有一次礼拜,她一个人悄悄地走到了我家里来。刚立定脚,她又急忙蹑手蹑足地跑到我小小的厨房里去了。我以为她在和她的小妹子捉迷藏。停了一会她又蹑手蹑足地走了出来,她说:"刚才好像姐姐回来了的一样,姐姐总爱说闲话,我回去了。"她又轻悄悄地走出去,出门时向我笑了一下走了。

五月里女人由东京回来了,在那年年底我们得了我们的大儿。自此以后二本家对于我们的感情便完全变了,简直把我们当成罪人一样,时加白眼。没有变的就只有宇多姑娘一个人。只有她对于我们还时常不改她那笑容可掬的态度。

我们和她们共总只相处了一年半的光景,到明年六月我便由高等学校毕业了。毕业后暑期中我们打算在日本东北海岸上去洗海水澡,在一个月之前,我的女人带着我们的大儿先去了。

那好像是六月初间的晚上,我一个人在家里准备试验的时候。

——"K君,K君,"宇多姑娘低声地在窗外叫,"你快出来看……"

她的声音太低了,最后一句我竟没有听得明白。我忙掩卷出去时,她在窗外立着向我招手,我跟了她去,并立在她家门前空地上,她向空中指示。

我抬头看时,才知道是月蚀。东边天上只剩一钩血月,弥天黑云怒涌,分外显出一层险恶的光景。

我们默立了不一会,她的孀姐恶狠狠地叫起来了:

——"宇多呀!进来!"

她向我目礼了一下,走进门去了。

我的女人说:"六年来不通音问了,不知道她们是不是还住在冈山?"这是我们说起她们时,总要引起的一个疑问。我们在回上海之前,原想去探访她们一次,但因为福冈和冈山相隔太远了,终竟没有去成。

——"她现在已经二十二岁了,怕已经出了阁罢。"

——"我昨晚梦见她的时候,她还是从前的那个样子,我们三个人在冈山的旭川上划船,也是这样的月夜。好像是我们要回上海来了,去向她辞行。她对我说:'她要永远过独身生活,想跟着我们一同到上海。'"

——"到上海?到上海来成为枯骨么?啊啊,'可怜无定河边骨,犹是春闺梦里人'了。"

我们还坐了好一会,觉得四面的嘈杂已经逐渐镇静了下来,草坪上坐着的人们大都散了。

江上吹来的风,添了几分湿意。

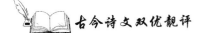

眼前的月轮,不知道几时已团团地升得很高,变作个苍白的面孔了。

我们起来,携着小孩子才到公园里去走了一转,园内看月的日本人很不少,印度人也有。

我的女人担心着第三的一个孩子,催我们回去。我们走出园门的时候,大儿对我说道:"爹爹,你天天晚上都引我们到这儿来罢!"二儿也学着说。他们这样一句简单的要求,使我听了几乎流出了眼泪。

1923年8月28日夜

【靓评】

把诗情付托于婉丽而朦胧的意象

郭沫若在文学、历史学、古文字等领域里都取得丰硕成果。他在写"女神"的期间,深受泛神论思想情绪的支配,非常注意从大自然中汲取美的灵示、捕捉诗的灵感。

1937年,他逃避政治迫害回国后,写下了借月喻己的《月蚀》。当时他是一个精神与现实的双重流亡者。生活在上海租界使他产生了身份认同的焦虑。他试图在民族主义和殖民主义的双重压迫夹缝中找到一个空间,以排遣内心的焦虑,却又不知道自己的定位!只能无奈地在古代中国、故乡四川与日本三者之间徘徊。

作者最喜与大自然"对话",但这种"对话"有多种的方式与丰富的内涵。在写"女神"时期,在泛神论思想情绪的影响下,他非常注意从大自然中汲取美的灵示,捕捉诗的灵感。《月蚀》便是他与月儿进行一次幽渺的"对话"后的产物,体现出与"雄浑奔放"的沫若不同的另一个自我:尚柔爱美、幽情如缕,乐于把悠悠的诗之精灵付托于婉丽而朦胧的意象。

"月蚀"是一种在浩瀚广阔的天体中所发生的暂时现象,诡异万状。沫若寄语于月亮的残缺,纵横捭阖,把幽情如缕的悠悠诗情付托于婉丽而朦胧的意象中。对理想生命形态的执着追求贯穿在郭沫若整个文学主题里,而这种生命意识的觉悟与强化,又促成了他在寻找个体生命与社会宇宙和谐而恒久关系的思考中,建构起他复杂而雄浑的哲学思想大厦。

作为中国现代史上一位卓越超群的文化伟人,郭沫若在文学、历史学、古文字学等广阔的学术领域里留下丰厚遗产,影响深远。这篇散文处处闪烁着《女神》般的浪漫主义色彩。

瓶(第31)

我已经成疯狂的海洋,
她却是冷静的月光!

她明明在我的心中，
却高高挂在天上。
我不息地伸手抓拿，
却只生出些悲哀的空响。

【靓评】

《瓶》，是一本爱情诗集，写于1925年初，连《献诗》在内，共43首，各首之间相互衔接，完整地描述了一个中年男子对一位姑娘的爱恋。不仅展示了爱情的发生、发展和结局，而且披露出被爱情激发的不平静的心理感受。这烈火燃烧般的爱情，虽是单方面的，而且以失败告终，但所揭示的等待女方来信时的焦渴不安心情，收到书信的欢乐心志，读完书信的失望情绪，都被表现得婉曲生动，足以动人。组诗第一首，对这位少女的风姿，和"我"与之接触的经过，做了描述。

静静地，静静地，闭上我的眼睛，
把她的模样儿慢慢地，慢慢地记省——
她的发辫上有一个琥珀的别针，
几颗璀璨的钻珠儿在那针上反映。

她的额沿上蓄着有刘海几分，
总爱俯视的眼睛不肯十分看人。
她的脸色呀，是的，是白皙而丰润，
可她那模样儿呀，我总记不分明。

我们同立过放鹤亭畔的梅荫，
我们又同饮过抱朴庐内的芳茗。
宝叔山上的崖石过于嶙峋，
我还牵持过她那凝脂的手颈。

她披的是深蓝色的绒线披巾，
有好几次被牵挂着不易进行，
我还幻想过，是那些痴情的荒荆，
扭着她，想和她常常亲近。

……

我们也同望过宝叔塔上的白云，

> 白云飞驰,好像是塔要倾陨,
> 我还幻想过,在那宝叔山的山顶,
> 会添出她和我的一座比翼的新坟。
>
> 呵,我怎么总把她记不分明!
> 桔梗花色的丝袜后鼓出的脚胫,
> 那是怎样地丰满、柔韧、动人!
> 她说过,她能走八十里的路程。

美丽的姑娘,使这位"已决了我的青春"的中年男子沉醉入迷,如痴如狂。在失望之中,他陷于忧伤:"我已经成疯狂的海洋,/她却是冷静的月光!/她明明在我的心中,/却高高挂在天上。/我不息地伸手抓拿,/却只生出些悲哀的空响。"这是一段虽有花儿开放,却终未结出果实的恋情。因此,全部组诗的调子是失意感伤的。在表达上,诗句少变化,句式结构也比较单调,但想象丰富,抒发感情肆意畅达,似高山流水,无挂无碍,尽情尽意,卓然自成一格。

其中的第十六首,是较长的一首,也是最好的一首。全诗表现了在现实中达不到爱心相合,便到梦国里去聚首的遐想。当"我"为爱情拨弄达到癫狂之时,竟把姑娘所送的一枝梅花,当作她的"灵眸"和"芳心",吞食而死。死后,葬在西湖旁的灵峰山。梅花在"我"的尸中"结成五个梅子","梅子再迸成梅林",日夜盼望着姑娘来此,以清缭的琴音把梅花催开,让遍宇宙都是清响、幽香,而"我们俩藏在暗中,/黄莺儿飞来欣赏",这一因爱慕之极而以死求聚合的愿望,终于实现:那位姑娘来到灵峰,弹出铿锵的琴音,催开了梅花无数。霎时,狂风大作,梅花纷落,孤坟化成花冢,"不见了弹琴的姑娘,/琴却在冢中弹弄"。诗人巧妙地借用神话故事,将爱的炽烈如焚的情感,爱得企死以求合一的愿望,表达得淋漓酣畅,毕尽无遗。就爱情诗而言,这首是郭沫若的压轴之作。成功处,一是表现出了追求爱情坚而不折的意志力,一是倾吐爱情婉妙曲折而又尽情尽意。正是这两点,表现了青年男女在爱情王国中最珍贵的感情,因而扣响了他们的心弦,为这首诗,也为全部组诗赢得了读者。

《瓶》,并非子虚乌有的杜撰,而是诗人一段真实感情的记录。他本人曾说,这组诗"全是写实,并无多少想象的成分"(蒲风《郭沫若诗作谈》)。在《瓶·献诗》中,诗人也有所交代:"……我爱兰也爱蔷薇,/我爱诗也爱图画,/我如今又爱了梅花,/我于心有何惧怕?//梅花呀,我谢你幽情,/你带回了我的青春。/我久已干涸了的心泉/又从我化石的胸中飞迸。……"显然是暗示着在青春已逝时所刮过的一场爱情风暴。

这场爱情的最后结局是"一个破了的花瓶倒在墓前"。但是,没有赢得这次爱情的诗人,却给后世留下了一组缠绵美丽的爱情诗篇。

别　离

残月黄金梳,/我欲掇之赠彼姝。/彼姝不可见,/桥下流泉声如泣。//晓日月桂冠/掇之欲上青天难。/青天犹可上/生离令我情惆怅。

【靓评】

《别离》不同于《女神》中大多数诗篇的现代色彩,似乎更多受到我国古典文学中以别离为题材诗歌的影响,在情调和抒情方式上接近于古典美。

在这首抒情诗里,诗人将和爱人分手后爬上心头的迷茫、怅惘,细腻地表达出来,构成了一个含蓄的意境。诗描绘了一幅"小桥流水人家"的恬静画面:清新的早晨,一弯残月高挂在天空,明丽的朝阳从东方冉冉升起,旭川桥下的潺潺流水发出淙淙的声响。这时,"我"送别了"她"回来,站在旭川桥上,望着这一派晨景,不由得感慨万端:那弯弯的月儿去了,"她"已经别离,"我"的爱又落在哪里?诗人借残月与旭日幻化出的一组比喻物象,寄托了"我"对"她"的一片殷殷挚情,与拳拳之心。

诗人选择了三个意象:黄金梳儿一样的残月、月桂冠一般的红日、发出哀音的流水,好像随意而平淡无奇。细细品味,却发现这三个意象的组合透露出款款的深情。先是静与动的对比、转换。高挂在天空的残月与晓日组成了静态的画面,它勾起了"我"对"她"的无限眷恋。这恋情无论是对于别离前的追忆,还是对于分手后的遐想,都有所依附和寄托。然而,天太高了,那幅恬静的画面可望而不可即。况且,即使真能摘下残月、晓日,"她"已离去——爱,又怎能实现呢?于是,诗人痴迷的情思随着画面转换为动态的流水,悄然逝去。在这组意象的转化过程中,诗人巧妙地点出了"我"怅然若失的忧伤心境。

诗人用残月与晓日共时性的画面,叠加出一个复杂心境的意象。一钩残月高挂,预示着昨天已经去了;逝者如斯,暗示既往的爱情只有留在记忆里。这真的是别离。而一轮晓日东升,又在一片月华上铺满了一层红晕。这是希望、憧憬,还是真的新的开始?诗人没有说。全诗仿佛笼罩在一片淡淡的惆怅里,我们可以从这个意象中体味到"我"的失望。但"我"并没有一味耽于感伤,我没有放弃自己的追求。或许,那流水一般的哀音终究会变作欢唱!

炉中煤——眷念祖国的情绪

一

啊,我年青的女郎!/我不辜负你的殷勤,/你也不要辜负了我的思量。/我为我心爱的人儿/燃到了这般模样!

二

啊,我年青的女郎!/你该知道了我的前身?/你该不嫌我黑奴卤莽?/要我这黑奴的胸中,/才有火一样的心肠。

三

啊,我年青的女郎!/我想我的前身/原本是有用的栋梁,/我活埋在地底多年,/到今朝才得重见天光。

四

啊,我年青的女郎!/我自从重见天光,/我常常思念我的故乡,/我为我心爱的人儿/燃到了这般模样!

【靓评】

全诗四节,大体上表达了作者三个方面的感情。

第一节作者把祖国喻为"年青的女郎",叫一声:"啊,我年青的女郎!"把具有几千年的古老祖国比作"年青的女郎",坦率、热情而又突兀、新奇。可见,把祖国称为"年青的女郎",正是诗人对封建、落后的旧中国的否定,对五四运动以后新生祖国的赞美、讴歌。诗人以"我不辜负你的殷勤,你也不要辜负了我的思量",表达了自己与祖国两情依依、心心相印的密切关系,既显示了自己报国济民的情意,又寄托了对祖国革命与运动继续发展壮大的期望。

在第二、三节中,作者以煤自喻,"黑奴""卤莽",不只是表现自己身份、地位之低下和性格的粗犷,诗人于此还寄寓着对被压迫、被奴役的下层人民的同情和歌颂。同样,从第三节"我想我的前身,原本是有用的栋梁,我活埋在地底多年,到今朝总得重见天光"等诗句中可以看到,这种忧郁的心情,与诗人对民族遭难、百姓受苦的愤愤不平的态度,跟诗人个人的抱负、才华、理想、志向屡受磨难,精神苦闷、压抑的内心感受是完全不一致的。而"重见天光"四字,既表达了作者对五四运动的光明的渴求与赞颂,又倾诉了作为一个新时代的斗士的诗人对祖国的光辉前途、民族的发达兴旺的希冀,以及诗人对自己"报国济民"抱负的跃跃欲试的心情。

第四节,由于看到了光明和希望,作者怀国思乡之情更为强烈,所以在最后一节中,通过对首节四、五句的重复,进一步抒发了自己急于报效祖国的决心和热情;末节的那个"燃"字,虽与首节用法相同,然显而易见,其含义已有不同。前一个"燃",是诗人在黑暗的长夜中的摸索探寻;而后一个"燃",则强调了诗人在重见天光后的奋斗搏击,这就使得全诗在乐观、自信、高昂和积极进取的精神状态中把情感推向了高潮。

这首诗的艺术形式与所抒情思十分和谐。从章法看,首节总述爱国之情和报国之志,第二节侧重抒爱国之情,第三节侧重述报国之志,末节与首节是复叠形式,将全诗情感推向高潮。从格式、韵律看,全诗每节5句,每句音节大体均齐;一、三、五行押韵，一韵到底；而各节均以"啊，我年青的女郎"一声亲切温柔而又深情的呼唤起唱，造成回环往复的旋律美。诗情随诗律跌宕起伏，韵味深长。郭沫若曾说："诗歌还是应该让它和音乐结合起来；更加上'大众朗诵的限制'，则诗歌应当是表现大众情绪的形象的结晶。"这首诗很好地体现了诗人的这一艺术追求。

天上的街市

远远的街灯明了，/好像闪着无数的明星。/天上的明星现了，/好像点着无数的街灯。//

我想那缥缈的空中，/定然有美丽的街市。/街市上陈列的一些物品，/定然是世上没有的珍奇。//

你看，那浅浅的天河，/定然是不甚宽广。/我想那隔河的牛郎织女，/定能够骑着牛儿来往。//

我想他们此刻，/定然在天街闲游。/不信，请看那朵流星。/那是他们提着灯笼在走。

【靓评】

诗人将明星比作街灯。点点明星散缀在天幕上，那遥远的世界引起人们无限的遐想。街灯则是平常的景象，离我们很近，几乎随处可见。诗人将远远的街灯比喻为天上的明星，又将天上的明星说成是人间的街灯。是诗人的幻觉，还是诗人想把我们引入"那缥缈的空中"？在诗人的心中，人间天上是一体的。

那缥缈的空中有一个街市，繁华美丽的街市。那儿陈列着很多的物品，这些物品都是人间的珍宝。诗人并没有具体写出这些珍奇，留给了我们很大的想象空间，我们可以将它们看作我们需要的东西，能带给我们心灵宁静、舒适的东西。

那不仅是一个街市，更是一个生活的场景。那被浅浅的天河分隔的对爱情生死不渝的牛郎、织女，在过着怎样的生活？还在守着银河只能远远相望吗？"定能够骑着牛儿来往"，诗人这样说。在那美丽的夜里，他们一定在那珍奇琳琅满目的街市上闲游。那流星，就是他们手中提着的灯笼。简简单单的几句话，就颠覆了流传千年的神话，化解了那悲剧和人们叹息了千年的相思和哀愁。

这首诗风格恬淡，用自然清新的语言、整齐的短句、和谐优美的韵律，表达了诗人纯真的理想。那意境是平常的，那节奏也是缓慢的，如细流，如涟漪。但就是这平淡的意境带给了我们丰富的想象，让我们的心灵随着诗歌在遥远的天空中漫游，尽情驰骋美好的梦想。

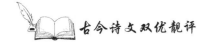

夕 暮

一群白色的绵羊,/团团睡在天上,/四围苍老的荒山,/好像瘦狮一样。//仰头望着天/我替羊儿危险,/牧羊的人哟,/你为什么看不见?

【靓评】

中国当时在百废待兴之时,国情万分危机,工业、农业、交通、政府的能力都非常差。故,诗人用象征的手法,以"熟睡的绵羊"喻冥顽不灵的旧社会下的中国。以"瘦狮"喻对中国这块"肥肉"望眼欲穿的其他国家、军阀。为何说是"苍老的荒山"呢?这绝妙地写出了欲入侵中国的、占有这块"肥肉"的其他国家、军阀的伪装蠢蠢欲动、不易察觉,看似相安无事,以及其坚不可摧。为什么"我"替"羊儿"危险?因为郭沫若是一个爱国如爱命的中国人,但手中无权,只好空替"羊儿"危险——无可奈何地为旧社会下的中国捏一把汗。"牧羊人"自然是手握重权,能决定中国命运的统治者。

全诗看似闲笔写景抒情,但用象征的手法,将自己的志向、忧虑,中国的前途、危险写得淋漓尽致!也许是诗人当时的处境所迫,不能明说罢!

至于为什么朗朗上口,是因为本诗在吞声字、吐声字等上用得好,符合人自身的规律,也注重平仄(押韵)。

天 狗

一

我是一条天狗呀!/我把月来吞了,/我把日来吞了,/我把一切的星球来吞了,/我把全宇宙来吞了。/我便是我了!

二

我是月的光,/我是日的光,/我是一切星球的光,/我是X光线的光,/我是全宇宙的Energy的总量!

三

我飞奔,/我狂叫,/我燃烧。/我如烈火一样地燃烧!/我如大海一样地狂叫!/我如电气一样地飞跑!/我飞跑,/我飞跑,/我飞跑,/我剥我的皮,/我食我的肉,/我吸我的血,/我啮我的心肝,/我在我神经上飞跑,/我在我脊髓上飞跑,/我在我脑筋上飞跑。

四

我便是我呀!/我的我要爆了!

【靓评一】

在狂飙突进,冲决一切封建藩篱,高扬个性解放思想大旗的五四时代,《天狗》

可谓是最典型、最充分地反映出这个时代精神的独具特色的典范作品。

这首诗以奇异的想象和超凡的象征塑造了一个具有强烈的叛逆精神和狂放的个性追求的"天狗"形象。以恢宏的气魄和极度的夸张,突现了"天狗"气吞日月、雄视宇宙、顶天立地、光芒四射的雄奇造型,喷发出五四时代文学独具的澎湃激情和破旧迎新的主题。

全诗四节,第一节极写"天狗"宏大的气魄。诗人借助古代天狗吞食日月的故事,在奇特虚幻的境界中奔驰的想象,并以如椽的巨笔描画了"天狗"气吞日月星辰,囊括自然万物,以无限膨胀的"自我"雄居宇宙中心的硕大形象。"把月来吞了""把日来吞了""把一切的星球来吞了""把全宇宙来吞了",既显示了"天狗"磅礴的气势,又透射其万钧之力,淋漓酣畅地表现了"天狗"横扫旧宇宙的破坏精神。

第二节顺应第一节的气韵,写"天狗"获取无穷能量创造新宇宙、新人生。正因为"天狗"有气吞一切的气概,于是,它从自然万物中获得了无比的能量,它吸收宇宙间一切的光源,融汇了"全宇宙的 Energy 的总量",成为宇宙的主宰,大有扫荡一切、重建未来的气度。诗人在《湘累》中借屈原之口曾说过这么一段话:"我创造尊严的山岳、宏伟的海洋,我创造日月星辰,我驰骋风云雷雨,我萃之虽仅限于我一身,放之则可泛滥乎宇宙。"这完全可视为对五四时代那种大胆毁灭一切、创造一切的果敢、决断精神的生动写照。

正因为如此,第三节中,这汇聚了"全宇宙的 Energy 的总量"的"天狗"终于暴烈地行动起来,它"飞奔""狂叫""燃烧","如烈火一样地燃烧""如大海一样地狂叫""如电气一样地飞跑",并且无情地"剥""食""吸""啮"自己的肉体,毁灭自己旧的形骸,进而渗透入自己的精神细胞,在内在本质上更敏锐、更自觉地把握自我意识。最后,以"我便是我呀!我的我要爆了!"收束全篇,将"天狗"终于舍弃一切,希冀在爆裂中求得自我新生的革新精神,以奇异的光彩描画出来,从而使整首诗在主题意向上统一到郭沫若式的"涅槃"精神的基调中。

《天狗》具有强烈的主观色彩,诗人把自我的情感熔铸到"天狗"的形象中,直接以"天狗"自比,极写自我力量的扩张和自我精神的解放。每行诗均以"天狗"自比,极写自我力量的扩张和自我精神的解放。每行诗均以"我"为主语起笔,又多以带有肯定语气的判断词"是"强化比喻,直抒胸臆,以造成火山般喷发式的奔突、汹涌澎湃的激情,充分表现出五四时代自我意识的觉醒及追求个性解放和自我新生。

《天狗》在艺术上,具有想象新奇、气势磅礴、旋律激越、声调高亢、语言峻峭等特点,这些特点又都统一在诗歌奇峭雄劲、富有力度的风格上。就诗的构思方式看,诗人借"天狗"来表现自我,以"天狗"吞食日月展开神奇的联想,通过对"天狗"的气魄和力量的极度夸张,在象征性的诗歌意象中,塑造了一个大胆反抗、勇敢叛逆的抒情主体——"我"(即"天狗")的形象。"我"横空出世,"我"雄居宇宙,"我"主宰一切，"我"与宇宙本体合而为一，"我"在自噬其身中获得新生。诗人紧紧抓住"我"的"动"的精神，表现出扫荡一切、摧毁一切的神奇的自我力量，唱出对具有无穷潜能的自我力量的赞歌。这种雄浑的意象、高昂的格调、奇峭的笔法，唯有在想象极度丰富的浪漫主义大师郭沫若的笔下，才显得那样生动、传神、富有感染力。诗体形式上，全诗通体以"我"字领句，从头至尾，构成连珠式排比，层层推进，步步强化，有效地加强了语言气势，渲染了抒情氛围。加之，诗句简短，节奏急促，韵律铿锵，诵读之时，状如狂暴的急雨、奔腾的海潮，具有一种夺人心魄的雄壮气势。

【靓评二】

郭沫若新诗的独特性

随着时间的流逝，对五四文学的研究兴趣将越来越转向文学自身。郭沫若《女神》留给后世的启示性意义，也许将主要在新诗形式方面。新诗在韵律节奏探索上的一系列尝试和突破表明，新诗中"自由派"与"格律派"之争并非文学史描述中的那种两军对垒，而与诗人创作个性有密切的关系。

五四新诗留下一些遗产给新的世纪。现在我们还不能打理清楚，但可以肯定的是，时间越长，选择就将越偏重于文学本身。郭沫若以《女神》为代表的早期诗歌创作，一直被普遍视为现代新诗史的真正开篇。长期以来，研究者们反复谈论《女神》中充满理想光耀的自我抒情形象、大胆叛逆精神以及渗透在内容和形式中的彻底解放感，为的是——也习惯于从中寻找它与五四时代之间的种种精神联系以及启示意义。但是，当人们谈论了大半个世纪以后，可能会发现，他们的观点实际上并没有真正超出1922年闻一多《〈女神〉之时代精神》一文的见解。这篇文章开宗明义就断定了，《女神》之"新"，"最要紧的是它的精神完全是时代精神——20世纪的时代的精神。"即《女神》的独特性正在于它惊心动魄的精神风格使新诗无愧于那个伟大时代。接着，闻一多准确分析了诗中那个狂放不羁的自我与五四一代青年的内在精神联系，"现在的中国青年——'五四'后之中国青年，他们的烦恼悲哀真像火一样烧着，潮一样涌着，他们觉得这'冷酷如铁''黑暗如漆''腥秽如血'的宇宙真一秒钟也羁留不得了。他们厌这世界，也厌他们自己。于是急躁者归于自杀，忍耐者力图革新。"那么在这样一个时刻，"忽地一个人用海涛的音调、雷霆的声音替他们全盘唱出来了。这个人便是郭沫若，他所唱的就是女神"。因此，闻一多指出，《女神》中那个炫新耀奇的自我并"不是这位诗人独有的，乃是有生之伦，尤其是青年们所同有的"。

郭沫若的早期诗歌创作，除了显而易见的时代精神特点或象征意义外，还有没有更为长远的启示性意义呢？如果没有，它早晚将尘封在一页历史中；如果有，它又在什么地方呢？

显然,这一启示性意义应当到形式方面去寻找。郭沫若在新诗形式解放方面的贡献是人所共知的。朱自清曾明确指出,五四新诗革命与近代"诗界革命"的一个重要区别,就在于"新诗从诗体解放下手"。而导致诗体空前大解放的第一人,正是郭沫若。经过以胡适为代表的早期白话诗人步履蹒跚的短暂尝试,郭沫若的《女神》以高度自由、狂放不羁的诗行,一举结束了早期新诗在形式上文白参半的稚拙状态,使新诗体真正获得了自由的生命。《女神》这一重要贡献不仅在新诗史上具有开篇意义,也必然作为一份历史遗产,在面对未来新诗形式的发展时产生相应的启示作用。朱自清在《中国新文学大系·诗集导言》中,便将对新诗形式方面的不同见解和尝试粗略地划分成两派,一派是主张自由体新诗的,另一派是主张格律体新诗的。这样概括也许是为了便于描述1920年代有关新诗形式方面论争的基本状况,但从这以后,文学史学家们的研究思路便不假思索地循着朱自清的观点走,似乎再没有人想到越雷池一步。于是,根据一般新诗历史的描述,我们得知的是,自由诗派和格律诗派从1920年代即已形成,并各有各的旗手,自由诗派的旗手当然是郭沫若,而稍晚些的新月派诸诗人则是格律诗派的典型代表。这两个诗派又反复论争,各持一端,脉络清晰,在每个时代差不多都可以找出它们的代表者。它们的实际影响也依时代的不同而互有消长,并且还将无休止地争论下去。

　　文学史家从中获得了高屋建瓴地把握文学现象的线索和激情,但问题是诗人们凭什么要一代代地这样对峙下去呢?诗人们在理论上也许确实主张过什么,甚至还大声呼吁过,但这对他们自己的创作来说并不是金科玉律,对别人就更不是。这些主张也许是个人的体会、感悟,也许寄托了某种理想,也许与诗人特定的社会、政治立场和态度有关。但无论怎样,当诗人们提笔创作时,这些背景因素就统统隐退了,唯一使他们激动的只能是尽可能完美表达的冲动和愿望。实际上,越是好的作品似乎越是自由自在,很少自我限制,画地为牢。郭沫若的早期代表作之一《天上的街市》是一个例子。

徐志摩

徐志摩(1897—1931):浙江海宁人,中国著名新月派现代诗人,散文家,倡导新诗格律,对中国新诗的发展做出了重要的贡献。徐志摩是金庸的表兄。徐志摩是新月诗社成员。1918年赴美国学习银行学。1921年赴英国留学,入剑桥大学当特别生,研究政治经济学,在剑桥两年深受西方教育的熏陶及欧美浪漫主义和唯美派诗人的影响。1931年11月19日上午8时,乘中国航空公司"济南号"飞机由南京飞往北平途中坠机去世。

伤双栝老人

看来你的死是无可致疑的了,宗孟先生,虽则你的家人们到今天还没法寻回你的残骸。最初消息来时,我只是不信,那其实是太奇特,太荒唐,太不近情。我曾经几回梦见你生还,叙述你历险的始末,多活现的梦境!但如今在栝树凋尽了青枝的庭院,再不闻"老人"的謦欬;真的没了,四壁的白联仿佛在微风中叹息。这三四十天来,哭你有你的内眷、姊妹、亲戚、悼你的私交;惜你有你的政友与国内无数爱君才调的士夫。志摩是你的一个忘年的小友。我不来敷陈你的事功,不来历叙你的言行;我也不来再加一份涕泪吊你最后的惨变。

魂兮归来!此时在一个风满天的深夜握笔,就只两件事闪闪地在我心头:一是你的谐趣天成的风怀,一是髫年失怙的诸弟妹,他们,你在时,哪一息不是你的关切,便如今,料想你彷徨的阴魂也常在他们的身畔飘逗。平时相见,我倾倒你的语妙,往往含笑静听,不叫我的笨涩羼杂你的莹激,但此后,可恨这生死间无情的阻隔,我再没有那样的清福了!只当你是在我跟前,只当是消磨长夜的闲谈,我此时对你说些琐碎,想来你不至厌烦吧。

先说说你的弟妹。你知道我与小孩子们说得来,每回我到你家去,他们一群四五个,连着眼珠最黑的小五,浪一般的拥上我的身来,牵住我的手,攀住我的头,问这样,问那样;我要走时他们就着了忙,抢帽子的,锁门的,嗄着声音苦求的——你也曾见过我的狼狈。自从你的噩耗到后,可怜的孩子们,从不满四岁到十一岁,哪懂得生死的意义,但看了大人们严肃的神情,他们也都发了呆,一个个木鸡似的在人前愣着。有一天听说他们私下在商量,想组织一队童子军,冲出山海关去替爸爸报仇!

"栝安"那虚报到的一个早上,我正在你家。忽然间一阵天翻似的闹声从外院陡起,一群孩子拥着一位手拿电纸的大声地欢呼着,冲锋似的陷进了上房。果然是大胜利,该得庆祝的:"爹爹没有事"!"爹爹好好的"!徽那里平安电马上发了去,省她急。福州电也发了去,省他们跋涉。但这欢喜的风景竟定活不到三天,又叫接着来的消息给完全煞尽!

当初送你同去的诸君回来,证实了你的死信。那晚,你的骨肉一个个走进你的卧房,各自默恻恻地坐下,啊,那一阵子最难堪的噤寂,千万种痛心的思潮在各个人的心头,在这沉默的暗惨中,激荡、汹涌起伏。可怜的孩子们也都泪滢滢地攒聚在一处,相互地偎着,半懂得情景的严重。霎时间,冲破这沉默,发动了决声的号啕,骨肉间至性的悲哀——你听着吗,宗孟先生,那晚有半轮黄月斜觇着北海白塔的凄凉?

我知道你不能忘情这一群童稚的弟妹。前晚我去你家时见小四小五在灵帏前翻着筋斗,正如你在时他们常在你的跟前献技。"你爹呢"?我拉住他们问。"爹死了。"他们嘻嘻地回答,小五搂住了小四,一和身又滚做一堆!他们将来的养育是你身后唯一的问题——说到这里,我不由地想起了你离京前最后几回的谈话。政治生活,你说你不但尝够而且厌烦了。这五十年算是一个结束,明年起你准备谢绝俗缘,亲自教课膝前的子女;这一清心你就可以用功你的书法,你自觉你腕下的精力,老来只是健进,你打算再花二十年工夫,打磨你艺术的天才;文章你本来不弱,但你想望的却不是什么等身的著述,你只求沥一生的心得,淘成三两篇不易衰朽的纯晶。这在你是一种觉悟;早年在国外初识面时,你每每自负你政治的异禀,即在年前避居津地时你还以为前途不少有为的希望,直至最近政态诡变,你才内省厌倦,认真想回复你书生逸士的生涯。我从最初惊讶你清奇的相貌,惊讶你更清奇的谈吐,我便不阿附你从政的热心,曾经有多少次我讽劝你趁早回航,领导这新时期的精神,共同发现文艺的新土。即如前半年泰戈尔来时,你那兴会正不让我们年轻人;你这半百翁登台演戏,不辞劳倦的精神正不知给了我们多少的鼓舞!

不,你不是"老人";你至少是我们后生中间的一个。在你的精神里,我们看不见苍苍的鬓发,看不见五十年光阴的痕迹;你的依旧是二三十年前"春痕"故事里的"逸"的风情——"万种风情无地着",是你最得意的名句,谁料这下文竟命定是"辽原白雪葬华颠"!

谁说你不是君房的后身?可惜当时不曾记下你摇曳多姿的吐属,蓓蕾似的满缀着警句与谐趣,在此时回忆,只如天海远处的点点航影,再也认不分明。你常常自称厌世人。果然,这世界,这人情,哪禁得起你锐利的理智的解剖与抉别?你的锋芒,有人说,是你一生最吃亏的所在。但你厌恶的是虚伪,是矫情,是顽老,是乡愿的面目,那还不是该的?谁有你的豪爽,谁有你的倜傥,谁有你的幽默?你的锋芒,即使露,也绝不是完全在他人身上应用,你何尝放过你自己来?对己一如对人,你丝毫不存姑息,不存隐讳。这就够难能,在这无往不是矫揉的日子。再没有第二人,除了你,能给我这样脆爽的清谈的愉快。再没有第二人在我的前辈中,除了你,能使我感受这样的无"执"无"我"精神。

最可怜是远在海外的徽徽,她,你曾经对我说,是你唯一的知己;你,她也曾对我说,是她唯一的知己。你们这父女不是寻常的父女。"做一个有天才的女儿的父亲,"你曾说,"不是容易享的福,你得放低你天伦的辈分先求做到友谊的了解。"

徽,不用说,一生崇拜的就只你,她一生理想的计划中,哪件事离得了聪明不让她自己的老父?但如今,说也可怜,一切都成了梦幻,隔着这万里途程,她那弱小的心灵如何载得起这奇重的哀惨!这终天的缺陷,叫她问谁补去?佑着她吧,你不昧的阴灵,宗孟先生,给她健康,给她幸福,尤其给她艺术的灵术——同时提携她的弟妹,共同增荣雪池双栝的清名!

【靓评】

不,你不是"老人",你至少是我们后生中的一个

双栝老人即林长民,字宗孟,晚清立宪派人士,辛亥革命后曾任临时参议院和众议院秘书长,1917年任北洋政府司法总长。林长民1926年12月死于奉系军阀张作霖与其部下郭松龄的混战。林长民的女儿即名震中外的才女林徽因,建筑学家,有文才,当时在国外留学。

徐志摩伤悼双栝老人,也替林徽因发出骨肉间至性的悲哀。双栝老人白发童心,爱自己的女儿,说放低天伦辈分和女儿保持友谊实在是一件"不是容易享的福"! 作者由衷敬佩老人,不仅是这位老人常能给他脆爽清谈的愉快,也不仅因为老人是女儿徽徽"唯一"的知己,更是因为这位前辈能使后生们感受到一种无"执"无"我"的精神。他的这种不辞劳倦的精神正不知给了年轻人多少有力的鼓舞!

双栝老人有许多喜好。其一,在北京买下了一个院子,那里地处北京的中心、环境安逸外,他钟爱后院两棵高大挺拔的栝树。搬到那里后,写诗题字都自称双栝老人。其二,他宠爱自己的女儿林徽因,为自己能"做一个有天才的女儿的父亲"而感到由衷骄傲。而诗人徐志摩为自己有林长民这样的忘年之交而深感幸运!这正给我们展示了"五四"新文化运动促生的新人际关系,值得我们深思细悟。

本文选材别致,抒情浓郁,充满志摩风格,是古今悼友的妙作。

沙扬娜拉一首——赠日本女郎

最是那一低头的温柔
像一朵水莲花不胜凉风的娇羞,
道一声珍重,道一声珍重,
那一声珍重里有蜜甜的忧愁——

沙扬娜拉!

【注释】

写于1924年5月陪泰戈尔访日期间。这是长诗《沙扬娜拉十八首》中的最后一首。《沙扬娜拉十八首》收入1925年8月版《志摩的诗》,再版时删去前十七首,仅留这一首。沙扬娜拉,日语"再见"的音译。

【靓评】

扶桑之行,玲珑之作

1924年5月,泰戈尔、徐志摩携手游历了东瀛岛国。这次日本之行给他留下深刻的印象。在回国后撰写的《落叶》文中,他盛赞日本人民在经历了毁灭性大地震后,万众一心重建家园的勇毅精神,并呼吁中国青年"Everlasting yea!"——要永远以积极的态度对待人生!

这次扶桑之行的另一个纪念品便是长诗《沙扬娜拉》。最初的规模是18个小节,收入1925年8月版的《志摩的诗》。再版时,诗人拿掉了前面17个小节,只剩下题献为"赠日本女郎"的最后一个小节,便是我们看到的这首玲珑之作了。也许是受泰戈尔耳提面命之故吧,《沙扬娜拉》这组诗无论在情趣和文体上,都明显受泰翁田园小诗的影响,所短的只是长者的睿智和彻悟,所长的却是浪漫诗人的灵动和风流情怀。诚如徐志摩后来在《猛虎集·序文》里所说的:"在这集子(指《志摩的诗》)里,初期的汹涌性虽已消减,但大部分还是情感的无关拦的泛滥。"不过这情实在是"滥"得可以,"滥"得美丽,特别是"赠日本女郎"这一节,那萍水相逢、执手相看的朦胧情意,被诗人淋漓尽致地发挥出来。

诗的伊始,以一个构思精巧的比喻,描摹了少女的娇羞之态。"低头的温柔"与"水莲花不胜凉风的娇羞",两个并列的意象妥贴地重叠在一起,人耶?花耶?抑或花亦人,人亦花?我们已分辨不清了,但感到一股朦胧的美感透彻肺腑,像吸进了水仙花的香气一样。接下来,是阳关三叠式的互道珍重,情透纸背,浓得化不开。"蜜甜的忧愁"当是全诗的诗眼,使用矛盾修辞法,不仅拉大了情感之间的张力,而且使其更趋于饱满。"沙扬娜拉"是迄今为止对日语"再见"一词最美丽的音译,既是杨柳依依的挥手作别,又仿佛在呼唤那女郎温柔的名字。悠悠离愁,千种风情,尽在不言之中!

这诗是简单的,也是美丽的;其美丽也许正因为其简单。诗人仅以寥寥数语,便构建起一座审美的舞台,将司空见惯的人生戏剧搬演上去,让人们品味其中亘古不变的世道人情!

岁月荏苒,光阴似箭,我们更应该以审美的态度,对待每一寸人生!

半夜深巷琵琶

又被它从睡梦中惊醒,深夜里的琵琶!
是谁的悲思,是谁的手指,
像一阵凄风,像一阵惨雨,像一阵落花,
在这夜深深时,在这睡昏昏时,
挑动着紧促的弦索,乱弹着宫商角徵,
和着这深夜,荒街,
柳梢头有残月挂,
阿,半轮的残月,像是破碎的希望他,他
头戴一顶开花帽,
身上带着铁链条,
在光阴的道上疯了似的跳,疯了似的笑,
完了,他说,吹糊你的灯,
她在坟墓的那一边等,
等你去亲吻,等你去亲吻,等你去亲吻!

【靓评】

荒凉时空,凄美之声

徐志摩的诗歌常有一起句就紧紧抓住读者的力量。本诗第一句以"又被它从睡梦中惊醒"造成触目惊心的效果,立刻将琵琶声和抒情主人公同时凸显出来。"又"说明这不是第一回,增强了这种"惊醒"的效果。这深夜里的琵琶声表达的是"凄风""惨雨""落花"般的"悲思"。它出现的时间是"夜深深时""睡昏昏时",空间是"荒街""柳梢""残月"。在这荒凉沉寂的时空之间骤然响起的凄苦之声,风格哀婉精美,它奠定了全诗抒写爱情悲剧的基调。"是谁的悲思,是谁的手指",这样紧促的询问传达出诗人心灵深处翻涌的波澜。琵琶声在构思上既是比,又是兴。它直接引发了诗人心中久郁的痛苦,为后半部分抒发诗人的内心感慨做了必要的准备。全诗一到七行都是铺垫,从第八行开始由对琵琶声的描写形容转入内心悲思的抒发,是全诗的重心所在,也是琵琶声抒情意蕴的直接升华。

在诗的后半部,诗人内心感慨的抒发,是通过"他"的形象及与"他"有关的一系列意象来表达。他共出现三次,第一、二次紧紧粘连:"啊,半轮的残月,像是破碎的希望他,他/头戴一顶开花帽,/身上带着铁链条,/在光阴的道上疯了似的跳,疯了似的笑"。这两个"他"既可指抒情主人公心中"破碎的希望",是无形无影情感的形象化表现,是一种比喻;又可指怀着这"破碎的希望"的抒情主人公自身,是一个人。

"他"由"半轮""残月"的比喻导引入诗,其抒情意蕴又通过肖像和行动的详细描写来表达。囚徒般落魄的面貌、绝不妥协的挣扎跳动以及跃出常态的疯笑构成一个多层面的悲剧形象,充分体现出诗人为追求自由的爱情受尽磨难、深感绝望又仍要苦苦挣扎的痛苦心情。这种疯狂而惨痛形象的出现,使本诗在审美风格上突破并发展了传统琵琶声哀而不伤、精美怨婉的基调。全诗在这里形成一个情感高潮。伴随第三个"他"而出现的人物有"你"和"她"。徐志摩是个"生命诚可贵,爱情价更高"的个性主义者,诗句中的"她"既指与诗人深深相恋而又不可望及的女子,又指与爱人相关的幸福、理想等人生希望,既是实指又是象征。自由的爱情总难为现实所容,"吹糊你的灯"也就熄灭了希望之光、生命之火。爱人甜美的亲吻却隔着标志生死界限的坟墓,"坟墓"与"亲吻"这情感色彩强烈反差的事物构成一种巨大的张力,将爱情、希望与其追寻者统一于寂灭,写尽了诗人对爱的热切渴望,更写尽了诗人受尽磨难之后的凄苦、绝望。这里,"他"和"你"实际上是同一的,抒情主人公分身为一个旁观的"他"对一个当局的"你"发出如此残酷而又绝望的告示,表现出诗人对命运的深深无奈。诗的末尾部分以"灯""坟墓""她""亲吻"构成凄艳诡秘的氛围。这种气氛,我们常可从李贺诗歌中感受到。

诗人在深夜一阵悲凄的琵琶声中,把落魄困扰又"发疯似的""跳"着、"笑"着的"他"置于有"柳梢""残月"的"荒街",继而又示之以"吹糊"的"灯"和"在坟墓的那一边""等你去亲吻"的"她",造成一种凄迷的独特意境。其丰富的内涵使得全诗既凝练精致又丰润舒阔,充分传达出诗人不惜一切、热烈追求爱情又备受苦难的惨痛心情。

极富音乐美是本诗突出的艺术特色。各诗行根据情感的变化精心调配音韵节奏。"是谁的悲思,是谁的手指"的急切询问和"像一阵凄风,像一阵惨雨,像一阵落花"的比喻排比,句型短小,音调急促清脆,如一批雨珠紧落玉盘,与作者初闻琵琶、骤生感触的情境正相谐和。而后的"夜深深""睡昏昏"以 eng、un 沉稳浑然的音调叠韵,为琵琶声设置了一个深厚、昏沉、寂静的背景,如一个宽厚的灰色帷幕,与前台跳跃的音调共成一个立体的世界。接着,"挑动着紧促的弦索,乱弹着宫商角徵",这稍长的句式,因多个入声字连用,其声虽又如一阵急雨,但已不再有珠圆玉润的亮色,显得阴暗惨促,正合作者深受触动、万绪将起的紊乱心绪。临末,"疯了似的跳,疯了似的笑",以入声"ào"押韵,音调促仄尖刺,正与诗中疯狂挣扎的绝望形象一致。最后三声"等你去亲吻"的复沓,如声嘶力竭的哭喊,一声高过一声,撕人肺腑。全诗长短诗行有规律地间隔着,整齐且富有变化。短句诗行押韵,并多次换韵。全诗节奏鲜明,音调和谐悦耳,宛若一支琵琶曲,悲切而并不沉寂,达到了心曲与琴曲的统一,获得了形式上的美感。

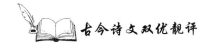

再别康桥

轻轻的我走了,/正如我轻轻的来;/我轻轻的招手,/作别西天的云彩。//

那河畔的金柳/是夕阳中的新娘/波光里的艳影,/在我的心头荡漾。//

软泥上的青荇,/油油的在水底招摇;/在康河的柔波里,/我甘心做一条水草//

那树荫下的一潭,/不是清泉,是天上虹/揉碎在浮藻间,/沉淀着彩虹似的梦。//

寻梦?撑一支长篙,/向青草更青处漫溯,/满载一船星辉,/在星辉斑斓里放歌。//

但我不能放歌,/悄悄是别离的笙箫;/夏虫也为我沉默,/沉默是今晚的康桥!//

悄悄的我走了,/正如我悄悄的来;/我挥一挥衣袖,/不带走一片云彩。//

【靓评】

物我两忘,浮想联翩

《再别康桥》写出了久违的学子作别康桥时对母校的留恋与离别之愁。诗中连用三个"轻轻的",使读者感受到诗人像一股清风一样来了,又悄无声息地荡去;从而抒发了内心深深的情丝,似乎在招手的瞬间亦幻化成"西天的云彩"飘然而去。

诗人在第 2 节至第 6 节细致描写了康河里泛舟寻梦的情怀,披着夕照的金柳,软泥上的青荇,树荫下的水潭,这一切都映入眼底。别离时的徐志摩对康桥依依不舍,触景伤情。在回归途中,站在船上,感慨万千,采用以物喻人的艺术手法撰写了长诗《再别康桥》。

诗人把康河"河畔的金柳"想象为"夕阳中的新娘",至此,无生命的景物已幻化为有生命的活体;徐志摩又将清澈的潭水想象为"天上虹",彩虹被浮藻揉碎之后竟变成了"彩虹似的梦"。

唯美主义的徐志摩具有丰富的想象力,在写诗中浮想联翩,如庄周梦蝶,物我两忘,竟然觉得"波光里的艳影/在我的心头荡漾",并心甘情愿地在康河的柔波里做一条招摇的水草。这是主客观合而为一的妙手偶得,也是经过千锤百炼之功的体现。

由此而来,徐志摩进一步构想新的意境。借用"梦""寻梦""满载一船星辉/在星辉斑斓里放歌""但我不能放歌""夏虫也为我沉默/沉默是今晚的康桥"……采用多个重叠句子将全诗推向高潮,正如康河奔腾之水,一波三折。设想他自己站在青草更青处,置身于星辉斑斓里跌足放歌中。可是,倾情放歌的狂态终未成就,此刻,他只有沉默,然而,沉默亦胜过千言万语!

《再别康桥》最后一节以两个"悄悄的"与首阙三个"轻轻的"首尾相连、相得益彰,恰到好处地表现了潇洒地来,又潇洒地去;挥一挥衣袖,抖落的是什么?已无须赘言。既然在康桥涅槃过一次,又何必带走一片云彩呢?

全诗一气呵成,构思巧妙、结构严整、文字优美,完成了一首委婉动人、荡气回肠的抒情诗,而诗中流露的浓浓的情感充分地表现出对阔别康桥的不舍与对梦想乃至理想的渴望。这一切诠释了徐志摩对爱、自由与美的追求,也是徐志摩"诗化人生"的写照。

胡适尝言:"他的人生观真是一种'单纯信仰',这里面只有三个大字:一个是爱,一个是自由,一个是美。他梦想这三个理想的条件能够会合在一个人生里,这是他的'单纯信仰'。他的一生的历史,只是他追求这个单纯信仰的实现的历史。"

在康河岸边徘徊的徐志摩留下了一位追梦者的身影。

雪花的快乐

假如我是一朵雪花,
翩翩的在半空里潇洒
我一定认清我的方向——
飞扬,飞扬,飞扬——
这地面上有我的方向。

不去那冷寞的幽谷,
不去那凄清的山麓,
也不上荒街去惆怅——
飞扬,飞扬,飞扬——
你看,我有我的方向。

在半空里娟娟的飞舞,
认明了那清幽的住处,
等着她来花园里探望——
飞扬,飞扬,飞扬——
啊,她身上有朱砂梅的清香!

那时我凭藉我的身轻,
盈盈的,沾住了她的衣襟,
贴近她柔波似的心胸——

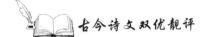

消溶,消溶,消溶——
溶入了她柔波似的心胸

【靓评】

深邃的灵魂图画

《雪花的快乐》像科幻诗。现实的我被彻底抽空,雪花代替我出场,"翩翩的在半空里潇洒"。但这是被诗人意念填充的雪花,被灵魂穿着的雪花。这是灵性的雪花,人的精灵,他要为美而死。值得回味的是,他在追求美的过程中丝毫不感痛苦、绝望,恰恰相反,他充分享受着选择的自由、热爱的快乐。雪花"飞扬,飞扬,飞扬",这是多么坚定、欢快和轻松自由的执着,实在是自明和自觉的结果。而这个美的她,住在清幽之地,出入雪中花园,浑身散发朱砂梅的清香,心胸恰似万缕柔波的湖泊!她是现代美学时期永恒的幻象。或许隐含着诗人很深的个人对象因素,身处其中加入新世纪曙光找寻,自然是诗人选择"她"而不是"他"的内驱力。

诗人写作时或许面对窗外飞扬的雪花热泪盈眶,或许独自漫步于雪花漫舞的天地间。他的灵魂正在深受囚禁之苦。现实和肉身的沉重正在折磨他。当"星月的光辉与人类的希望"令他唱出《雪花的快乐》,或许可以说,诗的过程本身就是灵魂飞扬的过程?这首诗共四节。韵律铿锵,有起承转合的章法结构之美,体现了诗人激情起伏的思路之奇。清醒的诗人避开现实藩篱,把一切展开建筑在"假如"之上。"假如"使这首诗定下了柔美、朦胧的格调,使其中的热烈和自由无不笼罩于淡淡的忧伤的光环里。雪花的旋转、延宕和最终归宿完全吻合诗人优美灵魂的自由、坚定和执着。这首诗的韵律是大自然的音籁、灵魂的交响。重复出现的"飞扬,飞扬,飞扬"织出一幅深邃的灵魂图画。

去 吧

去吧,人间,去吧!
我独立在高山的峰上;
去吧,人间,去吧!
我面对着无极的穹苍。

去吧,青年,去吧!
与幽谷的香草同埋;
去吧,青年,去吧!
悲哀付与暮天的群鸦。

去吧,梦乡,去吧!
我把幻景的玉杯摔破;
去吧,梦乡,去吧!
我笑受山风与海涛之贺。

去吧,种种,去吧!
当前有插天的高峰;
去吧,一切,去吧!
当前有无穷的无穷!

【靓评】

浪漫的品格,昂扬的青春

《去吧》这首诗,好像是一个对现实世界彻底绝望的人,对人间、对青春和理想、对一切的一切表现出的不再留恋的决绝态度,对这个世界所发出的愤激而又无望的呐喊。

诗的第一节,写诗人决心与人间告别,远离人间,"独立在高山的峰上""面对着无极的穹苍"。此时的他,应是看不见人间的喧闹、感受不到人间的烦恼了吧?面对着阔大深邃的天宇,胸中的郁闷也会遣散消尽吧?显然,诗人因受人间的压迫而希冀远离人间,幻想着一块能宣泄心中郁闷的地方,但他与人间的对抗,分明透出一股孤寂苍凉之感;他的希冀,终究也是虚幻的希冀,是一个浪漫主义诗人逃避现实的一种方式。

由于诗人深感现实的黑暗及对人的压迫,他看到,青年——青春、理想和激情的化身,更是与现实世界誓不两立,自然不能被容存于世,那么,就最好"与幽谷的香草同埋",在人迹罕至的幽谷中能不被世俗所染污、能不被现实所压迫,同香草做伴,还能保持一己的清洁与孤傲,由此可看出诗人希望在大自然中求得精神品格的独立性。然而,诗人的心境又何尝不是悲哀的,"与幽谷的香草同埋",岂是出于初衷,而是不为世所容,为世所迫的啊!"青年""与幽谷的香草同埋",正道出诗人想解脱自己的处境与命运悲哀、"付与暮天的群鸦"。也许暮天的群鸦会帮诗人解脱心中的悲哀,也许也会使悲哀愈加沉重,愈难排解,终究与诗人的愿望相悖。这节诗抒写出了诗人受压抑的悲愤之情以及消极、凄凉的心境。

"梦乡"这一意象,在这里喻指"理想的社会",也即指诗人怀抱的"理想主义"。诗人留学回国后,感受到人民的疾苦、社会的黑暗,他的"理想主义"开始碰壁,故有"我把幻景的玉杯摔破"的诗句。是现实摔破了诗人"幻景的玉杯",所以诗人在现实面前才会有一种愤激之情、一种悲观失望之意;诗人似乎被现实触醒了,但诗人并不是去正视现实,而是要逃避现实,"笑受山风与海涛之贺",在山风与海涛之间去昂奋和张扬抑郁的精神。这节诗与前两节一样,同样表现了一个浪漫主义诗人在现实面前碰壁后,转向大自然求得一方精神栖息之地,但从这逃避现实的消极情绪中却也显示出诗人一种笑傲人间的洒脱气质。

第四节诗是诗人情感发展的顶点,诗人至此好像万念俱灰,对一切都抱着决绝的态度:"去吧,种种,去吧!""去吧,一切,去吧!"但诗人在否定、拒绝现实世界的同时,却肯定"当前有插天的高峰""当前有无穷的无穷",这是对第一节诗中"我独立在高山的峰上""我面对着无极的穹苍"的呼应和再次肯定,也是对第二节、第三节诗中所表达思绪的正方向引导,从而完成了这首诗的内涵意蕴,即诗人在对现实世界悲观绝望中,仍有一种执着的精神指向——希望能在大自然中、在博大深邃的宇宙里寻得精神的归宿。

《去吧》这首诗,流露出诗人逃避现实的消极感伤情绪,是诗人情感低谷时的创作,是他的"理想主义"在现实面前碰壁后一种心境的反映。诗人是个极富浪漫气质的人,当他的理想在现实面前碰壁后,把眼光转向了现实世界的对立面——大自然,希望在"高峰""幽谷的香草""暮天的群鸦""山风与海涛"之中求得精神的慰藉、精神的超脱。诗人是以消极悲观的态度来反抗现实世界的,但他仍以一个浪漫主义的激情表达了精神品格的昂奋和张扬。

月下雷峰影片

我送你一个雷峰塔影,
满天稠密的黑云与白云;
我送你一个雷峰塔顶,
明月泻影在眠熟的波心。

深深的黑夜,依依的塔影,
团团的月彩,纤纤的波鳞——
假如你我荡一支无遮的小艇,
假如你我创一个完全的梦境!

【靓评】

借助"假如",凸显审美

"三潭印月——我不爱什么九曲,也不爱什么三潭,我爱在月下看雷峰静极了的影子——我见了那个,便不要性命。"徐志摩在《西湖记》中说的这段极情的话,自然是诗人话。然而正是诗人话,月下雷峰静影所具有的梦幻效果就可想而知,虽然

这其中更必然渗透了诗人隐秘的审美观。

然而要让读者进入诗人这个审美世界,并非一种描述能够做到。描述可以使人想象,却不能使人彻底进入。诗所要做到的,便是带领读者去冒险,去沉醉,彻底投入。

诗仿佛是另一个世界,有另一双眼睛。"我送你一个雷峰塔影,/满天稠密的黑云与白云;/我送你一个雷峰塔顶,/明月泻影在眠熟的波心。"这第一阕如果没有"我送你"三个字,不亚于白开水一杯;借助"我送你"的强制力,所有平淡无奇的句子被聚合。

被突出的"雷峰影片"由于隐私性或个人色彩而变成一杯浓酒。第二阕则将这杯浓酒传递于对饮之中,使之飘散出了迷人的芬芳:"假如你我荡一支无遮的小艇,/假如你我创一个完全的梦境!"至此,诗人将读者完全醉入了他的"月下雷峰影片"里。

《月下雷峰影片》仅短短八句,其浓郁的诗意得力于卓越的构思手法,即诗人自我的切入。由于自我的切入,写景不再成为复制或呈现,写景即写诗人之景——"完全的梦境"。在切入之时,现实的"我"抽身离去,自我的情感看不见了,个人的经历、思想看不见了,闪耀于读者眼前的是自然之美的形体和光辉。整首诗的韵律就是情感和思想的旋律。正如《雪花的快乐》建筑于"假如"这一脆弱的词根,这首小诗的美学效果也是借助"假如"而显现。第一阕景物实写和"我送你"的强制,由于有了"假如"的虚拟、缓和,使美妙的设想得以如鸟翅舒展、从而使全诗明亮美好起来。

《月下雷峰影片》既立体地呈现了自然美景,又梦幻地塑造了"另一个世界"。当诗人逃离现实而转入语言创造,哪怕小小的诗行也可触出灵魂的搏动。这首小诗所具有的荡船波心的音乐美,显然得力于叠音词的运用。《月下雷峰影片》犹如一曲优美小夜曲,望不见隔岸的琴弦,悠悠回荡的琴音却令人不忍离去。

沪杭车中

匆匆匆!催催催!
一卷烟,一片山,几点云影,
一道水,一条桥,一支橹声,
一林松,一丛竹,红叶纷纷:

艳色的田野,艳色的秋景,
梦境似的分明,模糊,消隐,——
催催催!是车轮还是光阴?
催老了秋容,催老了人生!

【靓评】

《沪杭车中》与朱自清散文《匆匆》

时间以昼夜黑白的形式重复升降在我们生命之中,时光的本质到现代才真正成为人类致命的敏感。徐志摩以诗所特有的语言将空间竖起,将时间化为隧道。徐志摩的时光是强大的建筑式的,《沪杭车中》要我们与时光对视、相向而行。而朱自清的散文《匆匆》,则是用舒缓从容的笔墨,描写时光匆匆流逝和步履、印痕。如果说朱自清《匆匆》的时光是拟人化的,让我们注意到时光在细小事物中的停留和消逝,那么《沪杭车中》给人的感受却是紧张和尖锐的。将朱自清的《匆匆》与徐志摩这首《沪杭车中》比较来读确是一件饶有趣味的事。

如今,上海与杭州短暂的距离已被现代交通工具火车不经意打破了。时间和空间是相对物,在这首诗里却浑然一体:"匆匆匆!催催催!"两组拟声词把这种浑然表达得淋漓尽致。随着时空的浑然,时空中原本浑然一体的自然被切割成零碎的片段:"一卷烟,一片山,几点云影;/一道水,一条桥,一支橹声,/一林松,一丛竹,红叶纷纷。"更深刻的、实质意义的分裂乃是人类自身的安宁的梦境的分裂。和大自然一样安宁而永恒的梦境(或说大自然本身就是一个梦境)由分明而"模糊,消隐。""催催催!"这现代文明的速度和频率不能不使诗人惊叹:"催老了秋容,催老了人生!"

第一段写现代时空对自然的影响,第二段写现代时空在人类精神深处的投影,二段互为呼应、递进,通过"催催催"这逼人惊醒的声音让人正视时间。这种强烈的现代时间意识,正是现代诗创作的原动力。徐志摩曾在《猛虎集》序文中谈道时间意识迟钝的痛苦:"尤其是最近几年,有时候自己想着了都害怕:日子悠悠地过去内心竟可以一无消息,不透一点亮,不见丝纹的动。"迟钝和敏感或许是一枚硬币的两面。事实上诗人的时间感是现代时间意识的多重折射。

1930年,徐志摩写于《沪杭车中》之后的《车眺》和《车上》所表达的,分别是时间永恒和时间在生命中生生不息的主题。无论"车"这一意象多么富于流动动荡的时间感,给我们的安宁几乎是不可击碎的:"绿的是豆畦,阴的是桑树林,/幽郁是溪水傍的草丛,/静是这黄昏时的田景,/但你听,草虫们的飞动!"(《车眺》)"她是一个小孩,欢欣摇开了她的歌喉;在这冥盲的旅程上,在这昏黄时候,/像是奔发的山泉,/像是狂欢的晓鸟,/她唱,直唱得一车上满是音乐的幽妙。"(《车上》)使我们无不为生命与时间同在并生机勃勃而感动。徐诗三篇写时间的诗皆以车为象征,而《沪杭车中》堪称象征的一个小奇迹:沪杭车这一具体事物,及催与匆同声同义不同态拟声词的巧妙运用,实在是诗人天才的悟性和语言敏感的反映。《沪杭车中》《车眺》《车上》是徐志摩时间观的统一体。

正因为有朱自清洋洋洒洒的《匆匆》,又有徐志摩雕塑建筑式的《沪杭车中》,现代文学史中的时间概念才真正可触可感了。

偶　然

我是天空里的一片云，
偶尔投影在你的波心——
你不必讶异，
更无须欢喜——
在转瞬间消灭了踪影。

你我相逢在黑夜的海上，
你有你的，我有我的，方向；
你记得也好，
最好你忘掉，
在这交会时互放的光亮！

【靓评一】

形式完美的"偶然"

诗史上，一部上千行的长诗可以随似水流年埋没于无情的历史沉积中，而某些玲珑短诗，却能够经历史年代之久而独放异彩。这首两段十行的小诗，在现代诗歌长廊中堪称别具一格。

《偶然》小诗，在徐志摩诗美追求的历程中，具有独特的"转折"性意义。按徐志摩的学生卞之琳的说法："这首诗在作者诗中是在形式上最完美的一首。"新月诗人陈梦家也认为："《偶然》以及《丁当——清新》等几首诗，划开了他前后两期的鸿沟，他抹去了以前的火气，用整齐柔丽清爽的诗句，来写那微妙的灵魂的秘密。"的确，此诗在格律上是颇能看出徐志摩的功力与匠意的。全诗两节，上下节格律对称。每一节的第一句、第二句、第五句都是用三个音部组成。如："偶尔投影在你的波心""在这交会时互放的光亮"。每节的第三、四句则都是两音部构成，如："你不必讶异""你记得也好，/最好你忘掉"。在音部的安排处理上显然严谨中不乏洒脱，较长的音部与较短的音部相间，读起来纡徐从容、委婉顿挫而朗朗上口。

这首诗歌内部充满着使人不易察觉的诸种"张力"结构，这种"张力"结构在"肌质"与"构架"之间、"意象"与"意象"之间、"意向"与"意向"之间诸方面都存在。独特的"张力"结构是此诗富于艺术魅力的一个奥秘，可看作是在整体诗歌的有机体中共存着的互相矛盾、背向而驰的辩证关系。一首诗歌，总体上必须是有机的，具备整体性的,但内部却允许并且应该充满各种各样的矛盾和张力。充满"张力"的诗歌,才能蕴含深刻、耐人咀嚼、回味无穷。因为只有这样的诗歌才不是静止的,而是"寓动于静"的。

首先,诗题与文本之间就蕴蓄着一定的张力。"偶然"是一个完全抽象化的时间副词,在这个标题下写什么内容,应当说是自由随意的,而作者在这抽象的标题下,写的是两件比较实在的事情,一是天空里的云偶尔投影在水里的波心,二是"你""我"(都是象征性的意象)相逢在海上。如果我们用"我和你""相遇"之类的做标题,虽然未尝不可,但诗味当是相去甚远的。抽象和具象之间的张力,自然就荡然无存了。

再次,诗歌文本内部的张力结构则更多。"你""我"就是一对"二项对立",或是"偶尔投影在波心"或是"相遇在海上",都是人生旅途中擦肩而过的匆匆过客;"你不必讶异,/更无须欢喜""你记得也好,/最好你忘掉",都以"二元对立"式的情感态度,及语义上的"矛盾修辞法"而呈现出"张力"。"你""我"因各自的方向在茫茫人海中偶然相遇,交会时放出光芒,但却擦肩而过,各奔自己的方向。两个完全相异、背道而驰的意向,"你有你的"和"我有我的"恰恰统一、包孕在同一个句子里,归结在同样的字眼——"方向"上。

作为给读者以强烈的"浪漫主义诗人"印象的徐志摩,他所作的这首诗歌的象征性——既有总体象征,又有局部性意象象征——也许格外值得注意。这首诗歌的总体象征是与前面我们所分析的"诗题"与"文本"间的张力结构相一致的。在"偶然"这样一个可以化生众多具象的标题下,"云——水""你——我""黑夜的海""互放的光亮"等意象及意象与意象之间的关系构成,都可以因为读者个人情感阅历的差异及体验强度的深浅而得到不同的理解或组构。这正是"象征"之以少喻多、以小喻大、以个别喻一般的妙用。或人世遭际挫折,或情感阴差阳错,或追悔莫及、痛苦有加,或无奈苦笑、怅然若失……人生,必然会有这样一些"偶然"的"相逢"和"交会"。而这"交会时互放的光亮",必将成为永难忘怀的记忆而长伴人生。

【靓评二】

五四诗空里的两颗互耀的明星

——徐志摩和郭沫若诗歌比较

作为中国文学创作的传统之一,浪漫主义自古就有"风骚并举"之说。它对于中国的现代文坛,尤其是对于上世纪二三十年代的中国诗坛产生了重大的影响,促进了新诗的繁荣,涌现出一批优秀的诗作家,其中以郭沫若、徐志摩为代表。他们对新诗的探索深为后人称道,尤其是那种激情的展示、个性的张扬,充分地显示出浪漫主义的创作风格。

郭沫若早年曾留学日本,作为创造社的主将,他广泛地接受了尼采、惠特曼、泰戈尔等的主张,更多地接受了欧亚大陆新文学的影响,同时深受以屈原、李白为代表的那种以瑰丽的想象、豪放的气概、爱国激进底蕴的启发,讲求文学的"全"与"美",强调文学对社会的重大使命。徐志摩则留学英国,作为"新月诗派"的盟主,主要接受了英美现代派的影响,同时还秉承了中国婉约派作家清丽、流畅的风格,崇尚艺术至上,重视个人心灵的展示,认为诗是从"筋骨里迸出来,血液里流出来,性灵里逃出来,生命里震荡出来的"。他们同处于那个大变革的时代,对旧的扬弃、对新的追寻、对人生的关注、对自身的困惑……往往以浓重的主观抒情色彩自我表现。他们显露出鲜明的浪漫主义倾向,并分别代表了浪漫主义的两个方向。如果说胡适是中国新诗的第一人,那么他也只是在形式上的改良而已,确切地说应该称之为白话诗,而郭沫若与徐志摩的诗歌创作才称得起真正意义上的新诗。

　　郭沫若、徐志摩的出现使浪漫主义在现代诗坛上呈现出连贯性。在新文化运动时期,郭沫若就开始了浪漫主义创作的尝试,1921年组建创造社,与文研会形成对峙的局面,更加旗帜鲜明地提倡浪漫主义,用饱满的激情去歌颂新事物(如《女神》),使浪漫主义同现实主义并存,成为当时文坛的两大主流。到了1920年代中期,由于一些诗人对诗歌理论的误解,创造社的大多数成员开始否定浪漫主义而转向现实主义创作。然而他们前期的创作毕竟给诗坛带来了巨大的影响,此时徐志摩则继承了浪漫主义的大旗,在他诗歌创作前期明显地受到郭沫若积极浪漫主义的影响(如《志摩的诗》),并且十分推崇郭沫若的诗作,"每次有人问我新诗里谁的最重要,我未有不首推郭沫若的"。只是在此之后,他经历了一个"自剖与云游"的时期(包括《翡冷翠的一夜》《猛虎集》《云游》),昔日浪漫主义的激情和力量消失了。由描绘"超人"到"小人物",悲观情绪笼罩诗人的心,于是他更顽强地紧抓住"爱"的观念不放,走向了浪漫主义的另一个方向。

　　作为浪漫主义诗歌的旗手,郭沫若与徐志摩在诗歌形式上的创新与尝试对当时诗歌的发展都起到了重要的作用。《凤凰涅槃》是郭沫若作品中最具有代表性的一部作品。诗人借用有关凤凰"集香木自焚,复从死灰中更生"的传说,以此象征旧中国和诗人旧我的毁灭以及新中国和诗人新我的再生。首先,诗人冲动式、狂热式、汹涌式的抒情方式就是对传统儒家"思无邪""温柔敦厚,怨而不怒"的"诗教"的否定,完全打破了传统诗歌的形式束缚,形式自由解放,富于变换。全诗的结构完全随着诗人感情自然宣泄的需要,诗节没有任何限制,或长,或短,诗行也参差不齐,押韵也不严格。诗人通过凤凰无情地批判否定旧的宇宙和人生,不顾凡鸟的嫉妒、嘲笑而义无反顾,无保留地焚烧旧我,以及更生后的无比美好和欢乐,表达了对祖国无限热爱的深情,对旧世界的极大痛恨和对祖国新生的热切追求,同时也深刻揭示了弃旧图新的深刻哲理。在《凤歌》和《凰歌》中,诗人为了宣泄情感,用了大量的排比句式;有时为了强化某种情绪,又采用了叠句或复沓,从而形成奋发向上的旋律,有力地强化了主题。可以说,《凤凰涅槃》在形式上是不拘一格的,真正体现出了新诗形式的自由奔放。其次,奇丽的想象与大胆的夸张造就了诗歌壮观的景象、宏大的气势。诗人在旧有的神话故事中加入自己独特的创意,尤其是勾画出凤与凰衔木自焚在烈火中更生的图景。另外,象征手法的巧妙运用也是这首诗的一个显著特色。在《凤凰涅槃》中,郭沫若将凤凰、孔雀、家鸽、岩鹰等都赋予了深意,用动物的言语展示当时人生的侧面。而在徐志摩的诗中,一阵风、一片叶都有它特别的表意。在他们的诗中,都有着"泛神论"的展示,宇宙万物人格化的处理,成为直接抒情的对象,展现了奇丽的夸张、丰富的想象。并且大量使用第一人称的创作,使得个性张扬,无论是汹涌的激情还是细腻的柔情,都一一展露。他们对新诗形式上的探索都做出了巨大的贡献。以郭沫若出版的第一部新诗集《女神》为基点,基本完成了由白话诗到自由诗的转变,为中国新诗开辟了一个新的天地。

徐志摩则更是致力于新格律体的探索,力图在形式上、音韵上、意境上达到一种完美。他的新诗创作实践了闻一多诗歌创作建筑美、绘画美、音乐美的主张。他对新诗的贡献尤其是在音乐美上。他认为音乐是诗的血脉,音乐美的主要内容是诗的"内容的音节的匀整与流动";音节基于"真纯的诗感"和"诗意";行数的、字句的整齐与否决定于音节的波动性,如他的《沙扬娜拉》。同时,文体的优美与辞藻的华丽也是他在新诗创作的成就,像他的《我不知道风向哪个方向飞》《再别康桥》等诗篇都显示了他风格的柔细与轻灵。

当然,他们的诗歌创作中也存在着许多差异。以激情入诗的郭沫若自己也谈道:"我是一个偏于主观的人……我自己觉得我的想象力实在比我的观察力强。我自幼嗜好文学来以鸣我的存在,在文学之中便借了诗歌这支芦笛。我又是一个冲动性的人……我回顾我所走过的半生行路,都是一任我自己的冲动在那里奔驰;我便作起诗来,一任我一己的冲动在那里跳跃。我在冲动的时候,就好像一匹奔马,我在冲动窒息的时候,又好像一只死了的河豚。"郭沫若注重创造,曾提出"艺术家不应该是自然的孙子,也不应该做自然的儿子,是应该做自然的老子"。他讲求诗歌创作的"全"与"美",讲究文学对社会的重大使命,他的视野往往在于对黑暗社会的不满,对腐朽、倒退的大胆诅咒;对新生事物的颂扬,对革命的热情支持。他强烈的政治感,使他那些极有成就的诗作无不显示出时代的精神,反抗与创新并存,同时也表现出他对生活、对人生的探求,认为"文学是反抗精神的象征,是生命穷促时叫出来的一种革命","反抗精神,革命,无论如何是一切艺术之母"。他的《凤凰涅槃》的《凤歌》在一种一泻千里、汪洋恣意的激情中展示了诗人的才华。同时诗人还主张抒写自我、自然流露,"我自己对诗的直感,总觉得以'自然流露'的为上乘,若是以'矫揉造作',总不过是些园艺盆栽,只好供诸富贵人赏玩了"。

总之,诗人往往要在诗中表现其对一种终极理想的设计与追求,对理想人格的皈依,是诗人的理想世界、革命主张的变形处理。他的诗作让人感受到主题的古典性,人类生活的最终应是光明与幸福。

作为"爱情诗人"的徐志摩则是崇尚艺术至上,以"纯粹"的艺术追寻个人心灵的轨迹。而他思想的驳杂也使他的创作有较大的差异。"我的思想——如其我有思想——永远不是成系统的。"不过,民主个人主义的思想还是支配他的决定因素。他的创作前期,一方面他在努力建立一个与之相抗衡的幻想世界,另一方面则是对他所仇恨的现实的批判,像他的《这年头活着不易》。而到了他的"自剖与云游"时期,气势宏伟的"反叛"诗体逐渐变了样,已没有了浪漫主义艺术所特有的咆哮的海浪和骤雨狂风,大自然成了徐志摩苦闷心灵的栖身处,在他的诗作中更多的是高度悲剧性的灼热的忧患与痛苦(如《毒药》《婴儿》),要么则是对那种理想的爱的执着追求,这使他的诗歌慢慢相离于现实矛盾,更多地内化为一种情绪,一种人道的自由的美的情绪。正如胡适对他的评价那样,"他的人生观真是一种'单纯信仰',这里面只有三个大字:一个是爱,一个是自由,一个是美。他梦想这三个理想的条件能够会合在一个人生里,这是他的'单纯信仰':他的一生的历史,只是他追求这个'单纯信仰'的实现的历史"。

在形式上与意境上,郭沫若与徐志摩的创作风貌也各有特色。郭沫若的诗往往注重内在的气韵生动,而不大讲究形式的齐整,不受格律、音韵的限制,受到惠特曼的影响。常常是以激情为先导,任意宣泄,根据情感的需要决定诗句的长短、章节的变化,并且吸收了"楚辞"的特点,注意语气词的运用,加强情致的抒发,并且注意运用一唱三叹的手法,使得意境上真正遵循了"全"与"美"的艺术要求,给人一个广阔的想象空间与一个立体的动感的世界层面,一幅自如的狂草书卷。然而一些诗作的过于散文化也成为他艺术创作的一个遗憾。徐志摩的诗作则融合了中西方的传统,注意形式与神韵的和谐,他在谈到译诗时指出:"诗的难处不是单是它的形式,也不是单是它的神韵,你得把神韵化进形式去,像颜色化入水,又得把形式表现出来。"徐志摩的诗让人感到细腻、流畅、清新、动人、沉静、典雅,像中国的山水画一样,给人绵绵的意蕴,向人们展示了一个极美的抒情空间。

以1926年郭沫若在《创造月刊》一卷第三期上发表的《革命与文学》为标志,创造社成员开始自觉转向,由浪漫主义转向现实主义。而以徐志摩为代表的"新月诗派"也因远离现实,而最终消却。但这股清新、强劲的风在中国新诗的发展史中功不可没,涌现出成仿吾、冯乃超、朱湘等一批优秀作家,还影响了臧克家等青年作家。郭沫若等创造社成员完成了由白话诗到自由诗的跨越;徐志摩等"新月诗派"的诗人通过新格律体回避了先时诗歌过于散文化的通病。他们的创作不仅极大地促进了当时新诗的繁荣,那些浪漫主义风格的探索与典范之作也极大地影响了后世的作家,正是他们促进了这真正意义上的新诗的诞生,并继续延续向前发展,使上世纪二三十年代的诗坛出现了辉煌的局面。

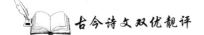

朱自清

朱自清(1898—1948):原名自华,号秋实,后改名自清,字佩弦。原籍浙江绍兴,出生于江苏省东海县。现代杰出的散文家、诗人、学者、民主战士。1916年中学毕业并成功考入北京大学预科。1919年开始发表诗歌。1928年第一本散文集《背影》出版。1932年7月,任清华大学中国文学系主任。1934年,出版《欧游杂记》和《伦敦杂记》。1935年,出版散文集《你我》。1948年8月12日因胃穿孔病逝于北平,年仅50岁。

荷塘月色

这几天心里颇不宁静。今晚在院子里坐着乘凉,忽然想起日日走过的荷塘,在这满月的光里,总该另有一番样子吧。月亮渐渐地升高了,墙外马路上孩子们的欢笑,已经听不见了;妻在屋里拍着闰儿,迷迷糊糊地哼着眠歌。我悄悄地披了大衫,带上门出去。

沿着荷塘,是一条曲折的小煤屑路。这是一条幽僻的路;白天也少人走,夜晚更加寂寞。荷塘四面,长着许多树,蓊蓊郁郁的。路的一旁,是些杨柳,和一些不知道名字的树。没有月光的晚上,这路上阴森森的,有些怕人。今晚却很好,虽然月光也还是淡淡的。

路上只我一个人,背着手踱着。这一片天地好像是我的;我也像超出了平常的自己,到了另一个世界里。我爱热闹,也爱冷静;爱群居,也爱独处。像今晚上,一个人在这苍茫的月下,什么都可以想,什么都可以不想,便觉是个自由的人。白天里一定要做的事,一定要说的话,现在都可不理。这是独处的妙处;我且受用这无边的荷香月色好了。

曲曲折折的荷塘上面,弥望的是田田的叶子。叶子出水很高,像亭亭的舞女的裙。层层的叶子中间,零星地点缀着些白花,有袅娜地开着的,有羞涩地打着朵儿的;正如一粒粒的明珠,又如碧天里的星星,又如刚出浴的美人。微风过处,送来缕缕清香,仿佛远处高楼上渺茫的歌声似的。这时候叶子与花也有一些的颤动,像闪电般,霎时传过荷塘的那边去了。叶子本是肩并肩密密地挨着,这便宛然有了一道凝碧的波痕。叶子底下是脉脉的流水,遮住了,不能见一些颜色;而叶子却更见风致了。

月光如流水一般,静静地泻在这一片叶子和花上。薄薄的青雾浮起在荷塘里。叶子和花仿佛在牛乳中洗过一样;又像笼着轻纱的梦。虽然是满月,天上却有一层淡淡的云,所以不能朗照;但我以为这恰是到了好处——酣眠固不可少,小睡也别有风味的。月光是隔了树照过来的,高处丛生的灌木,落下参差的斑驳的黑影,却又像是画在荷叶上。塘中的月色并不均匀,但光与影有着和谐的旋律,如梵婀铃上奏着的名曲。

荷塘的四面,远远近近,高高低低的都是树,而杨柳最多。这些树将一片荷塘重重围住;只在小路一旁,漏着几段空隙,像是特为月光留下的。树色一例是阴阴的,乍看像一团烟雾;

但杨柳的丰姿,便在烟雾里也辨得出。树梢上隐隐约约的是一带远山,只有些大意罢了。树缝里也漏着一两点路灯光,没精打采的,是渴睡人的眼。这时候最热闹的,要数树上的蝉声与水里的蛙声;但热闹是它们的,我什么也没有。

忽然想起采莲的事情来了。采莲是江南的旧俗,似乎很早就有,而六朝时为盛,从诗歌里可以约略知道。采莲的是少年的女子,她们是荡着小船,唱着艳歌去的。采莲人不用说很多,还有看采莲的人。那是一个热闹的季节,也是一个风流的季节。梁元帝《采莲赋》里说得好:

于是妖童媛女,荡舟心许;鹢首徐回,兼传羽杯;棹将移而藻挂,船欲动而萍开。尔其纤腰束素,迁延顾步;夏始春余,叶嫩花初,恐沾裳而浅笑,畏倾船而敛裾。

可见当时嬉游的光景了。这真是有趣的事,可惜我们现在早已无福消受了。于是又记起《西洲曲》里的句子:

采莲南塘秋,莲花过人头;低头弄莲子,莲子清如水。

今晚若有采莲人,这儿的莲花也算得"过人头"了;只不见一些流水的影子,是不行的。这令我到底惦着江南了。——这样想着,猛一抬头,不觉已是自己的门前;轻轻地推门进去,什么声息也没有,妻已睡熟好久了。

【靓评】

出神入化之笔,描"荷塘"月光之幽美

朱自清散文的特色之一是情景交融的意境刻画。《荷塘月色》是他抒情散文中脍炙人口的名篇之一,写于1927年7月他在清华大学执教时期。清华园的一个平常的荷塘,经过作者的渲染、着色,却变得十分美丽,富有诗意。

一般来说,荷塘容易描写,月色则较难描写;画家作画,不怕画断山衔月,就怕画月色,"因为月景的波光林影时刻在变幻着,很不容易在画面上表现出来"(张白山《朱自清作品欣赏》)。要在晦暗中见空明,是很需要独特的表现手法的。有人提出画月亮的方法:"月景阴处染黑,阳处留光。"画画尚且如此困难,用文字来表达画笔所不能表达的事情,自然更加吃力。然而,朱自清却把一个月夜荷塘写得那样饶

有生意;在这短短的《荷塘月色》里,看不到什么宏伟的结构和华赡的文字,作者只凭着一时的感受委婉细致地写,却十分迷人。

作品中的景,重点是"荷塘月色"。作者笔触缜密细致,把"荷塘"和"月光"表现得出神入化。自己的感情则完全融会在景物之中。荷花洁白,晶莹美好,不仅仅是月光下荷花的写实,作者主观上有对荷花特有的深情厚爱。写荷香,绝不做平庸之写,而是借助通感,用"远处高楼上渺茫的歌声"来比喻随微风飘拂而来的缕缕幽香,引起人们美好的情思。风过荷塘是一瞬间的现象,却没有逃过作者敏锐的观察,形容它"宛然有了一道凝碧的波痕",就连不能见一些颜色的流水,也感受到它的"脉脉"含情。这些描写处处反映了作者用整个身心来拥抱自然,并根据自己的理想来展现大美!

本文过人之处正在于作者丰厚的学养,敏锐的感触,细美的文笔。联想古来相类的事境,印证凸显自己当时孤寂的心境,似一组高手抓拍的镜头,一卷静谧的录像,空前妙作。

匆 匆

燕子去了,有再来的时候;杨柳枯了,有再青的时候;桃花谢了,有再开的时候。但是,聪明的你,告诉我,我们的日子为什么一去不复返呢?——是有人偷了他们罢:那是谁?又藏在何处呢?是他们自己逃走了罢:现在又到了哪里呢?

我不知道他们给了我多少日子;但我的手确乎是渐渐空虚了。在默默里算着,八千多日子已经从我手中溜去;像针尖上一滴水滴在大海里,我的日子滴在时间的流里,没有声音,也没有影子。我不禁头涔涔而泪潸潸了。

去的尽管去了,来的尽管来着;去来的中间,又怎样地匆匆呢?早上我起来的时候,小屋里射进两三方斜斜的太阳。太阳他有脚啊,轻轻悄悄地挪移了;我也茫茫然跟着旋转。于是——洗手的时候,日子从水盆里过去;吃饭的时候,日子从饭碗里过去;默默时,便从凝然的双眼前过去。我觉察他去得匆匆了,伸出手遮挽时,他又从遮挽着的手边过去。天黑时,我躺在床上,他便伶伶俐俐地从我身上跨过,从我脚边飞去了。等我睁开眼和太阳再见,这算又溜走了一日。我掩着面叹息。但是新来的日子的影儿又开始在叹息里闪过了。

在逃去如飞的日子里,在千门万户的世界里的我能做些什么呢?只有徘徊罢了,只有匆匆罢了;在八千多日的匆匆里,除徘徊外,又剩些什么呢?过去的日子如轻烟,被微风吹散了,如薄雾,被初阳蒸融了;我留着些什么痕迹呢?我何曾留着像游丝样的痕迹呢?我赤裸裸来到这世界,转眼间也将赤裸裸地回去罢?但不能平的,为什么偏要白白走这一遭啊?

你聪明的,告诉我,我们的日子为什么一去不复返呢?

【靓评】

我们的日子为何一去不复返？

朱自清散文的一大特色是文质并茂、富有情致。《匆匆》写于1922年3月，恰逢五四运动落潮期。当时的知识青年忙于救国，忙于追求进步；他们备受当时政治环境的压迫，苦闷彷徨沉思，继续探寻人生路。朱先生心有灵犀，3月28日创作了此篇散文，短短600余字，题为《匆匆》，却非"匆匆"之作。篇中饱含深刻的意蕴。从历史内容层面读《匆匆》，掠过五四青年们执着追求进步的勇敢；从哲学意味层面读《匆匆》，其间饱含对时间流逝的思辨；从审美角度读《匆匆》，可以深切感受情景交融的情怀。

《匆匆》同样体现了朱自清散文质朴中见风华。文如是，其人也如此，有口皆碑。自古以来，散文高手如林，流传遐迩的白话散文杰作层出不穷。五四文学革命中倡导白话散文，但白话散文能否像古代散文杰作那样做到漂亮和缜密？鲁迅先生所言："'五四'以后，散文小品的成功，几乎在小说戏曲和诗歌之上……写法也有漂亮的缜密，这是为了对于旧文学的示威，在表示旧文学之自以为特长者，白话文学也并非做不到。"那么，哪些现代散文作品可以称作"漂亮和缜密"的楷模？迄今为止，众多评论家不约而同地把眼光投向朱自清，这位大师的散文漂亮缜密，堪称向旧文学示威的代表！

背　影

我与父亲不相见已二年余了，我最不能忘记的是他的背影。

那年冬天，祖母死了，父亲的差使也交卸了，正是祸不单行的日子。我从北京到徐州，打算跟着父亲奔丧回家。到徐州见着父亲，看见满院狼藉的东西，又想起祖母，不禁簌簌地流下眼泪。父亲说："事已如此，不必难过，好在天无绝人之路！"

回家变卖典质，父亲还了亏空；又借钱办了丧事。这些日子，家中光景很是惨淡，一半为了丧事，一半为了父亲赋闲。丧事完毕，父亲要到南京谋事，我也要回北京念书，我们便同行。

到南京时，有朋友约去游逛，勾留了一日；第二日上午便须渡江到浦口，下午上车北去。父亲因为事忙，本已说定不送我，叫旅馆里一个熟识的茶房陪我同去。他再三嘱咐茶房，甚是仔细。但他终于不放心，怕茶房不妥帖；颇踌躇了一会。其实我那年已二十岁，北京已来往过两三次，是没有什么要紧的了。他踌躇了一会，终于决定还是自己送我去。我再三劝他不必去；他只说："不要紧，他们去不好！"

我们过了江，进了车站。我买票，他忙着照看行李。行李太多了，得向脚夫行些小费才可过去。他便又忙着和他们讲价钱。我那时真是聪明过分，总觉他说话不大漂亮,非自己插嘴不可,但他终于讲定了价钱;就送我上车。他给我拣定了靠车门的一张椅子;我将他给我做的紫毛大衣铺好座位。他嘱我路上小心,夜里警醒些,不要受凉。又嘱托茶房好好照应我。我心里暗笑他的迂;他们只认得钱,托他们直是白托!而且我这样大年纪的人,难道还不能料理自己么?唉,我现在想想,那时真是太聪明了!

我说道:"爸爸,你走吧。"他望车外看了看说:"我买几个橘子去。你就在此地,不要走动。"我看那边月台的栅栏外有几个卖东西的等着顾客。走到那边月台,须穿过铁道,须跳下去又爬上去。父亲是一个胖子,走过去自然要费事些。我本来要去的,他不肯,只好让他去。我看见他戴着黑布小帽,穿着黑布大马褂,深青布棉袍,蹒跚地走到铁道边,慢慢探身下去,尚不大难。可是他穿过铁道,要爬上那边月台,就不容易了。他用两手攀着上面,两脚再向上缩;他肥胖的身子向左微倾,显出努力的样子。这时我看见他的背影,我的泪很快地流下来了。我赶紧拭干了泪。怕他看见,也怕别人看见。我再向外看时,他已抱了朱红的橘子往回走了。过铁道时,他先将橘子散放在地上,自己慢慢爬下,再抱起橘子走。到这边时,我赶紧去搀他。他和我走到车上,将橘子一股脑儿放在我的皮大衣上。于是扑扑衣上的泥土,心里很轻松似的。过一会说:"我走了,到那边来信!"我望着他走出去。他走了几步,回过头看见我,说:"进去吧,里边没人。"等他的背影混入来来往往的人里,再找不着了,我便进来坐下,我的眼泪又来了。

近几年来,父亲和我都是东奔西走,家中光景是一日不如一日。他少年出外谋生,独力支持,做了许多大事。哪知老境却如此颓唐!他触目伤怀,自然情不能自已。情郁于中,自然要发之于外;家庭琐屑便往往触他之怒。他待我渐渐不同往日。但最近两年的不见,他终于忘却我的不好,只是惦记着我,惦记着我的儿子。我北来后,他写了一信给我,信中说道:"我身体平安,惟膀子疼痛厉害,举箸提笔,诸多不便,大约大去之期不远矣。"我读到此处,在晶莹的泪光中,又看见那肥胖的、青布棉袍黑布马褂的背影。唉!我不知何时再能与他相见!

【靓评】

真情至情,父子亲情

朱自清的《背影》只有1500多字,既没有深奥的哲理,更没有华丽的文辞,却那么动人,使人读后久久不能忘怀。原因在于作者是以最诚挚的态度抒写人生中平凡的一幕的!写的是真情、至情,父子深情。

通过洁净的文笔绘态传神,揭示主旨,这是朱自清散文艺术的典型手法。作者写父亲的对话都很简短,只有四次,但话短情深。四句都集中在送别时,这些话可谓语义平常,再简朴不过了,但其中却蕴含着千情万绪。

朱自清散文的最优之处乃是给人一种难以忘怀的亲切感。这种亲切感首先源自作者的"立诚"意识。散文和诗歌一样可以言志载道、抒情述怀，但由于它摆脱了音韵格律之类的束缚，使得在直抒胸臆上更贴近真实的心境。

今天有论者说《背影》的父爱陈旧低琐，其跨越路栏亦涉违规违行。如此偏见论者，无异责太阳中有黑斑，鸡蛋里找骨头，只能让人摇头叹息，益现知音之难，兴文之难！

绿

我第二次到仙岩的时候，我惊诧于梅雨潭的绿了。

梅雨潭是一个瀑布潭。仙瀑有三个瀑布，梅雨瀑最低。走到山边，便听见花花花花的声音；抬起头，镶在两条湿湿的黑边儿里的，一带白而发亮的水便呈现于眼前了。

我们先到梅雨亭。梅雨亭正对着那条瀑布；坐在亭边，不必仰头，便可见它的全体了。亭下深深的便是梅雨潭。这个亭踞在突出的一角的岩石上，上下都空空儿的；仿佛一只苍鹰展着翼翅浮在天宇中一般。三面都是山，像半个环儿拥着；人如在井底了。这是一个秋季的薄阴的天气。微微的云在我们顶上流着；岩面与草丛都从润湿中透出几分油油的绿意。而瀑布也似乎分外地响了。那瀑布从上面冲下，仿佛已被扯成大小的几绺；不复是一幅整齐而平滑的布。岩上有许多棱角；瀑流经过时，作急剧的撞击，便飞花碎玉般乱溅着了。那溅着的水花，晶莹而多芒；远望去，像一朵朵小小的白梅，微雨似的纷纷落着。据说，这就是梅雨潭之所以得名了。但我觉得像杨花，格外确切些。轻风起来时，点点随风飘散，那更是杨花了。——这时偶然有几点送入我们温暖的怀里，便倏地钻了进去，再也寻它不着。

梅雨潭闪闪的绿色招引着我们；我们开始追捉她那离合的神光了。揪着草，攀着乱石，小心探身下去，又鞠躬过了一个石穹门，便到了汪汪一碧的潭边了。瀑布在襟袖之间；但我的心中已没有瀑布了。我的心随潭水的绿而摇荡。那醉人的绿呀，仿佛一张极大极大的荷叶铺着，满是奇异的绿呀。我想张开两臂抱住她；但这是怎样一个妄想呀。——站在水边，望到那面，居然觉着有些远呢！这平铺着，厚积着的绿，着实可爱。她松松地皱缬着，像少妇拖着的裙幅；她轻轻地摆弄着，像跳动的初恋的处女的心；她滑滑地明亮着，像涂了"明油"一般，有鸡蛋清那样软，那样嫩，令人想着所曾触过的最嫩的皮肤；她又不杂些儿尘滓，宛然一块温润的碧玉，只清清的一色——但你却看不透她！我曾见过北京什刹海拂地的绿杨，脱不了鹅黄的底子，似乎太淡了。我又曾见过杭州虎跑寺旁高峻而深密的"绿壁"，重叠着无穷的碧草与绿叶的，那又似乎太浓了。其余呢，西湖的波太明了，秦淮河的又太暗了。可爱的，我将什么来比拟你呢？我怎么比拟得出呢？大约潭是很深的，故能蕴蓄着这样奇异的绿;仿佛蔚蓝的天融了一块在里面似的,这才这般的鲜润呀。——那醉人的绿呀!我若能裁你以为带,我将赠给那轻盈的舞女;她必能临风飘举了。我若能挹你以为眼,我将赠给那善歌的盲妹;她必明眸善睐了。我舍不得你;我怎舍得你呢?我用手拍着你,抚摩着你,如同一个十二三岁的小姑娘。我又掬你入口,便是吻着她了。我送你一个名字,我从此叫你"女儿绿",好么?

我第二次到仙岩的时候,我不禁惊诧于梅雨潭的绿了。

【靓评】

一切景语皆情语

朱自清原是一位诗人,写散文不失其诗人本色。他写散文"仍然能够满贮着那一种诗意"(郁达夫《中国新文学大系·散文集·导言》),他文中有画,画中有诗。梅雨潭醉人的绿便又是一幅醉人的画面。《绿》是作者早期游记《温州的踪迹》里的一篇,作于1924年2月8日,是一篇贮满诗意的美文。全篇只有5段文字,约1 200字,结构小巧。5段文字,画就流水、瀑布、飞花、碎玉,映衬出梅雨潭的奇异可爱。通过绿的潭水,来抒写作者之情。第一段只用了一句话:"我第二次到仙岩的时候,我惊诧于梅雨潭的绿了。"起笔突兀,却点了题,使读者对本文抒写的中心一目了然。

文章不仅取题为《绿》,也用"绿"自然地将全文勾连在一起。作者笔触缜密细致,不着痕迹,令人惊叹。

细 雨

> 东风里,
> 掠过我脸边,
> 星呀星的细雨,
> 是春天的绒毛呢。

【靓评】

《细雨》是朱自清1923年尝试创作的一首优美的小诗。以凝练、暗示的手法,极为俭省的笔墨勾勒出东风化雨、生机盎然的春风细雨图,渲染了一种清新轻盈的意境,真切地表达了诗人对春之来临的喜悦心情。

诗人在语言运用上颇见功力。特别是用"绒毛"来比喻春天的细雨,准确地抓住了具体物象的特征,贴切地把春雨的纤细、轻忽、暖融等特点形容到位了。以"星"形容雨之细小,已是不同凡响,然后,"绒毛"之喻则更是直诉人的视觉、感觉和触觉,不仅把"星"具体化了,而且也点明了"东风里"这一特定环境,从而进一步把春雨这一形象强化了,真切地表达了诗人对春之来临的喜悦心情。

现代诗四首

北河沿的路灯

有密密的毡儿,
遮住了白日里繁华灿烂。
悄没声的河沿上,
满铺着寂寞和黑暗。

只剩城墙上一行半明半灭的灯光,
还在闪闪烁烁地乱颤。
他们怎样微弱!
但却是我们唯一的慧眼!

他们帮着我们了解自然;
让我们看出前途坦坦。
他们是好朋友,
给我们希望和慰安。

祝福你灯光们,
愿你们永久而无限!

不足之感

他是太阳,
我像一支烛光;
他是海,浩浩荡荡的,
我像他的细流;
他是锁着的摩云塔,
我像塔下徘徊者。

他像鸟儿,有美丽的歌声,
在天空里自在飞着;
又像花儿,有鲜艳的颜色,
在乐园里盛开着;
我不曾有什么,

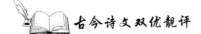

只好暗地里待着了。

灯光

那泱泱的黑暗中熠耀着的
一颗黄黄的灯光呵,
我将由你的熠耀里,
凝视她明媚的双眼。

光明

风雨沉沉的夜里,
前面一片荒郊。
走尽荒郊,
便是人们的道。
呀!黑暗里歧路万千,
叫我怎样走好?
"上帝!快给我些光明罢,
让我好向前跑!"
上帝慌着说,"光明?
我没处给你找!
你要光明,
你自己去造!"

旧诗四首

杂感

万千风雨逼人来,世事都成劫里灰。
秋老干戈人老病,中天皓月几时回?

古风

举步荆榛,极目烟尘,请君看此好河山。
薄冰深渊,持危扶颠,吾侪相勉为其难。
同学少年,同学少年,一往气无前。
极深研几,赏奇析疑,毋忘弱时荷肩。
殊途同归,矢志莫违,吾侪所贵者同心。
切莫逡巡,切莫浮沉,岁月不待人。

平生感怀

盛年今已尽蹉跎,游骑无归可奈何?

转眼行看四十至,无闻还畏后生多。
前尘项背遥难望,当世权衡苦太苛。
剩欲向人贾余勇,漫将顽石自磋磨。

赠丰子恺

洲渊黄叔度,语默与时殊。浩荡月光曲,风华儿女图。
劳歌空自惜,烂醉任人扶。近闻依净土,还忆六凡无?

【靓评】

朱自清在扬州生活了13年,在这里度过了他的童年时期和少年时期。对于古城这段生活,他的感受是微妙、复杂的。大概是生活过于单调,所以他后来曾说,儿时的记忆只剩下"薄薄的影","像被大水洗了一般,寂寞到可惊程度!"但是,在漫长曲折的人生旅途上,儿时毕竟是首发的"驿站"。扬州是一个风景秀丽的文化城,其湖光山色,风物宜人,曾使多少诗人如李白、杜甫、苏东坡、欧阳修等流连于此,寻幽探胜,写下许多脍炙人口的瑰丽诗章。扬州也是一个英雄的历史城,在抵御异族侵略的历史上,曾谱写下无数辉煌的篇章,留下许多可歌可泣的故事。古城的绮丽风光和浓郁的崇尚文化的风气,于无形中陶冶着少年朱自清的性情,养成他和平中正的品性和向往自然美的情趣。而扬州美丽的山水,更如雨露般滋润他的心灵,哺育他的感情,丰富他的想象力,使他的情怀永远充溢着诗情和画意。扬州,这座历史文化名城,对他的影响是潜移默化的,又是深远的。1916年中学毕业后,朱自清考入北京大学预科。1919年2月写的《睡罢,小小的人》是他的新诗处女作。他是五四爱国运动的参加者,受五四浪潮的影响走上文学道路。毛泽东曾赞扬过朱自清的骨气,说他"一身重病,宁可饿死,不领美国'救济粮'"。1920年他于北京大学哲学系毕业后,在江苏、浙江一带中学教书,积极参加新文学运动。1922年和俞平伯等人创办《诗》月刊,这是新诗诞生时期最早的诗刊。他是早期文学研究会会员。1923年发表长诗《毁灭》,这时还写过《桨声灯影里的秦淮河》等优美散文。1925年8月到清华大学任教,开始研究中国古典文学;创作则以散文为主。1927年写的《背影》《荷塘月色》都是脍炙人口的名篇。1931年留学英国,漫游欧洲,回国后写成《欧游杂记》。1932年9月任清华大学中文系主任。1937年抗日战争爆发,随校南迁至昆明,任西南联大教授,讲授"宋诗""文辞研究"等课程。这一时期曾写过散文《语义影》。1946年由昆明返回北京,任清华大学中文系主任。1947年,朱自清在《十三教授宣言》上签名,抗议当局任意逮捕群众。朱自清晚年身患严重的胃病,他每月的薪水仅够买3袋面粉,全家12口人吃都不够,更无钱治病。当时,国民党勾结美国,发动内战,美国又执行扶助日本的政策。一天,吴晗请朱自清在《抗议美国扶日政策并拒绝领美援面粉》的宣言书上签字,他毅然签了名并说:"宁可贫病而

死,也不接受这种侮辱性的施舍。"这年(1948年)8月12日,朱自清贫困交加,在北京逝世。临终前,他嘱咐夫人:"我是在拒绝美援面粉的文件上签过名的,我们家以后不买国民党配给的美国面粉。"朱自清一身重病,宁可饿死也不领美国的"救济粮",表现了中国人的骨气。朱自清病逝后,安葬在香山附近的万安公墓,墓碑上镌刻着"清华大学教授朱自清先生之墓"。1990年,其夫人陈竹隐去世,与先生合葬在一起。朱自清走上文学道路,最初以诗出名,发表过长诗《毁灭》和一些短诗,收入《雪朝》和《踪迹》。从20世纪20年代中期起,致力于散文创作,著有散文集《背影》《欧游杂记》《你我》《伦敦杂记》和杂文集《标准与尺度》《论雅俗共赏》等。他的散文,有写景文、旅行记、抒情文和杂文随笔诸类。先以缜密流丽的《桨声灯影里的秦淮河》《荷塘月色》等写景美文,显示了白话文学的实绩;继以《背影》《儿女》《给亡妇》等至情之作,树立了文质并茂、自然亲切的"谈话风"散文的一种典范;最后以谈言微中、理趣盎然的杂感文,实现了诗人、学者、斗士的统一。他对建设平易、抒情、本色的现代语体散文做出了贡献。作为学者,朱自清在诗歌理论、古典文学、新文学史和语文教育诸方面研究上都有实绩。论著有《新诗杂话》《诗言志辨》《经典常谈》、《国文教学》(与叶圣陶合著)和讲义《中国新文学研究纲要》等。著述收入《朱自清全集》。朱自清一生勤奋,共有诗歌、散文、评论、学术研究著作26种,约200多万言。遗著编入《朱自清集》《朱自清诗文选集》等。

闻一多

闻一多(1899—1946):本名闻家骅,字友三,生于湖北省黄冈市浠水县,中国现代伟大的爱国主义者,坚定的民主战士,中国民主同盟早期领导人,中国共产党的挚友,新月派代表诗人和学者。

1912年考入清华大学留美预备学校。1916年开始在《清华周刊》上发表系列读书笔记。1925年3月在美国留学期间创作《七子之歌》。1928年1月出版第二部诗集《死水》。1932年闻一多离开青岛,回到母校清华大学任中文系教授。1946年7月15日在云南昆明被国民党特务暗杀。

最后一次讲演

这几天,大家晓得,在昆明出现了历史上最卑劣最无耻的事情!李先生究竟犯了什么罪,竟遭此毒手?他只不过用笔写写文章,用嘴说说话,而他所写的,所说的,都无非是一个没有失掉良心的中国人的话!大家都有一支笔,有一张嘴,有什么理由拿出来讲啊!有事实拿出来说啊!(闻先生声音激动了)为什么要打要杀,而且又不敢光明正大地来打来杀,而偷偷摸摸地来暗杀!(鼓掌)这成什么话?(鼓掌)

今天,这里有没有特务?你站出来!是好汉的站出来!你出来讲!凭什么要杀死李先生?(厉声,热烈的鼓掌)杀死了人,又不敢承认,还要诬蔑人,说什么"桃色事件",说什么共产党杀共产党,无耻啊!无耻啊!(热烈的鼓掌)这是某集团的无耻,恰是李先生的光荣!李先生在昆明被暗杀,是李先生留给昆明的光荣!也是昆明人的光荣!(鼓掌)

去年"一二·一"昆明青年学生为了反对内战,遭受屠杀,那算是青年的一代献出了他们最宝贵的生命!现在李先生为了争取民主和平而遭受了反动派的暗杀,我们骄傲一点说,这算是像我这样大年纪的一代,我们的老战友,献出了最宝贵的生命!这两桩事发生在昆明,这算是昆明无限的光荣!(热烈的鼓掌)

反动派暗杀李先生的消息传出以后,大家听了都悲愤痛恨。我心里想,这些无耻的东西,不知他们是怎么想法,他们的心理是什么状态,他们的心怎样长的!(捶击桌子)其实简单,他们这样疯狂地来制造恐怖,正是他们自己在慌啊!在害怕啊!所以他们制造恐怖,其实是他们自己在恐怖啊!特务们,你们想想,你们还有几天?你们完了,快完了!你们以为打伤几个,杀死几个就可以了事,就可以把人民吓倒了吗?其实广大的人民是打不尽的,杀不完的!要是这样可以的话,世界上早没有人了。

你们杀死一个李公朴,会有千百万个李公朴站起来!你们将失去千百万的人民!你们看着我们人少,没有力量?告诉你们,我们的力量大得很,强得很!看今天来的这些人都是我们的人,都是我们的力量!此外还有广大的市民!我们有这个信心:人民的力量是要胜利的,真理是永远存在的。历史上没有一个反人民的势力不被人民毁灭的!希特勒,墨索里尼,不都在人民之前倒下去了吗?翻开历史看看,你们还站得住几天!你们完了,快了!快完了!我们的光明就要出现了。我们看,光明就在我们眼前,而现在正是黎明之前那个最黑暗的时候。我们有力量打破这个黑暗,争到光明!我们的光明,恰是反动派的末日!(热烈的鼓掌)

现在司徒雷登出任美驻华大使,司徒雷登是中国人民的朋友,是教育家,他生长在中国,受的美国教育。他住在中国的时间比住在美国的时间长,他就如一个中国的留学生一样,从前在北平时,也常见面。他是一位和蔼可亲的学者,是真正知道中国人民的要求的,这不是说司徒雷登有三头六臂,能替中国人民解决一切,而是说美国人民的舆论抬头,美国才有这转变。……

李先生的血不会白流的!李先生赔上了这条性命,我们要换来一个代价。"一二·一"四烈士倒下了,年青的战士们的血换来了政治协商会议的召开;现在李先生倒下了,他的血要换取政协会议的重开!(热烈的鼓掌)我们有这个信心!(鼓掌)

"一二·一"是昆明的光荣,是云南人民的光荣。云南有光荣的历史,远的如护国,这不用说了,近的如"一二·一",都属于云南人民的。我们要发扬云南光荣的历史!(听众表示接受)

反动派挑拨离间,卑鄙无耻,你们看见联大走了,学生放暑假了,便以为我们没有力量了吗?特务们!你们看见今天到会的一千多青年,又握起手来了,我们昆明的青年决不会让你们这样蛮横下去的!

反动派,你看见一个倒下去,可也看得见千百个继起的!

正义是杀不完的,因为真理永远存在!(鼓掌)

历史赋予昆明的任务是争取民主和平,我们昆明的青年必须完成这任务!

我们不怕死,我们有牺牲的精神!我们随时像李先生一样,前脚跨出大门,后脚就不准备再跨进大门!(长时间的鼓掌)

【靓评】

震撼人心,"最后一次演讲"

抗日战争胜利后美国和蒋介石政府内外勾结,策划反共反人民的内战,遭到全国人民的反对,"反内战、反独裁"的爱国主义运动在全国范围内蓬勃兴起,国民党反动派冒天下之大不韪,一方面撕毁政协会议,派兵向解放区大举进攻;另一方面,在他们暂时统治的区域制造白色恐怖,甚至采取暗杀手段疯狂镇压人民。

1946年7月11日,著名的爱国民主战士李公朴先生在昆明遇害。7月15日,云南大学召开追悼李公朴先生的大会,闻一多先生主持了这次大会,会上混入了国民党分子,在李公朴夫人血泪控诉的过程中,他们毫无顾忌,说笑取闹,扰乱会场,使人们忍无可忍,李夫人刚刚离开讲台,闻一多先生就拍案而起,满腔悲愤地发表了这一篇演讲。会后闻一多先生又参加了记者招待会,在他离社返家途中,被特务分子暗杀了。这篇演讲就成了他的"最后一次演讲"。

虽然闻先生已经不在人世,但其浩然正气激励着无数爱国志士与后来者,使他们在争取和平民主的斗争中奋力拼搏,甚至献出了宝贵的生命。正是因为有许许多多像李公朴、闻一多先生一样的敢为正义而不惜牺牲生命的革命先烈前赴后继的奋斗,才取得了民主革命的胜利,才有了今天和平的新中国。

演讲中,闻一多先生在严厉声讨反动派的无耻罪行和卑劣行径的同时,也高度颂扬了李先生为民主与和平而献身的爱国主义精神,而且还号召广大人民群众站起来,一起与反动派做坚决的斗争。其无论是在演讲的思想内容还是在演讲的语言技巧上,都可以说是一次杰出的演讲,是值得探讨的。

开篇,开门见山,别致新奇。既然是悼词,一般来说,开始是致哀或者述亡者的生平。但闻先生却别出心裁,一反常规,采取"开门见山"的手法,先声夺人,直趋主题。"这几天,大家晓得,在昆明出现了历史上最卑劣最无耻的事情!"演讲者一开始便义正词严地痛斥国民党反动派的无耻罪行。"最卑劣最无耻""失掉良心的中国人""偷偷摸摸地来暗杀"更是表现演讲者当时义愤填膺的愤怒,表明了立场和所持的态度,是支持革命的。内容表达形式多变,各个小节都以其各自的形式为主题服务,思路清晰,脉络分明。采用不同的表达方式,避免了繁杂拖沓之感,而且另有新意。

第一,对比手法的应用:演讲者把不同的人物置于明暗对比鲜明的角度,故意拉大两者距离,并赋予其不同的情感色彩,从而达到更佳的表达效果。如在第二节中,"这是某集团的无耻,恰是李先生的光荣!"把反动派与李公朴置于对比的立场,以反动派的"耻"衬托李先生的"荣",又以李先生的"荣"反衬反动派的"耻",两者互为作用。在强烈的对比中,表现对反动派的愤怒与蔑视,和对李先生的赞扬,充分表达出闻一多先生大义凛然、爱憎分明的爱国主义感情。

第二,心理的描述:通过心理的剖析,往往可以知道某些行为举止的真实意图。心理战术的抨击,往往也是最直接、最有杀伤力、最易致敌人于万劫不复的战术。演讲者巧妙地运用了这一点.如在第四节中:"不知他们是怎么想法,他们的心理是什么状态,他们的心是怎样长的!其实简单,他们这样疯狂地来制造恐怖,正是他们自己在慌啊！在害怕啊！所以他们制造恐怖，其实是他们自己在恐怖啊！"他们"制造恐怖"，根本原因是"他们自己在恐怖"，心理的剖析，一针见血地戳穿敌人的虚弱本质，向时代证明敌人不过是只"纸老虎"，给予敌人压力，给予人民动力。

第三，举例引证：俗话说，事实胜于雄辩。用事实说理，可以让反动派的把戏不攻自破，加强说服力。文本第三段中列举了"一二·一"事件和李公朴被害惨案，在赞扬李先生和昆明青年的伟大献身精神的同时，揭露反动派反革命、反人民、搞谋杀的险恶企图。第五段中，列举希特勒、墨索里尼的例子，证明反动派必败、人民必胜的真理。

除此之外，这篇演讲还运用了丰富的语言的表现手法。例如：① 感叹句的运用。闻一多先生的这次讲演最大的一个特色是多用感叹句。用感叹句表达强烈的感情，是对反动派的无耻和卑劣行径的怒不可遏的血泪控诉，是对李先生殉难的悲痛和对李先生爱国主义精神的高度的赞扬，是情感的喷发，是心灵的怒吼。感叹语句，短促而有力，表达效果强烈。② 反诘句的运用。例如："你们看着我们人少，没有力量？告诉你们，我们的力量大得很，强得很！""希特勒，墨索里尼，不都在人民之前倒下去了吗？"运用反诘句，加强了肯定的语气，使感情表达更强烈、更震撼人心。

文本的结语写得铿锵有力。古人写文章都讲究"凤头，猪肚，豹尾"，所以，一般说来，好的文章必然会有好的开始和好的结局。闻一多先生在结束语中，把主题升华到另一个高度，"我们不怕死，我们有牺牲的精神！我们随时像李先生一样，前脚跨出大门，后脚就不准备再跨进大门！"以发出号令的形式向敌人发出一战到底的挑战，也在向世人宣告，不仅他闻一多，还有千千万万的中国人将会站立起来，与反动派决一雌雄，同时表达了广大人民抗战到底的决心和信心。纵观全场演讲，可谓感情强烈，到了激昂之处，其感情以肢体语言进行表达和发泄——捶击桌子（这是无声语言表达的一种方式，这是一种情感愤怒到极点的声音）。可以说，闻一多先生说的每一个字、每一句话都在表达一种感情、一种思想，而且语言简洁明了，通俗易懂，多用口语，但又没有使演讲流于空乏、累赘。

这是一次非常成功的演讲！是一篇激励的战斗檄文！是一个唤起人民觉醒的施号令，同时也是爱国民主人士的战斗宣言！

死　水

这是一沟绝望的死水，
清风吹不起半点漪沦。
不如多扔些破铜烂铁，
爽性泼你的剩菜残羹。

也许铜的要绿成翡翠,
铁罐上绣出几瓣桃花;
再让油腻织一层罗绮,
霉菌给他蒸出些云霞。

让死水酵成一沟绿酒,
漂满了珍珠似的白沫;
小珠们笑声变成大珠,
又被偷酒的花蚊咬破。

那么一沟绝望的死水,
也就夸得上几分鲜明。
如果青蛙耐不住寂寞,
又算死水叫出了歌声。

这是一沟绝望的死水,
这里断不是美的所在,
不如让给丑恶来开垦,
看他造出个什么世界。

【靓评】

看似鲜艳、实则丑恶之物象

闻一多诗学不但具有独特的现代性意义,而且富有深广的古典文化蕴涵,从文学到文化的跨越,是闻一多作为一个现代诗人和学者的重要特征。

闻一多在创建格律体时,提出了具体的主张,就是三美:包括音乐的美,绘画的美,还有建筑的美。音乐美是诗歌从听觉方面来说的,包括节奏、平仄、重音、押韵、停顿等各方面,要求和谐,符合诗人情绪,流畅而不拗口——这一点不包括为特殊效果而运用声音。

绘画美是指诗歌的词汇应该尽力去表现颜色,表现一幅幅色彩浓郁的画面。建筑美是指针对自由体提出来的,指诗歌每节之间应该匀称,各行诗句应该一样长——这一样长不是指字数完全相等,而是指音尺数应一样多,这样格律诗就有一种外形的匀称均齐。

《死水》是闻一多最著名的诗歌作品之一,又属于诗人"死水"时期诗风转变的重要代表。

这首诗后面曾署有一个写作时间：1925年4月。据今人考证，实际的写作时间应该是1926年4月，即诗人回国之后。老诗人饶孟侃回忆说："《死水》一诗，即君偶见西单二龙坑南端一臭水沟有感而作……"(《诗词二题》，原载《诗刊》1979年第8期)也就是说，"死水"就是这一沟的臭水，其中填满了"破铜烂铁"，残羹冷炙在水中沉浮……引起了闻一多对其他事物的联想。"死水"是具有文化意义、社会意义的，按照惯常的说法，也就是"祖国"。

　　闻一多是如何将祖国与这沟臭不可闻的"死水"联系起来的呢？这还得从诗人爱国主义观念、民族主义意识的实际演化说起。

　　必须指出的是，所谓"爱国诗人"并不是可以运用于任何时代与任何诗人的名词，诗人的爱国特征(也包括他的民族主义意识)有它特定的背景条件，比方说国破家亡、民族危机爆发之际，比方说背井离乡、浪迹海外的时候。闻一多作为引人瞩目的"爱国诗人"，还是在他留学美国的时候。在现代工业文明的浓烟滚滚、人声鼎沸之中，在西方文化的强大压力之下，诗人无限眷恋那"宁静""和谐"的"家乡"，在他的心中，那里芦花纷飞、月色溶溶，"有高超的历史"，"有逸雅的风俗"，"金的黄玉的白，春酿的绿，秋山的紫"，落英缤纷(参见《孤雁》《忆菊》《太阳吟》等篇章)。显然，在这种特殊的环境与心境之中，闻一多所热爱的"祖国"是理想化的祖国、纯净化的祖国。也只有这样理想的光芒和纯净的品格才足以让他"出淤泥而不染"，保持着东方式的"高洁"。

　　但是，梦幻迟早是要破灭的，尤其是对于尊重现实、反对伪饰的闻一多，当他刚一踏上思念已久的祖国，就完全失望了。在一个封建、落后、保守、顽愚的社会里，所有的宁静与和谐都不过是一厢情愿的幻想，经济落后，政府腐败，军阀混战，民众愚弱，这才是活生生的现实。于是，所有"大希望之余的大失望"都聚集了起来，终于在一个偶然的机会，与北京西单的这沟"死水"重叠在了一起，——或许，是"死水"之腐朽停滞让诗人联想到了不思进取的中国，或许，是"死水"的恶臭污浊再一次击碎了他落英缤纷的梦境，从而刺激着他痛苦地调整自己的"乡情"吧！

　　诗歌题为"死水"，但诗却并没有怎么描写"死水"本身的客观形象，而是面对"死水"引出的一系列想象，一系列泄愤式的诅咒。闻一多似乎还觉得这沟死水还污秽得不够，丑恶得不够，他发着誓要丑上加丑，乱上加乱，把"死水"搅拌得油腻腻、红鲜鲜，让它发酵、生霉！闻一多说过："只有少数跟我很久的朋友(如梦家)才知道我有火，并且就在《死水》里感出我的火来。"这种泄愤就是他"火气"的表现了。

　　全诗共分五节，前四节都在具体描写诗人是如何"调弄"这沟死水的。他的第一个行动便是"添乱"：扔进破铜烂铁，泼入剩菜残羹。不久，这些行动就产生了效果，在"死水"的浸泡中，铜氧化成了绿绿的模样，铁也锈迹斑斑，剩菜残羹的油腻则浮动在水面上，又因霉变生菌而变得五颜六色。随着时间的推移，这些氧化的金属、发霉的饭菜又都发了酵,于是,"死水"便成了一沟泛着绿光的"酒"。它"漂满了珍珠似的白沫",上面蚊蝇横飞,乌烟瘴气。至此,"死水"算是鲜艳夺目、光彩照人了,于是,几声青蛙的鸣叫传来,又为寂静的世界添上了几分热闹。

传统的诗歌阐释一般都倾向认为,这些看似鲜艳、实则丑恶的物象就是"反动统治者"的象征,旧中国就是这样的"金玉其外,败絮其中"。本诗是诗人自己想象中要完成的"行动",不是反动军阀将"死水"变成这"绿酒",而是闻一多立下志愿要把它变成"绿酒"!

那么,诗人不是太有点"残酷"了吗?其实不然,正如俗话所说:"爱之愈深,恨之愈切。"诗人如此看重,如此计较,又如此地忍受不了这沟"死水"的刺激,实在是因为他太希望"死水"不"死"呀!他多么愿意自己曾经魂牵梦萦的祖国一如想象中的光华美丽,而当现实世界里所发生的一切是这样出人意料,这样让他悲观绝望时,他能不因猝然的失落而心理失衡吗?又能不情绪性地咒骂几句、呻吟几声吗?如果我们能够理解现代中国的知识分子对祖国的期望是如此强烈,又能够理解这一期望与现实人生的深刻矛盾,那么也就不难接受在中国现代文化史上普遍存在的这一"诅咒心态"。诅咒者并不是汉奸,不是中国的敌人,他们实实在在都是一群热血男儿!相反,冷漠与无原则的赞颂才是最可怕的,也是最可警惕的!鲁迅说过,来到中国的外国人,如若有对中国大加诅咒的,他真心地欢迎(大意如此)。又有的同志出于维护闻一多的"爱国"形象,将"丑恶"喻为革命力量,说闻一多是隐晦地呼唤革命,我认为这既是生硬的,也完全没有必要。闻一多作为"爱国"诗人,根本无需后人替他做什么辩护!至于情绪性诗歌的特殊含意,我想也并不难为人们所接受。

《死水》一诗也是闻一多追求诗歌"三美"的典范之作。

春 光

静得像入定了的一般,那天竹,
那天竹上密叶遮不住的珊瑚;
那碧桃;在朝暾里运气的麻雀。
春光从一张张的绿叶上爬过。
蓦地一道阳光晃过我的眼前,
我眼睛里飞出了万支的金箭,
我耳边又谣传着翅膀的摩声,
仿佛有一群天使在空中逻巡……
忽地深巷里迸出了一声清籁:
"可怜可怜我这瞎子,老爷太太!"

【靓评】

多层次的体验与把握

　　这首诗充分地体现了闻一多诗歌创作的一个重要的思维方式：对世界的多层次体验与把握。中国古典诗人是一种超层次感的整体思维，它寻求把世界看作浑融的圆实的一个整体，反对将它进行分层次的有条理的解释、分析。这样，在中国古典诗歌作品当中，客观世界的意义总是统一的，它内部的各个意象都具有相同方向的"所指"，绝无旁逸斜出之语、矛盾混乱之言。例如王维《使至塞上》："单车欲问边，属国过居延。征蓬出汉塞，归雁入胡天。大漠孤烟直，长河落日圆。萧关逢候骑，都护在燕然。"诗中，单车、征蓬、塞外、归雁、大漠、孤烟、长河、落日等一系列的意象都具有相同的意义指向，即苍茫、荒寂。最末一句"萧关逢候骑，都护在燕然"，写作者在出使的途中遇到"候骑"（即侦察兵），知道最高的戍边将军还在更远更远的地方，本来就已经是苍凉的塞外景致了，没曾想到这还仅仅是出使的中途，其心境就可想而知了。这样，全诗的意义始终是浑然统一的。

　　而《春光》却采撷了意义并不相同的两套意象，它们互相矛盾、分裂，完全不能统一在我们的审美经验之中。

　　第一套意象倒的确是"看"，诗人满怀兴致地描绘了一幅让人心旷神怡的春光图。首先是声音，最初是"静得像入定了的一般"，接着仿佛听见了鸟儿轻微的呼吸声，麻雀"在朝暾里运气"，最后传来"翅膀的摩声"。随着声音出现在诗人眼前的便是色彩，绿天竹、红珊瑚、碧桃、金色的阳光。总之，由静而动，由暗而明，春天五彩缤纷、生机盎然的景象都淋漓尽致地表现了出来。

　　第二套意象却完全是来自另一个世界，幽暗深远的小巷，衣衫褴褛的盲人，他有枯瘦如柴的身躯、肮脏干裂的手掌，随风发出一声凄厉的呼唤："可怜可怜我这瞎子，老爷太太！"对于这位沿街乞讨的盲人而言，什么春光明媚，什么万象更新都毫无意义，他衣不蔽体、食不果腹，完全还生活在寒冷的冬季，或者说在他的世界里根本无所谓什么季节的轮回，他只知道一年头都得为维持最基本的生存而乞讨。

　　两套意象间的矛盾对立关系是显而易见的。在通常的意义上，它们是不会同时出现在一首诗当中的，要么就是阳光明媚的"春喜"："日出江花红胜火，春来江水绿如蓝。"（白居易）要么就是心烦意乱的"春怨"："打起黄莺儿，莫教枝上啼。啼时惊妾梦，不得到辽西。"（金昌绪）《春光》中第一套意象属于"春喜"，第二套意象则属于"春怨"。

　　但是闻一多就这样地将两套意象收拢在一起，并列于"春光"之中，这就是所谓的"多层次体验与把握。"从表面上看，这样的思维方式似乎颇有些破碎分裂，没有中国古典诗歌那样的圆融无隙；但其实，这样的破碎分裂倒是恰到好处地显示了世界本身的多层次结构,所谓破碎分裂本身就是世界的真实状态,而和谐、圆润却不过是诗人的理想罢了。现代中国诗人取得自己独立价值的首要因素就是"撕下假面来,大胆地看取社会和人生"。《死水》时期的闻一多,就是敢于撕下假面的现代诗人。他发现:生命的活跃仅仅是春天的表层意象,它的里层却照样充满生命的枯萎和衰败;快乐和轻快是表层,而辛酸、痛苦是里层。在这两层意象之间,还"有一群天使在空中逻巡",诗人利用这几组意象间的矛盾关系互相对抗、彼此消解,从而表现了他对现实世界及其人生境况的几许揶揄、几许讽刺!由此可见,没有"多层次"的体验、"多层次"的表现,也就不可能有诗本身的复杂意蕴。

古典诗追求的是"统一",而现代诗则追求"复杂"。

黄　昏

黄昏是一头迟笨的黑牛,
一步一步地走下了西山;
不许把城门关锁得太早,
总要等黑牛走进了城圈。

黄昏是一头神秘的黑牛,
不知他是哪一界的神仙——
天天月亮要送他到城里,
一早太阳又牵上了西山。

【靓评】

冷峻的目光,特殊的匠心

闻一多的咏景诗,常有一种低回而蕴藉的境界,凄凉悲怆、冷眼深情是绝大多数诗作的基调;尤其在《死水》时期,诗人那冷峻深邃的目光更是时常穿透景物的表象,挖掘出现实世界深处的阴暗和猥亵。但在《黄昏》一诗中,诗人却一反沉雄深挚的风格,运用一种儿歌式的轻松自如的语调,简洁明朗地描绘了"黄昏"景色,给人以新奇、独特的艺术享受。

全诗仅两节,语言晓畅、音韵和谐,有一种明显的民族化、儿歌化的倾向。诗人展开想象的奇异的翅膀,巧妙地将黄昏时分的夜色比作"一头迟笨的黑牛"。这个乍看粗俗莽重的比喻,实则包蕴了诗人特殊的创作灵感和艺术匠心。它使素来在文学中表现为晦暗、朦胧、神秘的黄昏景色,具有了新鲜灵异的动感,仿佛不是停留在外界,而是一下子撞进了读者心里。接着,诗人又紧紧抓住"黑牛"这一喻体的特点,将黄昏逐渐推进、夜色愈深愈浓这一抽象的客观景象,附丽在喻体的行动中,加以形象直观地表现。随着夕阳的逝去,黑牛"一步一步地走下了西山;不许把城门关锁得太早,总要等黑牛走进了城圈"。夜幕渐渐笼罩,世界的景象清晰地呈现在读者面前,同时这景象又被注入生命的质感,显得自由、洒脱而又充满内在活力。诗人感慨于黄昏景色的浪漫,更感慨于造物主设置了黄昏这一日与夜、光明与黑暗更替的时分。当夜色渐渐浸渍了一切景物的时候,诗人陷入了宁静的沉思。

在第二节中,语调更加自然舒缓,字里行间透出一种追寻时间奥秘的哲思。诗人进一步加深"黑牛"这一比喻的内涵,突出了黄昏的精妙和"神秘"。那貌似"迟笨"的"黑牛"却不知是"哪一界的神仙——"得以区别光与暗,产生日夜更替,循环流走的时光之河。"天天月亮要送他到城里,一早太阳又牵上了西山。"虽然没有凝重的诘问,悠长的感叹,但一种任时光匆匆而逝的被动感却已跃然纸上,使读者不能不透过字面,产生深切的沉思。黄昏是如此平凡、如此常见,刚刚送走又匆匆迎回,周而复始,但人的生命也正在这一个个黄昏缀成的隧道中蜗行前进,随着时光而消逝。无论有意还是无意,那"迟笨的黑牛"不正给人一种死亡意象的感受吗?诗人不愿将对生命与时光的思索表现得过于沉重,采用儿歌的语言,一方面将诗作中的沉重冲淡,一方面又简洁凝练,点到为止,给读者留下了思考余地。

一个观念

你隽永的神秘,你美丽的谎,
你倔强的质问,你一道金光,
一点儿亲密的意义,一股火,
一缕缥缈的呼声,你是什么?
我不疑,这因缘一点也不假,
我知道海洋不骗他的浪花。
既然是节奏,就不该抱怨歌。
啊,横暴的威灵,你降伏了我,
你降伏了我!你绚缦的长虹——
五千多年的记忆,你不要动,
如今我只问怎么抱得紧你……
你是那样的横蛮,那样的美丽!

【靓评】

痴情的倾诉,自豪的夸耀

《一个观念》见于诗集《死水》,是闻一多爱国诗篇的代表作。后来,闻一多在编《中国新诗选》时,又将《一个观念》和《发现》选入,并改题《诗二首》。这足以见出诗

人对这首诗的喜爱和重视。

1925年夏,带着强烈的爱国热情的闻一多回到了他日思夜想的祖国。可是,展现在他眼前的是军阀混战、生灵涂炭、内忧外患、民不聊生,他在国外时想象的"如花的祖国"满目疮痍,正处在水深火热之中,他失望、愤懑,迸着血泪沉痛地呼喊"这不是我的中华"(《发现》)。然而,作为祖国最忠诚儿子,作为在祖国几千年历史文明的熏陶、哺育下成长起来的,对祖国灿烂辉煌的历史文化有着无比深厚感情和自豪感的诗人,面对祖国的灾难,他没有绝望沉沦,袖手旁观,而是直面惨淡的现实,以骄傲、亮丽的诗句夸耀、赞美我们的民族,反抗帝国主义列强对中国的践踏蹂躏、殖民主义者对中国人的歧视凌辱。在《我是中国人》中,诗人无比自豪地宣告"我是中国人,我是中国人,……我的种族是一条大河,/我们流下了昆仑山坡,/我们流过了亚洲大陆,/我们流出了优美的风俗。"诗人又深情地唱着:"伟大的民族!伟大的民族!/……我们将来的历史是一滴泪,/我的泪洗净人类的悲哀;/我们将来的历史是一声笑,/我的笑驱尽宇宙的烦恼。"诗人多么希望中国富强,多么希望用新的国家观念使人们的思想统一起来,使中国不再是一盘散沙啊!《一个观念》便是诗人这种希望的具体表现,是他爱国痴情的倾诉。"一个观念",实际上是他理想的爱国观念。

"观念"本是抽象的,但是诗人用自己的感情,赋予他的理想的爱国观念以血肉,努力把它表现得形象化。首先,诗人运用拟人手法,将祖国称为第二人称的"你",自然而亲切,使人感到诗人仿佛就依偎在祖国母亲的身旁,热情激荡,倾诉衷肠。其次,诗人连着用七个比喻,把"一个观念"写具体了:

你隽永的神秘,你美丽的谎,

你倔强的质问,你一道金光,

一点亲密的意义,一股火,

一缕缥缈的呼声,你是什么?

诗人在倒装的句式中痴情追问"祖国"这个"观念"到底是什么。他采用比喻的手法予以了回答。我们的祖国幅员辽阔,物产富饶,山河壮丽,人才辈出,历史悠久,文化灿烂,贡献卓越,业绩辉煌。她"隽永的神秘"耐人寻味,催人不懈地探索;她"倔强的质问"启迪心智,促人不断地思考;她像"一道金光"璀璨夺目,令人为之晕眩;她像"一股火"蕴藏着巨大的能量、勃勃的生机,能燃烧起华夏子孙强烈的民族自豪感,升腾起捍卫民族独立、尊严的雄心壮志;她庄严神圣,又有"一点亲密的意义",给人无限的温暖;她是如此的"美丽"妩媚,如此的"缥缈"幽深,而如今又不免显得微弱,以致她的灿烂辉煌近乎谎言一般难以令人置信了。七个比喻,新鲜贴切,含蓄蕴藉,既形象地表现了"一个观念"究竟是什么,又曲折深刻地表现了闻一多对祖国的一往情深。

钱钟书先生在《宋诗选注》中谈到苏轼时说:"他在风格上的大体特色是比喻丰富、新鲜和贴切,而且在他的诗里还看得到宋代讲究散文的人所谓'博喻'或者西洋人所称道的莎士比亚式的比喻,用一连串五花八门的形象来表达一件事物的一个方面或一种状态。这种描写和衬托的方法仿佛是采用了旧小说里讲的'车轮战法',连一接二地搞得那件事物应接不暇,本相毕现,降伏在诗人的笔下。""我们试看苏轼的《百步洪》第一首里写水波冲泻的一段:'有如兔走鹰隼落,骏马下注千丈波,断弦离柱箭脱手,飞电过隙珠翻荷。'四句七种形象,错综利落……上古理论家早已着重诗歌语言的形象化,很注重比喻;在这一点上,苏轼充分满足了他们的要求。"重视传统文化,有着深厚的国学基础的闻一多在《一个观念》中也充分地满足了上古理论家的要求。同苏轼一样,闻一多也使用博喻手法,以七种形象来表现"一个观念",只不过苏轼在《百步洪》中用的是明喻,而闻一多用的多是隐喻和借喻罢了。

以下诗人依然用比喻来倾诉自己如岩浆般奔涌的爱国激情。我们祖国的历史文化如此源远流长、灿烂辉煌,说不尽、道不完,令人油然而生崇敬、仰慕、追求、自豪的感情,"我"怎能怀疑"这因缘一点也不假",怎能不为"天生下我来就是中国人"而感到骄傲自豪呢?祖国给了"我"生命,给了"我"智慧,尽管如今她是一个"美丽的谎""一缕缥缈的呼声",但"我"仍然坚信祖国不会欺骗她忠诚的儿子,这正如"海洋不骗他的浪花"一样。面对美丽而衰微的祖国,诗人又进一步地感到,既然是祖国的儿子,是乐曲中的一个"节奏",那么就应该与整个乐曲(祖国)同甘苦共命运,保持和谐,谨守职责,而不应该有所抱怨。

接下来是诗人的直抒胸臆。祖国这个观念,对他最确切的就是"五千多年的记忆",即几千年来的历史文化,而这历史文化像"横暴的威灵"神力无比,不容分说,就把"我"的整个身心紧紧地吸引住,使"我"来不及思索就"降伏"在了她的脚下;这历史文化又像"绚缦的长虹"光彩夺目,深深地打动"我"的心灵,使"我"身不由己地心悦诚服,感到世界上再也找不到能与她媲美的东西了。中华民族光辉灿烂的历史文化"降伏"了诗人,于是,诗人希望她"不要动",希望"抱得紧"她,诗人要尽情地欣赏、拥抱具有无限魅力的无比优越的祖国文化。

闻一多的爱国诗篇,是他爱国热血"流在笔尖、流在纸上"的结晶。透过《一个观念》我们看到了诗人水晶般纯洁而明亮的内心世界和那颗搏动着的中国心。

发 现

我来了,我喊一声,迸着血泪,
"这不是我的中华,不对,不对!"
我来了,因为我听见你叫我;

鞭着时间的罡风,擎一把火,
我来了,不知道是一场空喜。
我会见的是噩梦,那里是你?
那是恐怖,是噩梦挂着悬崖,
那不是你,那不是我的心爱!
我追问青天,逼迫八面的风,
我问,拳头擂着大地的赤胸
总问不出消息;我哭着叫你,
呕出一颗心来,——在我心里!

【靓评】

爱与恨,化成感人的诗篇

《发现》一诗见于诗集《死水》,是闻一多爱国诗篇最重要的代表作之一。从内容上看,当作于闻一多回国不久。它是诗人爱与恨的结晶,表现的是诗人归国之后,对当时军阀混战下的残破祖国的失望和愤懑。

我们知道,早在"五四"时期,闻一多就是一个正直、善良、富有民族自尊心和自豪感的爱国者。留学美国时期,他又因饱受种族歧视和凌辱,而日益增长着强烈的爱国主义思想感情,并愤然于1925年夏天提前回国。然而,作为祖国忠诚儿子,当他怀抱着一颗炽热的爱国之心和报效祖国、为祖国奉献自己的一切的雄心回来之时,他表现出来的不是欣喜若狂、信心百倍,而是一种撕肝裂肺、呼天抢地的深切悲哀。这是多么惊人的反差!产生这一惊人的反差的心理因素是什么呢?臧克家先生分析得好:"一个热爱自己祖国的诗人,在海外受的侮辱越重,对祖国的怀念和希望也就越深切。……但到希望变成事实的时候,他却坠入了一个可怕的深渊。他在美国所想象的美丽祖国的形象,破灭了!他赖以支持自己的一根伟大支柱,倾折了!他所看到的和他所希望看到的恰恰相反。他得到的不是温暖,而是一片黑暗、残破的凄凉。他痛苦,他悲伤,他忿慨,他高歌当哭。""其实,在美国的时候,他何尝不知道自己亲爱伟大的祖国被军阀们弄得破碎不堪?他对于天灾人祸交加的祖国情况又何尝不清楚?然而彼时彼地的心情使得我们赤诚的诗人把他所热爱的祖国美化了、神圣化了。诗人从自己创造的形象里取得温暖与力量,当现实打破了他的梦想,失望悲痛的情感就化成了感人的诗篇——《发现》。"(《闻一多的〈发现〉和〈一句话〉》)

理解了诗人久别重返祖国的复杂的心理变化过程,就不难理解这首诗的内涵了。

这首诗仅有十二行,虽短小却立意非凡,构思新颖灵巧,尤其是"开头和结尾是不平常的,有吸引力的"(何其芳《诗歌欣赏》)。这的确是诗人的匠心独运。闻一多是个勇于创新的诗人,在诗作的构思上他总是力避平庸和一般化,力求给人以一种意外的惊奇之感。《发现》便是杰出的代表。诗人没有落入俗套,他一反常规,独辟蹊径,一开始就单刀直入,撕肝裂肺,呼天抢地地呼喊:

"我来了,我喊一声,迸着血泪,
'这不是我的中华,不对,不对!'"

这一声迸着血与泪的呼喊,如"高山坠石,不知其来",给人以突兀峥嵘之感,使人仿佛亲眼看见迸着血泪的诗人失望困惑的面容,听到了他沉痛绝望的诉说。人们不禁要问,既然诗人回到了他梦牵魂绕的祖国,为什么又不相信这就是"我的中华",而且还那样痛苦地反复诉说"不对,不对"呢? 原来,诗人听到祖国的召唤,就鞭时光,驾罡风,擎火把,不辞辛劳,千里迢迢地赶回来,可眼前的祖国竟是满目疮痍,现实就像"噩梦"而且是挂在"悬崖"上的"噩梦"一样黑暗、恐怖,令人心惊和绝望,这哪里是"我"在国外想象中"如花一样的祖国"呢? 而听到召唤时,唯恐时间太久,归途太远,速度太慢,恨不得插翅飞翔的归心,到头来竟是"一场空喜",这是怎样的失望和悲哀啊! 这里,诗人用了两组"我来了"的排比句和几个贴切的比喻来直接抒发自己深沉的爱和令人窒息的失望,从而使诗更凝练、概括,容量更大,表现力更强,更能扣人心弦,引人深思,可谓"不着一字,尽得风流"。诗人在经历了困惑、失望、悲痛、忧愤之后,再一次呼喊"那不是你,那不是我的心爱!"

诗意到此,人们也许会认定这就是诗人的"发现"。但是,如果说诗人的"发现"就是指祖国的沉沦,山河的破碎,那么,这首诗的构思也就谈不上什么新颖独特了,主题也就谈不上什么深刻感人了。因为国破家亡的感受早在闻一多之前,就为不少爱国志士所抒写,其中也不乏精妙之作。这首诗最精彩绝妙之处应是诗的最后四句:

我追问青天,逼迫八面的风,
我问,拳头擂着大地的赤胸,
总问不出消息,我哭着叫你,
呕出一颗心来,——在我心里!

既然,诗人归国后所见的不是"我的中华",不是"我的心爱",那么诗人的"中华"、诗人的"心爱",亦即诗人理想中的如花一般美好的祖国又在哪里呢? 他"问天""逼风""擂地","上穷碧落下黄泉"苦苦求索,可仍是"两处茫茫皆不见","总问不出消息",他哭着喊着,在巨大的悲痛中顽强地挣扎着,在深广的忧愤中执着地寻觅着、追求着,竟至"呕出一颗心来"。啊!"我的中华,在我心里。""如花的祖国"珍藏在诗人的心里,这是多么强烈、深厚的爱国热情啊!诗人没有因失望而沉沦,相反却又在失望和愤懑中升腾起一种对祖国的执着和忠贞的爱。"在我心里"这个结尾,石破天惊,出乎意料而又合乎情理。它既揭示了悬念,指出这才是真正的"发现",又突出地表现了诗人对祖国的爱之深切、之永恒。联系到诗人忠诚磊落的一生,联系到他为追求这心中的祖国而流尽的最后一滴血,这样的结尾越发显得辞警言丰、回肠荡气而震撼人心了。至此,一位伟大的爱国者的形象跃然纸上,使人肃然起敬。

一句话

有一句话说出就是祸,
有一句话能点得着火。
别看五千年没有说破,
你猜得透火山的缄默?
说不定是突然着了魔,
突然青天里一个霹雳,
爆一声:
"咱们的中国!"

这话叫我今天怎么说?
你不信铁树开花也可,
那么有一句话你听着:
等火山忍不住了缄默,
不要发抖,伸舌头,顿脚,
等到青天里一个霹雳,
爆一声:
"咱们的中国!"

【靓评】

祸与火,"咱们的中国"

"咱们的中国!"是一句再简单、再普通不过的话,加上感叹号也不过就是加强了它的爱国主义情感,这样的感情是非常理所当然的,哪里谈得上什么"祸",什么"火",有那么危险,又有那么火爆吗?

一些论者曾根据现代中国深受帝国主义列强侵略和压迫的现实,指出,对觊觎中国这块"肥肉"的帝国主义来说,倡导爱国主义就是无法无天,就是犯上作乱的

"祸",这实在有些想当然。当时帝国主义列强对中国的渗透主要还是经济形态上的,它们毕竟没有控制我们的行政大权,他们根本没有能力对一位宣传爱国主义理论的中国知识分子进行直接的干预;掌握着中国人生杀予夺大权的终归还是中国人自己,准确地说,是中国人自己组成的政府。从本质上看,一个封建专制的政权恐惧人民的力量,害怕知识分子自觉的充满理性精神的民族意识,这是毫无疑问的,因为真正的充满理性精神的民族意识,必然引向对民族历史及现实的深刻反省,必然会将思索对准腐朽的现实统治本身。但是,封建专制政府又往往最善于用光彩夺目的、不切实际的"爱国主义"言辞来自我打扮,在通常的情况下,它们也富有利用一般的爱国情绪的本领。——从这个意义来看,一句普普通通的感叹"咱们的中国"显然就算不上什么扰乱纲常的"灾祸",说不定正是封建专制主义者求之不得的"敲门砖"呢!

"祸"与"火"都只能是闻一多自己的,是闻一多心理意义上的。

闻一多是一个颇矛盾的诗人。以外表看,行为谨慎,严肃,在生活中保持着高度的理智,以致还自称为"东方老憨";但是,任何熟识他的人都知道,此人感情丰富,热情洋溢,拥有一个诗人的灵魂。一内一外的这不同的生存方式都在各自的轨道上尽情发展,终究会发生剧烈的冲突。比如诗人曾对臧克家说,诗集《死水》里充满了"火气","我只觉得自己是座没有爆发的火山"。他对别人称他是"技巧专家"也很恼火,但是,从整部《死水》(包括这首《一句话》)来看,他又的确是位"技巧专家",而且特别卖力地研究和实践着他的"均齐""和谐"的格律化方案,这又代表了他追求客观、冷静的性格。

作为一种基本的思维结构方式,这一"矛盾"的特征在他的爱国主义问题上也生动地表现了出来。美国生活给他留下的屈辱、对中国现实的感慨以及他那深厚的国学教育都使得诗人在感情世界方面不断凝聚着爱国主义的能量,燃烧着,有时真到了超乎于诗、超乎于语言艺术的局限,它似乎就要升腾起来,直立起来,逼着诗人将之转化为某种惊世骇俗的行动。"咱们的中国",韵味无穷,"咱们"一词已经生动地表现了闻一多那强烈的主人意识、个性意识,它的潜台词就是"这中国是我们大家的,不能任其衰朽毁灭,也不允许那些'行尸走肉'将它断送!"结合《长城下之哀歌》《死水》等篇章来看,诗人显然特别看重这"咱们"二字。于是,对祖国的热爱就凝结、转移为对某些中国同胞(包括专制统治者)的愤懑与抨击,尽管这一抨击是隐晦的,但它所需要的能量已经完全贮存在了这"青天里的霹雳"里。与之同时,闻一多实在又是一个厚道的人,往西单臭水沟里扔破铜烂铁已经是"够意思"的了,他并没有决心努力在"咱们"一词上大做文章,他不是那种向同胞争夺地位、名分的人,至于行动上的争斗就更不可能了。闻一多回国以后曾有机会进入更高的政治、社会圈子,有可能真正干预"咱们的中国",但事实上他都放弃了,并在《死水》之后转入到更沉静的书斋生活中。

压制与克制并不取消冲动,相反,越是努力在理智状态下保持外在的平衡,那日益膨胀的感情一旦冲决而出,就将彻底破坏我的心理平衡,成为个人的"灾祸",燃烧为可怕的烈焰。对此,闻一多也是有自知之明的,在他的主观感受中,这口气在他心中游走了好久好久,足足可以与我们民族五千年漫长的历史相抵。他压抑着,忍受着,沉默着,但毕竟是"火山的缄默",终于有一天是会喷发而出的。他向某些"同胞"发出了警告:即便是铁树也可以开花,当"我"的"火气"爆发时,你可不要害怕!

在诗的"白日梦"里,闻一多完成了他复仇式的宣泄,尽管他最强烈的最忍无可忍的情感最终还是简化成一个偏正词组:咱们的中国。就在这一短促的感叹里,中国知识分子的理智与情感、犹豫与果敢、现实与理想都得到了最恰到好处的表现。

从形式上讲,《一句话》较好地代表了《死水》诗集所特有的那种"矛盾"。诗结构整齐,十六句分为两节,节与节,行与行,对仗工整。第一节和第二节的一至六行字数相等(九个字);两节的最后三句用词也大致相同,有民歌式的复沓效果;就音节而言,两节中一至六句的音组结构大体相当(每句都大致分为三顿);全诗一韵到底,给人整一均齐的效果,属于理性精神的产物。由于句子短,却又使人感到节奏强烈、韵律铿锵,尾韵去声字居多,这又分明包孕了一种内在的情绪冲动。

忠 告

人说:"月儿,你圆似弹丸,缺似
弓弦;圆时虽美,缺的难看!"
我说:"月儿,圆缺是你的常事,
你别存美丑底观念!
你缺到半规,缺到蛾眉,
我还是爱你那清光灿烂;
但是你若怕丑,躲在黑云里,
不肯露面,
我看不见你,便疑你像龟鼍的
甲、蟾蜍的衣,夜叉的脸。"

【靓评】

月亮的品格,清光灿烂

在对《忠告》做具体的赏析之前,有必要将闻一多早年的美学思想做一简单的介绍。早年的闻一多认为:"世界本是一间天然的美术馆,人类在这个美术馆中住着,天天模仿那些天然的美术品,同造物争妍争巧。""自然并不是尽美的,自然中有美的时候,是自然类似艺术的时候。最好拿造型艺术来证明这一点。我们常常称赞美的山水,讲它可以入画。"(闻一多《建设的美术》《诗的格律》)从这并不全面的引述当中,我们已经可以看到,早年的闻一多是以艺术作为美的先验本体的。而艺术则为先验的美感形式、美感特征。因此,闻一多早年的"美即真"的艺术信条比一般意义上的理解有着远为复杂的内涵。这对于我们深入理解闻一多诗歌的风格、特色是有帮助的。

《忠告》一诗按其叙述人称和内容的转换,可分成两个部分。第一部分是以泛指的第三人称作为叙述主体而进行内容的展开,表达了一种以月圆为美、月缺为丑的普遍的、时尚的审美观。第二部分以第一人称"我"为叙述主体,表达了"我"的不同于流俗的审美观。闻一多认为,月圆月缺,不过是自然界的普遍现象,月圆之时代表不了自然界的"美的时候",而月缺也并不意味着自然界里多了一幅丑面孔。形式上的圆与缺,是自然现象上的真,而不是艺术意义上的美,因此,闻一多认为,根本谈不到用圆时之月来攀附作为美的先验本体的艺术。圆时之月谈不上美,正如缺时之月谈不到丑一样,因为它们本身即是同作为美的先验本体的艺术相疏离的。然而,月亮的灿烂清光却为"我"所爱。

月圆、月缺,都称不上是先验的,因为它们恰恰无限地类似于自然界的诸现象。但是,月光则不同。它虽然只有作为一种经验现象才能为人所感觉得到,但是,就人的可能的经验范围而言,它却是作为一种似乎是先验的独立存在的现象特征被人们经验地感觉到的。从闻一多的审美观念来看,恰恰是这一点,才应当被看作是美的。"自然中有美的时候,是自然类似艺术的时候",这句话不妨反过来说:自然类似艺术的时候,是自然中有美的时候。

闻一多爱月亮的清光灿烂。但是,在闻一多的这首诗中,月亮的灿烂清光是作为一种原因所呈现的结果而被他欣赏的。月亮的不媚不俗、率尔任性、坦然暴露自身的态度,才是更为闻一多先生所欣赏、所赞美的。闻一多在诗中还做了如是的强调:

> 但是你若怕丑,躲在黑云里,
> 不肯露面,
> 我看不见你,便疑你像龟鼋的
> 甲、蟾蜍的衣,夜叉的脸。

除夜叉的脸我们无法想象其形状外,其余二者虽都具有圆的特征,然而却给人极丑恶的感觉,一正一反,极写了闻一多对月亮率真态度的挚爱。然而,这种爱,这种赞美,却偏离了闻一多自己所规定的审美注释的范围,即将月亮的灿烂清光、率真态度同一种人格化的品质情操等同起来,不自觉地发生了以真为美向以善为美的偏离。然而,这种偏离仅限于此,不可夸大。圆月作为中国古代艺术中的原型意象、传统母题,本来是同完美、和谐、团圆或者对于这一切的向往联系在一起的,从这个意义上说,在中国人的心目中,月圆为美。从西方近代美学的观点看来,也有以月圆为美的倾向。因为圆月所具有的完整和谐的形式极符合理性主义美学家们作为审美活动核心的"完善"概念的要求。但是,在上述两个方面,反而看不到古典传统和西方近代审美观念对于闻一多有何影响,相反,它们倒是处于一种被否定的位置上。闻一多所尊重的不仅仅是自己的理性,而且更有自己的情感。也就是说,他是从自己的少年人的对于现实人生的真切的感受上,从他那带有青春感和理想性的情绪体验上,从他对于世间诸相的少年人的体认和理解上出发,来进行他的审美观照的。善并不是不能转化成美。近现代对于善的理解,已经不复那种压抑人的生命欲望、扼杀人的自由创造的虚伪的伦理形式,它是人以争取自身生命力的解放和自由实现为目的的理想、愿望与实践,它是美的,因此是应当受到肯定和赞美的。这一点,启示着闻一多,启示着闻一多对《忠告》的创作,也启示着我们对《忠告》的解读。

红 烛

红烛啊!/这样红的烛!/诗人啊!/吐出你的心来比比/可是一般颜色?

红烛啊!/是谁制的蜡——给你躯体?/是谁点的火——点着灵魂?/为何更须烧蜡成灰,/然后才放出光来?/一误再误;/矛盾!冲突!

红烛啊!/不误,不误!/原是要"烧"出你的光来——/这正是自然的方法。

红烛啊!/既制了,便烧着!/烧罢!烧罢!/烧破世人的梦,/烧沸世人的血——/也救出他们的灵魂,/也捣破他们的监狱!

红烛啊!/你心火发光之期,/正是泪流开始之日。

红烛啊!/匠人造了你,/原是为烧的。/既已烧着,/又何苦伤心流泪?/哦!我知道了!/是残风来侵你的光芒,/你烧得不稳时,/才着急得流泪!

红烛啊!/流罢!你怎能不流呢?/请将你的脂膏,/不息地流向人间,/培出慰藉的花儿/结成快乐的果子!

红烛啊!/你流一滴泪,灰一分心。/灰心流泪你的成果,创造光明你的原因。

红烛啊!/"莫问收获,但问耕耘。"

【靓评】

"红烛"的心迹

《红烛》这首诗是与诗集同名的诗篇,就是诗集《红烛》的序诗。这首诗中,红烛就是诗人,诗人就是红烛。"红烛啊!'莫问收获,但问耕耘。'"既是对红烛精神的提炼,也是诗人对自己的勉励:不惜牺牲,无私奉献。诗的每一节都以"红烛啊"的呼唤开头,形成浓郁的抒情氛围,继之以自问、自悟、自励、自答、自勉,一步步展示执着追求的心迹,有很强的感染力。

　　第1节诗人怀着敬慕的心情赞颂荧荧的红烛。"红"是赤诚的象征。红烛在诗人眼里,是理想的人格的化身。他提出了自我要求:诗人的心应该也这样红。我们感受到诗人的那颗赤子之心,诗人那种火热的爱国情感。"人与物化,意与境融",可以说红烛就是诗人,诗人就是红烛,理解了这一点,有助于对全诗思想感情的把握。

　　第2、3节,是对红烛自我牺牲精神的讴歌。诗人用设问手法,自问自答,生动地表现了一个思考觉悟的过程。前后两种截然相反的回答,表明了诗人的醒悟,同时也更有力地表现了红烛精神的可贵。诗人把蜡比作躯体,把火比作灵魂,躯体与灵魂当然应该是互相依存的,这样就发生一个问题:"为何更须烧蜡成灰,然后才放出光来?"起初觉得这是大感不解的,诗人认为这真"矛盾",自相冲突,不可理解。但是,诗人终于彻悟了,"不误,不误!原是要'烧'出你的光来——"诗人理解了红烛,由衷地赞美红烛的奉献精神。诗人的思考,实际上反映了那个时代进步青年在探索人生真谛的思想历程中所遇到的矛盾和获得的觉悟。

　　第4节,是诗人对红烛的殷殷寄语,也是诗人的自勉自励。"既制了,便烧着",人生的价值在于奉献,活着就要让生命之火熊熊燃烧,让智慧和才能放出灿烂的火光。诗人借着红烛的形象激励自己,表达了自己的信念和心愿。当时,民众深受帝国主义、封建主义思想文化的毒害,如沉睡梦中尚未觉醒,诗人认为自己有职责从梦中唤醒世人,救治世人灵魂,使民众觉悟、奋起,从帝国主义封建主义的精神枷锁中把他们解放出来。

　　第5～7节,诗人转对烛泪的思考,对红烛的劝慰。诗人首先采用了拟人手法揭示了一种很矛盾的现象:"你心火发光之期,正是泪流开始之日。"诗人的注意力转到烛泪上面,接着诗人问红烛:"何苦伤心流泪?"诗人同情、惊疑、思索。这里反映了诗人在现实生活中内心涌现的矛盾、痛苦和挣扎。诗人经过一番求索,恍然大悟,是还有"残风"的存在,"残风"隐指反动势力。红烛流泪是为流得不稳而急得流泪,体现了诗人自己怀着拯救祖国的美好愿望,因受到黑暗反动势力的阻挠,感到壮志难酬,为此而痛哭流涕。但是,红烛的泪不会白流。诗人劝慰道:"请将你的脂膏,不息地流向人间,培出慰藉的花儿,结成快乐的果子!"

　　第8、9节两节的呼唤,一声是同情的呼唤,一声是劝导鼓励的呼唤。"灰心流泪你的成果,创造光明你的原因。"这样的因果关系是多么不公平、不合理,但在这样的社会中生活只有不惜牺牲,无私奉献。诗人劝勉红烛,也就是劝勉自己:"红烛啊!'莫问收获,但问耕耘。'"诗情得到凝聚和升华。这正是闻一多人格美的集中体现。他热爱祖国,热爱人民,毫不顾惜个人的得失荣辱,是极其伟大、崇高的。

全诗以诗人对"红烛"的心迹交流为线索,用问答的形式展开诗意,抒发感情,凸显了诗人献身祖国、敢于自我牺牲的爱国精神。

旧诗两首

废旧诗六年矣复理铅椠记以绝句

六载观摩傍九夷,吟成鴃舌总猜疑。唐贤读破三千纸,勒马回缰作旧诗。

释 疑

艺国前途正杳茫,新陈代谢费扶将。城中戴髻高一尺,殿上垂裳有二王。
求福岂堪争弃马?补牢端可救亡羊。神州不乏他山石,李杜光芒万丈长。

【靓评】

新诗,必须反思

五四以来,人们反对文言、提倡白话,反对汉字、主张拉丁文,反对旧诗、推行新诗,革命的文化精神掺和着片面的思想方法,摧枯拉朽,浩浩荡荡地奔驰了九十多年。很少看到几篇认真反思的诗文。闻一多作为一位激进的文化斗士,在潮流初期就加以反思,实为难得。

第一首诗1925年4月作于纽约。五四时期,废除旧诗,到1925年,才满六年。"铅椠":铅,铅粉笔;椠,写字用的木板,后用来泛指著作。前两句说废除旧诗六年来,观摩学习外国(九夷)吟成的诗歌,像鴃鸟的叫声一样,不伦不类,语言难懂。自己对此总持怀疑态度。《孟子·滕文公上》:"今也南蛮鴃舌之人,非先王之道。"三四句说:在猜疑试验的过程中,读破唐贤三千卷之后,终于明确方向,选定道路:义无反顾地"勒马回缰作旧诗"。

题目即亮明观点:"废旧诗六年矣,复理铅椠。"这六年怎么样呢?旧诗废掉了,怎么写诗呢?向外国学习。新诗确实是学习外国的成果。感觉怎么样呢?鴃舌,又名鹍鴃,杜鹃鸟,也叫伯劳。谁懂得杜鹃鸟啼叫的声音是什么意思呀?"吟成鴃舌"就是说写出来的诗,语言难懂,如同鹍鴃鸣啼一般。

新诗不是白话诗吗?白话诗怎么会像"鴃舌"呢?这是"六载"以来向"九夷"学习"观摩"得到的感受。闻一多写新诗是带着澎湃的激情去从事的,结果六年下来,只觉得犹如"鴃舌",于是诗人自己起了"猜疑",而且"总"是在想,这到底是怎么回事啊?回头再读读古人的作品,"唐贤读破三千纸",终于品出味道来了。像我们唐代诗人那样光辉的作品,世界上哪里有啊?诗人敏锐地感到,必须"勒马回缰"了。于是他真的"勒马回缰"来"作旧诗"了。你看,他记录"废旧诗六年矣,复理铅椠"这件事的,就是一首"绝句"。多么得心应手啊!多么亲切舒畅啊!

《释疑》就是回答人们对他重作旧诗的疑问的。他说,在中华民族的社会和文学艺术都面临深刻危机的关头,新陈代谢是必然的选择。丢掉传统中的许多事物,丢掉垃圾和糟粕,不要犹豫,不要动摇,要以满腔热情和全部精力去从事。不闻"塞翁失马焉知非福"的故事吗?失了马,是祸事;结果却给塞翁带来意想不到的利益。但是,"求福"怎么能"争"着"弃马"呢,怎么能有意把马群都主动丢弃呢?怎么能把传统的东西一股脑儿丢弃呢?能够拯救中华民族的还是我们自己。亡羊补牢,只要把羊圈修补好,就可以使得羊儿逃失的事情不再发生。而我们有许多光芒万丈的优秀的文化遗产,我们一定会有更加美好的前途。

写不写旧诗,这不是一个简单的文学样式的选择问题。闻一多先生是站在中华民族的救亡图强的高度来看待的,而他所使用的思想方法又是实事求是的、辩证的。我们今天读这两首诗,感到特别亲切,好像闻一多先生是和我们讨论今天的事情一样。

《废旧诗六年矣复理铅椠记以绝句》大概是废除旧诗以后,第一首宣布勒马回缰的诗作。中华诗词近百年的发展历程证明:闻先生的观点有先见之明。毛主席虽然说过旧体诗词不宜在青年中提倡,但他写诗多用旧体,而且使旧体诗词再现辉煌。对于新诗,毛主席也表示过不尽如人意的看法:我不看新诗,倒给我二百大洋,我也不看。可见毛主席的真实意思是:旧诗永远消灭不了,但要与时俱进地改革;新诗要提高,要为老百姓喜闻乐见。

鲁 迅

鲁迅(1881—1936)：原名周树人，字豫才，浙江绍兴人，1881年9月25日出生。1902年去日本留学，原在仙台医学院学医，后从事文艺工作，希望用以改变国民精神。1905～1907年，参加革命党人的活动，发表了《摩罗诗力说》《文化偏至论》等论文。1909年回国，先后在杭州、绍兴任教。辛亥革命后，曾任南京临时政府和北京政府教育部部员、佥事等职，兼在北京大学、女子师范大学等校授课。

1918年5月，首次用"鲁迅"的笔名，发表中国现代文学史上第一篇白话小说《狂人日记》，奠定了新文学运动的基石，成为五四新文化运动的主将。1918～1926年间，陆续创作出版了《呐喊》《彷徨》《坟》《野草》《朝花夕拾》《热风》《华盖集》《华盖集续编》等专集。1921年12月发表的中篇小说《阿Q正传》是中国现代文学史上的不朽杰作。1926年8月，因支持北京学生爱国运动，为北洋军阀政府所通缉，南下到厦门大学任中文系主任。1927年1月，到广州中山大学任教务主任。1927年10月到上海，与许广平同居。1929年，儿子周海婴出世。1930年起，先后参加中国自由运动大同盟、中国左翼作家联盟和中国民权保障同盟，反抗国民党政府的独裁统治和政治迫害。1927～1936年，创作了历史小说集《故事新编》和大量的杂文，出版《而已集》《三闲集》《二心集》《南腔北调集》《伪自由书》《准风月谈》《花边文学》《且介亭杂文》《且介亭杂文二编》《且介亭杂文末编》等。编著《中国小说史略》《汉文学史纲要》，整理《嵇康集》，辑录《会稽郡故书杂录》《古小说钩沉》《唐宋传奇录》《小说旧闻钞》等。1936年10月19日因肺结核病逝于上海，葬于虹桥万国公墓，上万名民众自发举行公祭、送葬活动。1956年，鲁迅遗体移葬虹口公园，毛泽东为重建的鲁迅墓题字。北京、上海、绍兴、广州、厦门等地先后建立了鲁迅博物馆、纪念馆等。鲁迅的小说、散文、诗歌、杂文共数十篇(首)被选入中小学语文课本。小说《祝福》《阿Q正传》《药》等先后被改编成电影。鲁迅的作品充实了世界文学的宝库，被译成英、日、俄、西、法、德、阿拉伯、世界语等50多种文字，在世界各地拥有广大的读者。

藤野先生

东京也无非是这样。上野的樱花烂熳的时节，望去确也像绯红的轻云，但花下也缺不了成群结队的"清国留学生"的速成班，头顶上盘着大辫子，顶得学生制帽的顶上高高耸起，形成一座富士山。也有解散辫子，盘得平的，除下帽来，油光可鉴，宛如小姑娘的发髻一般，还要将脖子扭几扭。实在标致极了。

中国留学生会馆的门房里有几本书买,有时还值得去一转;倘在上午,里面的几间洋房里倒也还可以坐坐的。但到傍晚,有一间的地板便常不免要咚咚咚地响得震天,兼以满房烟尘斗乱;问问精通时事的人,答道:"那是在学跳舞。"

到别的地方去看看,如何呢?

我就往仙台的医学专门学校去。从东京出发,不久便到一处驿站,写道:日暮里。不知怎地,我到现在还记得这名目。其次却只记得水户了,这是明的遗民朱舜水先生客死的地方。仙台是一个市镇,并不大;冬天冷得利害;还没有中国的学生。

大概是物以希为贵罢。北京的白菜运往浙江,便用红头绳系住菜根,倒挂在水果店头,尊为"胶菜";福建野生着的芦荟,一到北京就请进温室,且美其名曰"龙舌兰"。我到仙台也颇受了这样的优待,不但学校不收学费,几个职员还为我的食宿操心。我先是住在监狱旁边一个客店里的,初冬已经颇冷,蚊子却还多,后来用被盖了全身,用衣服包了头脸,只留两个鼻孔出气。在这呼吸不息的地方,蚊子竟无从插嘴,居然睡安稳了。饭食也不坏。但一位先生却以为这客店也包办囚人的饭食,我住在那里不相宜,几次三番,几次三番地说。我虽然觉得客店兼办囚人的饭食和我不相干,然而好意难却,也只得别寻相宜的住处了。于是搬到别一家,离监狱也很远,可惜每天总要喝难以下咽的芋梗汤。

从此就看见许多陌生的先生,听到许多新鲜的讲义。解剖学是两个教授分任的。最初是骨学。其时进来的是一个黑瘦的先生,八字须,戴着眼镜,挟着一迭大大小小的书。一将书放在讲台上,便用了缓慢而很有顿挫的声调,向学生介绍自己道:——

"我就是叫作藤野严九郎的……"

后面有几个人笑起来了。他接着便讲述解剖学在日本发达的历史,那些大大小小的书,便是从最初到现今关于这一门学问的著作。起初有几本是线装的;还有翻刻中国译本的,他们的翻译和研究新的医学,并不比中国早。

那坐在后面发笑的是上学年不及格的留级学生,在校已经一年,掌故颇为熟悉的了。他们便给新生讲演每个教授的历史。这藤野先生,据说是穿衣服太模胡了,有时竟会忘记戴领结;冬天是一件旧外套,寒颤颤的,有一回上火车去,致使管车的疑心他是扒手,叫车里的客人大家小心些。

他们的话大概是真的,我就亲见他有一次上讲堂没有带领结。

过了一星期,大约是星期六,他使助手来叫我了。到得研究室,见他坐在人骨和许多单独的头骨中间,——他其时正在研究着头骨,后来有一篇论文在本校的杂志上发表出来。

"我的讲义,你能抄下来么?"他问。

"可以抄一点。"

"拿来我看!"

我交出所抄的讲义去,他收下了,第二三天便还我,并且说,此后每一星期要送给他看一回。我拿下来打开看时,很吃了一惊,同时也感到一种不安和感激。原来我的讲义已经从头到末,都用红笔添改过了,不但增加了许多脱漏的地方,连文法的错误,也都一一订正。这样一直继续到教完了他所担任的功课:骨学、血管学、神经学。

可惜我那时太不用功,有时也很任性。还记得有一回藤野先生将我叫到他的研究室里去,翻出我那讲义上的一个图来,是下臂的血管,指着,向我和蔼地说道:——

"你看,你将这条血管移了一点位置了。——自然,这样一移,的确比较地好看些,然而解剖图不是美术,实物是那么样的,我们没法改换它。现在我给你改好了,以后你要全照着黑板上那样的画。"

但是我还不服气,口头答应着,心里却想道:

"图还是我画的不错;至于实在的情形,我心里自然记得的。"

学年试验完毕之后,我便到东京玩了一夏天,秋初再回学校,成绩早已发表了,同学一百余人之中,我在中间,不过是没有落第。这回藤野先生所担任的功课,是解剖实习和局部解剖学。

解剖实习了大概一星期,他又叫我去了,很高兴地,仍用了极有抑扬的声调对我说道:——

"我因为听说中国人是很敬重鬼的,所以很担心,怕你不肯解剖尸体。现在总算放心了,没有这回事。"

但他也偶有使我很为难的时候。他听说中国的女人是裹脚的,但不知道详细,所以要问我怎么裹法,足骨变成怎样的畸形,还叹息道:"总要看一看才知道。究竟是怎么一回事呢?"

有一天,本级的学生会干事到我寓里来了,要借我的讲义看。我检出来交给他们,却只翻检了一通,并没有带走。但他们一走,邮差就送到一封很厚的信,拆开看时,第一句是:"你改悔罢!"

这是《新约》上的句子罢,但经托尔斯泰新近引用过的。其时正值日俄战争,托老先生便写了一封给俄国和日本的皇帝的信,开首便是这一句。日本报纸上很斥责他的不逊,爱国青年也愤然,然而暗地里却早受了他的影响了。其次的话,大略是说上年解剖学试验的题目,是藤野先生讲义上做了记号,我预先知道的,所以能有这样的成绩。末尾是匿名。

我这才回忆到前几天的一件事。因为要开同级会,干事便在黑板上写广告,末一句是"请全数到会勿漏为要",而且在"漏"字旁边加了一个圈。我当时虽然觉到圈得可笑，但是毫不介意，这回才悟出那字也在讥刺我了，犹言我得了教员漏泄出来的题目。

我便将这事告知了藤野先生；有几个和我熟识的同学也很不平，一同去诘责干事托辞检查的无礼，并且要求他们将检查的结果发表出来。终于这流言消灭了，干事却又竭力运动，要收回那一封匿名信去。结末是我便将这托尔斯泰式的信退还了他们。

中国是弱国，所以中国人当然是低能儿，分数在六十分以上，便不是自己的能力了；也无怪他们疑惑。但我接着便有参观枪毙中国人的命运了。第二年添教霉菌学，细菌的形状是全用电影来显示的，一段落已完而还没有到下课的时候，便影几片时事的片子，自然都是日本战胜俄国的情形。但偏有中国人夹在里边：给俄国人做侦探，被日本军捕获，要枪毙了，围着看的也是一群中国人；在讲堂里的还有一个我。

"万岁！"他们都拍掌欢呼起来。

这种欢呼，是每看一片都有的，但在我，这一声却特别听得刺耳。此后回到中国来，我看见那些闲看枪毙犯人的人们，他们也何尝不酒醉似的喝彩，——呜呼，无法可想！但在那时那地，我的意见却变化了。

到第二学年的终结，我便去寻藤野先生，告诉他我将不学医学，并且离开这仙台。他的脸色仿佛有些悲哀，似乎想说话，但竟没有说。

"我想去学生物学，先生教给我的学问，也还有用的。"其实我并没有决意要学生物学，因为看得他有些凄然，便说了一个慰安他的谎话。

"为医学而教的解剖学之类，怕于生物学也没有什么大帮助。"他叹息说。

将走的前几天，他叫我到他家里去，交给我一张照相，后面写着两个字道："惜别"，还说希望将我的也送他。但我这时适值没有照相了；他便叮嘱我将来照了寄给他，并且时时通信告诉他此后的状况。

我离开仙台之后，就多年没有照过相，又因为状况也无聊，说起来无非使他失望，便连信也怕敢写了。经过的年月一多，话更无从说起，所以虽然有时想写信，却又难以下笔，这样的一直到现在，竟没有寄过一封信和一张照片。从他那一面看起来，是一去之后，杳无消息了。

但不知怎地，我总还时时记起他，在我所认为我师之中，他是最使我感激，给我鼓励的一个。

有时我常常想：他的对于我的热心的希望，不倦的教诲，小而言之，是为中国，就是希望中国有新的医学；大而言之，是为学术，就是希望新的医学传到中国去。他的性格，在我的眼里和心里是伟大的，虽然他的姓名并不为许多人所知道。

他所改正的讲义，我曾经订成三厚本，收藏着的，将作为永久的纪念。不幸七年前迁居的时候,中途毁坏了一口书箱,失去半箱书,恰巧这讲义也遗失在内了。责成运送局去找寻,寂无回信。只有他的照相至今还挂在我北京寓居的东墙上,书桌对面。每当夜间疲倦,正想偷懒时,仰面在灯光中瞥见他黑瘦的面貌,似乎正要说出抑扬顿挫的话来,便使我忽又良心发现,而且增加勇气了,于是点上一支烟,再继续写些为"正人君子"之流所深恶痛疾的文字。

【靓评】

赞不存民族偏见的胸襟和品格

《藤野先生》是鲁迅1926年在厦门大学写的回忆性散文,流芳百世。

这篇文章有引人注目的四大形象,一是藤野,二是鲁迅,三是清国醉生梦死的留学生,四是一些轻视、蔑视中国学生的日本学生。具正面意义的是前二人。藤野堪称良师之最:辛勤治学、诲人不倦、严谨踏实,特别是他对中国人民的诚挚的友谊;没有民族偏见的伟大性格和正直、热忱、高尚的品质,亮节高风,难有伦比。鲁迅回顾了自己的探索救国道路:为了祖国的前途和命运,毅然放弃跟随最敬爱的老师学习医学,摈弃科学救国的改良主义道路,改为从事文艺唤醒人民群众起来革命。并以恩师激励自己永远不忘留学救国初衷,坚定同封建及帝国主义势力斗争到底。

1902年4月,22岁的鲁迅怀着寻求救国救民真理的理想,去日本留学。1904年9月,进仙台医学专门学校学医。藤野先生这时正在该校任解剖学教授。鲁迅认识了这位日本学者。在日本军国主义影响下,当时的日本人对中国人民抱有狭隘的民族偏见。但藤野先生对来自弱国的鲁迅倍加爱护,以高尚品质给鲁迅以极大的影响。这篇散文通过对留学日本生活时的回忆,以深切怀念之情,热烈赞颂藤野先生辛勤治学、诲人不倦的精神及其严谨踏实的作风,特别是他对中国人民的诚挚友谊。同时,也表现了作者自己强烈的爱国主义思想以及同帝国主义势力斗争的战斗精神。

藤、鲁师生情谊意义将与天地同光同寿!

夜　颂

爱夜的人,也不但是孤独者,有闲者,不能战斗者,怕光明者。

人的言行,在白天和在深夜,在日下和在灯前,常常显得两样。夜是造化所织的幽玄的天衣,普覆一切人,使他们温暖,安心,不知不觉地自己渐渐脱去人造的面具和衣裳,赤条条地裹在这无边际的黑絮似的大块里。

虽然是夜,但也有明暗。有微明,有昏暗,有伸手不见掌,有漆黑一团糟。爱夜的人要有听夜的耳朵和看夜的眼睛,自在暗中,看一切暗。君子们从电灯下走入暗室中,伸开了他的懒腰;爱侣们从月光下走进树阴里,突变了他的眼色。夜的降临,抹杀了一切文人学士们当光天化日之下,写在耀眼的白纸上的超然、混然、恍然、勃然、粲然的文章,只剩下乞怜、讨好、撒谎、骗人、吹牛、捣鬼的夜气,形成一个灿烂的金色的光圈,像见于佛画上面似的,笼罩在学识不凡的头脑上。

爱夜的人于是领受了夜所给与的光明。

高跟鞋的摩登女郎在马路边的电光灯下,阁阁地走得很起劲,但鼻尖也闪烁着一点油汗,在证明她是初学的时髦,假如长在明晃晃的照耀中,将使她碰着"没落"的命运。一大排关着的店铺的昏暗助她一臂之力,使她放缓开足的马力,吐一口气,这时之觉得沁人心脾的夜里的拂拂的凉风。

爱夜的人和摩登女郎,于是同时领受了夜所给与的恩惠。

一夜已尽,人们又小心翼翼地起来,出来了;便是夫妇们,面目和五六点钟之前也何其两样。从此就是热闹,喧嚣。

而高墙后面,大厦中间,深闺里,黑狱里,客室里,秘密机关里,却依然弥漫着惊人的真的大黑暗。

现在的光天化日,熙来攘往,就是这黑暗的装饰,是人肉酱缸上的金盖,是鬼脸上的雪花膏。只有夜还算是诚实的。

我爱夜,在夜间作《夜颂》。

【靓评】

"爱夜",清醒的战斗者情怀

《夜颂》写于 1933 年 6 月 8 日,最初发表于 1933 年 6 月 10 日《申报·自由谈》,署名"游光",后收入《准风月谈》。文章开首,作者讲到自己是一个"爱夜的人"。但与那些孤独者、有闲者、不战斗者、怕光明者不同,自己的爱夜,是因为夜能助己有清醒的战斗情怀。毫无疑问,这篇杂文的立意就是在讥讽与批判黑暗的现实。但是鲁迅纵横笔墨,其立意早已超越了具体的问题、具体的人和事。鲁迅选择"夜"这样具有象征性意味的意象,已经不止一次。因为他实在很喜欢"夜"。他在对"夜"的描写和颂赞中,传达了自己幽深愤激的思绪。他毫不掩饰地说,自己是一个爱夜的"另类"!

当时,鲁迅写这篇文章是用"游光"这个笔名署名的,首用于杂文《夜颂》。许广平说:"在《准风月谈》里用'游光'笔名所写的文章多半是关于夜的东西。如《夜颂》《谈蝙蝠》《秋夜纪游》《文床秋梦》。""游光"含有"听夜的耳朵和看夜的眼睛"之意。

《夜颂》启示了今人的诗句:"黑夜给了我黑色的眼睛,我却用它寻找光明。"于兹可见鲁迅文之多面影响力。

秋夜纪游①

秋已经来了,炎热也不比夏天小,当电灯替代了太阳的时候,我还是在马路上漫游。

危险?危险令人紧张,紧张令人觉到自己生命的力。在危险中漫游,是很好的。

租界也还有悠闲的处所,是住宅区。但中等华人的窟穴却是炎热的,吃食担,胡琴,麻将,留声机,垃圾桶,光着的身子和腿。相宜的是高等华人或无等洋人住处的门外,宽大的马路,碧绿的树,淡色的窗幔,凉风,月光,然而也有狗子叫。

我生长农村中,爱听狗子叫,深夜远吠,闻之神怡,古人之所谓"犬声如豹"②者就是。倘或偶经生疏的村外,一声狂噪,巨獒跃出,也给人一种紧张,如临战斗,非常有趣的。

但可惜在这里听到的是吧儿狗。它躲躲闪闪,叫得很脆:汪汪!

我不爱听这一种叫。

我一面漫步,一面发出冷笑,因为我明白了使它闭口的方法,是只要去和它主子的管门人说几句话,或者抛给它一根肉骨头。这两件我还能的,但是我不做。

它常常要汪汪。

我不爱听这一种叫。

我一面漫步,一面发出恶笑了,因为我手里拿着一粒石子,恶笑刚敛,就举手一掷,正中了它的鼻梁。

呜的一声,它不见了。我漫步着,漫步着,在少有的寂寞里。

秋已经来了,我还是漫步着。叫呢,也还是有的,然而更加躲躲闪闪了,声音也和先前不同,距离也隔得远了,连鼻子都看不见。

我不再冷笑,不再恶笑了,我漫步着,一面舒服地听着它那很脆的声音。

八月十四日。

【注释】

① 本篇最初发表于1933年8月16日《申报·自由谈》。② "犬声如豹"语出唐代王维《山中与裴秀才迪书》,原作"深巷寒犬,吠声如豹"。

【靓评】

吧儿狗,走狗,帮凶

这一篇似明代张岱小品,又显自家杂文特色。更妙在既可做前篇之继承,又可做后篇之开启,笔墨精美,堪为鼎足,是鲁迅散文的精品之作。

文章题目为"秋夜纪游",主要内容叙述了作者在一个秋夜的马路"漫游"经历。

开篇交代事情缘由,点明"漫游"有危险。接着叙述漫游的所见所闻,引出"狗子叫"的本质。吧儿狗虽然叫声很脆,但本性懦弱。其特点就是躲躲闪闪。对这种色厉内荏的"狗子叫"有何评价?它是一个危险的来源,人们倘若不防,就可能遭遇狗咬。

要想使吧儿狗"闭口",有两种方法。其一,吧儿狗惯于见风使舵、善于向其主人讨好献媚。其二,它有唯利是图的特点。但鲁迅选择了自己的方式:勇敢击退它。在文章中,作者打了吧儿狗的鼻子!"鸣的一声",它落荒而逃。鲁迅眼里的吧儿狗,其实象征着当时文坛上统治者的走狗和帮凶,各种无耻文痞。他们为了一己私利,通过造谣、污蔑、中伤等卑鄙手段打击和迫害进步作家。作者叙述自己的打狗经历,其实是揭露这类文坛吧儿狗的真面目,暴露它们的灰头土脸、狼狈不堪!

秋 夜

在我的后园,可以看见墙外有两株树,一株是枣树,还有一株也是枣树。

这上面的夜的天空,奇怪而高,我生平没有见过这样奇怪而高的天空。他仿佛要离开人间而去,使人们仰面不再看见。然而现在却非常之蓝,闪闪地眨着几十个星星的眼,冷眼。他的口角上现出微笑,似乎自以为大有深意,而将繁霜洒在我的园里的野花草上。

我不知道那些花草真叫什么名字,人们叫他们什么名字。我记得有一种开过极细小的粉红花,现在还开着,但是更极细小了,她在冷的夜气中,瑟缩地做梦,梦见春的到来,梦见秋的到来,梦见瘦的诗人将眼泪擦在她最末的花瓣上,告诉她秋虽然来,冬虽然来,而此后接着还是春,蝴蝶乱飞,蜜蜂都唱起春词来了。她于是一笑,虽然颜色冻得红惨惨地,仍然瑟缩着。

枣树,他们简直落尽了叶子。先前,还有一两个孩子来打他们别人打剩的枣子,现在是一个也不剩了,连叶子也落尽了。他知道小粉红花的梦,秋后要有春;他也知道落叶的梦,春后还是秋。他简直落尽叶子,单剩干子,然而脱了当初满树是果实和叶子时候的弧形,欠伸得很舒服。但是,有几枝还低亚着,护定他从打枣的竿梢所得的皮伤,而最直最长的几枝,却已默默地铁似的直刺着奇怪而高的天空,使天空闪闪地鬼眨眼;直刺着天空中圆满的月亮,使月亮窘得发白。

鬼眨眼的天空越加非常之蓝,不安了,仿佛想离去人间,避开枣树,只将月亮剩下。然而月亮也暗暗地躲到东边去了。而一无所有的干子,却仍然默默地铁似的直刺着奇怪而高的天空,一意要制他的死命,不管他各式各样地眨着许多蛊惑的眼睛。

哇的一声,夜游的恶鸟飞过了。

我忽而听到夜半的笑声,吃吃地,似乎不愿意惊动睡着的人,然而四围的空气都应和着笑。夜半,没有别的人,我即刻听出这声音就在我嘴里,我也即刻被这笑声所驱逐,回进自己的房。灯火的带子也即刻被我旋高了。

后窗的玻璃上丁丁地响,还有许多小飞虫乱撞。不多久,几个进来了,许是从窗纸的破孔进来的。他们一进来,又在玻璃的灯罩上撞得丁丁地响。一个从上面撞进去了,他于是遇到火,而且我以为这火是真的。两三个却休息在灯的纸罩上喘气。那罩是昨晚新换的罩,雪白的纸,折出波浪纹的叠痕,一角还画出一枝猩红色的栀子。

猩红的栀子开花时,枣树又要做小粉红花的梦,青葱地弯成弧形了……我又听到夜半的笑声;我赶紧砍断我的心绪,看那老在白纸罩上的小青虫,头大尾小,向日葵子似的,只有半粒小麦那么大,遍身的颜色苍翠得可爱,可怜。

我打一个呵欠,点起一支纸烟,喷出烟来,对着灯默默地敬奠这些苍翠精致的英雄们。

一九二四年九月十五日。

【靓评】

夜,折射出灵魂深处的本真

《秋夜》是鲁迅散文诗集《野草》的开篇之作,创作于1924年9月15日,此文写秋夜后园和室外所见所感,描写了萧条、寒冷、阴沉的秋夜中的各种景物,创造了天空、枣树、小粉红花、蝴蝶、蜜蜂、小青虫等一组具有深刻意蕴的象征性形象。文中的景物象征什么?历来有不同的看法,文学界长期以来一直争论不休。有人认为枣树的象征意象应该是鲁迅和朱安;小粉红花的象征意象是许羡苏。关于《秋夜》枣树的象征意象,人们比较一致的看法是"枣树"即是鲁迅自己。这篇杂文表达了作者内心的孤独、苦闷、矛盾和激愤。

《秋夜》发表时北京的政治环境非常恶劣,正如鲁迅所说:"实在黑暗得可以!"鲁迅在北京与北洋军阀的黑暗统治及封建势力进行着韧性的战斗。他的内心是矛盾、痛苦又压抑的,但是他具有顽强不倦的战斗精神,决不向黑暗势力低头。《秋夜》正是作者与旧社会抗争到底的誓言。但受制于当时恶劣的环境,鲁迅只能采用一种隐晦的象征主义的表现方法,把自己强烈的思想感情藏匿在景物描写之中。

少时读这篇文章难解"一株是枣树,还有一株也是枣树",现在数十年过去,总算略有领悟。这是借枣明心,反复坚意。

本书选鲁迅三篇涉夜文章,可悟鲁迅"才大似海,笔妙如环"。

梦

很多的梦,趁黄昏起哄。/前梦才挤却大前梦时,/后梦又赶走了前梦。/去的前梦黑如墨;在的后梦墨一般黑;/去的在的仿佛都说,"看我真好颜色。"/颜色许好,暗里不知;/而且不知道,说话的是谁?/暗里不知,身热头痛。/你来你来! 明白的梦。

【靓评】

"好梦"的颜色

1918年5月,鲁迅在《新青年》上发表新文学史的第一篇白话小说《狂人日记》的同时,还发表了白话新诗《梦》《爱之神》《桃花》三首,接着又发表了《他们的花园》《人与时》等几首。鲁迅说他是"不喜欢做新诗的","只因为那里诗坛寂寞,所以打打边鼓,凑些热闹;待到称为诗人的一出现,就洗手不作了"(《集外集》序言)。"打打边鼓"之说,自然是鲁迅的自谦之词。但以后鲁迅致力于小说、杂文的写作,很少再写新诗,确系实情。这不多的几首诗,在"五四"时期,对新诗的发展也确是起了"打打边鼓"的作用。

在这首诗里,鲁迅以"梦"的意象来表达自己的一些想法。人们做梦这一心理现象,总是发生在睡眠之时。但诗中却说,在"黄昏"时候,"很多的梦""起哄"。这里说的"黄昏",显然不是指日落黄昏,而是指特定的历史时期;所谓"梦",也不是指心理现象的"梦",而是指一种憧憬、一种希望、一种理想。鲁迅说他青年时候就曾经"做过许多好梦",比如去日本学医,就做过治病救人或在必要时去当军医这样"很美满"的"梦";稍后弃医从文,筹办《新生》时,又与几个朋友做着"纵谈将来的美梦"(《呐喊》自序)。然而,这些"梦"都没有成为现实。这首诗里所说的"梦"的含意正在于:在那"风雨如磐"的黑暗年代,各种各样的人,做着各种各样的"梦",什么"钩爪锯牙"呀,"反清革命""恢复汉官威仪"呀等等。这一个又一个的"梦",不是"黑如墨",就是"墨一般黑",没有什么不同。"去的"或"在的""梦"都说自己"真好颜色",都是"好梦"。或许真的是这样,但在黑暗中又怎么辨别得清楚呢?甚至是什么样的人在吹嘘自己的"好梦"也不容易弄清楚。这里的言外之意是过去的就让它过去吧! 这是对过去的彻底否定。

结尾两行,是这首诗的主旨所在:身处黑暗中,什么都看不见,就像在"没有窗户"的"铁屋子"里,"身热头痛",快要被闷死了。然而,诗人已敏锐感到:"时候已是二十世纪了,人类眼前早已闪出曙光。"(《坟·我之节烈观》)呼唤"你来你来! 明白的梦",正是诗人对光明的殷切期待。

以"梦"作为意象,既有具体的研发形式,含蓄但不是朦胧;又有理性内容,直白但不是说教。这就是这首诗的主要特色。

我的失恋——拟古的新打油诗①

我的所爱在山腰;/想去寻她山太高,/低头无法泪沾袍。/爱人赠我百蝶巾;/回她什么:猫头鹰。/从此翻脸不理我,/不知何故兮使我心惊。

我的所爱在闹市;/想去寻她人拥挤,/仰头无法泪沾耳。/爱人赠我双燕图;/回她什么:冰糖壶卢。/从此翻脸不理我,/不知何故兮使我糊涂。

我的所爱在河滨;/想去寻她河水深,/歪头无法泪沾襟。/爱人赠我金表索;/回她什么:发汗药。/从此翻脸不理我,/不知何故兮使我神经衰弱。

我的所爱在豪家;/想去寻她兮没有汽车,/摇头无法泪如麻。/爱人赠我玫瑰花;/回她什么:赤练蛇。/从此翻脸不理我,/不知何故兮——由她去罢。

【注释】

① 在鲁迅蜚声中外的散文诗集《野草》中,有一篇形式特异的作品:《我的失恋——拟古的新打油诗》。关于这篇作品的创作动机,鲁迅说得非常明确:"因为讽刺当时盛行的失恋诗,作《我的失恋》。"(《〈野草〉英文译文序》)又说:"不过是三段打油诗,题作《我的失恋》,是看见当时'阿呀阿唷,我要死了'之类的失恋诗盛行,故意作一首用'由她去罢'收场的东西,开开玩笑的。这首诗后来又添了一段,登在《语丝》上。"(《三闲集·我和〈语丝〉的始终》)应该说明的是,鲁迅并不反对一般的爱情诗。在《热风·反对"含泪"的批评家》一文中,他还挺身而出,为遭到守旧派攻击的汪静之的情诗集《蕙的风》辩护。他本人的作品中,也有以爱情为题材的小说《离婚》《伤逝》,杂文《随感录四十·爱情》《娜拉走后怎样》等。很清楚,鲁迅反对的只是那种无病呻吟、感情消沉的爱情诗。

鲁迅的这首诗是仿东汉张衡《四愁诗》所作,原诗如下:

我所思兮在太山,/欲往从之梁父艰。侧身东望涕沾翰。/美人赠我金错刀,何以报之英琼瑶。/路远莫致倚逍遥,何为怀忧心烦劳。//我所思兮在桂林,/欲往从之湘水深。侧身南望涕沾襟。/美人赠我琴琅玕,何以报之双玉盘。/路远莫致倚惆怅,何为怀忧心烦伤。// 我所思兮在汉阳,/欲往从之陇阪长。侧身西望涕沾裳。/美人赠我貂襜褕,何以报之明月珠。/路远莫致倚踟蹰,何为怀忧心烦纡。//我所思兮在雁门,/欲往从之雪雰雰。侧身北望涕沾巾。/美人赠我锦绣段,何以报之青玉案。/路远莫致倚增叹,何为怀忧心烦惋。

【靓评一】

人世间的爱情是一种修行

鲁迅的这首诗无论其背景、目的、动机如何,就现在来看,表明了爱情的差异性。张衡的诗表现的差异只是单纯的地理上的差异,虽然山高路远,两人还是投桃报李、锦瑟相惜的,所以这种爱情虽悲而不哀。而鲁迅的诗,第一句表现了位置的差异,第二句表明了寻求的差异,第三句表明了障碍的差异,第四句表明了物质的差异,而更糟糕的在礼物的赠予方面,表现了两人精神上的差异,这种差异的障碍看来是无法逾越的,因此在最后一句才表明最终结果只能是由她去罢,这也是这种爱情的必然结果。不是说爱情不伟大,不是说爱情不能超越门户、地位、财富的差异,但经济基础始终决定了上层建筑,门当户对还是有道理的。如果再像诗中那样鸡同鸭讲、南辕北辙,缺乏灵魂的沟通,那这样的爱必然无疾而终。有时候真的不明白,是"爱"了还是"性"了。其实爱是很容易的,但加上个情字就很难了。那需要在万千人中见了,眼与眼的凝望,手与手的相牵,心与心的碰撞,然后柴米油盐酱醋茶,抵御时光的侵袭,人世的诱惑,当岁月老去,依然相依相偎,相亲相伴,我们呼之为爱情,少一分少一秒那都不是。所以佛说500年的修行只换来一次擦肩而过,而人世间的爱情又需要怎样的修行啊,因此这世上的真爱往往真的是可遇不可求的,所以世间有的是孤独的行者。虽然如此还是乞求上天赐我一双看穿世事的慧眼,赐我个小小的爱人,纵然千山万水,纵然百转千回,纵然时事难测,我也愿意去寻找,去等待。

【靓评二】

讽刺的是无聊的爱情诗

《我的失恋》是《野草》中唯一以诗的形式出现的一篇诗章。当时,有些青年不是积极地投身于方兴未艾的人民革命斗争的浪潮,而是沉溺于个人恋爱的狭小天地里。他们把恋爱看得至高无上,重于一切,似乎失恋就失去了生命,就没有生存的必要;一旦失恋,他们就大作起"啊呀阿唷,我要死了"之类的无聊的失恋诗来。为了讽刺这种无聊的失恋诗的盛行,鲁迅"故意作了一首用'由她去罢'收场的东西,开开玩笑"(《三闲集我和〈语丝〉的始终》),给予讥刺。

《我的失恋》全诗共四节,作者选取了几个求爱的典型事例,运用排比叠段的表现手法,从不同的角度概述了"我"失恋的原因和经过。幽默风趣,讥刺辛辣。

四节诗中,每节诗的前三句都写"我"求爱之难。"山腰""闹市""河滨""豪家",这样几个富有典型意义的地点选择,概括了"我"失恋之前的全部求爱生活,反复渲染了"我"痛苦的心情和无能为力的苦衷,为下文写"我"在失恋之后所受到的刺激埋下了伏笔。每节诗的后四句都是写"我"失恋的经过、原因和失恋之后的痛苦、烦恼、抉择。许寿裳《鲁迅的游戏文章》里说:"这诗挖苦当时那些'阿唷!我活不了,失了主宰了!'之类的失恋诗的盛行,……阅读者多以为信口胡诌,觉得有趣而已;殊不知猫头鹰是他自己钟爱的,冰糖葫芦是爱吃的,发汗药是常用的,赤练蛇也是爱看的。还是一本正经,没有什么做作。"这正是理解诗中赠物的注脚。

失恋之后怎么办?是继续沉溺于这种缠绵悱恻的恋爱的纠葛之中永不清醒,贻误一生,还是尽快地斩断温情脉脉、牵肠挂肚的情丝,开始新的、更有意义的生活?是每个失恋者都必须回答的问题。鲁迅用"由她去罢"一句作结,完全否定了那种"只为了爱——盲目的爱,而将别的人生的要义全盘疏忽了"(《彷徨·伤逝》)的爱,指明了失恋之后所应取的态度。同时又给那些哼着"啊呀阿唷,我要死了"的失恋诗的失恋者以辛辣的讽刺。拟古而又不落俗套,诙谐而无戏谑之嫌,是这首打油诗的一大特色。

赠邬其山①

廿②年居上海,每日见中华:有病不求药,无聊才读书。

一阔脸就变,所砍头渐多。忽而又下野,南无阿弥陀③。

【注释】

① 邬其山:即内山书店的老板内山完造先生。内山两字的日文发音是"邬其亚马"(wuqi yama)。为了适应中国人的名字形式,鲁迅保留"山"字,将内山写为邬其山。② 廿(niàn)年:二十年。内山于1911年辛亥革命前到中国,至此时,已有二十年。③ 下野:下台。南无阿(ē)弥陀:佛号,是佛教徒经常念诵的。当时下台的军阀政客有的还假称吃斋学佛,这两句就是指这种情况。又,在江浙人的口头禅中"南无阿弥陀佛"又有"谢天谢地"的意思。作者这里语带双关,表现了对当时国民政府的蔑视和冷嘲。

【靓评】

国民政府统治者的怪相

这首诗作于1931年初春。许广平《鲁迅的诗和邬其山》:"当时,鲁迅先生每天都到内山书店去会晤内山先生欢谈。一天,内山先生感慨地说:'我在上海住了二十年之久,眼看着中国军阀、政客们的行动,和日本的军阀、政客们的行动,真是处处相同;那就是等待时机,一朝身就要职,大权在握时,便对反对他们的人们,尽其杀害的能事。可是到了局势对他们不利的时候,又像一阵风似的销声敛迹,宣告下野,而溜之大吉了。'鲁迅先生听了这番话以后,颇感兴趣,在第二天便根据内山先生的谈话,写成一首诗赠给他。"

这是一首从受诗者所见所闻而写的诗,全诗意在嘲讽国民政府统治者的怪相,采用了写实手法,摒弃了比喻修辞,直斥国民政府,笔锋犀利泼辣,痛快淋漓。

首句平铺直叙,直言总括,写这二十年来的中华的状况。后三句用口语化的语言,概括国民政府军阀政客们的种种伎俩。其中"一阔脸就变,所砍头渐多"句,写出了军阀政客们手段的凶残,指出他们毫不以生命为意、视生命如草芥的模样。尾句用"南无阿弥陀"的敬佛念佛声作结,既写了军阀政客下台失势后,以皈依佛门的形式避仇和等待东山再起的伎俩,又写了民众对他们下台的态度:谢天谢地,他们终于下台了。结句语含双关,幽默风趣,耐人寻味。

全诗明白如话,每一句抓住一个典型现象,高度概括了军阀、政客们的形象和手段,末句于幽默诙谐中,寄寓了作者对军阀政客们的愤恨。

这首诗凭写实手法,行嘲讽之旨,且不求渲染,运用白描手法,不事雕琢,节奏明快,有民歌风味,语言通俗易懂,爱憎分明。

悼杨铨

岂有豪情似旧时,花开花落两由之。
何期泪洒江南雨,又为斯民哭健儿。

【靓评】

积淀无限深情的悼亡之诗

这首诗作于1933年6月21日。杨铨与鲁迅同为上海民权保障同盟执行委员。杨铨虽是国民党员,但他反对国民政府的法西斯统治,1933年6月18日被国民政府特务组织暗杀于上海,6月20日在万国殡仪馆大殓。当时,盛传鲁迅也被列入黑名单,因此友人许寿裳劝他注意安全,不要参加杨铨的葬仪,但鲁迅毅然前往,并且不带家门的钥匙,表现出视死如归的决心。送殓归来,便写下这首诗。

这是一首积淀着无限深情的悼念亡友的诗作。在中华民国时期,悼亡,对革命者来说是常事,因而,它也就成了鲁迅诗作的一个重要的主题。和一般性的悼亡之作不同的是,鲁迅在此诗中除使用"健儿"一词外,基本上不涉及被悼念者的身世、人品和才学,而主要是写诗人自己的心境和感情。

诗的前两句乍看起来和悼念挚友似无关联,全然是在写自己的感受;而就情绪的格调来看,仿佛还不免有些压抑和低回。"岂有豪情似旧时,花开花落两由之。"说明诗人近时的心境不如过去亢奋,已经被压抑到低沉、麻木的境地,甚至连花开花落、人事荣枯也激不起心中的一点微波和涟漪了。这显然是反语,是极言压迫已经超出了可以负荷的程度;只好听之任之。作者鲁迅在《南腔北调集·〈守常全集〉题记》一文中说过:"革命的先驱者的血,现在已经并不希奇了。单就我自己说罢,七年前为了几个人,就发过不少激昂的空论,后来听惯了电刑、枪毙斩决、暗杀的故事,神经渐渐麻木,毫不吃惊,也无言说了。我想,就是报上所记的'人山人海'去看枭首示众的头颅的人们,恐怕也未必觉得更兴奋于看赛花灯的罢。血是流得太多了。"他在《集外集拾遗·上海所感》中又说过:"初看见血,心里是不舒服的,不过久住在杀人的名胜之区,则即使见了挂着的头颅,也不怎么诧异。这就是因为能够习惯的缘故。"鲁迅的这些话,可以印证他的"豪情"之所以锐减完全是压迫无比惨烈、社会极其黑暗的缘故。从艺术的表现角度来讲,前两句感情低回,似现木然,则是一种蓄势待发、欲扬先抑的手法。作为革命家的鲁迅,他绝不会对时势的变化、斗争的起伏、革命的成败以及革命者的生死置之度外,漠不关心的。1926年,他在抨击旧军阀时,曾说过:"人们的痛苦是不容易相通的。因为不易相通,杀人者便以杀人为唯一要道,甚至于还当作快乐。然而也因为不容易相通,所以杀人者所显示的'死之恐怖',仍然不能够儆戒后来,使人们永远变作牛马。"(《华盖集续编·死地》)杨铨死后不久,作者鲁迅在写给友人台静农的信中说:"仆生长危邦,年逾大衍,天灾人祸,所见多矣,无怨于生,亦无怖于死,即将投我琼瑶,依然弄此笔墨,凤心旧习,不能改也,惟较之春初,固亦颇自摄养耳。"既然"无怨于生""固亦颇自摄养";既然"无怖于死",则旧习不改,"依然弄此笔墨",绝不会被白色恐怖所吓退,"豪情"也绝不会真的减退,就是减退了,也必当再度焕发。所以在写给友人的信中他多次表示:"继杨杏佛而该死之榜,的确有之","据闻在'白名单'中,我也荣获入选",但作者却正义凛然、勇敢无畏地宣告:"只要我还活着,就要拿起笔,去回敬他们的手枪。"

"何期泪洒江南雨,又为斯民哭健儿。"笔锋突然一转,豪情再度昂奋,更加焕发。蓄势待发的感情,冲破了前所罕见的大黑暗迸发了出来,在这江南大雨之日,作者也涕泪滂沱地哭吊这位人民的健儿。末二句即融景入情,表达了作者沉痛真挚的感情。一个"又"字,既说明了暗杀革命者的事件不断上演,反映国民政府统治下的严酷,又说明了前两句所表达的"麻木"心情所由来的原因,前后照应。诗的前后各半部分表现的感情,先抑后扬,又以当前景,融入当时情,情景交融,浑然一体。

惯于长夜过春时

惯于长夜过春时,挈妇将雏鬓有丝。
梦里依稀慈母泪,城头变幻大王旗。
忍看朋辈成新鬼,怒向刀丛觅小诗。
吟罢低眉无写处,月光如水照缁衣。

【靓评】

一幅旧中国的"长夜"画

春天本应该是阳光明媚、温暖宜人的。然而,军阀的统治吞噬了美好的春天,人们仿佛生活在茫茫黑夜之中。"惯于"既是反话,更是愤激之语。"挈妇将雏鬓有丝"展现了作者携妻带子辗转奔波的艰苦生活;夜茫茫、路漫漫,多少惊涛骇浪,多少悲愤忧愁,已使他鬓发染霜。"梦里依稀慈母泪",慈母们日夜担惊受怕,眼中充盈着擦不干的泪水。军阀们却你争我夺,征战不休。但不管谁上台,他们对革命者的屠杀却一样凶残。甚至于,城头每变换一次大王旗,就屠杀一批革命者,也就意味着又增加了多少慈母的伤心泪。面对战友们一个个被杀害,鲁迅没有徒然地伤感悲戚,而是横眉立目向敌人的屠刀丛中吟诵正气凛然的诗篇。尾联"吟罢低眉无写处,月光如水照缁衣",诗人由对敌人的愤激回到眼前现实,他痛切地意识到:在"禁锢得比罐头还严密"的社会里,在国民党的统治下,诗人的笔是找不到落脚点的,唯有如水的月光,仿佛善解人意,清冷地照在悲郁徘徊的诗人身上,照在诗人庄严肃穆的黑袍上。

全诗以"长夜"为背景,以"爱憎"为线索,巧妙而严谨地把"长夜"中发生的一系列事件编织在一起,展示了一幅旧中国的"长夜"画。首联写"长夜"气氛下,作者全家的艰难处境。一个"惯"字串起两句,既概写了作者长期辗转的战斗生涯,又揭露了国民党的凶残本质,并体现了作者对敌人的极度蔑视与愤恨之情。颔联写"长夜"气氛下,人民的深重苦难。一个"变"字,成为该联的枢纽,既概括了千千万万的人民群众所遭受的苦难生活,又揭示了造成这种苦难的根本原因。颈联写"长夜"气氛下,作者积郁在胸的万丈怒火。一个"怒"字,把作者的思想感情推向高峰,既表达了作者对死难者的深切哀思,又激发了作者面对敌人的刀丛剑树而进行殊死搏斗的战斗豪情。尾联写"长夜"气氛下,作者的愤慨之情。一个"照"字,寓意深刻。尽管旧中国长夜漫漫,但可告慰死难的烈士,明媚的"春光"总有一天会照耀着祖国的大地。这一联有着浓烈的艺术魅力,拓展了无限遐思,余味无穷。

全诗构思严密,意境深沉,语言凝练,用词精当,真切感人。现代文学家郭沫若说:"原诗大有唐人风韵,哀切动人,可称绝唱。"(《革命春秋·由日本回来了》)著名学者许寿裳《我所认识的鲁迅》也称:"全首真切哀痛,为人们所传诵,郭沫若先生在抗战那年归国赋投笔诗,不是纯用这首的原韵吗?"

题《彷徨》

寂寞新文苑,平安旧战场。两间余一卒,荷戟独彷徨。

【靓评】

奋斗中的"彷徨"

本诗可见鲁迅的彷徨并不是完全消极的。它不是颓唐,而是有进取,有奋斗。而且,鲁迅这种彷徨的心境,后来在斗争中很快地改变了。他在1926年11月就说:"我已决定不再彷徨,拳来拳对,刀来刀当,所以心里也就舒服了。"(《两地书·七九》)鲁迅写《题〈彷徨〉》这首诗时已经掌握了先进的思想,和人民群众在一起,他已没有孤独、寂寞、彷徨的心情了。他写这首诗,固然是为了介绍自己写这本书的情况,以便友人更好地理解这本小说;更重要的是,鲁迅回顾了自己走过的这一段路程,严于解剖自己,不断前进。

五四运动以后,时代在前进,新文化战线运动的统一战线发生了分化。胡适等人组成了"现代评论"派,向北洋军阀政府靠拢。而作为新文化运动左翼的、初步地宣传马克思主义思想的李大钊等人,则投入到实际革命活动中去了。鲁迅是坚持进步的,但他那时还不能用马克思主义的观点来分析新文化战线发生的分化现象。他觉得在原来的阵地上战斗的只剩下他一个人了,因而有了孤军作战的感觉,产生了寂寞和苦闷的心情。

鲁迅在《自选集·自序》中曾回忆了当时文化战线的分化和他的心情。他说:"后来《新青年》的团体散掉了,有的高升,有的退隐,有的前进,我又经验了一回同一战阵中的伙伴还是这么会变化,并且落得一个'作家的头衔',依然在沙漠中走来走去,不过已经逃不出在散漫的刊物上做文字,叫做随便谈谈。""得到较整齐的材料,则还是做短篇小说,只因为成了游勇,布不成阵了,所以技术虽然比先前好一些,思路也似乎较无拘束,而战斗的意气却冷得不少。新的战友在哪里呢?我想,这是很不好的。于是集印了这时期的十一篇作品,谓之《彷徨》,愿以后不再这模样。"(《南腔北调集·〈自选集·自序〉》)鲁迅在这里坦率地解剖了自己当时的寂寞之感和"战斗的意气却冷得不少"的心情,但鲁迅已经认识到"这是很不好的",他要继续前进,努力去找新的道路,决心"以后不再这模样"。

鲁迅后来在《中国新文学大系·小说二集序》中又谈起当时的情况:"北京虽然是五四运动的策源地,但自从支持着《新青年》和《新潮》的人们风流云散以来,一九二〇至二二年这三年间,倒现着寂寞荒凉的古战场的情景。"鲁迅在这样的情况下写了收入《彷徨》的一些作品,他自己认为"也减少了热情"(《且介亭杂文二集》之《中国新文学大系·小说二集序》)。

鲁迅的这两段话,都是他后期掌握了马克思主义思想后,对自己写《彷徨》时的情景的分析。这对于理解《彷徨》和《题〈彷徨〉》诗,是十分重要的。

郁达夫

郁达夫(1896—1945)：原名郁文，字达夫，幼名阿凤，浙江富阳人，中国现代作家、革命烈士。郁达夫是新文学团体创造社的发起人之一，一位为抗日救国而殉难的爱国主义作家。在文学创作的同时，还积极参加各种反帝抗日组织，先后在上海、武汉、福州等地从事抗日救国宣传活动。其文学代表作有《怀鲁迅》《沉沦》《故都的秋》《春风沉醉的晚上》《过去》《迟桂花》等。

1952年，中华人民共和国中央人民政府追认郁达夫为革命烈士。1983年6月20日，民政部授予其革命烈士证书。

故都的秋

秋天，无论在什么地方的秋天，总是好的；可是啊，北国的秋，却特别地来得清，来得静，来得悲凉。我的不远千里，要从杭州赶上青岛，更要从青岛赶上北平来的理由，也不过想饱尝一尝这"秋"，这故都的秋味。

江南，秋当然也是有的，但草木凋得慢，空气来得润，天的颜色显得淡，并且又时常多雨而少风；一个人夹在苏州上海杭州，或厦门香港广州的市民中间，混混沌沌地过去，只能感到一点点清凉，秋的味，秋的色，秋的意境与姿态，总看不饱，尝不透，赏玩不到十足。秋并不是名花，也并不是美酒，那一种半开、半醉的状态，在领略秋的过程上，是不合适的。

不逢北国之秋，已十余年了。在南方每年到了秋天，总要想起陶然亭的芦花，钓鱼台的柳影，西山的虫唱，玉泉的夜月，潭柘寺的钟声。在北平即使不出门去吧，就是在皇城人海之中，租人家一椽破屋来住着，早晨起来，泡一碗浓茶，向院子一坐，你也能看得到很高很高的碧绿的天色，听得到青天下驯鸽的飞声。从槐树叶底，朝东细数着一丝一丝漏下来的日光，或在破壁腰中，静对着像喇叭似的牵牛花（朝荣）的蓝朵，自然而然地也能够感觉到十分的秋意。说到了牵牛花，我以为以蓝色或白色者为佳，紫黑色次之，淡红色最下。最好，还要在牵牛花底，教长着几根疏疏落落的尖细且长的秋草，使作陪衬。

北国的槐树，也是一种能使人联想起秋来的点缀。像花而又不是花的那一种落蕊，早晨起来，会铺得满地。脚踏上去，声音也没有，气味也没有，只能感出一点点极微细极柔软的触觉。扫街的在树影下一阵扫后，灰土上留下来的一条条扫帚的丝纹，看起来既觉得细腻，又觉得清闲，潜意识下并且还觉得有点儿落寞，古人所说的梧桐一叶而天下知秋的遥想，大约也就在这些深沉的地方。

秋蝉的衰弱的残声，更是北国的特产，因为北平处处全长着树，屋子又低，所以无论在什么地方，都听得见它们的啼唱。在南方是非要上郊外或山上去才听得到的。这秋蝉的嘶叫，在北方可和蟋蟀耗子一样，简直像是家家户户都养在家里的家虫。

还有秋雨哩，北方的秋雨，也似乎比南方的下得奇，下得有味，下得更像样。

在灰沉沉的天底下，忽而来一阵凉风，便息列索落地下起雨来了。一层雨过，云渐渐地卷向了西去，天又晴了，太阳又露出脸来了，着着很厚的青布单衣或夹袄的都市闲人，咬着烟管，在雨后的斜桥影里，上桥头树底下去一立，遇见熟人，便会用了缓慢悠闲的声调，微叹着互答着地说：

"唉，天可真凉了……"（这了字念得很高，拖得很长。）

"可不是吗？一层秋雨一层凉了！"

北方人念阵字，总老像是层字，平平仄仄起来，这念错的歧韵，倒来得正好。

北方的果树，到秋天，也是一种奇景。第一是枣子树，屋角，墙头，茅房边上，灶房门口，它都会一株株地长大起来。像橄榄又像鸽蛋似的这枣子颗儿，在小椭圆形的细叶中间，显出淡绿微黄的颜色的时候，正是秋的全盛时期，等枣树叶落，枣子红完，西北风就要起来了，北方便是沙尘灰土的世界，只有这枣子、柿子、葡萄，成熟到八九分的七八月之交，是北国的清秋的佳日，是一年之中最好也没有的 Golden Days。

有些批评家说，中国的文人学士，尤其是诗人，都带着很浓厚的颓废的色彩，所以中国的诗文里，赞颂秋的文字的特别的多。但外国的诗人，又何尝不然？我虽则外国诗文念得不多，也不想开出账来，做一篇秋的诗歌散文钞，但你若去一翻英德法意等诗人的集子，或各国的诗文的 Anthology 来，总能够看到许多并于秋的歌颂和悲啼。各著名的大诗人的长篇田园诗或四季诗里，也总以关于秋的部分，写得最出色而最有味。足见有感觉的动物，有情趣的人类，对于秋，总是一样地特别能引起深沉、幽远、严厉、萧索的感触来的。不单是诗人，就是被关闭在牢狱里的囚犯，到了秋天，我想也一定能感到一种不能自已的深情，秋之于人，何尝有国别，更何尝有人种阶级的区别呢？不过在中国，文字里有一个"秋士"的成语，读本里又有着很普遍的欧阳子的《秋声》与苏东坡的《赤壁赋》等，就觉得中国的文人，与秋的关系特别深了，可是这秋的深味，尤其是中国的秋的深味，非要在北方，才感受得到底。

南国之秋，当然也是有它的特异的地方的，比如廿四桥的明月，钱塘江的秋潮，普陀山的凉雾，荔枝湾的残荷等等，可是色彩不浓，回味不永。比起北国的秋来，正像是黄河之与白干，稀饭之与馍馍，鲈鱼之与大蟹，黄犬之与骆驼。

秋天，这北国的秋天，若留得住的话，我愿把寿命的三分之二折去，换得一个三分之一的零头。

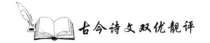

【靓评】

北国之秋清净凉,实是作者萧索肠

《故都的秋》是中国现代著名小说家、散文家、诗人郁达夫于1934年8月创作的散文。1927年4月12日蒋介石发动"四一二"政变。郁达夫为躲避国民党的恐怖威胁,1933年4月,他由上海迁居到杭州。1934年7月,郁达夫从杭州经青岛去北平(今北京),再次饱尝了故都的"秋味",并写下该文。《故都的秋》全文1500多字,运用了42个秋字来润色北国之秋的"清""静"和"悲凉",也处处渗透着郁达夫消极与积极情绪在纠结与斗争的痕迹。

故都的"秋",其实是郁达夫的"秋",是表现了他主观感情、审美取向、文学气质和人生态度的"秋"。本文的悲凉美感,跟传统的悲秋情结有关,跟作者的身世性格有关,跟作品的创作背景也有关。郁达夫的一生,仿佛是一次旅程,终其一生没有回头。他的缺点让人恨,让人爱。但他的沉沦、颓废、软弱、自卑、自我暴露,都掩盖不了其率真赤诚对这个社会强大的冲击力。

郁达夫爱诗、精于诗,诗的成就高于郭沫若等,时文与小说尚列诗后,但此文超美,与烈士情怀相符。

郁达夫一生为中国新文学的发展和民族解放事业做出了不可磨灭的贡献。早期作品反映了中国留日学生身在异乡的屈辱生活,以及回国后又遭到社会歧视,为个人生计饱受颠沛流离之苦的境遇,深刻描写了当时青年处于军阀统治下在黑暗现实中找不到出路的苦闷心理。《沉沦》《茫茫夜》《茑萝行》是其代表。后期作品以游记、随笔等散文小品为主,如《钓台的春昼》《移家琐记》《寂寞的春潮》等,以闲适的笔调寄托自己感时忧国的心情。晚年写了许多旧体诗,借以抒发爱国的情感,其中《毁家诗纪》《离乱杂诗》曾被广为传诵。

郁达夫主张"文学作品,都是作家的自叙传",侧重从主观内心世界出发,表现自我的真挚感情。大胆的自我暴露手法和浓厚的抒情色彩,使他的小说、散文、诗歌充满浪漫主义感伤色彩。

我的梦,我的青春!

有一天春天的早晨,母亲上父亲的坟头去扫墓去了,祖母也一清早上了一座远在三四里路外的庙里去念佛。翠花在灶下收拾早餐的碗筷,我只一个人立在门口,看有淡云浮着的青天。忽而阿千唱着戏,背着钩刀和小扁担绳索之类,从他的家里出来,看了我的那种没精打采的神气,他就立了下来和我谈天,并且说:

"鹳山后面的盘龙山上,映山红开得多着哩;并且还有乌米饭(是一种小黑果子),彤管子(也是一种刺果),刺莓等等,你跟了我来罢,我可以采一大堆给你。你们奶奶,不也在北面山脚下的真觉寺里念佛么?等我砍好了柴,我就可以送你上寺里去吃饭去。"

阿千本来是我所崇拜的英雄,而这一回又只有他一个人去砍柴,天气那么的好,今天清早祖母出去念佛的时候,我本是嚷着要同去的,但她因为怕我走不动,就把我留下了。现在一听到了这一个提议,自然是心里急跳了起来,两只脚便也很轻松地跟他出发了,并且还只怕翠花要出来阻挠,跑路跑得比平时只有快些。出了弄堂,向东沿着江,一口气跑出了县城之后,天地宽广起来了,我的对于这一次冒险的惊惧之心就马上被大自然的威力所压倒。这样问问,那样谈谈,阿千真像是一部小小的自然界的百科大辞典,而到盘龙山脚去的一段野路,便成了我最初学自然科学的模范小课本。

麦已经长得有好几尺高了,麦田旁的桑树,也都发出了绒样的叶芽。晴天里嗖嗖地一声飞鸣过去的,是老鹰在觅食;树枝头吱吱喳喳,似在打架又像是在谈天的,大半是麻雀之类;远处的竹林丛里,既有抑扬,又带余韵,在那里歌唱的,才是深山的画眉。

渐走渐高了,山上的青红杂色,迷乱了我的眼目。日光直射在山坡上,从草木泥土里蒸发出来的一种气息,使我呼吸感到了困难;阿千也走得热起来了,把他的一件破夹袄一脱,丢向了地下。教我在一块大石上坐下息着,他一个人穿了一件小衫唱着戏去砍柴采野果去了;我回身立在石上,向大江一看,又深深地深深地得到了一种新的惊异。

这世界真大呀!那宽广的水面!那澄碧的天空!那些上下的船只,究竟是从哪里来,上哪里去的呢?

我一个人立在半山的大石上,近看看有一层阳光在颤动着的绿野桑田,远看看天和水以及淡淡的青山,渐听得阿千的唱戏声音幽下去远下去了,心里就莫名其妙地起了一种渴望与愁思。我要到什么时候才能大起来呢?我要到什么时候才可以到这像在天边似的远处去呢?到了天边,那么我的家呢?我的家里的人呢?同时感到了对远处的遥念与对乡井的离愁,眼角里便自然而然地涌出了热泪。到后来,脑子也昏乱了,眼睛也模糊了,我只呆呆地立在那块大石上的太阳里做幻梦。我梦见有一只揩擦得很洁净的船,船上面张着了一面很大很饱满的白帆,我和祖母母亲翠花阿千等都在船上,吃着东西,唱着戏,顺流下去,到了一处不相识的地方。我又梦见城里的茶店酒馆,都搬上山来了,我和阿千便在这山上的酒馆里大喝大嚷,旁边的许多大人,都在那里惊奇仰视。

这一种接连不断的白日之梦,不知做了多少时候,阿千却背了一捆小小的草柴,和一包刺莓映山红乌米饭之类的野果,回到我立在那里的大石边来了;他脱下了小衫,光着了脊肋,那些野果就包在他的小衫里面的。

我们到了寺里,祖母和许多同伴的念佛婆婆,都张大了眼睛,惊异了起来。阿千走后,她们就开始问我这一次冒险的经过,我也感到了一种得意,将如何出城,如何和阿千上山采集野果的情形,说得格外的详细。后来坐上桌去吃饭的时候,有一位老婆婆问我:"你大了,打算去做些什么?"我就毫不迟疑地回答她说:"我愿意去砍柴!"

故乡的茶店酒馆,到现在还在风行热闹,而这一位茶店酒馆里的小英雄,初次带我上山去冒险的阿千,却在一年涨大水的时候,喝醉了酒,淹死了。他们的家族,也一个个地死的死,散的散,现在没有生存者了;他们的那一座牛栏似的房屋,已经换过了两三个主人。时间是不饶人的,盛衰起灭也绝对地无常:阿千之死,同时也带去了我的梦,我的青春!

(节选自郁达夫《自传》)

【靓评】

故乡的梦境,动人的春景

19世纪末20世纪上半叶的中国,内有封建势力、军阀势力,外有帝国主义者,国家、民族处于危亡之中。爱国的仁人志士纷纷投入到了救亡图存的运动中,"五四运动"应运而生,五四时期的激进民主主义对郁达夫产生了深远影响;19世纪末欧洲文学也在郁达夫身上烙下了深深的印记,中国古代士大夫如阮籍等竹林七贤那种"放浪形骸之外"的处世态度也强烈熏染了郁达夫。郁达夫的生活和创作因此包含着深刻的矛盾,他的创作反映了在中国革命的长期性、复杂性和曲折性的特定历史条件下,一个富有才能、力求进步的知识分子艰苦的思想历程,反映了一代知识分子普遍的苦闷心理和关于人性解放的强烈的呼声。

文章回忆了自己在伙伴阿千的带领下第一次上山的经历。这段经历给作者留下不可磨灭的印象。作者用细腻的笔触,描绘了江南山区的春景。文章第四自然段,运用多种表达技巧对春景进行了描摹,如由远及近,由低到高,视听结合。这些技巧的综合运用,生动突出了大自然的"威力",以至于使作者了忘记了"惊惧"。

作者在写景的时候,还运用了一个重要的技巧,即虚实结合。作者不仅仅描写了自己亲眼所见的春景,还用较大的篇幅叙写了自己在见到动人春景时油然而生的"梦"。这梦中,有作者对远方的憧憬,有对远离家乡与亲人的不舍。

故乡是每个人心中永远的记忆,因为那里有自己成长的印迹,有五彩的梦,对于郁达夫来说,也是如此。

毁家诗纪(节选)

一

离家三日是元宵,灯火高楼夜寂寥。

转眼榕城春欲暮,杜鹃声里过花朝。

(原注)

和映霞结褵了十余年,两人日日厮混在一道,三千六百日中,从没有两个月以上的离别。自己亦以为是可以终老的夫妇,在旁人眼里,觉得更是美满的良缘。生儿育女,除夭殇者不算外,已经有三个结晶品了,大的今年长到了十一岁。一九三六年春天,杭州的"风雨茅庐"造成之后,应福建公洽主席之招,只身南下,意欲漫游武夷太姥,饱采南天景物,重做些记游述志的长文,实就是我毁家之始。风雨南天,我一个人羁留闽地,而私心恻恻,常在思念杭州。在杭州,当然友人也很多,而平时来往,亦不避男女,友人教育厅厅长许绍棣君,就是平时交往中的良友之一。

四

寒风阵阵雨潇潇,千里行人去路遥。

不是有家归未得,鸣鸠已占凤凰巢。

(原注)

这是我在福州王天君殿里求得的一张签诗。正当年终接政治部电促,将动身返浙去武汉之前后。诗句奇突,我一路上的心境,当然可以不言而喻。一九三八年一月初,果然大雨连朝;我自福州而延平,而龙泉、丽水。到了寓居的头一夜,映霞就拒绝我同房,因许君这几日不去办公,仍在丽水留宿的缘故。第二天,许君去金华开会,我亦去方岩,会见了许多友人。入晚回来,映霞仍拒绝和我同宿,谓月事方来,分宿为佳,我亦含糊应之。但到了第三天,许君自金华回来,将于下午六时去碧湖,映霞突附车同去,与许君在碧湖过了一晚,次日午后,始返丽水。我这才想起了人言之啧啧,想到了我自己的糊涂,于是就请她自决,或随我去武汉,或跟许君永远同居下去。在这中间,映霞亦似曾与许君交涉了很久,许君似不肯正式行结婚手续,所以过了两天,映霞终于挥泪别了许君,和我一同上了武汉。

五

千里劳军此一行,计程戒驿慎宵征。

春风渐绿中原土,大蠹初明细柳营。

碛里碉壕连作寨,江东子弟妙知兵。

驱车直指彭城道,伫看雄师复两京。

十

犹记当年礼聘勤,十千沽酒圣湖滨。
频烧绛蜡迟宵柝,细煮龙涎浣宿熏。
佳话颇传王逸少,豪情不减李香君。
而今劳燕临歧路,肠断江东日暮云。

(原注)

与映霞结合事,曾记在日记中。前尘如梦,回想起来,还同昨天的事情一样。

十一

戎马间关为国谋,南登太姥北徐州。
荔枝初熟梅妃里,春水方生燕子楼。
绝少闲情怜姹女,满怀遗憾看吴钩。
闺中日课阴符读,要使红颜识楚仇。

(原注)

映霞平日不关心时事,此次日寇来侵,犹以为是一时内乱;行则须汽车,住则非洋楼不适意。伊言对我变心,实在为了我太不事生产之故。

十二

贫贱原知是祸胎,苏秦初不慕颜回。
九州铸铁终成错,一饭论交竟自媒。
水覆金盆收半勺,香残心篆看全灰。
明年陌上花开日,愁听人歌缓缓来。

(原注)

映霞失身之夜,事在饭后,许君来信中(即三封情书中之一),叙述当夜事很详细。当时且有港币三十七万余元之存折一具交映霞,后因换购美金取去。

十六

此身已分炎荒老,远道多愁驿递迟。
万死干君唯一语,为侬清白抚诸儿。

(原注)

建阳道中,写此二十八字寄映霞,实亦已决心去国,上南洋去作海外宣传。若能终老炎荒,更系本愿。

十九

一纸书来感不禁,扶头长夜带愁吟。
谁知元鸟分飞日,犹剩冤禽未死心。
秋意着人原瑟瑟,侯门似海故沉沉。
沈园旧恨从头数,泪透萧郎蜀锦衾。

(原注)

到闽后即接映霞来书,谓终不能忘情独处,势将于我不在中,去浙一行。我也已经决定了只身去国之计,她的一切,只能由她自决,顾不得许多了。但在临行之前,她又从浙江赶到了福州,说将痛改前非,随我南渡,我当然是不念旧恶的人,所以也只高唱一曲《贺新郎》,投荒到这炎海中来了。

【靓评】

以诗为文的"自叙式"书写

一、毁家之始末

《毁家诗纪》具有诗史之誉,因为它显现出很高的文学价值和史料价值。

作者用旧体诗真实地书写自己不幸的人生。欲读懂郁达夫的毁家缘由,最后一首词作是总关目。殿后的《贺新郎》一首,是诗人吐露爱国心声的压轴之作。上片写自己家庭因权贵第三者的插足而遭遇婚变的奇羞大辱,愧无面目见江东父老。下片写国仇至上,家恨次之,以民族大义为重,个人的一切无条件服从。仿佛是郁达夫个人向日寇的宣战书。先国后家,公而忘私,是"爱的大纛",是"憎的丰碑"。是中华文化哺育出的文人,造就出一个爱国主义者。

其实《毁家诗纪》非一时一地之作,自1936年3月写第一首七绝(离家三日是元宵),至1938年9月写最后一首《贺新郎》词,历时两年多。诗文多已发表于报刊。作者又一次将诸诗依时序编排加注,公之于众。一时沸沸扬扬,新闻热点,轩然大波。《毁家诗纪》乃郁达夫传统诗词的代表作。所谓诗纪,即有诗有纪(原注)。每篇注文均为诗人几年来生活历程的"自述状"。

郁达夫原配孙荃,是一位受传统家庭教育、知书达礼的女性。父母指婚,缺乏爱情。浪漫气质浓厚且深受个性解放思潮影响的郁达夫,对此不满意。他不能做到像同属新文化阵营的胡适那样不弃糟糠。1927年初,达夫结识杭州美女王映霞,热烈追求,6月成婚。1936年春,达夫只身离杭去闽,任福建省政府参议。这期间,郁、王夫妇感情发生裂痕。其后虽几经弥合,但破镜终难重圆,于1940年5月在新加坡两人离婚。

《毁家诗纪》诗注中历述作者在戎马仓皇的国难时期四方奔走:1936年春赴福建,同年冬赴日本东京讲演;1937年'七七'事变后赴武汉;1938年4月在徐州劳军并视察河防,"在山东、江苏、河南一带,冒烽火炮弹,巡视至一月之久";7月初自东战场回武汉,9月初旬离汉寿下沅湘,重入浙境,又到福州,拟去南洋;诗中写历经各地所见所闻的抗日战事,并穿插与王映霞从相识相爱、结婚共处到关系破裂、恶化过程的记述,抒发对国破家毁的悲愤和沉郁复杂的情感。哀怨悲愤,庄谐并作。

试观第五首、第十首、第十一首、第十二首、第十九首诸篇可知。

郁达夫用诗抒发真实人生,视自己为悲情主人公。但现实永远不是童话。从注释可知,王映霞之所以不安于室,是因为难以适应战乱时迁居乡村的艰苦生活,兼以丈夫长期不归,心身寂寞,被人诱惑。郁达夫愤怒悲哀,既深爱于妻,又不能大度包容,对妻的自尊心造成严重伤害,导致覆水难收。王映霞作为年轻貌美的女性,原有爱慕浮华的弱点,经不住贫困的考验,不能不说是悲剧的根源之一。她虽一时迷误,仍对丈夫有依依难舍之情。《毁家诗纪》发表一年多,两人才于1940年5月协议离婚。

反观郁达夫,将"毁家"的原因归结于国破战乱,贫贱夫妇不能团聚,小人有机可乘。终至粉碎"富春江上神仙侣"的美梦。他向国人现身说法,表明毅然决然地断却情丝,投身抗战,终为烈士。他不再纠缠于个人恩怨,放眼于挽救国家危难,或许正是数千年中华人文陶冶而成的大情操。其人其诗,值得称道!

诗能警世,但人们也不免叹息,毁家本可挽回。郁达夫用"名士"意气,处理家务,这种"自曝家丑"的方式,幼稚不理智,不足效法。

二、诗文互见的艺术成就

五四文学革命、新文学时期到来,使旧体诗走向了主流文学史的边缘,遭到冷落排斥遗忘。但旧体诗词作为一种文体没有消失,仍按自身规律不断地发展着,以顽强生命力绽放出一朵朵香味更幽远、沁润心脾的小花。当时参与人数数不胜数,郁达夫亦是其中的一位穿长衫"新青年"。他徘徊在传统与现代之间,对旧体诗创作的思想内容、艺术特色和价值意义,做着可贵的尝试。

1. "以诗为文",寄托灵魂

《毁家诗纪》陆续写于1936~1938年之间。十八首诗,除了第五首诗外都有一个原注,表明了创作时间和背景,相当于这两年作者的自叙传。与小说创作的自叙传式书写相比,其诗歌的自叙传特色体现更明显。比如第一首:

离家三日是元宵,灯火高楼夜寂寥。转眼蓉城春欲暮,杜鹃声里过花朝。

原注"和映霞结褵了十余年,两人日日厮混在一道……友人教育厅厅长许绍棣君,就是平时交往中的良友之一",标识出这首诗原创于1936年"花朝节"之夜的福州。诗歌自序的主人公是作者、王映霞、许绍棣三人。接下来的故事借旧体诗的形式细细展露,和小说《沉沦》非常相似。在《沉沦》结尾处有作者的呐喊:"祖国啊!祖国!我的死是你害的!你快富起来!强起来罢!你还有许多儿女在那里受苦呢!"在《毁家诗纪》中,有诗人的表态:"别有戴天仇恨在,国倘亡,妻妾宁非妓?先逐寇,再驱雉。"立意更高。他不再悲叹个人之不幸,转而伤国事之忧愤。有隐忍,有担当!

2. 韵律严整,形式美丽

《毁家诗纪》组诗以原注做经纬,诗文互见,串起完整的叙事文本。在艺术性方面,诗韵格律严整,诗句自然,把形式美和内容真统一在长文中。诗人借诗句宣泄自己丰富的情感,把旧诗歌形式提到一个高度,这在五四一代文人中可谓独步。

郁达夫酷爱旧诗形式美,使用得心应手。纵观《毁家诗纪》诗,发现七言整体形式协调,呈现同一主题,呈现同一美感、形式。诗歌发展有其规律,从三言两语到五七言长句,随着人们语言的进化而变,变得更利于人类情感的抒发。我们从郁达夫的绝句和七律,可见五言和七言与人类一句话的气息契合,适宜抒发情感,有独特审美效果!

3. 灵活用典,化用词语

郁达夫能熟练化用典故。一经他的笔,典故也畅晓美妙。此外他善用中国成语和俗语,把成语变换成新的语词,运用在诗歌适当部位。如:"伤心王谢堂前燕,低首新亭泣后杯。省识三郎肠断意,马嵬风雨葬花魁。"用了王谢堂前燕、马嵬的典故。"凤去台空夜渐长,挑灯时展嫁衣裳""武昌旧是伤心地,望阻侯门更断肠。"等等典故,如此运用,客观上借了人们的集体无意识,使中国传统文化的积淀词语进入脑海,幻化出熟悉而又陌生的阅读情境,在此过程中生化出快感,把读诗推向一个艺术高潮。

郁达夫是一个成就不凡的作家,创作涉及小说、散文、诗词、评论等多方面。一般说来,文学史家大都着眼其小说和散文。然而,他最高的文学成就却是诗歌!三位旧友曾给予他高度评价,刘海粟赞:"诗词第一,散文第二,小说第三,评论文章第四。"孙百刚说:"你将来可传的,不是你全部的小说,而是你的诗。"郭沫若认为:"他的旧诗词比他的新小说更好,他的小说笔调是条畅通达的,……他的旧体诗词却颇耐人寻味。"观郁达夫一生,伤国事之忧愤,累美人之深情。他沉沦过,毁灭过。但爱国之情,报国之志,赤子之心从未改变过。他用小说散文鼓吹新思想新文学;又用旧体诗美化理想畅述心情。诗文并进,游刃有余,直到牺牲的前一刻!或许,古典诗歌的书写正是郁达夫不幸的灵魂最温暖的寄存处。

离乱杂诗十一首①

其一

又见名城②作战场,势危累卵溃南疆③。空梁王谢迷飞燕④,海市楼台咒夕阳。
纵欲穷荒求玉杵,可能苦渴得琼浆。石壕村与长生殿,一例钗分蒽恨长。

其二

望断天南尺素书,巴城⑤消息近何如。乱离鱼雁双藏影⑥,道阻河梁⑦再卜居。
镇日临流怀祖逖⑧,中宵舞剑学专诸。终期舸载夷光⑨去,鬓影烟波共一庐。

其三

夜雨江村草木欣,端居无事又思君。似闻岛上烽烟急,只恐城门玉石焚。
誓记钗环当日语,香余绣被隔年薰⑩。蓬山咫尺南溟路,哀乐都因一水分。

其四

谣诼纷纭语迭新,南荒末劫事疑真。从知邢上终儿戏,坐使咸阳失要津。
月正圆时伤破镜,雨淋铃夜忆归秦⑪。兼旬别似三秋隔,频掷金钱卜远人。

其五

久客愁看燕子飞,呢喃语软泄春机。明知世乱天难问,终觉离多会渐稀。
简札浮深殷羑使⑫,泪痕斑驳谢庄⑬衣。解忧纵有兰陵酒,浅醉何由梦洛妃。

其六

却喜长空播玉音⑭,灵犀一点此传心。凤凰浪迹成凡鸟,精卫临渊是怨禽。
满地月明思故国,穷途裘敝感黄金。茫茫大难愁来日,剩把微情付苦吟。

其七

犹记高楼诀别词,叮咛别后少相思。酒能损肺休多饮,事决临机莫过迟。
漫学东方耽戏谑,好呼南八是男儿。此情可待成追忆,愁绝萧郎鬓渐丝。

其八

多谢陈蕃扫榻迎,欲留无计又西征。偶攀红豆来南国,为访云英上玉京。
细雨蒲帆游子泪,春风杨柳故园情。河山两戒⑮重光日,约取金门⑯海上盟。

其九

飘零琴剑下巴东⑰,未必蓬山有路通。乱世桃源非乐土,炎荒草泽尽英雄。
牵情儿女风前烛,草檄⑱书生梦里功。便欲扬帆从此去,长天渺渺一征鸿。

其十

千里驰驱自觉痴,苦无灵药慰相思。归来海角求凤日,却似隆中抱膝时。
一死何难仇未复,百身可赎我奚辞。会当立马扶桑⑲顶,扫穴犁庭⑳再誓师。

其十一

草木风声势未安,孤舟惶恐再经滩㉑。地名末旦㉒埋踪易,楫指中流转道难。
天意似将颁大任㉓,微躯何厌忍饥寒。长歌正气重来读,我比前贤路已宽。

【注释】

① 是诗作于一九四二年春,郁达夫被害后,这十一首诗是由胡愈之保存并带回国来的,一九四六年随《郁达夫的流亡和失踪》一文同时发表。诗后,愈之先生附有说明:"按:一九四二年春间,达夫避难保东村,日成一诗以自遣,今丰者仅十一首。右诗一至七首为怀远忆旧之作。达夫有女友,于新加坡陷前,撤退至爪哇,任联军广播电台广播员;达夫在保东村,隔二三日必赴附近市镇,听巴城广播,故有'却喜长空播玉音'之句。第八、第九首留别保东居停主人陈君,陈为闽金门人。第

十首成于彭鹤岭,则以言志。第十一首系去卜干峇鲁途中口占,末旦为中途停舟处。"② 名城:这里指新加坡城。③ 溃南疆:指英军在马来西亚的节节败退。④ 王谢:这里指当地政要。飞燕:这里指老百姓。⑤ 巴城:印度尼西亚苏门答腊岛西部的巴东。当时郁达夫、胡愈之、王任叔是分批次撤退的。5月初,到达苏门答腊西部高原小市镇巴爷公务,以富商身份出现,先住在广东华侨开设的海天旅馆,后租住一座小洋房。5月底,在巴爷公务侨长处,被日本宪兵发现精通日语。6月初,被迫去武吉丁宜日本宪兵分队任通译。⑥ 乱离鱼雁双藏影:时郁达夫有女友李晓音,任英军情报部门的广播员。1941年12月底,李晓音随英国情报人员撤退到爪哇。李晓音撤退到爪哇前,曾力说郁达夫也尽快撤退,并叫郁达夫托人把儿子郁飞送回国内。⑦ 河梁:桥梁。《列子·说符》:"孔子自卫反鲁,息驾乎河梁而观焉。"晋陆云《答兄平原》诗:"南津有绝济,北渚无河梁。"⑧ 祖逖:字士稚,范阳遒县(今河北涞水县)人。西晋末年洛阳沦没后,祖逖率领亲族乡党数百家避乱南下。祖逖不甘故国倾覆,恒存振复之心,主动请缨。建兴元年(313),祖逖带领旧部数百人毅然渡江,"中流击楫而誓曰:'祖逖不能清中原而复济者,有如大江!'"⑨ 夷光:西施,原名施夷光,春秋战国时期出生于浙江诸暨苎萝村。苎萝有东西二村,夷光居西村,故名西施。⑩ 誓记钗环当日语,香余绣被隔年薰:这写的是李晓音。隔年,郁达夫写这诗,已是李晓音撤退到爪哇后的第二年春。⑪ 月正圆时伤破镜,雨淋铃夜忆归秦:这句写的也是李晓音。⑫ 简札浮深殷羡使:典出南朝宋刘义庆《世说新语·任诞》"殷羡作豫章郡太守。临去,都下人因寄百计函书。既至石头,悉掷水中,因祝曰:沉者自沉,浮者自浮,殷洪乔不能作致书邮!"⑬ 谢庄:《晋书》载,谢庄朝回,衣为雪点,时人玩之,以为风韵。李商隐有句"欲舞定随曹植马,有情应湿谢庄衣"。⑭ 却喜长空播玉音:见注①。⑮ 两戒:国家疆域的南北界线,借指两戒之内的全境。这里指国家一统。⑯ 金门:《史记·滑稽列传》"(东方朔)时坐席中,酒酣,据地歌曰:'陆沉于俗,避世金马门。宫殿中可以避世全身,何必深山之中、蒿庐之下!'"《北齐书·文苑传·樊逊》:"人有讥其靖默不能趣时者,逊常服东方朔之言,陆沉世欲,避世金门,何必深山蒿芦之下,遂借陆沉公子为主人,拟《客难》,制《客诲》以自广。"⑰ 巴东:印度尼西亚苏门答腊岛西部的巴东。⑱ 草檄:袁绍让陈琳草檄,声讨曹操"卑侮王室,败法乱纪;坐领三台,专制朝政;爵赏由心,刑戮在口";"操豺狼野心,潜包祸谋,乃欲摧挠栋梁,孤弱汉室,除灭忠正,专为枭雄"。⑲ 扶桑:神话中的灵地之一,传说在东方的大海上,扶桑树是由两棵相互扶持的大桑树组成。多指日本。⑳ 扫穴犁庭:扫荡其居处,犁平其庭院。比喻彻底摧毁敌方。㉑ 孤舟惶恐再经滩:滩,惶恐滩,在江西省万安县,急流非常险恶,是赣江十八滩中的一个。文天祥有句"惶恐滩头说惶恐,零丁洋里叹零丁"。惶恐,是担心国家会灭亡而惶恐。㉒ 末旦:未彰显。㉓ 天意似将颁大任:典出《孟子》"天欲降大任于斯人也,必先苦其心志,劳其筋骨,饿其体肤,空乏其身,行拂乱其所为。"

【靓评一】

"余有一大爱焉,曰爱国"

知名作家、战地记者、流亡华侨、报馆编辑、宪兵府卧底……郁达夫的一生辗转多重身份,共同熔炼出"抗日先烈"的赤子之心。

在国家级和浙江省级公布的首批著名抗战英烈及英雄群体名录中,均有郁达夫的名字。

"他是名单中为数不多的文化人之一,这也说明他作为文化界的代表,为中国人民抗日战争的伟大胜利,做出了不可磨灭的贡献。"中国作协副主席叶辛说。

爱国,是贯穿郁达夫"以笔代戈"战斗生涯的主线。1913年,郁达夫在日本留学期间,就在日记中写道:"……余有一大爱焉,曰爱国。……国即余命也,国亡则余命亦绝矣!"也是在那时,他写下了著名白话小说《沉沦》。

1937年,郁达夫家乡富阳被日寇占领,母亲不肯做"亡国顺民"而绝食自尽。身在福州的郁达夫得知此噩耗,悲痛不已。年末隆冬,他在福州青年会的小屋中,为前来拜访的爱国青年写下了震撼人心的题词:"我们这一代,应该为抗战而牺牲。"

1938年,郁达夫辗转浙东、皖南等抗日前线,以一名爱国志士与战地记者的视角,亲历并记录了战争的残酷与中国军民的不屈。1938年底,他自福州抵达新加坡,担任新加坡文艺界抗日联合会主席,接编《星洲日报》副刊《晨星》。

"他当年就是新加坡华侨抗日第一人,没有之一,就是第一号人物。"新加坡文艺协会原会长骆明说。

郁达夫还在新加坡成立了文化界战时工作团,亲自授课宣讲。"有人说他是'颓废文人',他在战时青年干部训练班上课时问大家,我颓废吗?大家都说不是,他很高兴。"训练班学员方修回忆说。

战时的飘零、流亡、落魄,并未熄灭郁达夫内心的斗争热火。从新加坡撤至印尼后,郁达夫还多次帮助当地的爱国抗日志士。"父亲忍辱负重,被日本宪兵队抓去做通译,帮忙偷偷销毁信件、传递消息……"郁达夫的儿子郁大亚说,"宪兵队抓了抗日人士,父亲就想办法把宪兵灌醉,再偷偷放人。"

"精诚团结,持久抗战"

今天,当我们站在今天的国际地位和大国立场上,再来分析那场战争的伟大胜利,越发感慨郁达夫的"世界眼光"和"民族胸怀":

"精诚团结,持久抗战,区区倭寇,何难一鼓荡平?唯战线后之生产问题,战胜后之建设问题,却为我民族目前之最大课题。"

——1937年《"九一八"六周年的现在》

"立国在这物质文明进步极速的时代,自然须注重科学……但是人格的修养,精神的健全,是创造物质运用物质的根底……"

——1939年《语言与文字》

据介绍,1939年至1942年间,郁达夫共发表了400多篇支持抗日和分析国内外政治、军事形势的文章,针砭时弊,富有远见。

"父亲认为,抗战最大的目的是求得中华民族的自由解放与国家的独立完整,策略是以空间换时间,积小胜为大胜。"郁达夫小女儿郁美兰说。

更难能可贵的是,在背负国仇家恨的情况下,郁达夫依然能冷静、辩证地剖析中日关系。"国家与国家之间,虽有干戈杀伐的不幸,但民众与民众间的同情,也仍是一样地存在着……"

郁达夫研究学会副会长苏立军说,1940年,郁达夫在《晨星》副刊上发表《敌我之间》一文,坚定地指出,"中国的民众,原是最爱好和平的;可是他们也能辨别真正的和平与虚伪的和平的不同。"

"祖父带给我的最大精神财富,除了爱国,就是要有宽阔的胸襟和广袤的视野。"郁达夫的孙子郁伟说。虽然郁家后人从文者少,但并未忘记继承先辈遗志。"我花了很多时间和精力,学习日语和日本文化。"知己知彼方能百战不殆,"希望更多中国人能通过语言文化的'武器',捍卫自己国家的尊严"。

【靓评二】

"长歌正气重来读,我比前贤路已宽"

1942年,郁达夫在《离乱杂诗》中写道:"天意似将颁大任,微躯何厌忍饥寒。长歌正气重来读,我比前贤路已宽。"五四新文化运动之后,"白话文"、新诗兴起,出现了徐志摩、戴望舒、卞之琳等诗人和他们脍炙人口的名篇,旧体诗被边缘化在所难免。郁达夫是个例外,他在文学上的成就,有一种评价,是以旧体诗为最高。从青年至中年牺牲,旧体诗创作贯穿他的一生。只有在创造社时期,他才停止旧体诗写作。太平洋战争爆发后,在逃亡的日子里,郁达夫仍旧坚持以旧体诗作为内心情感的记录和抒发。《离乱杂诗》是他在逃亡途中写就,由12首七言律诗组成,笔调清新、用典贴切,是南洋时期旧体诗创作的代表。

流亡的郁达夫与《离乱杂诗》

1938年12月底,郁达夫一家三口从福建闽江口的川石岛乘坐邮轮经厦门、汕头,再经由香港于当年12月28日抵达星洲(即新加坡)。在香港换乘邮轮期间,他访晤了若干友人,包括叶灵凤、戴望舒,游览了香港虎豹别墅,应陆丹林之邀写下《远适星洲,道出香港,有人嘱题〈红树室书画集〉,因题一绝》。

陆丹林系香港《大风》杂志主编,郁达夫与他素有交往。《大风》第32期刊登了郁达夫《〈槟城杂感〉四首》，就在《毁家诗纪》发表后的20天。郁达夫自己在诗中说"故园归去已无家"，但是关于家乡的景物，杭州的钱塘江、西湖，绍兴的沈园，一再出现在他的诗句中，既然故园已无家，何以如此留恋家乡？如此留恋家乡，为何离开家乡来到南洋，要做"憔悴的天涯客"呢？

随着郁达夫一家搬入市政当局在中峇路营建的住宅区，生活逐渐安顿下来。据郁飞的《郁达夫的星洲三年》一文，住同一宅区的还有一大批文化界人士，胡愈之、沈兹九、王纪元、徐悲鸿、任光等。郁达夫逐渐适应了赤道炎热气候，担任多家报纸的编辑，结交当地侨领，与文化界人士"日夕往还"，逐渐融入当地的生活，其间有不少的记游诗、题画诗在《繁星》上发表。

从1938年末初抵星洲到太平洋战争爆发1942年初逃离新加坡，郁达夫三年多的星洲生活，并不像他原先"规划"的那样"逍遥"。思乡之情、忧国之心，也容不得他悠闲度日，即使远离抗战前线，本着"天下兴亡，匹夫有责"的爱国情怀，他还是要为抗战积极奔走呼号。郁达夫在倾力于抗日宣传活动、与国内文艺界保持联系的同时，还热心扶持鼓励新加坡当地文学青年。在新加坡期间，他撰写了很多政论、文艺评论、散文等，并仍坚持旧体诗创作，写了70多首旧体诗。

1941年12月，郁达夫来到新加坡的第四个年头，太平洋战争爆发。郁达夫作为文化界的中心人物，活跃在各个抗日组织，并担任职务。随着日军的轰炸、攻击，以及联军的软弱失利，日军很快攻占了马来半岛，新加坡处于岌岌可危之境地，很多人因不愿留下来被日本人统治，纷纷逃离新加坡。

一直从事抗日活动的华侨文化人，既不被英殖民当局保护，又被本国领事馆抛弃，陷入了靠自己开拓生路的绝境。1942年2月4日拂晓，郁达夫随同胡愈之、王任叔、张楚琨、王纪元等文化人及家属，搭乘一条破旧不堪的机动船，开始了逃亡生涯。根据胡愈之《郁达夫的流亡和失踪》一文，大致路线如下：新加坡→荷属小岛巴美吉里汶→石叻班让→望嘉丽→保东村→彭鹤岭→末旦→卜干峇鲁→巴爷公务。

从2月4日开始逃亡，直到4月中旬到达巴爷公务定居，历时两个多月。从都市到茫茫原始热带森林，逃亡途中，郁达夫仍旧用他熟悉的旧体诗来述说心境。被困厄苏岛小船上时、泊舟于末旦时、到达望嘉丽时、在保东蔽居时，这些诗不仅让人们得知他的逃亡路线，而且更重要的是得以透过诗歌隐约窥见他当时真实的情感和心志。

《离乱杂诗》与李晓音

当年，郁达夫离开正遭受日军侵略的祖国，本着出于挽救自己的婚姻家庭的期望，孤注一掷、远走南洋，但事与愿违，他的婚姻最终还是破裂了。后来，郁达夫的生活中出现了另一位美貌与学识并重的女士——李晓音。李晓音是郁达夫一生中最后倾心和中意的女子，逃亡时两人流散，郁达夫为李晓音作《离乱杂诗》，一片片

相思化作一首首真挚的诗。

李晓音是福建福州人,毕业于上海国立暨南大学英文系。毕业后,她离开上海前往砂拉越的一所小学校教英文。后来,她前来新加坡任职远东广播电台(隶属英国情报部门),1949年返回新加坡担任丽的呼声第一任中文部主任。

《离乱杂诗》共12首,前八首都是为李晓音而写。两人的相识,据郁飞的《郁达夫的星洲三年》一文记载,是在1941年初,"当此多事之秋,父亲生活中平添了一个因素,即结识了《离乱杂诗》中前七首的女主人公李晓音。"刘海粟也在《回忆诗人郁达夫》一文中描述了他和郁达夫以及李晓音等友人的交往,并在文中详细记录了郁达夫当时写作《为晓音女士题海粟画〈芦雁〉》一诗的场景,郁达夫当时以"孤雁"自比,想到了创造社时期的友人此时天各一方,不知何时相见而伤感不已。

两人关系日益亲密,并有进一步结合的打算。但因郁飞的不接纳再加上局势动荡,郁达夫和李晓音只能分开,结合的可能更无从谈起。两人分开后,其亲密有增无减。在战乱中,前路渺茫,生命如累卵,郁达夫对李晓音仍思念至深,在《离乱杂诗》中显而易见。

《离乱杂诗》中的用典

《离乱杂诗》中典故频繁运用,每首诗中平均出现1至2个典故。郁达夫的旧体诗素来沉稳,《离乱杂诗》也继承了这种沉稳的诗风,这种沉稳的诗风和战乱中郁达夫所表现出来的坚忍是一致的,只有通过长时间的坚忍才能胜利,这种信念埋藏得越深,最后爆发出的力量越强大。《离乱杂诗》中的用典大致分为两类:一类是与相思有关,一类是与战争或者民族侵略有关。在前八首中,写恋人之间的相思之苦,长生殿、钗、洛妃、尺素书、鲤鱼、破镜、雨淋铃夜等,这些在古代诗词中都是写分别时赠钗、鱼雁传书、破镜重圆等恋人之间的约定与想念。郁达夫对李晓音的思念中,夹杂着各种担忧和回忆。"似闻岛上烽烟急,只恐城门玉石焚",两人隔了一条马六甲海峡,好比咫尺天涯。但是当郁达夫在广播里听到李晓音的声音,其喜悦之情难以言表,"却喜长空播玉音",《离乱杂诗(其六)》开篇第一个字就是"却"。一个"恐",一个"却",一忧一喜,传神地描绘了他当时内心情感的起伏。

最终,郁达夫没有去成爪哇,后来也没有了李晓音的音讯。这段战时之恋,终因战乱和死亡,不得延续。留下的这《离乱杂诗》,是诗人爱情与相思的见证。

另一类的典故运用是抵抗外来侵略而奋勇杀敌报效祖国的励志故事。如祖逖闻鸡起舞练剑、专诸、南八、两戒、文天祥《正气歌》等,这些典故内涵深刻,其中心就是男儿有志、报效国家,特别是文天祥的《正气歌》,其民族气节,最能代表郁达夫当时的心境。

后四首一改前八首相思离愁似的"苦吟",充满正气与力量,儿女私情暂时抛开,好男儿应当沙场克敌,保家卫国。"会当立马扶桑顶,扫穴犁庭再誓师。""天意

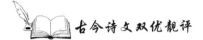

似将颁大任,微躯何厌忍饥寒。长歌正气重来读,我比前贤路已宽。"其凛然之英雄豪气,字字可见。

郁达夫42岁的时候来到南洋,约44岁的时候认识了李晓音,45岁的时候写了《离乱杂诗》。四十不惑。一个人的不惑之年岁却遭逢历史上最大的一次全人类战争,颠沛流离、国破家亡。

《离乱杂诗》是郁达夫流亡的"产物",是他在南洋进行旧体诗创作最为集中和最具代表性的作品。《离乱杂诗》述说的就是战乱中诗人的一种不离不弃的情感,这种情感既包含有恋人之间的相思与爱恋,也有去国怀乡的游子之情,更有男儿精忠报国的豪迈与慷慨。通过随感而发的杂诗和诗中的引经据典,这种流亡中不离不弃的情感表达得淋漓尽致。

俞平伯

俞平伯(1900—1990)：原名俞铭衡，字平伯。浙江湖州德清人，出生于江苏苏州。散文家、红学家，新文学运动初期的诗人，中国白话诗创作的先驱者之一。清代朴学大师俞樾曾孙。与胡适并称"新红学派"的创始人。

俞平伯1919年毕业于北京大学，后在燕京大学、北京大学、清华大学任教。曾参加中国革命民主同盟、新潮社、文学研究会、语丝社，与朱自清等人创办《诗》月刊。五四新文化运动时俞平伯积极响应，精研中国古典文学，执教于著名学府。俞平伯是"新红学"的开拓者之一，是一位热忱的爱国者和具有高尚情操的知识分子。提倡"诗的平民化"。

俞平伯主要著述有《红楼梦辨》《红楼梦研究》)、《冬夜》《古槐书屋问》《古槐梦遇》《读词偶得》《清词释》《西还》《忆》《雪朝》《燕知草》《杂拌儿》《杂拌儿之二》《古槐梦遇》《燕郊集》《唐宋词选释》《俞平伯全集》。

桨声灯影里的秦淮河

我们消受得秦淮河上的灯影，当圆月犹皎的仲夏之夜。

在茶店里吃了一盘豆腐干丝、两个烧饼之后，以歪歪的脚步踅上夫子庙前停泊着的画舫，就懒洋洋躺到藤椅上去了。好郁蒸的江南，傍晚也还是热的。"快开船罢！"桨声响了。

小的灯舫初次在河中荡漾；于我，情景是颇朦胧，滋味是怪羞涩的。我要错认它作七里的山塘；可是，河房里明窗洞启，映着玲珑入画的曲栏干，顿然省得身在何处。佩弦呢，他已是重来，很应当消释一些迷惘的。但看他太频繁地摇着我的黑纸扇。胖子是这个样怯热的吗？

又早是夕阳西下，河上妆成一抹胭脂的薄媚。是被青溪的姊妹们所薰染的吗？还是匀得她们脸上的残脂呢？寂寂的河水，随双桨打它，终是没言语。密匝匝的绮恨逐老去的年华，已都如蜜饯似的融在流波的心窝里，连呜咽也将嫌它多事，更哪里论到哀嘶。心头，宛转的凄怀；口内，徘徊的低唱；留在夜夜的秦淮河上。

在利涉桥边买了一匣烟，荡过东关头，渐荡出大中桥了。船儿悄悄地穿出连环着的三个壮阔的涵洞，青溪夏夜的韶华已如巨幅的画豁然而抖落。哦！凄厉而繁的弦索，颤岔而涩的歌喉，杂着吓哈的笑语声，劈拍的竹牌响，更能把诸楼船上的华灯彩绘，显出火样的鲜明，火样的温煦了。小船儿载着我们，在大船缝里挤着，挨着，抹着走。它忘了自己也是今宵河上的一星灯火。

既踏进所谓"六朝金粉气"的销金窝,谁不笑笑呢!今天的一晚,且默了滔滔的言说,且舒了恻恻的情怀,暂且学着,姑且学着我们平时认为在醉里梦里的他们的憨痴笑语。看!初上的灯儿们一点点掠剪柔腻的波心,梭织地往来,把河水都皴得微明了。纸薄的心旌,我的,尽无休息地跟着它们飘荡,以致于怦怦而内热。这还好说什么的!如此说,诱惑是诚然有的,且于我已留下不易磨灭的印记。至于对榻的那一位先生,自认曾经一度摆脱了纠缠的他,其辩解又在何处?这实在非我所知。

　　我们,醉不以涩味的酒,以微漾着,轻晕着的夜的风华。不是什么欣悦,不是什么慰藉,只感到一种怪陌生,怪异样的朦胧。朦胧之中似乎胎孕着一个如花的笑——这么淡,那么淡的倩笑。淡到已不可说,已不可拟,且已不可想;但我们终久是眩晕在它离合的神光之下的。我们没法使人信它是有,我们不信它是没有。勉强哲学地说,这或近于佛家的所谓"空",既不当鲁莽说它是"无",也不能径直说它是"有"。或者说"有"是有的,只因无可比拟形容那"有"的光景;故从表面看,与"没有"似不生分别。若定要我再说得具体些:譬如东风初劲时,直上高翔的纸鸢,牵线的那人儿自然远得很了,知她是哪一家呢?但凭那鸢尾一缕飘绵的彩线,便容易揣知下面的人丛中,必有微红的一双素手,卷起轻绡的广袖,牢担荷小纸鸢儿的命根的。飘翔岂不是东风的力,又岂不是纸鸢的含德;但其根株却将另有所寄。请问,这和纸鸢的省悟与否有何关系?故我们不能认笑是非有,也不能认朦胧即是笑。我们定应当如此说,朦胧里胎孕着一个如花的幻笑,和朦胧又互相混融着;因它本来是淡极了,淡极了这么一个。

　　漫题那些纷烦的话,船儿已将泊在灯火的丛中去了。对岸有盏跳动的汽油灯,佩弦便硬说它远不如微黄的灯火。我简直没法和他分证那是非。

　　时有小小的艇子急忙忙打桨,向灯影的密流里横冲直撞。冷静孤独的油灯映见黯淡久的画船头上,秦淮河姑娘们的靓妆。茉莉的香,白兰花的香,脂粉的香,纱衣裳的香……微波泛滥出甜的暗香,随着她们那些船儿荡,随着我们这船儿荡,随着大大小小一切的船儿荡。有的互相笑语,有的默然不响,有的衬着胡琴亮着嗓子唱。一个,三两个,五六七个,比肩坐在船头的两旁,也无非多添些淡薄的影儿葬在我们的心上——太过火了,不至于罢,早消失在我们的眼皮上。谁都是这样急忙忙地打着桨,谁都是这样向灯影的密流里冲着撞;又何况久沉沦的她们,又何况漂泊惯的我们俩。当时浅浅的醉,今朝空空的惆怅;老实说,咱们萍泛的绮思不过如此而已,至多也不过如此而已。你且别讲,你且别想!这无非是梦中的电光,这无非是无明的幻相,这无非是以零星的火种微炎在大欲的根苗上。扮戏的咱们,散了场一个样,然而,上场锣,下场锣,天天忙,人人忙。看!吓!载送女郎的艇子才过去,货郎担的小船不是又来了?一盏小煤油灯,一舱的什物,他也忙得来像手里的摇

铃,这样丁冬而郎当。

杨枝绿影下有条华灯璀璨的彩舫在那边停泊。我们那船不禁也依傍短柳的腰肢,欹侧地歇了。游客们的大船,歌女们的艇子,靠着。唱的拉着嗓子;听的歪着头,斜着眼,有的甚至于跳过她们的船头。如那时有严重些的声音,必然说:"这哪里是什么旖旎风光!"咱们真是不知道,只模糊地觉着在秦淮河船上板起方正的脸是怪不好意思的。咱们本是在旅馆里,为什么不早早入睡,掂着牙儿,领略那"卧后清宵细细长";而偏这样急急忙忙跑到河上来无聊浪荡?还说那时的话,从杨柳枝的乱鬟里所得的境界,照规矩,外带三分风华。况且今宵此地,动荡着有灯火的明姿。况且今宵此地,又是圆月欲缺未缺,欲上未上的黄昏时候。叮当的小锣,伊轧的胡琴,沉填的大鼓……弦吹声腾沸遍了三里的秦淮河。喳喳嚷嚷的一片,分不出谁是谁,分不出那儿是那儿,只有整个的繁喧来把我们包填。仿佛都抢着说笑,这儿夜夜尽是如此的,不过初上城的乡下老是第一次呢。真是乡下人,真是第一次。

穿花蝴蝶样的小艇子多到不和我们相干。货郎担式的船,曾以一瓶汽水之故而拢近来,这是真的。至于她们呢,即使偶然灯影相偎而切掠过去,也无非瞧见我们微红的脸罢了,不见得有什么别的。可是,夸口早哩! ——来了,竟向我们来了!不但是近,且拢着了。船头傍着,船尾也傍着;这不但是拢着,且并着了。厮并着倒还不很要紧,且有人扑冬地跨上我们的船头了。这岂不大吃一惊!幸而来的不是姑娘们,还好。(她们正冷冰冰地在那船头上。)来人年纪并不大,神气倒怪狡猾,把一扣破烂的手折,摊在我们眼前,让细瞧那些戏目,好好儿点个唱。他说:"先生,这是小意思。"诸君,读者,怎么办?

好,自命为超然派的来看榜样!两船挨着,灯光愈皎,见佩弦的脸又红起来了。那时的我是否也这样? 这当转问他。(我希望我的镜子不要过于给我下不去。)老是红着脸终久不能打发人家走路的,所以想个法子在当时是很必要。说来也好笑,我的老调是一味的默,或干脆说个"不",或者摇摇头,摆摆手表示"决不"。如今都已使尽了。佩弦便进了一步,他嫌我的方术太冷漠了,又未必中用,摆脱纠缠的正当道路惟有辩解。好吗!听他说:"你不知道?这事我们是不能做的。"这是诸辩解中最简洁,最漂亮的一个。可惜他所说的"不知道?"来人倒真有些"不知道!"辜负了这二十分聪明的反语。他想得有理由,你们为什么不能做这事呢?因这"为什么?"佩弦又有进一层的曲解。那知道更坏事,竟只博得那些船上人的一哂而去。他们平常虽不以聪明名家,但今晚却又怪聪明,如洞彻我们的肺肝一样的。这故事即我情愿讲给诸君听,怕有人未必愿意哩。"算了罢,就是这样算了罢";恕我不再写下了,以外的让他自己说。

叙述只是如此,其实那时连翩而来的,我记得至少也有三五次。我们把它们一个一个地打发走路。但走的是走了,来的还正来。我们可以使它们走,我们不能禁止它来。我们虽不轻被摇撼,但已有一点杌陧了。况且小艇上总载去一半的失望和一半的轻蔑,在桨声里仿佛狠狠地说,"都是呆子,都是吝啬鬼!"还有我们的船家(姑娘们卖个唱,他可以赚几个子的佣金。)眼看她们一个一个地去远了,呆呆的蹲踞着,怪无聊赖似的。碰着了这种外缘,无怒亦无哀,惟有一种情意的紧张,使我们从颓弛中体会出挣扎来。这味道倒许很真切的,只恐怕不易为倦鸦似的人们所喜。

曾游过秦淮河的到底乖些。佩弦告船家:"我们多给你酒钱,把船摇开,别让他们来噜苏。"自此以后,桨声复响,还我以平静了,我们俩又渐渐无拘无束舒服起来,又滔滔不断地来谈谈方才的经过。今儿是算怎么一回事?我们齐声说,欲的胎动无可疑的。正如水见波痕轻婉已极,与未波时究不相类。微醉的我们,洪醉的他们,深浅虽不同,却同为一醉。接着来了第二问,既自认有欲的微炎,为什么艇子来时又羞涩地躲了呢?在这儿,答语参差着。佩弦说他的是一种暗昧的道德意味,我说是一种似较深沉的眷爱。我只背诵岂君的几句诗给佩弦听,望他曲喻我的心胸。可恨他今天似乎有些发钝,反而追着问我。

前面已是复成桥。青溪之东,暗碧的树梢上面微耀着一桁的清光。我们的船就缚在枯柳桩边待月。其时河心里晃荡着的,河岸头歇泊着的各式灯船,望去,少说点也有十廿来只。惟不觉繁喧,只添我们以幽甜。虽同是灯船,虽同是秦淮,虽同是我们;却是灯影淡了,河水静了,我们倦了,——况且月儿将上了。灯影里的昏黄,和月下灯影里的昏黄原是不相似的,又何况入倦的眼中所见的昏黄呢。灯光所以映她的秾姿,月华所以洗她的秀骨,以蓬腾的心焰跳舞她的盛年,以饧涩的眼波供养她的迟暮。必如此,才会有圆足的醉,圆足的恋,圆足的颓弛,成熟了我们的心田。

【靓评】

两篇佳文　一段佳话

《桨声灯影里的秦淮河》创作于1924年1月,该文1924年1月25日首次发表于《东方杂志》第21卷第2号二十周年纪念号上,后收入俞平伯散文集《杂拌儿》。1923年8月,俞平伯与朱自清同游秦淮河,以《桨声灯影里的秦淮河》为共同的题目,两人各作散文一篇,以风格不同、各有千秋而传世,成为现代文学史上的一段佳话。

文章通过描绘秦淮河上的喧哗景象,表达了作者想竭力地回避现实社会,然而却难以超然的心情。

南京秦淮河,它那旖旎的风光,尤其是它那蕴含历代兴亡的史迹,历来就是许多骚人墨客歌咏凭吊的场所。唐代著名诗人杜牧的《泊秦淮》,就是其中脍炙人口的名篇。诗云:"烟笼寒水月笼沙,夜泊秦淮近酒家。商女不知亡国恨,隔江犹唱后庭花。"把对秦淮美景的抒写与对时局的深沉感慨结合了起来。到了清代,孔尚任作传奇《桃花扇》,更是极写秦淮河笙歌繁华的气象和国破家亡的惨景。因此人们神往秦淮河,正如朱自清文中所说的那样,不仅是因为它那华灯映水、画舫凌波的美景,实在是有许多历史的影像使然了。

这两篇散文写于五四革命风潮刚刚过去三四年的时候。当时,随着革命的深入,五四新文化运动的统一战线进一步分化,"有的高升,有的退隐,有的前进"。比之"五四"当时来,整个文化领域显得比较冷落。由于新的革命高潮还没有到来,一些知识分子感到前途茫茫,正如茅盾所指出的那样:"到了'五卅'的前夜为止,苦闷彷徨的空气支配了整个文坛,即使外形上有冷观苦笑与要求享乐和麻醉的分别,但内心是同一苦闷彷徨。走向十字街头的当时的文坛只在十字街头徘徊。"(《中国新文学大系·小说一集》)这两篇同题散文当可印证这一点。我们从文章中不难看出,无论是俞平伯还是朱自清,由于他们都困缚在知识分子的狭小天地里,因而他们也就不可能从秦淮河的历史和现状里,发掘出更有积极意义的思想来。他们也有所不满,有所追求,但是又感到十分迷惘,因而文中就都有着一种怅惘之感。他们不掩饰自己思想上的苦闷。朱自清写道:"这实在是因为我们的心枯涩久了,变为脆弱;故偶然润泽一下,便疯狂似的,不能自主了。"俞平伯则写道:"其实同被因袭的癖趣所沉浸。"他们都有着一种精神的渴求,想借秦淮之游来滋润心灵的干枯,慰藉一下寂寞的灵魂,这里多少还回荡着一点五四时期个性解放的呼声,虽则这呼声是那么轻微。但是山水声色之乐,毕竟不能解除他们精神上的苦闷,他们也不能像古代一些文人那样放浪形骸,因而在灯月交辉、笙歌彻夜的秦淮河上,他们处处显得拘谨,显得与环境很不协调。结果自然是乘兴而去,惆怅而归。

但是在大致相同的思想境界中,我们又可以发现他们不同的地方。在如画的美景中,朱自清抒发的是难以消受或不堪消受的心境,对那怡人娱目的美景和粗率不拘的歌声,有着一种热切的依恋,感情上比较强烈,而这一切,写来又是那么朴直,不加文饰,更表露作者朴实诚恳的性格。有人说朱自清是"文如其人"。他的"风华从朴素出来,幽默从忠厚出来,腴厚从平淡出来",这是很中肯的评论。而俞平伯作文,喜欢在抒情写景之中,阐发所谓"主心主物的哲思",置身在秦淮河这所谓"六朝金粉"的销金窟里,他虽则被这"轻晕着的夜的风华"所陶醉,但是所感到的"不是什么欣悦,不是什么慰藉;只感到一种怪陌生与怪样的朦胧"。"我们无法使人信它是有,我们不信它是没有,勉强哲学地说,或近于佛家的所谓'空'。"比之朱自清的热切依恋之情来,俞平伯表现得冷静、理智,他在文章中极力要造成一种空灵、朦胧的意境,就像水中月、镜中花似的,使人捉摸不定。因而文中有些段落,不仅有一种淡淡的苦涩之感,而且使读者感到有些玄妙。

人们常常说,现实生活是丰富多彩的,因而文学作品的题材应该多样化,这样才能反映生活的真实面貌,文艺也才能百花齐放。这些自然是很对的,但是,如果我们深入一步考察的话,还会发现,即使是同样的题材,在有才能的作家的笔下,由于不同的风格和流派,甚至由于不同的性格和气质,也会有各种各样的表现手法,使同一题材的作品,呈现不同的风貌。一样的灯彩月影,一样的歌吹泛舟,在朱自清和俞平伯的笔下,写得却是各呈异彩。俞平伯是首次来到秦淮河上,朱自清则是重游,因此,那文章一开头,就大为不同。"我们消受得秦淮河上的灯影,当圆月犹皎的仲夏之夜。"这突如其来的一句,一下子就把这位初来者的欣悦并略带惊奇的心情勾勒出来了。而那位重游者,在文章的开头,却只是比较平直地交代:"一九二三年八月的一晚,我和平伯同游秦淮河;平伯是初泛,我是重来了。"朱自清善于把自己的真情实感,通过平易的叙述表达出来,笔致简练,朴素亲切。俞平伯写散文追求一种"独特的风致",遣词造句方面,他吸收了明人小品的某些长处,比较古朴、凝练。在整个格局方面,他又喜欢在细腻柔婉的描写中,插入一些哲理的分析,因此他的散文,就有着一种情与思、热与冷的结合。虽则有些地方显得比较繁缛,但也不乏机智的富有情味的描写,比如"小船儿载着我们,在大船缝里挤着,挨着,抹着走,它忘了自己也是今宵河上的一星灯火"。这"挤着""挨着""抹着",很有生活实感,写出了秦淮河上一派喧哗景象。特别是"它忘了自己也是今宵河上的一星灯火",更有哲理的意味。任何事物都不是孤立存在的,它们之间有着有形或无形的联系。坐在小船上看风光,殊不知这一叶小舟本身也是河上的风光,每一个赏灯玩景之人,都成了秦淮河风光的组成部分。在这里,情与思是有机地交融在一起了。同是写船出大中桥,来到秦淮河最为繁华的地方,朱自清写来从容舒徐,在俞平伯笔下,却是奇峰突起:"船儿俏俏地穿出连环着的三个壮阔的涵洞,青豁夏夜的韶华已如巨幅的画豁然而抖落。哦!凄厉而繁的弦索,颤岔而涩的歌喉,杂着吓哈的笑语声,劈拍的竹牌响,更能把诸楼船上的华灯彩绘,显出火样的鲜明,火样的温煦了。"色彩似乎更为浓烈,更凸显出这位初来者的惊奇与欣喜。

俞平伯是谙熟古典小说词曲的,因此在这篇散文中,随处可见他在这方面的功力。他把这些文艺样式的用词融汇在一起,并不显得突兀或错杂,反而增添了文章的生气和丰采。比如"今天的一晚,且默了滔滔的言说,且舒了恻恻的情怀,暂且学着,姑且学着我们平时认为在醉里梦里的他们的憨痴笑话"。这一段颇像古典词曲的句式,用在这儿,却也显得自然而风趣。"时有小小的艇子急忙忙打桨,向灯影的密流里横冲直撞。冷静孤独的油灯映见黯淡久的画船头上,秦淮河姑娘们的靓妆。茉莉的香,白兰花的香,脂粉的香,纱衣裳的香……微波泛滥出甜的暗香,随着她们那些船儿荡,随着我们这船儿荡,随着大大小小一切的船儿荡。有的互相笑语,有

270

的默默不响,有的衬着胡琴亮着嗓子唱。一个,三两个,五六七个,比肩坐在船头的两旁,也无非多添些淡薄的影儿葬在我们的心上——太过火了,不至于罢,早消失在我们的眼皮上。不过同是些女人们,你能认识那一个面庞? 谁都是这样急忙忙地打着桨,谁都是这样向灯影的密流里冲着撞;又何况久沉沦的她们,又何况漂泊惯的我们俩。当时浅浅的醉,今朝空空的惆怅;老实说,咱们萍泛的绮思不过如此而已,至多也不过如此而已。你且别讲,你且别想! 这无非是梦中的电光,这无非是无明的幻相,这无非是以零星的火种微炎在大欲的根苗上。扮戏的咱们,散了场一个样,然而,上场锣,下场锣,天天忙,人人忙。看! 吓! 载送女郎的艇子才过去,货郎旦的小船不是又来了? 一盏小煤油灯,一舱的什物,他也忙得来像手里的摇铃,这样丁冬而郎当。"整整这么一段,不仅读起来朗朗上口,而且有着一种诗词的韵律美。从它的句式和韵律来看,这一段无疑是一段散曲,看得出来,作者在这些地方是着意经营的,但又不使人感到前后不协调,反而使文章平添了不少风采,增加了读者许多兴味。肯定地说,这些都得力于作者深厚的古典文学修养。

  "六朝金粉"的秦淮河,随着历史长河的流淌而逐渐失去了昔日风韵,朱自清"桨声灯影里的秦淮河"以浓墨重彩为它猛绘一笔,再次展现了浓妆艳丽秦淮河的风采。记叙夏夜泛舟秦淮河的见闻感受,作者在声光色彩的协奏中,敏锐地捕捉到了秦淮河不同时地、不同情境中的绰约风姿,引人发思古之幽情。富有诗情画意是文章的最大特色,秦淮河在作者笔下如诗、如画、如梦一般。奇异的"七板子"船,足以让人发幽思之情;温柔飘香的绿水,仿佛六朝金粉所凝;缥缈的歌声,似是微风和河水的密语……平淡中见神奇,意味隽永,有诗的意境、画的境界,正所谓是文中有画,画中有文。作者的笔触是细致的,描绘秦淮河风光时,不求气势豪放,而以精巧展现美,具体细腻地描绘秦淮河的秀丽安逸,充分体现了作者细致的描写手法。船只、绿水、灯光、月光、大中桥、歌声……种种景物,作者抓住其光、形、色、味,细细描绘,却是明丽中不见雕琢,淡雅而不俗气,使得秦淮河水、灯、月交相辉映。历史是秦淮河的养料,可以说历史成就了秦淮河,没有历史的秦淮河失去了一切意义。作者从现实走进历史回忆,从形态与神态两方面唤醒了秦淮河。"舱前的顶下,一律悬着灯彩;灯的多少、明暗,彩苏的精粗、艳晦,是不一的。但好歹总还你一个灯彩。"这灯彩实在是最能钩人的东西:"在这薄霭和微漪里,听着那悠然的间歇的桨声,谁能不被引入他的美梦去呢? 只愁梦太多了,这些大小船儿如何载得起呀? 我们这时模模糊糊地谈着明末的秦淮河的艳迹,如《桃花扇》及《板桥杂记》里所载的。我们真神往了。我们仿佛亲见那时华灯映水,画舫凌波的光景了。于是我们的船便成了历史的重载。"作者由灯开始堕入历史,模模糊糊中、恍惚中,实在是许多历史的影像使然了:行走的船只,雾里看花,尽是飘飘然、朦朦胧胧;飘渺的歌声,似幻似真……作者借助对历史影像的缅怀,将秦淮河写得虚虚实实、朦朦胧胧,让人陶醉,令人神往。作者本着力于秦淮河的自然景观,却以歌妓的出现淡化了自然和他的审美情趣。作者把自己当时那种想听歌,却又碍于道德律的束缚,一心想超越现实,但又不能忘却现实的矛盾心情剖析得淋漓尽致,真实具体,那种情真意切,给予读者极大的感染力,而意蕴深厚自然。为梦中回到现实,做好了铺垫。总的来说,《桨声灯影里的秦淮河》这篇文章明显地体现了朱自清散文缜密、细致的特色。朱自清在描绘秦淮河的景色时,将自然景色、历史影像、真实情感融会起来,洋溢着一股真挚深沉而又细腻的感情,给人以眷恋、追怀的感受。《桨声灯影里的秦淮河》展现了一幅令人缅怀的桨声灯影里的秦淮河影像。

附:

桨声灯影里的秦淮河

朱自清

一九二三年八月的一晚,我和平伯同游秦淮河,平伯是初泛,我是重来了。我们雇了一只"七板子",在夕阳已去,皎月方来的时候,便下了船。于是桨声汩——汩,我们开始领略那晃荡着蔷薇色的历史的秦淮河的滋味了。

秦淮河里的船,比北京万生园、颐和园的船好,比西湖的船好,比扬州瘦西湖的船也好。这几处的船不是觉着笨,就是觉着简陋,局促;都不能引起乘客们的情韵,如秦淮河的船一样。秦淮河的船?约略可分为两种:一是大船;一是小船,就是所谓"七板子"。大船舱口阔大,可容二三十人。里面陈设着字画和光洁的红木家具,桌上一律嵌着冰凉的大理石面。窗格雕镂颇细,使人起柔腻之感。窗格里映着红色蓝色的玻璃;玻璃上有精致的花纹,也颇悦人目。"七板子"规模虽不及大船,但那淡蓝色的栏杆,空敞的舱,也足系人情思。而最出色处却在它的舱前。舱前是甲板上的一部,上面有弧形的顶,西边用疏疏的栏杆支着。里面通常放着两张藤的躺椅。躺下,可以谈天,可以望远,可以顾盼两岸的河房。大船上也有这个,但在小船上更觉清隽罢了。舱前的顶下,一律悬着灯彩;灯的多少、明暗,彩苏的精粗、艳晦,是不一的,但好歹总还你一个灯彩。这灯彩实在是最能勾人的东西。夜幕垂垂地下来时,大小船上都点起灯火。从两重玻璃里映出那辐射着的黄黄的散光,反晕出一片朦胧的烟霭;透过这烟霭,在黯黯的水波里,又逗起缕缕的明漪。在这薄霭和微漪里,听着那悠然的间歇的桨声,谁能不被引入他的美梦去呢?只愁梦太多了,这些大小船儿如何载得起呀?我们这时模模糊糊地谈着明末的秦淮河的艳迹,如《桃花扇》及《板桥杂记》里所载的。我们真神往了。我们仿佛亲见那时华灯映水,画舫凌波的光景了。于是我们的船便成了历史的重载了。我们终于恍然秦淮河的船所以雅丽过于他处,而又有奇异的吸引力的,实在是许多历史的影像使然了。

秦淮河的水是碧阴阴的;看起来厚而不腻,或者是六朝金粉所凝么?我们初上船的时候,天色还未断黑,那漾漾的柔波是这样恬静,委婉,使我们一面有水阔天空之想,一面又憧憬着纸醉金迷之境了。等到灯火明时,阴阴的变为沉沉了:黯淡的水光,像梦一般;那偶然闪烁着的光芒,就是梦的眼睛了。我们坐在舱前,因了那隆起的顶棚,仿佛总是昂着首向前走着似的;于是飘飘然如御风而行的我们,看着那些自在的湾泊着的船,船里走马灯般的人物,便像是下界一般,迢迢地远了,又像在雾里看花,尽朦朦胧胧的。这时我们已过了利涉桥,望见东关头了。沿路听见断续的歌声:有从沿河的妓楼飘来的,有从河上船里度来的。我们明知那些歌声,只是些因袭的言词,从生涩的歌喉里机械地发出来的;但它们经了夏夜的微风的吹漾和水波的摇拂,袅娜着到我们耳边的时候,已经不单是她们的歌声,而混着微风和河水的密语了。于是我们不得不被牵惹着,震撼着,相与浮沉于这歌声里了。从东关头转湾,不久就到大中桥。大中桥共有三个桥拱,都很阔大,俨然是三座门儿;使我们觉得我们的船和船里的我们,在桥下过去时,真是太无颜色了。桥砖是深褐色,表明它的历史的长久;但都完好无缺,令人太息于古昔工程的坚美。桥上两旁都是木壁的房子,中间应该有街路? 这些房子都破旧了,多年烟熏的迹,遮没了当年的美丽。我想象秦淮河的极盛时,在这样宏阔的桥上,特地盖了房子,必然是髹漆^①得富富丽丽的;晚间必然是灯火通明的,现在却只剩下一片黑沉沉! 但是桥上造着房子,毕竟使我们多少可以想见往日的繁华;这也慰情聊胜无了。过了大中桥,便到了灯月交辉,笙歌彻夜的秦淮河,这才是秦淮河的真面目哩。

　　大中桥外,顿然空阔,和桥内两岸排着密密的人家的景象大异了。一眼望去,疏疏的林,淡淡的月,衬着蔚蓝的天,颇像荒江野渡光景;那边呢,郁丛丛的,阴森森的,又似乎藏着无边的黑暗:令人几乎不信那是繁华的秦淮河了。但是河中眩晕着的灯光,纵横着的画舫,悠扬着的笛韵,夹着那吱吱的胡琴声,终于使我们认识绿如茵陈酒的秦淮水了。此地天裸露着的多些,故觉夜来的独迟些;从清清的水影里,我们感到的只是薄薄的夜——这正是秦淮河的夜。大中桥外,本来还有一座复成桥,是船夫口中的我们的游踪尽处,或也是秦淮河繁华的尽处了。我的脚曾踏过复成桥的脊,在十三四岁的时候。但是两次游秦淮河,却都不曾见着复成桥的面;明知总在前途的,却常觉得有些虚无缥缈似的。我想,不见倒也好。这时正是盛夏。我们下船后,藉着新生的晚凉和河上的微风,暑气已渐渐消散;到了此地,豁然开朗,身子顿然轻了——习习的清风荏苒在面上,手上,衣上,这便又感到了一缕新凉了。南京的日光,大概没有杭州猛烈;西湖的夏夜老是热蓬蓬的,水像沸着一般,秦淮河的水却尽是这样冷冷地绿着。任你人影的憧憧,歌声的扰扰,总像隔着一层薄薄的绿纱面幕似的;它尽是这样静静地,冷冷地绿着。我们出了大中桥,走不上半里路,船夫便将船划到一旁,停了桨由它宕着。他以为那里正是繁华的极点,再过去就是荒凉了;所以让我们多多赏鉴一会儿。他自己却静静地蹲着。他是看惯这光景的了,大约只是一个无可无不可。这无可无不可,无论是升的沉的,总之,都比我们高了。

那时河里热闹极了;船大半泊着,小半在水上穿梭似的来往。停泊着的都在近市的那一边,我们的船自然也夹在其中。因为这边略略的挤,便觉得那边十分的疏了。在每一只船从那边过去时,我们能画出它的轻轻的影和曲曲的波,在我们的心上;这显着是空,且显着是静了。那时处处都是歌声和凄厉的胡琴声,圆润的喉咙,确乎是很少的。但那生涩的,尖脆的调子能使人有少年的,粗率不拘的感觉。也正可快我们的意。况且多少隔开些儿听着。因为想象与渴慕的作美,总觉更有滋味;而竞发的喧嚣,抑扬的不齐,远近的杂沓,和乐器的嘈嘈切切,合成另一意味的谐音,也使我们无所适从,如随着大风而走。这实在因为我们的心枯涩久了,变为脆弱;故偶然润泽一下,便疯狂似的不能自主了。但秦淮河确也腻人。即如船里的人面,无论是和我们一堆儿泊着的,无论是从我们眼前过去的,总是模模糊糊的,甚至渺渺茫茫的;任你张圆了眼睛,揩净了眦垢②,也是枉然。这真够人想呢。在我们停泊的地方,灯光原是纷然的;不过这些灯光都是黄而有晕的。黄已经不能明了,再加上了晕,便更不成了。灯愈多,晕就愈甚;在繁星般的黄的交错里,秦淮河仿佛笼上了一团光雾。光芒与雾气腾腾的晕着,什么都只剩了轮廓了;所以人面的详细的曲线,便消失于我们的眼底了。但灯光究竟夺不了那边的月色;灯光是浑的,月色是清的。在浑沌的灯光里,渗入一派清辉,却真是奇迹!那晚月儿已瘦削了两三分,她晚妆才罢,盈盈地上了柳梢头。天是蓝得可爱,仿佛一汪水似的;月儿便更出落得精神了。岸上原有三株两株的垂杨树,淡淡的影子,在水里摇曳着。它们那柔细的枝条浴着月光,就像一支支美人的臂膊,交互地缠着,挽着;又像是月儿披着的发。而月儿偶尔也从它们的交叉处偷偷窥看我们,大有小姑娘怕羞的样子。岸上另有几株不知名的老树,光光地立着;在月光里照起来,却又俨然是精神矍铄的老人。远处——快到天际线了,才有一两片白云,亮得现出异彩,像是美丽的贝壳一般。白云下便是黑黑的一带轮廓;是一条随意画的不规则的曲线。这一段光景,和河中的风味大异了。但灯与月竟能并存着,交融着,使月成了缠绵的月,灯射着渺渺的灵辉,这正是天之所以厚秦淮河,也正是天之所以厚我们了。

这时却遇着了难解的纠纷。秦淮河上原有一种歌妓,是以歌为业的。从前都在茶舫上,唱些大曲之类。每日午后一时起;什么时候止,却忘记了。晚上照样也有一回,也在黄晕的灯光里。我从前过南京时,曾随着朋友去听过两次。因为茶舫里的人脸太多了,觉得不大适意,终于听不出所以然。前年听说歌妓被取缔了,不知怎的,颇涉想了几次——却想不出什么。这次到南京,先到茶舫上去看看。觉得颇是寂寥,令我无端地怅怅了。不料她们却仍在秦淮河里挣扎着,不料她们竟会纠缠到我们,我于是很张皇了,她们也乘着"七板子",她们总是坐在舱前的。舱前点着石油汽灯光亮，炫人眼目；坐在下面的，自然是纤毫毕见了——引诱客人们的力量，也便在此了。舱里躲着乐工等人，映着汽灯的余辉蠕动着；他们是永远不被注意的。每船的歌妓大约都是二人；天色一黑，她们的船就在大中桥外往来不息地兜生意。无论行着的船，泊着的船，都要来兜揽的。这都是我后来推想出来的。那晚不知怎样，忽然轮着我们的船了。我们的船好好地停着，一只歌舫划向我们来了；渐渐和我们的船并着了。烁烁的灯光逼得我们皱起了眉头；我们的风尘色全给它托出来了，这使我不安了，那时一个伙计跨过船来，拿着摊开的歌折，就近塞向我的手里，说："点几出吧！"他跨过来的时候，我们船上似乎有许多眼光跟着。同时相近的别的船上也似乎有许多眼睛炯炯地向我们船上看着。我真窘了！我也装出大方的样子，向歌妓们瞥了一眼，但究竟是不成的！我勉强将那歌折翻了一翻，却不曾看清了几字；便赶紧递还那伙计，一面不好意思地说："不要，我们……不要。"他便塞给平伯，平伯掉转头去，摇手说："不要！"那人还腻着不走。平伯又回过脸来，摇着头道："不要！"于是那人重到我处，我窘着再拒绝了他。他这才有所不屑似的走了。我的心立刻放下，如释了重负一般。我们就开始自白了。

　　我说我受了道德律的压迫，拒绝了她们；心里似乎很抱歉的。这所谓抱歉，一面对于她们，一面对于我自己。她们于我们虽然没有很奢的希望；但总有些希望的。我们拒绝了她们，无论理由如何充足，却使她们的希望受了伤；这总有几分不作美了。这是我觉得很怅怅的。至于我自己，更有一种不足之感。我这时被四面的歌声诱惑了，降伏了；但是远远的，远远的歌声总仿佛隔着重衣搔痒似的，越搔越搔不着痒处。我于是憧憬着贴耳的妙音了。在歌舫划来时，我的憧憬，变为盼望；我固执地盼望着，有如饥渴。虽然从浅薄的经验里，也能够推知，那贴耳的歌声，将剥去了一切的美妙；但一个平常的人像我的，谁愿凭了理性之力去丑化未来呢？我宁愿自己骗着了。不过我的社会感性是很敏锐的；我的思力能拆穿道德律的西洋镜，而我的感情却终于被它压服着。我于是有所顾忌了，尤其是在众目昭彰的时候。道德律的力，本来是民众赋予的；在民众的面前，自然更显出它的威严了。我这时一面盼望，一面却感到了两重的禁制：一，在通俗的意义上，接近妓者总算一种不正当的行为；二，妓是一种不健全的职业，我们对于她们，应有哀矜勿喜之心，不应赏玩地去听她们的歌。在众目睽睽之下，这两种思想在我心里最为旺盛。她们暂时压倒了我的听歌的盼望，这便成就了我的灰色的拒绝。那时的心实在异常状态中，觉得颇是昏乱。歌舫去了，暂时宁静之后，我的思绪又如潮涌了。两个相反的意思在我心头往复：卖歌和卖淫不同，听歌和狎妓不同，又干道德甚事？——但是，但是，她们既被逼得以歌为业，她们的歌必无艺术味的；况她们的身世，我们究竟该同情。所以拒绝倒也是正办。但这此意思终于不曾撇开我的听歌的盼望。它力量异常坚强；它总想将别的思绪踏在脚下。从这重重的争斗里，我感到了浓厚的不足之感。这不足之感使我的心盘旋不安,起坐都不安宁了。唉!我承认我是一个自私的人!

平伯呢,却与我不同。他引周启明先生的诗,"因为我有妻子,所以我爱一切的女人;因为我有子女,所以我爱一切的孩子"。他的意思可以见了。他因为推及的同情,爱着那些歌妓,并且尊重着她们,所以拒绝了她们。在这种情形下,他自然以为听是对于她们的一种侮辱。但他也是想听歌的,虽然不和我一样。所以在他的心中,当然也有一番小小的争斗;争斗的结果,是同情胜了。至于道德律,在他是没有什么的;因为他很有蔑视一切的倾向,民众的力量在他是不大觉着的。这时他的心意的活动比较简单,又比较松弱,故事后还怡然自若;我却不能了。这里平伯又比我高了。

在我们谈话中间,又来了两只歌舫。伙计照前一样地请我们点戏,我们照前一样地拒绝了。我受了三次窘,心里的不安更甚了。清艳的夜景也为之减色。船夫大约因为要赶第二趟生意,催着我们回去;我们无可无不可地答应了。我们渐渐和那些晕黄的灯光远了,只有些月色冷清清地随着我们的归舟。我们的船竟没个伴儿,秦淮河的夜正长哩!到大中桥近处,才遇着一只来船。这是一只载妓的板船,黑漆漆的没有一点光。船头上坐着一个妓女;暗里看出,白地小花的衫子,黑的下衣。她手里拉着胡琴,口里唱着青衫的调子。她唱得响亮而圆转;当她的船箭一般驶过去时,余音还袅袅地在我们耳际,使我们倾听而向往。想不到在弩末的游踪里,还能领略到这样的清歌!这时船过大中桥了,森森的水影,如黑暗张着巨口,要将我们的船吞了下去。我们回顾那渺渺的黄光,不胜依恋之情;我们感到了寂寞了!这一段地方夜色甚浓,又有两头的灯火招邀着;桥外的灯火不用说了,过了桥另有东关头疏疏的灯火。我们忽然仰头看见依人的素月,不觉深悔归来之早了!走过东关头,有一两只大船湾泊着,又有几只船向我们来着。嚣嚣的一阵歌声人语,仿佛笑我们无伴的孤舟哩。东关头转湾,河上的夜色更浓了;临水的妓楼上,时时从帘缝里射出一线一线的灯光;仿佛黑暗从酣睡里眨了一眨眼。我们默然地对着,静听那汩——汩的桨声,几乎要入睡了;朦胧里却温寻着适才的繁华的余味。我那不安的心在静里愈显活跃了!这时我们都有了不足之感,而我的更其浓厚。我们却又不愿回去,于是只能由懊悔而怅惘了。船里便满载着怅惘了。直到利涉桥下,微微嘈杂的人声,才使我豁然一惊;那光景却又不同。右岸的河房里,都大开了窗户,里面亮着晃晃的电灯,电灯的光射到水上,蜿蜒曲折,闪闪不息,正如跳舞着的仙女的臂膊。我们的船已在她的臂膊里了;如睡在摇篮里一样,倦了的我们便又入梦了。那电灯下的人物,只觉得像蚂蚁一般,更不去萦念。这是最后的梦,可惜是最短的梦!黑暗重复落在我们面前,我们看见傍岸的空船上一星两星的,枯燥无力又摇摇不定的灯光。我们的梦醒了,我们知道就要上岸了;我们心里充满了幻灭的情思。

1923年10月11日作完,于温州。

【注释】

① 髹漆(xiū qī)：这里是动词，指油漆。 ② 眦垢(zì gòu)：眼眵。俗称眼屎。

清河坊

山水是美妙的俦侣，而街市是最亲切的。它和我们平素十二分稔熟，自从别后，竟毫不踌躇，蓦然闯进忆之域了。我们追念某地时，山水的清音，其浮涌于灵府间的数和度量每不敌城市的喧哗，我们大半是俗骨哩（至少我是这么一个俗子）！白老头儿舍不得杭州，却说"一半勾留为此湖"；可见西湖在古代诗人心中，至多也只沾了半面光。那一半儿呢？谁知道是什么！这更使我胆大，毅然于西湖以外，另写一题曰"清河坊"。读者若不疑我为火腿茶叶香粉店作新式广告，那再好没有。

我决不想描写杭州狭陋的街道和店铺，我没有那般细磨细琢的工夫，我没有那种收集零丝断线织成无缝天衣的本领，我只得藏拙。我所亟亟要显示的是淡如水的一味依恋，一种茫茫无羁泊的依恋，一种在夕阳光里，街灯影傍的依恋。这种委婉而入骨三分的感触，实是无数的前尘前梦酝酿成的，没有一桩特殊事情可指点，也不是一朝一夕之功。我实在不知从何说起，但又觉得非说不可。环问我："这种窘题，你将怎么做？"我答："我不知道是怎样做，我自信做得下去。"

人和"其他"外缘的关联，打开窗子说亮话，是没有那回事。真的不可须臾离的外缘是人与人的系属，所谓人间便是。我们试想：若没有飘零的游子，则西风下的黄叶，原不妨由它们哗哗自己去响着。若没有憔悴的女儿，则枯干了的红莲花瓣，何必常夹在诗集中呢？人万一没有悲欢离合，月即使有阴晴圆缺，又何为呢？怀中不曾收得美人的倩影，则入画的湖山，其黯淡又将如何呢？……一言蔽之，人对于万有的趣味，都从人间趣味的本身投射出来的。这基本趣味假如消失了，则大地河山及它所有的兰因絮果毕落于渺茫了。在此我想注释我在《鬼劫》中一句费解的话："一切似吾生，吾生不似那一切。"

离题已远，快回来吧！我自述鄙陋的经验，还要"像煞有介事"，不又将为留学生所笑乎？其实我早应当自认这是幻觉，一种自骗自的把戏。我在此所要解析的，是这种幻觉怎样构成的。这或者虽在通人亦有所不弃吧。

这儿名说是谈清河坊，实则包括北自羊坝头，南至清河坊这一条长街。中间的段落各有专名，不烦枚举。看官如住过杭州的，看到这儿早已恍然；若没到过，多说也还是不懂。杭州的热闹市街不止一条，何以独取清河坊呢？我因它逼窄得好，竟铺石板不修马路亦好；认它为 typical 杭州街。

我们雅步街头，则喀噔喀噔地石板怪响，而大嚷"欠来！欠来"的洋车，或前或后冲过来了。若不躲闪，竟许老实不客气被车夫推搡一下，而你自然不得不肃然退避了。天晴还算好，落雨的时候，那更须激起石板洼隙的积水溅上你的衣裳，这真糟心!这和被北京的汽车轮子溅了一身泥浆是仿佛的。虽然发江南热的我觉得北京的汽车是老虎(非彼老虎也!),而杭州的车夫毕竟是人。你拦阻他的去路,他至多大喊两声,推你一把,不至于如北京的高轩哀嘶长唤地过去,似将要你的一条穷命。

哪怕它十分喧阗,悠悠然的闲适总归消除不了。我所经历的江南内地,都有这种可爱的空气;这真有点儿古色古香。

我在伦敦纽约虽住得不久,却已嗅得欧美名都的忙空气;若以彼例此,则藐乎小矣。杭州清河坊的闹热,无事忙耳。他们越忙,我越觉得他们是真闲散。忙且如此,不忙可知。——非闲散而何?

我们雅步街头,虽时时留意来往的车子,然终不失为雅步。走过店窗,看看杂七杂八的货色,一点没有 Show window 的规范,但我不讨厌它们。我们常常去买东西,还好意思摔什么"洋腔"呢?

我俩和娴小姐同走这条街的次数最多,她们常因配置些零星而去,我则瞎跑而已。有几家较熟的店铺差不多没有不认识我们的。有时候她们先到,我从别处跑了去,一打听便知道,我终于会把她们追着的。大约除掉药品书报糖食以外,我再不花什么钱;而她们所买决然不同,都大包小裹的带回了家,挨到上灯的时分。若今天买的东西少,时候又早,天气又好,往往雇车到旗下营去,从繁热的人笑里,闲看湖滨的暮霭与斜阳。"微阳已是无多恋,更苦遥青着意遮。"我时时看见这诗句自己的影子。

清河坊中,小孩子的油酥饺是佩弦以诗作保证的;我所以时常去买来吃。叫她们吃,她们以在路上吃为不雅而不吃;常被我一个人吃完了。油酥饺冰冷的,您想不得味吧。然而我竟常买来吃,且一顿便吃完了。您不以为诧异吗?不知佩弦读至此如何想?他不会得说:"这是我一首诗的力啊!"

我收集花果的本领真太差,有些新鲜的果子,藏在怀中几年之后,不但香色无复从前,并且连这些果子的名目、形态、影儿都一起丢了。这真是所谓"抚空怀而自惋"了。譬如提到清河坊,似有层层叠叠感触的张本在那边,然细按下去,便觉洞然无物。即使不是真的洞然,也总是说它不出。在实际上,"说不出"与"洞然"的差别,真是太小了。

在这狭的长街上,不知曾经留下我们多少的踪迹。可是坚且滑的石板上,使我们的肉眼怎能辨别呢?况且,江南的风虽小,雨却豪纵惯了的。暮色苍然下,飒飒的细点儿,渐转成牵丝的"长脚雨",早把这一天走过的千千人的脚迹,不论男的女的老的少的村的俏的,洗刷个干净。一日且如此,何论旬日;兼旬既如此,何论经年呢?明日的人儿等着哩,今日的你怎能不去!不看见吗?水上之波如此,天上之云如斯;云水无心,"人"却多了一种荒唐的眷恋,非自寻烦恼吗?若依颉刚的名理推之,烦恼是应当自己寻的;这却又无以难他。

我由不得发两句照例的牢骚了。天下惟有盛年可贵,这是自己证明的真实。梦阑酒醒,还算个什么呢,千金一刻是正在醉梦之中央。我们的脚步踏在土泥或石上,我们的语笑颤荡在空气中,这是何等的切实可喜。直到一切已黯淡渺茫,回首有凄怆的颜色,那时候的想头才最没有出息;一方面要追挽已逝的芳香,另一方面妒美他人的好梦。去了的谁挽得住,剩一双空空的素手;妒美引得人人笑,我们终被拉下了。这真觉得有点犯不着,然而没出息的念头,我可是最多。

匆匆一年之后,我们先后北来了。为爱这风尘来吗?还是逃避江南的孽梦呢?娴小姐平日最爱说"窝逸"。破烂的大街,荒寒的小胡同,时闻瑟缩的枯叶打抖,尖厉的担儿吆喝,沉吟的车骨碌的话语,一灯初上,四座无言;她仍然会说"窝逸"吗?或者陡然猛省,这是寂寞长征的一尖站呢?我毕竟想不出她应当怎样着想方好。

我们再同步于北京的巷陌,定会觉得异样;脚下的尘土,比棉花还软得多哩。在这样的软尘中,留下的踪迹更加靠不住了,不待言。将来万一,娴小姐重去江南,许我谈到北京的梦,还能如今日谈杭州清河坊巷这样的洒脱吗?"人到来年忆此年。"想到这里,心渐渐地低沉下去,另有一幅飘零的图画影子,烟也似的晃荡在我眼下。

话说回来,干脆了当!若我们未曾在那边徘徊,未曾在那边笑语;或者即有徘徊笑语的微痕而不曾想到去珍惜它们,则莫说区区清河坊,即十百倍的胜迹亦久不在话下了。我爱诵父亲的诗句:

只缘曾系乌篷艇,野水无情亦耐看。

【靓评】

青衫书生仕女,钱塘人家市井

俞平伯《清河坊》作于1925年10月的北京。吴山脚下的清河坊是杭州千年历史的市肆。清末民初的时候,清河坊百年老店仍盛,那些古井小巷,滴着春雨的屋檐,种种的吃食,为红尘民生的世俗风情所薰,这些都是作者文中所说的"万有的趣味"。茶坊酒肆,瓦舍勾栏,钱塘人家的情调,留着南宋余韵。繁热的人笑,湖滨的清雅,同是人间的可爱。市井表面的喧阗透着无事忙、真闲散。

文中充分表达了同心人相聚的喜悦。杭州的"风虽小,雨却豪纵贯了的",正体现了作者同时具有的缠绵与豪情。"同步于北京的巷陌,定会觉得异样;脚下的尘土,比棉花还软得多哩。在这样的软尘中,留下的踪迹更加靠不住了",可以感到文中处处可见的委婉而入骨三分的感触,又显作者深厚情意寄寓,充满着典型的中国诗人气质,令人想起古代秦观、纳兰容若一等人。

而篇中的人物仿佛是古诗文里的青衫书生和仕女,素手的仕女同兰心的诗人雅步坊市。在《燕知草》集中,在如行云流水的文字里,我们似乎能亲临感受俞平伯

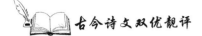

对生活细腻准确的观察。俞平伯、他的妻子莹环、他的表妹娴小姐,正在现代充满人间烟火气的古老市井间徘徊笑语着……阳光里、灯影处,作者收集花果藏在怀中,处处编织成诗。字字行行,点点情意。

《冬夜》收录诗作四首

忆(节选)

一

有了两个橘子,
一个是我的,
一个是我姊姊的。

把有麻子的给了我,
把光脸的她自己有了。

"弟弟,你的好,
绣花的呢。"

真不错!
好橘子,我吃了你罢。
真正是个好橘子啊!

十一

爸爸有个顶大的斗篷。
天冷了,它张着大口欢迎我们进去。

谁都不知道我们在那里,
他们永找不着这样一个好地方。

斗篷裏得漆黑的,
又在爸爸的腋窝下,
我们格格地好笑:
"爸爸真个好,
怎么会有这个又暖又大的斗篷呢?"

####　十七

离家的燕子,

在初夏一个薄晚上,

随轻寒的风色,

懒懒地飞向北方海滨来了。

双双尾底蹁跹,

渐渐退去了江南绿,

老向风尘间,

这样地,剪啊,剪啊。

重来江南日,

可怜只有脚上的尘土和它同来了,

还是这样地,剪啊,剪啊。

冬夜之公园

"哑！哑！哑！"

队队的归鸦,相和相答。

淡茫茫的冷月,

衬着那翠迭迭的浓林,

越显得枝柯老态如画。

两行柏树,夹着蜿蜒石路,

竟不见半个人影。

抬头看月色,

似烟似雾朦胧地罩着。

远近几星灯火,

忽黄忽白不定地闪烁:——

格外觉得清冷。

鸦都睡了;满园悄悄无声。

惟有一个突地里惊醒,

这枝飞到那枝,

不知为甚地叫得这般凄紧?

听它仿佛说道，
"归呀！归呀！"

暮

敲罢了三声晚钟，
把银的波底容，
黛的山底色，
都销融得黯淡了，
在这冷冷的清梵音中。

暗云层叠，
明霞剩有一缕；
但湖光已染上金色了。
一缕的霞，可爱哪！
更可爱的，只这一缕哪！

太阳倦了，
自有暮云遮着；
山倦了，
自有暮烟凝着；
人倦了呢？
我倦了呢？

小劫

云皎洁，我的衣，
云烂熳，我的裙裾，
终古去遨翔，
随着苍苍的大气；
为甚么要低头呢？
哀哀我们的无俦侣。
去低头！低头看——看下方；
看下方啊，吾心震荡；
看下方啊，
撕碎吾身荷芰的芳香。

> 罡风落我帽,
>
> 冷霓打散我衣裳,
>
> 似花花的蝴蝶,一片儿飘扬
>
> 歌哑了东君,惹恼了天狼,
>
> 天狼咬断了她们的翅膀!
>
> 独置此身于夜漫漫的,人间之上,
>
> 天荒地老,到了地老天荒!
>
> 赤条条的我,何苍茫? 何苍茫?

【靓评】

凝练、绵密、婉细,从旧诗词蜕化而出

《冬夜》,上海亚东图书馆出版,收《冬夜之公园》《春水船》《孤山听雨》《凄然》《小劫》等诗58首,分为4辑。书前有著者自序、朱自清序。这是著者的第一部新诗集,"三年来的诗,除掉几首被删以外,大致都汇在这本小书里"(《自序》)。

在初期作白话诗的作者中,俞平伯也许是最早反思白话新诗和唯一清醒地要使自己的写作与旧诗保持联系的诗人。1918年10月16日俞平伯致信《新青年》记者,认为白话诗"终与开口直说不同",主张"用字要精当,做句要雅洁,安章要完密"。还讲:"诗尤与文不同,在文可以直说者,诗必当曲绘,文可以繁说者,诗只可简括。所以诗的说理表情叙事,均比较散文深一层。话说正了,意思依然反的。话说一部分,意思却笼罩全体。这无论文言白话都是一样,而用白话入诗,比较更难。"这信1919年3月以《白话诗的三大条件》为题在《新青年》第6卷第3号刊出。1919年10月俞平伯又在《新潮》第2卷第1号发表《社会上对于新诗的各种心理观》,认为"中国现行白话,不是做诗的绝对适宜的工具",提出"多读古人的作品,少去模仿他"。他说:"西洋诗和中国古代近于白话的作品——《三百篇》、乐府、古诗词我们都要多读。这种诗都是淘炼极精的著作,我们可以学许多乖,省许多事;但是我们是要创作的,不是依赖人的,样样去模仿它,有了古人没有我了。中国历来的大毛病,我们总要'矫枉过正',刻刻记在心里。"这些看法是很有见地的,当时就能有对"矫枉过正"的警惕和那样早就能跳出新诗与旧诗绝对的对立更是可贵。文言与白话是否一定要成为你死我活的敌人?事实上,强行推翻文言让稚嫩的白话独自承担起20世纪的情感以及解放个性的重任是困难的,与文化、语言的强行断裂,"弑父"的白话被西方领养,从此开始的远离汉语的写作给我们带来了一个世纪的焦虑,致使我们的诗人在世纪末不得不追问:谁是我们的父亲?而此时确立的新与旧的绝对对立、一切从零开始的思维方式更给诗歌不断带来伤害,后来不断求新的浮躁,不断对过去的扫平和对他类诗歌的拒绝都是它的病变,使得诗歌处于不停的运动状态,流派众多又匆匆而过,很少能有一个平和的正常的空间使其充分发展。遗憾的是今天重读俞平伯的话才感到它的分量,但这样的声音在当时很难引起重视,只能在他自己的写作中默默尝试。俞平伯1918年5月开始在《新青年》上发表白话新诗,1922年3月出版诗集《冬夜》。

  对于这样的作品,胡适认为是"旧诗词的鬼影仍旧时时出现"(《〈蕙的风〉序》)。而朱自清很欣赏这些诗作,认为有三种特色:"一、精炼的词句和音律;二、多方面的风格;三、迫切的人的情感。"(《序》)闻一多也给予了肯定,他讲:"《冬夜》给我最深刻的印象是他的音节。关于这点,当代诸作家,没有能同俞君比的。这也是俞君对新诗的一个贡献。凝练,绵密,婉细是他的音节特色。这种艺术本是从旧诗和词曲里蜕化出来的。"(《〈冬夜〉〈草儿〉评论》)。1935年10月朱自清编选的《中国新文学大系·诗集》由上海良友图书印刷公司出版,选入俞平伯诗17首,诗集《导言》讲:"俞平伯氏能融旧诗的音节入白话,如《凄然》;又能利用旧诗里的情境表现新意,如《小劫》;写景也以清新著,如《孤山听雨》。"

孤山听雨

  云依依地在我们头上,
  小桦儿却早懒懒散散地傍着岸了。
  小青哟,和靖哟,
  且不要萦住游客们的凭吊;
  上那放鹤亭边,
  看葛岭的晨妆去罢。

  苍苍可滴的姿容,
  少一个初阳些微晕的她。
  让我们都去默着,
  幽甜到不可以说了呢。

  晓色更沉沉了,
  看云生远山,
  听雨来远天。
  飒飒的三两点雨,
  先打上了荷叶,
  一切都从静默中叫醒来。

皱面的湖纹,
半蹙着眉尖样的,
偶然间添了——
花喇喇银珠儿那番迸跳。
是繁弦?是急鼓?
比碎玉声多几分清悄?

凉随雨生了,
闷因着雷破了,
翠叠的屏风烟雾似的朦胧了。
有湿风到我们的衣襟上,
点点滴滴的哨呀!

来时的桦子横在渡头,
好个风风雨雨,
清冷冷的湖面,
看他一领蓑衣,
把没篷子的打鱼船,
闲闲地划到藕花外去。
雷声殷殷的送着,
雨丝断了,近山绿了;
只留恋的莽苍云气,
正盘旋在西泠以外,
极目的几点螺黛里。

【靓评】

一首优美的自由体景物诗

全诗把握着浴雨湖山的变幻姿容,字里行间都以诗人善感而细腻的感情触角为支点,娴熟地运用比喻、拟人手法,描摹着的一景一物都无不浸润着多情的雨滴,正是"情似雨余粘地絮"。

诗人早起意欲观赏但又不得,也因此没有在冯小青和林和靖的墓前凭吊,但晓色更沉,欲雨未雨的西子湖给他带来了"幽甜"的甘味。因为雨滴由小到大,西湖与葛山也随之幻现其色相,蓄变情境。先是"云生远山",雨滴点点,荷叶轻摇出梦,到荡漾湖纹"繁弦""急鼓"的活泼跳跃,大珠小珠落玉盘,再到打破闷热的雷雨给湖山罩上烟雨朦胧的鲜翠欲滴的曼妙,诗人对这风雨舟摆、弱浅漪澜的赞喜之情油然而生,雅兴大发,再见那渔夫悠悠然划舟过荷花,自己也生出一番闲适之意。及至云消雨霁,天朗山青,山前横一抹浓青的婵娟秀黛,全诗在一派清新明爽的意境中悄然收束,足见俞平伯为诗的"凝练、幽深、绵密","有不可把捉的风韵"(朱自清语),行笔"奇峭而有情趣","曲折跳动,像是有意求奇求文"(张中行语)。

而这首诗虽是早期的新诗,但它在打破古典旧诗的陈规之时也不致过于散漫。朱自清曾指出"用韵的自然,也是平伯的一绝"。像第一节二、四句"了""吊"押韵,第四节"跳""悄",第六节的"雨""去"等,所用音韵,也不拘泥古诗的押韵规则,而是以情感抒发的需要为出发点一一安排。同样,古诗对字句的锤炼讲究在本诗中也有所体现,如"闷因着雷破了"的"破"字,"飒飒的三两点雨"的"飒飒","看云生远山"的"生","近山绿了"的"绿"都炼得极巧。

但我以为"雨中情""雨中感"才是本诗的精妙之所在。俞平伯在《湖楼小撷》中也这么写道:"在往年曾有一首《孤山听雨》。以后便又好像哑子;即在那时,也一半看着雨的面子方才写的;原来西湖是久享盛名的湖山,在南宋曾被号为'销金窝'。又是白居易、苏东坡、林和靖他们的钧游旧地,岂稀罕涉如尘芥的我之一言呢?像我这样开头就抱了一阵狂欢,未免夸诞得好笑;湖山有灵,能勿齿冷?所以我的装哑,倒不消辩解得……以湖山别无超感觉外之本相,故你我他所见的俱是本相,亦俱非本相……何况以西湖的清嘉,时留稠叠的娇倩影子在你我他的心眼里的呢……"只有身历此境,方能信这诗绝非浪饰浮词,恰好能写出他在当年所感触所用情之深。满眼的雨中湖光尽数寄在凭栏人的一望了。

何其芳

何其芳(1912—1977):现代散文家、诗人、文艺评论家、"红学"理论家。四川万县(现重庆万州)人。原名何永芳,出身于四川万州一个守旧的大家庭。幼年时即喜爱中国古代诗词小说,1929 年到上海入中国公学预科学习,读了大量新诗。1931~1935 年在北京大学哲学系学习。大学期间在《现代》等杂志上发表诗歌和散文。1936 年他与卞之琳、李广田的诗歌合集《汉园集》出版,他的散文集《画梦录》于 1937 年出版,并获得《大公报》文艺金奖。大学毕业后,何其芳先后在天津南开中学和山东莱阳乡村师范学校任教。是"汉园三诗人"之一。著作主要有散文集《画梦录》,诗集《预言》,红楼梦的研究也颇有建树。

秋海棠

庭院静静的。仿佛听得见夜是怎样从有蛛网的檐角滑下,落在花砌间纤长的飘带似的兰叶上,微微的颤悸如刚栖定的蜻蜓的翅,最后静止了。夜遂做成了一湖澄静的柔波,停潴在庭院里,波面浮泛着青色的幽辉。

寂寞的思妇,凭倚在阶前的石栏干畔。

夜的颜色,海上的水雾一样的,香炉里氤氲的烟一样的颜色,似尚未染上她沉思的领域。她仍垂手低头的,没有动。但,一缕银的声音从阶角漏出来了,尖锐,碎圆,带着一点阴湿,仿佛从石砌的小穴里用力地挤出,珍珠似的滚在饱和着水泽的绿苔上,而又露似的消失了。没有继续,没有赓和。孤独的早秋的蟋蟀啊。

她抬起头。

刚才引起她凄凉之感的菊花的黄色已消隐了,鱼缸里虽仍矗立着假山石庞然的黑影,已不辨它玲珑的峰穴和上面苍翠的普洱草。这初秋之夜如一袭藕花色的蝉翼一样的纱衫,飘起淡淡的哀愁。

她更偏起头仰望。

景泰蓝的天空给高耸的梧桐勾绘出团圆的大叶,新月如一只金色的小舟泊在疏疏的枝柯间。粒粒星,怀疑是白色的小花朵从天使的手指间洒出来,而遂宝石似的凝固地嵌在天空里了。但仍闪跳着,发射着晶莹的光,且从冰样的天空里,它们的清芬无声的霰雪一样飘堕。

银河是斜斜地横着。天上的爱情也有隔离吗?黑羽的灵鹊是有福了,年年给相思的牛女架起一度会晤之桥。

她的怀念呢,如迷途的鸟漂流在这叹息的夜之海里,或种记忆,或种希冀如红色的丝缠结在足趾间,轻翅因疲劳而渐沉重,望不见一发青葱的岛屿:能不对这辽远的无望的旅程倦厌吗?

她的头又无力地垂下了。

如想得到扶持似的,她素白的手抚上了石阑干。一缕寒冷如纤细的褐色的小蛇从她指尖直爬入心的深处,徐徐地纡旋地蜷伏成一环,尖瘦的尾如因得到温暖的休憩所而翘颤。阶下,一片梧叶悄然下堕,她肩头随着微微耸动,衣角拂着阑干的石棱发出冷的轻响,疑惑是她的灵魂那么无声地坠入黑暗里去了。

她的手又梦幻地抚上鬓发。于是,盘郁在心头的酸辛热热地上升,大颗的泪从眼里滑到美丽的睫毛尖,凝成玲珑的粒,圆的光亮,如青草上的白露,没有微风的撼摇就静静的、不可重拾地坠下……

就在这铺满了绿苔,不见砌痕的阶下,秋海棠茁长出来了。两瓣圆圆的鼓着如玫瑰颊间的酒涡,两瓣长长的伸张着如羡慕昆虫们飞游的翅,叶面是绿的,叶背是红的,随生着茸茸的浅毛,朱色的茎斜斜地从石阑干的础下击出,如擎出一个古代的甜美的故事。

【靓评】

一幅精致的仕女月下独忆图

有学者称何其芳是把诗、小说、散文打通;用诗的手法写散文,以散文的手法写诗。《秋海棠》一文则明显地体现了何其芳早期散文的特点。他曾说:"我喜欢那种锤炼,那种色彩的配合,那种镜花水月,我喜欢读唐人的绝句。那譬如一微笑,一挥手,纵然表达着意思,但我欣赏的却是姿态。"不难看出,在《秋海棠》中,"秋海棠""思妇""石阑干"这些意象都是古典诗词中常见的。作者用细腻文笔,描绘了一幅月夜独忆图,寓情于景,寄托了一种美妙深邃的情思。

何其芳诗人的气质为他实现诗性散文美学观提供了成功路径。《秋海棠》一文收录在作者的《画梦录》散文集中。

黄昏

马蹄声,孤独又忧郁地自远至近,洒落在沉默的街上如白色的小花朵。我立住。一乘古旧的黑色马车,空无乘人,迂徐地从我身侧走过,疑惑着是载着黄昏,沿途散下它阴暗的影子,遂又自近而远地消失了。

街上愈荒凉,暮色下垂而合闭,柔和地,如从银灰的归翅间坠落一些慵倦于我心上。我傲然,耸耸肩,脚下发出凄异的长叹。

一列整饬的宫墙漫长地立着。不少次,我以目光叩问它,它以叩问回答我:黄昏的猎人,你寻找什么?

狂奔的野兽寻找着壮士的刀,美丽的飞鸟寻找着牢笼,青春不羁之心寻找着毒色的眼睛。我呢?

我曾有一些带伤感之黄色的欢乐,如同三月的夜晚的微风飘进我梦里,又飘去了。我醒来,看见第一颗亮着纯洁的爱情的朝露无声地坠地。我又曾有一些寂寞的光阴,在幽暗的窗子下,在长夜的炉火边,我紧闭着门而它们仍然遁逸了。我能忘掉忧郁如同忘掉欢乐一样容易吗?

小山巅的亭子因暝色天空的低垂而更圆,而更高高地耸出林木的葱茏间,从它我得到仰望的惆怅。在渺远的昔日,当我身侧尚有一个亲切的幽静的伴步者,徘徊在这山麓下,曾不经意地约言:选一个有阳光的清晨登上那山巅去,但随后又不经意地废弃了。这沉默的街,自从再没有那温柔的脚步,遂日更荒凉。而我,竟惆怅又怨抑地,让那亭子永远秘藏着未曾发掘的快乐,不敢独自去攀登我甜蜜的想象所萦系的道路了。

【靓评一】

"独语"调式的感伤

这是一篇美得令人忧伤的散文,典型的何其芳"独语"调式,感伤的黄昏,沉默的街道,孤独的文人,飘飞的思绪。一切都是那么美,那么纯,仿佛一个梦。何其芳在《谈〈画梦〉和我的道路》中说:"在《黄昏》这篇文章以前,我是一个充满了幼稚的伤感、寂寞的欢欣和辽远的幻想的人。在那以后,我却更感到了一种深沉的寂寞,一种大的苦闷,更感到了现实与幻想的矛盾,人的生活的可怜,然而找不到一个肯定的结论。"从此我们可看出,《黄昏》是作者思想上的幻想期和苦闷时期交替分界的标志,其基调是既有美丽的幻想,又有寂寞、孤独的苦闷。

文章一开头写景,由远至近的马蹄声,迂徐从身侧走过的黑色马车,由近至远的消失,这些景都是日常生活中再平常不过的事物,因了作者的心情,染上了作者的感情色彩,它们似乎也有了人的灵性,一样具有了人的孤独与忧郁。并且,从由远至近到由近至远中我们可以知道,虽然作者未提情感两字,却预示着作者特殊的感情流程,欲诉还休,只可意会不可言传。接着"暮色""如从银灰的归翅间坠落一些慵倦于我心上","我傲然,耸耸肩,脚下发出凄异的长叹"。由景入情,点出作者孤独、忧郁的心情。因太过郁闷,作者无法前行,只好驻足苦思。一句"黄昏的猎人,你寻找什么"把作者从思绪中唤醒。是啊,黄昏本是一天的结束,应归家享受那一种家的温馨,为何自己在此处独自徘徊,心事重重,黯然神伤? 大概,作者也不是很清楚吧。"狂奔的猛兽寻找着壮士的刀,美丽的飞鸟寻找着牢笼,青春不羁之心寻找着毒色的眼睛",但是,"我呢"? 不禁发出一声感叹,接着作者道出了缘由,抒人生感叹。曾有的带伤感之黄色的欢乐,如微风飘进梦里,又飘走;刚醒来就看见爱情朝露无声地坠地；又有一些寂寞的光阴，就算自己紧闭着门它们仍然遁逸了。从而，作者又问出："我能忘掉忧郁如同忘掉欢乐一样容易吗？"其实，作者这一反问已经告诉我们，他是不能轻易忘掉欢乐的，但这一修辞的应用，使作者的感情色彩得到进一步的加强。李健吾在评论《画梦录》时说：这些年轻人把宇宙看得那样重，人事经得又那样少，刚往成年一迈步，就觉得遗失了他们自来生命所珍贵的一切。眼前变成一片模糊。这真是"少年不知愁滋味，为赋新词强说愁"。

一切消逝了，再没有温柔的脚步声，攀登山巅的约言已不经意废弃了。而自己也充满了惆怅与怨抑，不敢独自去攀登那甜蜜的想象所萦系的道路。希望那亭子永远密藏未曾发掘的快乐。这一切的想法与做法，只因作者害怕所看到的与所想到的形成矛盾，如果你不去发掘有些东西，那么它在你心目当中就永远美好，而且不用害怕会失去。

【靓评二】

《黄昏》的语言平淡却精练，看似平淡无奇，看不出太多的悲意，但从语言暗含的灰色调当中，我们体会到了作者那股淡淡却又浓重、欲摆脱又无奈的哀愁，那一种悲凉，那一种无法言喻的深层内蕴。

一、不经意的悲剧意识的流露

尽管作者是一个孤高自许的文人，面对暮色"如从银灰的归翅间坠落一些慵倦于我心上"，"我傲然，耸耸肩"。可是，心中的忧愁却如春水一般，慢慢地溢了出来。那是失落的爱情的感伤。"我醒来，看见第一颗亮着纯洁的爱情的朝露无声地坠地。"

爱情，曾在作者心中留下多么甜蜜而美好的回忆，那可爱的、亲切的人曾多少次徜徉在梦中。"在渺远的昔日，当我身侧尚有一个亲切的幽静的伴步者，徘徊在这山麓下，曾不经意地约言：选一个有阳光的清晨登上那山巅去。"这是多么让人留恋的往事，"但随后又不经意地废弃了。这沉默的街，自从再没有那温柔的脚步，遂日更荒凉"。是的，爱情结束了，作者并没说出爱情结束的原因，但我们知道，他是深深地珍惜这段感情的，更珍爱那曾经爱过的人。那不经意的约言，被作者记在心里，他渴望着能与所爱的人儿一起登上那山巅，一起去寻找那山巅亭子里的快乐。可伊人已去，"而我，竟惆怅又怨抑地，让那亭子永远秘密藏着未曾发掘的欢乐，不敢独自去攀登我甜蜜的想象所萦系的道路了"。"我"不敢独自去，怕勾起往日的回忆，沉入对往日人心的思念，陷入深深的忧愁中去。欲爱而不能，一种不经意的悲剧意识流露出来了。

二、具有厚重的历史感

作者所抒发的，是一种隐隐的忧愁，但联系当时的社会环境，我们就知道，这种忧愁不是凭空而来的，在当时的社会里也不是罕见的。何其芳作为京派一个著名散文家,属自由派,既不从属于当时的国民党政权,亦不赞同左翼作家的观点。20世纪30年代的中国,政治纷争,帝国主义侵略,一片混乱。作为自由派作家,在沸腾的时代面前,何去何从?作者是茫然的。所以,他常常感到忧郁,感到苦恼。何其芳这一情况,在当时并不罕见。当时很多自由主义知识分子都面临这一心理危机。如现代诗人卞之琳、戴望舒等,戴望舒在《雨巷》中所抒发的感情,比何其芳《黄昏》中所抒发的感情更为深沉、更为忧郁。

所以,何其芳在《黄昏》中所表现出来的忧愁,是一个时代的忧愁,是历史的忧愁,具有典型意义。

三、典型的"独语"调式

这篇散文显示了何其芳《画梦录》中典型的"独语"调式,何其芳不满当时的散文状况,认为当时的散文,除了说理和告白,多是个人琐事的叙述或个人遭遇的告白。他要创造一种崭新的散文。《画梦录》是其代表作,体现了何其芳的风格。

何其芳的"独语"调式,爱在黄昏的灯光下,吟哦内心的孤独与寂寞,探索内心的感伤与矛盾。这篇《黄昏》完整地体现了这一特点。"我曾有一些带伤感之黄色的欢乐,如同三月的夜晚的微风飘进我梦里,又飘去了。""我又曾有一些寂寞的光阴,在幽暗的窗子下,在长夜的炉火边,我紧闭着门而它们仍然遁逸了。"作者是那样地孤芳自赏,他不屑于向人倾诉自己的孤独和忧郁,只愿与黄昏共享,只愿自己默默咀嚼。

本文的语言也体现了"独语"调式的特征。何其芳整合了六朝诗词和外国印象派艺术审美特点,语言绚丽而缠绵,纤弱的感情,雾般的朦胧,很耐人寻味。

《黄昏》是美丽的,忧郁的,它的朦胧、含蓄完美地表现了何其芳的风格。只有在当时的时代氛围中,只有怀着当时心情的何其芳,才能写出此种美文。后来,当何其芳到了延安,当他的感情"粗"起来时,这样纤弱缠绵的美文只能成为一种不可重复的历史了。

一年之际最萧瑟、最悲凉之时莫过于深秋的黄昏,而本文虽写于初夏,但作者的那股愁思哀绪却清晰可感。

雨　前①

最后的鸽群带着低弱的笛声在微风里划一个圈子后,也消失了。也许是误认这灰暗的凄冷的天空为夜色的来袭,或是也预感到风雨的将至,遂过早地飞回它们温暖的木舍。几天的阳光在柳条上撒下的一抹嫩绿,被尘土埋掩得有憔悴色了,是需要一次洗涤。还有干裂的大地和树根也早已期待着雨。雨却迟疑着。

我怀想着故乡的雷声和雨声。那隆隆的有力的搏击,从山谷返响到山谷,仿佛春之芽就从冻土里震动,惊醒,而怒茁出来。细草样柔的雨声又以温存之手抚摩它，使它簇生油绿的枝叶而开出红色的花。这些怀想如乡愁一样萦绕得使我忧郁了。我心里的气候也和这北方大陆一样缺少雨量，一滴温柔的泪在我枯涩的眼里，如迟疑在这阴沉的天空里的雨点，久不落下。白色的鸭也似有一点烦躁了，有不洁的颜色的都市的河沟里传出它们焦急的叫声。有的还未厌倦那船一样的徐徐地划行，有的却倒插它们的长颈在水里，红色的蹼趾伸在尾巴后，不停地扑击着水以支持身体的平衡。不知是在寻找沟底的细微的食物，还是贪那深深的水里的寒冷。

有几个已上岸了。在柳树下来回地作绅士的散步，舒息划行的疲劳。然后参差地站着，用嘴细细地梳理它们遍体白色的羽毛，间或又摇动身子或扑展着阔翅，使那缀在羽毛间的水珠坠落。一个已修饰完毕的，弯曲它的颈到背上，长长的红嘴藏没在翅膀里，静静合上它白色的茸毛间的小黑眼睛，仿佛准备睡眠。可怜的小动物，你就是这样做你的梦吗？我想起故乡放雏鸭的人了。一大群鹅黄的雏鸭游牧在溪流间。清浅的水，两岸青青的草，一根长长的竹竿在牧人的手里。他的小队伍是多么欢欣地发出嗗啾声，又多么驯服地随着他的竿头越过一个山野又一个山坡。夜来了，帐幕似的竹篷撑在地上，就是他的家。但这是怎样辽远的想象呵！在这多尘土的国土里，我仅只希望听见一点树叶上的雨声。一点雨声的幽凉滴到我憔悴的梦，也许会长成一树圆圆的绿阴来覆荫我自己。我仰起头。天空低垂如灰色的雾幕，落下一些寒冷的碎屑到我脸上。一只远来的鹰隼仿佛带着怒愤，对这沉重的天色的怒愤，平张的双翅不动地从天空斜插下，几乎触到河沟对岸的土阜，而又鼓扑着双翅，作出猛烈的声响腾上了。那样巨大的翅使我惊异，我看见了它两肋间斑白的羽毛。接着听见了它有力的鸣声，如同一个巨大的心的呼号，或是在黑暗里寻找伴侣的叫唤。

然而雨还是没有来。

【注释】

①《雨前》写于1933年春。当时中国政治气氛沉闷，民族危机深重，作者正在北京大学求学。

【靓评】

久旱盼甘霖，焦灼求变革

《雨前》是何其芳著名的散文集《画梦录》中具代表性的一篇。它通过对大雨降临前灰暗沉闷的自然景物的描写，渲染了一种久旱切盼甘霖的强烈情绪，隐约透露出渴求变革的焦灼心情。这正是1930年代广大青年知识分子的共同心态，因而引起读者的共鸣。作品中对这种心态的刻画和对自然景物的描写紧密结合在一起，创造出一种景中有情、情中有景、情景交融的艺术境界，委婉曲折地抒写了尚未走上革命道路的小资产阶级知识分子既不满于黑暗现实，又找不到出路的忧郁感伤的情绪,具有一定的现实意义,对我们了解当时青年的思想状态也有一定的认识价值。

《雨前》写于 1933 年。时值日本帝国主义侵占我国东北后,又加紧蚕食华北,而国民党政府卑躬屈敌,民族危机深重,政治气候低沉。"雨前"景物的描写,正是那时整个社会空气的形象比拟,也是作者当时心态的写照,表达出一种在密云不雨的气候下的复杂感情。对现实的不满,使作者渴望"心里的气候"得到"雨点"的滋润,因而怀念南方故乡的雷声、雨声,传达出一种对希望的渴求,对理想的追寻。结尾一句"然而雨还是没有来",透露出理想的邈远,一种彷徨、迷惘以至颓伤的情调油然而生。这种思想情调也正是当年的许多知识青年共同的一种精神状态。

这篇散文在艺术上的特点主要表现在它的和谐的诗的意境上。

(1) 作者成功地运用了西方现代派的"移情"手法,把自己内心的感情外射在周围环境和自然景物上。鸽群、柳叶、大地、树根、白鸭、鹰隼,无不打上作者浓重的主观色彩。嫩柳的憔悴正是作者的憔悴,大地的干裂正是作者的干裂,白鸭的烦躁正是作者的烦躁,鹰隼的怒愤正是作者的怒愤。物我无间,情与境高度统一。

(2) 对比手法的使用。在描写眼前景物的同时两次插入对故乡的回忆。故乡的景色令人心旷神怡,眼前的景象则叫人窒息。通过对北国与故乡差异的描写,反映了作者的理想与现实之间的矛盾。

(3) 语言精致、优美。用词简约,以一当十,如写白鸭在柳树下来回"作绅士的散步",几个字就令读者想象出白鸭那种胖乎乎、慢悠悠、摇摇摆摆徐徐来回的神态。另外用词讲究色彩的配合,例如写春之芽:簇生出"油绿的嫩叶"而开出"红色的花"。此外本文语言还善于化静为动,化虚为实,使字里行间充满一种流动的美。例如"几天的阳光在柳梢上撒下的一抹嫩绿","细草样柔的雨声又以温存之手抚摩它"。其中的"撒""抹""抚摩",不但把自然物拟人化了,更使那不为人注意的缓慢的自然变化鲜明地呈现在读者眼前。作为一篇散文,在优美的形式中含着深刻的意蕴,显示出一种清新隽永,耐人咀嚼的情韵。

秋 天

震落了清晨满披着的露珠,
伐木声丁丁地飘出幽谷。
放下饱食过稻香的镰刀,
用背篓来装竹篱间肥硕的瓜果。
秋天栖息在农家里。
向江面的冷雾撒下圆圆的网,
收起青鳊鱼似的乌桕叶的影子。

芦蓬上满载着白霜,

轻轻摇着归泊的小桨。

秋天游戏在渔船上。

草野在蟋蟀声中更寥阔了。

溪水因枯涸见石更清冽了。

牛背上的笛声何处去了,

那满流着夏夜的香与热的笛孔?

秋天梦寐在牧羊女的眼里。

【靓评】

清江之秋,田园之秋,心灵之秋

这首诗深得我国古典诗词的精髓,寥寥数语,妙机四溢,以赋为主却不为物滞。"落花无言,人淡如菊",此诗之性情!"震落了清晨满披着的露珠,/伐木声丁丁地飘出幽谷。/放下饱食过稻香的镰刀,/用背篓来装竹篱间肥硕的瓜果。/秋天栖息在农家里。"秋天是空旷深静的,深秋时节,少了繁忙,多了悠闲。在这种清静的氛围里,"伐木声丁丁地飘出幽谷"。一个"飘",活画了秋之静美怡然,有"空山不见人",但闻斧声响(借用王维《鹿柴》句)之幽美情调。这丁丁斧声震落着草木树林上的露珠。这本是诗人心灵的秋声!"镰刀"是怡然的,它静静地挂在房檐上,进入了悠闲的时光。你看,它多满足多恣意,它是"饱食过稻香的",它还在回味刚刚经历过的喜悦吧?诗人本是在写农人,但他不让他们出现,却写了伐木声和镰刀。这安然自得不正是收获后的农人之心态吗?瓜果成熟了,它们没有辜负人的辛劳,长得那么肥硕,正呆头呆脑地坐在篱间等候主人用背篓装它们回去呢!"秋天栖息在农家里",那是一囤囤稻米、满地的瓜果吗?可以这么说,但别忘了更主要的是农人对土地的虔诚有了报答,那饱满的心不正能装得下宁静丰硕的秋吗?

"向江面的冷雾撒下圆圆的网,/收起青鳊鱼似的乌桕叶的影子。/芦蓬上满载着白霜,/轻轻摇着归泊的小桨。/秋天游戏在渔船上。"上面的秋天是"栖息"着的,这里的秋天是"游戏"着的。江面荡漾着柔曼的晨雾,渔人在雾中撒网,那网似隐似现朦胧在白雾之中,该是怎样的美哟!秋天是"淘气"的,它和渔人在"游戏"呐,你看,那网拉起了,有欢蹦乱跳的银鱼儿,可也有满满一网乌桕树的叶子,渔人又欢喜又有些懊恼,秋天就以这种方式亲近着渔人,真是有趣!满载着鱼儿的小船上落满了白霜,如情似梦地归泊了,秋水被漾开一弧弧波纹,那是小桨在吻着它,无声地,默契地。

上面两节写了田园之秋、清江之秋,下面写心灵之秋。我国古诗不乏这种结构方式,先写景,后写情,全部景色又被这情浸润着,一层层地展开,一层层地惆怅,情景交织着,结合成更深远的意境。像王安石的"杨柳鸣蜩绿暗,荷花落日红酣,三十六陂春水,白头相见江南",就属这种路数。"草野在蟋蟀声中更寥阔了。/溪水因枯涸见石更清洌了。/牛背上的笛声何处去了,/那满流着夏夜的香与热的笛孔?/秋天梦寐在牧羊女的眼里。"秋虫唧唧,秋潭寒碧,大自然就要平和闲静地睡了。牧羊女那么惆怅,因为深秋将尽,草木荒疏起来。她是怕不能给羊儿喂新鲜的草了吗?才不是呢,是怕她的心儿没人给"喂"笛声了!整个夏天,她倾听着牧牛少年那"香与热"的牧笛,她的心儿也像羊一样那么安详、那么满足地铺在青草上。可是牧羊女将不再能听到那牧苗了,因为那少年在深秋不见了,他不知道那笛声已流淌在少女"梦寐"般的心里。这是一缕忧愁,但那么清爽,那么醇洌,这秋天的心境被诗人微妙地展示出来了:甜蜜的清愁。

《秋天》的乡村、江湖、牧羊女就这样被诗人浓缩在一幅淡淡的水墨画之中。目既往还,心亦吐纳,这是一首中国情韵十足的秋之诗。

回答

一

从什么地方吹来的奇异的风,
吹得我的船帆不停地颤动:
我的心就是这样被鼓动着,
它感到甜蜜,又有一些惊恐。
轻一点吹呵,让我在我的河流里
勇敢地航行,借着你的帮助,
不要猛烈得把我的桅杆吹断,
吹得我在波涛中迷失了道路。

二

有一个字火一样灼热,
我让它在我的唇边变为沉默。
有一种感情海水一样深,
但它又那样狭窄,那样苛刻。
如果我的杯子里不是满满地
盛着纯粹的酒,我怎么能够
用它的名字来献给你呵,
我怎么能够把一滴说为一斗?

三

不,不要期待着酒一样的沉醉!

我的感情只能是另一种类。
它像天空一样广阔,柔和,
没有忌妒,也没有痛苦的眼泪。
唯有共同的美梦,共同的劳动
才能够把人们亲密地联合在一起,
创造出的幸福不只是属于个人,
而是属于巨大的劳动者全体。

四

一个人劳动的时间并没有多少,
鬓间的白发警告着我四十岁的来到。
我身边落下了树叶一样多的日子,
为什么我结出的果实这样稀少?
难道我是一棵不结果实的树?
难道生长在祖国的肥沃的土地上,
我不也是除了风霜的吹打,
还接受过许多雨露,许多阳光?

五

你愿我永远留在人间,不要让
灰暗的老年和死神降临到我的身上。
你说你痴心地倾听着我的歌声,
彻夜失眠,又从它得到力量。
人怎样能够超出自然的限制?
我又用什么来回答你的爱好,
你的鼓励? 呵,人是平凡的,
但人又可以升得很高很高!

六

我伟大的祖国,伟大的时代,
多少英雄花一样在春天盛开;
应该有不朽的诗篇来讴歌他们,
让他们的名字流传到千年万载。
我们现在的歌声却那么微茫!
哪里有古代传说中的歌者,
唱完以后,她的歌声的余音
还在梁间缭绕,三日不绝?

七

呵,在我祖国的北方原野上,
我爱那些藏在树林里的小村庄,
收获季节的手车的轮子的转动声,
农民家里的风箱的低声歌唱!
我也爱和树林一样密的工厂,
红色的钢铁像水一样疾奔,
从那震耳欲聋的马达的轰鸣里
我听见了我的祖国的前进!

八

我祖国的疆域是多么广大:
北京飞着雪,广州还开着红花。
我愿意走遍全国,不管我的头
将要枕着哪一块土地睡下。
"那么你为什么这样沉默?
难道为了我们年轻的共和国,
你不应该像鸟一样飞翔,歌唱,
一直到完全唱出你胸脯里的血?"

九

我的翅膀是这样沉重,
像是尘土,又像有什么悲恸,
压得我只能在地上行走,
我也要努力飞腾上天空。
你闪着柔和的光辉的眼睛
望着我,说着无尽的话,
又像殷切地从我期待着什么——
请接受吧,这就是我的回答。

【靓评】

新生活,"奇异的风"

何其芳是1930年代"汉园"三诗人之一,一开始是"学者型"诗人。1938年夏到延安参加革命,在鲁迅艺术文学院任教。1940年至1942年,他写了一批新作品,结集为《夜歌》,其中短歌《生活是多么广阔》《我为少男少女们歌唱》等,在青年读者中影响较大。1949年10月,为了歌颂震惊世界的新中国的诞生,他写了《我们最伟大的节日》,此后很少有新作。但他解放前的某些诗作,则在青年读者中广为传诵,使他成为建国初期最受欢迎的诗人之一。当时,青年们给他写信,向他求教,期望当年为少男少女们歌唱的诗人,在新的时代为他们唱出更多更新鲜的歌声。面对一封封来信,诗人很感动,但又苦于不能用作品回答,因而他内心焦灼不安,甚至有一种"负债"感。究竟为什么拿不出新的作品?他进行了深入思考。从1952年1月起到1954年5月止,经过两年多的酝酿完成的一首诗《回答》,就是他痛苦地思考的结果。这首诗是诗人心声的真诚坦露,它表达了诗人对诗歌的挚爱,思考了个人与人民、生命与时代、旧的艺术与新的生活之间的关系和矛盾,并表示了克服弱点、积极进取的决心。但是,这首诗的发表,却招来了众多非议。批判文章有《要以不朽的诗篇来讴歌我们的时代》《这不是我们期待的回答》(均载于《人民文学》1955年第4期),另一篇更有代表性的文章是发表在《文艺报》1955年第6期上的曹阳的《不健康的感情》。这篇文章的批评是很严厉的。批评者说:"这首诗的第一节,读了就让人莫名其妙。"他追问:"奇异的风"是什么?认为第二节又是一个"哑谜":"纯粹的酒"又是什么?又断言"我身边落下了树叶一样多的日子,为什么我结出的果实这样稀少"的诗句,是"诗人感到辛酸了,大有'不堪回首'之慨"。特别是对诗的第九节,文章作者批评道:"在第九节中,诗人更阴郁了,诗人说自己'翅膀'是'沉重'的,'像是尘土,又像有什么悲恸,压得我只能在地上行走。'这难道是人民的诗人应当有的健康的感情么?真令人难以相信!除了也许诗人有着个人的失意之处,叫我们怎么去理解这种心情呢?"最后他提醒诗人不要被个人的得失压伤了诗的翅膀。

对这种批评,诗人没有表态,别人也没有与之争论,但我们认为,这种批评是肤浅的,不正确的,多少带有庸俗社会学批评的印迹。它不把一首诗作为一个有机的整体,然后进入文本,甚至不把诗当作诗,而是望文生义地寻章摘句,把诗切割成主观歪曲的片断,这样下的论断不可能是准确的、科学的。说其肤浅,是说它没有真正地把握这首诗的深层意蕴。应该说,这首《回答》,不单纯是对读者的回答,更是对时代的回答。

当时何其芳的创作状况是有普遍性的。建国后,诗人们从一个时代跨入另一个时代,苦难已经过去,光明已经到来。面对新的世界,新的生活,诗歌该如何歌唱?这里有一个转变和适应的问题,特别是对于已经走过一段路程的诗人,更是如此。现实使他们感到美好,他们也以直抒的形式写过一些颂歌,但与已有的艺术习惯和艺术个性存有隔阂,对此他们并不满意,歌唱新生活是一个问题,怎么艺术地歌唱又是一个问题,如何从旧的艺术规范中走出来建立新的艺术方式还是一个问题……何其芳的《回答》就是对这一系列问题的思考:新生活的"奇异的风"吹来了,使他诗歌的"船帆不停地颤动",时代变革得太快了,如何保持诗歌在艺术的"河流里"航行呢?"甜蜜"和"惊恐",就是诗人当时矛盾的心态。"诗"这个字,在诗人的心目中是神圣的,但过去的诗却容纳不了"海水"一样的感情,诗应该是"纯粹的酒",但不应只是个人的"沉醉",而要关涉人民的"幸福"。这就表达了诗歌走向人民的意愿。而诗人个体的生命是有限的,时光流逝,他责备自己"结果"太少,他表示要以有生之年回报人民"很高很高"的期望,因为我们"伟大的毛泽东时代"呼唤着诗歌,祖国辽阔"土地"上的建设需要为其歌唱的诗人:"难道为了我们年轻的共和国,你不应该像鸟一样飞翔,歌唱,一直到完全唱出你胸脯里的血?"在这里,诗人的感情是深沉的,他歌唱的愿望是强烈的。但要实现这种愿望,还必须卸下"沉重"的旧的甚至像"尘土"的艺术负累,摒弃旧时代的感情,诗人清醒地意识到这一点,所以他决心改造自己的思想和艺术,以适应时代,"努力飞腾"上历史的"天空",纵情地"飞翔"和"歌唱"。这就是诗人对读者,也是对时代的真挚的回答。这里的回答,由于各种各样复杂的原因,也许诗人个人没有很好地实现,但这首诗所表达的诗人的矛盾心态和思考,在当代文学史上有不可忽视的价值和意义。

我为少男少女们歌唱

我为少男少女们歌唱。/我歌唱早晨,/我歌唱希望,/我歌唱那些属于未来的事物,/我歌唱正在生长的力量。

我的歌呵,/你飞吧,/飞到年轻人的心中/去找你停留的地方。

所有使我像草一样颤抖过的/快乐或者好的思想,/都变成声音飞到四方八面去吧,/不管它像一阵微风/或者一片阳光。

轻轻地从我琴弦上/失掉了成年的忧伤,/我重新变得年轻了,/我的血流得很快,/对于生活我又充满了梦想,充满了渴望。

【靓评】

深情的歌喉　赤诚的希望

诗人通过对"早晨""希望""未来的事物""生长的力量"等对象的歌唱,抒发了对少男少女们的赤诚之情。这是一首广为流传的叙事诗,诗是写给少男少女的,但真正的主体是"我"。最后一节,诗人用了一个绝妙的意象:"轻轻地从我琴弦上/失掉了成年的忧伤",使之与全诗起句的"歌唱"两相呼应。通过全诗,我们可以听到诗人深情的歌喉,看到诗人鲜明的形象。这首诗以明快的思想鼓舞人,以炽烈的感情感动人,以优美的语言吸引人,充分显示了诗人在诗艺上的造诣之深。

预 言

这一个心跳的日子终于来临!
你夜的叹息似的渐近的足音,
我听得清不是林叶和夜风的私语,
麋鹿驰过苔径的细碎的蹄声!
告诉我,用你银铃的歌声告诉我,
你是不是预言中的年轻的神?

你一定来自那温郁的南方!
告诉我那儿的月色,那儿的日光!
告诉我春风是怎样吹开百花,
燕子是怎样痴恋着绿杨!
我将合眼睡在你如梦的歌声里,
那温暖我似乎记得,又似乎遗忘。

请停下,停下你长途的奔波,
进来,这儿有虎皮的褥你坐!
让我烧起每一个秋天拾来的落叶,
听我低低地唱起我自己的歌!
那歌声像火光一样沉郁又高扬,
火光一样将我的一生诉说。

不要前行! 前面是无边的森林:
古老的树现着野兽身上的斑纹,
半生半死的藤蟒一样交缠着,
密叶里漏不下一颗星星。
你将怯怯地不敢放下第二步,
当你听见了第一步空寥的回声。

一定要走吗? 请等我和你同行!
我的脚知道每一条平安的路径,
我可以不停地唱着忘倦的歌,
再给你,再给你手的温存!

当夜的浓黑遮断了我们,
你可以不转眼地望着我的眼睛!
我激动的歌声你竟不听,
你的脚竟不为我的颤抖暂停!

像静穆的微风飘过这黄昏里,
消失了,消失了你骄傲的足音!
啊,你终于如预言中所说的无语而来,
无语而去了吗,年轻的神?

【靓评】

一首具有象征主义的诗歌

《预言》是诗人19岁时写下的对自己爱而不能得的初恋的"预言"。诗人把自己心仪已久的恋人比作"女神"。选择了"麋鹿",用它走过树叶、苔径时的足音,暗示自己在期待恋人来临时的敏感和紧张心情。"叹息似的""足音"和"细碎的蹄声",显得是那么细腻、温柔和小心,将一个刚刚涉足爱情之海的青年人的微妙心态,刻画得惟妙惟肖。他的那份纯真,不免要引起人的爱怜了。

第二节所写是诗人的猜测。但同时也是他的"明知故问":"你一定来自那温郁的南方!/告诉我那儿的月色,那儿的日光!/告诉我春风是怎样吹开百花,/燕子是怎样痴恋着绿杨!""玄机"也许就在于,不正面表示欣赏女方的花容月貌,而是借极具南方风情特征的气候的"温郁""月色"和"日光"的姣好,"百花"与"绿杨"的摇曳百态,委婉地托出自己的爱慕之心。一个"合眼",一个"睡在",活生生地画出多情才子的身影与心态。"如梦的歌声"在这里暗指诗人一瞬间的"幻觉",它与这句诗的前半部分相成谐趣,彼此衬托和映照。最后一句,则以非常节制的笔法,透露了对爱情的独特体验:"那温暖我似乎记得,又似乎遗忘。"爱是难以忘记的,但青年时代的爱情却又容易像一片秋风中的落叶,一缕微波,被岁月的尘土轻轻遮住,或在不觉之中渐渐淡忘。从第三到第五节,作者对心中恋人的感情"倾诉"一气呵成,他把诗的高潮和收尾合成一处,让人感受到那种年轻人特有的对生命激情的宣泄。在我们面前,展开了这么一幅画面:他邀请姑娘在"虎皮的褥"上落座,用秋天拾来的"落叶"为她点起温暖的篝火;他请求姑娘听他"低低地唱起""自己的歌",就在那"沉郁又高扬"的火光前,他尽诉衷肠,袒露那隐藏的心曲。这让我们想到,在人的青年时代,人们往往是通过渲染爱、张扬爱来呈现自己生命的意义的。这种"渲染"和"张扬"不事矫饰,率性而为,真情袒露,美妙有如天籁。所以,面对自己的爱人,忘情地唱着歌,执手与爱人同行,同时以目传情,但愿两人天长地久。至此,作品的情绪推向了高潮。最后一节,全诗的情绪陡然一转,色调转向灰暗。因为,作者预感到,自己的爱情原来是一场幻梦,一切犹如天上的月亮,可望而不可即。"像静穆的微风飘过这黄昏里,/消失了,消失了你骄傲的足音!"作品开头早就有的朦胧"预感"终于得到证实:"啊,你终于如预言中所说的无语而来,/无语而去了吗,年轻的神?"巧妙的构思是《预言》的突出特点。首先,诗人将神话人物作为抒情的对象,将全部的思绪寄托在"年青的神"上,"年青的神"的行踪与诗人内心的独白交织在一起,亦神亦人,神人交织,使诗歌充满了神话般的梦幻与迷离。其次,这种独特的构思还体现在诗歌采用的回环式结构上。诗作围绕着"年青的神"的悄然降临、"我"对"年青的神"的诉说以及"年青的神"的无语离去,构成了一个回环式的结构。在这一结构中,诗人的思绪同样是富于变化的,开头是惊喜与激动的,"这一个心跳的日子终于来临",而结尾则充满了惆怅与忧伤,最后发现这不过是一个无语的梦而已,诗作前五节对充满激情的爱情的呼唤与渲染与后面的戛然失意形成了鲜明的对比。

《预言》的语言精致、优美,韵律和谐,使全诗洋溢着动人的音乐美。全诗共分六节,每节分为六行,虽然不是严格意义上的押韵,但是整体上第一、二、四、六行韵脚较为一致,诗歌读来具有音乐的美感。此外,作为注重融合东西方诗学的诗人,何其芳的《预言》明显地具有象征主义诗歌的特点。如诗中"年青的神"、秋天的落叶、古树、微风等意象具有丰富的象征意味。

生活是多么广阔

生活是多么广阔,
生活是海洋。
凡是有生活的地方就有快乐和宝藏。

去参加歌咏队,去演戏,
去建设铁路,去做飞行师,
去坐在实验室里,去写诗,
去高山上滑雪,
去驾一只船颠簸在波涛上,
去北极探险,去热带搜集植物,
去带一个帐篷在星光下露宿。
去过极寻常的日子,
去在平凡的事物中睁大你的眼睛,
去以自己的火点燃旁人的火,

去以心发现心。

生活是多么广阔。
生活又是多么芬芳。
凡是有生活的地方就有快乐和宝藏。

【靓评一】

讴歌创造者,遨游新生活

何其芳早期的作品主要表现了对旧社会的不满。而1938年他到延安后,生活在新的天地里,他感到欢欣和快乐,因此,他开始探索新的艺术创作方式的道路。1942年前后,他在一批诗中开掘了新的主题:讴歌那些以全新的精神面貌投入新生活的创造的劳动者。《生活是多么广阔》正是这一时期的一首新诗。

此诗是何其芳思想和艺术走向转变阶段的代表作。诗人借想象的翅膀,遨游于广阔的生活的海洋中,启发年轻人去发掘人生的宝藏,开拓未来的新生活,接触有趣的新事物。这首诗基本是写实的,表现的是一种生活的激情,"去过极寻常的日子,/去在平凡的事物中睁大你的眼睛",浸着鲜活生活的现实主义诗篇。当然它也含有深义。诗的题旨是热爱生活,但要人们去开掘生活的意义、价值、希望(这就是宝藏),而快乐产生于发掘之中。

此诗格调明朗开阔,富有朝气,不注重押韵,以朴素流利的口语形成节奏。全诗排比诗句联翩而下,有力地传达了热烈丰富的内在希望,令人感到真切。第一节,"生活"出现三次,一层递进一层意思,扣紧题意。下面一口气写下十五个排句,每一句呈现一个生活场景,激起读者诗意的回响,更鼓动你的情绪,恨不得立刻就投身进去。十五个排句里实际有两个层面,前面六个"去",动作性强,后面则从动转静,让你多一点内省和回味,四个排句加强了哲理性,也避免平推事实到底,显得单调。结尾与首节重复,但第二句略加变化,"生活又是多么芬芳"与"生活是海洋"虽异句同构,但意义却有递进,这就使内涵更加深入。

【靓评二】

从结构上看,这首诗共有三节。

诗的第一节是写诗人对生活的渴望与歌颂。诗人是1938年赴延安的,当时延安生活艰苦,物质极为匮乏,但诗人并没有畏难情绪,经过生活的磨炼变成了一个与革命洪流融合的热情歌手。他大声地唱出了:"生活是多么广阔,生活是海洋。凡是有生活的地方就有快乐和宝藏。"以海洋喻生活,形象地描绘了生活的广阔,以"快乐和宝藏"形容生活,一方面引起对第二节的想象,另一方面也表现诗人乐观地面对当时延安和边区正处于艰苦的战争环境下,物资缺乏的困难生活。

诗的第二节,是诗的主体部分。在当时艰苦的战争环境之中,诗人展开幻想的翅膀,带领着纯真好奇的少男少女们去巡视遥远的高山和大海、神奇的北极和赤道,号召少男少女们去开拓一种未曾有的紧张而有趣的生活,在艰难困苦中笑着面对生活。这对现在的青年人来说,也许不足为奇,但在当时的延安,却是非常美丽而动人的,它不愧为笑着走向未来的一支青春的颂歌。

诗的第三节使用环结法,即结节是首节的重复。但它又稍有变化,将第二句改为"生活又是多么芬芳"。原来的"生活是海洋"乃从"广阔"而来,是同义异现;现在以"芬芳"一语定论,便照应了全诗,令人在稍稍停顿中有惊喜的发现,接受了作者的结论。这种同中有异的结尾引出新意的方法,值得回味。

旧诗六首

一

溯源纵使到风骚,苦学前人总不高。蟠地名山丘壑异,参天老木自萧萧。

二

刻意雕虫事可哀,几人章句动风雷。悠悠千载一长叹,少见鲸鱼碧海才。

三

堂堂李杜铸瑰辞,正是群雄竞起时。一代奇才曾并出,那能交臂失琼姿。

四

初看满眼尽云霞,欲得真金须汰沙。莫道黄河波浪浊,人间锦绣更无瑕。

五

革命军兴诗国中,残膏剩馥扫除空。只今新体知谁是,犹待笔追造化功。

六

少年哀乐过于人,借得声声天籁新。争奈梦中还彩笔,一花一叶不成春。

【靓评】

新诗,寄希望于将来

何其芳成名很早,在北大读书时已经出版了他的散文集《画梦录》,那时他才廿二岁。他和卞之琳、李广田并称北大三大诗人,有合作的诗集《汉园集》。

第三首下原有注:"杜甫诗云:'才力应难跨数公,凡今谁是出群雄?或看翡翠兰苕上,未掣鲸鱼碧海中。'开元天宝年间,后世称盛唐,诗中豪杰之士不下十人,李杜正掣鲸碧海之才也,杜甫自谦过甚,无可非难,然竟忘'诗无敌'之李白,不知何故?贯古贱今,由来已久,安知今之新诗人中无大器晚成者乎?故为前章下一转语。"(见《诗刊》一九六四年五月号)以此,我们可以窥见何其芳对新诗的发展不满意,他是在寄望于将来吗?

余光中

余光中(1928—2017):1928年出生于南京,祖籍福建永春。因母亲原籍为江苏武进,故也自称"江南人"。

1952年毕业于台湾大学外文系。1959年获美国艾奥瓦大学艺术硕士。先后任教于台湾东吴大学、台湾师范大学、台湾大学、台湾政治大学。其间两度应美国国务院邀请,赴美国多家大学任客座教授。1972年任台湾政治大学西语系教授兼主任。1974年至1985年任香港中文大学中文系教授。1985年后,任台湾中山大学教授及讲座教授,其中有6年时间兼任文学院院长及外文研究所所长。

余光中一生从事诗歌、散文、评论、翻译,自称为自己写作的"四度空间"。驰骋文坛逾半个世纪,涉猎广泛,被誉为"艺术上的多妻主义者"。其文学生涯悠远、辽阔、深沉,为当代诗坛健将、散文重镇、著名批评家、优秀翻译家。现已出版诗集21种、散文集11种、评论集5种、翻译集13种,共40余种。代表作有《白玉苦瓜》(诗集)、《记忆像铁轨一样长》(散文集)及《分水岭上:余光中评论文集》(评论集)等。

我的四个假想敌

二女幼珊在港参加侨生联考,以第一志愿分发台大外文系。听到这消息,我松了一口气,从此不必担心四个女儿通通嫁给广东男孩了。

我对广东男孩当然并无偏见,在港六年,我班上也有好些可爱的广东少年,颇讨老师的欢心,但是要我把四个女儿全都让那些"靓仔""叻仔"掳掠了去,却舍不得。不过,女儿要嫁谁,说得洒脱些,是她们的自由意志,说得玄妙些呢,是因缘,做父亲的又何必患得患失呢?何况在这件事上,做母亲的往往位居要冲,自然而然成了女儿的亲密顾问,甚至亲密战友,作战的对象不是男友,却是父亲。等到做父亲的惊醒过来,早已腹背受敌,难挽大势了。

在父亲的眼里,女儿最可爱的时候是在十岁以前,因为那时她完全属于自己。在男友的眼里,她最可爱的时候却在十七岁以后,因为这时她正像毕业班的学生,已经一心向外了。父亲和男友,先天上就有矛盾。对父亲来说,世界上没有东西比稚龄的女儿更完美的了,唯一的缺点就是会长大,除非你用急冻术把她久藏,不过这恐怕是违法的,而且她的男友迟早会骑了骏马或摩托车来,把她吻醒。

我未用太空舱的冻眠术,一任时光催迫,日月轮转,再揉眼时,怎么四个女儿都已依次长大,昔日的童话之门砰地一关,再也回不去了。四个女儿,依次是珊珊、幼珊、佩珊、季珊。简直可以排成一条珊瑚礁。珊珊十二岁的那年,有一次,未满九岁的佩珊忽然对来访的客人说："喂，告诉你，我姐姐是一个少女了！"在座的大人全笑了起来。

曾几何时，惹笑的佩珊自己，甚至最幼稚的季珊，也都在时光的魔杖下，点化成"少女"了。冥冥之中，有四个"少男"正偷偷袭来，虽然蹑手蹑足，屏声止息，我却感到背后有四双眼睛，像所有的坏男孩那样，目光灼灼，心存不轨，只等时机一到，便会站到亮处，装出伪善的笑容，叫我岳父。

我当然不会应他。哪有这么容易的事！我像一棵果树，天长地久在这里立了多年，风霜雨露，样样有份，换来果实累累，不胜负荷。而你，偶尔过路的小子，竟然一伸手就来摘果子，活该蟠地的树根绊你一跤！

而最可恼的，却是树上的果子，竟有自动落入行人手中的样子。树怪行人不该擅自来摘果子，行人却说是果子刚好掉下来，给他接着罢了。这种事，总是里应外合才成功的。当初我自己结婚，不也是有一位少女开门揖盗吗？"堡垒最容易从内部攻破"，说得真是不错。不过彼一时也，此一时也。同一个人，过街时讨厌汽车，开车时却讨厌行人。现在是轮到我来开车。

好多年来，我已经习于和五个女人为伍，浴室里弥漫着香皂和香水气味，沙发上散置皮包和发卷，餐桌上没有人和我争酒，都是天经地义的事。戏称吾庐为"女生宿舍"，也已经很久了。做了"女生宿舍"的舍监，自然不欢迎陌生的男客，尤其是别有用心的一类。但自己辖下的女生，尤其是前面的三位，已有"不稳"的现象，却令我想起叶慈的一句诗：

一切已崩溃，失去重心。

我的四个假想敌，不论是高是矮，是胖是瘦，学医还是学文，迟早会从我疑惧的迷雾里显出原形，一一走上前来，或迂回曲折，喏嚅其词，或开门见山，大言不惭，总之要把他的情人，也就是我的女儿，对不起，从此领去。无形的敌人最可怕，何况我在亮处，他在暗里，又有我家的"内奸"接应，真是防不胜防。只怪当初没有把四个女儿及时冷藏，使时间不能拐骗，社会也无由污染。现在她们都已大了，回不了头。我那四个假想敌，那四个鬼鬼祟祟的地下工作者，也都已羽毛丰满，什么力量都阻止不了他们了。先下手为强，这件事，该乘那四个假想敌还在襁褓的时候，就予以解决的。至少美国诗人纳许(Ogden Nash, 1902—1971)劝我们如此。

他在一首妙诗《由女婴之父来唱的歌》(Song to Be Sung by the Father of Infant Female Children)之中，说他生了女儿吉儿之后，惴惴不安，感到不知什么地方正有个男婴也在长大，现在虽然还浑浑噩噩，口吐白沫，却注定将来会抢走他的吉儿。于是做父亲的每次在公园里看见婴儿车中的男婴，都不由神色一变，暗暗想："会不会是这家伙？"

想着想着，他"杀机陡萌"，便要解开那男婴身上的别针，朝他的爽身粉里撒胡椒粉,把盐撒进他的奶瓶,把沙撒进他的菠菜汁,再扔头优游的鳄鱼到他的婴儿车里陪他游戏,逼他在水深火热之中挣扎而去,去娶别人的女儿。足见诗人以未来的女婿为假想敌,早已有了前例。

不过一切都太迟了。当初没有当机立断,采取非常措施,像纳许诗中所说的那样,真是一大失策。如今的局面,套一句史书上常见的话,已经是"寇入深矣!"女儿的墙上和书桌的玻璃垫下,以前的海报和剪报之类,还是披头,拜丝,大卫·凯西弟的形象,现在纷纷都换上男友了。至少,滩头阵地已经被入侵的军队占领了

去,这一仗是必败的了。记得我们小时,这一类的照片仍被列为机密要件,不是藏在枕头套里,贴着梦境,便是夹在书堆深处,偶尔翻出来神往一番,哪有这么二十四小时眼前供奉的?

这一批形迹可疑的假想敌,究竟是哪年哪月开始入侵厦门街余宅的,已经不可考了。只记得六年前迁港之后,攻城的军事便换了一批口操粤语少年来接手。至于交战的细节,就得问名义上是守城的那几个女将,我这位"昏君"是再也搞不清的了。只知道敌方的炮火,起先是瞄准我家的信箱,那些歪歪斜斜的笔迹,久了也能猜个七分;继而是集中在我家的电话,"落弹点"就在我书桌的背后,我的文苑就是他们的沙场,一夜之间,总有十几次脑震荡。那些粤音平上去入,有九声之多,也令我难以研判敌情。现在我带幼珊回了厦门街,那头的广东部队轮到我太太去抵挡,我在这头,只要留意台湾健儿,任务就轻松多了。

信箱被袭,只如战争的默片,还不打紧。其实我宁可多情的少年勤写情书,那样至少可以练习作文,不致在视听教育的时代荒废了中文。可怕的还是电话中弹,那一串串警告的铃声,把战场从门外的信箱扩至书房的腹地,默片变成了身历声,假想敌在实弹射击了。更可怕的,却是假想敌真的闯进了城来,成了有血有肉的真敌人,不再是假想了好玩的了,就像军事演习到中途,忽然真的打起来了一样。真敌人是看得出来的。在某一女儿的接应之下,他占领了沙发的一角,从此两人呢喃细语,嗳嚅密谈,即使脉脉相对的时候,那气氛也浓得化不开,窒得全家人都透不过气来。这时几个姐妹早已回避得远远的了,任谁都看得出情况有异。万一敌人留下来吃饭,那空气就更为紧张,好像摆好姿势,面对照相机一般。平时鸭塘一般的餐桌,四姐妹这时像在演哑剧,连筷子和调羹都似乎得到了消息,忽然小心翼翼起来。明知这僭越的小子未必就是真命女婿,(谁晓得宝贝女儿现在是十八变中的第几变呢?)心里却不由自主升起一股淡淡的敌意。也明知女儿正如将熟之瓜,终有一天会蒂落而去,却希望不是随眼前这自负的小子。

当然,四个女儿也自有不乖的时候,在恼怒的心情下,我就恨不得四个假想敌赶快出现,把她们统统带走。但是那一天真要来到时,我一定又会懊悔不已。我能够想象,人生的两大寂寞,一是退休之日,一是最小的孩子终于也结婚之后。宋淇

有一天对我说:"真羡慕你的女儿全在身边!"真的吗?至少目前我并不觉得,自己有什么可美之处。也许真要等到最小的季珊也跟着假想敌度蜜月去了,才会和我存并坐在空空的长沙发上,翻阅她们小时相簿,追忆从前,六人一车长途壮游的盛况,或是晚餐桌上,热气蒸腾,大家共享的灿烂灯光。人生有许多事情,正如船后的波纹,总要过后才觉得美的。这么一想,又希望那四个假想敌,那四个生手笨脚的小伙子,还是多吃几口闭门羹,慢一点出现吧。

袁枚写诗,把生女儿说成"情疑中副车",这书袋掉得很有意思,却也流露了重男轻女的封建意识。照袁枚的说法,我是连中了四次副车,命中率够高的了。余宅的四个小女孩现在变成了四个小妇人,在假想敌环伺之下,若问我择婿有何条件,一时倒恐怕答不上来。沉吟半晌,我也许会说:"这件事情,上有月下老人的婚姻谱,谁也不能窜改,包括韦固,下有两个海誓山盟的情人,'二人同心,其利断金',我凭什么要逆天拂人,梗在中间?何况终身大事,神秘莫测,事先无法推理,事后不能悔棋,就算交给21世纪的电脑,恐怕也算不出什么或然率来。倒不如故示慷慨,伪作轻松,博一个开明父亲的美名,到时候带颗私章,去做主婚人就是了。"

问的人笑了起来,指着我说:"什么叫做'伪作轻松'?可见你心里并不轻松。"

我当然不很轻松,否则就不是她们的父亲了。例如人种的问题,就很令人烦恼。万一女儿发痴,爱上一个耸肩摊手口香糖嚼个不停的小怪人,该怎么办呢?在理性上,我愿意"有婿无类",做一个大大方方的世界公民。但是在感情上,还没有大方到让一个臂毛如猿的小伙子把我的女儿抱过门槛。

现在当然不再是"严夷夏之防"的时代,但是一任单纯的家庭扩充成一个小型的联合国,也大可不必。问的人又笑了,问我可曾听说混血儿的聪明超乎常人。我说:"听过,但是我不稀罕抱一个天才的'混血孙'。我不要一个天才儿童叫我Grandpa,我要他叫我外公。"问的人不肯罢休:"那么省籍呢?"

"省籍无所谓,"我说,"我就是苏闽联姻的结果,还不坏吧?当初我母亲从福建写信回武进,说当地有人向她求婚。娘家大惊小怪,说'那么远!怎么就嫁给南蛮!'后来娘家发现,除了言语不通之外,这位闽南姑爷并无可疑之处。这几年,广东男孩锲而不舍,对我家的压力很大,有一天闽粤结成了秦晋,我也不会感到意外。如果有个台湾少年特别巴结我,其志又不在跟我谈文论诗,我也不会怎么为难他的。至于其他各省,从黑龙江直到云南,口操各种方言的少年,只要我女儿不嫌他,我自然也欢迎。"

"那么学识呢?"

"学什么都可以。也不一定要是学者,学者往往不是好女婿,更不是好丈夫。只有一点:中文必须精通。中文不通,将祸延吾孙!"

客又笑了。"相貌重不重要?"他再问。

"你真是迂阔之至!"这次轮到我发笑了,"这种事,我女儿自己会注意,怎么会要我来操心?"

笨客还想问下去,忽然门铃响起。我起身去开大门,发现长发乱处,又一个假想敌来掠余宅。

【靓评】

父亲的悲喜战歌

不舍、不甘、不忍、不乐,也许要到失去之日方知其中滋味?这是一场"爱的战争"。家有小女长成,为人父者把未来四个女婿当成了"假想敌"。

读《我的四个假想敌》,字里行间都是父亲的不安与不满。其中没有烈火硝烟,只有父爱和乐趣。让人感受到的是一个爱女心切的父亲,而不是平时所了解的那个心系家国天下的诗人作家。写惯了乡愁忧思的余光中,原来还有一副幽默风趣的笔墨!"男大当婚,女大当嫁",本是寻常事,作者却用喜剧心态来写,在轻松中让我们体会为人父者的细腻柔情。

《我的四个假想敌》充分渲染和发挥了一种许多人心中都有,但又没有明确表达出来的人生况景。这篇散文境界得力于那个核心意象的创设,以及围绕着这一核心意象的创设而生发出来的一系列"比喻式叙述"的细节群。本文有四个部分的"核心意象"和"系列意象":第一部分概括地叙述"父亲与男友,先天上就有矛盾";第二部分从父亲的想象中,叙述父亲与男友产生矛盾的过程;第三部分是全文主体,具体地描写"假想敌男友"步步争夺,以致父亲难挽败势的经过;第四部分改换角度,用父亲答客问的方式明示处于败势的父亲被迫提出妥协的条件。步步深化了父亲在人生这一阶段遇到复杂的、微妙的难题时的人生境景。四个部分、四个角度,说的全是父亲与假想敌的斗争过程,把难以言说的男性情感和心理,悄悄地散文化、艺术化了。普通人的生活和情感就这样走进了文学的殿堂,变成了审美对象。

文章讲究密度和弹性,斟酌字句,善用双关,警语连篇,新颖活泼,明快简洁。行文基调风趣,比喻联翩,笑料不断,以趣诱人。有熟语典故串联着全文,用作战的严肃细说家事,这种"伪轻松"的谐谑很美!作家机智地将自己的"恐惧"交给了读者,让读者兴意盎然。别出心裁,趣江理海。

将此篇与朱自清《背影》对读,会产生奇情异趣。

深山听夜

山深夜永

万籁都浑然一梦

> 有什么比澈底的静
> 更加耐听呢?
> 再长,再忙的历史
> 也总有这么一刻
> 是无须争辩的吧?
> 可是那风呢? 你说
> 风吗? 那是时间的过境
> 引起的一点点,偶尔
> 一点点回音

【靓评】

这首短诗是余光中的一首哲理诗。诗人通过四个意向——夜,山、梦、风,表达了世间万物相互关联、彼此依存的秘密。诗的主旨用一个"听"字串起。听什么?听风。但是在夜里,只偶尔有一点点风的回音——风,几乎听不见。深山夜永,只有"澈底的静"。诗人引申道:"有什么比澈底的静更加耐听呢?"至此,我们领悟到诗人用意。"静"中求听,才是最高的境界。

诗人的聆听,以第二人称写成。我们能从其中领略到敏感、含蓄、凝重的复杂情绪。在艺术上,诗人并未直接地陈述与抒情,而是通过客观形象,将诗意间接地加以表现。诗作有突出的画面感和空间感,又有着西方诗歌的暗示性。诗的言外之旨,不是字面上一两句话能捕捉到的,深层含义隐藏在意向和文字的后面。

余光中的诗以深挚的情感和独特的诗艺著称,其中不乏哲学的思考。这一首《深山听夜》短短11句,在梦中绘制出一个纯净的画面。一个"静"字蕴含着十分深邃和严肃的意义。作者站在历史的高处,俯瞰黑夜和深山。历史就如白驹过隙,把握不住。但"再长,再忙的历史,也总有这么一刻",值得人们去仔细倾听吧。黑夜时分品味历史,不仅是诗人的理性思考,更有其独特的美学创造。当万籁浑然,有什么比"澈底的静"更加发人深省呢?

在修辞上诗人使用了拟人法和象征法。一是用历史拟人。历史正是由人和事情组成的,人们忙于世事,常常疏于静心思考,以至于陷于蒙昧。二是用风来象征。风好比时间过境,又好比人言可畏。风言风语不足取,风言风语又可取。因为正是那一点点"回音",才会使人清醒头脑,不骄不躁,勇敢前行。

《深山听夜》意象鲜活,主题含蓄,被选为励志诗歌,在中小学生中广为诵读。

余绪未了,正是这首诗永久的魅力。

等你,在雨中

等你,在雨中,在造虹的雨中/蝉声沉落,蛙声升起/一池的红莲如红焰,在雨中//

你来不来都一样,竟感觉/每朵莲都像你/尤其隔着黄昏,隔着这样的细雨//

永恒,刹那,刹那,永恒/等你,在时间之外,/在时间之内,等你,在刹那,在永恒//

如果你的手在我的手里,此刻/如果你的清芬/在我的鼻孔,我会说,小情人//

诺,这只手应该采莲,在吴宫/这只手应该/摇一柄桂桨,在木兰舟中//

一颗星悬在科学馆的飞檐/耳坠子一般的悬着/瑞士表说都七点了。忽然你走来//

步雨后的红莲,翩翩,你走来/像一首小令/从一则爱情的典故里你走来//

从姜白石的词里,有韵地,你走来

【靓评】

东方古典美的空灵之作

1962年夏,诗人突击写出《莲的联想》系列诗三十首,倡言"新古典主义"。《等你,在雨中》为系列诗之四,作于1962年5月27日,收入《莲的联想》,是余光中爱情诗的代表作,但诗歌的意义并不局限在纯爱情主题,而包括表现爱情的选择的途径,和从爱情中升华出来的一种皈依于中国传统精神的哲学思考。这是一首优美空灵的爱情诗,描述了一次约会前的等待心理。诗中将写景与抒情、用典与象喻精巧地熔铸为一个整体。第一节以写景为主,背景是在莲池旁边。夏日黄昏,细雨蒙蒙,日光折射,形成虹霓,蛙声骤起,红莲吐焰,画面上有声、有色、有光,极富于立体感。黄昏细雨的莲池,之所以出现生意盎然、热烈欢快的景象和气氛,原因是一位少年在这里等一位"小情人"。人乐,则景物无不欣欣然而乐。第二节以言情为主,表现少年对姑娘的一往情深。但诗人很巧妙地使用移情的手法,他从人取景,因情写景,点景写情,从而避免了言情的空泛和点景的雷同。在少年的心目中,竟感觉"每朵莲都像你",这样他的痴情就有了依托,显得形象而真实。第三节是少年内心独白:"永恒,刹那,刹那,永恒/等你,在时间之外,/在时间之内,等你,在刹那,在永恒。"这几行,按照王国维的说法,是"述事则如其口出",十分符合人物的个性和心态。所谓"时间之内"和"时间之外",据余光中本人解释:"这是写少年等待小情人对时间的感觉。即是说,小伙子因等'小情人'心切,所以感到时间过得很慢,这就是所谓'时间之内';'小情人'误了约会时间,小伙子等了许久还不见她来,这就是所谓'时间之外'。"诗中其他各节在写景、言情、述事之中,也都达到了情景交融,再加上语言的蕴藉委婉、缠绵含蓄,而使作品形成一种秾丽典雅的柔美意境。

喜爱余光中诗歌的读者会感觉到:这首诗既有古典风味,又具现代风味,兼有中西诗艺之美。在诗的第四、五节中,少年想象他此刻拉着小情人的手说道:"诺,这只手应该采莲,在吴宫/这只手应该/摇一柄桂桨,在木兰舟中。"这个画面,使我们想起了南朝民歌中具有艳丽柔弱特色、多表现羞涩缠绵情态的吴歌;想起《西洲曲》中"采莲南塘秋,莲花过人头。低头弄莲子,莲子青如水"的纯洁爱情;想起了唐人王昌龄描写天真无邪的江南女子生活的《采莲曲》:"荷叶罗裙一色裁,芙蓉向脸两边开。乱入池中看不见,闻歌始觉有人来。"如此等等。诗的最后一节:"从姜白石的词里,有韵地,你走来。"又使我们想起了白石道人《念奴娇》中咏荷的名句:"翠叶吹凉,玉容销酒,更洒菰蒲雨。嫣然摇动,冷香飞上诗句。……"姜白石的词,一洗华靡,独标清绮;他笔下的荷花,幽香冷艳,孤高有节。余光中从古代民歌、诗词中汲取营养,又赋予莲花新的寓意,使她具有清圆、雅致、馨香、超脱这些美的特质。但是,余光中的这首诗又是具有现代风味的。

诗的第六节:这里的"科学馆"自然是现代文明的一个标志;而"瑞士表"也同样是现代科技发达的产物。它们被巧妙而又自然地嵌入诗中,向读者暗示少年和小情人相会的时间背景。令人赞叹的是,此诗的古典背景和现代背景的叠合如此不着痕迹,这不能不归于诗人娴熟的艺术技巧。超时空的联想,使诗人抚古今于一瞬,也使作品的意象产生新鲜之感。

最后美人翩翩而至,有如姜夔抒写爱情典故的小令,那样精致美好,韵味悠长。诗至此戛然而止,给读者留下了无限想象的空间。

此诗艺术上的动人,也和诗人成功地使用复沓的手法有关。例如,诗中"等你"一词前后出现三次,"在雨中"和"刹那""永恒"也是三次,"你走来"则是四次。其中有的表现为连续反复,有的表现为间隔反复,有的表现为首尾反复。反复的手法使用得好,穿插得当,可以强调某个意思,突出某种感情,使读者获得深刻的印象,并且产生和谐悦耳的感觉。这首诗写的是雨中等待情人的情景。我们试着朗诵一番,似乎感觉到少年在喃喃自语:"等你,在雨中",从而窥见其虔诚的心理;而在"……走来"的复沓声中,也似乎看见了"小情人"由远而近,娉娉袅袅,含笑而来……

此诗具有东方古典美的空灵境界,同时,从诗句的排列上,也充分体现出诗人对现代格律诗建筑美的刻意追求。但余光中在回归传统时并不抛弃"现代",他寻求的是一种有深厚传统背景的"现代",或者说是一种受过"现代"洗礼的"古典"。他的现代意识重视诗歌意象和比喻的奇特,反映出诗人对现代生活中某些具有时代气息的思想的独特观察和感知方式。诗歌运用独白和通感等现代手法,把现代人的感情与古典美糅合到一起,把现代诗和古代词熔为一炉,使诗达到了一种清纯精致的境界。

乡 愁

小时候
乡愁是一枚小小的邮票
我在这头
母亲在那头

长大后
乡愁是一张窄窄的船票
我在这头
新娘在那头

后来呵
乡愁是一方矮矮的坟墓
我在外头
母亲在里头

而现在
乡愁是一湾浅浅的海峡
我在这头
大陆在那头

未来,
乡愁是一条长长的桥梁
你来这头
我来那头

【靓评】

展示中华民族的乡情诗意

——余光中、于右任乡愁诗品赏

这两首诗从内容到形式都体现了中华民族的诗的传统现代化。

一、震荡时空的华夏乡情

中国诗,从内容来说,从《诗经》开始,即是言志、抒情,为时为事。"风""雅""颂"中的诗章无不如此。汉魏六朝诗歌、乐府,唐宋元明清诗词曲无不如此。任何作品内容如想离开言志、抒情(或为时为事),无异于想拔住自己头发离开地球。可以说,直至今日,言志抒情、为时为事是中国诗的一个传统。只是具体内容是随时代不同而有所不同。

歌唱乡情,倾诉乡思,就是中国诗的传统内容之一。诗里的乡心、乡情不仅在当时引人共鸣,还能超越时空,令千载之后的读者,抚心垂首,荡气回肠。"行迈靡靡,中心摇摇","乡心新岁切,天畔独潸然","等是有家归不得,杜鹃休向耳边啼","不知何处吹芦管?一夜征人尽望乡","故国梦重归,觉来双泪垂"……皇帝、官员、士子、庶民的离乡之苦,怀乡之切,难归之痛,都一样的令人心潮激荡、黯然销魂。

离乡日久、不得返乡的乡情是最痛苦的。于右任、余光中诗倾吐的正是这类乡情。于诗格外惊心,这是因为作者特殊的身份、特殊的境遇而迸发的特殊的感情。

于右任是著名的爱国诗人,曾是国民党元老,蒋家政权的高官,又是著名的学者、书法家,被迫流寓台湾四十年。回顾前几年自己虽然年老,但还有体力归乡,且交通发达,如乘飞机不过两小时即可返乡,而大陆也已几次三番建议会谈,捐弃前嫌,实行"三通",固全金瓯,这本是应天顺人之举,可是却因为种种人为偏见(政见),遂使羁旅之人"等是有家归不得",壮年离家乡,白首不得归,肠为思乡断,魂向家乡飞。今日耄耋(1962年),重病卧床,眼看只能寄归思于葬处,以求魂仃高山,再瞻家乡,何等伤心?!这种伤心不仅是个人的乡愁,更是所有爱国同胞的共有的愁思,是中华的"国殇",所以,他只有长歌当哭,"唯有痛哭"!

余光中诗则将人生中几个重要阶段铺满乡愁,来突出今日可以消释而不得消释之乡愁的惆怅痛苦。

儿时的乡愁是别母的依恋,只能将乡愁寄托于平安家书,亦如"慈母手中线,游子身上衣"。长大的乡愁是"新婚别",为了求学,漂洋过海留学异邦,乡愁凝聚在载"我"远去的"船票"上。再后来呢?母亲成了墓中人,而自己仍在他乡,沉重的乡愁汇聚于母亲的坟墓。不仅"子欲养而亲不在",连拜祭母坟也难以做到。生离之悲,死别之痛,别妻之悲,失母之痛,感情的浪头,步步升级,直逼出"现在"的乡愁:海峡虽狭,难以飞渡,波涛万顷,满眼乡愁。天然的海峡,不难逾越,人为的鸿沟,却无法飞渡,四十年两地分隔,家乡难归,回首往事,痛何如哉!正因为这首诗代表了广大爱国人士心声,1972年发表后即被谱曲,传唱台湾、大陆,遍及海内外。余先生早已幸偿夙愿,但宝岛仍似海外孤舟,满载千万人的乡愁。

这两首诗发表时间虽相隔十年,然而情同一心,都是将乡愁和国事交织在一起,诗里的乡愁被赋予深广的时代意义,概括了中华民族半个世纪动荡、分离的历史,具有鲜明的地域感和现实感,体现出广大爱国者切盼祖国统一、金瓯完美的热望。这一内容正是中华民族的生生不息的动力之一。

二、融会古今的民族诗风

这两首诗从形式看来是极具现代意识而又浸漫民族风格、民族气派的。

（一）体裁和题材

于右任诗的构思似从唐人的"海畔尖山似剑芒,秋来处处割愁肠。若为化得身千亿,散上峰头望故乡"（柳宗元《与浩初上人同看山寄京华亲故》）诗化出,形式则是以骚体写现代特殊的（身份、境遇、感情）乡情。四个"兮"字就是显著标志,但又不似《九歌》《九章》那样有严整的规律,而第三节每行三字的四行又有当代五四自由诗形式,正是体裁的现代化的明证。而余光中的诗,一看就知道是流行的自由体新诗,全诗四节,每节四行,每行字数相同;每节的第二句又总是长句,与其他各句组成参差之美;各节句式结构也相同,时有重词叠句,极像词里的《采桑子》等小令,这是诗的现代化中蕴涵传统格律风味的流露。

（二）结构和层次

两诗都有诗眼、高潮,但高潮的出现略有变化,这也是诗艺的传统与现代化的融会。于右任诗看似只取人生中的"终结"阶段（告别人生时的临终嘱咐）来体现高潮,"开门见山",但仍然是有层次的推进,由对大陆（家乡）只能想象,几十年望眼欲穿而不可见,只有痛哭。这种痛哭既是为临终而不见家乡,也是为国殇而哭。末句卒章显志,正是传统技法。"家乡不可见兮,不能相望。"句式特别,前面是自然距离,后面是人为距离,其间乡愁不言而喻。余光中诗则是明写乡愁,以童年、青年、母亡这三大"乡愁"来一层层烘托更大的乡愁,人为的鸿沟远胜波涛汹涌的海峡,而阻隔乡情,人祸加深了隔断千万人至情至性的天堑,岂不悲哉！这也是卒章显志,可见两诗心有灵犀。

（三）意象和诗语

两诗中的意象有葬高山、望大陆、唯痛哭、为国殇,邮票、船票、坟墓、海峡等等,这些引人情思的意象,有层层推进的作用,这种推进,既现于结构,也现于内容。

这些意象虽不是我们时代所特有的（邮票出现较晚,但五四时刘半农已有《邮吻》,用此意象）,但因其组合与内涵,迸射出强烈的时代精神,羁旅乡思,家仇国恨,又借助层递的结构,意象的能量得到更好的发挥。

两诗的诗语也多具传统中溶现代化意味。于诗中"兮"字（前文已讲过）,还有"山苍苍""野茫茫",也正是先生之风,山高水长,天苍苍、野茫茫,这些中华古典的熔变。余光中诗中重点以对母亲的怀念、悲思来衬托乡愁,是因为家乡亦如母亲,祖国亦如母亲。题目"乡愁"在诗中四次重复,一唱四叹,都是传统诗语经过现代化熔炉而出的。再如诗中撇开了常见的"金窝银窝,不如草窝""鸟恋旧林,鱼思故渊""树高千丈,落叶归根"等表现乡情的诗语,而选用"邮票""船票""新娘""小小""矮矮""浅浅"等自己身边、眼前的词语,看似平淡,然而有味。自然朴实,悲凉沉重,而

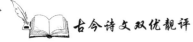

又对后来者充满厚望。有传统韵味,有现代气息,有现实意义,更好地加强了中华民族特有的诗意乡情。

附:

望大陆

于右任

葬我于高山上兮,
望我大陆,
大陆不可见兮,
唯有痛哭。

葬我于高山上兮,
望我家乡,
家乡不可见兮,
不能相望。

山苍苍,
野茫茫。
山之上,
国之殇。

后　记

这本书(《诗文双优靓评》)可算是构思漫长,成书短促。我在 20 世纪 80 年代编撰拙作《别好诗论》《随笔三题》《梦里依稀慈母泪》时,就感到古今贤隽的诗歌、散文双精双优者极少,若汇编为一处,当如名花荟萃锦园,对中华文化、中华文学是件极有意义、极具启发的事。此念隔世,当是悠长。

2017 年冬在编送古诗《绝唱新品》《古今中外名作点赞》时,触起前思,觉得编撰《诗文双优靓评》已到良时,就乘春节假日,奋笔一周编成。30 余万言,一周编出,可谓短促矣!唯其短促,疏失必多,虽数月来我和于平改修十多遍,仍觉多有疏失,只祈读者不吝指正。

另外,还想借此对《绝唱新品》《纪念新诗　促进新体》的总编赵安民、责编尹浩、魏焕威和《古今中外名作点赞》的责编王迎春、项雷达,以及本书的责编张丽萍表示衷心感谢,谢谢他们悉心竭力的帮助。